Fran Dorf
Dämonenlied

SERIE PIPER

Zu diesem Buch

Dinah, Psychologin mit gutgehender Praxis, ist glücklich verheiratet und dreifache Mutter. Als ihr über alles geliebter jüngster Sohn, der fünfjährige Elias, schwer erkrankt und ins Koma fällt, beginnt für Dinah ein Horrortrip. Auf der Intensivstation begegnet ihr ausgerechnet der dubiose Seth, ein ehemaliger Liebhaber, den sie für tot gehalten und am liebsten für immer vergessen hätte. Dunkle Erinnerungen werden wach. Dinah wäre in ihrer Hilflosigkeit bereit, jeden Preis zu zahlen, um ihren kleinen Sohn zu retten, und läßt sich von Seth zu einem fatalen Deal überreden. Doch als sie erkennt, worauf sie sich eingelassen hat, hat sie schon alles aufs Spiel gesetzt: ihren Beruf, ihre Ehe und die beiden anderen Kinder. Wie in »Die Totdenkerin« versteht es Fran Dorf perfekt, atemberaubende Spannung mit psychologischen und übersinnlichen Elementen zu kombinieren – bis zum bitteren Ende.

Fran Dorf studierte Psychologie an der Universität von New York und lebt heute mit Mann und Tochter bei New York. Ihr Erstling »Die Totdenkerin« wurde sofort ein Bestseller, außerdem erschien auf deutsch der Roman »Der lange Schlaf«. Nach dem Tod ihres Sohnes pausierte sie jahrelang, ehe sie sich mit ihrem dritten Roman »Dämonenlied« eindrucksvoll zurückmeldete.

Fran Dorf
Dämonenlied

Roman

Aus dem Amerikanischen von
Marcel Bieger

Piper München Zürich

Von Fran Dorf liegen in der Serie Piper vor:
Die Totdenkerin (2959, 6046)
Dämonenlied (3764)
Der lange Schlaf (6062)

Ungekürzte Taschenbuchausgabe
März 2003

Titel der amerikanischen Originalausgabe:
»Saving Elijah«, G. P. Putnam's Sons / Putnam Penguin Inc.,
New York 2000

erschienen im Verlagsprogramm Kabel
Umschlag / Bildredaktion: Büro Hamburg
Isabel Bünermann, Julia Martinez /
Charlotte Wippermann, Katharina Oesten
Foto Umschlagvorderseite: Christine Cody / photonica
Foto Umschlagrückseite: Donna Callighan
Satz: KCS Buchholz / Hamburg
Druck und Bindung: Clausen & Bosse, Leck
Printed in Germany ISBN 3-492-23764-9

www.piper.de

»Heile mich, o Herr, denn meine Glieder
zittern vor Furcht.
Mein ganzes Wesen ist von Angst durchtost.«
PSALM

Faust: »Nun gut, wer bist du denn?«
Mephisto: »Ein Teil von jener Kraft,
Die stets das Böse will, und stets das Gute schafft.«
JOHANN WOLFGANG VON GOETHE

»Man sollte die Toten
nicht zu sehr beweinen;
wer im Übermaß trauert,
leidet in Wahrheit um jemand anderen.«
SHULKHAN ARUCH

Für Michael

Prolog

ALS DIE FRAU anrief, konnte ich ihren Namen nicht einordnen, bis sie sich als Maggies Mutter vorstellte. Dann fiel mir unsere Begegnung wieder ein.

Mein Sohn und ihre Tochter, die beiden hatten schon ein merkwürdiges Paar abgegeben. Die achtjährige Maggie war von ihrer Krankheit gezeichnet gewesen, hatte keine Haare mehr auf dem Kopf gehabt und schien völlig am Ende ihrer Kräfte zu sein. Ihr graues Gesicht war von den Medikamenten unvorstellbar aufgeschwemmt gewesen. Der fünfjährige Elias hatte mit seinen dicken Brillengläsern und den schielenden Augen wie ein unheimlicher kleiner Marsianer ausgesehen. Dieser Eindruck war von den am Kopf klebenden rotblonden Locken, den Elektroden und dem Drahthelm, der ihn mit einer mobilen EEG-Einheit verband, noch verstärkt worden. Er hatte kichern müssen, als er sich im Spiegel sah.

»Ja, jetzt erinnere ich mich.«

Ich stand in meinem dunklen Schlafzimmer, und der Hörer brannte an meinem Ohr. Das Lachen meiner Kinder klang glockenhell durchs Haus. Die sechzehnjährige Katie und der fünfzehnjährige Alex spielten mit Elias Fangen.

»Maggie wird wieder gesund!« flüsterte die Frau.

Warum rief sie gerade mich an? Wir waren uns doch nur einmal begegnet.

»Begreifen Sie, was das bedeutet, Mrs. Galligan?« fragte sie lauter. »Maggies Leukämie bildet sich zurück. Die Ärzte haben gesagt, sie hätte nur noch ein paar Monate zu leben, und jetzt sind ihre weißen Blutkörperchen wieder normal!«

Ganz plötzlich. Entgegen jeder Erwartung.

»Ein wahres Wunder«, sagte Maggies Mutter und fügte leiser hinzu: »Elias besitzt eine besondere Gabe.«

Sanft wie die Berührung von Katzenschnurrhaaren an der Wange nahm ich den verderblichen Geruch wahr, der bereits alles zu durchdringen begann.

Im Geiste sah ich hilfesuchende Menschen, die in langer Schlange vor unserem Haus standen; verzweifelte Gesichter an unserer Tür; eine Prozession der Hoffnungslosen, der Verkrüppelten und der Unheilbaren. Tag und Nacht humpelten, wankten oder schlurften sie heran, fuhren im Rollstuhl auf meinen Rasen; Sonnen- oder Mondlicht spiegelte sich in den glänzenden Metalloberflächen ihrer Gehhilfen, Tragen und Beatmungsgeräte. Sie würden zu unserem Haus ziehen, um ihr eigenes Wunder zu finden. Gott steh mir bei!

Tatsächlich hatte sich zwischen den beiden Kindern etwas Ungewöhnliches getan, das stand außer Frage. Vielleicht konnte man es sogar als Wunder bezeichnen, obwohl ich diesen besonderen Vorfall im wohl wichtigsten Zeitraum meines Lebens doch ein wenig anders interpretierte als Maggies Mutter. Ich sagte ihr, wie sehr es mich freue, daß ihre Tochter wieder wohlauf sei. Wenn die Frau glaubte, daß Elias auf irgendeine Weise ihre Tochter geheilt habe, wie kam ich dann dazu, ihr das auszureden?

Ich habe ihr einiges nicht gesagt, vor allem dies nicht: Während Gottes Wege für uns unergründlich sind, so erhalten wir Seine Geschenke doch in den unterschiedlichsten Verpackungen. Manchmal eingewickelt in hochglänzendem Silberpapier und mit bunt leuchtenden Schleifen. Ein geistesgestörter Amokläufer stürmt zu MacDonald's herein und durchsiebt den Saal mit Kugeln. Man selbst aber kann sich unter einem Tisch verstecken und dem Massaker entgehen. Eindeutig ein Wunder! Oder etwa nicht? Na ja, für diejenigen, die sich nicht unter einem Tisch in Sicherheit bringen konnten, wohl kaum.

Oder für die, deren Krebs sich nicht zurückgebildet hat. Wenn die Angehörigen des Betreffenden auf ein Wunder hoffen, müssen sie Anstrengungen auf sich nehmen und Kummer erdulden. Dann können sie die tiefsten und ehrlichsten Wunder erleben. Denn solche Wunder haben eher etwas mit dem Geben und der Freude an den eigenen Gaben zu tun als damit, diese Gaben zu erhalten oder zu verlangen. Die Wunder der Freundschaft und des Verzeihens, der Hoffnung, des Friedens und des Glaubens offenbaren sich vor allem denen, die gewillt sind, selbst in den dunkelsten Verpackungen nach ihnen zu suchen.

Ich heiße Dinah Rosenberg Galligan und bin jetzt, da ich diese Geschichte erzähle, Mitte Vierzig. Mein Haar ist kastanienbraun, und ich habe Sommersprossen auf der Nase. Als Kind war ich pummelig, habe mich aber zu einer ausgesprochen schlanken Frau entwickelt. Mein Gesicht wurde schon als hübsch bezeichnet; mir selbst ist immer mein Hals zu lang vorgekommen. »Ich liebe deinen Hals, Dinah«, hat Sam vor so vielen Jahren gesagt. »Er ist so schön wie der eines Schwans.« Mir persönlich erscheint er eher so wie der von einem Vogel Strauß. Aber Sams Liebesgesäusel hat seine Wirkung auf mich nicht verfehlt. Das gehört zu den Gründen, warum ich ihn geheiratet habe.

Vielleicht verfüge ich über etwas mehr Bildung als die meisten, aber ich würde mich trotzdem noch als durchschnittlich bezeichnen. Ich bin Jüdin, mein Mann Katholik. Heute weiß ich, daß ich mich damals, als ich im schlimmsten Schlamassel steckte, vor allem in Selbsthaß und Schuldgefühlen suhlte. War ich zu eingebildet gewesen, zu arrogant, oder wo sonst hatte ich versagt? Vielleicht hatte ich zu sehr versucht, die superstarke Frau zu sein, die Kinder, Ehemann, das Haus in Westport, die psychologische Praxis, die vierzehntägige Kolumne im *Connecticut Star* und dazu noch die Schreibschule für ältere Mitbürger jeden Donnerstag nachmittag managte. Die Vergangenheit läßt sich nicht ändern, und ich möchte das auch gar nicht. Vor allem möchte ich nicht auf all das verzichten, was ich in der Zeit über das Leben gelernt habe. Ich glaube, damals stand ich genau dort, wo ich hingehörte. Die Zukunft hingegen ist eine ganz andere Geschichte.

Früher einmal hätte ich nie geglaubt, daß wir die Zukunft voraussehen, geschweige denn verändern könnten. Damals habe ich auch nicht an Dämonen, Geister, Prophezeiungen, Wunder oder ähnliches geglaubt. Psychologen halten eben nichts von solchen Erscheinungen, und erst recht nichts von bösen Mächten. Wenn schon Dämonen, dann stecken sie in einem selbst – natürlich nur im übertragenen Sinn. Aber wir Psychologen erkennen an, daß äußere Umstände Böses bewirken können. Man kann nicht den ganzen Tag in seiner Praxis sitzen und sich die Geschichten von anderen Menschen anhören, ohne für diese Annahme regelmäßig Bestätigung zu finden.

Psychologen glauben an das Id oder Es, an Psychosen und Obsessionen. Menschen haben seelische Schäden, leiden an Traumata, weichen in ihrem Verhalten von der Norm ab. Der Vater hat sie mißbraucht, die Mutter sie vernachlässigt, ihr Ego ist fragil, sie sind in ärmlichen, unterprivilegierten Verhältnissen aufgewachsen. Oder sie haben zu viele Y-Chromosomen, zuwenig Serotonin in ihren Synapsen oder zuviel Dopamin. Wenn Menschen Stimmen hören oder Geister beziehungsweise Dämonen sehen, dann leiden sie an einer chemischen Fehlfunktion des Gehirns und müssen ärztlich behandelt werden.

Ich glaube heute nicht mehr, daß rationale Antworten alles erklären können; zum einen wegen der Dinge, die ich gesehen, gefühlt und erfahren habe, und zum anderen, weil es ohne Teufel auch keine Engel gibt. Aber Engel existieren. Wenigstens einer. Der wohnt in meinem Haus und heißt Elias.

Unsere Lebensgeschichte macht uns zu dem, was wir sind. Die meisten Menschen glauben, daß sie die für sich behalten müssen, wenn sie voller Schmerzen und Leid ist; angeblich will so etwas keiner hören. Doch in einem Punkt dürften Psychologie und Theologie sich einig sein: Leid, das man in sich vergräbt, entwickelt sich zu einem gefährlichen Gift. Unter Gottes Wundern dürfte wohl das des menschlichen Mitgefühls an erster Stelle stehen. Viele halten das für puren Altruismus, doch immerhin bezieht man daraus die süßesten Früchte. Und jeder neue Tag ist doch schon für sich ein Wunder, oder etwa nicht?

Die nun folgende Geschichte habe ich Maggies Mutter gegenüber für mich behalten. Aber Ihnen werde ich sie erzählen.

Ein Engel auf der Intensivstation

1

ER WAR EIN gerissener Teufel. Sein Lied klang wie Trost, als ich den nirgends zu finden glaubte.

Ich betete gerade. In der Kinder-Intensivstation, wo man sich überall vom Tod umgeben sieht und wo auch mein eigener Sohn vielleicht sterben würde. Ich hörte eine Stimme, die von einem körperlosen Wesen zu stammen schien. Einen melodischen Tenor, begleitet von einer akustischen Gitarre. Eine so virtuose Darbietung hätte ich hier nie erwartet. Synkopierende Rhythmen und Akkorde, die man dem Instrument niemals zugetraut hätte. Und doch handelte es sich bei der Weise, die mir da ans Ohr drang, um ein einfaches Wiegenlied.

Zwinker, Blinzel und Nick, hört zu
Haben in einer Nacht
Auf einem schimmernden Meer von Tau
Eine Holzschuhkahnfahrt gemacht.

Wer brachte es fertig, hier zu singen, an einem Ort, wo Kinder im Sterben lagen?

Dr. Jonas untersuchte Elias gerade. Das Lied floß durch meinen Ozean des Schmerzes, während ich verfolgte, wie der junge Arzt sich an meinem eigenen Fleisch und Blut zu schaffen machte. Schlaffes Fleisch von meinem Fleisch. Ich sah zu und betete. Ach, wo steckst du, mein Kind? In welches ferne Land bist du gesegelt? Das Lied bot mir in meiner arktischen

Verfassung einen Funken Wärme. Ich glaubte, einen Engel singen zu hören, oder vielleicht sogar die Stimme Gottes.

Ich wartete schon lange darauf, daß der Herr sich zeigte, sei es auf diese oder jene Weise. Und so kam mir die Vermutung nicht von ungefähr, daß Er es sein müsse, dem ich da lauschte. Wenn die Not am größten, ist Gott am nächsten, heißt es. Ob das stimmt, weiß ich nicht; aber wenn es hier in der Intensivstation Mütter geben sollte, die der Ansicht waren, das Leben sei nur ein bedeutungsloses, von Zufällen bestimmtes Würfelspiel und jetzt habe man eben verloren, dann gehörte ich nicht zu ihnen. Zumindest sagte ich mir das. In der zurückliegenden Woche (oder waren es bereits zwei?) hatte ich, wann immer ich zu einem zusammenhängenden Gedanken in der Lage war, mit aller Kraft an Gott geglaubt. Und gebetet, geschimpft, gefleht, geweint, geschrien, verflucht, Seine Existenz geleugnet, mich entschuldigt und gewartet.

Hauptsächlich auf Seine Antwort.

Wie würde es sich anhören, wenn Gott sie mir gäbe? Ein lautes, vibrierendes Donnern, eine Stimme, die alles erbeben ließ, oder eher eine wie die, welche in dem Film DIE ZEHN GEBOTE zu Charlton Heston gesprochen hat? Würde der Herr altertümlich und gestelzt sprechen und Ausdrücke benutzen, die heute niemand mehr in den Mund nimmt, wie »Ich bin der Herr der Heerscharen« und »Siehe, dein Sohn ist geheilt. Nun gehe hin in Frieden«? Würden sich auch Schutzengel mit Flügeln und Heiligenschein zeigen? Aber vielleicht würde auch nur der Krankenhaus-Rabbi kommen, das Heilgebet *Mi Sheheirak* sprechen, und schon würde Elias einfach so erwachen und »Mammi« sagen.

Aber meinem Sohn steckte ein Schlauch im Hals. Mit dem konnte man nicht »Mammi« sagen.

Ich hörte den Gesang und glaubte, das müsse ein Zeichen sein. Was hätte ich auch sonst in der Stille des Wartens denken sollen, die mir wie der Tadel Gottes erschien. Wie der Klaps auf den Hintern des Kindes. Warum hast du das getan, Mommy? Du hast mir die Filzstifte doch selbst geschenkt!

Bestrafe Elias nicht! Bestrafe mich nicht!

Halt. Moment mal. Immerhin habe ich den Gesang gehört. Trotz der Schreie in meinem Kopf.

Die Intensivstation hat kein Ende. Normalerweise stellt man sich eine solche Station als Ansammlung von kleinen Privatzimmern vor. So wie man es im Fernsehen sieht. Aber das hier erschien mir als endloser Raum, der nach allen Seiten offen war. Nur die Patienten entdeckte man kaum vor lauter technologischen Wundern, die sich wie tuschelnde Klatschweiber über die Betten beugten. Da flüsterte und zischte, klickte und piepte es. Maschinen saugten und pumpten, und alles wurde zusammengehalten von einem Labyrinth von Schläuchen, die die Organe mit den Geräten verbanden. So wie bei Astronauten, die sich außerhalb des Mutterschiffes befinden. Dafür sah man aber die herumeilenden, ständig beschäftigten Ärzte und Schwestern, Eltern, die vor Zeugen die schlimmsten Stunden ihres Lebens durchmachten, und den großen Tisch im Zentrum, auf dem Computer jedes leise Seufzen übertrugen.

Die Station erinnerte mich eher an die Ground Control in Cape Canaveral bei einem Raketenstart. Meine Eltern hatten meinen Bruder und mich 1962, da waren wir noch Kinder, dorthin mitgenommen. John Glenn hatte gerade die Erde umkreist. Ich war sechs, und meine Mutter, schön wie ein Filmstar, hielt meine Hand ganz fest. Bei einer solchen Mutter kam ich mir als etwas ganz Besonderes vor. Damals wollte ich unbedingt so werden wie sie; wollte auch eine weiße, spitz auslaufende Sonnenbrille mit Straßsteinen tragen und einen rosafarbenen Schal um mein Haar binden, das zu jener Zeit bereits fast so kastanienbraun glänzte wie das ihre. Ich versuchte auch, ihren Gang in den weißen Riemensandalen oder den hochhackigen Mules nachzuahmen, auf denen sie sich wie auf dem Laufsteg bewegte. Unsere Familie stand an der Abschußrampe. »Dinah, Dan«, sagte mein Vater zu mir und meinem Bruder, »ihr seid hier Zeugen der Geschichte.« Er hatte als Sergeant im Zweiten Weltkrieg im Südpazifik gekämpft. Vor seinen Augen waren Männer mit Bajonetten niedergestochen worden. Unser Vater nahm die Zeitgeschichte sehr ernst. Was meine persönliche Geschichte angeht, so drehte sie sich mehr um die Intensivstation. David Bowie kam mir in den Sinn – »Ground Control to Major Tom«. Und »Beam mich hoch, Scotty«.

An beiden Enden der Station befanden sich zwei abgetrennte Räume mit Glaswänden und Türen. Die hießen Negative Air Rooms, oder beim abkürzungssüchtigen Krankenhauspersonal schlicht NAR. »Negative Luft« schien mir angemessen zu sein. Ich fühlte mich so, als sei mein Innerstes nach außen gekehrt.

Hier konnte man an jeder Ecke Technikwunder wie die NARs entdecken, denen es auf irgendeine Weise gelang, Luft einzusaugen, sie dort zu behalten und wieder zu verwerten. Selbst wenn die Tür zum NAR geöffnet wurde, strömte dessen Luft nicht nach draußen. Das Letzte, was Kinder, die aufgrund ihrer Krankheit auf die Intensivstation mußten, gebrauchen konnten, war ein Schwall schlechter, ansteckender Luft. Elias lag in einem dieser NARs. Die Ärzte wußten nicht so genau, was ihm fehlte, und hatten ihn für alle Fälle erst einmal hierher verlegt. Der Junge war gerade fünf geworden. Wir hatten seinen Geburtstag groß gefeiert. Mit lustigen Papierhüten und einem Schokoladenkuchen, der schließlich über sein ganzes Gesicht verschmiert war. Mein Elias ist beim Essen schon ein richtiges Ferkel.

Dr. Jonas hörte seine Lungenflügel ab. Ich fing wieder an zu beten.

»Bitte, lieber Gott. Ich weiß, Elias befindet sich in einer schlimmen Verfassung. Er liegt im Koma, aber ihm geht es nicht so furchtbar wie einigen der anderen Kinder hier. Wie zum Beispiel Kenny, einem Halbwüchsigen, dem der Krebs die Leber wegfrißt. Oder dem kleinen José, dessen Mutter unentwegt auf Spanisch kreischt. Er muß wirklich sehr krank sein, weil man ihn in eine silberne Decke eingewickelt hat und er an mehr Maschinen angeschlossen ist als irgendwer sonst hier. Oder der Junge mit dem Down-Syndrom. Der hat nicht nur einen gespaltenen Gaumen, sondern auch noch etwas am Herzen. Aber wie ich aufgrund meiner Erfahrung mit Elias weiß, folgt immer auf ein Problem gleich das nächste. Wie wenn es so richtig vom Himmel schüttet. Wäre es nicht fairer, ein leichter Nieselregen würde gleichmäßig verteilt auf alle fallen, statt daß ein paar Kinder bis auf die Haut durchnäßt werden, und –

Nein, warte, tut mir leid, so habe ich das nicht gemeint. Ich weiß, daß Elias ein paar Probleme hat, kleine neurologische Fehlschaltungen, Lernschwächen, PDD, Obsessive-Compulsive Disorder, er schielt, hat einen Herzfehler, sensorische Defekte und so weiter und so fort. Aber das macht mir alles nichts aus. Gib ihn mir nur zurück, so wie er vorher war. Ich verlange von Dir gar keine Korrekturen.

Ich muß Dich warnen, Gott, wir stecken hier nämlich in einer wirklich schrecklichen Geschichte. Wenn es Dir zuviel wird, solltest Du mir jetzt besser nicht mehr zuhören.

Warte, warte, was ist denn bloß mit mir los? Natürlich wird es Dir nicht zuviel. Du hast doch schon weitaus Schlimmeres gesehen. Wie zum Beispiel die Pest, oder Folterungen oder wie Menschen in Deinem guten Namen abgeschlachtet worden sind. Oder zum Beispiel die Millionen, die in die Gaskammern mußten. Was machst Du dann? Schlägst Du die Hände vors Gesicht, so wie meine Freundin Julie und ich es früher getan haben, wenn wir uns einen gruseligen Film anschauten und die Musik ankündigte, daß jetzt etwas Furchtbares kommen würde? Du kannst natürlich gern die Augen schließen, wenn Dir danach ist, aber bitte verlaß mich nicht in diesem Moment, in dem ich Dich am nötigsten brauche. Hier geht es nämlich um meinen Elias. Um Elias Galligan, meinen Sohn, der Elvis Presley so sehr liebt.

Als er drei war, hat er Elvis im Fernsehen gesehen. Seitdem zieht er sich gern aus und tanzt wie Elvis. Der Junge ist der geborene Nudist. Ich habe ihm eine Musikkassette mit »Hound Dog« drauf gekauft. Du solltest mal sehen, wie er sich dazu verrenkt. Ich meine, natürlich hast Du das mitbekommen.

Aber wenn Du es wirklich gesehen hast, wie kannst Du ihn dann in diesem Zustand hier liegenlassen? Bin ich daran schuld? Liebe ich ihn vielleicht nicht genug?

Im Koma. Bitte, hilf!«

Ich hörte auf zu beten und lauschte. Da war immer noch das Schlaflied zu hören, ganz eindeutig. Offenbar hatte ich schon ganz vergessen, daß es so etwas wie Musik gab. Vorher war das Beten der Mütter die einzige Musik gewesen, ein Kontrapunkt zur nie verstummenden Melodie der Intensivstation. Man konnte die Gebete der Mütter aus den vielfältigen Geräuschen der Geräte heraushören wie ein *crescendo sempre agitato*, das zu den Leuchtstoffröhren aufstieg.

»Hörst du das, Sam?«

Mein Gatte hockte auf der anderen Seite von Elias' Bett. Er hatte geweint, bevor Dr. Jonas in den NAR gekommen war. Der Mann, den ich liebte, mit dem ich drei Kinder hatte und der in den zwanzig Jahren, die ich ihn kannte, vielleicht einmal geweint hatte, erzeugte jetzt in seiner Kehle Laute, als würde er in ein Megaphon blöken. Ich wollte zu ihm, aber mein Körper fühlte sich so schwer an, wie aufgedunsen, und stank nach Furcht und Verzweiflung. Nichts von mir wollte sich regen, weder ein Muskel noch ein Finger noch ein Zeh.

So kann es eben gehen. Da will man einander trösten, doch der Kummer hat sich überall festgesetzt, sogar im Mund. Man rudert mit den Armen, schluckt Wasser, es füllt einem alle Organe und Zellen, und dann geht man endgültig unter. Wie soll man seinem Ehemann – oder überhaupt irgend jemandem – einen Rettungsring zuwerfen, wenn man selbst gerade ertrinkt?

Die Stimme. Das Lied. Mein Rettungsring. Ich griff danach und hielt mich mit aller Kraft an ihm fest. Ich wollte, daß auch Sam das tat.

»Das Singen«, krächzte ich leise, denn ich hatte seit Stunden kaum gesprochen.

»Wovon redest du, Dinah?«

»Pst. Hör einfach zu.«

Er lauschte. »Ich höre nichts.«

Egal. Wenigstens konnte ich es hören. Ich schloß die Augen und ließ mich von der Melodie davontragen. Nur ein Schlaflied, das ich Elias jeden Abend vor dem Zubettgehen vorgesungen hatte. Erst half ich ihm in den Bibo-Pyjama, dann setzte ich mich auf die Bettkante und sang es ihm und Tuddy vor. Tuddy ist eine giftgrüne Knuddelpuppe mit einem riesigen, lustigen Schildkrötengesicht und einem grellorangefarbenen Schlips. Elias schleppt ihn überallhin mit. Meine Singstimme hört sich nicht besonders toll an, aber der Junge macht gar nicht erst die Augen zu, wenn ich nicht singe. Und laut muß es sein. Wenn es nicht laut genug ist, knufft er mich.

Als ich die Augen öffnete, befand ich mich nicht mehr auf der Intensivstation. Blauer Himmel, ein weiter Ozean und frische Seeluft waren auf irgendeine Weise um mich herum entstanden und hatten das Krankenhaus verdrängt. Zusammen mit Elias befand ich mich an einem wunderbaren Ort. Ich wußte sogar, wo es war, obwohl ich es in Wirklichkeit noch nie gesehen hatte. Vor der Ostküste Australiens, wo die Fischschwärme und die anderen Meeresbewohner ein Kaleidoskop von Formen und Farben entstehen lassen, wo sich Korallenbänke in den phantastischsten Gebilden vom Ozeangrund auftürmen und wo die Seeanemonen und Schwämme sich fächelnd im sanft schaukelnden Wasser bewegen. Und siehe, die Zukunft ist ein Wachtraum. Wenn Elias sieben oder acht ist, reisen wir mit dem Flugzeug die vielen tausend Meilen weit zur Korallenstadt. Machen vielleicht Urlaub dort. Oder Sam, Texter bei einer Werbeagentur, hat dort einen Kunden, so daß die ganze Familie mitkann.

Meine Schmerzen, mein Kummer, mein Elend? Alles fort. Die Intensivstation zu einer schwachen Erinnerung an einen Alptraum verblaßt, der mich vor langer Zeit einmal bedrückt hat.

Wir sitzen in einem kleinen Boot auf dem azurblauen Meer und treiben schaukelnd über das Great Barrier Reef. Das Wasser dehnt sich, wohin man auch schaut, meilenweit aus. Vorhin sind wir mit den Fischen geschwommen und tragen immer noch unsere Badesachen. Gut. Elias wird also doch noch schwimmen lernen. Dabei hat er immer solche Angst vor dem Wasser gehabt. Unsere Haut ist mittlerweile getrocknet und dörrt in der warmen Nachmittagssonne. Der Junge hat Farbe bekommen, und sein Haar ist von Karottenrot zu einem leuchtenden Rotblond gebleicht. Unsere Taucherbrillen und Schwimmflossen liegen auf dem Deck. Elias hockt auf meinem Schoß, und gemeinsam schauen wir uns ein Korallenstück an. Ich bin so stolz auf ihn, weil er hier draußen wirklich eine Menge gelernt hat. Der Junge kann zwar immer noch nicht besonders gut lesen, aber er spricht schon in ganzen Sätzen und denkt sich kleine Geschichten aus. Und dafür liebe ich ihn noch mehr. Gott hat ihm nach dem Erwachen aus dem Koma große Lernfortschritte geschenkt.

Ich küsse seine Fingerspitzen – die hat er sich an der rauhen, pockennarbigen Korallenoberfläche aufgerissen.

»Schau nur, mein Schatz, siehst du all die kleinen Löchlein darin? In jedem davon hat einmal ein Tier gelebt.«

Er schiebt die Brille auf der Nase hoch. »Was denn, ein Elefant?«

Ich erzähle ihm von den winzigen Meereswesen, aber er schaut so hoffnungsvoll drein, daß ich schließlich sage: »Also gut, wenn du unbedingt möchtest, daß Elefanten in diesen Löchern wohnen, dann soll es auch so sein. Klitzekleine Elefäntchen mit putzigen Rüsselchen, die noch kleiner als Zahnstocher sind.«

Elias lacht und sieht mich dann durch seine Brille an. »Du bist albern, Mommy.«

»Und du auch.« Unter der Wasseroberfläche kann ich die Korallenkolonien erkennen. Manche sehen aus wie ein Gehirn, andere wie ein Hirschgeweih und wieder andere wie ein Bienenstock. Hoch oder breit, winzig oder riesig, in Rot, Weiß und Grün. Mit Schluchten und Höhlen dazwischen, damit die schillernden Fische in ihrer Vielfalt von glänzenden Blau- und Gelbtönen sich darin ausruhen können. Wir alle müssen uns doch irgendwo ausruhen, oder?

Eine Riesenschildkröte schwimmt vorbei. »Schau, Elias.«

Grinsend legt der Junge die Hände an die Schultern und ahmt die Schwimmbewegungen der Schildkrötenbeine nach. Ich lache herzlich. Elias schiebt die Brille wieder hoch, verschränkt die Arme auf dem Bootsrand und stützt das Kinn darauf.

Die Heringe funkeln wie Sterne da
Im spiegelnden Wasser der See.

Das Lied kommt von überall und nirgendwo.

Elias richtet sich auf und sieht sich um. »Wer singt da?«

Die Melodie vereint für mich alles in sich: Hymne, Trauergesang, Konzert und Symphonie. Feierlich und fröhlich, eine Träumerei und eine Mazurka, Dur und Moll; flüssige Seide und Rock & Roll und Razzmatazz; Debussy, das Fünfte Brandenburgische Konzert und die Rolling Stones; Art Garfunkel, wie er »Bridge Over Troubled Water« singt, und Jobim an der Gitarre. Das alles, jedes für sich und doch alle zusammen. Was ist das für eine Stimme? Eher ein virtueller Chor, der alle Emotionen und sinnlichen Wahrnehmungen enthält. Er hebt mich wie ein starker Wind in die Lüfte, beruhigt mich wie ein Tenor-Saxophon, erregt mich wie eine Baß-Gitarre, liebkost mich wie eine Geige und läßt mich erbeben wie ein Schlagzeug.

»Das muß Gott sein, der im Himmel singt.« Die Geheimnisse des Universums sind in jedem Akkord, in jedem Takt enthalten.

»Ist der Himmel nicht der Ort, wo die Toten hinkommen?« Mein Sohn taucht träge einen Finger ins Wasser.

»Ja, so heißt es, Elias«, nicke ich.

»Und wo ich auch fast hingekommen wäre?« Sein Kinn ruht wieder auf den Händen, und die Ellenbogen hängen an der Bootswand hinab.

»Ja, hätte passieren können.«

»Das muß aber ein ziemlich großer Ort sein, wenn alle Toten da Platz finden.«

Ich lache. Mein Sohn wird also zu jemandem, der sich über solche Dinge Gedanken macht.

»Ja«, antworte ich. »Gottes Arme sind riesengroß. Und hört sich Gottes Lied nicht wunderschön an?«

Elias dreht den Kopf, ohne ihn von den Händen zu heben, und sieht mich an. »Ich weiß nicht, Mommy, Elvis gefällt mir besser.«

Ich lache und lache und lache.

»Mrs. Galligan? Ist mit Ihnen alles in Ordnung?« Dr. Jonas beugt sich über mich. »Brauchen Sie irgend etwas?«

Wo ist das azurblaue Meer geblieben?

Die Welt fiel in sich zusammen, und ich vernahm ein schmatzendes Geräusch, als ich an den Ort zurückstürzte, an dem ich nicht sein konnte. An dem ich nicht leben wollte. Wo Elias stumm in seinem Bett lag, in einem Gewirr von Schläuchen, und vielleicht nie mehr sieben oder acht Jahre alt würde.

»Alles in Ordnung?« Der junge Dr. Jonas trug immer diesen freundlichen Gesichtsausdruck. Vielleicht mußte man sich den zulegen, wenn man den ganzen Tag Kindern beim Sterben zusah. Natürlich hatte er auch vielen Kindern zum Weiterleben verholfen, das wußte ich ziemlich genau. Wahrscheinlich war er so eine Art medizinisches Genie – das hoffte ich jedenfalls sehr –, wenn er in so jungen Jahren schon Oberarzt war. Und das in diesem medizinischen Zentrum in New York City, zu dem Menschen aus der ganzen Welt kamen. Man schickte Leidende hierher, wenn deren örtliches Krankenhaus nicht mehr weiterwußte. Vielleicht war Dr. Jonas aber auch nur ein Geistesgestörter. Oder jemand mit einem Gottes-Komplex. Wer sonst würde das Tag für Tag aushalten können? Als Psychologin kannte ich mich mit Geisteskranken und Gottes-Komplexen aus.

Auf der anderen Seite war Dr. Jonas mir wesentlich sympathischer als Dr. Moore, der behandelnde Arzt. Ein großer, kräftiger Neurologe von gut fünfzig Jahren, der einen beim Reden nicht ansehen konnte. Als ich Sam gegenüber erwähnte, daß Dr. Moores Blick einem ausweiche, meinte er nur, daß ihm das noch nicht aufgefallen sei. Wie konnte ihm das entgangen sein? Der Blick des Mannes wanderte überall hin, landete jedoch niemals auf seinem Gegenüber. Aber vielleicht ging ihm das nur bei mir so.

Sam auf der anderen Seite des Bettes sah mich eigenartig an. Die schwarzen Ringe unter seinen Augen wirkten, als sei er in eine Schlägerei geraten, und unterstrichen seine Verzweiflung. Kein Wunder, daß er mich so seltsam anschaute. Ich hatte in der Intensivstation laut und wie eine Wahnsinnige gelacht.

Es war ganz bestimmt ein Zeichen gewesen. Gott hätte mich niemals meinen achtjährigen Sohn sehen lassen, wenn der Junge überhaupt nicht so alt werden sollte.

»Mir – geht – es – gut«, sagte ich mit Bestimmtheit und dieser absonderlichen Stimme. Seit Elias ins Koma gefallen war, hörte sich die Stimme, die eindeutig aus meinem Mund kam, nicht mehr nach der meinen an. Ich schaffte es, zwischen den Worten Luft zu holen, tat es aber an den falschen Stellen. Da gab es keine Modulation in der Stimme, keine Kadenzen, keine Betonung, keinen Rhythmus. Ich hörte mich überhaupt nicht mehr wie ein Mensch an, eher wie eine Maschine.

»Gibt es irgendwelche Anzeichen für eine Besserung?« fragte Sam den Oberarzt, als der seine Untersuchung beendet hatte.

»Wir haben ihn morgen für eine MRT, eine Magnetresonanz-Tomographie vorgesehen«, antwortete Dr. Jonas, als sei damit die Frage beantwortet.

»Warum denn eine MRT?« wollte ich wissen. »Dr. Moore hat gesagt, mein Sohn könne jetzt jeden Tag aufwachen.« Elias sei nur deswegen noch immer bewußtlos, versicherte der Neurologe mir immer wieder, weil man ihm in dem anderen Krankenhaus so viele Medikamente eingegeben habe, um den epileptischen Anfall zu stoppen. Moore sprach von einem Medikamenten-Cocktail und äußerte sich ziemlich abschätzig über das, was man dort mit meinem Sohn angestellt hatte. Das ganze erinnerte mich irgendwie an damals, als wir das Badezimmer im ersten Stock renovieren ließen. Der Fußboden war danach schief wie eine Rutschbahn. Der Fliesenleger sagte, das sei der Zimmermann gewesen, der Zimmermann gab dem Elektriker die Schuld und der Elektriker schließlich dem Installateur.

»Hört sich so an, als glaube er, sie hätten was falsch gemacht«, bemerkte ich, nachdem Moore gegangen war. Er hatte zum dritten Mal seine Medikamenten-Cocktail-Theorie erläutert.

Sam entgegnete, ich solle nicht übertreiben. Seit wir hier angekommen waren, hatte er nichts von dem verstanden, was ich sagte. Und wenn er es doch verstand, war er anderer Meinung. Sollte ich mich all die Jahre auf traurige Weise geirrt haben? Ich hatte geglaubt, Sam und ich seien die komplementären Hälften eines Ganzen und gemeinsam wären wir mehr als zwei Individuen – alles falsch? Aber vielleicht handelte es sich bei meiner Robotersprechweise ja auch um eine Fremdsprache.

Dr. Jonas nahm die Patientenkurve vom Bett und trug darauf ein oder zwei Bemerkungen ein. Ich hatte das Patientenprotokoll selbst schon überflogen: *Elias Galligan, Alter: 5* … gegenwärtige Krankengeschichte … Eingeliefert am 4. Januar um 9:02 Uhr … Status: epileptisch … zeigt keinerlei Reaktion … Extremitäten blau verfärbt … Patient künstlich beatmet … Gegenwärtige Medikamentierung: 9:14 Uhr Ativan, 5 mg … 9:25 Dilantin, 250 mg … 9:48 Phenobarbital, 300 mg … Mutter hat erklärt … Wurde verlegt …

Weiter war ich noch nicht gekommen, weil die Buchstaben sich an dieser Stelle aufblähten und zu bedeutungslosen schwarzen Klecksen verschmolzen.

Dr. Jonas hängte die Kurve ans Bett zurück und legte mir eine Hand auf die Schulter. »Wir setzen eine MRT an, weil wir nichts unversucht lassen wollen«, erklärte er und verließ den Raum.

Ließ uns wieder einmal allein und im unklaren.

Ich betrachtete meinen Sohn. Die kleine Brille ruhte nutzlos auf dem Nachttisch. Tuddy lag an Elias' Seite. Nein, das war falsch. Der Arzt hatte Tuddy bei der Untersuchung fortgeräumt. Ich schob ihn zurück unter den Arm des Jungen und legte seine Hand darauf. So wie es sein mußte.

Dann schloß ich ganz fest die Augen und versuchte, die Vision von Meer, salziger Luft und der Zukunft meines Sohnes wieder heraufzubeschwören. Aber da kam nichts. Und auch zu hören war nichts. Ich roch nur meinen eigenen Schweiß und das Parfüm des Krankenhauses.

»Ich muß eine Blutprobe entnehmen.«

Sofort riß ich die Augen wieder auf. Ein MTA stand in der Tür und hielt ein weißes Plastiktablett in Händen, auf dem sich lange, dünne Röhrchen befanden.

»Schon wieder.«

»Ja, tut mir leid.«

Ich nahm die Hand meines Sohnes. Vielleicht fühlte er ja diesmal, wie er gestochen wurde, und wachte davon auf.

Der Medizinisch-Technische Assistent hatte so viele Röhrchen zu füllen. Mindestens dreißig.

Ich konnte nicht hinsehen, wie er Elias immer mehr Blut entnahm. Also schloß ich erneut die Augen, und plötzlich hörte ich wieder das Lied: »Zwinker, Blinzel und Nick.« Hielt sich vielleicht ein singender Vampir in der Hämatologie auf?

Nein. Es mußte ein Zeichen Gottes sein. Eine kleine Szene, die der Herr träumte. So wie bei der Bootsfahrt am Great Barrier Reef. Wer sonst besäße ein Musikinstrument, mit dem sich eine ganze Symphonie wiedergeben ließ? Oder eine Melodie wie diese, so simpel und doch so komplex: Wiegenlied, Hymne und Spiritual? Wer sonst brächte das Griffbrett dazu, wie das »Halleluja!« eines ganzen Gospel-Chors zu klingen? Wer sonst könnte einen Ton so lange halten, ohne einmal Luft holen zu müssen? Und wer sonst würde genau das Schlaflied kennen, das ich meinem Sohn immer vorsingen mußte?

Ja, wer?

2

NACHDEM DER MTA wieder gegangen war, schloß Sam die Augen und legte den Kopf aufs Bett. Nein, er hörte die Musik wirklich nicht. Unfaßbar. Jetzt schien sie mir von einer Stelle zu kommen, die unmittelbar vor dem Raum lag. Ich schaute durch die Glaswand, um festzustellen, ob dort ein Troubadour aufspielte. Aber es war weit und breit kein Musikant zu sehen.

Die Krankenschwester maß noch einmal Elias' Temperatur. Sie machte einen freundlichen Eindruck und besaß einen großen Busen, runde Wangen und ruhige Augen. Mir schoß der Gedanke durch den Kopf, wie schön es doch sein müßte, jetzt den Kopf an diese Brust zu lehnen.

»Er hat ja wunderhübsche lange Wimpern«, bemerkte die Schwester, während sie meinem Sohn das elektronische Thermometer ins Ohr schob und ihm gleichzeitig eine Hand auf die Stirn legte. Wie eine liebende Mutter, die bei ihrem Kind die Temperatur überprüft. Was würde sie wohl zu den blauen Augen sagen, wenn er sie erst einmal öffnete?

Ich suchte ein letztes Mal die Züge Elias' nach einem verräterischen Zucken ab und begab mich dann nach draußen. Mein Mann hob nicht einmal den Kopf, obwohl ich den Raum seit Stunden nicht verlassen hatte, nicht einmal um etwas zu essen. Vielleicht hielt ich mich auch schon Tage darin auf. Warum sollte ich etwas zu mir nehmen, wenn mein Sohn durch einen Schlauch in seiner Nase ernährt wurde – eine wässrige weiße Flüssigkeit, die wie Säuglingsnahrung aussah, nur etwas dünner?

Ich lief durch die Station, in der wieder einmal die Hölle ausgebrochen zu sein schien. Metallräder rollten klappernd über den Boden, Schwestern und Ärzte stürmten in Scharen herbei. Ich preßte mich gegen eine Wand, als sie mit einem Kind auf einer Trage heranrasten. Schreckliche blaurote Verletzungen überzogen seinen ganzen Körper, und die entsetzten Eltern hasteten hinterher. Richtig, heute morgen war ja ein Bett freigeworden. Das Kind von irgendwem hier direkt in meiner Nähe hatte es nicht geschafft. Vielleicht hatte man es aber auch in die normale Kinderstation verlegt. Wer hier lag, hatte nur diese beiden Möglichkeiten. Man schickte niemanden aus der Intensivstation direkt nach Hause.

Die Musik klang immer noch in meinen Ohren, und so wanderte ich durch die Station. Dabei kam ich an dem zweiten NAR vorbei. Hier lag Jimmy, elf Jahre alt, der vor einen Bus gelaufen war. Gott, den Jungen hatte es offenbar schlimm erwischt. Ich konnte ihn nicht genau erkennen, weil man den Vorhang zugezogen hatte. Aber ich sah die Füße seiner Eltern, die sich unter dem Saum nervös hin und her bewegten.

Das Lied schien aus dem Gang vor der Intensivstation zu erklingen. Ich trat durch die Glastür und entdeckte einen Mann. Oder jedenfalls so eine Art Mann, denn seine Haut war für einen Menschen eigentlich viel zu rosa; so wie bei einem Fernsehbild, bei dem man die Farbe nachstellen muß. Er saß auf dem Plastiksofa neben den Fahrstühlen, spielte Gitarre und sang.

»Wohin des Wegs, was ist euer Begehr?«
Fragt die drei der Mond
»Die Schwärme von Heringen suchen wir,
Von denen dies Meer ist bewohnt.«

Er war groß und hager, obwohl ich das nicht so genau feststellen konnte, weil er ja saß. Der Fremde hatte eine breite Stirn, einen breiten Mund und wulstige kohlschwarze Lippen, die ganz bestimmt nicht aus Fleisch und Blut waren. Ein schwarzes Gewirr, das mir nach Draht aussah, hing ihm bis zu den Schultern herab und verdeckte teilweise sein Gesicht. Er trug Klamotten, wie sie vor zwanzig Jahren modern waren, als ich noch aufs College ging: Bell-bottoms, eine Motorradlederjacke mit Nieten und einen Gürtel mit breiter Silberschnalle. Den Gurt, der sein Instrument hielt, zierten Friedenszeichen, mir kam es allerdings so vor, als hätten die Ränder Schimmel angesetzt. Auch seine Kleider schienen zu modern. Das Hemd saß ihm eng am knochigen Oberkörper und wirkte in meinen Augen wie eine längst überwundene Scheußlichkeit: große lilafarbene und grüne Blumen wucherten darauf, und der übergroße Kragen war weit geöffnet. Seine Füße steckten in schwarzen dreckverkrusteten Stiefeln. Überall klebten Blätter an ihm.

Niemand sonst hielt sich auf dem Flur auf, und so trat ich auf den Fremden zu.

»Sie machen hier also die ganze Zeit Musik«, sprach ich ihn an. Meine Stimme klang normal und nicht automatenhaft, aber ich war mir nicht hundertprozentig sicher, ob die Worte tatsächlich aus meinem Mund gekommen waren.

Der Fremde hörte nicht auf zu spielen und zu singen.

Der alte Mond, er singt und lacht,
Holzschuh wiegt sie hin und her
Wind treibt sie fort die ganze Nacht
Über das wogende Meer.

Das Lied erinnerte mich an die Folk-Songs meiner Generation. Eine akustische Gitarre und eine einfache Melodie, Cat Stevens, Simon and Garfunkel, James Taylor. Auf solche Musik hatte ich gestanden, als ich noch eine vielversprechende junge Frau gewesen war und mir nicht im Traum vorgestellt hätte, was meinem Sohn einmal zustoßen würde.

»Woher kennen Sie das Lied, das ich meinem Jungen immer vorsinge?«

Er griff weiter in die Saiten, sang und nahm die ganze Couch ein, obwohl er weder über Gewicht noch Masse zu verfügen schien. Auch verschwammen seine Außenränder, so wie bei einem verlaufenen Wasserfarbenbild.

Ich zeigte auf seine Stiefel. »Wir sind hier in einem Hospital. Kranke Kinder liegen auf der Station. Da sollten Sie keinen Dreck hereinschleppen.«

Als ich ihn mir genauer betrachtete, entdeckte ich eine dünne Schicht aus grünlichem Matsch auf ihm, so als sei er kürzlich in einen Sumpf gefallen. Das sollte der Schutzengel von meinem Elias sein?

Jetzt hörte er auf zu spielen und sah mich an. Mir fielen seine matten, dunklen Augen auf. Weder lag Weiß darin, noch spiegelten sie irgendwelches Licht wider. Unter anderen Umständen hätten solche Augen mir einen Schrecken eingejagt. Aber der blieb jetzt aus, vielleicht weil es nichts Furchtbareres geben konnte als mein krankes Kind auf der Intensivstation.

Setzt irgendein archetypischer Glaubensmechanismus ein, wenn wir mit einem Phänomen konfrontiert werden, das nicht aus unserer normalen Realität stammen kann? Vielleicht akzeptierte ich das, was ich vor mir sah, weil ich mich bereits von der normalen Realität entfernt und der Schock mich betäubt hatte.

»Ich hatte einen Unfall«, antwortete der Fremde, »und bin im Dreck gelandet. Kann man nichts machen.« Seine Stimme klang wie das Wispern des Windes, und es schwang ein Unterton wie von gurrenden Tauben darin mit. Er betonte jedes einzelne Wort auf ganz eigenartige Weise, so als sei er der Ansicht, alles, was er zu sagen habe, besäße besondere Bedeutung. Auch redete er so träge, als stünde ihm alle Zeit der Welt zur Verfügung. Doch während ich seine Worte hörte, hielt er die schwarzen Lippen fest geschlossen, als befände sich etwas in seinem Mund, das unter keinen Umständen herausdürfe. Sicher eine Art Tick von ihm.

»Ein Unfall?«

»Mit dem Motorrad. Wissen Sie, die verdammten Dinger können ziemlich gefährlich sein. Nur Wahnsinnige setzen sich drauf.« Er hielt sich eine Hand vor den Mund und flüsterte: »Und Menschen, die glauben, sie könnten den Todesengel überlisten. Der ist hier häufig anzutreffen. Steht immer bereit.«

Ich sah mich um, aber der Gang war noch immer leer.

Der Fremde lachte, ein raschelndes Geräusch wie von Vögeln, die sich aus einem Wipfel erheben. »Sie werden ihm schon noch begegnen. Er hat viele Augen. Man kann ihn kaum übersehen.«

»Augen?«

Er beugte sich zu mir vor. »Damit man sich nicht vor Meister Todesengel verstecken kann, wenn er einen holen kommt.« Wieder das raschelnde Lachen. »Er dürfte jetzt jeden Moment kommen«, fuhr der Fremde fort, »wegen dem kleinen Jimmy. Vielleicht morgen. Spätestens übermorgen.« Der Mann legte einen langen rosigen Finger an die Lippen. »Horchen Sie mal, der Engel ist schon auf dem Weg hierher. Wenn Sie die Ohren spitzen, können Sie ihn hören … Jimmy … Jimmy …«

Ich lauschte angestrengt, hörte aber nichts und wollte das eigentlich auch gar nicht. »Verschonen Sie mich bitte mit solchen Geschichten.«

Er zuckte die Achseln. »Warum denn? Jimmy ist doch nicht Ihr Sohn. Was geht Sie der Junge an?«

»Wollen Sie damit sagen, Jimmy könnte mir egal sein, weil er ja nicht mein Sohn ist? Geht Ihnen das Schicksal des Jungen denn nicht nahe?«

»Kein Stück. Warum auch?« Er schlug ein paarmal in die Saiten. Dann hörte er damit auf, lehnte sich zurück und studierte mich. »Wollen Sie vielleicht behaupten, Sie seien nicht froh, daß der Engel wegen Jimmy kommt und nicht wegen Ihres Jungen? Versuchen Sie es ruhig, dann nenne ich Sie eine Lügnerin.« Er grinste breit und machte sich wieder über sein Instrument her. »Wissen Sie, den Todesengel kann man nicht hereinlegen. Wenn die Zeit für einen gekommen ist, dann ist sie da, so einfach ist das.«

Von seinem schlurrenden Gemurmel ging etwas verstörend

Intimes aus. Es erinnerte mich daran, wie Sam und ich uns spät in der Nacht unterhielten, nachdem wir uns geliebt hatten.

»Außer natürlich, man ist wirklich pfiffig und schnell. Allerdings muß man dazu ein paar Geheimnisse kennen.« Mir fiel etwas auf: Wann immer er sprach oder einen Körperteil bewegte, sei es der Mund, der Arm oder der Kopf, vermischten sich seine Umrisse mit der Luft, so als löse er sich auf. Sie strebten in konzentrischen Kreisen nach außen, wie bei einem See, in den man einen Stein geworfen hat.

»Was für Geheimnisse?«

»Warum sollte ich Ihnen die verraten?«

»Sie können sich die Mühe ohnehin ersparen. Denn der Todesengel ist nicht auf dem Weg zu meinem Sohn. Dr. Moore hat uns gesagt, der Junge müsse nur einen kleinen Medikamenten-Cocktail überwinden.«

»Ach ja, Dr. Moore. Mr. Wichtig in diesem überaus wichtigen Krankenhaus.« Er legte wieder einen Finger an die Lippen. Jetzt entdeckte ich auch, daß der Finger, seine ganze Hand, nein, eigentlich beide Hände von dunklen Streifen übersät waren, die an geronnenes Blut erinnerten. Vielleicht ließ sich damit die rosafarbene Haut erklären, oder was auch immer seine Oberfläche überzog. Sie wirkte wie mit Wasserfarben bemalt; wenn man Rot und Weiß mischt, ergibt das Rosa.

»Manchmal lügen Ärzte«, entgegnete der Fremde. »Und manchmal wollen wir etwas nicht wahrhaben, oder?«

Nicht wahrhaben? »Ich kann mich sehr gut der Wahrheit stellen, und Dr. Moore lügt nicht. Außerdem hatte ich eine Vision von meinem Sohn in der Zukunft.«

Er sah mich aus seinen leblosen Augen an. »Tatsächlich?«

»Jawohl. Und das beweist, daß mein Sohn weiterleben wird.«

»Selbstverständlich«, murmelte er nur und spielte ein paar Griffe.

Die Fahrstuhltür glitt auf, und zwei Krankenschwestern traten heraus. Sie unterhielten sich angeregt, liefen an uns vorbei und schenkten uns kaum einen flüchtigen Blick.

»Warum haben die Sie nicht sehen können?«

Sein Lachen hallte von einem Ende des Flurs zum anderen wider und prallte von der Decke, dem Getränkeautomaten, dem Linoleumboden und den Wänden ab. »Na hören Sie, Sie scheinen mir nicht gerade die größte Leuchte zu sein, was? Trotz all Ihrer tollen Diplome und Abschlüsse. Die zwei haben mich nicht gesehen, weil ich tot bin, ein Geist.«

Eine der Schwestern warf ein paar Münzen in den Cola-Automaten.

»Warum kann ich Sie dann sehen?« wollte ich wissen.

»Ach, das liegt nur an der molekularen Kompatibilität.«

»Wie bitte?«

»Die Schwestern sind nicht darauf konfiguriert, mich zu sehen. Ich bin allein für Sie da, Dinah, ganz allein für Sie.«

Nachdem die Krankenschwestern nach links abgebogen waren, fragte ich: »Die haben bestimmt gedacht, ich führe Selbstgespräche, oder?«

»Hm, na ja, eigentlich nicht, denn Sie haben nicht wirklich gesprochen. Das ganze ist eine Art Trick, so etwas wie Telepathie.« Der Geist zuckte die Achseln, was er offenbar gern tat. Beim genaueren Hinsehen bemerkte ich, daß bei dieser Geste die Luft um ihn herum Blasen warf. Wenn ich blinzelte, gerieten einige Teile von ihm, wie ein Stück von der Schulter, ein Ohr oder ein Finger, aus meinem Blickwinkel oder verschwanden ganz. »Allerdings bleibt da immer die Möglichkeit, daß ich gar nicht da bin und Sie mit sich selbst reden.«

Wollte er mich verwirren?

»Aber machen Sie sich nichts draus«, fuhr er jetzt fort. »Wenn die beiden Sie wirklich sprechen gesehen hätten, würde sie das kaum überraschen. Auf der Kinder-Intensivstation legen die Eltern das verrückteste Verhalten an den Tag.« Wieder beugte der Fremde sich vor und verriet mir mit gedämpfter Stimme: »Einmal hatten wir hier einen Vater, der stank vor Geld. War der Boss einer großen Immobilienfirma. Hat Dr. Kay versprochen, wenn der seinem Sohn das Leben rette, würde er einen ganzen neuen Krankenhausflügel bauen und nach ihm benennen.«

»Und, ist der Junge am Leben geblieben?«

Der Geist setzte ein schiefes Grinsen auf. »Klar, aber dummerweise nicht zur ungeteilten Freude seines Vaters. Der Bengel ist mittlerweile erwachsen und zur Zeit in irgendeiner Klinik auf Entzug. Die Väter hier bestechen, fordern, brüllen herum, und zwischendurch telefonieren sie dauernd. Außer Sam, natürlich.«

Ich starrte ihn an. Woher wußte er von meinem Mann?

»Ein anderes Mal hatten wir eine Japanerin«, berichtete der Geist, »die ist tatsächlich vor Dr. Jonas auf die Knie gefallen. Sie hat das Gesicht auf den Boden gedrückt, ihm die Reeboks abgeleckt und ihn dann angefleht, ihre Tochter zu retten.«

»Das war Dr. Jonas sicher unangenehm.«

»Ach was. Jonas liebt die Macht, die er hier hat. Törnt ihn reichlich an.«

Den Ausdruck hatte ich seit Jahrzehnten nicht mehr gehört. »Und ist die Tochter durchgekommen?«

Der Geist seufzte melodramatisch und zuckte wieder die Achseln. »Leider nicht. Manchmal bewirkt das, was die Ärzte tun, überhaupt nichts. Eigentlich ist das sogar recht oft der Fall, auch wenn die Damen und Herren in Weiß sich selbst für Halbgötter halten.«

Ich senkte den Kopf. Nein, bitte, lieber Gott, das ist doch nicht wahr, oder?

»Aha, Sie beten also«, bemerkte der Fremde.

»Natürlich.«

»Gut, denn als Atheistin wären Sie in einer solchen Situation ziemlich aufgeschmissen.«

Konnte er meine Gedanken lesen? Ich verbrachte jeden Tag einige Zeit damit, im Geist all die Dinge zu notieren, für die ich mich noch bei Gott entschuldigen wollte. Und ziemlich weit oben auf der Liste stand der Punkt, nie so richtig gründlich darüber nachgedacht zu haben, ob ich nun an Gott glaubte oder nicht. Andere Punkte waren: nicht genug gebetet zu haben, und das auch nie mit der rechten Überzeugung. Kein ausreichend gottgefälliges Leben geführt zu haben. Nicht selbstlos genug oder sonstwie gut gehandelt zu haben. Dafür, daß ich nicht zum Christentum oder zum Buddhismus übergetreten bin – oder zu der Religionsgemeinschaft, die Gott die liebste ist. Dafür, jemanden geheiratet zu haben, der nicht meines Glaubens ist. Dafür, Elias nicht genug zu lieben. Dafür, dem Herrn Fragen gestellt zu haben, warum Er mir ein geistig und körperlich behindertes Kind schickte. Und sogar für meinen Humor, den einige respektlos nennen. (Also gut, Gott, ich werde nie wieder einen Witz machen, meinen Computer abschaffen und nie wieder eine Kolumne schreiben.)

Ich hatte mir bittere Vorwürfe gemacht (Wie kannst du Gott um Hilfe bitten, nachdem du Seine Existenz angezweifelt hast?), ihn herausgefordert (Wie kannst Du es wagen, meinem unschuldigen Jungen so etwas anzutun?) und Ihm, wie ich zugeben muß, Versprechungen gemacht und Handel angeboten (Ich werde alles tun, willst Du mein Bein, meinen Arm, mein Leben? Dann nimm mich, nimm mich, nimm mich!). Wieder und wieder hatte ich lamentiert wie eine Besessene. Manie, Hysterie und Psychose, die sich aus Leid und Angst zusammensetzten.

»Wow!« rief der Geist jetzt. »Sie sind ganz schön von der Rolle, was?«

»Was erwarten Sie denn, wo mein Sohn da drüben liegt?«

Er verschränkte die Arme vor der Brust. »Ich habe nicht gesagt, daß alle Eltern durchdrehen. Manche haben sich immer noch unter Kontrolle.«

Ich beschloß, nicht einmal den Versuch zu unternehmen, mich zu verteidigen. »Warum sind Sie überhaupt Motorrad gefahren, wenn Sie doch alle Biker für Verrückte halten?«

»Zu der Einsicht bin ich erst später gelangt. Damals dachte ich noch nicht so. Wenn man tot ist, gewinnt man bei vielen Dingen eine ganz schön andere Sichtweise. Im Leben verhalten wir uns doch eher wie ›törichte, schwatzhafte Knaben‹, nicht wahr?« Er grinste spöttisch. »Na, das Zitat kennen Sie wohl nicht, oder?«

Hamlet natürlich, der hatte ja auch einen Geist.

»Sie sehen mir nicht so aus, wie man sich gemeinhin einen Geist vorstellt.«

»Na hören Sie mal, ich hab's mir damit wirklich nicht leicht gemacht!« Der Fremde stand auf und streckte sich, so als wolle er mir beweisen, um was für einen gutgebauten Geist es sich bei ihm handelte. »Ich habe das hier aus Erinnerungsfetzen zusammengesetzt, und ein besseres Ergebnis kann man da wohl nicht verlangen.«

Der Geist drehte sich um und zeigte mir seinen Hinterkopf. Mir stockte der Atem. Viel war davon nicht übrig. Sein Hinterkopf ähnelte einem geplatzten Kürbis. Darin graue Masse und rosafarbene Knochen, an denen verklebte Haarbüschel hingen. Alles dort glänzte vor Blut.

Er setzte sich wieder hin und nahm meine Hand. Da er nicht aus fester Materie bestand, glitt meine Rechte durch einen rasenden, stechenden Eissturm, der mir die Haut von den Knochen zu schaben drohte. Rasch zog ich sie zurück. Aber meine Hand war unversehrt.

Der Fremde seufzte und griff sich wieder die Gitarre. »Soll ich noch etwas für Sie spielen?«

»Ich kann leider nicht bleiben. Mein Elias, das wissen Sie doch, liegt auf der Intensivstation.«

»Elias. Der Name gefällt mir«, bemerkte er. »Wußten Sie, daß Elias der letzte Prophet war?«

Ehrlich gesagt hatte ich mir nie viel Gedanken über die etymologische Bedeutung dieses Namens gemacht. Jedes Jahr stellte ich dem Propheten Elia bei unserer kleinen Familien-Passah-Feier einen Becher hin, und nach der jüdischen Tradition habe ich meinen Sohn nach dem Vater meiner Mutter benannt, Elias Blake. Ich hatte Opa Eli nie richtig kennengelernt, weil meine Mutter sich ihrer Familie entfremdet hatte. Ich wußte nur, daß er als Immigrant in Georgia eine riesige Teppichfabrik hochgezogen hatte. Er schien einer jener rastlosen, ehrgeizigen Männer gewesen zu sein, von großer Gestalt und noch größerem Geist, die über so viel Energie verfügten, daß sie das Leben aller in ihrer Umgebung dominierten.

»Sie wußten nicht, daß der Prophet Elia vor der Ankunft des Messias das letzte Wunder bewirken wird, oder?« meinte der Geist. »Das wußten Sie nicht, was? Eigentlich recht eigenartig, wenn man mal einen Moment darüber nachdenkt. Gott muß sich der Dienste eines Messias bedienen, um dies und jenes zu richten. So als wäre Gott ein Kunde, der einen Reparaturdienst ruft. Der Allmächtige Herr des Universums braucht Hilfe?« Und mit einem leisen Grinsen zitierte er aus dem *Zauberer von Oz*: »Achten Sie nicht auf den Mann hinter dem Vorhang.«

»Was um alles in der Welt hat denn der Messias damit zu tun?«

»Na ja, ich könnte mir vorstellen, daß Sie in Ihrer Lage wenigstens einen Versuch unternehmen würden, den Gott zu verstehen, zu dem Sie beten. Denken Sie doch nur an Ihren kleinen Traum.«

»Das war eine Vision von der Zukunft.«

»Ach ja, die Zukunft. Eines meiner Lieblingsthemen. Sie haben sich also zusammen mit Ihrem Sohn in der Zukunft gesehen. Am Great Barrier Reef ...«

Ich schloß die Augen und versuchte, mir die wunderbare Schönheit dieses Ortes und den tiefen inneren Frieden, den ich dort verspürt hatte, ins Gedächtnis zurückzurufen. Dabei fiel mir ein, irgendwo einmal gelesen zu haben, daß das Great Barrier Reef das einzige Lebewesen auf der Erde sei, das man vom Mond aus sehen könne. So als habe Gott auf diese weit über zweitausend Kilometer lange Stelle gezeigt und gesprochen: »Hier, genau hier, werde ich *Meine* Stadt errichten.«

Meine Lider flogen auf.

Der Geist grinste wieder hämisch. »Ich würde annehmen, Ihr Gott hat Sie gerade daran erinnert, wie groß und gewaltig Er ist. Er teilt Ihnen mit, daß Er die Macht über Leben und Tod Ihres Sohnes in Händen hält.«

»Wie meinen Sie das?«

»Warum sollte der Herr die Mühe auf sich nehmen«, seufzte der Fremde, »Ihnen Seine Korallenstadt zu zeigen, die um so vieles schöner ist als jeder von Menschenhand errichtete

Ort? Warum sollte Er Sie an jene Stelle führen, wenn nicht, um Ihnen Ihre eigene Bedeutungslosigkeit vor Augen zu halten? Soll das etwa liebende Güte sein? Von dem Wesen, von dem Sie Trost erflehen? Meiner bescheidenen Meinung nach war das ziemlich kleinlich von Ihm.«

Ich spürte so etwas wie einen Stromstoß in mir.

»Aber zurück zum Thema. Ich wollte Ihnen eben gerade ein paar Insider-Informationen geben. Natürlich weiß ich, daß Sie Ihren Sohn nach Opa Eli benannt haben. Der war ein Mann von, sagen wir, enormem Appetit, nicht wahr?« Das Wort »Appetit« klang wie ein dumpfes Rumpeln aus seiner Kehle. »Auf Geschäfte und aufs Essen, habe ich recht?«

Ja, hatte er. Als ich sieben war, begegnete ich Großvater Eli zum ersten Mal, und da war er schon ziemlich dick.

»Und auch auf Frauen«, fuhr der Geist fort. »Die Frauen haben ihm zu Füßen gelegen. Das ist doch nicht übertrieben, oder?«

»Keine Ahnung.« Woher wußte er das?

»Ach, kommen Sie. Manche Männer haben eben das gewisse Etwas, andere nicht. Und Ihr Großvater hatte es.« Der Fremde sprang auf die Füße und schob sein Becken vor und zurück.

»Hören Sie auf damit!«

Der Geist hockte sich wieder hin, blies die Wangen auf und spitzte die Lippen, als würde er schmollen. Doch im nächsten Moment sah er sich um und schlug wahllos in die Luft, als wäre er in einen Schwarm Insekten geraten, den ich nicht sehen konnte. Eine Weile machte er Jagd auf die Plagegeister, schlug sich sogar selbst dabei, bevor er übergangslos damit aufhörte und mich ansah, als sei nichts geschehen.

»Nun, ich weiß zufällig, daß Opa Eli ein großer *Menschenfreund* war.« Er betonte das Wort übertrieben. »Der Mann hat reichlich von seinem Geld gespendet. Dreißigtausend, einunddreißigtausend, zweiunddreißigtausend, vierunddreißig, sechsunddreißig, achtunddreißig, vierzig, eins, zwei, drei, vierfünfsechssiebenachtneunzehn –«

»Hallo!« Er hätte wohl endlos mit seinem infernalischen Zählen weitergemacht, wenn ich ihn nicht unterbrochen hätte.

»Opa Eli hat sein Geld vor allem für jüdische Angelegenheiten gespendet, nicht wahr?«

»Und? Was ist daran verkehrt?«

»Nun ja, nun ja. Wenn Opa Eli die jüdische Sache so wichtig war und er sein Volk so sehr geliebt hat, wie kommt es dann, daß er seinen Namen von Aaronow in Blake umänderte?«

»Er gelangte damals in den Dreißiger Jahren in die amerikanischen Südstaaten. Da blieb ihm nicht viel anderes übrig, oder?«

»Ganz schön nachsichtig von Ihnen. Ihre Mutter war nicht ganz so nachsichtig, oder? Hat sie sich nicht stets darüber beklagt, ihr Vater glaube, Frauen wären nur für zwei Dinge gut? Nein, eigentlich drei, wenn man die Hausarbeit noch mitrechnet?«

Ja, ein paarmal hatte ich sie das sagen hören. Meine Mutter war mit zwanzig von Atlanta, Georgia, fortgegangen, weil Großvater Eli seinen Söhnen ausgezeichnete Positionen in seinem Werk gegeben, seine Tochter aber davon ausgeschlossen hatte. Doch nach seinem Tod wollte Charlotte nichts mehr davon hören, daß sie ihren Vater jemals »der Bulle« genannt hatte. Im Gegenteil behauptete sie nun, ihn stets abgöttisch geliebt zu haben.

»Woher wissen Sie so viel über mich und meine Familie?« fragte ich den Fremden.

Indigniert abwinkend entgegnete er: »Glauben Sie denn, ich wäre ohne jegliche Vorbereitung hierhergekommen?«

»Was denn für eine Vorbereitung?«

»Es bedarf schon einiger Mühe, damit ein Geist und ein Sterblicher miteinander plaudern können. Sie müssen wissen, daß so etwas nicht jeden Tag vorkommt.« Er klopfte sachte auf den freien Platz neben sich. Seine Hand schien mit dem Plastikbezug des Sofas zu verschmelzen. »Lassen wir die Förmlichkeiten, Baby, pflanz dich neben mich.«

Ich setzte mich zu ihm. *Baby?* Wann hatte mich jemals irgendwer so genannt?

Er roch entsetzlich. Nach Erde und Fäulnis. Nach Dunkelheit und Moder.

»Du stinkst«, bemerkte ich und duzte ihn jetzt auch, ohne darüber nachzudenken.

Der Fremde beugte sich zu mir. »Ich weiiiisssss. Richtig furchtbar, oder? Aber mehr ließ sich leider nicht machen. Das ist das Beste, die Krönung, das Maximum, verstehst du. Wie ich dir ja bereits gesagt habe. Und wir kommen nicht weiter, wenn ich mich ständig wiederholen muß.«

»Wo wollen wir denn hin?«

Er zog eine Braue hoch. »Wo möchtest du denn hin?«

»Dein Singen hat mich beruhigt«, entgegnete ich und ignorierte seinen anzüglichen Tonfall. »Du hast eine sehr schöne Stimme.«

Er plusterte sich auf, bis er einem rosafarbenen Vollmond glich. »Das haben mir schon viele gesagt.« Sein Lächeln verzog sich zu einem schiefen Grinsen. »Und auch du hast mir das schon gesagt.«

Wovon redete er eigentlich? Ich würde mich doch wohl daran erinnern können, wenn ich zuvor einem Geist begegnet wäre.

Ich starrte auf das, was er jetzt mit seinem Gesicht veranstaltete. Plötzlich schimmerte die Luft rings um ihn, und er verschwand, bloß um im nächsten Moment auf meiner anderen Seite aufzutauchen.

»Was war denn das jetzt für ein Trick?«

Er schüttelte den Kopf und erzeugte damit eine leichte Brise. »Ein ganz einfacher. Ist nicht viel dabei.«

»Wie kannst du überhaupt mit so kaputten Händen Gitarre spielen?«

»Die tun überhaupt nicht mehr weh. Bin nämlich schon ziemlich lange tot.«

»Wo bist du denn seit dem Unfall gewesen? Wo gehen Geister hin?«

Der Fremde runzelte die Stirn und verzog dabei das ganze Gesicht. »Sie helfen Menschen, wenn ihnen gerade danach ist. Ich bin hier, um dir zu helfen.«

Mir schossen die Tränen in die Augen.

Mein neuer Freund legte die Gitarre beiseite und breitete die Arme aus. Er umarmte mich, wiegte mich, umhüllte mich mit seinem raschen Luftzug, und ich bekam weder etwas von seinem strengen Geruch noch von seiner Kälte mit. Dann fing der Geist an zu singen. Ganz sanft und leise. Das Schlaflied, das ich meinem Elias vorzusingen pflegte. Er wiegte mich leicht, flüsterte den Text, und das beruhigte mich ein wenig. In meiner Lage war ich so weit, daß ich jeden Trost annahm, ganz gleich, von wo er kam.

Irgendwann löste er sich auf, und ich fiel. Und fiel. Bis ich mich wieder gerade hinsetzte. »Du bist tatsächlich ein Geist.«

»Selbstverständlich.« Ich mußte blinzeln, um ihn noch ausmachen zu können. Von ihm war kaum mehr als ein heller Dunst mit rosafarbenen und schwarzen Rändern übriggeblieben.

Schließlich stand ich auf. »Ich gehe jetzt zu meinem Sohn zurück.«

Der Geist füllte sich langsam wieder auf, Finger, Blue Jeans und Stiefel gewannen an Form und Farbe. Er legte sich die Gitarre auf dem Schoß zurecht. »Fein. Bestens. Geh zu Elias und verbring deine Zeit mit ihm. Solange du noch kannst.«

Ich starrte ihn sprachlos an.

Er legte die Gitarre jetzt auf das weiße Linoleum und lächelte. »Die Hoffnung ist wie eine Schlange, die uns immer wieder aus den Händen gleitet, oder? Selbst wenn man sie schließlich gefangen hat, kann man sich doch nicht sicher sein.«

Das Blut schien in meinen Adern innezuhalten, ich fühlte mich wie gelähmt. Und es stimmt tatsächlich: Wenn man einem Geist begegnet, stehen einem die Haare zu Berge.

»Sag es mir, wenn du etwas weißt.«

»Warum sollte ich?«

»Ist dir bekannt, ob Gott meinen Sohn am Leben lassen will? Nun rede schon!«

Der Fremde verschränkte die Arme vor der Brust und atmete schwer aus, als habe er ein begriffsstutziges Kind vor sich. »Glaubst du wirklich, auf der Erde gebe es irgendein Wesen, das Gottes Pläne kennt? Nicht einmal ein Geist tut das.«

Ich wandte mich zum Gehen.

»Allerdings vermögen Geister, in die Zukunft zu sehen.«

Ich blieb stehen und drehte mich noch einmal zu ihm um. »Du kennst also die Zukunft? Dann wirst du sicher wissen, ob mein Sohn aus dem Koma erwachen wird.«

»Ha, ha, ha. Es gibt immer zwei Wege, den nach links und den nach rechts.«

»Warum mußt du nur so grausam sein?«

Er atmete durch die geschlossenen Zähne scharf ein. »Wer? Ich? Moi? Me? Nun, wenn du es ganz genau wissen willst, dann gibt es hier nur Einen, der wirklich grausam ist, nämlich Gott. Unschuldige Kinder sterben, werden mißhandelt oder ermordet. Das soll nach dem Willen eines gütigen Gottes geschehen? Oder hat Er am Ende keinen freien Willen?« Er lachte wieder sein raschelndes Lachen. »Was für ein Schwindel! Ich begreife einfach nicht, warum ihr Menschen noch nicht dahintergekommen seid, wie ihr hier verarscht werdet. Gott spielt seine Spielchen mit euch, und ihr betet Ihn dafür auch noch an. Und glaubt auch weiterhin, Er würde euch helfen. Mann, wenn das kein Witz ist!«

Ich rannte, so schnell ich konnte, und diesmal drehte ich mich nicht mehr um.

3

ICH VERMUTE, DER Geist verfolgte mich schon eine ganze Weile. Wahrscheinlich hatte er nur gewartet, bis ich schwach, verwirrt und verletzt genug war, um sich mir in dem Krankenhausflur zu offenbaren und mich fertigzumachen. Gut möglich, daß er auch während meiner guten Zeiten irgendwo lauerte. An dem Morgen, an dem Sam und ich uns zum ersten Mal liebten; bei der Geburt unserer Kinder; an dem Tag, an dem ich zum Podium hinaufschritt, um nach fünf langen Studienjahren meinen Doktortitel entgegenzunehmen. Hatte er dort neben meinen Eltern gehockt, an jenem Junitag im Stadion, auf seiner Gitarre ein paar Akkorde gespielt und sie und mich unsichtbar verhöhnt?

Charlotte strahlte an diesem Tag. Wie sollte ich das jemals vergessen können? Wir reden hier immerhin über meine Mutter: eine zähe, entschiedene und rigide Frau, dabei so narzistisch wie ein liebeshungriger Teenager. Mal Scarlet O'Hara, mal Medea, aber immer ein Barrakuda. Sie hatte meinen Vater mit neunzehn kennengelernt, als der in die Rechtsabteilung von Allport Designs kam. Charlotte arbeitete damals als Assistentin eines der Abteilungsleiter; sie hatte sich im Zorn von ihrer Familie in Atlanta getrennt und war wild entschlossen, sich allein in der New Yorker Textilindustrie durchzuboxen.

Meine Mutter schnurrt, flirtet und raspelt Süßholz; ihrem Blick entgeht nichts, aber strahlen tut sie nie. Sie tat es lediglich an jenem Januartag, als mein Bruder Dan seinen medizinischen Doktorgrad geschafft hatte, und im Juni des folgenden

Jahres im Stadion. Ich glaube, sie kann dieses Strahlen nach Belieben aufsetzen, wenn sie meint, es sei erforderlich. Wenn nicht nur eines der eigenen Kinder, sondern alle beide sich Doktor nennen dürfen, wird wohl ein glückliches Gesicht verlangt. Auch wenn man es lieber gesehen hätte, daß die Tochter ins Unternehmen der Mutter eingestiegen wäre – einer Firma für Damenkonfektion mit Modellen, bei denen der Tochter die Augen glasig werden. Aber man muß eben strahlen, das schickt sich so, auch wenn die Tochter nur promovierte Psychologin wird (und keine richtige Ärztin); das galt selbst für Charlotte.

Hatte der Dämon immer schon wie ein Falke über uns gelauert und gewartet, bis wir auf dem absoluten Nullpunkt angelangt waren, um sich dann auf uns zu stürzen? Woher wußte er, daß wir diesen Punkt einmal erreichen würden? Jeder hat sein Kreuz zu tragen, pflegt Sams Mutter immer zu sagen. Das gibt sie sogar heute noch von sich, nach allem, was wir durchgemacht haben. Aber so ist sie eben, meine irische Schwiegermutter. Immer das Herz auf der Zunge. Sie meint auch alles so, wie sie es sagt. Sie schwätzt nicht einfach daher. Doch selbst Mary gibt zu, daß nicht jeder mit solchen Schwierigkeiten zu kämpfen hat wie Sam und ich; und ganz gewiß erreicht nicht jeder den absoluten Nullpunkt.

Ein ganz normaler Dienstag war es gewesen. Ein Tag wie jeder andere, kurz nach Jahresanfang. Natürlich konnte ich da noch nicht ahnen, was das neue Jahr mir bringen würde. Wer weiß denn so etwas schon?

Den Vormittag verbrachte ich in meiner Praxis im Westport Professional, dem zweigeschossigen Gebäude mit der Stuckfassade und den Bogenfenstern im spanischen Stil an der Post Road. Kurz vor der Mittagspause kam eine neue Patientin. Danielle O'Connor betrat mein Sprechzimmer, eine große, attraktive Blondine von Ende Dreißig, die mitten im Winter eine Sonnenbrille trug. Ich fragte sie, was sie zu mir führe, und sie nahm die Sonnenbrille ab. Die Augen waren geschwollen und verfärbt, mit den besten Empfehlungen von ihrem Ehemann.

Danielle erzählte mir ihre Geschichte, wie Opfer von Mißhandlungen es in der Regel tun: langsam, sehr sachlich und monoton – wie eine Kriegsgefangene. Die Details unterscheiden sich natürlich, aber die Grundgeschichte ist immer die gleiche. In Danielles Fall hatte ihr Mann sie beschuldigt, auf einer Party mit einem seiner Kollegen geflirtet zu haben. Erst hatte er ihr den Arm herumgedreht und ihr vorgeworfen, sie habe ihn vor allen in der Firma gedemütigt, und dann hatte er ihr mit dem Handrücken ins Gesicht geschlagen.

»Die Krankenschwester riet mir, zur Polizei zu gehen«, fuhr die Patientin fort. »Sie meinte, ich solle in ein Frauenhaus ... Ich habe den Beamten gesagt, ich sei gestürzt. Mir fallen immer passende Ausreden ein ... Aber sie haben mir nicht geglaubt ... Die Schwester gab mir Ihre Visitenkarte ... Mein Mann droht, mich umzubringen, wenn ich zur Polizei gehe ...« Sie zögerte, und Tränen rannen ihr über die Wangen. »Wenn ich nicht zu diesen Partys mitgehe, beschimpft er mich als Ziege und sagt, so jemand wie er habe es gar nicht nötig, mit jemandem wie mir zusammenzusein. Darum gehe ich eben immer mit.« Danielle nahm ein Kleenex aus der Schachtel, die ich griffbereit auf dem Tisch vor dem Sofa stehen habe. »Aber dann wirft er mir regelmäßig etwas anderes vor ...« Sie konnte nicht weitersprechen. Danielle war noch sehr weit von der Erkenntnis entfernt, daß es gar nicht darauf ankam, was sie tat oder nicht tat. Ihr Mann war derjenige, der ein Problem hatte: Wenn er seine Frau schlagen wollte, würde er immer einen Grund dafür finden. Beim nächsten Mal vielleicht deswegen, weil sie mit auf die Party gekommen war und sich *nicht* mit diesem oder jenem Kollegen unterhalten hatte. Oder weil sie ihm zum Abendbrot Rindergulasch vorsetzte, wo er doch lieber Schweinekotelett gehabt hätte.

»Danielle, wie haben Sie reagiert, als Ihr Mann Sie schlug?« fragte ich.

Sie putzte sich die Nase. »So, wie ich immer reagiere: Ich sage ihm, daß es mir leid tut, ihn so wütend gemacht zu haben.«

»Also streiten Sie nicht mit ihm?«

»Nein, das macht alles nur noch schlimmer.« Sie sah jetzt aus wie ein verwundetes Tier in der Falle. »Und wenn ich heule, wird er noch wütender. Er haßt es, wenn ich weine.«

»Also versuchen Sie sich so vor seinen Gewaltausbrüchen zu schützen?« Das gehört zu meinen Methoden, ich versuche die Mittel zu würdigen, die die betroffene Frau einsetzt. Sie müssen nämlich anfangen, sich wieder als Person zu sehen, die eine Wahl hat. »Damit das Ganze nicht eskaliert?«

»So habe ich es noch nie betrachtet.«

»Klappt's denn damit?«

»Kommt ganz darauf an, wieviel er getrunken hat. In jener Nacht war es besonders schlimm mit ihm. Meine Tochter hat uns gehört und ist die Treppe heruntergekommen. Er hat ihr gleich zugerufen: ›Bleib draußen, Sarah. Ich möchte nicht, daß du siehst, was für eine Hure deine Mutter ist.‹ Er beschimpft mich immer auf diese Weise. Mein eigener Mann sagt so schlimme Sachen zu mir.« Danielle schlug die Hände vors Gesicht und fing jetzt richtig an zu weinen.

Hure. Nach meiner Erfahrung die Lieblingsbeschuldigung aller Mißhandler.

Danielle hob den Kopf und sah mich verwirrt an. »Da war dieser Mann in unserem Club, vor ungefähr fünf Jahren ... Ich brauchte damals dringend jemand zum Reden ...«

Aha. Sie glaubte also, sie habe all seine Prügel verdient. Mittlerweile war Danielle nach Jahren der Mißhandlung viel zu eingeschüchtert, viel zu gedemütigt und viel zu konditioniert, um überhaupt auf den Gedanken zu kommen, die Polizei zu rufen. Niemand wußte daher, wie es in ihrem Leben aussah.

Wenig später fing Danielle an, ihren Mann zu verteidigen. Natürlich. Er hatte sich doch bei ihr entschuldigt und ihr Blumen geschickt. Er habe es doch zur Zeit in der Firma so schwer, und er habe ihr versprochen, von nun an würde alles besser werden. Der klassische Zyklus: Die Spannung steigt an, es kommt zum Ausbruch von Gewalt, und danach ist alles so wie in den Flitterwochen. Auf dem College war ich selbst in eine solche Beziehung hineingeraten. Mit einem besonders schlimmen Ungeheuer. Und natürlich hatte auch ich mir Ausreden und Erklärungen für ihn ausgedacht: »Ja, aber er braucht doch meine Liebe, um mit all seinen Schwierigkeiten fertigzuwerden.« Fast wäre ich dabei umgekommen.

Ich gelangte zu der Ansicht, daß ich Danielle helfen konnte. Ja, ich wollte mit ihr arbeiten. Aber eins nach dem anderen. Wir diskutierten über ihre Möglichkeiten im Falle eines weiteren Gewaltausbruches, der unweigerlich kommen würde, und erarbeiteten einen Plan für ihre Sicherheit. Im letzten Teil der Sitzung erfuhr ich ihre Familiengeschichte, zu der auch, wie nicht anders zu erwarten, ein Vater gehörte, der sie verbal mißhandelt hatte. Ich machte mit Danielle einen Termin für die nächste Woche aus und sagte ihr, sie solle mich anrufen, wenn sie Hilfe oder Beistand brauche. Wie sich dann herausstellte, konnte ich den Termin mit ihr nicht einhalten.

Danielle bedankte sich und ging. Ich erledigte ein paar Anrufe, arbeitete einige Papiere ab, die auf dem Schreibtisch lagen, und verließ dann die Praxis, um mich mit meiner Freundin Becky zum Mittagessen zu treffen. Draußen war es kalt, und vom klaren blauen Himmel strahlte eine kräftige Wintersonne, deren Licht auf den Bürgersteigen und Straßen glitzerte. Ich fuhr zur Main Street, der schicksten Gegend von Westport, wo man im Café Christina ein Vier-Gänge-Menü zu sich nehmen, bei Lillian August ein Zierkissen zu 600 Dollar kaufen, ein Gap-T-Shirt, das man besser seiner Tochter überläßt, ab 28 Dollar erstehen und einen schwarzen Minirock von Henry Lehr für 800 Dollar erwerben kann.

Als ich die Post Road hinter mich gebracht hatte, fand ich eine Parklücke und entdeckte Becky sofort. Sie starrte im Henry-Lehr-Schaufenster ein schwarzes Etuikleid aus Seide an. Man kann sie kaum übersehen, diese großgewachsene, exotisch wirkende Mutter von drei Kindern. Becky erinnert mich immer an einen Filmstar aus den zwanziger und dreißiger Jahren, Louise Brooks. Sie trägt ihr pechschwarzes Haar ganz ähnlich, in einem kurzen Bubikopf. Becky wollte mir das nie glauben, bis ich einmal ein Filmbuch hervorholte und ihr Aufnahmen von Louise Brooks aus dem Streifen *Love 'em and Leave 'em* zeigte. Wir haben beide über den Filmtitel gelacht, und dann gab Becky zu, daß eine gewisse Ähnlichkeit vorhanden sei.

»Ich kaufe den Fummel«, verkündete sie mir auf dem Weg zum Café Christina, »denn heute ist mir ein Abschluß gelungen. Zwar nur eine Eigentumswohnung, aber die Provision beträgt dreieinhalb.«

Natürlich gratulierte ich ihr, zog sie dann aber damit auf, was für ein Loch das schwarze Nichts von Henry Lehr in ihre dreitausendfünfhundert Dollar reißen würde. Während wir unseren gegrillten Veggie-Burger mit Salat verdrückten, beklagte sich Becky über den neuen Freund ihrer Tochter.

»Letzten Freitag kam er, um sie abzuholen«, berichtete Becky, »und er trägt einen Ohrring in der Augenbraue und eine Totenkopf-Tätowierung auf dem Arm. Jennie schwört, er sei ein guter Schüler, aber ich befürchtete schon, Mark würde durchdrehen.« Sie grinste. »Hör mal, da könntest du doch eine Kolumne drüber schreiben.«

Da mußte ich auch lachen. »Ja, und die nenne ich dann ›Was man tun kann, wenn der Teufel vor der Tür steht und mit Ihrer Tochter ausgehen will‹.«

Ich hatte nur aus Jux mit der Kolumnenschreiberei begonnen. Damals während der schwierigen Schwangerschaft mit Elias, um mich abzulenken. Bis zum sechsten Monat hatte ich Blutungen, bis zum Schluß wurde mir regelmäßig übel, und ich fühlte mich wie eine Elefantenkuh. Als Kind war ich recht pummelig gewesen, und das bei einer Mutter, die von Schlankheit besessen war. Jetzt wieder so dick zu sein, tat mir gar nicht gut. Im siebten Monat schrieb ich einen kurzen Artikel über die diversen kleinen Demütigungen der Schwangerschaft – hormonelle Schwankungen, meine entsetzliche Anfälligkeit für Sentimentalität und eine unerklärliche plötzliche Vorliebe für Grußkarten und Kühe. Ich schickte den Text an den *Connecticut Star*. Da er dem zuständigen Redakteur gefiel, forderte dieser mich auf, noch mehr zu schreiben. So wurde die »Aufgebrachte Beobachterin« geboren.

»Paß bloß auf, vielleicht schicke ich dir demnächst eine Rechnung«, drohte Becky zum Spaß.

Nicht ohne Grund, denn sie hatte mich auf die Idee für die Kolumne gebracht, die am Donnerstag zuvor erschienen war.

»Und, was macht Elias?« fragte sie.

»Der Arzt meint, es sei schon sehr bald eine Herzoperation nötig.« Als wären seine Körperbehinderungen und Entwicklungsstörungen noch nicht genug, hatte Elias auch noch ein kleines Loch in seinem Herzen. Wir wußten, daß eine Operation irgendwann unumgänglich sein würde, aber letzte Woche hatte uns der Arzt eröffnet, sie solle besser rasch vorgenommen werden.

»Gott, das tut mir leid«, sagte meine Freundin.

»Er meint, das sei kein Drama. Solche Reparaturen am Herzen seien Routineoperationen.«

»Wenn es sein Kind wäre, würde er es aber sicher als Drama sehen.«

Da konnte man ihr kaum widersprechen. »Ich komme mir ein bißchen vor wie in diesem Märchen von dem holländischen Jungen, der seinen Finger in den Deich steckt. Jedes Mal, wenn wir ein Loch gestopft haben, bricht irgendwo anders ein neues auf. Der arme Junge beschäftigt mehr Spezialisten als eine ganze Busladung achtzigjähriger Rentner.«

»Kann schon sein, aber du gehst bewundernswert damit um, Dinah, ganz ehrlich.«

»Man tut eben das, was nötig ist, oder? Elias ist ziemlich frustriert. Genau wie ich. Ich wünschte, ich wüßte, wie ich ihm helfen kann. Wenigstens sind seine Anfälle nicht mehr so schlimm, und in der Vorschule kommt er seit kurzem etwas besser zurecht. Wenn sie im Kreis sitzen, wandert er aber immer noch zum Fenster. Und wenn sie Bilder malen, sitzt er im Sandkasten. Elias braucht so viel Unterstützung, jemanden, der sich nur um ihn kümmert. Na gut, ich nehme an, das geht allen Kindern in seiner Klasse so. Vermutlich sollte ich dafür dankbar sein, daß er allein laufen kann. Drei seiner Klassenkameraden sitzen im Rollstuhl.«

Beckys Brian und Elias waren im gleichen Alter, aber Elias mußte auf die Sonderschule. In seine Vorschulklasse gingen nur behinderte Kinder, und die meisten davon litten viel schlimmer als er mit seiner Ansammlung von relativ kleinen physischen Handikaps und Entwicklungsstörungen.

Sie nickte und drückte meine Hand. »Wie ich schon sagte, du bist wirklich bewundernswert.«

»Danke«, entgegnete ich. »Meine Mutter sieht das allerdings nicht so. Die gute alte Charlotte. Sie bedrängt mich pausenlos wegen irgendeiner Spezialschule auf Long Island, von der sie gelesen hat. Die sei *die einzige*, wo man wüßte, wie man mit Kindern wie ihm zu arbeiten habe.«

Becky lachte. »Ich bezweifle, daß es viele Kids wie ihn gibt. Elias ist nun wirklich etwas ganz Besonderes.«

»Das stimmt«, gab ich zu, »auch wenn aus ihm niemals ein Raketenwissenschaftler wird.«

Eine solche Bemerkung machte ich normalerweise nur Sam gegenüber, weil ich mich zu sehr in der Defensive fühlte, aber Becky hatte mich unglaublich unterstützt, und das von Anfang an. Dabei war ziemlich rasch klar gewesen, daß Elias eine Menge Probleme haben würde. Bis zu seinem siebten Monat hat er sich nicht auf die Seite oder auf den Bauch gerollt. Erst mit zehn Monaten konnte er aufrecht sitzen, und dann hockte er monatelang wie ein frustrierter Buddha da und schrie. Er war nie gekrabbelt und konnte erst mit zweieinhalb laufen. Mittlerweile war Elias fünf. Auch wenn er in diesem Alter, mit leichten Schwierigkeiten, zu gehen und zu laufen vermochte, haperte es doch mit dem Sprechen. Wir wußten nicht, wie weit er sich noch entwickeln würde, oder ob er bis zum Ende seines Lebens Unterstützung nötig hätte. Die Zukunft stellte sich uns als großes Fragezeichen dar.

»Was die Welt braucht«, meinte Becky, »sind mehr Sonnenscheinchen wie Elias und weniger Raketenwissenschaftler.«

»Danke, Becky«, lächelte ich. »Würdest du das bitte auch meiner Mutter sagen?«

Nach dem Essen spazierten wir zu Henry Lehr. Das kurze Kleid war wirklich kaum mehr als ein Nichts mit zwei Spaghettiträgern.

»Mit deinen langen Beinen kannst du das durchaus tragen«, meinte ich.

»Wie teuer mag es wohl sein?« fragte sie. »Dreihundert?«

»Du träumst wohl.«

»Dinah?«

Ich drehte mich um. Ellen Shoenfeld stand da in ihrem Tweedmantel. Darunter trug sie vermutlich eines ihrer Tweed-Kostüme. Ellen Shoenfeld kleidete sich immer formell, mit Strümpfen und hochhackigen Schuhen.

»Wie geht es Ihnen, Mrs. Shoenfeld?«

»Sehr gut«, antwortete sie in ihrem harten deutschen Akzent.

»Das ist meine Freundin Becky Sullivan.« Ich stellte die beiden einander vor. »Mrs. Shoenfeld nimmt an meinem Schreibkursus im Jüdischen Gemeindezentrum teil.« Sie war die einzige in meiner Klasse, die ich nicht mit Vornamen anredete. Als ich sie kennenlernte, gewann ich gleich den Eindruck, daß ihr diese Art der amerikanischen Familiarität nicht besonders behagte. Mrs. Shoenfeld bot mir auch nie an, sie mit Vornamen anzureden, obwohl ich mich ihr als Dinah vorstellte.

Die beiden nickten einander zu und sagten »Hallo«. Becky fragte, ob ihr der Kursus gefalle.

»*Was?*« Ellen Shoenfeld bat ständig darum, das Gesagte zu wiederholen. Zwei ihrer Töchter lebten ganz in der Nähe. Ich hatte keine Ahnung, warum nicht wenigstens eine von ihnen auf die Idee gekommen war, der Mutter eine Hörhilfe zu beschaffen.

»Gefällt es Ihnen in der Klasse?« fragte Becky noch einmal langsamer und lauter.

»O ja, sehr sogar, vielen Dank.«

»Sie haben schönes Haar«, bemerkte meine Freundin.

Mrs. Shoenfelds Haar fiel in seinem reinen und perfekten Weiß jedem auf. Weiß wie Schnee. Darunter konnte man die rosafarbene Kopfhaut erkennen. Sie hatte es sich zu einem einzelnen Zopf geflochten und den hochgesteckt. Ihr Haar schien sehr lang zu sein, so als habe sie es seit Jahren nicht mehr schneiden lassen. Vielleicht sogar nie.

Ellen nickte Becky zu. »Danke, Ihres ist aber auch sehr schön, meine Liebe.«

Meine Freundin bedankte sich für das Kompliment. Ich betrachtete die beiden Köpfe und genoß den offenkundigen und buchstäblichen Schwarz-Weiß-Kontrast.

Mrs. Shoenfeld wandte sich wieder an mich. »Jetzt muß ich aber los. Meine Tochter holt mich gleich ab. Wir sehen uns dann am Donnerstag, nicht wahr, Dinah?« Ellen hat viele Falten im Gesicht und eine Hakennase. Doch trotz ihres Alters und dem gebeugten Rücken hält sie sich immer noch mit außerordentlicher Würde, sogar Eleganz.

»Als wenn ich mir das entgehen ließe!« Ich liebte meinen Kursus. Zum einen, weil ich immer schon gern die Geschichten anderer Menschen gehört habe und deswegen Psychologin geworden bin, zum anderen, weil man meine Schüler einfach ins Herz schließen mußte.

Und welche Geschichten bekam ich von diesen Siebzig- und Achtzigjährigen zu hören? Frieda Brodsky war bei einem Postversand tätig gewesen. Abe Modell lebte als Zahnarzt im Ruhestand und plante seine Autobiographie, die er vorab schon einmal *Von der Ukraine zum Novokain* nannte. Als er neun und sein Bruder Max elf gewesen waren, hatten Kosaken ihre kleine Stadt in der Nähe von Kiew überfallen und ihre Mutter getötet. Die beiden Jungen wurden auf ein Schiff gesetzt und reisten im Zwischendeck nach Amerika, um auf Ellis Island von einem entfernten Verwandten in Empfang genommen zu werden, der aber nie dort auftauchte.

Einige meiner Schüler konnten wirklich toll schreiben. Besonders Carl Moskovitz, der zu der Kerngruppe gehörte, die regelmäßig kam, seit ich den Kurs vor sieben Jahren begonnen hatte. Ellen Shoenfeld war erst im September des Vorjahres zu uns gestoßen. Zu Anfang jedes neuen Semesters bat ich alle, sich den anderen vorzustellen, damit die Neuen sich etwas besser zurechtfinden konnten. Dem kamen sie gern nach und berichteten in aller Ausführlichkeit von sich: Geburtsort, Alter, Anzahl der Kinder und Enkel und Lob für die Ehepartner, gleich ob bereits tot oder noch am Leben. Ellen sagte folgendes, wobei sie sich nach alter Sitte mit dem Vornamen ihres Ehemanns vorstellte: »Ich bin Mrs. Max Shoenfeld und heiße mit Vornamen Ellen. Ich zähle achtzig Jahre und stamme aus München in Deutschland. Mein Gatte ist mit dreiundsechzig vor zehn Jahren verschieden. Er war ein wunderbarer Mann, und ich vermisse ihn Tag um Tag. Und ich habe sechs Enkelkinder: Esther, Rebecca, David, Nathan, Allisa und Jennifer.«

Carl machte es kürzer: »Carl Moskovitz. Buchhalter im Ruhestand.« Ein Mann von wenigen Worten. Er schrieb auch so, wie er redete. Kurz und bündig, und zum Brüllen komisch, gleich ob er das bäurische Verhalten seines Bruders bei der Beerdigung von Carls Frau beschrieb oder von dem Vorfall aus dem Jahr 1947 berichtete, als er bei einer Wette seine Hose verloren hatte und in Unterwäsche durch Coney Island laufen mußte. Nicht alle in meiner Klasse waren so gut wie Carl, aber jeder gab sich redlich Mühe. Bis auf Mrs. Shoenfeld, die nur sagte: »Nein, nein, ich möchte nur hier sitzen und zuhören.« Wobei man natürlich den Umstand in Betracht ziehen mußte, daß sie kaum etwas hören konnte.

»Ja, gut, dann auf Wiedersehen.« Ellen winkte uns zu, und ihre Finger waren krumm wie Zweige im Winter. Die Haut an ihrer Hand wirkte runzlig wie trockenes Pergament.

»Bis Donnerstag dann, Mrs. Shoenfeld.« Ich sah ihr eine Weile hinterher und schaute dann auf meine Uhr. Schon nach zwei. »Ich muß zu Elias«, erklärte ich Becky, »ich habe ihm versprochen, beim Aufbau für das Winterfest morgen zu helfen.«

»Wozu hast du dich jetzt schon wieder breitschlagen lassen?«

»Elias und ich sind für die Clownbude verantwortlich.« Als

Brian und mein Sohn zwei gewesen waren, nahmen Becky und ich sie zu irgendeiner Kirmes mit. Brian fand den herumlaufenden Clown ziemlich komisch, aber Elias fing bei seinem Anblick an, aus Leibeskräften zu schreien. Wir mußten ihn nach Hause bringen.

»Da scheint er aber ein gutes Stück vorangekommen zu sein«, sagte Becky und küßte mich auf die Wange. Wir verabschiedeten uns, und ich machte mich auf den Weg zu seiner Schule.

Die meisten Kinder in seiner Klasse waren bereits abgeholt worden, und Miss Stanakowski saß auf einer Bodenmatte und las der kleinen Isabelle eine Geschichte vor. Ein Mädchen, das am Down-Syndrom litt und immerzu lächelte. Elias hockte in der Ecke neben dem Klavier. Er klopfte mit einem Plastik-Laster auf den Boden, wieder und wieder und wieder. In seinem Spiel wies er manchmal autistisches Verhalten auf, obwohl er nicht an Autismus litt. Für seine merkwürdige Ansammlung von Problemen gab es nicht einmal einen medizinischen Fachbegriff. Außer, daß man ihm eine nicht spezifische, pervasive Entwicklungsstörung bescheinigte.

»Hallo, mein Süßer!«

Sein Gesicht strahlte sofort. Er erhob sich, und das Sonnenlicht, das durch die großen Fenster hereinströmte, blitzte von seinen Brillengläsern. Elias kam auf mich zugelaufen und gab mir eine von seinen Spezial-Umarmungen. Da er über einen recht beschränkten Wortschatz verfügte, drückte er alles in einer Umarmung, einem Tanz, einem Sprung oder einer sonstigen körperlichen Bewegung aus. Für einen Fünfjährigen besaß er erstaunlich muskulöse Arme, wie überhaupt sein Körperbau eher dem eines Arnold Schwarzenegger als dem eines schlanken, hochgewachsenen Galligan glich. Wenn Elias einen umarmte, dann vergaß man das nicht so schnell wieder.

»Wissen Sie, was Elias heute gemacht hat?« Miss Stanakowski klatschte in die Hände. »Komm schon. Elias, zeig Mom dein Bild.« Die Lehrerin schien sich immer über die Erfolge ihrer Zöglinge zu freuen, als handele es sich um ihre eigenen Kinder.

Mein Sohn lächelte breit, ging zu dem Tisch, auf dem sich Tuddy und sein Mantel befanden, und hielt sein Meisterwerk hoch. Er hatte das Bild eines Pferdes aus einer Illustrierten genommen, es auf ein Blatt geklebt, mit einigen schiefen Strichen versehen und darunter den Buchstaben E gekrakelt.

»Das ist wunderschön, Elias«, lobte ich und küßte ihn.

»Während der ganzen Zeit, die wir im Kreis gesessen haben, ist er bei uns geblieben«, berichtete die Lehrerin. »Und er hat bis zwanzig gezählt. Na ja, also fast. Alles in allem hatten wir einen sehr erfolgreichen Tag.«

Als wir zu Hause eintrafen, war Kate schon da. Unter meinen Augen, direkt vor meiner Nase verwandelte sich meine Tochter in eine Schönheit. Weiße schimmernde Haut, glänzendes kastanienbraunes Haar, strahlende dunkle Augen und dazu die wunderbare Figur einer Fünfzehnjährigen, mit der jede von uns nur einmal im Leben gesegnet ist.

Seit einiger Zeit nahm Kate sich die feministischen Schriften aus meiner Generation vor, las bekennende Frauengedichte von Sexton, Plath oder Sharon Olds und verkündete lauthals ihre Unabhängigkeit von allen Männern. Dazu trug sie zerrissene Jeans und ausgebeulte Hemden – als Protest gegen die absurden Bemühungen, die Frauen auf sich nehmen müßten, um als schön zu gelten. Diese Sabotageakte konnten allerdings ihre erblühende Schönheit nicht verbergen. Charlotte, die nur Sachen von Calvin Klein trug, rümpfte darüber die Nase. »Kate, Schätzchen, ich kenne da einen netten Landstreicher, den ich dir gern einmal vorstellen könnte.« Wenn ich so etwas hörte, schwoll mir der Hals, und ich wollte sie anfahren, meine Tochter gefälligst in Ruhe zu lassen. Aber Kate wußte sich zu wehren: »Eigentlich, Oma Charlotte, warte ich auf einen Calvin-Klein-Penner. So mit Heroin-Chic, weißt du.« Meine Mutter hat tatsächlich darüber gekichert. Die Welt ist doch voller Wunder.

Kate befand sich jetzt in der Küche und studierte den Inhalt des Kühlschranks. Poppy hockte neben ihr auf den Hinterbeinen und hoffte, sie würde mit ihm teilen.

Über den Familienhund der Galligans läßt sich folgendes feststellen – Spezies: Hund, Rasse: unbekannt. Der Leib würde einem Schäferhund zur Ehre gereichen, die Beine scheinen hingegen von einem Bassett zu stammen. Und sein Hirn kann kaum größer als eine Erbse sein. Wir haben ihm den Namen Poppy gleich an dem Tag gegeben, an dem wir ihn aus dem Tierheim zu uns nach Hause brachten. Elias, der damals über einen Sprachschatz von etwa sechs Worten verfügte, zeigte immer wieder auf den Mischling und sagte: »Puppy.« Also schlug ich vor, ihn eben so zu nennen, aber sein älterer Bruder meinte, »Puppy«, was soviel wie Welpe heißt, sei ja nun wirklich ein dämlicher Name für einen Hund. »Wie wär's denn mit Poppy?« meinte Alex. Der Name kam mir noch blöder vor, aber seither heißt der Hund so.

Kate warf mir einen Blick über die Schulter zu. »Mom, warum haben wir niemals etwas zu essen im Haus?« Ich hatte erst am Vortag groß eingekauft, in der Stunde zwischen dem letzten Vormittagspatienten und dem Zeitpunkt, an dem ich Elias abholte. Sam, der jeden Tag nach Manhattan zur Arbeit fährt, hat mich schon oft darum gebeten, daß ich mir ein Au-pair-Mädchen als Haushaltshilfe besorge, aber ich will meine Kinder selbst erziehen und mich auch allein um die Hausarbeit kümmern. Allerdings muß ich zugeben, daß Nelda, die langjährige Haushälterin meiner Mutter, mir nach Elias' Geburt doch einige Arbeit abgenommen hat.

»Als ich das letzte Mal nachgesehen habe, waren noch ein paar Äpfel im Kühlschrank.« Ich bückte mich zu Poppy, der jetzt hechelte, bellte und mit dem Schwanz wedelte. Für einen Moment schien er die mögliche Beute vergessen zu haben und war lieber zu mir getrottet, um mich zu begrüßen.

»Äpfel sind langweilig.«

»Und ein Truthahn-Sandwich?«

»Aber, Mom, ein Truthahn-Sandwich ist doch schon

Abendessen.« Sie verzog die Oberlippe in der abfälligen Weise, die alle jungen Mädchen schnell beherrschen und die besagt: Von welchem Planeten bist du denn entsprungen?

»Kaaate!« Elias stürmte in die Küche und breitete, Tuddy in der einen Hand, die Arme aus.

»Hallo, Kleiner.« Kate sah sich ihm gegenüber fast so sehr als Mutter wie als Schwester. Sie schloß die Kühlschranktür und hob ihn hoch. Er schlang ihr die Arme um den Hals, während sie sich mit ihm drehte und ihn kitzelte. Ohne Tuddy loszulassen, kicherte der Junge wie von Sinnen.

»Na, was hast du denn heute so getrieben, Baby? Hattest du einen schönen Tag?«

Er nickte heftig. »Hab Pferd macht.«

»Tatsächlich?«

Elias nickte wieder und drängte, hinuntergelassen zu werden. »Pferd. Bild.« Er rannte in die Diele, um sein Meisterwerk zu holen.

»Ich habe bei Gap's diese voll coolen Croakies gesehen, Mom«, erklärte Kate. »Wir sollten ihm wirklich eins besorgen. Seins ist so langweilig.«

»Langweilig« schien zur Zeit das angesagteste Wort zu sein. »Was ist denn ein Croakie?«

»Das Ding, das man an die Brille macht, damit sie nicht runterfällt, wenn sie von der Nase rutscht.«

»Aha«, sagte ich. Ich wußte bis eben nicht einmal, daß solche »Dinger« einen eigenen Namen besaßen. An Elias' Brille war eine einfache, alte blaue Schnur befestigt. Die hatte ich gleich mitbesorgt, als wir die Brille gekauft hatten. Der Ophthalmologe verschrieb sie ihm, als er zwei war. Vier Monate habe ich mit Elias geübt. Jedes Mal, wenn ich sie ihm auf die Nase setzte, schleuderte er sie durchs ganze Zimmer. Schließlich kam mir die Idee, Tuddy die Brille aufzusetzen. Das fand der Junge unglaublich komisch, und schließlich willigte er ein, so ein Ding im Gesicht zu tragen.

Elias kehrte in die Küche zurück und präsentierte sein Bild.

»Das ist ja wunderschön«, sagte Kate und strich ihm über

die glänzenden rotblonden Locken. »Wieviel Talent unser kleiner Mann doch hat.«

Der Junge zeigte auf die Sammlung seiner Bilder, die ich an der Tür zur Waschküche befestigt hatte. »Aufhäng!« Ich nahm das neueste Werk und holte Klebeband.

»Na, was meinst du, Elias?« Kate ging vor ihm in die Hocke, damit er sich mit ihr auf Augenhöhe befand. »Hättest du nicht gern ein wirklich cooles gelbes Croakie mit grünen Streifen?«

»Grün!« Er hielt Tuddy hoch.

»Richtig, Elias, Tuddy ist ja auch grün. Siehst du, Mom, er weiß, was grün ist.«

»Natürlich weiß er das«, bestätigte ich. »Er kennt doch alle Farben, nicht wahr, Elias?«

»Grüngelblilablaurotorange«, gab er von sich und klebte, wie es oft seine Art war, alle Wörter aneinander.

»Gut, dann besorge ich dir ein Croakie«, versprach Kate. »Dann weißt du auch, was gelb mit grünen Streifen ist, okay?«

»Okay«, nickte Elias und schenkte ihr ein breites, zufriedenes Lächeln.

Was hätte er sonst schon tun können? Etwa zu seiner großen Schwester nein sagen? Nein, das ging nicht, selbst dann nicht, wenn er gewußt hätte, was ein Croakie ist.

Sams Firma hatte einen bedeutenden neuen Kunden gewonnen, eines der großen Computerunternehmen im Silicon Valley. Das wollte er natürlich feiern. Ich kochte das Lieblingsgericht der ganzen Familie, »Hähnchen Marsala«.

»Das ist köstlich, Dinah.« Sam lobte mich immer für meine Kochkünste, selbst wenn ich etwas Neues ausprobierte und es danebenging.

»Ich finde, das schmeckt ziemlich langweilig«, kritisierte Kate.

»Möchtest du lieber etwas anderes?«

»Dinah«, wandte Sam ein, »du hast dich selbst übertroffen. Da mußt du ihr doch jetzt nicht etwas anderes machen.«

Ich seufzte. Natürlich hatte er recht.

»Ist es okay, wenn ich am Freitag bei Eddie übernachte?« Alex schaufelte Kartoffeln in sich hinein. »Sein Dad will uns zu einem Basketballspiel mitnehmen.« Mein Vierzehnjähriger war im letzten Jahr ziemlich in die Höhe geschossen und ähnelte jetzt seinem gutaussehenden, schlaksigen Vater mehr denn je.

»Ich wüßte nicht, was dagegen sprechen sollte«, antwortete ich. »Aber am Samstag wollen Dad und ich ausgehen. Wer ist dran mit Babysitten?«

»Er«, sagte Kate.

»Sie«, sagte Alex.

»Kommt überhaupt nicht in Frage«, widersprach Kate, »ich bin Samstagabend unterwegs.«

»Ach ja, mit wem denn? Ich dachte, alle männlichen Wesen seien deine Todfeinde.« Das Geplänkel zwischen den beiden erinnerte mich an die Auseinandersetzungen zwischen meinem Bruder und mir. Allerdings mußte ich zugeben, daß Alex und Kate sich weit besser vertrugen als Dan und ich damals. Und wenn es um Elias ging, den sie beide sehr liebten, hielten sie zusammen wie Pech und Schwefel. Allerdings platzte Alex hin und wieder doch die frustrierte Bemerkung heraus, er wünschte, sein kleiner Bruder wäre normal.

»Das geht dich überhaupt nichts an«, schoß Kate zurück. »Und von Todfeinden habe ich nie etwas gesagt.«

Sam zwinkerte mir zu. »Dann sag uns doch, Katie, wer der Glückliche ist.«

Sie zuckte die Achseln und hielt sich die Serviette vor den Mund. »Dad-die, hör sofort auf damit.«

Sam schenkte ihr sein unwiderstehlichstes Lächeln. »Ach, komm schon, Katie, ist doch nur Spaß.«

»Ich wette, es ist Greg Laurence!« rief Alex.

»Du weißt ja nicht, wovon du redest«, beschied Kate ihn mit einem hochmütigen Zucken ihrer wunderschönen Schultern. »Wir gehen nur ins Kino, mit der ganzen Clique. Mom, würdest du ihm bitte sagen, er soll sich gefälligst zurückhalten?« Aber ihre Mundwinkel zuckten leicht.

Ich war froh, daß meine beiden älteren Kinder gut miteinander auskamen. Das zeigte sich sogar in ihren üblichen, wenn auch nicht böse gemeinten Kabbeleien. Kate besaß eine Menge Freundinnen. Ich hingegen hatte in der High-School keine Clique gehabt, mit der ich meine Zeit verbringen konnte, und eigentlich nur eine gute Freundin, mit der aber der Kontakt abgebrochen war, seit … na ja, jedenfalls seit zu langer Zeit. Die große, schlaksige Julie Bronstein mit der unfaßbaren Mähne wilden orangefarbenen Haars. Julie schien die ganze Zeit damit beschäftigt gewesen zu sein, ihr Haar zu pressen, zu bügeln und sonstwie zu bearbeiten, um es glatt und lang und offen zu tragen, mit einem Mittelscheitel, wie es damals Mode war. Sie scheiterte regelmäßig. In der High-School hießen wir bald nur noch die Roten Zwillinge, obwohl unsere Schattierung nicht unterschiedlicher hätte sein können. Mein Haar ist braunrot, während sie so aussah, als stünde ihr Kopf in Flammen. Julie und ich waren so eng befreundet, daß wir sogar dieselbe Universität besuchten. Am Ende des vierten Semesters kam es jedoch zum Bruch, und sie sprach kein Wort mehr mit mir. Julie war kein Thema, an das ich gern dachte.

»Vielleicht ist es aber auch Ben Papp«, stichelte Alex.

»Mom, wann sagst du ihm endlich, daß er damit aufhören soll?«

»Laß sie in Ruhe, Alex.«

»Kommt ihr zu meinem Konzert?« lenkte Kate jetzt vom Thema ab. Mit zehn hatte sie angefangen, Flötenunterricht zu nehmen, und mittlerweile beherrschte sie das Instrument meisterhaft, spielte mit Eleganz und Feingefühl. Ihr Lehrer sagte sogar, wenn sie weiter ernsthaft an sich arbeitete, stünde ihr womöglich eine Karriere als Musikerin bevor. Bislang zeigte Kate noch keine besonderen Ambitionen, diesen Weg einzuschlagen, aber man konnte ja nie wissen. Bei dem Konzert am Sonntag wollte sie ein Stück von Bach spielen, das sie schon seit Wochen mit großem Fleiß einstudierte. Meine Tochter war schon bei so manchem Konzert aufgetreten, aber aus irgendeinem Grund machte das kommende sie besonders nervös.

»Natürlich«, antwortete ich, »wir kommen alle. Sogar sämtliche Großeltern. Und Elias sowieso.« Musik gehörte zu den wenigen Dingen, die immer wieder seine Aufmerksamkeit erregten, sei es nun Elvis, Kates Flötenspiel oder meine eher unmelodiösen Schlaflieder. Ich höre mir gern alles Mögliche an, von Folk bis Jazz, von Do-wop bis Acid Rock, aber bei jedem Instrument versage ich, und mein Gesang hat nicht viel mit Wohlklang gemein. Zwei Jahre lang hatte ich Klavierunterricht bei einer Diktatorin namens Anna Drum genossen, die ihre Enttäuschung über meinen Mangel an Begabung nur schwer verbergen konnte. Zu den Stunden ging ich nur aufgrund des unumstößlichen Gebots meiner Mutter.

Als ich damit anfing, war ich neun. Charlotte hatte mich wegen irgend etwas angeschrien, und mit dem glänzenden weißen Steinway, den sie anschaffte, schien sie das wieder gutmachen zu wollen. Natürlich war sie bei der Anlieferung gerade arbeiten gewesen, aber Nelda, die Haushälterin, schien genau zu wissen, wie man die Möbel im Wohnzimmer umstellen mußte, um Platz für den Flügel zu schaffen. Vom Flur aus verfolgten Julie und ich, wie sie die Packer hin und her scheuchte; keine leichte Aufgabe, das Stück unterzubringen, weil es fast den ganzen Raum einnahm.

»Wer soll denn darauf spielen?« fragte ich schließlich.

Julie grinste mich an. »Ich habe so ein Gefühl, daß du das sein wirst.«

Und auf diese Weise erfuhr ich, daß ich Klavierstunden nehmen sollte.

»Kate hat nur das Thema gewechselt, weil sie nicht über Greg reden will«, bohrte Alex weiter. »Ihr werdet ihr doch wohl nicht diesen Mist abkaufen, von wegen, sie ginge ins Kino? Das glaubst du ihr doch auch nicht, oder, Elias?«

Aber der Kleine schien überhaupt nicht zugehört zu haben. Und er aß auch nichts.

»Jetzt hör endlich damit auf, auf deiner Schwester herumzuhacken«, sagte Sam.

»Warum sollte ich?« schnaubte Alex.

»Weil sie die allerbeste Schwester ist, die du jemals bekommen wirst«, entgegnete Kate.

In diesem Moment fing Poppy an zu jaulen. Unsere Promenadenmischung hat eine feste Regel: Wenn er nur lange genug auf etwas Freßbares starrt, muß das auch in sein Maul wandern. Poppy hatte die ganze Zeit wartend zu Elias' Füßen gelegen. Mir fiel jetzt auf, daß der Junge sich schon die ganze Zeit ungewöhnlich schweigsam verhielt. Er hatte auch nicht wie sonst darauf bestanden, auf den Schultern seines Vaters zu reiten, kaum daß Sam zur Tür hereingekommen war.

Elias legte jetzt den Kopf auf den Tisch und schloß die Augen. Und damit fing alles an.

4

»DARF ICH HEREINKOMMEN?« Becky stand vor dem NAR. Seit es angefangen hatte, war sie beinahe jeden Tag dagewesen. Meine Freundin wandte beim Eintreten auch nicht den Blick von Elias ab, so wie das jeder andere Besucher tat. Becky sah dem Unglück direkt ins Gesicht.

Ich beobachtete, wie sie den Jungen sanft auf die Stirn küßte und darauf achtete, nicht an den Schlauch in seiner Nase oder den in seinem Hals zu geraten. Für einen Moment verharrte sie in dieser Stellung – die Augen geschlossen und die Lippen an seine Haut gepreßt. Ich sah, wie sie seinen Namen flüsterte, eine simple freundliche Geste, die mich aus meiner Betäubung löste und mir die Tränen in die Augen trieb. Als Becky sich wieder aufrichtete, waren ihre Augen ebenfalls feucht.

»Ich brauche frische Luft«, sagte Sam. »Will mir etwas die Beine vertreten.« Beim Aufstehen warf er mir einen kurzen Blick zu, so als erwarte er eine Reaktion.

Am Morgen mußte ich ihn wohl entsetzt angestarrt haben, als er erklärte, joggen gehen zu wollen. »Ich muß meinen Kreislauf in Trab halten«, erklärte er. »Bin bald zurück.« Und damit war er erst einmal fort. Sam hatte immer schon Sport getrieben. Aber seit jenem Tag war ich in ein anderes Universum hinübergeglitten, in dem die normale Routine nicht mehr existierte. Warum ging es ihm nicht genauso? Jetzt beobachtete ich, wie er das Zimmer verließ, und wunderte mich über seine raschen Bewegungen, wo ich doch alles nur noch in Zeitlupe verrichten konnte – wie ein altes Grammophon, auf dem die Platte immer langsamer läuft, weil es wieder angekurbelt werden muß. War Sam überhaupt schon aufgefallen, daß Beckys Mann Mark, die andere Hälfte unserer sogenannten besten Freunde, noch auf seinen Besuch warten ließ?

Der Geist sang wieder irgendwo da draußen. Seine Stimme war über dem normalen Geräuschpegel der Intensivstation deutlich zu vernehmen. Ich versuchte, nicht hinzuhören, konnte aber die Ohren nicht vor seinem Lied versperren.

Die ganze Nacht werfen die Netze sie aus
Nach den Sternen im glitzernden Schaum.
Dann bringt sie der Holzschuh-Kahn sicher nach Haus,
Hernieder vom Himmelssaum.

Sam würde jetzt gerade den Flur erreichen.

»Hörst du das, Becky?«

»Was meinst du?«

»Das ist das Schlaflied, das ich Elias jeden Abend vorsinge. Hör doch.«

Sie spähte durch die Glaswand, als suche sie den Sänger eines Liedes, von dem sie offenkundig nichts vernahm.

»›Zwinker, Blinzel und Nick.‹« Sollte ich denn wirklich bislang versäumt haben, ihr davon zu berichten, daß Elias jeden Abend dieses Lied und kein anderes hören und vorher nicht einschlafen wollte? Das war doch ziemlich wichtig. All die Male, in denen wir Erinnerungen und Klatsch ausgetauscht, uns über unsere Eltern und Ehemänner ausgelassen, uns über Erziehungsfragen und die Entwicklung unserer Kinder ausgetauscht oder von kleineren Flirtereien (in Beckys Fall auch einmal von einer ziemlich großen) berichtet hatten – sollte ich da das Schlaflied vergessen haben?

»Ich höre absolut nichts, Dinah.«

Anscheinend konnte außer mir wirklich niemand den Geist wahrnehmen. Vielleicht bildete ich mir das alles nur ein.

Meine Freundin setzte sich neben mich und streckte die Arme nach mir aus. Aber das hätte ich jetzt nicht ertragen können. Mir bereitete es schon die größte Mühe zu atmen. Allein die Vorstellung, daß jemand mich umarmte, mich berührte, Druck auf meinen Körper ausübte – und sei es auch die beste Freundin oder der eigene Mann –, ließ mich würgen. Damit wäre ich auch vom Rest meiner Luftzufuhr abgeschnitten.

Mir war klar, daß ich unter Schock stand. Die Panik, die Atemnot und die Schlaflosigkeit waren eindeutige Symptome dafür. In meiner fünfzehnjährigen Praxis hatte ich genug Eltern erlebt, die ein Kind verloren hatten, um die Anzeichen eines untröstlichen Kummers zu kennen. Meine eigene Großmutter hatte den Tod eines ihrer Kinder zu beklagen, eines Bruders meiner Mutter. Er war damals vier gewesen, und meine Großmutter war nie darüber hinweggekommen. Eigentlich interessant, daß es für eine sohn- oder tochterlos gewordene Mutter keinen Namen gibt. Wie zum Beispiel Witwe oder Waise.

Aber war es nun ein Fluch oder ein Segen, wenn ich wußte, daß ich unter Schock stand oder was mich erwartete, wenn Elias nicht mehr aufwachen sollte? Würde es mir helfen oder alles nur noch schlimmer machen, wenn ich mir schon jetzt ausrechnen durfte, daß ich niemals über den Tod meines Jüngsten hinwegkäme? Daß dieses Wissen mir ein Leben lang wie ein Monster im Kopf sitzen würde? Daß einige Menschen, die ich für Freunde gehalten hatte, sich von mir abwenden würden?

»Ich kann nicht«, sagte ich und zog mich von Becky zurück.

»Ist schon okay, Dinah.« Sie faltete ihre perfekt manikürten Hände im Schoß. »Heute morgen habe ich mit Addie gesprochen. Sie sagte, sie hätte gestern vorbeigeschaut.«

Addie, eine andere Freundin. Eine Künstlerin, die für einen Verlag in New York Titel gestaltete. Als Elias auf die Welt gekommen war, hatte sie ihm eine kleine Kommode geschenkt. Von ihr selbst bemalt. Dinosaurier mit weißen und blauen Punkten.

Ich nickte und starre auf meine zitternden Hände. Es würde nichts ändern, ob meine Freunde Elias besuchen kamen oder nicht. Aber ihr Ausbleiben schmerzte mich mehr, als ich je für möglich gehalten hätte. Wenn Elias sterben sollte, könnte ich denjenigen, die nicht gekommen waren, niemals vergeben. Ich würde sie nicht mehr als meine Freunde ansehen, ganz gleich, welche Gründe sie abgehalten hatten – daß sie nicht wußten, was sie sagen sollten, zu beschäftigt waren, gerade auswärts weilten, daß sie sich im Krankenhaus unbehaglich fühlten, es ihnen Angst machte, was auch immer.

»Mark läßt grüßen und sagt, daß er euch liebt und für euch betet«, murmelte Becky.

Ich versuchte, erfreut zu nicken, brachte aber nur eine matte Kopfbewegung zustande. Warum kam Mark nicht selbst her? Gehörte er zu denjenigen, die mich im Stich lassen würden?

»Wenn ich irgend etwas für dich tun kann, Dinah ...« meinte sie schließlich. »Willst du nicht was essen? Höchste Zeit fürs Abendbrot.«

»Ich habe keinen Hunger.«

»Wie hast du es denn zu Hause geregelt? Soll ich den Kindern morgen was zu essen vorbeibringen?«

»Sams Eltern kümmern sich um sie«, antwortete ich. »Sie bringen sie heute abend mit her.«

Becky nickte. »Gibt es denn sonst etwas, das ich für dich tun kann, Di?«

Ich lauschte der Geistermusik. Nein, ich würde nicht noch einmal auf ihn hereinfallen. So dumm bin ich nun auch wieder nicht.

»Könntest du für mich im Jüdischen Gemeindezentrum anrufen und Bescheid geben, daß ich die nächste Zeit keinen Kurs abhalten kann?«

»Das wissen sie längst, Dinah. Vermutlich hat Sam schon dort angerufen. Neulich habe ich übrigens Mrs. Shoenfeld getroffen, als ich Brian zum Schwimmunterricht brachte.«

War es wirklich erst ein paar Tage her, seit wir uns über den Weg gelaufen waren? Nein, mindestens eine Woche. Eher noch länger.

»Ich war ganz verblüfft, daß sie mich wiedererkannt hat«, sagte Becky.

Mich konnte das nicht überraschen.

»Mrs. Shoenfeld fragte mich, wie es dir geht, und schien wegen Elias sehr besorgt zu sein.« Sie schaute kurz zu ihm hinüber. »Kennt sie ihn eigentlich?«

»Sie hat ihn einmal gesehen.« Vergangenen Sommer hatte ich Elias bei Krafty Kids angemeldet – künstlerische Betätigung für Kinder. Zur selben Zeit begann ich meinen Schreibkurs. Ich berichtete der Lehrerin von seinen Lernschwierigkeiten und erklärte ihr, wenn es ein Problem gebe, ich sei mit meiner Klasse auf demselben Flur. Leider kam es tatsächlich zu Schwierigkeiten. Elias wollte statt seines Blattes lieber einen Klassenkameraden mit Fingerfarben bemalen, und die Lehrerin brachte ihn weit vor Ablauf der Stunde zu mir. »Ich weiß nicht mehr, was ich noch mit ihm anfangen soll«, erklärte sie. »Die ganze Zeit hat er nur in der Ecke gehockt und geheult. Tut mir sehr leid, aber er bringt zuviel Unruhe in die Klasse.«

Ich stellte Elias meinem Kurs vor. Er verzog sich in eine Ecke und schlug mit ein paar Plastikautos auf den Boden, statt bei mir stehenzubleiben. Aber meine Rentner begaben sich zu ihm, verhätschelten ihn und konnten sich kaum noch einkriegen. Sofort fühlte ich mich besser, und Mrs. Shoenfeld hatte zu denen gehört, die sich am meisten mit ihm beschäftigten. Sie war auch die einzige gewesen, der aufgefallen war, daß es sich bei Elias um kein normales Kind handelte. »Das muß sicher sehr hart für Sie sein, Dinah.«

»Mrs. Shoenfeld hat mich gefragt, ob es dir wohl recht wäre, wenn sie dir einen Brief schriebe«, sagte Becky.

Das bewegte mich auf eigenartige Weise sehr. Ellen Shoenfeld gehörte gewiß zu den Überlebenden des Holocaust. Sie hatte nie ein Wort darüber verloren, aber sie war achtzig, Jüdin und sprach mit einem deutlichen deutschen Akzent. Wahrscheinlich war sie nach dem KZ hierher ausgewandert. Als Hitler an die Macht kam, befand sie sich wohl noch in

Deutschland. Offenbar hatte sie kein Verlangen, darüber zu reden, wie andere KZ-Häftlinge das tun. Einmal fragte ich sie danach, und sie antwortete nur: »Ja, ich war da, als es dazu kam.« Und damit ließ Mrs. Shoenfeld mich stehen.

»Sie sagte, du wärst eine bewundernswerte Frau«, berichtete Becky.

»Ich weiß nicht, wie Ellen darauf kommt. Sie ist in diesem Semester zu jeder Stunde erschienen, hat aber keine einzige Zeile zu Papier gebracht.«

»Warum kommt sie denn überhaupt, wenn sie nicht schreiben will?«

»Keine Ahnung.«

»Du magst diesen Kurs sehr, nicht wahr?« lächelte Becky.

Tränen schossen mir wieder in die Augen, und mein Atem beschleunigte sich unter einer neuen Panikwelle. Eine normale Unterhaltung schien mir nicht mehr möglich zu sein, entzog sich mir wie ein verpaßter Zug. »Ich kann jetzt nicht über den Kurs reden, Becky.«

»Tut mir leid. Hör mal, ich gehe dir eben ein Sandwich besorgen. Du mußt es ja nicht essen. Ich lege es einfach auf den Tisch, und wenn dir danach ist, kannst du davon abbeißen.«

Sie verließ den NAR. Ich würde nichts hinunterbekommen, aber Becky war sicher froh, etwas tun zu können. Vielleicht kam sie ja zurück, um mir etwas über einen gitarrespielenden Geist auf dem Flur zu erzählen.

Ich legte den Kopf in Höhe von Elias' Bauch aufs Bett und schloß die Augen. Doch auch jetzt noch konnte ich die sechs parallelen Linien des Monitors sehen, die wieder und wieder über die beiden Bildschirme liefen. Pulsschlag, Blutdruck, Puls-Sauerstoff, Ausatmungsdruck, Einatmungsdruck und Ventilationsrate brannten sich in mein Gehirn. Als Becky zurückkehrte, sah ich immer noch Linien, vernahm das Schusch-Klick-Klack und lauschte dem Lied von den schönen Träumen und den drei Fischern.

»Ich habe dir Roastbeef auf Roggenbrot besorgt, das magst du doch, oder? Und Sprudel. Du mußt wenigstens etwas trinken.« Sie nahm wieder Platz. »Sam habe ich nicht gesehen. Er läuft wohl immer noch irgendwo draußen.«

Ich nickte. »Wie wird er wohl reagieren, wenn Elias stirbt?«

Becky zuckte zusammen. »Dinah! Dein Elias wird nicht sterben!«

»Und wenn doch?«

»Ich halte es für keine gute Idee, vor ihm darüber zu reden. Vielleicht kann er dich ja hören.«

Und womöglich wurde er darüber furchtbar wütend und öffnete empört die Augen.

»Er ist mein Sohn, und ich rede so über ihn, wie ich das möchte.«

Meine Freundin seufzte, stand auf, trat an die Glastrennwand, schaute für einen Moment hinaus in die Station und drehte sich dann zu mir um. »Ich glaube, ihr beide wärt am Boden zerstört. Sam würde sich auf deine Stärke stützen. Genauso wie du dich auf seine. Aber Elias *wird nicht sterben.*« Becky drückte seine schlaffe Hand. »Habe ich nicht recht, Elias?«

Der Junge schlief weiter, und sein Beatmungsgerät machte ungerührt Schusch-schwusch.

Becky irrte sich. Mit Sam und mir würde es sich nicht so verhalten. Man sollte meinen, eine solche Katastrophe würde ein Paar fester aneinanderschmieden. Aber das stimmt nicht. Bei der überwiegenden Mehrheit jedenfalls nicht. Meine Patientin Laura Soffel und ihr Mann hatten nicht miteinander über ihren toten Sohn Tom reden können und sich schließlich scheiden lassen, als sie sich gar nichts mehr zu sagen vermochten. Sheila Morrison und ihr Mann redeten unaufhörlich. Sheila mit mir als ihrer Therapeutin und beide zusammen mit ihrem Gemeindepriester, dann in der Selbsterfahrungsgruppe ähnlich betroffener Eltern, mit einem Hellseher und schließlich mit einem Scheidungsanwalt. Und Großmutter Elizabeth und Großvater Eli? Meine Mutter hat jahrelang kein Wort mit ihnen gewechselt, und ich habe sie nur acht- oder neunmal gesehen. Und bei diesen wenigen Besuchen wurde ich regelmäßig Zeuge ihres erbitterten Krieges, bei dem sie sich gegenseitig die Schuld gaben.

Bei uns würde es wohl kaum anders werden. Ich konnte mir nicht vorstellen, daß Sam mit irgendwem über Elias reden würde, wenn ihm von seinem jüngsten Sohn nicht mehr übriggeblieben war als ein Loch in seinem Herzen. Und wieviel vermochte ich wohl zu reden, wenn von jedem Molekül in meinem Körper ein Stück fehlte? Ich weiß nicht, wann die Moleküle sich verändern, schon während der Schwangerschaft oder erst, wenn man das Kind aufzieht. Mir war nur klar, daß jeder meiner Zellkerne sich aus vier Teilen zusammensetzte: zu einem Teil aus mir, zum zweiten aus Kate, zum dritten aus Alex und zum vierten aus Elias. Wenn der Elias-Teil plötzlich vom Zellkern abgeschnitten würde, würde dieser Verlust bestimmt die ganze Struktur befallen, bis sie schließlich zu Staub geworden wäre. Ich glaubte schon zu spüren, wie die Ränder zerbröckelten.

Meine Patienten hatten sich nach der Therapie bei mir wieder weit besser im Griff. Sie funktionierten wieder. Funktionieren? Was für ein komischer Begriff. Während ich so in dem Zimmer saß, wurde mir klar, daß niemand auf der Welt, und ganz gewiß kein Therapeut, ein Diagnosehandbuch für solche Fälle besaß. Es gab kein DHWZMZ (erste Auflage): *Diagnosehandbuch für den Wiederaufbau von zerstörten Mutterzellen.*

Alles, was zwischen Sam und mir harmonierte und wo wir uns ergänzten, all das, was unsere Ehe glücklich machte, würde verdorren und auseinanderfallen. Ich kannte noch nicht die Worte, mit denen wir uns gegenseitig weh tun, mit denen wir einander die Schuld entgegenschleudern würden. Aber ich wußte bereits, daß die Formel, die Gleichung oder der Satz, nach dem unsere Ehe bis dahin bestanden hatte, dann nicht mehr zuträfe. Wenn man ein Kind verliert, zerbricht alles, was bisher gültig war.

»Was meint denn der Arzt?« fragte Becky.

»Daß Elias bald aufwachen wird.«

Die Freundin nickte und schwieg eine Weile. »Kann ich denn noch etwas für dich tun?«

Mich vielleicht in die Zeit vor dieser Katastrophe zurückholen? Mit mir tauschen, auf daß ihr Brian dort in dem Bett läge und nicht mehr mein Elias? Nein, halt, so habe ich das nicht gemeint.

Ich fühlte mich nicht mehr wie ein Mensch. Mein Platz war jetzt wohl eher draußen auf dem Gang, bei dem Geist.

Sam kehrte zurück. Er sah müde aus, und seine Augen blickten leer drein. Davon abgesehen wirkte er jedoch noch immer genauso wie damals, als ich ihm zum ersten Mal begegnete. Vor zweiundzwanzig Jahren, als ich in der Warteschlange stand und mich für das erste Studienjahr an der George Washington University immatrikulieren wollte. Gerade blätterte ich meine Papiere durch, um sicherzugehen, nichts vergessen zu haben. Dabei fiel meine gelbe Karte zu Boden, die man am Schalter vorweisen muß, und landete direkt vor Sams Füßen.

»Das ist meine«, sagte ich rasch und bückte mich im selben Moment danach wie er. Mir fiel gleich auf, wie süß er aussah. Sanfte braune Augen, groß gewachsen und schlank, dunkles zerzaustes Haar, Brille mit Drahtgestell, abgetragenes Flanellhemd, die Ärmel hochgerollt. Ein Lächeln, komplett mit Grübchen, bei dem einem die Knie schwach werden konnten.

»Die darfst du nicht verlieren.« Er reichte mir die Karte. »Keine Karte, kein Geld.«

Ein junger Mann mit einem Hendrix-T-Shirt, einer Armeehose und einem Lederstirnband tippte ihm auf die Schulter. »He, Mann, du bist an der Reihe.«

»He, Mann«, entgegnete Sam und lächelte mir freundlich zu, »mach dir nicht ins Hemd, ich unterhalte mich hier gerade mit einem hübschen Mädchen.«

Jetzt im Krankenhaus hockte er sich wieder hin, verströmte kalte Luft und roch nach Fritierfett. Wahrscheinlich hatte er sich in der Cafeteria etwas zu essen besorgt. »Verdammt kalt draußen.«

»Sie haben Schnee vorausgesagt«, meinte Becky.

Natürlich, schließlich hatten wir Winter. Elias liebte den Schnee. Wie gern hätte ich ihm gesagt, daß es schneien sollte, es ihm ins Ohr geflüstert, es ihm mitten ins Gesicht geschrien. Aber die anderen sollten mich nicht so sehen. Damit wollte ich warten, bis ich wieder mit meinem Sohn allein war. Dann würde ich es ihm sagen, wieder und wieder, bis er aufwachte und wir nach draußen gehen und im Schnee spielen konnten.

Ich schloß die Augen, und wieder verschwanden die Gerüche und Geräusche des Krankenhauses, und ich wurde in eine andere Zeit und an einen anderen Ort geführt.

In meine eigene Küche. Sam steht am Ausguß und füllt die Spülmaschine. Der Raum wirkt so trübe wie ein Teich. Nur eine kleine Birne über dem Tisch in der Ecke spendet etwas Licht. Wie eigenartig, daß Sam das Geschirr im Dunkeln unter Wasser hält und in die Spülmaschine stellt.

»Wo warst du?« fragt er und dreht sich zu mir um.

»Du weißt doch, daß ich auf dem Friedhof war. Warum fragst du also?«

Er trocknet sich die Hände ab, schleudert das Handtuch auf die Anrichte und nimmt einen Schluck aus seinem Glas Scotch, ohne das man ihn nicht mehr antrifft.

Sam stellt das letzte Stück in die Maschine und schließt die Tür. »Ann Magill hat angerufen. Sie und Jim laden uns am Samstag zum Dinner ein.«

»Also wirklich! Nach all der Zeit will sie plötzlich wieder mit uns befreundet sein?«

»Ach, komm, sie gibt sich immerhin Mühe.«

»Sie hat letzte Woche angerufen und mir endlos von Jims Leistenbruch vorgeschwafelt. Ich hasse es, wenn man mir die Ohren zuquatscht.«

Die Schwätzer sind noch schlimmer als die Ratgeber, die Schmerzlinderer und diejenigen, die so tun, als stünden sie direkt mit Gott in Verbindung. »Der Herr wollte ihn wohl zu sich rufen.« – »Ertrag es, zum Wohl deiner anderen Kinder.« – »Wenigstens mußte er nicht leiden.« Und natürlich der alte Standardspruch: »Die Zeit heilt alle Wunden.« Die Schwätzer sagen solche Dinge nicht, das wenigstens kann man ihnen zugute halten. Dafür interessieren sie sich überhaupt nicht für einen, sondern wollen irgend etwas eigenes loswerden.

»Für die anderen ist es auch nicht einfach, Dinah. Oder willst du immerzu alle, die wir kennen, nur danach beurteilen?«

»Ja, genau das will ich.« Ich lasse mich auf einen Küchenstuhl fallen.

»Würdest du bitte diese Woche zur Selbsterfahrungsgruppe mitkommen? Das könnte dir wirklich helfen, Dinah.«

»Ich will keine Hilfe«, zische ich und mache mir gar nicht erst die Mühe, meine Verbitterung zu verbergen. »Was hat es für einen Sinn, dorthin zu gehen und so zu tun, als gehörten wir zu einem Club – obwohl dem doch unter normalen Umständen niemals jemand beitreten würde? Keiner kann verstehen, was in dem anderen vorgeht.«

Sam seufzt, klingelt mit dem Eis in seinem Glas und leert es bis auf den letzten Tropfen. Er trinkt von morgens bis abends. »Wir sind beide betroffen, Dinah.«

»Was verlangst du von mir, Sam? Ich gebe soviel, wie ich kann. Und immerhin lebe ich noch, oder?«

Er starrt mich einen Moment lang an, dann verläßt er mit seinem Glas die Küche. »Ich möchte, daß du endlich aufhörst, dich wie eine Märtyrerin zu fühlen.« Ich höre, wie er sein Glas auffüllt.

»Mr. und Mrs. Galligan?«

Ich war wieder im NAR. Ein Stationsarzt stand mit einem Klemmbrett in der Tür. »Ich brauche die Krankengeschichte.«

»Haben Sie die nicht bereits?«

Meine Haut brannte, als wäre ich der Sonne zu nahe gekommen. Was war gerade mit mir geschehen? Wie hatte dieser Wachtraum so anders ausfallen können als der erste?

»Tut mir leid«, sagte der Arzt.

»Ist schon in Ordnung«, winkte Sam ihm zu, »kommen Sie herein.«

Becky erhob sich. »Ich muß jetzt ohnehin los.«

»Danke, daß du gekommen bist«, sagte mein Mann.

Sie küßte uns beide zum Abschied und auch Elias. Der Arzt wartete, bis sie den Raum verlassen hatte, drehte dann den Stuhl in der Ecke herum, ließ sich darauf nieder und hielt seinen Bleistift schreibbereit.

»Also gut«, sagte er. »Dann fangen wir doch bei der Schwangerschaft an, ja?«

5

WIR HATTEN ELIAS beinahe schon einmal verloren, noch vor seiner Geburt. Ich war damals im zweiten Monat schwanger und fing während unseres Urlaubs auf Martha's Vineyard an zu bluten. Alex war damals neun, Kate zehn. Die Blutungen hielten das ganze Wochenende an. Ich hatte furchtbare Angst und sagte Sam nichts davon. Erst, als wir wieder zurück in Connecticut waren. Er nahm mich in die Arme, wiegte mich und erklärte mir, daß schon alles gut ausgehen werde, »komme, was wolle«. Die gleichen Worte, die er bei seinem Heiratsantrag benutzte.

Aus uns beiden würde ein großartiges Team, hatte er gesagt, wir würden alles gemeinsam durchstehen, *komme was wolle.* Alle Probleme, die sich aus unseren unterschiedlichen Religionen ergeben könnten, würden wir zusammen verarbeiten. Allem Schlimmen, das uns begegnete, würden wir uns gemeinsam stellen, ob Krankheit oder der Tod unserer Eltern. Letzteres erschien uns damals als das Furchtbarste, das uns jemals zustoßen könnte.

Wir freuten uns auf die Geburt unseres dritten Kindes, obwohl es eigentlich nicht geplant gewesen war. Ich zählte zu diesem Zeitpunkt bereits siebenunddreißig Jahre. Wir hatten immer abwechselnd Kondome und ein Diaphragma benutzt, weil ich von der Pille dick wurde und Sam meinte, die Spirale stelle ein unnötiges Gesundheitsrisiko dar. Sein Kondom riß. Wir lachten herzhaft darüber. Als ich dann tatsächlich schwanger war, scherzte Sam: »Wenn die Zeit gekommen ist, daß du dich mit den Kindern über Sex unterhältst, warnst du sie besser, daß jedes Mal das Mal zuviel sein kann.«

»Wenn *ich* mit ihnen über Sex rede?«

Er zog eine Braue hoch. »Na ja, du bist doch hier die Expertin für menschliche Beziehungen. Ich bin bloß ein Werbe-Fuzzi.«

Nach dem Wochenende ließ ich eine Fruchtwasseruntersuchung vornehmen. Der Arzt sagte uns, als der Befund vorlag, daß keine »Chromosomen-Anomalien« festgestellt worden seien.

»Bedeuten denn die Blutungen nicht, daß etwas mit meinem Baby nicht stimmt?« wollte ich wissen.

Er rückte die Brille auf seinem Nasenrücken zurecht. »Viele, wenn nicht die allermeisten Frauen, die im Frühstadium ihrer Schwangerschaft unter solchen Problemen leiden, bringen völlig gesunde Kinder zur Welt.«

»Und wie hoch ist der restliche Prozentsatz?« fragte Sam, und ich war ihm dankbar dafür.

»Na ja, Probleme lassen sich nie ganz ausschließen. Aber bei Ihnen erwecken sämtliche Ergebnisse den Eindruck, als würde alles in Ordnung gehen.«

»Aber wenn nun tatsächlich etwas nicht stimmt?« beharrte ich. »Wie weit muß die Schwangerschaft fortgeschritten sein, ehe man das definitiv feststellen kann? Reicht die Zeit dann noch für eine Abtreibung?« Ich wollte keine Abtreibung, sondern nur über den schlimmsten denkbaren Fall sprechen, um mich entsprechend darauf vorbereiten zu können. »Wenn wir erst noch ein paar Monate abwarten müssen, um festzustellen, ob und wie die Probleme sich entwickeln, dürfte es für einen Eingriff wohl zu spät sein, oder?«

»Dinah macht sich immer um alles Sorgen«, sagte Sam und lächelte mir zu. Dafür hätte ich ihn am liebsten ins Gesicht geschlagen, obwohl er ja eigentlich recht hatte. Sam glaubte, meine ständigen Sorgen würden mich zur Pessimistin machen. Aber da lag er falsch, ich war die Realistin, er hingegen ein Traumtänzer.

»Ich glaube wirklich, Sie machen hier aus einer Mücke einen Elefanten«, erklärte der Arzt. »Glauben Sie mir, alles wird gut werden.«

Die Blutungen hörten schließlich im sechsten Monat auf, und drei Wochen vor der Zeit begab ich mich in die Klinik. Nach zweiundvierzig Stunden kam Elias durch Kaiserschnitt zur Welt, und er sah aus wie ein gerupftes Huhn mit sehr wenig Fleisch auf den Knochen. Seine Haut war so dünn, daß sie fast durchsichtig wirkte, und sah aus, als hätte er die Gelbsucht. Ein fleckiger Rotschimmer zog sich darüber. Man konnte erkennen, was sich unter ihr befand – die Kapillaren und die Venen. Dafür besaß er schwarzes, stacheliges Haar im Übermaß, und bei dem Anblick mußte ich an eine Comicfigur denken, die gerade einen Finger in der Steckdose hat.

Anfangs hielt mein neues Baby die Augen fast ständig geschlossen. Wenn der Kleine sie aber doch einmal öffnete, sah er mich direkt an, und ich verliebte mich auf der Stelle in ihn. Er hatte Sams Grübchen, das konnte man jetzt schon erkennen, auch wenn sein Gesichtchen kaum größer war als eine Grapefruit.

Elias gehörte mit seinen vier Pfund Geburtsgewicht nicht zu den Säuglingen, die ernsten Anlaß zur Sorge geben, aber er war auch nicht rosafarben und pummelig und krähte auch nicht aus Leibeskräften. Wenn Elias schrie, klang das eher wie das leise Miauen eines Kätzchens. Wenn andere frischgebackene Mütter meinen Kleinen mit seiner ungesunden Gesichtsfarbe, der zu weiten Haut und der wunden Stelle unter der Nasenspitze sahen, wo die Schwester ihm den Nasalschlauch eingeführt hatte, konnte man die Sprechblasen über ihren Köpfen deutlich erkennen: »Gott sei Dank, daß das nicht meiner ist.« »Wie furchtbar für die arme Frau!« Aber sie brauchten mich gar nicht zu bemitleiden. Mein Sohn erschien mir so wunderbar wie ihre Kinder ihnen.

Wir hatten da noch eine sehr junge Mutter, sie konnte höchstens sechzehn gewesen sein, mit strohigem rotblondem Haar wie das meiner alten Freundin Julie. Sie hob ihr Baby aus der Wiege, setzte sich in den Schaukelstuhl neben mir und fing an zu weinen. Da meine Hormone immer noch verrückt spielten, kamen mir auch gleich die Tränen. Ich mußte daran denken, wie sehr ich Julie doch vermißte. Nicht zum ersten Mal, seit ich verheiratet war, nahm ich mir vor, sie anzurufen. Nach so vielen Jahren würde sie bestimmt nicht gleich auflegen. Am nächsten Tag kam ein Paar, beide in den Dreißigern, und nahm das Baby der jungen Mutter mit. Ich habe die tapfere Sechzehnjährige nie wiedergesehen. Und auch Julie nicht angerufen.

Fast drei Wochen blieb ich im Krankenhaus, und Charlotte erschien mit meinem Vater und Nelda im Schlepptau. Kate beschwerte sich, daß Nelda immer nur Sachen kochen würde, die sie haßte, wie Hackbraten mit grünen Bohnen. O ja, an dieses Gericht konnte ich mich noch gut erinnern.

Sam sagte, er würde schon alles geregelt bekommen. Und das schaffte er auch.

Eines Abends setzte er sich auf den Stuhl neben mich und beugte sich zu unserem Sohn hinab, der gerade eingeschlafen war, um ihn zu küssen. Sam sah erschöpft aus. Kein Wunder, wenn er jeden Tag nach New York und zurück pendelte und sich danach um die Kinder und Charlotte kümmern mußte. Und zweifelsohne verlangte auch mein Vater Aufmerksamkeit und wünschte sich, daß Sam ihn wenigstens bei seinen Abendspaziergängen begleitete.

Solange ich zurückdenken kann, hat mein Vater immer nach dem Abendbrot seinen Spaziergang unternommen. Um seine Gedanken für den nächsten Tag zu ordnen, wie er zu sagen pflegte. Als Kind war ich fest davon überzeugt gewesen, daß er nur eine Gelegenheit suchte, für ein paar Minuten von Charlotte wegzukommen. Den ganzen Tag über arbeiteten sie in der Firma meiner Mutter zusammen. Sie besitzt eine Boutiquen-Kette, *»Charlotte's Petal«*, mit, nach letzter Zählung, fünfzehn Dependancen. Schon damals wußte ich, daß zuviel Charlotte einem nicht gut tat. Früher glaubte ich auch, mein Vater bliebe nur wegen Dan und mir bei ihr. Heute weiß ich, daß die Dinge viel komplizierter liegen. Damals bin ich mit ihm spazierengegangen. Mit Dad um den Block zu laufen, gehörte zu meinen absoluten Lieblingsbeschäftigungen.

So saßen wir beide eine Weile schweigend da. Sam betrachtete eine neue Madonna mit Kind, eine ausgesprochen schöne Farbige, die sich das Haar zu unzähligen Zöpfen geflochten hatte, die ihr bis über die Schultern fielen. Sie wiegte ein wunderbares Baby, das erst an diesem Morgen auf die Welt gekommen war. Die Haut wie dunkle Schokolade, große, dunkel umrandete Augen, hellwach und voller Lebenshunger.

Ich legte ihm eine Hand auf den Arm. »Du machst dir Sorgen, nicht wahr?«

Er drehte sich zu mir um und sah dann Elias an. »Wird schon alles werden. Mit ihm wird bestimmt alles gut.«

Aber genau das konnten wir nicht wissen.

»Deine Mutter ist ganz schön heikel«, sagte er, um das Thema zu wechseln.

»Warum meinst du? Etwa wegen dem Hackbraten?«

Sam nickte.

»Aha. Warst du es nicht, der ihr am Anfang noch vorgestrahlt hat, wie glücklich wir uns preisen könnten, daß sie uns helfen kämen?«

Er lachte. »Was hätte ich denn sonst sagen sollen? Meinst du, ich bin lebensmüde? Ich habe deiner Mutter gesagt, wie sehr wir ihnen für ihre Hilfe zu Dank verpflichtet seien. Und daß die Kinder traurig seien, weil du ihnen so fehlst. Und daß es vielleicht besser wäre, wenn ich das Kochen übernehmen würde, weil ich ihnen das machen kann, was sie gewohnt sind.«

»Mein lieber Ehemann, das war genial von dir!« Charlotte würde natürlich niemals zulassen, daß er sich an den Herd stellte. Wenn eine Hausfrau nicht kochen kann, sucht sie sich eben eine Köchin. Aber um Himmels willen, man läßt doch nicht den Mann den Kochlöffel schwingen.

»Ich weiß.« Er lächelte frech und selbstzufrieden.

»Und darauf hat meine Mutter entgegnet ...« Ich präsentierte ihm eine meiner berühmten Charlotte-Imitationen. »Aber nein, kommt ja gar nicht in Frage. Sag mir nur, was Dinah so kocht, und dann zaubere ich das auch.«

»Ja, so ähnlich.«

»Und heute abend macht Nelda Hot Dogs?«

»Ich habe jedenfalls nichts von Hackbraten mit grünen Bohnen gesehen.«

Danach unterhielten wir uns über wichtigere Dinge, wie zum Beispiel, wieviel Kubikzentimeter Nährflüssigkeit Elias heute bekommen hatte.

Schließlich durften wir ihn nach knapp drei Wochen mit nach Hause nehmen. Kate gluckte wie eine kleine Mutter über ihm, und Alex schien zunächst Angst zu haben, ihm zu nahe zu kommen, so als könne er schon durch die leiseste Berührung zerbrechen. Elias schrie. Abwechselnd liefen Sam oder ich mit unserem kleinen schreienden Baby durchs Haus, bis sein rot angelaufenes Gesicht sich entspannte und er sich wieder beruhigte.

Eines Nachts erschien Kate plötzlich in der Tür zum Eßzimmer, wo ich zum mindestens fünfzigsten Mal mit ihm um den Tisch herumlief. So wie sie in ihrem lavendelfarbenen Schlafanzug dastand, blaß, mit dünnen Armen, die aus den Ärmeln ragten, das kastanienbraune Haar vom Schlaf zerzaust, wirkte sie viel jünger als zehn.

»Was machst du da, Mom?« Kate rieb sich die Augen.

Ich legte einen Finger an die Lippen und marschierte weiter. Elias hatte gerade die Augen geschlossen. »Manchmal muß ich mit ihm herumlaufen«, flüsterte ich, »damit er einschlafen kann.«

»Ehrlich? Wie spät ist es denn?«

»Ungefähr drei.«

Sie beobachtete mich einen Moment lang und meinte dann: »Du hast gesagt, du würdest morgen mit mir Ballettschuhe kaufen gehen. Für die Aufführung.«

»Das werde ich auch, Kate«, flüsterte ich. »Ich wäre mit dir auch so herumgelaufen, wenn du das gebraucht hättest.«

Sie starrte mich an. »Aber das habe ich nicht gebraucht, weil ich ein gutes Baby war, oder?«

»Elias ist auch ein gutes Baby, mein Schatz. Du und Alex, ihr wart eben nur etwas ruhiger.«

»Es ist aber doch nicht Elias' Schuld, oder?«

Ich lief immer noch, spürte sein kleines Herz schlagen und nahm den typischen Babygeruch wahr, der aus seinem Haar aufstieg.«

»Ich hab dich lieb, Mom.«

»Ich dich auch.«

»Du solltest dir das gelegentlich von Dad abnehmen lassen.«

»Daddy trägt auch seinen Anteil«, erklärte ich der erwachenden Feministin. »Komm, wir gehen jetzt alle wieder ins Bett.«

Charlotte wußte natürlich gleich, wie man so etwas handhaben mußte. Den Kleinen einfach schreien lassen. Aber irgendwann wurde ihr wohl klar, daß ich mich ihrem Rat nicht anschließen würde. Deswegen besorgte sie eine Kinderschwester. Ich wollte mich aber allein um Elias kümmern. In drei Monaten würde ich mit reduzierter Stundenzahl in die Praxis zurückkehren, und bis dahin wollte ich keine fremde Hilfe.

»Gott, Dinah, deswegen mußt du dich doch nicht in einen Zombie verwandeln! Was für eine Mutter kannst du schon sein, wenn du ständig erschöpft bist?«

Mit einiger Mühe widerstand ich dem Drang, ihr entgegenzuhalten, daß ich auch ohne Kindermädchen immer noch eine bessere Mutter wäre, als sie es je gewesen war!

Charlotte und ich schlossen am Ende einen Kompromiß. Für zwei Monate sollte eine Nanny drei Nächte in der Woche da sein. Meine Mutter bestand darauf, für ihren Lohn aufzukommen, und ich war am Ende dankbar für die Hilfe; denn es wurde rasch offensichtlich, daß Elias mehr als nur die normale Zuwendung und Aufmerksamkeit benötigte. Als er vier Monate alt war, rang ich meine Schuldgefühle nieder und ging wieder arbeiten. Mir blieb gar nichts anderes übrig, weil ich sonst alle Patienten verloren hätte und wieder ganz von vorn hätte anfangen müssen. Ich stellte eine Haushaltshilfe ein, Bridey, die Freundin einer Freundin von Sams Mutter, und sie erwies sich als geduldig und liebenswürdig. Mit zehn Monaten konnte Elias noch nicht krabbeln, und wir ließen mehrere Tests mit ihm durchführen. Gehirn-Scan, EEG, Blutproben und Hörtests. Irgend etwas stimmte nicht mit ihm, aber die Ärzte fanden nicht heraus, was ihm fehlte.

Mit zwölf Monaten gaben wir ihn in eine besondere Vorschul-Krabbelgruppe, die sich vor allem um Kinder wie ihn kümmerte. Ich entließ Bridey, denn von nun an kam ich allein zurecht.

Als Elias siebzehn Monate alt war, ging ich mit ihm in eine wöchentliche Spielgruppe, wie ich es auch schon mit Alex und Kate getan hatte. Allerdings war ich jetzt die älteste unter den Müttern. Elias würdigte die anderen Kinder keines Blickes. Die ganze Zeit blieb er auf meinem Schoß sitzen – mit Tuddy, der Schildkrötenpuppe, die mein Vater ihm ein paar Monate zuvor geschenkt hatte. Für ihn war es Liebe auf den ersten Blick gewesen. Mein Sohn verbrachte also die nächsten beiden Stunden in Tuddys Gesellschaft auf meinem Schoß, verdrückte Muffins, schaute aus dem Fenster und spielte hin und wieder mit einem Spielzeug, das ich aus der Tasche zog. Ich war enttäuscht, aber eigentlich hätte es mich nicht überraschen dürfen. In neuen Situationen verhielt er sich immer übervorsichtig. Er mußte sich erst daran gewöhnen, und dafür hatte man ihm seine Zeit zu lassen.

Nach ein paar Wochen kam einer der Kleinen, Paulie Pearl, mit einem bunten Brummkreisel zu uns. Elias, der wieder auf meinem Schoß saß, verfolgte, wie Paulie das Spielzeug auf den Tisch stellte und an der Stange zog, um es zum Drehen zu bringen.

Elias sah fasziniert zu.

Paulie schob die Stange wieder hinein. Offensichtlich wollte er meinem Jungen zeigen, wie ein Brummkreisel funktionierte.

Elias streckte die Hand aus, und ich hielt den Atem an. Allem Anschein nach wollte er das Gerät anfassen. Doch dann erstarrte er und zog die Hand rasch zurück. Ich versuchte, seine Rechte sanft zu der Stange hinzuführen. Doch wieder riß er die Hand zurück und fing an zu kreischen. Schrie Elias aus Frust, weil er zwar begriffen hatte, wie ein Brummkreisel funktionierte, seine Hand aber nicht dazu bewegen konnte, ihn zu bedienen? Handelte es sich dabei um ein sensorisches Problem, das sich durch eine Therapie beheben ließe? Oder verbarg sich ein mentales Handikap dahinter, bei dem wir nie auf Besserung hoffen durften? Woher sollte ich das wissen? Mir wurde in diesem Moment nur bewußt, daß man Elias nicht zwingen durfte, etwas zu tun, was er nicht tun wollte oder konnte.

Paulie Pearl brachte an diesem Tag noch einige Spielzeuge zu uns an den Tisch. Aber jedes Mal fing Elias wieder an zu brüllen. Schließlich belohnte er die Bemühungen Paulies damit, daß er ein rotes Feuerwehrauto quer durchs Zimmer schleuderte. Es landete mitten in einer Ansammlung gerahmter Fotografien auf einem Seitentisch und legte sie wie Kegel flach. Eine fiel auf den Boden, und der Rahmen zerbrach.

»O Gott, das tut mir aber leid«, rief ich. »Lassen Sie mich Ihnen helfen. Elias, sag Entschuldigung.«

Natürlich konnte er damals noch nicht sprechen.

»Ist schon in Ordnung«, meinte Tammy Pearl, Paulies Mutter, kehrte das zerbrochene Glas auf und stellte die anderen Rahmen wieder hin. Ich stand nur da und hielt Elias fest, der sich wie ein Ertrinkender an meinen Hals klammerte.

»Wir gehen jetzt wohl besser«, bemerkte ich.

Becky erhob sich. »Aber nein, Dinah.« Sie trat zu uns und nahm Elias' Hand. »Du hattest gerade keine Lust, mit dem Auto zu spielen, nicht wahr, Elias?«

Er verbarg sein Gesicht an meinem Hals.

»Alles okay, Tammy?« fragte Becky.

Die Mutter war gerade damit fertiggeworden, die Fotos wieder in die richtige Reihenfolge zu bringen. »Ja, natürlich. Möchte noch jemand Kaffee?«

Während die anderen Kinder sich wieder zum Spielen in ihre Ecke verzogen und die Mütter Kaffee tranken und sich unterhielten, kletterte Elias von meinem Schoß und krabbelte zum Fernsehgerät. Ich schaltete es ihm ein. Entweder fürchtete er sich davor, auf den Knopf zu drücken, oder er hatte noch nicht herausgefunden, was Knöpfe bewirken konnten. Aber seit einiger Zeit zeigte er auf Dinge, die er zum ersten Mal haben wollte.

Nach ein paar Wochen fingen die ersten an zu murren: »Muß der Kasten eigentlich die ganze Zeit laufen?«

Eines Tages war das Gerät aus, und Elias grunzte und zeigte immer wieder darauf. Also stand ich auf, um den Apparat anzumachen. Tammy Pearl trat auf mich zu. »Habt ihr ihn eigentlich schon einmal untersuchen lassen?«

»Natürlich.« Wieso sollten wir, Tammy? Wir versuchen lieber allein herauszufinden, was ihm fehlt.

»Er ist doch autistisch, oder? Wie lautet seine Prognose?«

Ich mußte mich arg zusammenreißen. »Da sind die Experten sich noch nicht ganz einig. Aber du müßtest das mal erleben, Tammy. Wenn Elias etwas gelingt oder er etwas gelernt hat, schenkt er dir ein Lachen, also davon hast du den ganzen Tag noch etwas.«

Becky schien unser Gespräch verfolgt zu haben, obwohl sie sich gerade mit einer anderen Frau unterhielt und die Kinder Lärm machten. Jedenfalls kam sie zu uns und sagte: »Stimmt, das hab ich auch schon festgestellt.«

Die Spielgruppe fiel nach und nach auseinander, als immer mehr Mütter und Kinder fernblieben. Eines Tages waren nur noch Becky und ich übrig. Die anderen hatten alle erklärt, sie könnten nicht mehr kommen. Und dafür die unterschiedlichsten Gründe angegeben.

Ungefähr sechs Monate später traf ich im Supermarkt eine Frau, die ich von der Elternpflegschaft in Alex' Schule kannte. Wie üblich hatte ich Elias dabei, der in meinem Einkaufswagen saß und auf einem Doughnut herumkaute, das ich ihm gegeben hatte, damit er beschäftigt war. Vor Elias wäre mir nie in den Sinn gekommen, meinem Kind etwas zu essen zu geben, damit es ruhig blieb. Wenn der Kleine einen seiner Anfälle bekam, schrie er wie am Spieß. Aber deswegen wollte ich ihn nicht immer nur zu Hause lassen.

Amanda und ich unterhielten uns eine Weile, dann meinte sie, sie müsse jetzt aber los und die Süßigkeiten in die Spielgruppe ihrer Tochter bringen. Elias klatschte in die Hände.

»Wir sind seit ein paar Monaten dabei«, erklärte Amanda. »Meine Karen blüht dort richtig auf. Die anderen Kinder stimulieren sie. Wahrscheinlich kennen Sie einige der Mütter. Leslie Lee oder Tammy Pearl?«

Eines Abends entwischte mir Elias, als ich das Handtuch holte, um ihn nach dem Bad abzutrocknen. Nackt rannte er die Treppe hinunter. Der mittlerweile zwölfjährige Alex saß vor dem Fernsehgerät und schaute sich irgendeinen Beitrag über die Geschichte des Rock 'n' Roll an. Gerade wurde Elvis Presley gezeigt. Er sang »Hound Dog«.

Fast hätte man meinen können, Elias höre hier zum ersten Mal Musik. Voller Begeisterung tanzte er splitterfasernackt durchs Zimmer und versuchte sich sogar an Elvis' Hüftschwung. Darüber mußte man einfach lachen, wie er da pudelnackt und tropfnaß herumhüpfte und Elvis imitierte. Sein Hintern wackelte, und der kleine Penis hüpfte dazu.

Als wir gerade alle im Wohnzimmer standen, ich noch mit dem Handtuch in den Händen, dieses Schauspiel verfolgten und Elias zujohlten und ihn anfeuerten, kam Sam aus der Agentur nach Hause. Der Kleine sah seinen Vater und lächelte. Er schloß die Augen und versuchte, auch den Mund zur Musik zu bewegen. Er spitzte die Lippen und lächelte. Dann wieder Lippenspitzen und erneutes Lächeln. Wieder und wieder. Wir lachten noch mehr. Damals wußten wir noch nicht, daß es sich bei diesem Lippenspitzen und Lächeln um eine Art Zwangsverhalten handelte, das sich im Laufe des Jahres intensivieren sollte. An jenem Tag hielten wir es nur für urkomisch.

Elias war zum Küssen, zum Lachen und einfach unwiderstehlich. Doch mochte er auch noch so liebenswert sein und einige Fortschritte in seiner Sprach- und kognitiven Entwicklung zeigen, seine körperlichen Gebrechen blieben unverändert. Und an einem Dienstagabend, ein Jahr, nachdem er zum ersten Mal seine Version von Elvis' Hüftwackeln vorgeführt hatte, gab es dann zum Abendbrot »Hähnchen Marsala«, um Sams Erfolg zu feiern. Und Elias legte ganz still den Kopf auf den Tisch.

Seine Stirn war kühl, aber man merkte ihm deutlich an, daß sein Körper irgend etwas ausbrütete. Ich legte ihn früh ins Bett und hoffte, die Ruhe würde ihm guttun. Er schlief auch die ganze Nacht durch, aber am Morgen hatte er etwas erhöhte Temperatur. Ich schickte ihn an diesem Tag nicht in die Vorschule, sagte die Besprechung mit meinem Redakteur ab, rief die Frau an, die für das Winterfest verantwortlich war, sagte ihr, daß sie sich einen anderen für die Clownbude suchen müßten, und ließ mir für den Nachmittag einen Termin beim Kinderarzt geben.

Elias saß den ganzen Morgen mit Tuddy bei mir auf dem Schoß. Wir schauten uns ein Willie-Wonka-Video an, seine Lieblingsfolge. Er liebte es, »Wonka« zu sagen. Manchmal rief er das Wort dreimal hintereinander: Wonka, Wonka, Wonka. So, wie er Zahlen aufsagte, als er Sprechen und Zählen lernte. Bei ihm mußte alles dreimal erfolgen. Dreimal mußte ich ihm seine Geschichte vorlesen, dreimal mußte er durch die Tür kommen, und dreimal mußte ich ihn auf die Wange küssen. Gelegentlich verlangte er sogar, daß ich ihm das Schlaflied dreimal hintereinander vorsingen sollte.

Alle meinten, er sei nicht besonders helle. Aber ich hielt ihn für sehr klug, wenn auch auf seine eigene Weise. An dem Morgen mit dem leichten Fieber, als er auf meinem Schoß saß, versuchte ich ihn dazu zu bewegen, »Wonka, Wonka, Wonka« zu sagen. Aber er blieb stumm. Und er wollte sich auch nicht die Brille aufsetzen lassen. Elias saß die ganze Zeit nur auf meinem Schoß und lehnte den Kopf an meine Brust.

»Er hat wieder eine Mittelohrentzündung«, erklärte der Kinderarzt nach einer kurzen Untersuchung.

Ich konnte seine Ohrenentzündungen schon nicht mehr

zählen. Wenigstens schrie er jetzt nicht. Elias mochte keine Ärzte, aber ihm waren auch alle anderen weißen Kittel zuwider. Selbst wenn er den Metzger im Supermarkt sah, fing er an zu schreien.

Der Arzt zuckte die Achseln. »Und da könnte noch etwas anderes sein«, sagte er beiläufig und unbeteiligt.

Wir bekamen ein neues Antibiotikum verschrieben, und beim Abendbrot schien es Elias schon wieder besser zu gehen. Er aß etwas Suppe, und sein Fieber war zurückgegangen.

Sam half Alex bei den Hausaufgaben. Ich brachte den Kleinen zu Bett und kümmerte mich dann um meine Kolumne. In einem Magazin entdeckte ich die neuesten Modekreationen aus Paris. Eine bizarre Ansammlung von Federnbesatz und schiefen Säumen. Da kam mir die Idee, eine Glosse über die Absurditäten der Modeindustrie zu schreiben, nach dem Motto: »Wer soll hier eigentlich veralbert werden?« Aber irgendwie war ich zu müde dazu. Dann eben morgen. Gegen halb zwölf gingen Sam und ich zu Bett. Während wir uns auszogen, schalteten wir das Babyphon in Elias' Zimmer ein. Bei Alex und Kate hatte ich es benutzt, als sie noch Säuglinge waren. Doch obwohl Elias schon fünf war, setzte ich es wegen all seiner Probleme weiter bei ihm ein.

Sam und ich liebten uns in dieser Nacht, und mittendrin hörten wir unseren Jüngsten: *Ah-ba-ba-ah-la* … eine Mischung aus Baby-Plappern und Gesang.

Wir beide mußten kichern. Bei Elias weiß man nie, was einen als nächstes erwartet.

»Was um alles in der Welt macht er da?« Ich warf einen Blick auf den Wecker. Fast Mitternacht.

»Er singt, Di.«

»Sollen wir zu ihm gehen und ihm sagen, er solle damit aufhören?«

»Bloß nicht.«

Natürlich hatte Sam recht. Elias hatte bis zum Alter von vier Jahren keine Nacht durchgeschlafen. Wenn man das und einiges andere in Betracht zog, sollten wir ihn jetzt am besten sich selbst überlassen. Irgendwann würde er schon von allein wieder einschlafen.

Aber das schien er so bald noch nicht vorzuhaben.

Wir begannen wieder, einander zu streicheln, aber Elias' Stimme ertönte ununterbrochen und wurde sogar lauter, so als gefiele ihm sein Lied: *Ah-ba-ah-ba-LA-LA-LA.* Wir konnten bald nicht mehr vor Lachen und schalteten das Babyphon schließlich ab. Später sagte Sam: »Ich kann ohne diese kleine Nachtmusik nicht einschlafen.« Also schalteten wir das Gerät wieder ein. Elias hatte aufgehört zu singen.

Als ich am Morgen für die Kinder Pfannkuchen machte, spann ich in Gedanken meine Kolumne über die Modewelt weiter. Ein amüsantes Bild kam mir: eine ganz gewöhnliche Frau, die bei ihren alltäglichen Aktivitäten Haute Couture trägt, wie zum Beispiel beim Elternabend, im Supermarkt oder im Büro. Was würden meine Patienten wohl denken, wenn ich sie in einem dreieckigen Hütchen mit langer Feder, das mir keck auf dem Kopf säße, empfing: »Na, wie fühlen wir uns denn heute?«

Alex radierte Zahlen von den gestrigen Hausaufgaben aus und schrieb sie neu. Kate murrte, weil ein Geschichtstest anstand. Sam trank seinen Kaffee.

Becky rief an, während ich noch Pfannkuchen buk. Ich nahm das schnurlose Telefon mit an den Herd. »Ich wollte dir nur sagen, daß ich deinen ›Selbsthilfewahn‹ einfach köstlich fand.«

Meine Kolumne trug den Titel: »Wenn Frauen zu sehr an sich arbeiten: Der ultimative Ratgeber für den Selbsthilfewahn.«

»Als Inspiration für deinen Text muß ich natürlich heftig protestieren«, sagte Becky. »Du hast meinen absoluten Lieblings-Ratgeber nicht erwähnt.«

Sie verschlang Ratgeber geradezu. Meistens Bücher, die ich im Leben nie lesen und erst recht nicht schreiben würde. »Und wie heißt er?«

»*Bunnetik – Die Wissenschaft von den Bunnys.* Also das war

eine echte Offenbarung. Du solltest mal sehen, wie ich mittlerweile die Hüften schwingen kann.«

Becky und ich unterhielten uns eine Weile, während ich die fertigen Pfannkuchen auf den Teller neben dem Herd stapelte. Als wir auflegten, fragte ich mich, ob Elias schon wieder fit genug für die Vorschule war. Ich ging in sein Zimmer, um ihn zu wecken. Vielleicht hatte er ja Appetit auf Pfannkuchen. Die aß er immer gern, auch wenn der Sirup meistens bei ihm im Gesicht landete.

In seinem Zimmer war es dunkel und still. Er lag halb auf der Seite. Ich rief ihn beim Namen und trat näher. Aber der Junge antwortete weder, noch richtete er sich auf oder drehte sich zu mir um.

Ich beugte mich über sein Bett. Seine Augen standen offen und starrten irgendwohin, also war er wach. »Elias«, sagte ich und berührte seine Stirn, »Häschen?«

Eine gleichmäßige, rhythmische Bewegung im Bett, aber ganz leicht nur, so wie der Flügelschlag eines sterbenden Vogels.

»Elias?« Ich beugte mich tiefer.

Warum starrte er nur so? Und worauf starrte er?

Mein Gott! Er hat einen epileptischen Anfall!

Nein, warte, nicht so hastig. Das ist nicht fair. Wir haben ihn darauf untersuchen lassen, es sind nie irgendwelche Anzeichen für Epilepsie festgestellt worden. Und die Krämpfe waren kaum spürbar, nur die unmerklichste Bewegung der Hand, der Schulter, des Kopfes – wie bei einem kleinen Vogel, mit dem es zu Ende geht.

Wie lange schon? Wie lange? Wie lange?

Sam war nach draußen gegangen, um die Zeitung zu holen. Als er ins Haus zurückkehrte, schrien alle.

So geschehen Dinge nun einmal. Man ist gerade mit etwas ganz Normalem beschäftigt, konzentriert sich auf irgendwelche Kleinigkeiten, vertraut ganz dem Lauf des Universums und backt Pfannkuchen.

Und einen Moment später ist alles ganz anders.

6

ALS DER ARZT Elias' Krankengeschichte notiert hatte, verließ er uns, und mir fiel auf, daß ich die Gitarre nicht mehr hören konnte; schon seit einer ganzen Weile nicht mehr. Ich trat hinaus in die Station und ging an dem zweiten NAR vorbei. Der Vorhang war zurückgezogen, und ich konnte Jimmy sehen, wie er vollkommen in Bandagen eingewickelt und von Schläuchen umgeben dalag. Seine Eltern standen über ihn gebeugt.

Ich ging durch die Glastür auf den Flur. Der Geist war verschwunden, dafür hielt sich jetzt Jimmys Schwester dort auf. Sie wanderte stets wie ein weiterer Geist durch die Station, schwebte über den Flur, durchs Wartezimmer, den Raum mit den vielen Sofas, wo manche Eltern schliefen, und das Bad. Die Kleine war etwa neun und rappeldürr. Sie blickte einen aus großen, merkwürdigen Augen an, und sie stellte sich nie mit Namen vor, sondern sagte nur, daß sie Jimmys Schwester sei, und plapperte wie ein Wasserfall.

»Wieviel Uhr ist es? Meine Tante Ellen wollte um sechs hier sein, und wenn es schon sechs ist, gehe ich besser wieder hinein, weil ich sie nicht verpassen will.«

»Tut mir leid, ich weiß nicht, wieviel Uhr wir haben.« Ich bemühte mich um ein Lächeln.

»Sie fährt morgen zurück nach Indiana, und jetzt kommt sie zum letzten Mal her.«

Jimmys Schwester folgte mir bis in die Toilette hinein und erklärte mir zum wiederholten Male, daß das alles nicht hätte passieren können, wenn sie in Indiana geblieben wären; denn dort führen die Busse viel langsamer.

Ich sah in den Spiegel und dachte, daß ich vielleicht so unsichtbar wie Staub werden würde.

»Wie froh ich bin, daß meine Tante da war«, verkündete sie meinem Spiegelbild. »Aber Mommy und Daddy sind ziemlich sauer, weil sie Jimmy nur zweimal besucht hat. Ich möchte am liebsten mit Tante Ellen nach Hause fahren, aber Mommy und Daddy sagen, das geht nicht. Die Kinder in meiner neuen Schule sind ja ganz nett und so, aber ich wünschte, ich wäre wieder zu Hause, weil alle meine Freunde dort sind.«

Ich nickte und spritzte mir kaltes Wasser ins Gesicht. Warum erzählte ich ihr nicht, daß meine Freundinnen und Freunde auch größtenteils nicht gekommen waren und doch nur eine Stunde entfernt lebten?

»Elf Wochen sind es nun her, seit sich unser Leben für immer verändert hat.« Das sagte sie immer und jedem, als wäre sie ein Roboterkind, dem man einen Erwachsenen-Chip implantiert hatte.

»Tut mir leid, Kleines.« Ich wischte mir das Gesicht mit einem Papiertuch ab und ging dann wieder hinaus. Meine anderen Kinder würden bald kommen.

Sie waren schon da, als ich zum NAR zurückkam. Sams Eltern hatten sie mitgebracht. Die beiden wirken größenmäßig nicht wie das ideale Paar. Meine Schwiegermutter ist so klein, daß man sie kaum für eine Erwachsene halten würde, mein Schwiegervater hingegen fast schon ein Riese.

Ich atmete so tief durch, wie mir das nur möglich war, und umarmte meine beiden.

Kate weinte. »Was sollen wir mit Elias' Hamster anfangen, Mom?«

Sie sah mich an, als erwarte sie sofort eine Antwort darauf. Dabei hatte ich nicht die geringste Ahnung. Ich hatte schon Mühe, mich daran zu erinnern, welchen Tag wir heute hatten. Ja richtig, Donnerstag. Ich hatte ihr Flötenkonzert am Sonntag verpaßt. Aber Sam war hingegangen.

»Füttert ihn einfach weiter wie bisher«, riet Sam ihr.

Ich ließ mich von meinen Schwiegereltern umarmen und fiel dann auf den Stuhl in der Ecke.

Kurz darauf erschienen auch meine Eltern. Aber nein, das konnte unmöglich Charlotte Rosenberg sein, die Dame mit der perfekten Frisur, dem makellosen Make-up und dem erlesenen Geschmack. Mit ihren siebzig Jahren wirkte sie noch jugendlich und geschmeidig, und sie versäumte nie die Gelegenheit, ein auffälliges Designerstück zu tragen. Kunststück, in ihrem Kleiderschrank fand sich ja nichts anderes. Und was trug man als modebewußte Dame zum Besuch eines Enkels, der im Koma lag? Ein schwarzes Cape. Allerdings konnte ich heute, zum ersten Mal in meinem Leben, das Grau an ihrem Haaransatz sehen.

Mein Vater sah ebenfalls schlecht aus. Er hatte schwarze Ringe unter den Augen, und seine stämmige Gestalt schien geschrumpft zu sein, so als habe jemand die Luft herausgelassen. Er nahm mich in die Arme, dann war Charlotte an der Reihe. Sie hüllte mich vollständig in ihr schwarzes Cape ein, das mich an den Umhang erinnerte, den sie damals, vor zwanzig Jahren, getragen hatte, als wir im Salon eines Modedesigners, den sie kannte, nach dem passenden Brautkleid für mich suchten. Nacheinander wurde uns schwerer Brokat, perlenbestickte Seide und Taft vorgeführt. Die Röcke meist weit genug, um eine halbe Kompanie darunter zu verstecken. »Also, was möchtest du, Dinah?« fragte sie bei jedem Modell und zwinkerte dabei unaufhörlich Monsieur Jacques zu, der eigentlich Jack Mancuso hieß und aus Brooklyn stammte. Charlotte wollte natürlich eine vornehme Feier in einem der ersten Hotels in New York City. Die Hochzeit würde so viel kosten, daß man damit die hungernden Kinder eines Entwicklungslandes satt bekommen hätte. Schließlich wählten wir ein reichgeschmücktes, perlenübersätes Kleid, in dem ich mir dämlich vorkam. Aber wenigstens setzte ich mich in der Ortsfrage durch. Wir heirateten auf einem wunderbaren alten Anwesen unweit unseres Hauses auf Long Island. Als ich fünfzehn war, zogen wir dorthin, zu meinem endlosen Verdruß. Wie hatte meine Mutter mich zwingen können, aus der alten Gegend wegzuziehen und meine beste Freundin zurückzulassen?

»Wie geht es ihm?« fragte Charlotte jetzt.

»Er scheint etwas Farbe bekommen zu haben«, meinte meine Schwiegermutter.

Wie ich bereits erwähnt habe, gehört Mary Galligan zu den energiegeladenen, unverbesserlich optimistischen Frauen, die ständig zwei oder drei Arbeiten gleichzeitig am Laufen haben. Sie näht, erzählt und hat auch noch einen Topf mit selbstgemachter Marmelade auf dem Herd stehen. Und während sie kocht, räumt sie gleichzeitig auf. Und, bei Gott, wenn man mit ihr spazierengeht, läuft sie nicht einfach nur neben einem her, sondern schlenkert dabei mit den Armen, um den Trainingseffekt zu erhöhen, und erklärt einem dabei auch noch Sehenswürdigkeiten und andere interessante Dinge.

Ich sah Elias an. Schon möglich, daß er etwas mehr Farbe bekommen hatte; aber er lag immer noch reglos da.

Mary hielt ihren Rosenkranz in einer Hand, beugte sich über Elias und küßte ihn. »Ach, du lieber kleiner Junge«, sagte sie leise und flüsterte dann ein Gebet.

Ich hatte immer großen Respekt vor Mary, weil sie in jungen Jahren ganz auf sich gestellt von Dublin hierher gereist war; weil sie so wunderbar unbeschwert mit Elias zurechtkam, wenn alle anderen ihre Schwierigkeiten mit ihm hatten. Niemals hätte sie zugegeben, daß der Junge unter irgendwelchen Problemen litte. Instinktiv spürte sie, wie sie sich auf sein Level begeben mußte, um in der einzigen Weise mit ihm zu kommunizieren, die er akzeptieren konnte. Wer wollte es Mary da ankreiden, wenn sie ihm kitschige Feiertags-Pullover kaufte, die er nur einmal im Jahr tragen konnte. Eine Monstrosität mit orangefarbenen Kürbissen und fliegenden Hexen zu Halloween; eine mit schmucken Bäumen, an denen Lichterketten hängen, zu Weihnachten. Stücke eben, die ganz hervorragend zu dem Armani-Outfit meiner Mutter paßten.

Mary fing an zu weinen, und Charlotte legte ihr einen Arm

um die Schultern. Kate kamen ebenfalls die Tränen, und sie hockte sich vor mich auf den Boden. Mein Vater konnte es nicht aushalten und verließ den Raum. Ich beobachtete ihn durch die Glasscheibe. Auch er hatte Tränen in den Augen.

Nach ein paar Momenten fragte mein Schwiegervater leise: »Wo steht der Getränkeautomat, Sam?«

»Draußen auf dem Flur. Ich gehe mit dir, Dad. Habt ihr schon zu Abend gegessen?«

»Nein«, antwortete Mary und trocknete sich die Augen, »und wir sind auch nicht dazu gekommen, den Kindern was vorzusetzen. Ich nehme sie gleich mit in die Cafeteria. Die Sandwiches dort sollen brillant sein.«

Ich bitte dich, Mary, ein Diamant ist brillant. Oder ein Wissenschaftler. Einstein. Aber ein Sandwich?

»Gute Idee«, sagte mein Vater, der inzwischen zurückgekehrt war. »Wie steht's mit dir, Dinah?«

Ich kannte die Cafeteria und hatte, seit Elias hier eingeliefert worden war, nirgendwo anders mehr gegessen. Aber seit einiger Zeit ging ich nicht mehr dorthin. Es schmeckte alles gleich. Ein Doughnut wie ein Truthahn-Sandwich.

»Du mußt aber etwas essen«, sagte Sam.

Ich zeigte auf das Sandwich auf dem Tisch. »Becky hat mir eben etwas geholt.«

»Du hast es noch nicht einmal angerührt«, tadelte Charlotte. »Wirklich, Dinah, du mußt doch etwas zu dir nehmen!«

Und das ausgerechnet von einer Frau, die mich mit dreizehn Jahren zu einem Diätarzt schleppte, in dessen Untersuchungszimmer mir befohlen wurde, ich solle mich ausziehen.

»Alles?« Ich war damals entsetzt gewesen. Gerade hatte ich meinen ersten BH bekommen und ein paar Monate zuvor zum ersten Mal meine Periode. Meine Mutter entgegnete, ich solle ein braves Mädchen sein, nicht widersprechen und alles tun, was der Doktor verlange.

Ein Wandschirm stand in dem Raum. Ich stellte mich dahinter, weinte, warf einen Blick auf das zusammengefaltete Laken auf der Bank und fragte mich, wie ich durch die Wände verschwinden könnte. Oder durch das winzige, vergitterte Fenster, durch das man das benachbarte Ziegelsteingebäude sehen konnte. Als ich, nur mit dem Laken bedeckt, wieder hinter dem Schirm hervorkam, wartete der Arzt mit vor der Brust verschränkten Armen bereits übertrieben geduldig auf mich. Ich legte mich auf den Untersuchungstisch, und er setzte meine Füße in die Steigbügel.

Von seinem Gesicht ist mir nichts im Gedächtnis geblieben, aber ich erinnere mich an seine großen, fleischigen Hände, die in mir drin waren.

»Die haben wir rasch so weit«, erklärte er Charlotte, als wir drei uns etwas später in seinem vollgestopften Büro wiederfanden. Der Arzt verschrieb mir Amphetamine.

In einem Jahr verlor ich fast fünfzehn Pfund. Mit vierzehn konnte ich über hohe Gebäude springen. Mit fünfzehn warf ich täglich fünf »Black Beauties« ein, und Charlotte drängte mich, bei ein paar ihrer Modenschauen als Model auf den Laufsteg zu treten. Zu jener Zeit besaß sie schon zehn Boutiquen.

Mit sechzehn setzte meine Periode aus, und ich verlor fast alle meine Zähne. Seltsam für einen so jungen Menschen, sagte der Zahnarzt, schon an Zahnausfall zu leiden. Er betrachtete mein Zahnfleisch. Als er Charlotte erklärte, das käme von all dem Speed, das ich einnähme, drohte sie, ihn zu verklagen. Ich sprach kein Wort mehr mit ihr, bis sie die Drohung zurücknahm. Dann war meine Nase an der Reihe. Du bekommst eine Rosenberg-Nase, weg mit der Blake-Nase, sagte sie. Binnen eines Jahres waren meine Nase gerichtet und die Pfunde wieder drauf. Seit der Zeit nenne ich sie nur noch Charlotte.

»Bist du dir sicher, daß du nichts essen willst, Di?« fragte Sam. Er hatte einen Arm um Alex' Schulter gelegt und führte ihn so aus dem NAR, dicht gefolgt von seinen Eltern.

Ich schüttelte den Kopf. War Essen denn plötzlich für alle das Wichtigste auf der Welt geworden?

»Und was ist mir dir, Kate?«

»Ich möchte bei Mom und Elias bleiben.«

Charlotte legte mir eine Hand auf die Schulter. »Wenn Dinah nicht mitgeht, bleibe ich auch hier.«

Nein, ich konnte nicht an Essen denken. Und auch nicht an Diät-Ärzte, die dreizehnjährige Mädchen gynäkologisch untersuchen. Und nicht an Geister. Ich brauchte meine ganze Kraft, um nicht laut zu schreien.

In dieser Nacht schlief ich tatsächlich ein wenig, obwohl ich von etwas träumte, das mir noch schlimmer erschien als die Wirklichkeit. Im Traum laufe ich durch ein Kaufhaus. Es ist so hell erleuchtet, daß es einem die Augen blendet. Glänzende Parfümflaschen stehen auf Verkaufstresen, und das Licht spiegelt sich in ihnen wider, so daß sie wie Stroboskoplampen Blitze schleudern. Gepflegte Frauen in Verkaufskitteln halten mir bunte Flaschen und Tuben entgegen. Seit ewigen Zeiten habe ich keinen Lippenstift mehr aufgetragen. Eine Frau in einem schicken schwarzen Anzug hält mir eine Flasche vors Gesicht. »Giorgio of Beverly Hills?« Sie hebt die Stimme zum Ende leicht an, so als stelle sie mir eine Frage.

»Nein, Coma of Connecticut.« Mein Humor ist sauer wie geronnene Milch.

Die gestylte Verkäuferin fährt wie ein scheuendes Pferd vor mir zurück.

Ich gehe weiter und gelange in die Abteilung für Kinderbekleidung. Dort sammle ich fünf Trainingshosen, drei Sweatshirts, fünf T-Shirts ein; alles aus dehnbarem Material und mit Stretchband.

»Die lassen sich leichter über stahlharte Gelenke, Muskeln und Glieder ziehen.«

Die Verkäuferin starrt mich an.

»Bei Muskelatrophie ziehen sich die Gliedmaßen vom mangelnden Gebrauch zusammen«, erkläre ich ihr, »und werden hart wie Stein.«

Die Verkäuferin drückt auf einen Kassenknopf. *Drinnnggg!*

Ich erwachte und fand mich neben Elias' Bett in der Intensivstation wieder. Das Wort klebte wie ein übler Geschmack an meinen Lippen: Atrophie.

Fünf Uhr morgens. Nachts ging es auf der Station wesentlich ruhiger zu. Die Geräuschkulisse war gedämpft, und die Eltern hatten sich auf Liegen neben ihren Kindern ausgestreckt. Vielleicht schliefen sie, vielleicht auch nicht. Die Nachtschwester, die die ganze Zeit bei uns blieb, lächelte und nickte mir zu.

Ich stolperte aus dem NAR zum Kaffeeautomaten. Jimmys Vater stand dort. Ich überlegte angestrengt, was ich ihm sagen konnte. Vielleicht wegen dem, was der Geist gesagt hatte. Oder weil sein Sohn in dem anderen NAR lag.

»Wie geht es Ihrem Sohn?« Wieder die mechanische Stimme.

»Das liegt jetzt alles in Gottes Hand. Alles in Gottes Hand«, antwortete er.

Als Dr. Moore wenige Stunden später seine Visite machte, zwang ich mich, ihm dabei zuzusehen, wie er Elias untersuchte. Ich haßte alles an diesem Mann. Wie seine Augen sich ständig hin und her bewegten; wie rauh er meinen Sohn anfaßte; wie er ihm ins Ohr brüllte; wie er den Respirator verstellte, um zu überprüfen, ob mein Junge auch ohne das Gerät atmen konnte; wie er mit der Handkante auf Elias' Brust herumschlug, als sei er Metzger und klopfe Fleisch.

Als der Arzt mit der Untersuchung fertig war, trat er einen Schritt zurück. »In ein paar Tagen wacht er auf und will wissen, wo er ist.« Die Augen nach links, die Augen nach rechts, ganz schnell.

Das erzählte er jetzt schon seit einer ganzen Weile.

Sam ging darauf ein. »Meinen Sie wirklich?«

»Aber natürlich.« Seine Augen rasten. »Wenn er aufwacht, wird er kaum zu bändigen sein, sich hin und her werfen und womöglich aus dem Bett fallen.«

»Sie sollten sehen, wie gut er sich bewegen kann«, sagte Sam.

»Wenn man ihm Elvis vorspielt, wackelt er mit den Hüften und mit dem Hintern. Nicht wahr, Elias?« Er drückte seinem Sohn die Hand und sah dann wieder Dr. Moore an. »Der Junge liebt Elvis nämlich.«

Ein unentschlossenes Lächeln erschien auf den Lippen des Arztes und verschwand gleich wieder. »Wir sollten ihm besser die Handgelenke festbinden.«

»Wie bitte?«

»Sie wollen doch nicht, daß er aus dem Bett fällt, oder?« Augen hierhin, Augen dorthin.

»Nein, sicher nicht.« Sam so passiv. Mir fielen Eigenschaften an meinem Mann auf, die ich in zwanzig Ehejahren nicht bemerkt hatte.

»Was wird er denn wohl tun?« brachte ich mühsam hervor. »Sich über das Geländer schwingen?«

»Dinah«, mahnte Sam. »Wenn der Doktor meint, wir müßten ihm die Handgelenke festbinden, dann sollten wir besser tun, was er sagt.«

Die Schwester machte sich bereits daran, Elias' Handgelenke an die Metallstangen zu binden. Der Arzt blickte hinaus in die Station.

»Studien haben ergeben, daß Phenobarbital den IQ senken kann«, bemerkte Moore, ohne den Blick von der Scheibe zu wenden. Man hatte Elias Phenobarbital als letztes Mittel gegen seinen Starrkrampf verabreicht.

»Was gehen mich diese Studien an?« sagte mein Mann.

Wenigstens in diesem Punkt waren wir uns einig. Wen interessierten solche Studien schon, wenn Elias nur wieder aufwachte?

»Ich lasse heute die MRT durchführen«, erklärte der Arzt. »Damit erhalten wir Aufnahmen von seinem Gehirn.«

Warum behandelte er uns so herablassend? Glaubte er etwa, wir wüßten nicht, was das ist? »Warum braucht er den Test denn noch, wenn er ja doch bald aufwacht?«

Moore zuckte die Achseln. »Nur für alle Fälle.«

»Und wann?« wollte Sam wissen.

»Irgendwann im Lauf des Tages.« Der Arzt zuckte wieder die Achseln.

Man erfuhr nie einen genauen Zeitpunkt. Ein sadistisches kleines Spiel wurde hier betrieben. Während man an jedem Wort des Arztes hing, gab der sich alle Mühe, so unpräzise wie möglich zu sein.

Das MRT-Labor lag tief im Bauch des Krankenhauses. Man konnte schon von Glück sagen, daß man dorthin abgeholt wurde. Aber die Verwaltung konnte kaum zulassen, daß nervlich überstrapazierte Eltern durch die Gänge irrten, ihre komatösen Kinder auf Tragen hin und her schoben und an jeder Ecke fragen mußten, wo es denn jetzt weiterginge. Als wir schon halb im nächsten Stockwerk angelangt waren, ließ ich den Zug anhalten und kehrte zurück, um Tuddy zu holen. Ich schob Elias das Plüschtier unter den Arm, so als wolle er es ganz fest drücken, und dort blieb es bis ganz unten im MRT-Tunnel. Der Apparat gab eine Menge Klopfgeräusche von sich. Sam und ich setzten uns hin und sahen zu. Ich hielt es für ein schlechtes Zeichen, daß mein Sohn trotz all der Geräusche weiterschlief.

Einige Stunden später – auch wenn ich nicht mit Bestimmtheit sagen konnte, wieviel Zeit seit der Laboruntersuchung verstrichen war –, wurde eine Besprechung abgehalten. Nichts Formelles, wo auch die Sozialarbeiter, die Oberschwester und der Chefarzt hinzugebeten wurden und alles mit gefalteten Händen um einen Konferenztisch herumsaß. Nein, eher eine improvisierte Veranstaltung. Wir standen in der Intensivstation in einem Grüppchen beisammen: ein paar Schwestern und die Ärzte in Kompaniestärke – fünf Neurologen, nämlich Moore der Große mit seinen vier Adlati, Williston und ihre beiden Spezialisten für Infektionskrankheiten, jemand vom RAD (was immer das auch sein mochte), ein Kardiologe und Jonas mit seinen drei Ärzten von der Kinderstation. Wenn Elias jetzt aufwachte, würde er ganz gewiß um sich schlagen und glauben, in der Weißkittel-Hölle angekommen zu sein.

»Nach der Magnetresonanz-Tomographie«, begann Dr. Moore, »sieht im Moment alles ganz zufriedenstellend aus.«

Mir fiel ein Riesenstein vom Herzen, und ich gelangte zu der Erkenntnis, daß Dr. Moore wußte, was er tat – auch wenn er einen beim Reden nie ansehen konnte. Und ganz gewiß wäre er kaum an die Spitze der Neurologie gelangt, wenn er nicht wenigstens etwas vorzuweisen hätte. Leider hatte ich keinerlei Grundlage, um die Kompetenz von Ärzten zu beurteilen, denn ich hatte den Dr. phil. und keinen Dr. med. gemacht. Auch als Psychologin sollte man über einige medizinische Kenntnisse verfügen. Doch selbst wenn ich im Verlauf meiner Ausbildung irgend etwas Derartiges gelernt haben sollte, so konnte mein vernebeltes Gehirn sich jetzt auf nichts davon besinnen.

Sam ergriff meine Hand. »Dann kann man die MRT als positiv bezeichnen, oder?«

»Ja, man könnte darauf schließen, daß Ihr Sohn wieder vollkommen gesund wird.« Der Blick hoch, runter, links, rechts.

Drei der vier aus dem Neurologengefolge nickten zustimmend. Ja. Ja. Ja.

»Wirklich?« fragte Sam noch einmal.

Dr. Jonas und Dr. Moore tauschten einen Blick. Jonas schien mit der Aussage seines Kollegen nicht einverstanden zu sein, und Moore schaute woanders hin, als interessiere ihn Jonas' Meinung nicht.

»Ich bin der Ansicht, daß wir in unseren Diagnosen gegenüber Eltern Vorsicht walten lassen sollten«, erklärte der Kinderarzt, und diesmal nickte sein Gefolge.

Gegenüber Eltern Vorsicht walten lassen?

Verstand ich es richtig, daß Jonas Moores optimistische Prognose nicht teilte? Sam war in sich zusammengesunken, als hätte ihn gerade jemand in den Magen geboxt. Verstand er diese Nuancen denn nicht? Und warum konnte mein verwirrtes Gehirn immer noch Feinheiten heraushören?

Dr. Jonas erklärte dann etwas darüber, daß verschiedene Ärzte eben verschiedene Ansichten verträten. Dr. Moore unterließ es, uns kundzutun, was er von Dr. Jonas und seinen Ansichten hielt. Statt dessen zuckte er nur die Achseln und achtete darauf, keinem von uns in die Augen zu schauen.

Der Kinderarzt wandte sich jetzt an uns: »Mr. und Mrs. Galligan, möglicherweise haben wir es mit einem Zellprozeß zu tun, der sich erst nach einiger Zeit im Gewebe zeigen wird.«

»Die Zeit spielt immer mit gezinkten Würfeln, Herzchen.«

Ich blinzelte. Der Geist hatte sich urplötzlich direkt neben Dr. Moore materialisiert. Rosarote Haut, schwarze Stiefel und weißer Kittel. Der fünfte Stations-Neurologe.

»Was?«

»Ach, die Zeit, die Zeit, die Zeit, die Zeit«, entgegnete er in einer Art Singsang. »Die Zeit spielt immer mit gezinkten Würfeln. Das ist von William B. Yeats. Tja, der alte Willie hatte wohl recht.«

»Was ist los mit dir?« fragte ich ihn, und in Gedanken: Was ist mit dir selbst los?

»Hab hier nur meinen Spaß, hi-hi-hi.«

»In einigen Tagen sollten Resultate vorliegen«, bemerkte Dr. Williston, eine kleine Frau mit einem runden Gesicht und Gläsern so dick wie Colaflaschenböden. Ich nannte sie insgeheim die Eule. Sie war eine der Infektionsspezialistinnen, die man hinzugezogen hatte, weil bei Elias auch Meningitis nicht ausgeschlossen werden konnte.

Die Schwestern und die Assistenzärzte waren nicht zur Abstimmung zugelassen. Das Resultat lautete daher vier zu vier. Damit stand für die Gesundheit meines Sohnes ein Unentschieden fest.

Inzwischen sausten die Augen des Geistes in der Intensivstation herum. Und das durfte man durchaus wörtlich nehmen: Wie schwarze Querschläger rasten sie hin und her. Pling. Pling. An die Decke, auf den Boden, über einen Schreibtisch hinweg und wieder zum Boden. Dann zum Bett in der Ecke und endlich zurück in den Kopf.

Hatte mein Leid mich endgültig um den Verstand gebracht? Ich schloß die Augen. Als ich sie wieder öffnete, hatte Sam einen Arm um mich gelegt. Der Geist stand noch neben Dr. Moore.

»Auf diese Weise wirst du mich nicht los, dumme Dinah«, erklärte er. »Statt zu versuchen, dich vor mir zu verstecken, ein sinnloses Vorhaben, solltest du dir lieber Elias' MRT-Ergebnisse ansehen. Das wäre doch viel produktiver, oder? Dann weißt du wenigstens, worüber sie reden, wenn die Geschichte wirklich haarig wird.«

Ach, seine Lage war also bis jetzt noch nicht haarig? »Ich möchte die MRT-Ergebnisse sehen«, sagte ich.

Die versammelte Medizinerschaft starrte mich an, als würde ich um etwas bitten, was noch nie zuvor verlangt worden war.

»Na ja, eigentlich spricht nichts dagegen«, entgegnete Dr. Moore langsam. »Wie wäre es mit morgen abend? Dann kommen Sie nach unten, und wir zeigen sie Ihnen.«

»Ich weiß allerdings nicht, wie man die MRT-Werte liest.«

Augen links, Augen rechts. »Nun, ich glaube, wir könnten Ihnen einen Schnellkurs geben.« Er lächelte in sich hinein, warum auch immer. Wenn das überhaupt möglich war, haßte ich ihn jetzt noch mehr. Inzwischen haßte ich jeden, die Ärzte, die Schwestern, Becky und Addy, alle, die gekommen waren oder nicht gekommen waren. Und ich fing auch schon an, Gott zu hassen.

»Sag ihm, daß du schon eher einen Intensivkurs brauchst.« Der Geist hing jetzt unter der Decke, bestand nur noch aus seinem Skelett und lachte sich eins.

Mich fröstelte, als führe ein Eiswind durch den Raum. »Du kannst nicht real sein«, erklärte ich ihm.

Das rosarote Fleisch schloß sich sofort wieder über Knochen, Oberkörper, Arme und Schädel. Dann tauchten die Kleider wieder auf. Stiefel und schwarze Lederjacke. »Ach, was ist denn das überhaupt, die Realität?«

»Ein Rätsel?«

Er runzelte die Stirn. »Nun ja, aber nicht nur irgendeins. Sondern das letzte aller Rätsel, oder?«

Ich wandte mich von ihm ab. Die Medizinerversammlung löste sich gerade auf, und Sam und ich blieben auf dem Stationsflur allein zurück.

Sam sah mich an. »Dinah, ich möchte die MRT-Resultate lieber nicht sehen«, flüsterte er.

Meine Kehle zog sich so zusammen, daß ich kaum noch atmen konnte. »Warum nicht?«

»Weiß nicht, ich will einfach nicht.«

»Und willst du mir damit sagen, wenn du sie nicht sehen möchtest, soll ich das auch nicht?«

»Nein, natürlich nicht. Geh ruhig hin, wenn du willst. Aber ich, ich kann einfach nicht.« Er sah mich für einen Moment eindringlich an und kehrte dann in den NAR zurück.

Die Lichter auf der Station flackerten. Was würde eigentlich geschehen, wenn hier einmal der Strom ausfiele? So etwas war uns an unserem Hochzeitstag passiert. Ein schweres Unwetter brach los, und Charlotte stand vor einem Nervenzusammenbruch. Aber ich fand es unglaublich romantisch – weiße Lilien im Kerzenschein. Einer der Musiker in der Kapelle hatte eine akustische Gitarre dabei, und zusammen mit dem Sänger und dem Schlagzeuger spielte er uns auf. Sam und ich tanzten im Licht der Kerzen zur Musik von Schlagzeug, Gitarre, Regen und Donner. Wenn es am Hochzeitstag regnet, sagte seine Mutter uns später, bedeutet das ein langes und glückliches gemeinsames Leben.

Aber das hier gehört nicht dazu, Sam. So war es nicht abgemacht.

»Was für ein Weichei.«

Ich schaute an die Decke. Der Geist hing noch immer dort und zeigte auf den NAR. »Schlappschwanz. Waschlappen. Memme. Feigling. Was für eine Karikatur von einem Mann. Wie konntest du so einen bloß heiraten?«

»Ich habe ihn geliebt.«

»Pah, du wolltest bloß einen Ehemann haben.«

»Ich wollte Liebe, wie die meisten Mädchen.«

Wusch! Der Geist stand wieder neben mir. »Und das um jeden Preis? Erinner dich doch nur, was du Julie angetan hast. Dinah ist nicht gerade das, was man unter einer besten Freundin versteht, oder? Kein Wunder, daß dich mittlerweile alle deine Freunde und Freundinnen im Stich gelassen haben. Ausgleichende Gerechtigkeit, oder?«

Ein kalter Hauch fuhr mir über den Hals, und in meinem Kopf summte es. »Woher weißt du von Julie?«

»Hab ich dir doch schon gesagt, Schätzchen, ich bin nur für dich da. Und deswegen habe ich meine Hausaufgaben gemacht.«

Er zwinkerte mir zu und verabschiedete sich dann theatralisch in einer Rauchwolke.

7

ICH WAR SECHS Jahre alt, als Julie Bronstein an einem warmen Sonntagmorgen auf dem Rasen vor unserem Haus erschien. Sie und ihre Familie waren gerade erst hierhergezogen, und sie brachte jetzt Gastgeschenke. Eine Barbie-Puppe in der Linken und einen großen, gepunkteten Frosch in der Rechten. Wir selbst waren erst vor ein paar Wochen aus der kleinen Wohnung in Queens hierhergekommen, in die neuentstandene Siedlung Great Neck mit ihren modernen Häusern. Ich kannte noch niemanden hier, bis auf den kleinen Jungen von nebenan, der aber viel lieber mit Dan spielen wollte. Meine Mutter ließ damals schon ahnen, wozu sie sich entwickeln sollte: Sie war ständig gereizt, fuhr leicht aus der Haut und hatte für jeden nur Vorwürfe. An diesem Morgen hatte sie mich angefahren, weil ich mein Frühstücksgeschirr auf dem Tisch stehengelassen hatte. Nelda hatte heute ihren freien Tag. Konnte Charlotte sich denn nicht auch mal einen Tag freinehmen?

»Ich bitte dich doch nur darum, dein Geschirr in den Ausguß zu stellen«, schimpfte sie. »Ist das denn zuviel verlangt?«

Danach war ich nach draußen gegangen, um zu schmollen. Vor ein paar Tagen waren wir von Cape Canaveral zurückgekehrt, wo wir soviel Spaß gehabt hatten. Mutter war ruhig und richtig gelöst gewesen, und ich war stolz auf ihre Schönheit und die Art, wie verlangend andere Menschen sie ansahen. Wir hatten im Hotelzimmer Karten gespielt, und sie hatte mir eine weiße Sonnenbrille mit spitzen Ecken gekauft, genau so eine, wie sie selbst trug. Dad hatte ein Foto gemacht, wie wir beide unsere Sonnenbrille aufhaben und eingehakt nebeneinander stehen. Und kaum wieder zu Hause, fing Charlotte erneut an, mich anzuschreien.

Ich war noch nie jemandem begegnet, der so aussah wie Julie. Nicht mit so einer Mähne feuerorangefarbenen Haars. Ein blaues Band hielt es ihr aus der Stirn, und jeder Quadratzentimeter an ihr – Gesicht, Arme und Beine – war von Sommersprossen bedeckt. Da sie Sandalen trug, waren sogar auf den Füßen welche zu erkennen.

»Hi, ich heiße Julie. Den hier habe ich bei uns im Garten gefunden. Willst du ihn dir einmal ansehen?« Sie hielt mir den Frosch hin, dessen lange Beine sich ihrem Griff entwanden.

Ich streckte die Hand nach dem Tier aus, aber es entglitt ihr und sprang auf den Boden. Die nächste halbe Stunde jagten wir den Frosch durch den Garten, ahmten seine Hüpfer nach und kicherten, bis wir ihn in einer Ecke gestellt hatten und wieder einfangen konnten.

»Was sollen wir mit ihm machen?« fragte Julie keuchend. Sie hielt das Tier jetzt mit beiden Händen.

Ich zeigte auf den Chevrolet, der auf unserer Auffahrt stand. »Wir könnten ihn doch meiner Mutter in den Wagen setzen.« Charlottes Boutiquen hatten heute natürlich geschlossen, und sie war zu Hause.

Julie sah mich mit großen Augen an. »Wird sie dann nicht furchtbar wütend?«

»I wo«, entgegnete ich. »So etwas findet sie lustig.«

»Wow!« entfuhr es Julie. »Meine Mutter kann Frösche nicht ausstehen.«

Also setzten wir den Hüpfer in Charlottes Wagen, und ich holte meine eigene Barbie. Wir setzten uns auf die Verandastufen, spielten mit unseren Puppen und erzählten uns von unserem Sommerurlaub. Julie meinte, Cape Canaveral sei viel besser, aber insgeheim war ich neidisch, weil sie zu ihren Großeltern nach Maryland gefahren war und wir meine nie besuchten. So spielten, redeten und kicherten wir den ganzen Morgen hindurch und warteten vor allem darauf, daß Charlotte herauskäme und sich ins Auto setzte. Gegen Mittag tat sie das auch. Als sie die Wagentür öffnete, sprang ihr der Frosch entgegen. Charlotte fuhr entsetzt zurück und stieß einen schrillen Schrei aus, der wie ein Bellen klang. »Was war das?«

»Wissen wir nicht«, antwortete ich.

Sie zog die Augen zusammen, stürmte auf mich zu und baute sich drohend vor mir auf. (Julie sagte später, wenn meine Mutter wütend sei, sehe ihr Gesicht aus wie das von einem Wasserspeier.) »Lüg mich nicht an, Dinah!«

»Wir lügen nicht«, erwiderte Julie. Wie sie mir später anvertraute, sei sie in diesem Moment ganz verwundert gewesen, daß eine so schöne Frau so häßlich aussehen konnte. »Frösche kommen durch die kleinsten Öffnungen. Wahrscheinlich ist er durch den Motor ins Wageninnere gekrochen. Ich heiße übrigens Julie, und wir sind dort drüben hingezogen.« Sie zeigte auf ein Haus auf der anderen Straßenseite. Ich wunderte mich darüber, wie jemand so flunkern konnte, ohne dabei rot zu werden.

Charlotte schluckte ein paarmal, schüttelte dazu den Kopf, stieg dann in den Wagen und fuhr davon. Wir hielten den Atem an, bis nichts mehr von ihr zu sehen war. Dann platzte es aus uns heraus, und wir lachten, bis uns der Bauch weh tat.

Als Julie und ich zehn waren, besaßen wir zusammen (Julies zehn eingerechnet) fünfunddreißig Barbies. Charlotte schien große Freude daran zu haben, mir solche Puppen zu kaufen. Vielleicht wollte sie mich davon überzeugen, daß ich nach Barbies Figur streben sollte; denn der Unterschied zwischen unseren Körpern war ungefähr so groß wie der zwischen Tag und Nacht.

In diesem Sommer konnte man uns fast regelmäßig in meinem klimatisierten Zimmer antreffen, von unseren Barbies umgeben. Unsere Spiele waren ganz schön kompliziert und ausgefeilt geworden. Zu jener Zeit las ich am liebsten gruselige und blutrünstige Geschichten, und jüngst hatte ich ein Buch über Marie Antoinette verschlungen. Eines Morgens bastelten

Julie und ich uns aus Hemdpappe und einem Stück Schnur eine Guillotine. Wir reihten alle Puppen als Zuschauer auf, brachten die Verurteilte zum Knien und riefen: »Runter mit ihrem Haupt!« Das Papp-Fallbeil sauste herab, und wir schraubten der Barbie den Kopf ab und lachten hysterisch.

Als uns das zu langweilig wurde, versuchten wir ein Spiel, das wir Demütigung nannten. Darin traten die Kens als Models in einer Modenschau auf, und die Barbies bildeten das Publikum. Nacheinander betraten die Kens den Laufsteg, doch keiner von ihnen trug eine Hose. Julie, die an Asthma litt, lachte so sehr, daß sie anfing zu röcheln. Unser Gekicher weckte schließlich meinen Bruder Dan, der damals schon vierzehn war und am teenagertypischen Langschläfersyndrom litt. Er hämmerte gegen die Wand zwischen unseren beiden Zimmern.

»Könnt ihr nicht damit aufhören, verdammt noch mal? Es gibt nämlich Leute hier, die versuchen zu schlafen!«

Also ließen wir die Puppen einfach in meinem Zimmer liegen, sagten in der Küche Nelda Bescheid, holten unsere Fahrräder und radelten hinüber zu einem von Charlottes Läden. Bis zu der Boutique waren es drei Meilen, und als wir dort ankamen, schnauften wir beide um die Wette. Im Schnellimbiß gegenüber kauften wir uns eine Limo, und dann stürzten wir uns in neuen Ärger.

Charlotte hielt sich an diesem Tag in einer ihrer anderen Boutiquen auf. Sie besaß mittlerweile acht Geschäfte, und mein Vater hatte in seiner Anwaltskanzlei aufgehört, um sie bei der Leitung ihres Unternehmens zu unterstützen. Nur eine Kundin war im Laden, eine wirklich fette Frau, noch dicker als ich. Sie wurde von Bea Stern bedient, und Bea suchte verzweifelt nach etwas Passendem für die Dame, die darauf beharrte, Größe 12 zu tragen. Die ärmste Bea zog ein Kleid nach dem anderen vom entsprechenden Ständer und hängte es über den Arm der Frau, der immer wieder aus der einen Spalt weit offenstehenden Tür der Umkleidekabine auftauchte. Regelmäßig bekam Bea alle Kleider zurück. »Darin sehe ich viel zu alt aus«, bemerkte die Kundin, oder »die Farbe steht mir nicht.«

Schließlich zog die Verkäuferin ein rosafarbenes Minikleid aus einem kreppartigen Material von dem Ständer mit der Größe 14.

»Das stammt von dem weltberühmten Pucci«, erklärte sie der Kabinentür. »Die fallen immer etwas zu klein aus, deswegen dachte ich, probieren Sie doch einmal eine Nummer größer. Wenn Ihnen das nicht gefällt, kann ich Ihnen ja immer noch eins in Größe 12 geben. Wir haben diese Kollektion gerade erst hereinbekommen, und da dachte ich, das müssen Sie einfach einmal ausprobieren.« Bea war neu in der Boutique, aber sie hatte den Verkaufsstil meiner Mutter schon gut gelernt.

»P-ucci«, flüsterte Julie und betonte das P besonders. »P-ucci, P-ucci, P-ucci«, fuhr sie fort zu flüstern und zu spucken, und wir beide fingen wieder an zu kichern.

Endlich trat die Kundin aus der Umkleidekabine und bewunderte sich und das Pucci-Modell im Spiegel. Das Kleid saß ihr viel zu knapp, und Bea hätte es besser mit Größe 16 versucht. Außerdem war es wirklich sehr kurz und entblößte die dicken Knie und überfetten Oberschenkel.

»Also, das steht Ihnen wirklich ausgezeichnet!« flötete Bea, die hinter die Dame getreten war.

Julie und ich konnten vor Kichern nicht mehr an uns halten. Ich formte mit beiden Händen einen Trichter vor dem Mund und sprach mit dunkler Stimme: »Ja, Ihnen und einem Sattelschlepper!«

Das hörte die Kundin. Bea starrte finster um sich, und Julie und ich flohen aus dem Laden.

»Vielleicht erzählt sie deiner Mutter ja nichts davon«, meinte Julie. Sie lag auf dem Rücken und blinzelte durch die Bäume in die Nachmittagssonne. Wir hatten die Räder im Park auf den Hügel beim Kriegerdenkmal gelegt und ruhten in der Horizontalen unter den Pinien am Ententeich.

»Genau«, entgegnete ich, »und vielleicht vergißt der Mond heute abend, am Himmel aufzugehen.«

Julie rollte sich herum und stützte sich auf die Ellenbogen. »Warum mußtest du es auch so laut sagen? Deine Mutter wird dich dafür umbringen.«

»Vielleicht sollte ich einfach nicht mehr nach Hause gehen. Dan würde sich bestimmt freuen, wenn er mich los wäre.«

»Du kannst doch mit zu uns kommen.«

»Und mit dir in deinem Zimmer wohnen?«

»Klar. Du kannst in dem anderen Bett schlafen. Wäre das nicht einfach das Größte, wenn wir Schwestern wären?

Ich stellte mir vor, in Julies Haus zu leben. Mit ihr im selben Raum zu schlafen und um drei Uhr nachts mit ihr zu tuscheln, wenn uns gerade danach war. Ich würde abends mit ihrem Dad und ihrem Bruder Scott essen, der gern kindische Streiche spielte, wie zum Beispiel Kotze aus Plastik auf Julies Bett zu legen. Und mit ihrer Mom, die Plätzchen und ihren berühmten Bronstein-Strudel backte. Der Kuchen war so süß, daß einem davon schlecht werden konnte, sagte meine Mutter immer. Eigentlich gar nicht übel, bei Julie zu wohnen. Aber ich würde doch meine Wüstenspringmaus vermissen; und Nelda, die mir gerade Spanisch beibrachte; und mein Zimmer mit den geliebten Büchern und all meinen anderen Sachen; und natürlich Dad. Jeden Abend, seit der Sommer begonnen hatte, waren mein Vater und ich nach dem Essen zu einem Spaziergang durch die Nachbarschaft aufgebrochen. Einmal hatte er sogar meiner Mutter erklärt, daß es sich dabei um einen ganz speziellen Vater-Tochter-Spaziergang handele, und es mache ihr doch sicher nichts aus, wenn nur wir beide unterwegs wären. Charlotte meinte, nein, das mache ihr nicht das Geringste aus, und darüber war ich glücklich. Denn ich wollte doch ihre Gefühle nicht verletzen, auch wenn sie manchmal nicht so viel Rücksicht auf die meinen nahm.

Mir gefiel es sehr, wie die Häuser in unserer Siedlung alle im gleichen Stil erbaut waren, sich aber durch ihren Anstrich unterschieden. Außerdem besaßen einige eine Veranda und andere nicht. Aber vor allem im Innern der Häuser sah es überall ganz anders aus. Nicht nur die Menschen darin waren verschieden, sondern auch die Art, wie sie dachten, wo sie herstammten und nach welchen Regeln sie ihr Leben ausrichteten. Mrs. Lippincott zwang ihre Tochter täglich dazu, fünfzehn Vitamine einzunehmen. Julies Mom war strenggläubige Jüdin und zündete jeden Freitagabend Kerzen an. Meine Mutter glaubte an Gerechtigkeit und Wohltätigkeit. Zweimal im Monat nahm sie sich frei und besuchte die kranken Menschen im Krankenhaus, nahm an der *Tzedekah* in unserer Synagoge teil, verteilte im Obdachlosenasyl Mahlzeiten und sammelte für die Armenspeisung in der Suppenküche.

Die Häuser in unserer Siedlung standen recht nah an der Straße, und nachts konnte man den anderen direkt in die Fenster schauen, so als schalteten die Menschen das Licht nur ein, um allen draußen zu zeigen, was sie gerade taten. Alle vier McGregors sahen zusammen fern. Mrs. Posner fand immer noch etwas zu putzen, und Mrs. Samuels saß allein in ihrem Wohnzimmer. Julie und ich nannten sie nur »die Hexe«, denn sie konnte richtig giftig werden, wenn man über ihren Rasen lief. Aber abends konnte man feststellen, daß Mrs. Samuels nur eine einsame alte Lady war. An diesem Abend saß Mrs. Lapidus mit Mrs. Posner an deren Küchentisch zusammen.

»Wo ist denn Mr. Lapidus?« fragte ich. Der Mann hatte ständig in seiner Garage zu tun. Er ließ das Tor offen, und man konnte die Hämmer, Zangen und so weiter an dem Werkzeugbrett hängen sehen. Dazu Fahrräder, Reserveräder und in einer Ecke Hula-Hopp-Reifen. Wenn man vorbeiging und »Guten Abend« sagte, lächelte er.

»Mr. und Mrs. Lapidus wollen sich scheiden lassen«, antwortete mein Vater.

»Warum?«

Er zuckte die Achseln. »Das geht uns doch wirklich nichts an, Dinah.«

»Ich weiß aber den Grund«, rief ich. »Weil Mr. Lapidus sich nämlich mit seiner Geliebten am Flughafen treffen und sie dann gemeinsam nach Tahiti fliegen wollten; denn sie haben die wahre Liebe gefunden. Mrs. Lapidus hat aber die

Nachricht entdeckt, die er geschrieben hatte, daraufhin die Geliebte umgebracht und im Keller hinter der Wand versteckt. Als Mr. Lapidus seine Geliebte am Flughafen nicht antraf, fuhr er wieder nach Hause, konnte es dort aber nicht aushalten, weil er ständig aus dem Keller ein Herz schlagen hörte. Lauter und lauter. Das hat ihm eine Todesangst eingejagt.« Ich hatte gerade Poes Kurzgeschichte »Das verräterische Herz« gelesen.

Dad lächelte glücklich. Er war stolz auf mich. »Du hast vielleicht eine blühende Phantasie, Dinah.«

Ich zuckte die Achseln. »Aber Dan ist klüger als ich. Zumindest denkt Mutter das.«

»Nein, das tut sie nicht, Dinah. Sie hat dich doch lieb.«

»Manchmal kommt mir das aber nicht so vor.«

»Gelegentlich hat sie einfach zuviel um die Ohren. Und hin und wieder hast du die Schimpfe auch verdient, oder?« Er hatte jetzt eine strenge Miene aufgesetzt, und ich hatte es viel lieber, wenn er den Arm um mich legte. Wir liefen eine Weile schweigend weiter.

»Vielleicht solltest du Schriftstellerin werden«, meinte Dad unvermittelt. »Wenn du dir schon so gut Geschichten ausdenken kannst. Und auch so gern liest.«

»Aber die wirklichen Geschichten finde ich viel interessanter.«

Er lachte. »›Wirklich‹ ist ein ganz seltsamer Begriff. Wenn zwei Menschen denselben Vorfall erleben, erfahren sie ihn meist unterschiedlich. Sie behalten ihn auch anders im Gedächtnis. Wenn sie die Geschichte dann aus der Erinnerung wiedergeben, kann man schlecht sagen, welche davon die ›wirkliche‹ Version ist.«

Mein Vater war ein zurückhaltender Mann, fast schon schüchtern, aber er dachte über vieles nach. Ich fragte mich, was ihm wohl durch den Kopf ging, wenn meine Mutter wieder einmal durchdrehte und mich anschrie. Seine Gedanken unterschieden sich dann sicher sehr von den meinen.

»Was glaubst du, wie lange ich bei euch wohnen bleiben könnte?« fragte ich Julie jetzt im Park. Wir lagen noch immer auf dem Rücken, und die Piniennadeln drückten durch die Baumwollhemden in unsere Haut.

»Mindestens bis nächstes Jahr.« Meine Freundin richtete sich wieder auf. »Hey, wie schwer ist eigentlich ein Sattelschlepper?«

»Woher, zum Henker, soll ich das wissen?«

Das brachte uns wieder zum Prusten, und bald lachten wir so ungehemmt, daß wir uns über die Nadeln rollten, uns die Bäuche hielten und um Gnade flehten.

»Julie?« Mit einem Mal war ich wieder ganz ernst und richtete mich auf. »Wir wollen einen Pakt schließen, niemals auseinanderzugehen. Auf ewig wollen wir Freundinnen bleiben und stets alles vom anderen wissen. Ganz gleich, was geschieht. Selbst dann noch, wenn wir verheiratet sind.«

Sie verzog das Gesicht. »Vergiß es. Ich werde nicht heiraten, das habe ich dir doch schon gesagt.«

»Na schön, der Pakt soll auch dann halten, wenn wir uns nicht verheiraten. Dann könnten wir zusammen in einem wunderschönen Haus leben und nur noch das tun, wozu wir gerade Lust haben. Kein Ehemann kann uns dann etwas verbieten.« Na ja, bei uns zu Hause war eher das Gegenteil der Fall.

»Du meinst, wenn wir dreißig sind oder so?«

»Genau, und auch noch, wenn wir vierzig sind.«

Julie zog eine Augenbraue hoch. »Natürlich werden wir immer füreinander da sein. Aber nicht mehr, wenn wir dreißig oder vierzig sind.«

»Und warum nicht?«

»Weil du es nicht einmal bis elf schaffen wirst.« Sie grinste. »Deine Mom wird dich nämlich heute abend umbringen.«

Bea Stern erzählte meiner Mutter natürlich von dem Vorfall und wurde dafür entlassen. Denn sie hatte gegen die Vorschriften in Charlottes Imperium verstoßen: Qualität, Paßform, Stil und Ehrlichkeit.

An dem Abend bekam ich die volle Dosis von Charlottes Rache zu spüren. Ich hatte mich in mein Zimmer verzogen, als ich gegen achtzehn Uhr hörte, wie die Haustür ins Schloß geworfen wurde. Dann knarrten die Treppenstufen, und endlich hämmerte es an meiner Tür. »Dinah! Mach auf! Sofort!«

Ich erwog ernsthaft, aus dem Fenster zu springen, entschied mich dann aber dagegen und öffnete die Tür.

Ihre Augen waren weit aufgerissen, die Zähne zusammengebissen. »Wie kannst du es wagen, eine meiner Kundinnen zu beleidigen?«

»Ich habe sie nicht beleidigen wollen, da war nur ...«

Sie schlug mich so hart, daß ich zurücktaumelte und neben den Haufen meiner Barbies fiel. Mom hatte mich erst einmal geschlagen, aber der Schock und der Schrecken davon saßen immer noch tief in mir.

»Lüg mich nicht an, Dinah!« Sie ragte bedrohlich über mir auf und trug zu dem Wasserspeiergesicht ein Chanelkostüm, eine Alligator-Handtasche über dem Arm und die Hausschlüssel noch in der Hand. »Ich kann es nicht leiden, wenn du die Unwahrheit sagst.«

Ich weinte und hielt mir die brennende Stelle im Gesicht, wo ihre Hand mich getroffen hatte. Nelda klapperte unten laut mit dem Geschirr. Also wußte sie auch Bescheid.

»Du wirst dich entschuldigen. Auf der Stelle!«

Ich hob den Kopf und zwang mich dazu, meine Mutter anzusehen. Die Tränen strömten mir über die Wangen, aber ich hielt den Mund. Oh, wie sehr ich sie haßte.

»Entschuldige dich. Jetzt!«

Ich wußte nicht, was eine Entschuldigung für Folgen haben würde, aber auf der anderen Seite wollte ich mir nicht noch einmal mit einem handfesten Argument von ihr auf die Sprünge helfen lassen.

»Tut mir leid.«

Charlotte ließ sich auf der rosafarbenen Tagesdecke nieder. »Wie konntest du so etwas zu einer meiner Kundinnen sagen, Dinah?« Mit einem Mal war sie ganz ruhig und wieder die vernunftbegabte Mutter, die etwas mit ihrer Tochter bereden will und offensichtlich nicht mehr weiß, daß sie die eben noch geschlagen hat.

Ich zuckte die Achseln, war ich mir doch selbst nicht mehr sicher, was in der Boutique in mich gefahren war.

»Da steckt die kleine Bronstein dahinter, nicht wahr?« sagte Charlotte. »Sie hat einen schlechten Einfluß auf dich. Früher warst du doch nie so respektlos. Du wirst nie wieder einen meiner Läden betreten, verstanden?«

Ich schwieg. Das war eigentlich keine richtige Strafe. Doch die folgte auf dem Fuß.

»Und du wirst auch Julie Bronstein nicht mehr wiedersehen. Nie mehr.«

»Mom, du kannst doch nicht –«

»Ich kann alles tun, was ich will. Jetzt sieh sich einer nur diese Unordnung an! Da kaufe ich dir alles, was du haben möchtest, und du weißt das nicht im Mindesten zu schätzen.« Sie breitete die Arme aus, um darauf hinzuweisen, daß in diesem Raum nicht ein aufgeräumtes Fleckchen zu finden sei. Bücher auf dem Bett, die Guillotine auf dem Boden, die Pappschnipsel, Schere und Klebstoffkleckse auf dem Schreibtisch und der Haufen von Barbies und halbnackten Kens.

»Du hast absolut keine Vorstellung davon, was ich durchzumachen habe.«

Ich verzog mich in die Ecke neben dem Bett. Mom erhob sich wieder und erklärte dann: »Weißt du, Dinah, jemand wie du kann es sich wohl kaum erlauben, sich über eine dicke Frau lustig zu machen!«

Sie wirbelte herum und stürmte aus dem Raum. Natürlich war damit die Geschichte noch lange nicht beendet. Wochenlang bekam ich zu hören, was für eine undankbare Tochter ich sei, die nicht zu würdigen wisse, wie schwierig es sei, gleichzeitig Mutter und auch noch erfolgreiche Geschäftsfrau zu sein. Wie kam sie bloß darauf, daß mich das interessierte? Von allen Müttern, die ich kannte, war sie die einzige, die arbeitete. Zusätzlich zu dem Verbot, Julie jemals wiederzusehen, drohte

Charlotte mir auch damit, mich nicht ins Sommerlager zu lassen. Aber am Ende erwies sich beides als bloßes Getöse.

Während der ersten Hälfte meines Lebens war Julie immer dabei und für mich da, gleich, was ich tat oder wohin ich ging. So auch, als ich im Alter von elf von meinem Bruder in den Kleiderschrank gesperrt worden war, nachdem Julie und ich heimlich beobachtet hatten, wie er mit Liza Tubbman rummachte. Wir sahen zu, wie er ihre Brüste begrabschte, die, wenn ich mich recht erinnere, ziemlich groß waren. Charlotte glaubte Dan natürlich sofort, wie immer, als er erklärte, er habe mit Liza nur für eine Klassenarbeit geübt. »Mom, er hat mich drei Stunden lang in den Schrank gesperrt!« widersprach ich, und es kam zum Streit, in dessen Verlauf mein Bruder rot anlief, mein Vater, als er einmal etwas sagen wollte, von meiner Mutter zum Schweigen gebracht wurde, und Liza Tubbman, die sich in ihrer Hast die Bluse verkehrt zugeknöpft hatte, aus dem Haus schlich.

Auf meinen Protest erwiderte Charlotte: »Ich kann mir nicht vorstellen, daß du wirklich drei Stunden dort eingesperrt gewesen sein sollst. Du übertreibst immer ganz furchtbar, Dinah!« Daraus entstand dann wieder das Wasserspeiergesicht im Verein mit einem Frontalangriff auf mich. Der gipfelte in einem ziemlich gehässigen Vergleich zwischen Dans und meinen Schulnoten, und schließlich bekam ich eine weitere Ohrfeige.

»Ich weiß nicht mehr, was wir mit dir noch anfangen sollen, Dinah«, klagte Charlotte etwas später am Abend, nachdem ich mich auf Beharren meines Vaters hin bei ihr entschuldigt hatte. »Ich versuche mein Bestes, wieder und wieder, aber was ich auch anfange, nichts schlägt bei dir an. Und das will meine Tochter sein! Irgendwie muß ich komplett versagt haben. Am besten bringe ich mich um. Dann mußt du mich wenigstens nicht mehr ansehen.«

Natürlich wäre es ganz und gar meine Schuld, wenn sie sich das Leben nehmen würde. Sie konnte ja nichts falsch machen.

Als ich Julie am nächsten Tag erzählte, was passiert war, hörte sie mir zu und unterbrach mich nicht, bis ich fertig war. Dann meinte sie: »Was um alles in der Welt will sie eigentlich von dir?«

»Wahrscheinlich, daß ich tot bin. Daß ich einfach verschwinde. Mich von der Brücke stürze oder so.«

Meine Freundin schüttelte den Kopf. »Das glaube ich nicht. Vermutlich wünscht sie sich, du würdest sie anflehen, sich nicht das Leben zu nehmen.« Julie war gerade elf Jahre alt, als sie zu solcher Einsicht gelangte.

Als meine Schwierigkeiten mit Charlotte ständig schlimmer wurden, spielte Julie eine immer wichtigere Rolle in meinem Leben. Von der ständigen Begleiterin, Mitverschwörerin und Busenfreundin entwickelte sie sich auch noch zur Trösterin, Vertrauten und Ratgeberin. Eigentlich war sie mein einziger Hoffnungsanker. Als ich den ersten Kuß mit einem Jungen verarbeiten mußte, beruhigte sie mich, als der sich nicht mehr meldete. Als ich mich von meiner Nasenoperation erholte, erschien Julie mit einem riesigen Stoffbären im Krankenhaus, der sie ihre gesamten Ersparnisse gekostet hatte. Als ich mich mit sechzehn von der Amphetamin-Sucht befreite, stand sie an meiner Seite, ermutigte mich und legte mir feuchte Kompressen auf die Stirn. Und wann immer ich tobte oder weinte, weil ein weiterer Streit mit Charlotte hinter mir lag, hörte sie sich alles geduldig und klaglos an.

»Vielleicht solltest du deiner Mutter einfach einmal sagen, daß du sie liebst«, schlug Julie nach einem Krach vor, der mich sehr verletzt hatte. Ich befand mich damals im ersten Jahr auf der High-School, und Charlotte hatte sich mal wieder giftig über mein Gewicht ausgelassen.

»Was?« fragte ich.

»Das ist doch genau das, was sie will, oder? Von dir geliebt werden.«

»Kann ich mir nicht vorstellen.« Konnte ich wirklich nicht.

»Versuch es doch einmal. Was hast du schon zu verlieren? Wenn sie dich wieder anschreit, entgegne einfach ›Ich liebe dich, Mom‹. Was meinst du, wie das bei ihr ankommt, wenn du einfach dastehst und ihr sagst, wie gern du sie hast? Ich wette um alles in der Welt, daß sie dann sofort aufhört.«

Ich habe Julies Theorie nie in die Praxis umgesetzt, doch wenn ich daran zurückdenke, muß ich ihr zugute halten, daß sie für eine Sechzehnjährige schon erstaunliche Einfälle hatte. Aber Julie war ja überhaupt ein außergewöhnlicher Mensch.

8

DER SCHNELLKURS. AM nächsten Morgen begab ich mich wieder hinunter ins MRT-Labor. Diesmal ohne offizielle Führung und auch ohne Sam.

Er hatte sich erneut geweigert. »Das ist zuviel für mich. Das Gehirn meines Sohnes? Nein, das kann ich nicht.«

»Es ist *unser* Sohn.«

Die Dame am Empfang sagte mir, ich solle im Wartezimmer Platz nehmen. Ich lehnte den Kopf an die Wand und schloß die Augen. Eine neue Vision stieg wie Wasser in mir an.

Ich stehe mit Sam in einem Krankenhauszimmer, aber nicht im NAR. Nicht einmal auf der Intensivstation. Ein richtiges Krankenzimmer mit einem Fenster. Draußen erblühen die Bäume. Der Winter ist vorüber. Ein Arzt, den wir noch nie gesehen haben, kommt herein und zieht hinter sich einen Vorhang zu. Er ist groß, sehr schmal, blaß und hat einen krummen Rücken.

»Ich bin Dr. Angus, Mr. und Mrs. Galligan, und der Fachmann für MRT-Ergebnisse.« Er tritt von einem Fuß auf den anderen. »Im Gehirn Ihres Sohnes ist überhaupt nichts normal.«

»Aber Dr. Moore …« Sam kann einen Moment nicht weitersprechen. » … er hat doch gesagt, Elias' MRT sei normal.«

»Manchmal braucht es seine Zeit, bis Zellschäden sich deutlich genug im Gewebe zeigen, um in einer Magnetresonanz-Tomographie sichtbar zu werden. Tut mir sehr leid.«

Das hatte Dr. Jonas auch gesagt.

»Wie lange hat unser Sohn noch zu leben?« fragt Sam.

»Das läßt sich schwer sagen. Theoretisch noch einige Jahre.«

Mein Bewußtsein ist so leer wie ein blankgeputzter Tresen.

»Wie viele Jahre?«

»Nun, das hängt davon ab, wie entschieden Sie sind.«

»Was soll das heißen?«

Ich kann es mir bereits denken, habe ich doch Bücher über dieses Thema gelesen. Der Schmerz hat mich der Fähigkeit beraubt, Zeitschriften, Texte von Kinderliedern oder auch nur Schlagzeilen zu lesen. Aber wenn ich auf gewisse Artikel stoße, verstehe ich sie auf Anhieb. Wie zum Beispiel: »Ethische Entscheidungen bei Fällen von Enzephalitis, die Lebenserhaltungssysteme abzuschalten.«

»Kinder in einer solchen Situation entwickeln noch ganz andere Probleme«, erklärt Dr. Angus. »So etwa Sekundärinfektionen. Die können wir in der Regel mit Antibiotika behandeln, aber nicht immer.«

»Und wie sieht es jetzt mit ihm aus?« will Sam wissen. »Schicken wir ihn in die Rehabilitation oder nicht?«

»Ich fürchte, eine Reha nutzt da nicht viel. Tut mir wirklich leid.« Der Arzt seufzt. »Sie könnten ihn in eine Spezialeinrichtung für chronische Langzeitfälle schicken. Ich kenne eine sehr gute Klinik in Connecticut. Kommen Sie nicht von dort? Das Laurel-Institut.«

Auch das ist mir längst bekannt.

»Und wenn Elias Ihr Kind wäre, Dr. Angus?«

»Das kann ich Ihnen beim besten Willen nicht sagen, Mr. Galligan. Ich kann Ihnen nur folgendes mitteilen. Ihr Junge befindet sich in einem anhaltenden vegetativen Stadium. Er weiß nicht, wer er ist oder daß Sie hier sind. Elias spürt keinen Schmerz, jedenfalls nicht in einer bewußten Weise. Alles, was bei ihm noch funktioniert, ist der Hirnstamm, der primitivste Teil des Gehirns; derjenige, der die automatischen Funktionen reguliert, wie Herzschlag und Atmung. Aber selbst sein Hirnstamm ist schwer betroffen. Aus diesem Grund haben wir ihn auch nicht dem Beatmungsgerät entwöhnen können.«

»Wäre es denn legal, ihn von dem Gerät abzukoppeln?« Sam

starrt Elias an, als könne er den Blick nicht mehr von ihm wenden.

»Nun, es gibt ausreichend Präzedenzfälle. Sie wären also nicht die ersten.«

»Würde er sterben, wenn wir den Respirator ausschalten?«

»Er hat nicht gut darauf reagiert, als wir ihn entwöhnen wollten.«

»Nein, halt, aufhören!« sagt Sam. »Ich kann darüber jetzt nicht mehr reden.«

»Mrs. Galligan.« Ich öffnete die Augen und fand mich im Wartezimmer wieder. Ein Arzt, den ich noch nie gesehen hatte, stand vor mir und hielt einen dicken Hefter mit MRT-Bildern in der Hand. Er war groß und blaß. Und hatte einen krummen Rücken. »Ich bin Dr. Angus und für die nächsten Tage hier zum Dienst eingeteilt.«

Meine Zunge fühlte sich an wie Knetgummi.

Der Arzt führte mich in einen kleinen Raum, wo er einige Filmabzüge vor die Lichtboxen an der Wand schob. Jedes einzelne Bild zeigte einen Ausschnitt aus Elias' Gehirn. Ich stand stumm da, während er sich über graue Materie, weiße Materie, helle und dunkle Stellen ausließ.

»Ein gutes Zeichen, daß alles ziemlich normal aussieht, Mrs. Galligan«, versicherte mir Dr. Angus.

Als ich wieder oben anlangte, hielt Dr. Jonas gerade seine Morgenvisite ab und untersuchte Elias. Als er hinausging, folgte Sam ihm. Weil er wieder joggen wollte, wie er sagte. Jeden Tag lief Sam. Selbst hier. Selbst jetzt. Wie konnte er damit nur weitermachen, als sei nichts geschehen? Ich rechnete schon halb damit, daß er mir als nächstes eröffnete, nach Westport zu fahren, um dort mit Beckys Mann sein wöchentliches Tennis-Match zu spielen. Überraschen würde mich das nicht. Er wolle das kein einziges Mal ausfallen lassen, weil er sonst seinen Biß verlöre und außer Form geriete.

Eine halbe Stunde später sah ich, wie er in die Intensivstation zurückkehrte. Schwitzend und mit einer Schachtel Doughnuts in der Hand. Ja, das kannte ich an ihm. Er würde sie den Schwestern und den anderen Eltern anbieten. Wie konnte er immer noch so freundlich sein, während ich mich vor Verbitterung wie mariniert fühlte? Für mich würde der ganze große Kummer bedeuten, daß die Welt wie unter einer Sonnenfinsternis verschwände, daß alles schwarz würde – und der Schmerz jegliches andere Gefühl verdrängte, bis nur noch er selbst übrig war. In einer solchen Verfassung konnte ich unter meine eigene Haut schauen. Und dort sah es widerlich aus. Gräßliche Farben und stinkender Schleim. Von wegen geteiltes Leid ist halbes Leid!

Ich beobachtete, wie er an Dr. Jonas vorbeiging, der gerade mit Jimmys Eltern vor dem zweiten NAR zusammenstand. Sam lief einfach an ihnen vorbei, stellte die Schachtel auf den Kaffeeautomaten und blieb dort mit gesenktem Kopf stehen.

Aber nur für einen Moment, dann kam er zu unserem Raum und lehnte mit aschfarbenem Gesicht in der Tür. »Oh, mein Gott«, sagte er leise. »Als ich an Dr. Jonas vorbeigekommen bin, hörte ich, wie er gerade sagte: ›Ich fürchte, wir können nichts mehr für ihn tun. Es tut mir sehr leid.‹« Er plumpste auf den Stuhl neben Elias' Bett und fügte noch leiser hinzu: »Wie gut, daß ich mich gerade noch bremsen konnte. Eigentlich wollte ich ihnen Doughnuts anbieten.«

Als ich das nächste Mal durch die Scheibe schaute, sah ich, daß die Tür zum anderen NAR offenstand. Man hatte die Vorhänge auf- und das Bett abgezogen. Die Apparate ruhten.

»Hast du ihn gesehen? Ja?«

Der Geist hockte oben auf dem Cola-Automaten, ließ die langen Beine über den Rand baumeln und hielt die Gitarre im Schoß. Er wirkte heute substanzieller. Seine Ränder lösten sich nicht auf, und sein Körper machte einen solideren Eindruck. Auch hatte seine Haut einiges von ihrem grellen Rosa verloren, sah aber immer noch wie Zuckerwatte aus. Heute trug er weder Jeans noch Doktorkittel. Anscheinend gab er sich jetzt als Patient. Natürlich wurde die Wirkung deutlich durch die dreckverkrusteten Stiefel und die Motorradjacke beeinträchtigt, die er über dem fleckigen Nachthemd trug. Neben dem Automaten stand ein Tropf auf Rädern. Ein Schlauch ging davon aus, und dessen Ende verschwand im Ärmel seiner Jacke. In der Flasche schwamm eine rosafarbene Flüssigkeit. Ich sah lieber nicht genauer hin. Sie lief sehr schnell.

»Wen soll ich gesehen haben?«

»Den Todesengel. Der Dunkle erschien hier heute morgen. Um Jimmy zu holen.«

»Nein«, sagte ich.

Die Luft blubberte wie kochende Suppe, und er verschwand vom Getränkeautomaten. Gleich darauf schien die Luft neben mir gesiebt zu werden, und schon stand er mit seiner Gitarre an meiner Seite.

Ich fuhr ein paar Schritte zurück. Gott, was für ein Gestank von ihm ausging, der moderige Geruch eines Grabes. Wer so roch, mußte eigentlich noch viel schlimmer aussehen. Gar nicht erst zu reden von den Hitze- und Kältewallungen, die ihn umgaben und mit denen er die Atmosphäre durcheinanderbrachte. Man hätte meinen können, seine bloße Gegenwart ändere die fundamentale Struktur der Luft.

Er klimperte ein wenig auf seinem Instrument herum. »Zu schade. So was wie den muß man erlebt haben. Na ja, auf der anderen Seite ist es eigentlich auch ganz gut für dich, daß du ihn nicht gesehen hast.«

»Wieso?«

»Na, das liegt doch wohl auf der Hand, oder? Man sieht den Todesengel nur dann, wenn er einen holen kommt. Dann erwartet einen der ewige Schlummer im Dreck. Das Haus der andauernden Unbewegtheit.«

»Du machst mir aber einen sehr agilen und beweglichen Eindruck.«

»Glaubst du, mir macht das Spaß? Versuch es doch mal für eine Weile.« Er beugte sich zu mir vor. »Wollen wir tauschen?«

»Nein danke. Woher wußtest du, daß Jimmy sterben würde?«

»Hab ich dir doch schon erklärt. Die Toten wissen eben alles, und die Lebenden nichts. Wenn du meine ehrliche Meinung hören willst: Die Lebenden beneiden die Toten.«

»Wie kommst du denn darauf?«

»Na, weil sie ständig über den Tod spekulieren!«

»Warum hast du nicht etwas für Jimmy getan? Du hast doch gesagt, du kennst das Geheimnis, wie man dem Engel des Todes entgehen kann.«

Sein Lachen begann als Zwitschern, dehnte sich dann aber aus. Ich hörte das I-A eines Esels und das Gackern aus einem Hühnerstall. Und war das das Grunzen eines Schweines?

»Warum sollte ich?«

»Um nett zu sein.«

Er zog die Brauen zusammen, und mir kam in den Sinn, daß seine Mimik auf mich wirkte, als arrangiere jemand ein Stilleben um.

»Scheiße, zu wem sollte ich nett sein?«

»Zu Jimmy. Zu seinen Eltern. Zu seiner Schwester.«

»Na, heute haben wir aber unseren Mitfühlenden, was?« Er gab ein Geräusch von sich, das wie ein Räuspern klang. »Verzeihung, ›Scheiße‹ war natürlich sehr unfein. Der Alte hat mich immer verbessert, wenn ich so was gesagt habe.«

»Welcher Alte?«

»Der Vater von diesem Geist hier. Natürlich, als der Geist noch lebte. O ja. Dieser Geist konnte es seinem Vater nie recht machen. Aber das kannst du mir ruhig glauben, dieses jämmerliche Wrack hier war einst ein richtiger Mensch. Und dazu noch ein ziemlich gutaussehender, wenn ich so sagen darf. Alle jungen Frauen haben sich nach ihm umgedreht. Ganz ehrlich, sie haben ihn umschwirrt wie Bienen den Honig.« Er stolzierte herum, breitete die Arme aus und brüstete sich wie ein Transvestit in einer Show.

Ich starrte ihn an, bis er damit aufhörte und sich wieder zu mir stellte.

»Klar, jetzt sieht das alles eher eklig und verwest aus. Der Geist stinkt, und überall in seinen Gliedern und Organen wimmelt es von Maden. Wie jammerschade, statt Bienen zieht sein Körper jetzt nur noch kleine Insekten und Würmer an.« Er wackelte mit einem Finger, um die Bewegung eines Wurms darzustellen. »Oder wie Baudelaire es ausdrückte: *des noirs bataillons de larves* – die Bataillone schwarzer Larven.«

Immerhin. Ich unterhielt mich mit einem Geist, der Baudelaire zitierte.

»Natürlich findet das alles unterirdisch statt«, fuhr er fort, »damit die Lebenden den Prozeß nicht mit ansehen müssen, wie das Fleisch mit dem Erdreich eins wird.«

»Weil das eben widerlich auf uns wirkt.«

Er zuckte die Achseln, und mir kam es wie das Zwinkern von Luft vor. »Ach, das hat mir nie schlaflose Nächte bereitet.«

»Schlafen Geister denn?«

»Hm, ja. Schon. Sie halten eine Art permanenter Siesta, einen glücklichen Schlummer. Ich meine das auch nur als Metapher dafür, daß mir das alles nicht das Geringste ausmacht, diese krabbelnde Fäulnis und so. Es wäre für mich jedoch wesentlich einfacher gewesen, wenn ich dir mit dem erschienen wäre, was von meinem Körper noch übrig ist. Auf der anderen Seite würdest du dann aber gar nicht mit mir reden, sondern aus dem Kotzen nicht mehr rauskommen. Hi-hi-hi.«

»Die Menschen wollen nicht darüber nachdenken, was nach ihrem Tod mit ihrem Körper geschieht. Schon die Vorstellung ist entsetzlich.«

»Tja, liebe Dinah. Darüber wirst du aber noch oft nachdenken müssen. Mütter können gar nicht anders. Sie denken andauernd an ihre Babys, die unter der Erde liegen. Erinner dich nur an Großmutter Elizabeth.«

Ja, ich erinnerte mich gut.

»Geht nie weg. Bleibst stets bei einem. Auf immer.«

»Was willst du mir eigentlich damit sagen?«

»Ach, nichts. Gar nichts. Du hast doch nicht etwa Angst vor mir, oder?«

»Bei Licht betrachtet bist du doch noch weniger als nichts, oder?« entgegnete ich.

Das brachte ihn zum Lachen. »Ich weiß, ich weiß. Und das ist ja auch meine Masche.«

»Moment mal, sollte ich denn Angst vor dir haben?«

»Absolut nicht.« Seine Worte klangen laut und sonor. Aber entsprachen sie auch der Wahrheit?

»Kennst du die Geschichte von dem Mann, der über Nacht auf dem Friedhof bleibt und das Gespräch von zwei Gespenstern belauscht ...«

»Bitte! Mir steht nicht der Sinn nach Witzen.«

»Das ist kein Witz, sondern eine wahre Geschichte. Also, der Mann hört, wie das eine Gespenst dem anderen erklärt, daß ein Hagelsturm die Ernte von jedem zerstören wird, der beim ersten Regenfall aussät. Der Mann geht nach Hause und beginnt erst beim zweiten Regen mit der Aussaat. Die Ernte aller seiner Nachbarn wird vernichtet, nur seine nicht.«

»Und wo ist die Pointe?«

Seine Miene gruppierte sich zu einem Ausdruck der Enttäuschung um. »Weiß ich nicht. Muß eine Geschichte denn eine Pointe haben?«

»Du sagst also im Grunde, daß ich keine Angst vor dir zu haben brauche und du mir helfen kannst, richtig?«

»Hängt ganz von dir ab.«

»Das hier muß ein Traum sein! Aber wie könnte ein Traum mir helfen?«

»Aha, jetzt hältst du das ganze also für einen Traum. ›All meine Tage in Trance vergehen, und meine Nächte sind nur Traum.‹ Das ist von Poe, für den Fall, daß du es nicht wußtest. Aber sicher war dir das bekannt. Poe war doch immer einer von deinen Lieblingen, oder nicht? Nun denn, welcher Teil ist also Traum, welcher Trance und welcher Realität?«

»Der Teil, in dem Dr. Angus kommt und so furchtbare Dinge über Elias sagt, ist der Traum. Der Alptraum, in dem mein Sohn stirbt.«

»Verstehe.«

»Siehst du, jetzt begreifst du auch, weshalb ich deine Hilfe nicht brauche«, erklärte ich. »Denn Elias wird weiterleben. Seine MRT-Ergebnisse sind normal, das haben die Ärzte gesagt.«

Der Geist nickte. »Trotzdem möchte ich dir ein kleines Geheimnis verraten. Es gibt ein paar spezielle Ausnahmen von der Regel für den Todesengel, und die betreffen Mütter. Hat damit zu tun, daß ihre Kinder von ihrem Fleisch sind oder irgend so was in der Art. Wenn eine Mutter die Sinne gespannt hält und immer die Ohren spitzt, kann sie dieses Monster, den Engel des Todes, hören. Zwar nicht sehen, aber hören. Er erscheint zwischen zwei Lidschlägen. Jeder, der ihn sieht, reißt vor Entsetzen den Mund auf. Und in genau diesem Moment zieht der Engel sein Schwert aus der Scheide und tropft dem Betreffenden sein Gift in den offenen Mund.« Ein lautes *Ping!* ertönte, und er schnippte mit seinen langen Fingern. »Dauert weniger als eine Nanosekunde.«

»Woher weißt du das alles? Weil der Todesengel auch zu dir gekommen ist?«

»Na ja, ich würde wohl nicht hier herumlaufen, wenn der Engel zu mir gekommen wäre, oder?«

»Aber du bist doch tot! Ist dir der Engel denn nicht erschienen?«

»Ja und nein.«

Mein Geist gefiel sich wieder darin, in Rätseln zu reden. Und ich war es leid, ständig verwirrt zu werden.

»Tja, aber ich muß mir ja keine Sorgen machen«, erklärte ich ihm, »denn er wird nicht kommen. Nicht zu Elias!«

»Ich weiß, ich weiß. Weil du deinen Sohn mit acht Jahren gesehen hast. Am Great Barrier Reef.«

Der Geist nahm für einen Moment die Hand von der Gitarre, und etwas bildete sich zwischen seinen langen Fingern. Was war denn das? Etwas Kleines, Dickes, Braunes. Eine Zigarre. Er schob sich das Ding zwischen die schwarzen Lippen und sog daran. Zumindest tat er so. Was natürlich kaum sein konnte, weil seine Lunge ja nicht mehr funktionierte. Dennoch glaubte ich, Zigarrenqualm zu riechen. Die Spitze wurde glühend rot, und Rauch stieg von ihr auf und an die Decke.

»*Cohiba*«, bemerkte er und lehnte sich zurück. »Die feinste Zigarre, die es gibt. Willst du auch eine?«

Mein Großvater Eli hatte das einmal zu meinem Vater gesagt. Vor sehr langer Zeit und mit denselben Worten.

Der Geist zog wieder an seiner Zigarre und blies Rauch aus. Wieder und wieder, in aller Ruhe, so als genösse er wirklich eine gute Cohiba. Nach ein paar Zügen kam er mir wieder näher und schlug mit der freien Hand auf die Saiten. Keine angenehme Musik, eher ein Mißklang.

»Nun, Dinah, du magst einen Traum gehabt haben, wie du auf so drollige Weise beharrst, und darin deinen Sohn vor der Küste Australiens gesehen haben. Aber hattest du nicht auch einen Traum von deinem allerliebsten Nesthäkchen, wie es in diesem Krankenhausbett gelegen hat? In dem es den Rest seines abgekürzten Lebens verbringen wird? Wie steht es denn damit? War das nun auch ein Traum oder, sagen wir, kleingehackte Leber?«

»Nein, ich habe nur –«

»Vielleicht sollten wir damit fortfahren, dein Leben zu begutachten«, unterbrach er mich und sog nachdenklich an seiner Zigarre, »dann können wir feststellen, was du gewonnen hast: Tür Eins oder Tür Zwei.«

9

GROSSVATER ELI WAR ein Riese von einem Mann und hatte kein einziges Haar mehr auf dem Kopf. An dem Tag, an dem ich ihn kennenlernte, hielt er eine gewaltige Zigarre zwischen zwei der größten und dicksten Finger, die ich je gesehen hatte. Er begrüßte uns in der marmornen Eingangshalle seiner Villa im nachgemachten Tara-Stil, die außerhalb von Atlanta stand und in der meine Mutter aufgewachsen war. Bei dieser ersten Begegnung war ich sieben und mein Bruder zwölf.

Eli küßte Charlotte auf die Wange, schüttelte uns allen die Hand, entschuldigte sich dafür, noch keine Gelegenheit gefunden zu haben, aus seinen Golfkleidern zu kommen, und fragte meinen Vater, wie der Flug gewesen sei. Dad sagte, wir seien ein wenig laut geworden (damit meinte er vor allem mich), und ich fragte mich, warum Dan damit davonkam, nur »Guten Tag« sagen zu müssen. Mich hingegen hatte Mom voller Nervosität endlos auf diesen ersten Familienbesuch seit vielen Jahren vorbereitet.

Der Großvater beugte sich zu mir herab und atmete mir ins Gesicht. Er roch so sehr nach Zigarre, daß ich daran fast erstickt wäre. »Nun sieh sich einmal einer diese kleine Lady an. Du bist bestimmt Dinah – und das hübscheste Mädchen, das ich je kennengelernt habe. Ich bin dein Großvater Eli.«

Aber ich war bestimmt nicht das hübscheste Mädchen, sondern ziemlich dick. Mein Bruder nannte mich nur Klops. Und Charlotte redete von Großvater nur als dem »Bullen«. Ich hatte sie und meinen Vater im Schlafzimmer belauscht. »Wenn der

Bulle Streit anfängt, Martin«, erklärte sie ihm, »fahren wir auf der Stelle nach Hause.«

»Nun beruhige dich doch, Charlotte«, sagte Dad darauf.

Da ich Eli jetzt endlich kennengelernt hatte, war ich mir nicht mehr sicher, ob man ihn wirklich als Bullen bezeichnen konnte. Er trug eine Brille mit dickem schwarzen Rand, aber er hatte ein lustiges Glitzern in den Augen. Opa Eli besaß eine tiefe, dröhnende Stimme, doch die Züge in seinem breiten Gesicht glichen eher denen eines Engels. Auch spannte sich die Haut so glatt über die Wölbung seines Schädels, daß man den Eindruck gewinnen konnte, ein Riesenbaby vor sich zu haben. Ansonsten kam mir hier aber alles fremd und eigenartig vor. Jeder redete langsam und unaufgeregt, so wie es meine Mutter nur tat, wenn sie einmal nicht wütend war. Sie alle schienen zufrieden wie Katzen, die faul in der Sonne liegen und nichts weiter zu tun haben. Auch die Bäume sahen hier anders aus, ein großes schwarzes Kabrio mit Chauffeur hatte uns abgeholt, und obwohl wir Dezember hatten, war es richtig warm. Und was hier als Haus angesehen wurde, glich eher einer Burg.

»Guten Tag, Großvater Eli, ich freue mich, dich kennenzulernen.« So hatte meine Mutter es mir eingetrichtert.

»Sehr hübsch, Charlotte«, meinte Eli, als hätte Mom diese Worte gesagt, »aber du mußt dem Kind keine Angst machen und ihm einreden, es begegne nun dem großen bösen Wolf.«

Mom nahm die Sonnenbrille ab. »Ich weiß, Daddy.« So nannte sie ihn, wenn er anwesend war – Daddy. »Wo ist denn Mutter?«

Großmutter Elizabeth. Ich wußte, daß es sie gab, auch wenn meine Mutter kaum jemals ein Wort über sie verlor. Dafür umso mehr über ihre drei Brüder Bernard, Marshall und Lee.

Elis Nasenflügel blähten sich auf, als er an der Zigarre zog. »Deine Mutter hat Kopfschmerzen.«

»Natürlich«, sagte Charlotte und warf ihrem Vater einen Blick zu, den ich nicht deuten konnte.

»Deiner Mutter geht es ansonsten prächtig, Charlotte«, erklärte der Bulle.

Sie bedachte ihn wieder mit diesem rätselhaften Blick.

Mir fiel auf, daß er mit einem noch sonderbareren Akzent sprach als die Stewardessen, die uns im Flugzeug Getränke und Erdnüsse gebracht hatten. Mein Großvater sah aus wie E. G. Marshall und redete wie Chruschtschow.

»Du redest komisch«, bemerkte ich.

Charlotte legte mir eine Hand auf die Schulter. »Man platzt nicht mit jedem Gedanken heraus, der einem gerade in den Sinn kommt, Dinah.«

»Ach, weis sie doch nicht zurecht, Charlotte«, sagte Großvater Eli. »Sie hat einen lebhaften Geist. Kommt ganz nach ihrer Mutter.«

Das rief bei meiner Mutter nicht einmal ein Lächeln hervor. »Dein Großvater stammt aus einem anderen Land, aus Rußland, und das liegt sehr weit von hier. Deswegen redet er so.«

»Noch weiter als New York?«

Elis ganzer Körper schüttelte sich vor Lachen, und er zeigte dabei seine großen gelben Zähne. »Noch viel weiter. Meine Mutter und mein Vater haben uns auf einem großen Dampfer hierher gebracht. Die Reise hat viele Tage gedauert. Ich war damals noch ein kleiner Junge und die ganze Zeit seekrank.«

Ich versuchte, mir diesen für mich uralten, glatzköpfigen Mann, der wie ein Riesenbaby aussah, als kleinen Jungen vorzustellen, der über die Reling kotzt.

»Ist Lee denn schon eingetroffen?« fragte mein Vater.

»Bernard und Marshall sind heute morgen gekommen, aber Lee hat angerufen und gesagt, daß er doch nicht zu uns stoßen werde. Damit hast du sicher schon gerechnet, nicht wahr, Charlotte?«

Was ging hier eigentlich vor? Ich mochte Onkel Lee sehr. Er war der einzige von Charlottes drei Brüdern, der uns besuchen kam. Ein unscheinbarer Mann, der viel lachte und eine etwas zu helle Stimme hatte. Wir teilten die Liebe zu Büchern, und manchmal spielten wie ein Spiel, bei dem er mit einer Geschichte anfing, die ich dann weiterführen mußte, bis er sie wieder aufnahm und so weiter. Das Ende der Geschichte fiel regelmäßig so blödsinnig aus, daß wir beide uns vor Lachen kugelten.

Meine Mutter prallte einen Schritt zurück. »Daddy, wie kannst du etwas dagegen haben, daß ich noch Kontakt mit Lee halte?«

Er legte ihr eine Hand auf die Schulter. »Du hast recht, Charlotte. Warum sollen wir das Ganze noch einmal durchkauen?«

Meine Mutter starrte ihn an. Aber was war das? Standen da Tränen in ihren Augen? Die bekam ich sonst nur zu sehen, wenn sie wütend oder hysterisch war. Vor ein paar Tagen erst war sie wieder einmal meinetwegen explodiert. Charlotte hatte mir erzählt, daß ihr Vater sie als Kind zu einer Miss Funk geschickt habe, wo einem solche Sachen beigebracht wurden wie weiße Handschuhe zu tragen, einen Knicks zu machen und das richtige Tafelsilber auszuwählen. »Ich habe das gehaßt«, gestand meine Mutter. Da konnte ich ihr nur zustimmen und fragte, warum sie mich denn dazu anhielte, immer die richtige Gabel zu nehmen. Sie antwortete, weil ihr Vater sehen solle, daß sie mich zu einem artigen Mädchen erzogen habe.

»Was kümmert es dich denn, ob ein Bulle glaubt, ich sei ein artiges Mädchen?«

Charlotte sah mich mit funkelnden Augen an. »Du hast gelauscht, als ich mit deinem Vater Dinge beredet habe, die nichts für Kinderohren sind! Wie konntest du nur?«

Sie hatte sich verfärbt. Ein fleckiges Dunkelrot. Meine Mutter zitterte vor Wut, und ich glaubte schon, ihr würde gleich der Kopf platzen. Sie hatte mich bis dahin nie geschlagen, und eigentlich war es jetzt auch eher nur ein Stoß, aber den vergaß ich ihr nie. Charlotte beschimpfte mich als hinterlistig und verlogen und verspritzte dann ihr übliches Gift: »Weißt du, was mit kleinen Mädchen passiert, die die Privatgespräche anderer belauschen? Ihnen wachsen ganz große Ohren, bis sie aussehen wie Dumbo der Elefant. Und so wird es dir auch ergehen, Dinah. Dick und plump wie Dumbo bist du ja schon.«

Manchmal schien meine Mutter aus zwei verschiedenen

Personen zu bestehen. Im Flugzeug hatte sie mich ganz ruhig ermahnt: »Ich glaube, es ist nicht nötig, daß du jedem erzählst, was du zu Chanukka geschenkt bekommen hast.«

»Warum denn nicht?« Ich hatte nur einige Passagiere, die um uns herum saßen, davon in Kenntnis gesetzt, daß ich zum jüdischen Kerzenfest drei Barbie-Puppen geschenkt bekommen hatte.

Meine Mutter sah meinen Vater an, der gerade Zeitung las, und dann wieder mich. Ich fragte mich, ob sie jetzt wieder anfangen würde zu schreien, sagte mir dann aber, daß sie das vor all diesen Fremden nicht wagen würde.

»Ach, Dinah«, antwortete sie seufzend, »du bist so ein anstrengendes Mädchen. Wir erzählen nicht herum, Schatz, daß wir Chanukka feiern. Das geht nur uns etwas an und sonst niemanden.«

Ich war *anstrengend*? Erwachsene, und ganz besonders meine Mutter, konnten ja so unmöglich und voller Widersprüche sein. Warum hatte Charlotte denn einen riesigen Koffer voller Chanukka-Geschenke dabei? Warum hatte sie sich wochenlang darüber beklagt, daß wir bei ihnen, diesen Heuchlern, um einen Weihnachtsbaum herumsitzen müßten, als wenn wir Christen wären? Und warum wollte sie überhaupt jemanden wiedersehen, den sie den Bullen nannte?

Und jetzt diese Diskussion um Onkel Lee. Ich erkannte, daß die Erwachsenen hier in Atlanta Geheimnisse hatten, von denen ich nicht das Geringste wußte.

Großvater Eli wedelte meinem Vater mit seiner Zigarre vor der Nase herum. »*Cohiba*«, sagte er. »Die feinste Zigarre, die es gibt. Willst du auch eine?«

»Vielleicht später«, antwortete Dad.

»Und wie steht's mit dir, mein Junge?« wandte Opa Eli sich an meinen Bruder Dan, dessen Augen groß wurden und der dann aber doch den Kopf schüttelte. Der Großvater lachte und tätschelte ihm den Kopf.

Eine Gruppe Erwachsener erschien zusammen mit einem Kleinkind und einem Baby. Ich versuchte gar nicht erst, mir die

Namen zu den Gesichtern einzuprägen, als wir einander vorgestellt wurden. Dann kamen ein dünnes, blasses Mädchen und ein Junge die Treppe heruntergelaufen. Sie in meinem und er in Dans Alter.

»Du bist bestimmt Dinah«, sagte das Mädchen. Ihr Gesicht ähnelte dem eines Frettchens. »Ich bin deine Cousine Mebane Ruth, die Tochter von deinem Onkel Bernard.« Dann zeigte sie erst auf einen Erwachsenen, der wie eine jüngere und deutlich schmalere Ausgabe von Opa Eli wirkte, und dann auf den Jungen, »und das ist Cook.«

»Mebane?«

»Mama und Daddy haben mich nach dem Zunamen meiner Mutter benannt – Martha Mebane. Ich meine, es war natürlich ihr Nachname, bevor sie Onkel Bernard geheiratet hat. Jetzt heißt sie Martha Mebane Blake.« Sie war so zappelig, als habe sie Ameisen in der Hose.

»Was stehen wir hier eigentlich alle herum?« fragte der Großvater mit einladender Geste. »Gehen wir doch ins Wohnzimmer.«

»Opa Eli«, wandte Mebane Ruth sich an ihn, »dürfen wir unseren Cousins das Haus zeigen?«

»Aber natürlich, Mebane«, antwortete er, nahm dann meinen Vater an seine Seite und führte die Prozession ins nächste Zimmer an. Ich hörte, wie er Dad nach seiner Anwaltskanzlei fragte.

»Ich habe beschlossen, dort aufzuhören«, antwortete mein Vater. »Fortan werde ich Charlotte dabei helfen, ihr Unternehmen zu führen.«

»Aha. So, so. Deine Boutiquen laufen also gut, Charlotte? Wie viele hast du inzwischen, fünf?«

»Ich wußte gar nicht, daß du dich auf dem laufenden hältst, Daddy.«

Alles sehr interessant – meine Eltern hatten wochenlang abends am Eßtisch Papiere gewälzt –, aber wir machten uns davon und erkundeten ein palastartiges Haus, in dem überall geschwungene Möbel aus dunklem Holz standen. Zunächst ging es in eine Halle, die das Spielzimmer genannt wurde. Darin fanden sich ein Billardtisch, zwei Flipper-Automaten und hinter der Bar ein kleiner Brunnen, aus dem Limonade sprudelte. Danach führte man uns nach draußen auf ein Feld hinter dem Haus. In der Astgabel einer mächtigen Eiche war ein Baumhaus, komplett mit Fenstern und einer richtigen Tür. Die Tür öffnete sich, und ein Kopf wurde herausgestreckt.

»Halt! Die Parole.«

»Sie kennen die Parole nicht, Blödmann«, entgegnete Cook, »sie sind doch gerade erst angekommen.«

Er stieg die Leiter hinauf, und Mebane, Dan und ich folgten ihm. Als ich als letzte oben anlangte und über den Rand der Plattform schaute, stellte Mebane, die bereits im Schneidersitz neben Cook auf dem Boden hockte, uns Ashlin, Richard Andrew, Ross und Reynolds vor.

Reynolds? Hier trugen alle Namen, die ich noch nie zuvor gehört hatte, oder einen doppelten Vornamen oder einen, der sich anhörte wie ein Nachname. Nachdem ich von Mebane erfahren hatte, warum sie so hieß, drängte es mich nicht danach, Reynolds danach zu fragen, warum man ihr einen Jungennamen gegeben hatte. Ich ließ mich neben meinen Bruder nieder. Obwohl es ein wenig frisch geworden war und wir unsere Jacken trugen, genoß ich es doch sehr, hier mitten im Winter im Herzen dieses Baumes zu sitzen.

»Wie lautet denn die heutige Parole?« wollte Dan wissen.

»Die ist geheim, deswegen kann ich sie dir nicht sagen«, antwortete Ross.

»Ach, wieso denn nicht?« wandte Cook ein. »Die beiden sind schließlich unsere Cousins.« Schon wieder dieser merkwürdige Plural.

»Also gut.« Richard Andrew lehnte sich zu mir. »Sie lautet ›Schweineatem‹.«

Das kam mir als Losungswort ziemlich dämlich vor, aber ich hielt lieber den Mund. Nicht so mein Bruder.

»Tatsächlich?« entgegnete Richard Andrew. »Was hättest du denn für eine Parole genommen?«

Dan flüsterte Cook etwas ins Ohr. Cook lachte viel zu lange und zu laut.

»Sag es uns«, verlangte Richard Andrew.

»Geht nicht«, meinte Dan. »Dafür bist du noch viel zu jung, stimmt's, Cook?«

Ich stöhnte. Mein Bruder stellte sich mal wieder wie ein Idiot an. Aber Cook auch, denn er antwortete: »Stimmt!« Vielleicht wird man als Junge mit zwölf automatisch zum Idioten.

»Kommt, wir wollen ihnen alles zeigen.« Mebane Ruth war aufgestanden und kletterte bereits die Leiter hinunter. Die Jungs ihr gleich hinterher, und Reynolds und ich bildeten den Schluß. Sie zeigten uns die Trauerweide, die letztes Jahr Baumfäule bekommen hatte, aber noch gerettet werden konnte. Dann den gurgelnden Bach, Opa Elis Golf-Grün und schließlich einen riesigen rechteckigen Garten voller weißer Blumen. Einer der erstaunlichsten Anblicke meines Lebens.

»Das sind Kamelien«, erklärte Mebane leise. »Hier lag früher der See.«

»Aber dann ist Oma bekloppt geworden und ließ ihn zuschütten«, fügte Richard Andrew hinzu.

»Wie um alles in der Welt kommt jemand mit einem See im Garten auf die Idee, den zuzuschütten und mit doofen Blumen zu bepflanzen?« Dan schüttelte den Kopf.

»Wegen Charlie«, flüsterte Ashlin.

»Wer ist denn das?« fragte ich.

»Er war unser Cousin«, antwortete Richard Andrew, »und ist ertrunken.«

»Dort in dem See.« Cook zeigte auf den ebenso ungewöhnlichen wie atemberaubenden Garten. »Und er war nicht unser Cousin, sondern unser Onkel.«

»Du meinst, so wie Onkel Bernard?« fragte ich. »Dann wäre Charlie also auch ein Bruder meiner Mutter gewesen, oder?« Sie hatte nie einen weiteren Bruder erwähnt.

Alle nickten.

»Ist schon viele Jahre her, da war er erst vier«, erklärte Mebane Ruth. »Meine Mutter sagt, Großmutter ist niemals darüber hinweggekommen, also sollten wir Verständnis und Mitgefühl für sie aufbringen.«

»Ihr sagt besser nichts davon«, meinte Ross. »Meine Mutter hat uns nämlich verboten, vor Oma von Charlie zu sprechen. Dann wird sie angeblich noch geistesverwirrter.«

»Und was ist mit Opa Eli? Darf man vor dem Charlie erwähnen?«

Alle schüttelten den Kopf. »Nein, vor ihm auch nicht«, belehrte uns Cook.

Bald darauf kehrten wir alle ins Haus zurück und suchten das große, kunstvoll eingerichtete Wohnzimmer auf. Die blausilbern verpackten Chanukka-Geschenke meiner Mutter würden inmitten der Berge von Päckchen in rotem, goldenem und grünem Weihnachtspapier ziemlich auffallen. Aber alle würden unter dem riesigen Tannenbaum Platz finden, der mit Glasornamenten und funkelnden Lichtern bestückt war.

»Wir haben bei uns keinen Christbaum«, erklärte ich und versuchte, von meinem Glauben überzeugt zu klingen. »Meine Mutter sagt nämlich, man kann nicht gleichzeitig Jude und Christ sein.«

»Das ist doch blöd«, meinte Ross. »Wir sind auch Juden und haben trotzdem einen Tannenbaum.«

»Bei uns zünden wir nur Chanukka-Kerzen an, und wir bekommen jeden Abend Geschenke, so lange wie das Fest dauert. So gefällt es mir auch viel besser.«

Meine Cousins und Cousinen warfen sich eigenartige Blicke zu, sagten aber nichts. Statt dessen führten sie uns zu einer Sammlung alter Fotografien an der gegenüberliegenden Wand. Mich interessierte besonders eine Gruppenaufnahme in einem goldenen Rahmen, die einen viel schlankeren Opa Eli, eine Frau mit einem Baby im Arm und zwei Kleinkinder zeigte. Die Frau wirkte recht hübsch, aber ihr Gesicht war blaß und irgendwie eigenartig – so ganz leer, als habe der Fotograf es nicht fertig entwickelt. Neben Großvater stand ein pummeliges, niedliches Mädchen von elf Jahren, das ein weißes Rüschenkleid trug. Der Berg von Locken auf dem Kopf wurde von einem weißen Band zusammengehalten, und die weiß behandschuhten Hände hielt sie brav im Schoß gefaltet. Meine Mutter war früher dick gewesen?

Ich sah genauer hin. »Ist einer von denen Onkel Bernard? Und der andere Charlie?«

»Pst!« mahnte Mebane. »Wir haben dir doch gesagt, daß man nicht über ihn reden darf. Außerdem ist das Onkel Lee, der mit der Mädchenstimme. Charlie war damals schon ertrunken. Der andere ist unser Daddy.« Sie zeigte auf einen der beiden Kleinen.

»Und das ist unserer.« Reynolds deutete auf das Baby.

Wir traten vor das nächste Bild, aus dem mich eine schlanke Teenager-Charlotte ohne Lächeln anstarrte. Sie trug ein weißes trägerloses und bodenlanges Abendkleid mit Wespentaille. Meine Mutter war wirklich eine atemberaubende Schönheit gewesen.

»Sieht ja aus wie ein Hochzeitskleid«, bemerkte ich, obwohl ich wußte, daß das unmöglich sein konnte. Zu Hause hatten wir ein Foto von meinen Eltern an ihrem Hochzeitstag. Darauf trug Charlotte ein weißes Kostüm und einen kleinen Hut mit Schleier. Er saß schief und verdeckte keck ein Auge.

»Was, das weißt du nicht?« Mebane Ruth erklärte mir nun lang und breit, was es mit Debütantinnen, Country Clubs und dem Ballyhoo-Ball auf sich hatte. Das alles interessierte mich wenig, und schließlich sagte ich ihr das auch.

»Letzten Monat haben wir im Teich einen Ochsenfrosch gefunden«, sagte Reynolds, als wir wieder unter der Trauerweide (die mit der Baumfäule) versammelt waren und Limonade tranken.

»An dem Tag, an dem ich meine beste Freundin Julie kennenlernte«, entgegnete ich, »hat sie auch einen Frosch mitgebracht.«

»Was? In New York habt ihr Frösche?« staunte Richard Andrew.

»Natürlich«, antwortete ich, »nur haben sie bei uns gelbe Füße und rote Tupfer.«

»So einen Mist denkt sie sich immer aus«, warf mein Bruder ein. »Sie kann gar nicht anders.«

»Du hast nur Müll im Kopf«, bestätigte Richard Andrew.

»Nein, habe ich nicht. Wir haben den Frosch meiner Mutter in den Wagen gesetzt, und er ist ihr direkt auf den Kopf gesprungen.«

»Mein Schwester bringt sich regelmäßig in Schwierigkeiten«, erklärte Dan.

»Schneit es eigentlich oft in New York?« wollte Ross wissen und sprach die Stadt »Njuuh Jaahk« aus.

Ich nickte. »Manchmal liegt der Schnee so hoch, daß wir die Haustür nicht aufbekommen. Außerdem heißt es nicht ›Njuuh Jaahk‹. So spricht man die Stadt nicht aus.«

»Wieso, ihr sagt es doch genauso«, erwiderte er.

»Tun wir nicht.«

Vielleicht war es ja doch nicht so schlecht, daß wir so wenig Kontakt mit unseren Cousins hatten.

»Meine Mutter hält deine Mutter für das schwarze Schaf in unserer Familie«, sagte Mebane Ruth. »Ich habe gehört, wie sie das am Telefon zu Tante Lucinda gesagt hat. Und auch, daß es zwischen unseren Großeltern und deiner Mutter böses Blut gibt.«

»Was ist denn böses Blut?«

Sie zuckte die Achseln. »Keine Ahnung, vielleicht Blut, das schwarz wird.«

»Blut kann nicht schwarz werden«, wandte mein Bruder ein, der auch als Kind nicht einen Funken Phantasie hatte.

»Möglicherweise bedeutet böses Blut, daß man Melancholie hat, wie Großmutter«, meinte Ross.

»Ist Melancholie so etwas Ähnliches wie bekloppt zu sein?« fragte ich.

Ross nickte. »Dürfte so ziemlich dasselbe sein. Melancholie ist, wenn man sich wie Oma immer in sein Zimmer einsperrt und ständig weint.«

»Und viel Gin trinkt«, fügte Cook hinzu. »Unser Daddy sagte, daß sie jeden Tag eine ganze Flasche verputzt.«

Ich wußte nicht, ob das übertrieben war. Mein Vater nahm hin und wieder einen Drink zu sich, aber Charlotte trank überhaupt keinen Alkohol.

»Großmutter redet ständig nur über Charlie«, erklärte Ross. »So als wäre er immer noch am Leben. Dabei ist er seit hundert Jahren oder so tot.«

»Wir mußten sie wegen ihrer Melancholie weggeben«, sagte Cook.

»Weggeben?« Das hörte sich ja furchtbar an.

»Ja, in irgend so ein Haus, in das man gebracht wird, wenn man Melancholie hat. Oma blieb da nicht lange, und sie konnten sie auch nicht heilen, denn sie leidet immer noch daran.«

Mebane Ruth schüttelte den Kopf. »Wir haben doch nicht über Melancholie geredet, Ross, sondern über böses Blut.«

Ross schien der Experte für Melancholie zu sein, während Mebane Ruth sich am besten mit bösem Blut und schwarzen Schafen auskannte.

Ich stand auf. »Und ich habe gehört, wie meine Mutter Opa Eli einen ›Bullen‹ genannt hat.«

Nun rissen sie alle Mund und Augen auf.

»Warum mußtest du ihnen das verraten?« murrte Dan.

Ich lief einfach los, blindlings, und rannte meinen Eltern in die Arme. Die spazierten gerade über den gepflasterten Weg neben dem Haus und hatten die Köpfe zusammengesteckt. Das bedeutete, daß sie sich über etwas Interessantes unterhielten – von dem ich nichts erfahren durfte. Ich versuchte, ihnen auszuweichen, aber dafür war es schon zu spät. Dad hielt mich am Arm fest. »Na, du hast es aber eilig, Dinah.«

»Meine Cousins und Cousinen sind so gemein! Sie haben gesagt, Mom sei ein schwarzes Schaf.«

Charlotte fing an zu lachen, laut und schrill. »Na großartig, jetzt bin ich also schon das schwarze Schaf!«

»Liebes, es sind doch nur Kinder«, sagte Dad.

»Die das aufschnappen, was ihre Eltern reden.«

»Wir hatten uns doch etwas fest vorgenommen, *oder?*« Mein Vater klang ungewohnt entschieden.

Charlotte zuckte nur mit den Achseln.

»Was ist denn ein schwarzes Schaf?« wollte ich wissen.

Meine Mutter seufzte vernehmlich. »Na ja, das heißt, daß ... nun, daß ich mit Opa Eli und Oma Elizabeth nicht so gut auskomme. Das ist alles. Dein Großvater hat damals beschlossen, daß ich seine Firma nicht übernehmen soll. Also bin ich nach New York gegangen, um mir selbst etwas aufzubauen. Darüber bin ich noch heute froh. Glaub mir, es war richtig so.«

»Aber wenn er Onkel Bernard und Onkel Lee die Firma gegeben hat, warum dann nicht dir?«

»Weil ich eine Frau bin. Eigentlich müßte ich das Unternehmen leiten, wenn dein Großvater sich endlich zurückzieht. Aber das wird er wohl nie. Wahrscheinlich müssen sie ihn im Sarg aus seinem Büro tragen. Ich bin sein ältestes Kind. Bernard ist sieben Jahre jünger als ich.«

»Aber warum ist es denn so?«

Sie beugte sich zu mir herab und legte eine Hand an den Mund: »Bestimmt nicht, weil Bernard mehr im Kopf hätte als ich.«

Ich mußte kichern. Onkel Bernard war Mebane Ruths Vater.

»Merk dir eines, Dinah«, sagte Charlotte. »Du kannst in deinem Leben alles tun, was du willst. Wirklich alles. Frauen sind stark, klug und in der Lage, auf eigenen Füßen zu stehen, ganz gleich, was dein Großvater von sich gibt. Seine Ansichten sind noch älter als er selbst.«

Wir schrieben das Jahr 1962. Meine Mutter war ihrer Zeit weit voraus.

Als ich in dieser Nacht neben Mebane Ruth im Bett lag, konnte ich sehr lange nicht einschlafen. Ich wälzte mich hin und her. Irgendwann erwachte ich aus einem Traum. Darin hatte ich in dem Baumhaus festgesessen, weil mein Bruder die Leiter weggenommen hatte und ich nicht mehr hinunter konnte.

Mondlicht strömte durch die Übergardinen. Ich trat ans Fenster, zog die Vorhänge auf und schaute nach draußen auf die endlose Landschaft von Wiesen und Feldern. Die Weide ragte wie etwas Bedrohliches vor dem sternenübersäten Himmel auf, und ihre schlanken Zweige schaukelten anmutig im Nachtwind. Ein strahlender Vollmond beleuchtete die ganze Szenerie. Mein Blick wanderte über den Himmel, die Felder und blieb am rechteckigen Kameliengarten hängen. Ein hübscher Anblick, und gleichzeitig ein unheimlicher. Wer kam schon auf die Idee, aus einem See ein Blumenmeer zu machen? So eine riesige Fläche, vollkommen bestanden mit nur einer Blumenart, Reihe um Reihe weiße Kamelien …

Ich blinzelte. Tatsächlich, da stand eine alte Frau am Rand des Blumenfelds. Im Mondlicht eine bleiche und gespenstische Erscheinung. Halb verborgen vom Schatten eines Baums und kaum von der weißen Unendlichkeit zu unterscheiden. Sie trug einen weißen Bademantel, und ihre Knöchel ragten darunter hervor. Die Frau stand barfuß im Gras. Ihr Bademantel bestand aus einem feinen Material, vermutlich Seide, und kräuselte sich wie Wasser unter einer Brise.

Die Frau hielt den Kopf gesenkt, so als würde sie beten.

Großmutter Elizabeth zeigte sich uns endlich. Am nächsten Tag, als wir fast mit dem Frühstück fertig waren. Eine formelle Mahlzeit von goldgerandeten Porzellantellern im Eßzimmer. Als die Oma eintrat, erkannte ich in ihr sofort die Frau wieder, die gestern nacht am Kamelienfeld gestanden hatte. Meine Großmutter war eine große, hagere Frau mit stumpfem grauen Haar, das sie zu einem losen Knoten zusammengebunden hatte. An ihrem Kleid war in Brusthöhe ein großer Fleck, und in den Mundwinkeln zeigten sich viele Falten, als spitze sie so oft den Mund, daß ihr Gesicht bereits in diesem Ausdruck erstarrt war. Ihre Augen lagen tief in den Höhlen und waren so hell, daß man sie für farblos halten konnte. Oma Elizabeth hielt sich kerzengerade, so als habe sie ein Lineal verschluckt, taumelte aber ein wenig beim Gehen. Hände und Arme schienen starr herabzuhängen und sich nicht mitzubewegen. Sie ging so langsam, daß man schon zweimal hinsehen mußte, um zu erkennen, ob sie überhaupt vom Fleck kam. Außerdem machte sie nicht den Eindruck, aus Fleisch und Blut zu bestehen, obwohl sie doch mitten im Zimmer stand.

»Hallo, Charlotte.« Großmutter beugte sich zu ihrer Tochter hinunter, küßte aber die Luft, weil meine Mutter ihre Wange wegdrehte. »Und da ist ja auch Martin. Wie schön, euch wiederzusehen. Wie schön, ja.« Ihre Singsang-Stimme klang farblos und leer.

»Ja, Liz, wir freuen uns auch, dich wiederzusehen.«

Opa Eli bat Bernard, der Großmutter mich und meinen Bruder vorzustellen. Sie beugte sich zu mir, ganz langsam, Zentimeter für Zentimeter, und küßte mich auf die Wange. »Du bist also Dinah. Wie wunderbar, dich kennenzulernen.«

Ich zuckte zurück. Ihr Atem roch sauer. »Erfreut, dich kennenzulernen, Großmutter.«

»Du siehst aus wie deine Mutter, als sie in deinem Alter war.«

Charlotte beobachtete uns konzentriert von ihrem Platz am anderen Tisch. Ich wußte, daß meine Oma die Unwahrheit gesprochen hatte. Immerhin war ich ein Pummelchen, und meine Mutter war immer schlank, schön und perfekt gewesen. Nein, Moment mal. Auf einem der Fotos hatte ich sie als Mädchen gesehen, das genauso dick war wie ich.

Onkel Bernard zog Großmutter zu meinem Bruder. Dan streckte die Hand aus.

»Oh.« Etwas schien sie zu verwirren, aber sie ergriff seine Hand. Ich fürchtete schon, Dans kräftiger Händedruck würde sie zusammenbrechen lassen. Sie sah doch aus, als könne schon ein leichter Windstoß sie davonwehen.

Oma schloß die Augen, und als sie sie wieder öffnete, hielt sie Dans Hand lange, sehr lange fest. Ich fragte mich schon, ob sie nie mehr loslassen wollte. Aber dann kam der Moment doch, und sie strich ihm wieder und wieder über das Haar. Tränen standen ihr in den Augen.

»Ich hatte einmal einen kleinen Jungen«, erklärte sie dann. »Er hieß Charlie. Du siehst genauso aus wie er.« Ein seliges Lächeln trat auf ihre Züge.

»Elizabeth, *hör sofort auf!*« Opa Elis Stimme klang noch häßlicher als seine Worte. Er preßte die Zähne zusammen, und eine Ader trat an seinem Hals vor. »Der Junge sieht *nicht* wie Charlie aus.«

»Aber ja doch, Eli.« Sie starrte ihn mit funkelnden Augen an. Er starrte mit gleicher Wut zurück. Wie war das möglich? Mein Großvater hatte sich doch so fröhlich und lustig gegeben. Wie konnten diese beiden unter dem selben Dach leben, wenn sie sich so sehr zu hassen schienen? Bei meiner Mutter erlebte ich zwar oft genug mit, wie sich ihre Laune von einem Moment auf den anderen veränderte, aber das war ja auch etwas anderes und zwischen Mutter und Tochter wohl irgendwie normal. Vielleicht hatte Oma Elizabeth ja recht, und mein Bruder sah Charlie tatsächlich ähnlich. Mit seiner dunklen Haut und dem schwarzen Haar fiel er doch in einer Familie mit lauter Rotschöpfen und heller Haut sofort auf.

»Geh nach oben, Elizabeth!« befahl Opa Eli. »Verdirb uns nicht das ganze Fest.«

Oma Elizabeth legte die Zeigefinger an die Lippen und sagte: »Pst! In diesem Haus ist es verboten, über die Toten zu sprechen. Der Herr und Meister hat es untersagt!«

Sie ließ sich am Erwachsenentisch nieder, und die anderen aßen weiter. Als ich zehn Minuten später zufällig hinübersah, war sie fort. Großmutter verließ nur noch einmal ihr Zimmer – am Weihnachtsmorgen. Während ich meine Geschenke auspackte – darunter ein wunderschönes Medaillon von Opa Eli –, bemerkte ich, daß sie meinem Bruder immer wieder heimliche Blicke zuwarf, so als erwarte sie, daß er sich gleich vor uns hinstellen und etwas Erstaunliches vorführen würde.

»Hör auf damit, Mutter!« Charlotte mußte es also auch aufgefallen sein. Mom war wütend. Ich kannte diesen Gesichtsausdruck.

Oma Elizabeth stand daraufhin einfach auf und schlurfte

aus dem Zimmer. Ich habe sie nur noch einige wenige Male in meinem Leben gesehen, weil wir den alljährlichen Weihnachtsbesuch in Atlanta aus verständlichen Gründen nur unregelmäßig unternahmen. Besonders für meine Mutter wurden die Fahrten in den Süden aufreibender und schwieriger; und damit auch furchtbarer für mich. Die Großeltern und unsere restliche Verwandtschaft kamen zu Dans Bar-Mizwa zu uns in den Norden, aber danach riß der Kontakt weitgehend ab. Das letzte Mal sah ich sie alle zusammen auf Opa Elis Beerdigung. Damals war ich fünfzehn. Ich wollte nicht am Grab stehen. An dem Tag fiel ein kühler Nieselregen vom Himmel und näßte meine Arme. Der Himmel war so stahlgrau wie das Haar meiner Großmutter.

Ich war dürr und zappelig und völlig aufgedreht von den Black Beauties, und allzu rasch wurde klar, daß meine Cousins und Cousinen mich genauso wenig in Atlanta haben wollten, wie es mich nach ihrer Gesellschaft drängte. Der Rabbi sprach einige Gebete, und ich dachte daran, daß ich recht wenig von Opa Eli wußte und ihn gern besser kennengelernt hätte. Irgendwie fiel mir auf, daß Oma Elizabeth meinen Bruder wieder so merkwürdig ansah. Sie schwankte leicht, und ich erkannte, daß sie betrunken war. Das schien aber nur mir aufzufallen. Jedenfalls verlor keiner ein Wort darüber. Charlotte ließ hingegen öfter bittere Kommentare darüber ab, was ihre Mutter doch für eine Säuferin sei. Ich fragte mich, wie Großmutter darauf kam, daß Dan wie ihr totes Kind aussehe. Charlie war mit drei Jahren ertrunken, und das mußte fünfzig Jahre oder so her sein. Dan war mittlerweile zwanzig. Was für eine verrückte alte Frau. Sie war so in ihren wahnwitzigen Phantasien über meinen Bruder gefangen, daß sie gar nicht mitbekam, wie der Sarg in das Loch hinabgelassen wurde und der Rabbi ihr schließlich die kleine Schaufel hinhielt, damit sie Erde darauf werfen konnte.

An diesem Abend versteckte ich mich in der Eingangshalle des Hauses und belauschte ein Gespräch.

»Was ist denn los mit dir, Mutter!« rief Charlotte. »Der Name von meinem Sohn lautet Daniel!«

Was dann folgte, wurde zu leise gesprochen, als daß ich es hätte verstehen können, bis Großmutter aus Leibeskräften schrie: »Geh nach Hause, Charlotte! Ich will dich nicht hier haben. Ich will dich nie wieder sehen!«

Es muß Charlotte ziemlich weh getan haben, von der eigenen Mutter so angeschrien und rausgeschmissen zu werden. Aber ich fühlte kein Mitleid mit ihr. Dafür verabscheute ich sie zu sehr. Dafür war ich zu aufgedreht.

Oma Elizabeth starb, als ich sechzehn war, und von uns ist niemand zu ihrer Beerdigung gefahren.

10

ICH SAH MEINEN Geist erst ein paar Tage nach Jimmys Tod wieder. In dieser Zeit versuchte ich mich damit zu beruhigen, daß ich mir die Vision von meinem Elias als Achtjährigem ins Gedächtnis zurückrief. Von meinem Sohn, der Ideen ausdrücken und über Gott nachdenken konnte und der keine Angst vor dem Wasser hatte. Ich bemühte mich mit aller Kraft, das Bild von uns beiden wiederzubeleben, wie wir auf dem azurblauen Meer in dem Boot gesessen hatten. Aber am Ende der zweiten Woche wurde dieses wunderbare Bild immer blasser und kleiner; bald sah ich uns nur noch als winzigen Punkt am Horizont. Die anderen Visionen, die schrecklichen, drängten in meine Gedanken und verschafften sich bedrohlich Raum.

Mittlerweile konnte ich die Melancholie von Oma Elizabeth gut verstehen. Eine bedauernswerte Frau, weil sie ihr Dasein in endlosem Kummer führte. Eine erbärmliche Existenz, weil sie voller Zorn gewesen war und nichts dagegen hatte tun können. Ihr Leid mußte Zentner gewogen und wie ein Ungeheuer auf ihren Schultern gelastet haben. Großmutter war es nie gelungen, dieses Monster fortzujagen oder gar zu zähmen. Es hatte ihre Ehe und den Rest ihres Lebens vergiftet. Ich hatte nie mitfühlend an sie gedacht, mir nie darüber Gedanken gemacht, was es bedeutet, das eigene Kind zu verlieren oder wie sehr einen das verändert. Gut, ich hatte natürlich schon mit trauernden Müttern gearbeitet, aber all deren Leid und Schmerz hatten mich nicht darauf vorbereitet, wie es mir selbst in einem solchen Fall ergehen würde.

So flüsterte ich meinem Jüngsten immer wieder ins Ohr: Elias, wach auf! Du mußt zu deiner Mommy zurückkehren, weil das Leben noch so viel für dich bereithält. Wieder wie Elvis tanzen. Mich wieder durch deine Sonnenbrille ansehen. Und mich wieder so fest in den Arm nehmen, wie du kannst. Du wirst schwimmen lernen und wie man sich die Schuhe zubindet. Elias, du mußt einfach zu mir zurückkehren, weil ich ohne dich nicht weiterleben kann. Ich würde dich sonst zu sehr vermissen, das Monster des Kummers würde dann auch auf meinen Schultern sitzen und mir den Rest meines Lebens vergällen.

Wenn das Leben mich im Stich ließe, dann, verdammt, würde ich es auch im Stich lassen und mich dem Ungeheuer des ganz großen Leids hingeben. Genauso wie Großmutter Elizabeth.

Nachdem ich Elias das alles erzählt hatte, wartete ich und lauschte. Doch kein Laut kam von ihm, kein Zeichen Gottes, nicht einmal ein Wort von meinem Geist – nur das Zischen, Pumpen und Klacken der Apparate. Und die Zeit schien uns davonzurennen. Selbst Dr. Moore wirkte nicht mehr so überzeugt, daß mein Sohn bald aufwachen würde. Er äußerte sich zwar nie derart, aber auf der anderen Seite hatte er sich ja nie in irgendeiner Weise festgelegt.

Kurz bevor die Familie am Abend eintraf, tauchte Onkel Lee auf. Mein Bruder hatte sich noch nicht gezeigt, sondern nur von Ohio aus angerufen und gefragt, ob es mir helfen würde, wenn er käme. Er könne vielleicht etwas aus den Ärzten herausbekommen, was sie mir nicht sagten. Immerhin gehöre er ja ihrem Berufsstand an. Irgendwie gelang es mir, nicht gleich aufzulegen. Statt dessen sagte ich ihm, er dürfe gern kommen, wenn er das wolle. Onkel Lee hatte hingegen den weiten Weg von San Francisco auf sich genommen. Er war inzwischen zweiundsechzig, hatte aber immer noch etwas Knabenhaftes an sich.

Lee umarmte mich lange, dann beugte er sich über Elias, umarmte ihn ebenfalls und sprach leise zu ihm, während Sam und ich zusahen. Aber mein Sohn lag weiterhin reglos da.

Der Onkel richtete sich wieder auf. »George ist auch mitgekommen, Dinah.«

Ich nickte. Lee und George waren seit fünfundzwanzig Jahren zusammen.

»Er wartet draußen, weil er meinte, es wäre vielleicht nicht passend, wenn er auch hier auftaucht. Aber er betet für euch, Dinah. Für Elias, für dich und für Sam.«

Der Onkel legte mir beide Hände auf die Schultern. »Die Sache wird gut ausgehen, glaub mir, Dinah.«

Ich erinnerte mich an einen Tag mit ihm. Damals war ich zwölf, und Lee und ich spielten mal wieder Geschichtenerzählen. Ich hatte gerade *Vier Schwestern* gelesen, und wir beide amüsierten uns damit, uns ein neues Ende für das Buch auszudenken: Jo kommt zu dem Schluß, daß der Professor doch nicht der Richtige für sie sei, brennt nach Japan durch und wird dort eine berühmte Geisha. Sie lernt den Japaner Sun Li kennen (eigentlich ja ein chinesischer Name, aber das war uns damals ziemlich egal), der einen Fliegenden Teppich besitzt. Mit dem reisen sie um die ganze Welt und erleben überall Abenteuer. Ich fügte dann noch hinzu, daß der Teppich direkt auf Marmees Kopf landet und sie erstickt, als sie den anderen Schwestern gerade wieder eine ihrer nervigen Ansprachen halten will. »Ach, meine Mädchen, ihr dürft nicht verzagen, sondern müßt euch die Hoffnung bewahren und fröhlich –« Und *plumps!* landet der Teppich auf ihr.

Wenig später kam die Familie herein. Nachdem alle sich umarmt, auf die Wange geküßt und bedeutungsvolle Blicke getauscht hatten, verfielen sie wieder in ihren Small-Talk. So wie sie es immer taten, diese beiden verschwägerten Familien, die nicht viel gemein hatten. Außerdem war heute ja auch Onkel Lee anwesend. Mein Vater fragte Sams Vater, wie es denn in der Holzbranche laufe, obwohl er sich überhaupt nicht dafür interessierte. Charlotte erkundigte sich bei Lee nach seiner Antiquitätenhandlung. Meine Mutter und Sams Mutter beklagten sich dann darüber, wieviel Verkehr abends in die Stadt ströme und wie kalt dieser Winter sei.

»Ich habe die Elvis-CD mitgebracht«, verkündete Kate und zog sie aus ihrem Backpack. Wie schlossen die Tür, stellten den CD-Player dicht an Elias' Ohr, drehten auf höchste Lautstärke und schalteten ein. »Hound Dog« dröhnte, breite Linien zogen über den Monitor, doch er schlief ungerührt weiter. Komm schon, Elias, werde wütend. Wie konnten wir es wagen, deine Handgelenke ans Bett zu fesseln? Hast du nicht Lust, aufzustehen und herumzutanzen?

Meine Tochter schaltete das Gerät schließlich ab.

»Vielleicht morgen«, sagte Sam.

Ich betrachtete diesen Fremden, mit dem ich seit so vielen Jahren verheiratet war, und studierte sein Gesicht. Die blasse Haut, die altmodische Brille und die schrägen Linien seines breiten Kinns.

»Gib es schon zu, du haßt ihn!« Ein körperloses Flüstern, ein Zischen.

Ich zupfte mich am Ohr, und der Geist erschien an der Decke des NAR. Er kam näher.

Nein, ich haßte Sam nicht. Im Gegenteil, ich liebte ihn. Oder etwa nicht? Was liebte ich eigentlich an ihm? Wenn jemand mich das früher gefragt hätte, wäre ich wahrscheinlich zuerst seine Vorlieben und Abneigungen durchgegangen: Er liebt gute Witze, haßt Spinat und ist ganz verrückt auf Kürbispastete. Er mag es nicht, wenn ich Make-up auflege, weil ich, wie er sagt, auf natürliche Weise schön bin. Dann würden mir seine Qualitäten einfallen: Wenn er sich amüsiert, sieht man das seinem Mund sofort an – ein halb schiefes Lächeln mit Grübchen. Sam zeigt mir unglaublich viel Zuneigung und wird wohl immer ein großer Junge bleiben. Nach all den Jahren legt er mir immer noch kleine Zettel mit lieben Worten hin. Er ist diszipliniert, kommt seinen Verpflichtungen nach und ist leicht zu erfreuen. Und er nimmt Rücksicht. Zum Beispiel steht er absolut auf Rock-Musik, aber wenn mein Vater dabei ist, tut er so, als sei Jazz ihm viel lieber, weil mein Dad den mag.

»Ich habe ziemlich viele Hausaufgaben zu machen«, sagte Alex.

»Ganz sicher werden deine Lehrer Verständnis haben«, entgegnete ich auf meine abgehackte, tonlose Weise.

»Was meinst du denn, wie lange sie Rücksicht auf mich nehmen?«

»Weiß ich doch nicht, Alex.« Und wie hätte ich das auch wissen können? Warum war er sauer auf mich? Ich beugte mich über Elias und drückte meine Lippen auf seine Wange. Seine Haut fühlte sich warm an.

»Warum hat man ihm denn die Handgelenke am Bett festgebunden?« wollte Charlotte wissen.

»Damit er, wenn er aufwacht, nicht aus dem Bett fällt«, erklärte ihr Sam.

»Haben die Ärzte denn schon gesagt, wann das sein wird?« fragte sein Vater.

»Es könnte jetzt jeden Tag so weit sein«, antwortete sein Sohn.

»Narr«, brummte der Geist. Er lehnte sich zurück, als säße er auf einem unsichtbaren Sofa.

»Sam ist kein Narr«, widersprach ich dem Geist. »Er ist nur Optimist und gehört zu den Leuten, für die ein Glas halb voll ist.«

»Also ein Bewohner vom Wolkenkuckucksheim«, näselte der Geist und schwebte zu mir herab, indem er durch die Familienmitglieder hindurchglitt.

»Er sieht eben in allem das Positive«, erwiderte ich.

»Selbstzufrieden und leicht glücklich zu machen.«

»Hoffnungsvoll.«

»Unrealistisch.«

»Voller Glaube und Liebe.«

»Ein richtiger Pfadfinder.«

»Grundanständig und ehrlich.«

Der Geist lachte meckernd. »Ein anständiger, ehrlicher Werbemann? Wir wollen aber nicht albern werden, was?«

Natürlich gab es Menschen, die Sam als jemanden ansahen, der Kunden, die sich das eigentlich nicht leisten konnten, Sachen aufschwatzte, die sie nicht brauchten. Ich mußte an all die

Kunden denken, mit denen Sam im Laufe seiner Tätigkeit zusammengearbeitet hatte. Darunter Firmen, die ihre Produkte in Drittweltländern in Kinderarbeit herstellen ließen. Ein Pharmazieunternehmen, das Medikamente mit schweren Nebenwirkungen auf den Markt brachte. Ein Tabak-Konzern. Und das waren nur die Firmen, bei denen die Verfehlungen offensichtlich wurden. Aber geht es uns nicht allen im Leben so? Man muß Kompromisse schließen. Ich hatte mich in meiner Praxis aller möglicher Menschen angenommen. Männer behandelt, die ihre Frauen mißhandelten. Und einmal sogar einen Pädophilen.

»Ihm bricht nicht bei jeder Kleinigkeit der Schweiß aus.«

»Bei den großen Sachen wohl auch nicht, oder?« Der Geist stand jetzt neben mir und warf einen Blick auf Elias, der immer noch reglos und mit angebundenen Handgelenken dalag.

Ich hatte das Gefühl, meine Knochen verwandelten sich in Pudding und mein Gesicht zerlief. Der Geist gab nun Tiergeräusche von sich. Schnaubte wie ein Schwein, schrie wie ein Esel und muhte wie eine Kuh.

Ich schloß die Augen. Woher wußte der Geist nur Bescheid? Ja, ich haßte meinen Mann. Aber nicht nur ihn, sondern überhaupt jeden. Ich verabscheute die Ärzte in diesem Krankenhaus. Dr. Jonas und seine sanfte Art. Dr. Moore und seine Unfähigkeit, jemandem ins Gesicht zu sehen. Dr. Reichert mit seiner schuljungenhaften Unschuld. Dr. Williston wegen ihres Eulengesichts. Und den Stationsarzt Dr. Laurentin, der Dr. Moore so tief in den Arsch gekrochen war, daß man seinen Kopf schon nicht mehr sehen konnte.

Ich haßte auch die Krankenschwestern, diese Frauen, die zu Hause gesunde Kinder hatten und hierherkamen, um sich über die kranken Kinder zu beugen und dabei zu denken: Gott sei Dank ist das nicht meines. Ich haßte meine Eltern und die von Sam. Charlotte war immer schon furchtbar gewesen, also fiel einem bei ihr das Hassen nicht schwer. Und Mary Galligan – wie sie sich an ihrem Rosenkranz festklammerte, als ob das in irgendeiner Weise helfen könnte, und ihren breiten New Yorker Akzent. Tom wegen der ihm nachgesagten Trunksucht. Und auch Lee, obwohl der doch den ganzen Weg hierhergeflogen war. Sogar meine anderen Kinder. Denn ich war Elias' Mutter! Mein Schmerz war größer als der all der anderen. Mein Kummer konnte ihren vereinten Kummer leicht schlucken und hätte dann immer noch Platz für den von tausend anderen Menschen.

Ich fing an, Elias' Handgelenkfesseln aufzubinden.

»Ich habe vorhin nicht gemeint, daß du den Anordnungen des Arztes zuwiderhandeln sollst, Dinah!«

Ich fuhr zu meiner Mutter herum: »Was hast du denn dann gemeint?«

»Doch nur, das es mir nicht richtig vorkommt.«

»Dann soll sie den Jungen doch losbinden«, schlug mein Geist vor.

»Der Sohn von meinem Vetter Caleb Coyle hat auch solche Sachen gehabt«, meinte Mary, »ist inzwischen aber wieder wohlauf.«

»Na, da fällt uns allen aber ein Stein vom Herzen«, bemerkte mein Geist.

Ich starrte Mary an. Was meinte sie mit »solche Sachen«? Die Ärzte hatten bislang nicht einmal eine Diagnose gestellt. Sie wußten nicht, was mit Elias los war, verdammt noch mal!

»Caleb Coyles Sohn ist Alkoholiker«, knurrte Sams Vater.

»Thomas Galligan, das hat nichts mit seiner Krankheit zu tun. Überhaupt nichts.« Mary sah von dem Kissenbezug auf, an dem sie gerade stickte. Wie sie es immer tat, wenn sie solche Äußerungen von sich gab. Jetzt beugte sie sich über Elias und strich ihm sanft mit der Handfläche über die Stirn. »Ja, ja, mein kleiner Mann ... Bei der Mutter Gottes, er ist ganz warm.« Sie starrte mich an, als erwarte sie, daß ich wüßte, was jetzt zu tun sei.

Mary und Charlotte hatten Elias' Probleme stets übersehen und verdrängt, wenn auch jede auf ihre Weise. Als meine Schwiegermutter ins Krankenhaus gekommen war, um unseren neugeborenen Sohn zu bewundern, hatte Sam sie gefragt:

»Na, wie gefällt dir unser kleines gerupftes Huhn, Mom?« Mary hatte nicht einmal matt gelächelt und entgegnet: »Grundgütiger, Sam, er ist doch kein Huhn, sondern höchstens ein bißchen dünn. Ansonsten aber ein wunderbarer kleiner Junge.«

Elias war ohne Zweifel ein wunderbarer kleiner Junge, aus dem irgendwann auch ein schöner Junge werden würde. Aber damals hatte er tatsächlich wie ein gerupftes Huhn ausgesehen. Kein Fleisch auf den Knochen und zuviel Haut auf dem Körper. »Das war doch nur ein Witz, Mom«, sagte Sammy. »Natürlich ist er unser kleiner Schatz.« Und Mary lächelte: »Weiß ich doch.«

Charlotte berührte jetzt ebenfalls Elias' Stirn. »Er fühlt sich tatsächlich etwas warm an.«

»Seine Temperatur wechselt ständig«, bemerkte die Krankenschwester. »Ich werde ihm etwas Tylenol verabreichen.«

»Warum steigt und fällt seine Temperatur?«

Die Krankenschwester zuckte die Achseln. »Das weiß ich leider nicht.«

»Lügnerin!« sagte mein Geist. »Natürlich weiß sie es. Schließlich hat sie schon von solchen Fällen gehört. Allerdings noch keinen gesehen. Die Schwankungen hängen mit seiner Zentraltemperatur zusammen, die völlig aus den Fugen geraten ist.«

»Zentraltemperatur? Was habe ich mir denn darunter vorzustellen?«

»Nur den Mechanismus, der dafür sorgt, daß die Körpertemperatur bei ungefähr siebenunddreißig Grad bleibt«, antwortete der Geist. »Bei ihm läuft der Mechanismus bereits unregelmäßig. Und sobald das geschieht, arbeitet nur noch der primitivere Temperaturregulator weiter. Der sitzt tief unten im Gehirn und sorgt dafür, daß der Körper kühl bleibt – wie bei einem Reptil.«

»Wie bei einem Reptil? Wovon redest du denn da?«

Die Krankenschwester riß einen Plastikbeutel auf und goß die klare Flüssigkeit in den Tropf. Mein Sohn erhielt alles, was er brauchte, nur noch aus Schläuchen. Luft durch den Schlauch im Hals, Nahrung durch den in der Nase und Medizin durch den Arm.

»Das willst du nicht hören, nicht wahr, kannst es nicht ertragen, was?« sagte der Geist. »Dabei handelt es sich dabei um simple Biologie.«

Kate, die neben Mary stand, fing an zu weinen.

Meine Schwiegermutter nahm sie in den Arm. »Aber, aber, mein Mädchen. Wird schon gut ausgehen. Wir alle beten für ihn.«

»Ja, wir alle«, bestätigte Charlotte.

War nicht immer schon alles gut ausgegangen, wenn die Menschen nur erst anfingen zu beten?

Jetzt kam die Spezialistin für Infektionskrankheiten wieder zu uns. Dr. Williston. Sie nickte, Kate machte ihr Platz, und meine Mutter stand im Weg und gaffte. Ich wollte, daß Sam ihr sagte, sie solle damit aufhören. Aber der Mann verstand überhaupt nichts von dem, was ich sagte oder dachte. Er war mir vollkommen fremd geworden.

Die Ärztin hörte Elias' Herz und Lunge ab, befühlte seine Stirn und schaute ihm in die Ohren. Mein Sohn lag wie Schneewittchen da. Die Apparate veranstalteten ihre üblichen Geräusche, und mit ihnen erstarb in meinem Kopf alle Hoffnung.

»Haben Sie die Kulturen schon zurückbekommen?« Diese Frage stellte ich ihr jedes Mal, wenn ich sie sah. Die Ärzte hatten eine Gehirnhautentzündung noch nicht vollkommen ausgeschlossen. Bei einer Lumbalpunktion waren Leukozyten festgestellt worden, woraus sich auf die Möglichkeit von Meningitis oder Enzephalitis schließen ließ. Die Ärzte hatten Bakterienkulturen angelegt, daraus aber nichts ablesen können. Danach hatten sie Blutproben an irgendwelche weit entfernten Labors eingesandt, die auf seltene Viren untersucht werden sollten. Aber deren Ergebnisse waren noch nicht eingetroffen.

»Dieser Anfall *muß* etwas mit all seinen anderen Problemen zu tun haben«, erklärte Charlotte.

Meine Mutter sagte das so überzeugend, als sei damit die Lösung gefunden. So hatte sie immer schon gern geredet, wenn sie nicht gerade Dinge von sich gab, die mir die Schuld für alle ihre Schwierigkeiten zuschoben. Ich erinnere mich, wie wir einmal zu einem Picknick bei Sams Eltern in deren kleinem Haus in Fort Lee, New Jersey, waren. Nach dem Grillen saßen wir alle am Tisch zusammen, als Elias anfing, mit der Zunge komische Geräusche von sich zu geben.

»Was ist das?« wollte meine Mutter wissen.

»Elias, der gerade komische Geräusche macht«, antwortete Kate.

Charlotte zog die Oberlippe hoch, so als habe sie gerade in etwas Ekelhaftes gebissen. Wie konnte so etwas geschehen? Wie war es möglich, daß ihr Enkel solche Probleme hatte?

»Er ist nur manchmal etwas seltsam«, sagte Alex.

»Nein, er ist nicht seltsam«, verbesserte ich ihn, »er ist nur anders.«

»An ihm ist nichts seltsam«, erklärte Sams Mutter. »Unser kleiner Sonnenschein ist ganz prima. Möchte jemand noch Nachtisch?«

Dr. Williston erklärte nun: »Uns liegen keine Hinweise darauf vor, daß seine jetzige Lage direkt auf seine ursprünglichen Probleme zurückzuführen ist.« Sie nahm die Ohrstöpsel ihres Stethoskops heraus und hängte sich das Gerät mit einer flinken und geschickten Handbewegung um den Hals.

»Aber es liegt doch wohl auf der Hand, daß seine jetzige Lage und seine ursprünglichen Probleme miteinander in Zusammenhang stehen, oder?« Hatte ich da richtig gehört? Charlotte widersprach einer Ärztin? Immer schon hatte meine Mutter aus irgendwelchen nur ihr bekannten Gründen Mediziner als Halbgötter angesehen. Sie konnte wohl auch gar nicht anders. Immerhin ist mein Bruder, gesegnet soll er sein, auch Arzt, und zwar Onkologe in Cincinnati. (Bitte, bitte, laß diese Mediziner hier Halbgötter sein!)

Eulengesicht zuckte nur die Achseln. Ihre Brillengläser waren noch dicker als die Elias'.

»Ich habe gerade erklärt, daß uns dafür keine eindeutigen Hinweise vorliegen.«

»Aber mein Junge hatte immer schon neurologische Probleme, er –«

»Dinah, bitte!« wies Charlotte mich zurecht. »Ich bin mir sicher, daß die Frau Doktor weiß, was sie sagt.«

Also doch. Für sie waren und blieben Ärzte Halbgötter.

Sam legte mir eine Hand auf die Schulter, und der Geist stieß mich in die Seite.

»Gib nicht nach«, drängten die schwarzen Lippen, »die Schlampe hat es nicht besser verdient.«

»Sie könnten mit Ihrer Vermutung durchaus recht haben«, bemerkte Dr. Williston noch, ehe sie uns verließ.

»Hier ist die Post, Mom, die für dich gekommen ist.« Kate reichte mir einen kleinen Stapel. Ich öffnete die Umschläge und gab dann alles an Sam. Er sortierte die Briefe und verkündete dann, wer mir geschrieben hatte. Seine Mutter begleitete jeden Namen mit einem »das ist aber wirklich nett von ihr« oder »wie lieb von ihm«.

»Die hier stammt von Sue Barson, einer Nachbarin. Sie wohnt zwei Türen weiter … du hast sie auch einmal kennengelernt, Mom. Letzten Sommer, bei einem Spaziergang. Mrs. Barson sprengte gerade ihren Rasen.«

»Ja natürlich«, sagte Mary. »Eine wirklich nette Frau.«

»Und hier haben wir eine Karte von einer gewissen Ellen Shoenfeld – wer ist denn das?«

»Eine Schülerin aus meinem Schreibkurs«, antwortete ich. »Gib mir die Karte doch bitte.« Ich wollte und konnte die Post nicht lesen. Aber hier zwang ich mich zu einer Ausnahme.

»Liebe Dinah,
ich wollte Ihnen nur mitteilen, daß es mir seit Jahren unmöglich ist, für mich selbst zu beten. Aber für Ihren Sohn gelingt es mir. Ich hoffe, er wird bald wieder gesund. Sehen Sie, jetzt habe ich doch etwas geschrieben.
Mit liebem Gruß
Ellen Shoenfeld.«

Ich mußte lächeln.

»Schau nur, Di«, sagte Sam, »hier haben wir auch eine Karte von Tammy Pearl.«

»Was fällt der denn ein?« murrte mein Geist. »Ihr Sohn war ihr zu fein, um mit Elias in einer Gruppe zu spielen, und jetzt schreibt sie dir eine Genesungskarte?«

»Was will diese Person denn?« fragte ich barsch.

»Du lieber Gott, Dinah«, sagte meine Schwiegermutter, »ich bin mir sicher, sie versucht nur, nett zu sein.«

»Sag ihr, sie soll sich da raushalten.« Mein Geist hatte es sich inzwischen unter der Decke bequem gemacht und rauchte eine Zigarre.

»Was weißt du schon darüber, Mary?«

»Dinah, bitte«, mahnte Sam leise.

»Wie konntest du so einen bloß heiraten?« Zack, stand der Geist wieder neben mir und flüsterte mir mit kaltem Hauch ins Ohr.

»Ich habe dir doch schon gesagt, daß ich ihn geliebt habe.«

Er sog an seiner Zigarre, blies den Rauch aus und blickte auf mich herab. »Und deine beste Freundin Julie?«

Ich bekam keine Luft mehr, fühlte mich wie ein Fisch auf dem Trockenen. »Hör endlich mit Julie auf!«

»Wer ist Julie, Mom?« fragte Kate.

Hatte ich dummerweise laut gesprochen?

»Eine alte Freundin deiner Mutter«, antwortete Sam an meiner Stelle und warf mir einen Seitenblick zu. Wir hatten nie über Julie gesprochen. Das war typisch Sam. Er ging allen Schwierigkeiten aus dem Weg. Wenn ich ihm manchmal von meinen Patienten und deren Problemen erzählte, hörte er zwar höflich zu, interessierte sich aber nicht besonders dafür. Was hielt mich eigentlich noch bei ihm?

»Ich habe dich aber noch nie von ihr reden hören«, bohrte Kate nach.

Sie saß auf der Bettkante und strich ihrem kleinen Bruder übers Haar. Alex hockte in einer Ecke, hatte die Knie angezogen und starrte geistesabwesend auf das NAR, in dem Jimmy gestorben war. Jetzt lag dort ein Junge in Alex' Alter, ein Bluter, der sich infolge einer Bluttransfusion mit dem AIDS-Virus infiziert hatte. Ich wollte seine Mutter fragen, wie sie mit dem Wissen zurechtkäme, daß ihr Sohn sterben müßte. Vielleicht gab es ja ein Geheimnis, von dem ich noch nichts ahnte. Unvermittelt blickte Alex auf.

»Sie war die beste Freundin deiner Mutter«, antwortete Sam, so als hätte er Julie nie kennengelernt.

Ehe er weitersprechen konnte, erklärte ich: »Ich habe sie seit zwanzig Jahren nicht mehr gesehen.«

Kate schnaubte. »Das muß ja eine schöne beste Freundin gewesen sein, wenn ihr so lange keinen Kontakt mehr hattet.«

»Kate, bitte, ich kann jetzt nicht darüber reden.«

Sie drehte sich um und strich Elias weiter übers Haar. Der Junge schlief immer noch.

»Ich vermute, mittlerweile dürfte dir aufgegangen sein, daß du an all dem hier selbst schuld bist.« Der Geist genoß seine Zigarre.

»Ich habe mich immer bemüht, ein guter Mensch zu sein. Ich liebe meine Kinder und meinen Mann.«

»Ach, tatsächlich?«

»Und ich versuche, mit meiner Arbeit Menschen zu helfen.«

»Na, na, das war aber jetzt der allergrößte Mist, den du mir auftischen konntest. Du betätigst dich hauptsächlich deswegen als Seelenklempnerin, weil deine eigene Seele dringend repariert werden muß.« Für einen Moment kam es mir so vor, als würde sein Kopf schrumpfen und sich schwarz verfärben. Ich blinzelte, aber da sah er schon wieder so aus wie vorher.

»Du kannst nichts vor mir verborgen halten, Dinah.«

Ich bekam langsam Angst vor ihm, erst recht, als er mich jetzt mit seinen Augen, die so schwarz waren wie Teergruben, direkt ansah und säuselte: »Vielleicht hat sich dein allmächtiger und liebender Gott ja jetzt entschlossen, dich endlich doch noch zu bestrafen.«

»Für was denn, bitte schön?«

»Was hätten wir denn da?« Der Geist kam mir so nahe, daß

ich die Schwärze in seinem geöffneten Mund sehen konnte. »Zum Beispiel hättest du deinen Sohn einmal fast umgebracht.«

Ich konnte ihn nur anstarren und hatte jetzt entsetzliche Angst.

»Aber ich habe es nicht getan. Es war nur ein Gedanke.«

»Nur ein Gedanke, ihn abtreiben zu lassen? Weil er nicht perfekt war, wolltest du ihn nicht haben!«

»Ich wollte nur, daß er gesund ist und nicht leiden muß.«

»Dinah, Dinah, mit kannst du nichts vormachen. Genausowenig wie damals Julie.«

Eine Rauchwolke, und er war verschwunden.

11

WARUM HATTE ICH mich bloß von ihnen in die Cafeteria mitschleppen lassen? Sam und Kate saßen immer noch oben bei Elias, während ich hier unten im Keller des Krankenhauses an einem trauten Neunertisch hockte. Eine überkonfessionelle Runde: Marty und Charlotte, Mary und Tom, Alex, Onkel Lee, sein Lebensgefährte George und ich. Und ein Geist, der sich hinter meiner Mutter auf einem imaginären Stuhl fläzte und Charlotte den Kopf tätschelte.

»Hör auf damit«, gebot ich ihm.

»Warum sollte ich?« fragte der Geist. Ja, warum? Meine Mutter bekam ja doch nichts davon mit.

»Womit soll ich aufhören?« wollte Alex wissen.

»Ich habe nur laut gedacht. Tut mir leid.« Den Geist fragte ich: »Wie kommt es, daß sie mich manchmal hören können?«

»Woher, zum Donnerwetter, soll ich das wissen?«

Mein Geist hörte nicht damit auf, Charlottes Kopf zu bearbeiten. Ich ertappte mich dabei, wie ich an den Tag zurückdachte, an dem ich Sam zum ersten Mal mit nach Hause gebracht hatte. Wir gingen bereits ein Jahr miteinander, und ich hatte ihn noch nicht meinen Eltern vorgestellt.

»Galligan? Das ist doch ein irischer Name, oder?« bemerkte meine Mutter nach einem gnadenlos langen Abendbrot, bei dem mir nur der Anblick meines Zukünftigen Trost bieten konnte. Statt wie üblich Geistreiches und Witziges von sich zu geben, hatte Sam lieber meiner Mutter artige Komplimente gemacht. Charlotte führte in einer Weise den Vorsitz an dieser

Tafel, die mich an die Amanda in der *Glasmenagerie* erinnerte. Mein Vater hatte Sam jetzt mit nach oben genommen, um ihm seine Sammlung von Swing-Platten aus den Dreißigern und Vierzigern zu zeigen. Ich nahm an, daß Sam die Gelegenheit wahrnehmen würde, bei Dad um meine Hand anzuhalten. »Jeder, dem die Aussicht blüht, mich zum Schwiegersohn zu bekommen«, hatte Sam auf dem Weg von Washington, D. C. hierher gegrinst, »sollte die Chance erhalten, mir entgegenzuschleudern: ›Raus mit dir, du Taugenichts!‹«

»Er scheint mir ja ein netter Junge zu sein«, fuhr Charlotte fort. »Aber er ist kein Jude.«

»Vielen Dank, Mom, das war mir noch gar nicht aufgefallen.«

»Du mußt jetzt aber nicht sarkastisch werden, Dinah. Ich meine ja nur, daß daraus Probleme erwachsen könnten. Du beabsichtigst doch wohl nicht, vor einem Priester niederzuknien, oder?«

»Wir lassen uns wahrscheinlich nur von einem Friedensrichter trauen. Oder vielleicht auch von einem Rabbi und einem Priester.«

»Weißt du, Dinah«, seufzte sie, »das Leben steckt voller unerwarteter Schwierigkeiten. Es geschehen Dinge, mit denen man nie gerechnet hätte, in einer Million Jahre nicht. Im Augenblick magst du ja noch glauben, alle Probleme meistern zu können, aber wenn zwei Menschen sehr verschiedene Ansichten haben ...«

»Was denn für verschiedene Ansichten? Wir sind beide nicht sehr religiös.«

»Dann warte mal ab, bis du Kinder hast, Dinah.«

»Also, Charlotte, plötzlich die Religion ins Spiel zu bringen, nur weil man Kinder hat, kommt mir doch etwas heuchlerisch vor.«

»Ich sage ja nur, daß das Leben unglaublich viel komplizierter wird, wenn zwei Menschen zusammenleben, die verschiedene Dinge von unterschiedlichen Warten aus sehen. Gut möglich, daß einmal der Zeitpunkt kommt, wo du dir einen

Mann an deiner Seite wünscht, der die grundsätzlichen Dinge an dir verstehen kann.«

Wie zum Beispiel, daß du unkontrolliert herumschreist und Vater stumm ist wie ein Stein. Aber meine Mutter schrie jetzt nicht. Sie sprach ganz ruhig.

»Das Jüdische gehört nicht zu den grundsätzlichen Dingen an mir«, erklärte ich. »Das spielt ja nicht einmal in deinem Leben eine größere Rolle.«

»Da irrst du dich, Dinah. Du glaubst, die religiöse Herkunft sei nicht wichtig, aber das trifft nicht zu. Vergiß nicht, daß wir in einer antisemitischen Welt leben, daß man uns Juden als solche haßt.«

»Und?«

»Wenn zwei Menschen streiten, und das kommt bei allen Ehepaaren vor, werden sie gelegentlich unfaßbar gemein. Manchmal verliert man dann die Kontrolle über sich. Und wenn es so weit kommt, kann es dir blühen, daß dein Mann dir Sachen entgegenschleudert, die du nie für möglich gehalten hättest. Beschimpfungen, von denen du nie geglaubt hättest, daß sie ihm überhaupt in den Sinn kommen könnten.«

Jetzt hörte sie sich in meinen Ohren wie eine dieser Orthodoxen an, die der Ansicht sind, die Geschichte lehre uns nur eines – daß nämlich hinter jeder Ecke ein Antisemit lauert. So weit ich das beurteilen konnte, verhielt sie sich gegenüber ihrem Glauben bestenfalls ambivalent. Zum Beispiel hatte sie unbedingt meine Nase operieren lassen wollen, weil sie ihr zu auffallend erschien, obwohl sie bestimmt nicht besonders groß war. Aber solche Dinge ließen sie in meinen neunzehnjährigen Augen als Heuchlerin dastehen.

»Ich kann mir nicht vorstellen, daß es zwischen mir und Sam jemals so weit kommen wird«, erwiderte ich. »Sam kennt überhaupt keine Bösartigkeit, und Antisemit ist er schon gar nicht. Außerdem liebe ich ihn.«

Meine Mutter lehnte sich zurück. »Das weiß ich, Dinah, und das ist auch kaum zu übersehen. Ich meine ja nur, daß ... daß Liebe allein manchmal nicht genug ist.«

Darauf sagte ich nichts mehr. Ich wollte dieses Wochenende nur noch rasch hinter mich bringen.

Das folgende Wochenende verbrachten wir bei den Galligans in ihrem kleinen vollgestopften Haus. Ein Kruzifix hing über dem Ehebett, und auch die anderen Wände waren voller religiöser Kunst. Nicht direkt Kitsch, aber nur einen Schritt davon entfernt. Das Abendessen bei den Galligans verlief laut, ohne Förmlichkeiten und in heimeliger Atmosphäre. Es gab Graubrot, Corned Beef, Kohl und Bier, sehr viel Bier. Vor dem Tischgebet zwinkerte Sam mir zu, und seinen Vater nannte er »Da«. Mir fiel rasch auf, daß Sam als Jüngster in der Familie eine Vorzugsbehandlung genoß. Allerdings war er auch der einzige, der einen College-Abschluß vorweisen konnte; ein Schwimm-Stipendium hatte ihm die Finanzierung ermöglicht. Seine Schwester Anne war als Friseuse tätig. Aiden arbeitete im Sägewerk seines Vaters. Tim hatte zwar auch das College besucht, hatte das Studium aber abgebrochen und war zu den Marines gegangen. Er war in Vietnam eingesetzt worden, danach noch einmal aufs College gegangen und verdiente sein Geld jetzt ebenfalls im Sägewerk. Mir kam auch nicht für einen Moment in den Sinn, daß das jüdische Mädchen, dessen Familie in der dritten Generation in Amerika lebte, und der irische Junge in der zweiten Generation es nicht zusammen schaffen würden.

»Und, was haben sie über mich gesagt?« fragte ich nachts, als Sam in das winzige Zimmer neben der Küche geschlichen kam, das Mary für mich hergerichtete hatte.

»›Ach, Sammy, das ist aber ein nettes Mädchen. Und so hübsch. Mit der hast du einen guten Fang gemacht.‹«

»Sie hat wirklich ›guter Fang‹ gesagt? Wie süß.«

»Willst du ehrlich noch mehr hören?«

»Jedes einzelne Wort.«

»Danach meinte Ma dann: ›Ja, aber liebe Güte, sie ist nicht katholisch. Wie wollt ihr denn die Kinder erziehen?‹ Nun legte sie eine Hand an den Mund, so als wolle sie mir ein Geheimnis verraten, von dem nicht einmal Gott etwas hören durfte, obwohl der doch alles hört. Meine Mutter flüsterte also: ›Die Juden mögen ja ganz in Ordnung sein, ganz bestimmt sind sie das, aber sie glauben nicht an unseren Herrn.‹ Er ahmte Tonfall und Gesten seiner Ma so perfekt nach, daß ich fast daran erstickte, nicht laut lachen zu dürfen; denn meine zukünftige Schwiegermutter durfte ja nicht wissen, daß wir beide uns im selben Zimmer befanden.

»Daraufhin schaltete sich Aiden ein. ›Mom, jetzt laß es aber gut sein.‹ Und ich habe dann die Bombe platzen lassen: ›Ich bin mir gar nicht so sicher, Ma, ob ich überhaupt an unseren Herrn glaube.‹ Und meine Mutter: ›Jetzt sei nicht albern, Junge.‹« Sam imitierte ihr indigniertes Kopfschütteln, wurde dann aber ernst: »Jetzt weißt du Bescheid. Über dieses Thema sprichst du besser nicht mit meiner Mutter, wenn du verstehst, was ich meine.«

»Ja, ich glaube, so halbwegs.« Wie hätte ich nicht verstehen können, wo er mich doch so wunderbar ins Bild gesetzt hatte?

»Dann sagt Ma: ›Die taufen ja noch nicht einmal ihre Kinder.‹ Ich entgegnete, daß die Sache mir jetzt aber ein wenig heikel würde. Sie reagierte nicht darauf, sondern fragte: ›Und was ist überhaupt mit ihren Seelen?‹«

»Was soll mit unseren Seelen sein?«

Sam lachte. »Ich bin zwar kein Priester, Dinah, habe aber regelmäßig den Gottesdienst und danach die Sonntagsschule besucht. Wenn ich es recht verstanden habe, bekommen jüdische Seelen so eine Art Dispens. Aber das ist mir, ehrlich gesagt, alles ziemlich egal. Was immer du wünscht, werden wir tun. Wenn unsere Kinder im jüdischen Glauben erzogen werden sollen, soll's mir recht sein. Daß unsere Kinder dann keine Taufe erhalten, wird meiner Mutter sicher in der Seele weh tun. Aber es ist schließlich unser Leben. Und ich will dir mal was verraten, so hundertprozentig hält sich Ma auch nicht an das, was die katholische Kirche vorgibt. Sie hat keine dreizehn Kinder bekommen, sondern nur fünf. Und meine Eltern führen ein recht aktives Sexleben, wenn du verstehst, was ich meine. Das weiß ich zufällig genau, weil die Wände in diesem Haus sehr dünn sind. So weit es mich betrifft, handelt es sich beim Judentum und beim Katholizismus um denselben Kuchen, den man nur mit verschiedenartigem Zuckerguß bedeckt hat. Aber Weihnachten möchte ich schon noch haben. Ja, ich glaube, das würde ich sehr vermissen.«

Ich sagte ihm, einverstanden, Weihnachten sei ihm gestattet. Und dann erzählte ich ihm, was Charlotte gesagt hatte. Danach fühlten wie beide uns noch näher, weil wir uns von unseren Müttern jeweils das Gleiche hatten anhören müssen.

»Du wirst doch nicht von mir verlangen, daß ich bei der Trauung vor einem Priester oder einem Kreuz niederknien muß, oder?« fragte ich und küßte ihn leicht auf die Lippen.

Er lachte. »Nein. Aber du wirst jede Nacht vor mir knien müssen.«

»Alles, was du verlangst.«

Wir sahen uns in die Augen, und so fand die ernsthafteste Unterhaltung, die wir je über dieses Thema führten, zu ihrem raschen Ende. Denn schon im nächsten Moment küßten wir uns leidenschaftlich.

»Ist alles mit dir in Ordnung, Dinah?« fragte meine Mutter jetzt unten in der Cafeteria. Zwei Ärzte kamen gerade mit Tabletts an uns vorbei, und ich hörte in Gedanken wieder Charlottes Warnung: Es geschehen Dinge, die du nie für möglich gehalten hättest.

Nein, mit mir war überhaupt nichts in Ordnung. Wer hätte je erwartet, daß etwas so Furchtbares geschehen könnte? Charlottes Mutter war dasselbe widerfahren. Aber das war zu einer anderen Zeit an einem anderen Ort gewesen – und hatte einfach nichts mit mir zu tun gehabt. Wer hätte je geglaubt, daß etwas so weh tun könnte?

»Dinah?«

Ich schob Hähnchen und Erbsen auf meinem Teller hin und her. Warum hatte ich mir das bestellt? Wieso nicht etwas Trockenes wie Plätzchen oder eine Scheibe Brot? »Ja, alles in Ordnung.«

Doch das war gelogen. In meinen Gedanken herrschte solche Unordnung, daß ich nicht ergründen konnte, ob der Riß zwischen mir und Sam etwas mit unserer unterschiedlichen Religion zu tun hatte. Mit unseren verschiedenen Ansichten, wie meine Mutter es vor so vielen Jahren prophezeit hatte. Eines wußte ich aber mit absoluter Gewißheit: Zwischen uns hatte sich ein Riß aufgetan. Ich haßte alles, was Sam sagte, und er war mir auch sonst zuwider. Und erst recht haßte ich meine Mutter, weil sie recht behalten hatte.

»Dinah?«

Der Geist vollführte jetzt vor Charlotte obszöne Gesten.

»Bitte hör auf damit.«

»Tut man nicht, darf man nicht, soll man nicht.« Er drohte mir kokett mit dem Zeigefinger. Wie Vivien Leigh als Transvestitin. »Du kannst die Frau doch nicht ausstehen. Gab es nicht schon in deiner Kindheit Zeiten, in denen du deine kleinen Händchen um ihren Hals legen und zudrücken wolltest? Das willst du doch heute noch. Nein, versuch gar nicht erst, das abzustreiten. Dann muß ich dich nämlich wieder Lügnerin nennen.«

»Ich habe gar nicht vor, das abzustreiten.«

»Nein, nein, wozu auch?« Sein Gesicht erschien direkt neben dem meiner Mutter. Charlotte schob in diesem Moment eine Strähne zurück. »Du hast gegen das vierte Gebot verstoßen: Du sollst Vater und Mutter ehren. Na, habe ich recht?«

Ich starrte ihn an. »Ja, nur, meine Mutter war immer reichlich schwierig, und –«

Er drohte mir wieder mit dem Zeigefinger. »Na, na, na, das Gebot heißt aber nicht: Du sollst deine Mutter ehren, außer wenn sie reichlich schwierig ist. Warum erfreust du uns jetzt nicht mit deiner Charlotte-Imitation? Ich weiß, das würde allen hier große Freude bereiten.«

»Woher weiß du davon?« Selbst das war ihm also bekannt.

Er pfiff mit offenem Mund. »Langsam nervst du aber. Ich weiß davon, weil ich dich dabei gesehen habe, Schätzchen.«

Wovon redete mein Geist eigentlich? Kein Zweifel, ich verlor zunehmend den Verstand. »Wann?«

»Na los, gib es zu, du verabscheust Charlotte.«

Offensichtlich würde ich von ihm keine Erklärung erhalten. Weder für das, was hier vor sich ging, noch für seine Anwesenheit. »Sie macht mich heute nicht mehr so wütend wie früher.«

»Lügnerin!«

»Nun komm schon, Dinah«, drängte meine Mutter. »Du mußt doch etwas essen.«

»Nun-komm-schon-Dinah-du-mußt-doch-etwas-essen«, äffte er sie nach. Gekonnt, wie ich zugeben mußte.

»Hau doch ab!«

»Und wohin soll ich abhauen?« fragte er zuckersüß.

Ich zeigte ein paar Tische weiter, wo sich ein älteres Ehepaar und eine Frau in mittleren Jahren niedergelassen hatten. »Warum plagst du die da nicht für eine Weile?«

Der Geist schaute nicht einmal in ihre Richtung. »Ich bin doch nur für dich da. Wer sind die Leute überhaupt?«

»Dinah muß nichts essen, wenn sie nicht will«, schaltete sich mein Vater ein.

Ich sah ihn mit großen Augen an. Täuschte ich mich, oder hatte er tatsächlich gerade für mich Partei ergriffen? Früher hatte er mich nie verteidigt, vor allem nicht in meiner Kindheit, als ich das am meisten gebraucht hätte. Na gut, »nie« war vielleicht nicht ganz richtig, aber er hatte nur selten zu mir gehalten.

»Nein, natürlich nicht, wenn sie keinen Hunger hat«, erklärte Charlotte rasch.

Danach Schweigen.

»Ich werde die Eröffnung der neuen Boutique verschieben«, verkündete meine Mutter dann übergangslos. Andere Frauen gingen mit siebzig in den Ruhestand. Charlotte eröffnete eine Boutique in Phoenix, Arizona. Nun standen ihr tatsächlich Tränen in den Augen. »Ich glaube nicht, daß ich den Streß jetzt durchstehen könnte.«

Ein Riese von einem Arzt mit einem hochbeladenen Tablett

in der Hand stieß gegen den Tisch, und mein Geist schnitt Fratzen.

»Ich glaube nicht, daß Dinah jetzt für so etwas den Kopf frei hat, Charlotte«, sagte mein Vater.

Meine Mutter legte die Gabel auf den Tisch, zog ein Taschentuch heraus und tupfte sich die Augen ab. »Man muß doch auch mal an etwas anderes denken. Ich weiß, daß sie sehr bekümmert ist, Martin, das sind wir schließlich alle. Aber hin und wieder braucht man auch eine Ablenkung.«

»Ich gehe wieder nach oben«, erklärte ich. Beschwerte Charlotte sich etwa darüber, hier zuviel von ihrer kostbaren Zeit zu verlieren? Fühlte sie sich vielleicht gezwungen, mich zu unterstützen, auf daß ich mich ihr dann auf ewig verpflichtet fühlen würde?

»Ich komme mit«, erklärte meine Mutter.

»Bitte«, entgegnete ich, »ich muß einfach einmal für einen Moment allein sein.«

Sie sah mich verletzt an. Das überraschte mich nicht, wußte ich doch, daß Charlotte schon auf wesentlich geringere oder auch nur eingebildete Zurückweisungen beleidigt reagierte. Tatsächlich verblüffte mich allerdings der Gedanke, daß ich ihre Verletztheit für gerechtfertigt hielt. Ich war gemein zu ihr, und der Geist hatte unrecht – ich verabscheute meine Mutter nicht. Und ich glaubte nicht wirklich, daß sie mit ihrer Unterstützung bei mir Punkte sammeln wollte. Charlotte beklagte sich auch nicht darüber, hier zuviel Zeit zu vergeuden. Aber in diesem Moment konnte ich einfach den unvergleichlich geringeren Kummer eines anderen nicht ertragen. Am allerwenigsten den meiner Mutter. Da wollte ich schon lieber Charlottes Rache auf mich herniedergehen lassen.

Ich verließ die Cafeteria, aber natürlich nicht allein. Der Geist stieg mit mir in den Fahrstuhl.

»Drück auf den Stop-Knopf«, befahl er mir.

Ich zog mich in eine Ecke zurück.

»Drück ihn. Jetzt.« Er hatte die Arme vor der Brust verschränkt und starrte mich vom anderen Ende des Aufzugs an.

Ich tat ihm den Gefallen, und der Fahrstuhl kam zwischen dem ersten und dem zweiten Stock quietschend zum Stehen.

»Nun bin ich aber wirklich böse, Dinah, daß du dich nicht erinnern willst. Dabei habe ich mir solche Mühe gegeben, daß es dir wieder einfällt.« Seine Blicke durchbohrten mich schwarz und kalt. »Eigentlich dachte ich, die Hinweise auf Julie würden genügen, oder auf die liebste aller Mütter, aber wahrscheinlich brauchen wir etwas anderes, um deinem hoffnungslosen kleinen Gedächtnis auf die Sprünge zu helfen. Sagt dir vielleicht der Name Jay etwas?«

»Jay ... Salisbury?«

Der Fahrstuhl löste sich auf, und ich fand mich auf einem Dachboden voller Schatten und schräg einfallendem Licht wieder. Staubkörner tanzten in den Sonnenstrahlen. Ich war erneut in eine Zeitschleuse geraten. Aber diesmal nicht vorwärts, sondern rückwärts.

Der Dachboden ist lang und schmal und läuft oben in einem First zusammen, der sich über die gesamte Länge zieht. Zwei Erkerfenster teilen den Raum in drei Sektionen auf. Im Mittelteil hat man einen Halbbogen ins Schrägdach geschnitten und dort ein kleines, bemaltes Fenster eingelassen. Die Lichtstrahlen werden darin wie in einem Prisma gebrochen und erfüllen den Raum mit einer traumhaften bunten Helligkeit. Die Einrichtung ist alt und gebraucht, eben Studentenmöbel. Doch hier finden sich einige Ausnahmen, die einer Erwähnung wert sind. Eine kleine Zeichnung von einer Odaliske, die in einem schmucken Rahmen an der Wand hängt. Die nackte Haremsdame liegt auf dem Rücken, und ihr Arm hängt über den Rand des Diwans, auf dem sie gerade ruht. Dazu eine Tiffany-Lampe und ein Spiegel in einem geschwungenen vergoldeten Rahmen.

Ich wurde aus der Erinnerung gerissen und fand mich unvermittelt im Aufzug wieder, der immer noch zwischen dem ersten und zweiten Stock festsaß. Früher hatte ich viele Stunden auf dem Dachboden verbracht. Dort lebte mein erster richtiger Freund. Seth Lucien.

In der Kabine war es mittlerweile unerträglich heiß und eng geworden. Ich nahm einen scharfen metallischen Gestank wahr, der für einen Moment alle anderen Gerüche in der abgestandenen Luft überdeckte. Rasch versuchte ich, tief einzuatmen, brachte aber nur ein paar kurze, abgehackte Keucher zustande. Großer Gott, in all den Jahren hatte ich kaum jemals an Seth gedacht. Und jetzt wurde mir bewußt, daß es sich bei meinem Geist um genau ihn handelte. Oder besser gesagt, um eine Erscheinung von ihm. Ich schloß die Hände um die Haltestange, weil meine Knie plötzlich nachgaben. »Seth?«

»Na ja, mehr oder weniger.« Der Geist nahm die Gitarre, die jetzt wie aus dem Nichts auftauchte, und schlug ein paar Akkorde an.

Scham stieg in mir auf, und mein Gesicht und mein Hals brannten vor Röte. Die Beziehung zu Seth gehörte nicht zu den Ereignissen in meinem Leben, an die ich gern zurückdachte. Und erst recht behagte es mir nicht, mich jetzt damit auseinandersetzen zu müssen. Damals, als ich ihn traf, war ich noch sehr jung gewesen, mit all den altersbedingten Begleiterscheinungen: verletzlich, verwirrt, unschuldig und auf der verzweifelten Suche nach Liebe und Bestätigung.

»Was machst du denn hier?«

»Das habe ich dir doch schon gesagt«, antwortete der Geist. »Ich bin gekommen, um dir zu helfen.«

»Was ist aus deinem Hund geworden?« Ein makellos gepflegter schwarzer Pudel, dem er den Namen Mephistopheles gegeben hatte. Sein ständiger Begleiter.

»Nicht mein Hund. Seths Hund. Ich vermute, er ist im Hundehimmel.«

»Warum ist er denn nicht mehr bei dir?«

Der Geist lachte bitter. »Glaubst du etwa, einem Geist gibt man seinen Gefährten mit? Oh, nein. Das dürfte wohl kaum möglich sein.«

Eindrücke stürzten in mein Bewußtsein. Seths Harley. Das Klappern einer Smith-Corona-Schreibmaschine mitten in der Nacht, und Seth, der davorsaß. Theater in einer Seitenstraße, die Masken der Komödie und der Tragödie über der Bühne, aus Holz geschnitzt. Eine Spelunke in Georgetown. Haschisch mit Opium versetzt, süßer, heißer Rauch in meiner Lunge. Lange Nächte mit Seth im Bett. Dann die Begegnung mit Sam, in den ich mich sofort verliebte, als er mich zum ersten Mal anlächelte. Und Julie. Ach, Julie. Ihre Freundschaft verloren zu haben, gehörte zu dem, was ich in meinem Leben am meisten bedauerte. Und Jay Salisbury, dessen Tod ich vielleicht hätte verhindern können, wenn ich nicht so sehr mit mir selbst beschäftigt gewesen wäre.

Der Geist lächelte schief. Ich hätte es gleich erkennen müssen. Ein Geist in schwarzem Leder. Ein Hippie-Geist, der Shakespeare und Baudelaire zitierte. (Warum eigentlich noch nichts von Goethe?) Neue Bilder ergossen sich in meinen Geist. Fahrten auf Seths Harley, mit betäubender Geschwindigkeit, voller Gefahr. »Auf dem Motorrad hast du dich in einen Wahnsinnigen verwandelt. So als suchtest du den Tod geradezu.«

Der Geist lachte. »Na, wen haben wir denn da? Die kleine freudsche Mama?«

»Du hättest mich fast umgebracht mit deiner Maschine!«

»Ich? Nein, ich habe gar nichts getan. Das war er.«

»Wie auch immer. Fast umgebracht ist fast umgebracht.«

Der Geist sah mich für einen Moment an. »Vielleicht ist das ja der Grund, warum ich hier bin. Um das wiedergutzumachen. Und weil du mir leid tust.«

»Du hattest doch in deinem ganzen Leben noch niemals Mitgefühl für irgend jemanden.«

»Oh«, sagte er und hob den Zeigefinger, »aber ich bin nicht mehr am Leben. So etwas kann schon den Charakter verändern.« Er nahm wieder seine Gitarre und spielte die ersten Takte eines alten Songs von Cat Stevens, in dem es darum ging, von Mondschatten verfolgt zu werden.

»Du hilfst mir nicht. Im Gegenteil, du zerstörst alle meine Hoffnungen.«

»Ich tue hier nicht mehr oder weniger, liebe Dinah, als dir die Augen für die Wahrheit zu öffnen. Ich bin für dich da, und nur für dich.«

Das hatte er schon mehrmals gesagt. »Nur für mich – was soll das denn heißen?«

Ich versuchte den Knopf zu erreichen, der den Fahrstuhl wieder in Gang brachte; denn ich wollte jetzt zu Elias, mußte ganz einfach zu ihm.

»Das, was es eben heißt«, antwortete der Geist kryptisch.

»Hör endlich damit auf, in Rätseln zu mir zu sprechen.«

»Rätsel? Warte, hier habe ich ein Rätsel für dich. Welches Wesen bewegt sich morgens auf vier Beinen, mittags auf zweien und abends auf dreien?«

Das Rätsel der Sphinx, gelöst von Ödipus. Wenn es noch eines Beweises bedurft hätte, so war ich mir jetzt vollkommen sicher, Seth vor mir zu haben. »Geh mir aus dem Weg.« Ich machte einen Schritt auf die Knöpfe zu, wurde jedoch von einem arktischen Windstoß zurückgeworfen.

»Manche Menschen können eben der Wahrheit einfach nicht ins Gesicht sehen«, bemerkte der Geist. »Anscheinend gehörst du auch dazu. Genau wie Seths Vater.« Seth hatte seinen Vater nicht ausstehen können. Das wußte ich noch, auch wenn ich nie die Gründe dafür erfahren hatte. Und kennengelernt hatte ich den Mann auch nicht. Dafür hatte die Beziehung nicht lange genug gehalten.

»Ich meine natürlich den Vater von Seth Lucien, als der noch gelebt hat.«

Aber Seth Lucien hatte vor über zwanzig Jahren aufgehört zu leben. Was hatte er jetzt inmitten meiner persönlichen Katastrophe zu suchen? Warum quasselte er mir heute die Ohren voll, gaukelte meinem Verstand etwas vor, versetzte mich in die Vergangenheit und quälte mich mit der Zukunft?

Die Aufzugtüren öffneten sich im dritten Stock. Zur Intensivstation. Sam wartete dort schon auf mich.

Mein Geist verbeugte sich. »Aha, der Bursche, wegen dem du Seth den Laufpaß gegeben hast.«

»Deine Mutter hat hier oben auf der Station angerufen«, sagte Sam. »Sie meinte, du würdest mich vielleicht brauchen.«

»Ich habe Seth wegen niemandem den Laufpaß gegeben«, sagte ich und trat aus dem Fahrstuhl. »Sam ist mein Mann, und wir sind seit einundzwanzig Jahren verheiratet. Stört dich etwas daran?«

»Mich? Ich bin ein Geist, das ist das einzige, was mich stört. Aber wenn ich es recht bedenke, trägst du wahrscheinlich doch die Schuld an all dem.«

Ich erstarrte mitten im Gehen.

»Dinah?« fragte Sam.

Vielleicht hatte der Geist recht. Womöglich bestrafte Gott mich tatsächlich für all die schlimmen Dinge, die ich angestellt hatte. Oder die Dinge, die ich unterlassen hatte. Damals, als ich mit Seth zusammen war. Und auch danach. Die Hölle auf Erden für meine Charakterfehler, für alles, was ich falsch gemacht hatte, die törichten Entscheidungen, die ich getroffen hatte. Meine große Selbstsucht.

Ich drehte mich um, aber die Fahrstuhltüren hatten sich bereits hinter mir geschlossen.

12

ICH BEGEGNETE IHM im Hörsaal 100. Politikwissenschaften. Der Professor – Murray Grunwald mit fettigem gelblichem Haar und einem dazu passenden Bart – bediente sich während seiner einstündigen Vorträge keinerlei Notizen. Und ließ auch keine Fragen von den dreihundert eingeschüchterten Studenten zu, die zumeist Studienanfänger waren. Er lief vorne auf und ab wie ein eingesperrtes Tier und klapperte seine Punkte ab. Punkt Eins! rief er und unterteilte den in 1a bis 1g, um dann zu Punkt Zwei zu kommen, diesmal 2a bis 2l. Und so weiter und so fort.

Punkt Sechs p! rief er an einem Septembermorgen, und aus den hinteren Reihen ertönte eine gleichmütige, tiefe Stimme: »Sie wären jetzt bei Punkt Sechs n, Professor.«

Alle drehten sich zu dem jungen Mann um, der das gerufen hatte.

Darunter auch Julie, die neben mir saß. »Gott!« keuchte sie. »Hast du den gesehen?«

»Ja«, flüsterte ich zurück. Zu diesem Zeitpunkt hatte ich den Jungen abgeschrieben, den ich in der ersten Woche bei der Immatrikulation kennengelernt hatte. Schließlich hatte er mich nicht um eine Verabredung gebeten, und seitdem hatte ich ihn auch nicht mehr gesehen. Aber dieser junge Mann dort hinten war unglaublich. Mir war er an diesem Tag zum ersten Mal in der Vorlesung aufgefallen. Wie hatte ich ihn bisher übersehen können? Diese wunderbaren Gesichtsknochen, so männlich schön, so dunkel. Mit seinem schwarzen Haar und seinen dichten Augenbrauen erinnerte er mich an ein wundervolles Raubtier. An einen Falken oder Panther.

»Vielen Dank. Also Punkt Sechs n«, entgegnete Dr. Grunwald ungerührt und setzte sein Schreiten unverzüglich an der Stelle fort, wo er vorhin stehengeblieben war.

Seth bemerkte meinen Blick und lächelte. Ich schaute rasch in eine andere Richtung.

»Hast du das gesehen?« flüsterte Julie. »Gefällt er dir, dann nimm ihn dir. Wenn du dich nämlich nicht ranhältst und endlich jemanden findest, der mit dir in die Kiste steigt, wirst du noch als die letzte Jungfrau auf Erden enden.«

Schon am ersten Tag im Studentenwohnheim hatte eine unserer Kommilitoninnen, die Tochter eines Kongreßabgeordneten aus Pennsylvania, uns die entscheidende Frage gestellt.

»Seid ihr zwei noch Jungfrauen?«

Ich wußte nicht, was ich sagen sollte. Wir beide waren noch unberührt.

»Und du?« fragte Julie keß zurück und stemmte eine Faust in die Hüfte.

Janet warf den Kopf in den Nacken und lachte laut. »Du machst wohl Witze! Ich schlafe schon seit fast zwei Jahren mit meinem Freund.« Sie sah uns der Reihe nach an. Mich, Sally Winer und Julie. »Und, seid ihr's noch?«

Julie wartete, um die Spannung zu erhöhen, und entgegnete dann: »Ach, ich kann mich an das erste Mal schon gar nicht mehr erinnern.«

Dennoch gab meine beste Freundin sich im ersten Monat auf dem College alle Mühe, den Makel loszuwerden. Sie brachte es auf drei Jungs. Zwei One-Night-Stands und eine etwas längere Geschichte mit einem Austauschstudenten namens Ralph Wu. Er sagte so gut wie nie etwas, hatte einen dreieckigen Kopf, der mich an Fred Feuerstein erinnerte, und Julie weinte sich aus mir unerfindlichen Gründen die Augen aus dem Kopf, als er sich nach ein paar Wochen nicht mehr bei ihr meldete.

»Was um alles in der Welt sollte so einer schon mit mir anfangen wollen?« fragte ich jetzt leise.

»Er ist echt ein heißer Typ«, entgegnete meine beste Freundin, »aber hast du kürzlich mal in den Spiegel geschaut?«

Ich lief rot an. Während der letzten Jahre hatte sich bei mir eine Wandlung vollzogen, sowohl äußerlich als auch emotional. Meine Zahnschäden hatten dazu geführt, daß mir im Alter von sechzehn die Speed-Zufuhr gesperrt wurde. Danach hatte ich natürlich wieder zugenommen. Charlotte erklärte mir, das sei auch der Grund, warum ich noch keinen Freund hätte. Sie hätte in dem Alter jede Menge Verehrer gehabt, als sie noch das schönste jüdische Mädchen in ganz Atlanta gewesen sei. »Ich sage dir das nur zu deinem eigenen Besten, Dinah.« Aber ja doch, Charlotte.

Heimlich sehnte ich mich natürlich nach der Bestätigung, die ein fester Freund mir, wie ich damals glaubte, einbringen würde. Nach außen hin unternahm ich dagegen alles, um Charlottes Rache heraufzubeschwören. Ich stopfte alles Eßbare in mich hinein, das in Reichweite kam, entwickelte ein ziemlich loses, mitunter bösartiges Mundwerk und trug die zerrissensten und schmutzigsten Jeans, die ich finden konnte. Natürlich schwänzte ich auch die Schule, bemächtigte mich einer nihilistischen Lebensphilosophie und gab mich als Hippie. Meine Noten rutschten entsprechend ab. Wenn meine Mutter mich wieder einmal anschrie, gab ich nur Sachen zur Antwort wie: »Na und? Am Ende müssen wir doch alle sterben« oder »Du interessierst dich doch nur einen Dreck für meine Noten, für dich zählt allein Dan«. Meine Mutter wollte mich zu einem Psychiater schleppen, als ich ihr erklärte, ich hätte kein Interesse am männlichen Geschlecht, denn ich sei Lesbe.

Zu meinem größten Erstaunen trieb Charlotte in unserem Bezirk, dem Nassau County, tatsächlich eine Therapeutin auf, die sie selbst noch nicht konsultiert hatte – und dann noch eine von solchem Kaliber. Dr. Paula Lowe verhielt sich in den ersten beiden Monaten sehr geduldig, obwohl ich mich schlichtweg weigerte, etwas zu sagen. Als ich dann doch den Mund aufmachte, half sie mir nach und nach dabei, mich von der Verrücktheit und der Bedürftigkeit meiner Mutter zu lösen. Danach konnte ich mich endlich davon befreien, Charlottes Spiel spielen zu müssen. Diese Strategie funktionierte immerhin so gut, daß Charlotte und ich uns nicht mehr dauernd Szenen machten. Von der Therapie blieben mir eine große Liebe für Dr. Lowe, das Wissen darum, was ich werden wollte, und der feste Vorsatz, meinen eigenen Kindern, so ich denn welche haben sollte, ruhig, gelassen und liebevoll zu begegnen. Kurzum, ich würde die perfekte Mutter sein und meinem Nachwuchs all das geben, was Charlotte mir verweigert hatte.

Aber das alles spielte jetzt keine Rolle; ich sah mich immer noch als das dicke Mädchen, mit dem kein Junge etwas zu tun haben wollte.

»Er schaut gerade schon wieder nach dir!« drängte Julie mich.

Den Rest der Stunde verbrachte ich damit, mir zu überlegen, wie ich ihn ansprechen könnte. Gegen Ende der Vorlesung war ich schon so weit, die ganze Sache zu vergessen. Aber da kam er auf uns zu, lächelte breit, stellte sich vor und sagte, daß er sich im letzten Studienjahr befände. In meinen achtzehnjährigen Augen sah er tatsächlich viel älter aus, nach mindestens einundzwanzig.

»Du wärst das perfekte Gretchen«, meinte er. »Ich bin nämlich bei den Playmakers.«

»Davon habe ich schon gehört, von der Theatergruppe, meine ich.« Die Playmakers gehörten zu den studentischen Drama-Gruppen. Ich hatte Plakate von ihnen an den schwarzen Brettern gesehen, auf denen sie für ihr neues Stück, *Ödipus Rex,* warben, das im Dezember zur Aufführung kommen sollte. »Aber wer ist Gretchen?«

»Ein Charakter aus Goethes *Faust.* Hast du schon einmal auf der Bühne gestanden?«

»Nicht so richtig.« Ich hatte im Hauptfach Psychologie belegt und kannte von Goethe kaum mehr als den Namen. Hoffentlich stellte er jetzt nicht eine Frage, die mich als total ungebildet entblößen würde.

»Gretchen ist eine wunderschöne junge Frau, in die sich Faust verliebt und die er verführt. Im nächsten Semester wollen wir *Faust* auf die Bühne bringen, aber in meiner Version.«

Ich war hin und weg. Nicht nur hatte Seth zum Ausdruck gebracht, daß er mich für wunderschön hielt, er schrieb auch noch ein Theaterstück, das sogar aufgeführt werden sollte! Ich hatte mich in der Schule selbst im Schreiben versucht – ein paar Gedichte voller Weltschmerz und ein oder zwei fürchterlich mißratene Kurzgeschichten –, aber mir wäre im Traum nie eingefallen, das jemandem zu zeigen.

Wir erreichten die Treppe am Gebäudeeingang, wo Seths beeindruckender Pudel brav wartete. Der Hund war mir schon beim Hineingehen aufgefallen. Seth streichelte ihn. »Hallo, Meph.«

»Meph?«

»Mephistopheles.« Er schüttelte lachend den Kopf, und die Mähne schwarzglänzenden Haars, das ihm bis über die Schulterblätter reichte, umgab ihn wie ein Glorienschein. »Findest du das nicht komisch, einen Pudel Mephistopheles zu nennen?«

Julie lachte, ein bißchen zu bereitwillig. »Ganz bestimmt. Beelzebub wäre aber auch nicht schlecht.« Wir hatten meine Freundin ignoriert. Aber ich war viel zu sehr mit Seth beschäftigt gewesen, um Julie in unser Gespräch mit einzubeziehen.

Seth sah sie an, als käme sie von einem anderen Stern. Dann tätschelte er die orangerote krause Fülle auf ihrem Kopf. »Und wie nennt man das hier?« grinste er. »Etwa Haar?«

Julie erstarrte für einen Moment, sagte dann »Bis später, Dinah« und verzog sich.

»Du hast sie beleidigt«, warf ich ihm vor.

Er legte mir einen Finger auf den Mund, nur ganz kurz. »In Gesellschaft wunderschöner Frauen vergesse ich mich nur zu oft. Verzeih mir, war nur ein Spaß.«

Meine Knie drohten nachzugeben. Immerhin hatte er bei der Bemerkung über ihr Haar ja gelächelt.

»Wo waren wir stehengeblieben?« fragte Seth jetzt. »Ach ja.

Als der Teufel zum ersten Mal in dem Stück auftaucht, erscheint er in Gestalt eines Pudels. Man sollte ja annehmen, der Teufel zeige sich als Dobermann oder zumindest als Schäferhund. Aber Pudel sind sehr kluge Tiere.« Dann wandte er sich an ihn: »Sitz, Meph.«

Der Pudel hockte sich sofort auf die Hinterbeine. Er reagierte prompt auf jeden von Seths Befehlen: laufen, stehenbleiben, auf die Hinterbeine stellen oder sogar Haufen legen. Einen so gut erzogenen Hund hatte ich noch nie erlebt.

Seth fragte mich, ob ich mir die nächste Probe ansehen wollte, und flocht ein, er hätte ja eigentlich die Hauptrolle übernommen, den König Ödipus, wenn er nicht dem Regisseur versprochen hätte, ihm bis Weihnachten seine Fassung des *Faust* vorzulegen. Ich verbrachte den ganzen Nachmittag im Zuschauerraum des Little Theater. Ein kleiner, schäbiger Kellersaal, den man nur durch eine Seitenstraße erreichen konnte. Das Gebäude gehörte nicht direkt zum Universitätsgelände. Meine Theatererfahrungen beschränkten sich auf einen kurzen Auftritt im Alter von zehn Jahren in einer Schulaufführung von *Das zauberhafte Land*. Ich gab den Bürgermeister von Munchkin. Hinzu kamen einige Auftritte in Freizeitproduktionen im Sommerlager. Und bei einer High-School-Aufführung von *Bye Bye Birdie* hatte ich als Beleuchterin fungiert, aber eigentlich hatten wir dort vor allem Quatsch gemacht.

Bei den Playmakers handelte es sich um Studenten, die das Theater sehr ernst nahmen, und einige von ihnen besaßen sogar Talent. Obwohl Seth nur eine kleine Rolle spielte, den Schäfer, der Ödipus prophezeit, daß er seinen Vater umbringen und seine Mutter heiraten werde, erschien er mir doch von allen auf der Bühne am beeindruckendsten.

Zwischen seinen Auftritten setzte er sich zu mir und kommentierte seine Kollegen. Gabby Sterling, die Iokaste, eine kleine, sehr schlanke und irgendwie ätherische Studentin im zweiten Studienjahr, sei »eine ganz brauchbare Schauspielerin, die alles vögelt, was einen Schwanz hat«. Im letzten Jahr habe sie bei ihrer Produktion des *Hamlet* die Ophelia gegeben. (Ja, er hatte die Hauptrolle gespielt.) Patty Garfunkel, die im Chor mitwirkte, sei »die beste Schauspielerin in der ganzen Truppe, muß aber dringend abspecken«. (Ich würde ihm bestimmt nicht verraten, wieviel Kilo ich verloren hatte – zu meinem großen Glück, denn andernfalls hätte Seth Lucien mich wohl nie eines Blickes gewürdigt.) Jay Salisbury, der Kreon, ein schmächtiger junger Mann mit schütterem braunem Haar und einer Nickelbrille, leistete »gute Arbeit, braucht aber bessere Anleitung«. Rich Lender, der Ödipus, werde »bestimmt seinen Weg als Schauspieler machen; denn wenn ihm das nicht gelingt, bringt er sich um«. Und mit einem Lächeln fügte Seth hinzu: »Ein Verlust, den die Theaterwelt verschmerzen könnte.«

Der Pudel sauste uns voran, die vier Treppen eines heruntergekommenen Gebäudes hinauf, das einmal ein repräsentables Washingtoner Haus gewesen sein mußte. Vor seiner Tür bat Seth mich, einen Moment zu warten, weil er noch ein paar Sachen forträumen wolle. Ich hielt es für furchtbar süß, daß er extra meinetwegen aufräumte. Nach ungefähr einer Minute öffnete er die Tür zu seiner Wohnung, ließ mich ein und ging zum Ausguß, um dem Hund Wasser zu geben. So stand ich in der langen Dachkammer und sah mich um. Er hatte seine eigene Bude! Als Erstsemester lebte ich natürlich in einem Studentenwohnheim. Ich sog alles in mich auf. Das fleckige Messinggestell des Bettes; die Tiffany-Lampe, die mir echt vorkam und zwischen den Bleifassungen ein buntes Blumenmuster aufwies; ein großer Barockspiegel mit vergoldetem Rahmen und reichen Verzierungen – ein Gebinde aus Blumen und Trauben thronte über zwei pausbäckigen Putten. Im Küchenbereich stand ein Tisch und darauf eine Schreibmaschine. Der Wohnbereich wies ein großes Sofa und eine teuer wirkende Kamera auf einem Stativ auf; dazu eine Kleiderpuppe, die man mit einem Kostüm aus lilafarbenem, schwarzem und goldenem Stoff behangen hatte; an der Wand ein gerahmtes Bild von einer Schlange, die ihren eigenen Schwanz verschlang; ein Regal voller Filmrollen, einer elektrischen Gitarre und einem

Verstärker. Schauspieler, Fotograf, Filmemacher und auch noch Musiker.

Seth schaltete seine Stereoanlage ein und legte eine Platte auf. *Strange Days* von The Doors. Jim Morrisons höhnisch monotone Stimme erfüllte den Dachboden, während ich zu dem goldenen Spiegel neben dem Bett schlenderte und mein Ebenbild betrachtete. Ich berührte vorsichtig einen der Engel, zog die Hand aber rasch wieder zurück, weil die Sinnenlust der Figur mich erschreckte. Dann entdeckte ich im Glas die Reflexion eines an der gegenüberliegenden Wand auf gleicher Höhe angebrachten, kleineren Spiegels. Sah darin das Bett und mich selbst, wieder und wieder, wie in immer kleiner werdenden Versionen.

»Hübscher Effekt, was?« Seth stand hinter mir, legte mir die Arme um die Hüften und küßte meinen Nacken. Seine Lippen auf meiner Haut ließen mich erzittern, und ich befreite mich von ihm.

»Das war wirklich komisch, was du heute in der Vorlesung gesagt hast.«

»Vielleicht hätte ich ihm mal klarmachen sollen, was ich von ihm halte. Diese Sozialisten blasen sich viel zu sehr auf.«

Damals, Anfang der siebziger Jahre, eine ziemlich kühne Behauptung. So als würde man heute etwas politisch Unkorrektes von sich geben.

»Wie meinst du das?«

»Man muß die Welt so sehen, wie sie wirklich ist. Der Kommunismus ist nur etwas für Idealisten. Lediglich Beschränkte können glauben, die Menschen seien gut. In Wahrheit sind die Menschen gierige Raubtiere und Egoisten.«

»Da kann ich dir aber nicht zustimmen«, entgegnete ich. »Die meisten Menschen versuchen, gut zu sein. Mir geht es jedenfalls so.«

Er pfiff durch die Zähne. »Ich hoffe nur, daß du keine von diesen sogenannten Radikalen bist, die den Campus überschwemmen. Möchtest du Wein?«

Mein Mund und meine Kehle waren wie ausgedörrt. Radikal? Jeder, den ich hier kennengelernt hatte, war radikal oder gab sich zumindest so. In jener Zeit hatten alle »Nieder mit dem Establishment« auf ihre Fahnen geschrieben. Außerdem hätte ich lieber ein Glas Wasser gehabt.

Seth begab sich in den Küchenbereich, holte eine Flasche Rotwein aus dem Schrank und entkorkte sie geschickt. Er füllte zwei Weingläser und reichte mir eines davon. »Auf uns.«

Noch nie hatte jemand mit mir auf »uns« trinken wollen.

Wir stießen an.

»Was für wunderbare Gläser«, sagte ich, und das war nicht übertrieben. Zierliche Kristallgläser mit einem hübschen, gewundenen Muster.

»Die haben meiner Mutter gehört. Ist so ziemlich alles, was mir von ihr geblieben ist.«

»Was ist denn mit ihr geschehen?«

»Tot.«

»Oh, das tut mir aber leid. Wann ist sie denn gestorben?«

»Als ich zehn war. Ein Unfall.« Er nahm meine Hand und führte mich zum Bett. »Bist du schon einmal mit einem Mann zusammen gewesen?«

Mir machte es überhaupt nichts aus, daß er davon auszugehen schien, ich würde mit ihm schlafen. Ich hatte ja auch nichts dagegen. Nicht einmal, wenn er kein Kondom benutzte, was zu dieser Zeit ja ohnehin niemand tat. Über Geburtenkontrolle konnte ich mir später immer noch Gedanken machen.

Aber ich gab ihm keine Antwort; ich zitterte wie ein Blatt im Wind.

»Komm.« Er nahm mir das Glas ab und stellte es mit dem seinen auf eine Truhe neben dem Bett. Dann drückte er mich auf die Bettkante und fing an, mich zu küssen.

»Können wir das Licht ausmachen?« Ich konnte uns im vergoldeten Spiegel sehen.

Er ließ von mir ab. »Dinah, hast du eigentlich eine Vorstellung davon, was sich zwischen einem Mann und einer Frau tut oder tun kann?«

Zurückblickend erschien mir das als die erste seiner kleinen

Grausamkeiten, indem er meine Unerfahrenheit gegen mich einsetzte. Damals hatte ich das natürlich noch nicht so gesehen. Und ich lachte auch nicht darüber, obwohl ich es eigentlich hätte tun sollen, daß er mich ständig als Frau bezeichnete. Die war ich mit meinen achtzehn Jahren nämlich noch nicht. Aber das gehörte wohl zu seinen kalkulierten Schmeicheleien.

»Natürlich«, nickte ich. Schließlich hatte ich nicht mit Julie ausführlich über alle möglichen Aspekte dieses Themas spekuliert, um völlig ahnungslos durch die Welt zu gehen. Außerdem hatte ich mich ein paar Mal befummeln lassen, hatte mir Dans Heftchen mit den Nackten angeschaut und auch in Charlottes Exemplar des *Kinsey-Reports* geblättert, obwohl sie das gut versteckt hielt.

»Ich rede hier aber nicht vom sexuellen Teil, Kleines.« Seth tippte sich an die Stirn. »Das, was sich hier oben abspielt, ist nämlich viel wichtiger. Wenn zwei Menschen einander wirklich lieben wollen, müssen sie einander erst wirklich kennen. Absolut. Nichts darf dem anderen verborgen bleiben.«

Ich fragte mich, woher er denn schon wissen konnte, daß er mich lieben würde. Ich wünschte es mir so sehr, daß ich mich selbst heute noch an meine Hoffnung erinnern konnte, er habe das gesagt, weil er bereits auf dem besten Wege dahin sei.

Er holte zwei schwarze Kerzen und ein Paar hölzerner Kerzenständer aus der Truhe neben dem Bett, setzte sie auf den Deckel, zündete sie an und schaltete die Tiffany-Lampe aus. Im flackernden Schein kam er wieder zu mir.

»Ich kann nicht, solange der hier sitzt.« Der Hund hockte vor dem Bett und sah uns zu.

Seth schnippte mit den Fingern und streckte den Zeigefinger aus. »Meph, verzieh dich.«

Der Hund drehte sich um und trottete zu der Kleiderpuppe unter dem bunten Glasfenster. Dort blieb er die ganze Zeit hocken, während ich meine Jungfräulichkeit verlor.

In den nächsten Tagen entwickelte sich der Pudel zum Streitpunkt zwischen uns. Ich bekam schon bei der Vorstellung eine Gänsehaut, daß er uns im Bett beobachtete, aber Seth weigerte sich, ihn vor die Tür zu setzen. Er befahl ihm, unter dem Fenster sitzenzubleiben, aber von dort aus sah er uns immer noch. Der Hund legte sich auch nicht hin und schlief, sondern bewegte sich zentimeterweise auf uns zu. Mehr als einmal legte er seine lange, spitze Schnauze auf die Matratze, ehe Seth ihn wieder fortschickte. Vielleicht hatte er seinem Hund das sogar beigebracht, aber woher sollte ich das wissen? Manchmal, während ich unsere Körper wieder und wieder in den beiden Spiegeln reflektiert und von beiden Engeln eingerahmt sah, spürte ich Mephs heißen Atem auf meiner nackten Haut.

Danach lehnte sich Seth ans Kopfende des Messingrahmens. Mochte er sonst auch noch so vollkommen sein, mir fielen an seinem linken Fuß schlimme Narben auf. Häßliche weiße Striche umrahmten seinen Knöchel, schlängelten sich über den Fußrücken und setzten sich bis zu den Zehen fort. So als sei der Fuß vollkommen zerschmettert und wieder zusammengenäht worden. Außerdem hatte Seth eine kleine sternförmige Tätowierung unter der linken Brustwarze. Ich fragte ihn danach.

Er zuckte die Achseln und zündete sich eine Zigarette an. »Nur so ein Blödsinn, den ich in jungen Jahren gemacht habe.«

Seth hielt mir die Zigarette hin. Ich nahm sie und mußte husten.

Er nahm sie mir wieder ab. »Soll doch keiner sagen, ich hätte dich zum Rauchen verführt.«

Ich riß ihm die Zigarette aus den Fingern. »Zu spät. Ich rauche sonst auch manchmal.« Julie und ich hatten, als wir fünfzehn waren, gemeinsam eine Zigarette probiert. Ihr Asthma hatte aber etwas dagegen, und weil wir immer alles zusammen taten, ließ ich das Rauchen auch bleiben. Aber jetzt sog ich an der Zigarette wie eine Kettenraucherin.

»Der Sex hat dir nicht sehr gefallen«, bemerkte er und betrachtete den aufsteigenden Rauch.

Ich bedeckte mich mit der Decke und richtete mich auf, bis ich neben ihm am Kopfende lehnte. Bloß nicht inhalieren, sonst mußt du gleich husten.

»Doch, doch, war wirklich toll.« Eigentlich hatte es mir weh getan, aber nicht so sehr, wie ich befürchtet hatte.

Seth zündete sich eine eigene Zigarette an, sog den Rauch tief in die Lunge und blies ihn dann spiralförmig und träge an die Decke. »Ich merke sofort, wenn jemand mich belügt, Dinah. Hab so ein besonderes Gespür dafür.«

»Okay. Also es war mein erstes Mal. Tut mir leid, wenn es dir nicht soviel gebracht hat.«

Er versicherte mir, daß er sehr viel Spaß gehabt habe, küßte mich auf den Hals, zog die Decke herunter und fuhr mit den Lippen über meine Brüste. Als sein Kopf wieder hochkam, bedeckte ich mich gleich wieder.

»Weißt du, allein schon deinen Körper anzusehen verschafft mir Lust. Du mußt noch eine Menge über die Lust lernen.« Er zog die Decke erneut herunter. »Weißt du, was ich glaube? Daß du Angst hast, mir zuviel von dir zu zeigen. Du wolltest nicht zugeben, daß du noch keine Erfahrung hattest, weil du dachtest, ich würde dich dann nicht mehr ernst nehmen. Stimmt doch, oder?«

Ich zuckte nur die Achseln. Seine Intuition war mir, gelinde gesagt, ziemlich unheimlich.

»Glaubst du, es interessiert mich, ob du noch Jungfrau bist? Ehrlichkeit ist mir viel wichtiger. Ein Mann und eine Frau müssen vollkommen ehrlich zueinander sein, wenn sie sich wirklich lieben. Also, jetzt erzähl mir etwas Wichtiges über dich.« Er sog wieder an seiner Zigarette.

»Nein, zuerst mußt du mir etwas sagen.« Ungewohnt mutig strich ich mit den Fingerspitzen über das Bas-Relief auf seinem Fuß. »Was ist da passiert?«

Seth sah mich einen Moment an und lächelte: »Wußtest du nicht, daß der Teufel ein Mal an seinem Fuß trägt?«

»Jetzt sei mal ernst.«

Er beschäftigte sich lieber mit seiner Zigarette. »Schlag's doch nach, wenn du mir nicht glaubst. Steht in jedem Buch über die Geschichte des Christentums.«

Von der Geschichte des Christentums hatte ich keine Ahnung. Von der des Judentums eigentlich auch nicht. »Mach schon, sag mir, was da passiert ist.«

»Ein Flugzeugabsturz«, antwortete er so beiläufig, als würde ihm das täglich widerfahren. »Ich war damals zehn. Wir wollten nach Los Angeles und sind in einem Kornfeld in Kansas niedergegangen.«

»Sind Menschen dabei umgekommen?«

Seth drückte seine Zigarette im Aschenbecher aus. »Beim Aufprall ist das Flugzeug in zwei Teile zerbrochen. Wir saßen in Reihe fünf. Alle im hinteren Teil sind gestorben, alle im vorderen hat es schlimm erwischt. Ich war unter einem Wrackteil eingeklemmt, und ein Stück Metall stach mir in den Fuß. Sie haben Stunden gebraucht, mich zu befreien.«

»Großer Gott, Seth, du mußt ja unvorstellbare Schmerzen ausgestanden haben. Was hast du denn getan?«

»Nur mit unvorstellbaren Schmerzen dagelegen.« Er spielte mit den Wachstropfen der heruntergebrannten Kerze.

»Und wie viele Tote hat es gegeben?«

»Wenn du die mitzählst, die später im Krankenhaus ihren Verletzungen erlegen sind, vierundfünfzig. Darunter auch meine Mutter. Mein Vater lag monatelang im Krankenhaus.«

Ich bewunderte die merkwürdige, auf eigenartige Weise prahlerische Form seines Berichts. Der stoische einsame Held. »Du lieber Himmel, Seth, das tut mir aber leid zu hören. Da kannst du wirklich von Glück sagen, das überlebt zu haben.«

Er legte sich die Fingerspitzen an die Stirn, so als verwirre ihn mein Mitgefühl. »Ich denke eigentlich nicht mehr dran«, lächelte er. »Und jetzt erzähl du mir, womit du zu leben gelernt hast.«

»So etwas ist mir nicht passiert.«

»Quid pro quo, Dinah. Wenn ich etwas gebe, mußt du auch etwas geben. So geht es zu auf dieser Welt. Irgendein altes dunkles Geheimnis würde mir schon genügen. Muß ja nicht gleich etwas so Dramatisches sein wie bei mir.«

Ohne daß es mir so recht bewußt wurde, erschreckte mich seine kaltblütige Herangehensweise an solche Dinge im Innersten. Und doch erzählte ich ihm das furchtbarste, dunkelste Geheimnis, das ich mit mir herumschleppte: »Mir fällt es nicht leicht, das zu sagen, wo du doch deine Mutter verloren hast, aber ich kann meine Mutter nicht ausstehen.« Ich hielt inne. Doch als er nichts dazu sagte, fuhr ich fort: »Früher glaubte ich, es sei meine Schuld, daß sie mich ständig anschrie und mich haßte. Aber dann hat sie mich zu einer Therapeutin geschickt, und die hat mich verstehen lassen, daß das allein das Problem meiner Mutter ist und nichts mit mir zu tun hat.«

Seth grinste. »Deswegen willst du also unbedingt Psychologin werden. Na gut, wenn die Psychologie alles erklärt und Mama Rosenberg eine Sadistin ist, warum bist du dann keine Sadistin? Oder vielleicht bist du es ja insgeheim.«

»Ha, ha, sehr komisch. Ich habe nicht gesagt, Charlotte sei eine Sadistin. Wahrscheinlich kann sie einfach ihre Wut nicht unter Kontrolle halten. Womöglich hat irgend etwas in ihrer Erziehung sie so werden lassen.«

»Also sind ihre Eltern die eigentlichen Sadisten?«

»Nein, mir sind die ganz in Ordnung erschienen.« Ich wollte und konnte ihm nicht verraten, daß Großmutter einen Dachschaden gehabt und zur Flasche gegriffen hatte. Oder daß sie und Großvater sich aus tiefster Seele gehaßt hatten.

»Da haben wir sie wieder, die Erziehungs-Theorie, den Behaviourismus.« Seth verschränkte die Arme hinter dem Kopf. »Nimm nur zum Beispiel meinen Vater. Ein richtiges Arschloch.«

»Kommst du nicht mit ihm aus?«

Er tippte mir auf die Nasenspitze. »Das ist wohl die Untertreibung des Jahres, Kleines. Allerdings hat er mich nicht erzogen. Das habe ich selbst erledigt.«

»Menschen verhalten sich auch nach dem Erbgut oder genetischen Gegebenheiten«, übernahm ich in vollem Ernst die Gegenposition zum Behaviourismus. »Auch die Physiologie kann das Verhalten beeinflussen.« Dann erzählte ich ihm von meinem psychologischen Einführungsseminar. Der Professor hatte über Natur und Milieu doziert.

»Aber ihr habt nicht über das Böse gesprochen, oder?« fragte er.

Jetzt war es an mir zu kichern. »So weit ich weiß, kommt das Böse im Lehrplan nicht vor.« Das war nur als Scherz gemeint gewesen, aber Seth lachte nicht. Daher redete ich weiter: »Wenn du solche Sachen wie den Holocaust oder Adolf Hitler meinst, gut, die sind von der Psychologie allein nicht zu erklären.«

»Das beweist meine Theorie. Wir haben es hier mit Geschichte, Politik und Ökonomie zu tun. Und vor allem mit Religion. Wenn man das Christentum als Ganzes nimmt, eigentlich die ganze europäische Kultur, stößt man auf den zweitausendjährigen Vorwurf, daß die Juden für Jesu Tod verantwortlich seien. Aber allein damit läßt sich nicht erklären, was in den dreißiger und vierziger Jahren dieses Jahrhunderts in Europa geschehen ist. Nur das Konzept des Bösen hilft uns hier weiter.«

Anne Franks Tagebuch hatte mich mit dreizehn Jahren für dieses Thema sensibilisiert, und ich las danach noch andere Bücher, die das Grauen der Konzentrationslager beschrieben. Manche von ihnen sogar schmerzhaft detailliert. Ich hatte meine Gespenstergeschichten gegen das reale Böse ausgetauscht.

»Na ja«, entgegnete ich, »aber wenn man alles Schlechte auf eine Macht des Bösen schiebt – und dafür käme wohl am ehesten so etwas wie der Teufel in Frage – weist man doch jede Verantwortung für eigene Taten von sich.«

»Ich persönlich sehe zwei Erklärungen für die Anwesenheit des Bösen in dieser Welt«, sagte Seth. »Entweder negiert das Böse die mögliche Existenz eines gütigen Gottes. Oder es existiert eine von Gott losgelöste Macht des Bösen, die vielleicht sogar noch mächtiger ist als Er. So einfach ist das.«

»Mächtiger als Gott? Unmöglich. Da stimme ich lieber der ersten Möglichkeit zu. Denn ein wirklich gütiger Gott könnte niemals all die furchtbaren Dinge wie den Holocaust oder die Inquisition zulassen.«

»Aha, du bist also Atheistin? Die Existenz des Teufels löscht deine Psychologie nicht aus, sie erklärt nur die Oberhoheit des

Bösen. Und stopft die Löcher, die Psychologie, Genetik und Geschichte offenlassen.«

Schon wieder der Teufel. Seth schien von diesem Thema besessen zu sein. In jener Nacht wie in den folgenden lehrte er mich das, was es darüber zu wissen gab, so als sei ich seine Studentin. Er referierte über den Ursprung des Teufels, über die unterschiedlichen Konzepte des Bösen im Christentum und im Judentum und was es dergleichen noch mehr zu sagen gab. Ihn faszinierte das Böse nicht nur, er schien sich daraus eine eigene Religion zusammengebastelt zu haben. Ich glaubte ihm nicht, daß er all die trockenen Fakten, die er von sich gab, einfach nur wiedergab. Als er darüber gelesen hatte, daß Satan am Fuß ein Mal trüge, hatte ihn das nur noch mehr zum Teufel hingezogen. Seine Verletzung schien ihm ein Symbol dafür zu sein, daß er ausgezeichnet worden war. Auf jeden Fall kam mir dieses Thema als Bettgeflüster reichlich sonderbar vor. Auch wenn ich zu jener Zeit noch nicht über allzu viel Erfahrung mit Bettgeflüster verfügte.

In jener Nacht hob er sein Glas in den flackernden Schein der schwarzen Kerzen. »Warum trinken wir nicht darauf, daß Dinah erblüht ist?«

Ich nahm mir vor, mich von ihm nicht mehr so unterkriegen zu lassen, und stieß mit ihm an. Wohl ein wenig zu fest. Die beiden Gläser zerbrachen und ergossen ihren Inhalt auf uns und das Bett. Die Weingläser seiner Mutter … oh, mein Gott! »Das tut mir schrecklich leid, das habe ich nicht –«

»Warte, nicht bewegen. Du blutest ja.« Er nahm meinen Finger, führte ihn an seinen Mund, küßte die Wunde und leckte mit der Zunge ein paarmal darüber.

»Ich hole dir ein Pflaster.« Er kam mit dem Erste-Hilfe-Kasten zurück, versorgte meinen Finger und küßte ihn wieder. »Du weißt doch, was das bedeutet, oder? Ich habe dein Blut geschmeckt.« Seth lächelte. »Jetzt gehörst du mir für immer.«

Das klang ganz schön abgedreht, selbst für damalige Verhältnisse, aber mich machte es selig.

Während der nächsten Wochen bekam mich mein Studentenwohnheim nur selten zu sehen. Ich arbeitete oben auf dem Dachboden fürs Studium, während Seth an seinem Stück schrieb oder mit seiner Band probte, die sich Death Trip nannte. Ich sah ihm bei den Bühnenproben zu, und wir waren oft mit seinen Schauspielerkollegen zusammen, obwohl die mich nie in ihre Fachsimpeleien einbezogen. Ich aß mit Seth, schlief mit ihm und diskutierte mit ihm über Religion und Philosophie. Besser gesagt, über seine Vorstellungen davon, bei denen ich nicht immer ganz mitkam. Er zitierte ständig diesen oder jenen großen Geist. Längere Monologe von Shakespeare, ganze Absätze von Hermann Hesse, Strophen von Tennyson oder Goethe. Sein unglaubliches Gedächtnis verblüffte mich immer wieder, und er konnte sich tatsächlich etwas darauf einbilden. Doch in meiner Naivität sah ich darin keine zwanghafte Angeberei, sondern wahre Liebe zur Literatur. Um ihm zu gefallen, veränderte ich auch meine Kleidung. Da Seth auf Schwarz stand, trug ich nur noch schwarze Jeans, enge schwarze T-Shirts und schwarze Stiefel. Er machte mich mit Marihuana und Haschisch bekannt, und dauernd hörten wir The Doors. Jim Morrison war zu der Zeit bereits tot, aber Seth wollte sich überhaupt nichts anderes mehr anhören. Außer natürlich die Musik seiner eigenen Band. Einmal brachte ich ein paar von meinen eigenen LPs mit, James Taylor, Cat Stevens und dergleichen. Er meinte nur, das sei »Musik für Omas«.

An den Wochenenden unternahmen wir längere Fahrten auf seinem großen Motorrad oder hingen in dem schmuddligen Club herum, in dem Death Trip auftrat. Seth spielte die Lead-Gitarre, trug wie Morrison kein Hemd und hielt die Fender genau auf Höhe des Unterleibs. Das schweißnasse Haar hing ihm in Strähnen in die Augen. Er liebte es, auf der Bühne zu stehen, wo ihn all die Mädchen anschwärmten. Wenn wir nach einem solchen Gig nach Hause kamen, war er im Bett unersättlich und hätte am liebsten die ganze Nacht weitergemacht.

Am Halloween-Nachmittag verließen Julie und ich gemeinsam die Literaturvorlesung über Shakespeare. »Was machen Seth und du heute abend?« fragte sie.

»Weiß ich noch nicht«, log ich. Einmal, als ich Seth noch nicht lange kannte, hatte ich sie zu einem Auftritt seiner Band eingeladen. Vorher zogen wir alle einen durch, das gehörte sozusagen zum guten Ton. Julie weigerte sich wegen ihrem Asthma. Heute, zu Halloween, wollten wir auf eine Kostüm-Party. Seth hatte mir schon gesagt, ich solle ja nicht Julie einladen, die sei so eine langweilige Träne. Mein Kontakt zu ihr hatte sich ohnehin deutlich reduziert. Wir besuchten nur noch zwei Veranstaltungen zusammen, darunter die in Politikwissenschaft, an der auch Seth teilnahm. Ansonsten sahen wir uns nur, wenn ich ins Studentenwohnheim kam, um ein paar Sachen zu holen. Ich liebte Julie immer noch, aber nach Seth war ich geradezu süchtig.

13

DIE THEATERGRUPPE HATTE die Textbücher jetzt beiseitegelegt und Saal und Bühne für die Proben von *Ödipus Rex* verdunkelt. Ich bewegte mich über den knarrenden Mittelgang zu einem Sitz in der ersten Reihe und stieg über Mephistopheles, der sich wie immer dort zusammengerollt hatte. Seth stand gerade mit Rich Lipton auf der Bühne. Sie spielten eine Szene vom Ende des Stücks durch, und er sprach:

Denn wenn Ihr das seid, von dem dieser Mann sagt, Ihr seiet es,
Dann gibt es wohl keinen Unglücklicheren als Ödipus.

Ich saß da und wartete darauf, daß sie mit den Proben fertig würden, als Jay Salisbury neben mir Platz nahm. Er hatte eine kleine Pause, bis sein Kreon wieder an der Reihe wäre. Der Schauspieler beugte sich zu mir und flüsterte: »Lucien ist wirklich gut, nicht wahr?«

Das war er tatsächlich, und ich nickte. Auf Rich, der mit Seth auf der Bühne stand, traf das allerdings nicht zu, da er meistens des Guten zuviel tat. Im Moment übertrieb er es mit dem jammernden Klagen.

Ich, Ödipus,
Ödipus, von Geburt an verwünscht, verflucht in seiner Ehe,
Verflucht im Blut, das er mit eig'ner Hand vergoß.

Als der Chor die Ode anstimmte, flüsterte Jay: »Ich mag dich sehr, Dinah.«

»Ich mag dich auch, Jay.« Das war nicht einmal gelogen; von den Schauspielern der Truppe war er mir am sympathischsten.

»Nein, ich bin nicht gekommen, um mir ein Kompliment abzuholen«, entgegnete er, »sondern weil ich dir einen Rat geben wollte. Sei vorsichtig mit Lucien.«

»Wieso?«

Er sah mich ehrlich besorgt an. »Nimm dich einfach nur in acht.«

»He, du kannst mir doch nicht so etwas sagen und mir dann keine Gründe dafür nennen.«

Jay seufzte. »Ich kenne Seth besser als jeder andere in der Truppe, und ich will bestimmt nichts kaputtmachen, wenn es zwischen euch gut läuft. Vielleicht bist du ja das Beste, was ihm passieren konnte. Es ist nur so, daß Seth mir manchmal ziemliche Angst einjagt. Und wenn du mittlerweile mit ihm und seiner Art vertraut sein solltest, müßtest du ihn auch bei bestimmten Gelegenheiten fürchten. Er schert sich um gar nichts, Dinah.«

»Auch um mich nicht?« Ich zupfte an einem Fetzen roten Samts vom Lehnenbezug.

»Um niemanden.«

»Da bin ich aber anderer Ansicht, Jay. Unter seiner rauhen Schale schlägt ein mitfühlendes Herz.«

Der Schauspieler barg das Gesicht in den Händen und warf dann einen Seitenblick auf Seth. »Nein, Dinah, das ist ganz bestimmt nicht so.« Der sanfte, zuvorkommende junge Mann mit dem schütteren braunen Haar wirkte sehr ernst. »Kannst du guten Gewissens behaupten, daß er dich nicht schon einmal erschreckt hat?«

Nein, das konnte ich nicht. »Ich glaube, du irrst dich, Jay«, entgegnete ich. »Seth hat lediglich mit ein paar Schwierigkeiten zu kämpfen. Sein Vater und er kommen nicht so gut miteinander aus.«

»Weißt du, ich verstehe mich auch nicht gerade prima mit meinem alten Herrn. Das ist keine Entschuldigung.«

»Und du darfst nicht vergessen, daß er bereits in jungen Jahren seine Mutter verloren hat.«

Jay winkte ab. »Blödsinn. Das kümmert ihn überhaupt nicht.«

»Siehst du, da irrst du dich schon wieder.« Ich wußte, daß Seth noch immer daran zu knabbern hatte. Ja, ich war mir dessen absolut sicher.

»Du glaubst wohl, daß du ihn retten kannst, was? Daß die Liebe alles zu heilen vermag?«

»Ich soll ihn retten? Wovor denn?«

Das Gesicht des schmächtigen jungen Mannes rötete sich vor Erregung. »Hör mal, ich habe selbst gesehen, wie er Dinge getan hat, die jeden ängstigen würden. Auch dich, Dinah, das kannst du mir glauben.«

»Was für Dinge?«

Jay wischte sich die Hände an der Hose ab, blickte noch einmal nervös zu Seth hin und atmete dann tief durch. Er kam mir sehr nahe und begann kaum hörbar: »Nach der *Hamlet*-Aufführung im letzten Jahr sind wir noch einen trinken gegangen, und dabei haben er und ich ein Mädchen kennengelernt. Wir drei haben uns ziemlich zugeschüttet. Als wir dann zu Seth gegangen sind, hatte er plötzlich die Kamera in der Hand und wollte Aufnahmen von ihr machen. Anfangs schien ihr das zu gefallen, aber dann hat sie wohl kalte Füße bekommen. Sie fing an zu weinen und hat ihn angefleht, aber er wollte einfach nicht aufhören …« Jay schwieg unvermittelt und sah mich intensiv an: »Einigen Menschen ist nicht mehr zu helfen, Dinah.«

Mein Herz raste, und ich wollte unbedingt erfahren, wie die Geschichte ausgegangen war. »Aber Seth hat dann doch aufgehört, oder?«

Er seufzte. »Ja, aber nur weil ich auch dabei war.«

»Dennoch hat er damit aufgehört.«

Jay nickte. Wir schwiegen und richteten unsere Aufmerksamkeit auf die Proben.

»Ach, was weiß ich?« meinte er schließlich. »Ich bin andauernd stoned, und er auch. Wir sind doch alle dauernd stoned.« Jay lachte unvermittelt. »Vielleicht habe ich ja alles nur mißverstanden, und sie wollte es wirklich.«

Als Jay für die letzte Szene auf die Bühne mußte, kam Seth zu mir und setzte sich auf seinen Platz. »Ich habe schon befürchtet, Rich wollte mich mit seiner Spucke ertränken. Was habt ihr zwei denn die ganze Zeit beredet?«

Mein Herz schlug wieder schneller. »Wieso? Warum willst du das wissen?«

»Weil Jay dir schon an die Wäsche will, Kleines, seit ich dich ihm vorgestellt habe. Ist ja wohl nicht zu übersehen, wie er dich anschaut.«

»Seth, er sieht mich ganz normal an, da ist doch nichts dabei.«

»Sei nicht so naiv.«

»Bin ich nicht.« Ein gutaussehender Mann ist eifersüchtig. Meinetwegen! Wie gefällt dir das, Charlotte?

Seth packte mich fest am Arm. »Was hat er gesagt?«

»Wir haben uns darüber unterhalten, wie sehr du deinen Vater haßt.« Ich wollte ihm lieber nicht sagen, daß ich selbst das Thema aufgebracht hatte. Und ich konnte mir keinen Reim darauf machen, warum ich mich davor fürchtete.

Er starrte mich einen Moment lang an, atmete schwer und wurde rot im Gesicht. Zuerst glaubte ich, ihn zum ersten Mal verlegen zu sehen, aber dann erkannte ich, daß er vor Zorn kochte.

»Der Scheiß hat keinerlei Bedeutung. Das habe ich dir doch schon gesagt.« Seth starrte mit funkelnden Augen hinauf zu Jay, der gleich den Kopf wegdrehte.

»Wir sollten darüber reden, Seth. Vielleicht kann ich dir ja helfen.«

Er lachte schallend. »Du willst mir helfen? Ist das nicht herzig!« Seth lachte noch lauter, und die Schauspieler auf der Bühne fühlten sich irritiert.

»Reiß dich zusammen, Lucien!« rief der Regisseur. Warum nannten ihn alle nur Lucien?

Er hörte auf zu lachen. »Tut mir leid, Allison.« Dann wandte er sich wieder an mich. »Helfen? Was würdest du davon halten, wenn ich dich mal mit zu meinem Elternhaus nähme, damit mein Vater dich ordentlich durchbürsten kann?«

»Seth!«

»Das kommt dir übertrieben vor?« flüsterte er. »Der Alte hat gerade wieder geheiratet. Zum dritten Mal übrigens. Sie ist nur drei Jahre älter als du, während er stramm auf die fünfzig zugeht. Mein Vater liebt eben junges Fleisch, je jünger, desto besser. Vermutlich werde ich bald eine vierzehnjährige Stiefmutter haben.«

Ich hatte noch nie so viel Verbitterung bei einem Menschen gehört.

Er beugte sich zu mir und küßte mich heftig. Ich spürte seine Wut fast körperlich und hatte das unangenehme Gefühl, er wolle mich verschlingen.

»Allison, kannst du nicht etwas tun?« Gabby stand voller Empörung am Bühnenrand. »Wäre es dir wohl möglich, unsere beiden Turteltauben in der ersten Reihe zu bitten, ihr Techtelmechtel auf später zu verschieben?«

»Lucien, auch meine Geduld hat ihre Grenzen«, rief der Regisseur. »Ein bißchen mehr Professionalität, bitte.«

Ich sprang auf und suchte meine Sachen zusammen. »Ich wollte sowieso gerade gehen.«

Seth hielt mich am Arm fest. »Die haben doch alle nur Scheiße im Hirn. Setz dich wieder hin, verdammt noch mal!«

Ich machte mich in meinem Sitz ganz klein und nahm mir fest vor, das Spektakel nicht länger fortzusetzen. Er flüsterte mir ins Ohr: »Meine Güte, Allison. Er hält seinen verpißten College-Scheiß für professionell. Damit wird er's bestimmt noch bis zum Broadway bringen.«

Als wir zu der Party kamen, lief sie schon auf Hochtouren. Alle Arten von Gespenstern und Hexen drängten sich auf sämtlichen Etagen des engen Hauses in Georgetown. Daneben entdeckte ich einen Einstein, zwei Beatles, alle vier Marx-Brothers und mindestens fünf Richard Nixons. Einer, der wohl unbedingt auffallen wollte, war nackt erschienen. Er nuckelte an einem Babyfläschchen und trug nur eine Stoffwindel, die er an den Seiten mit riesigen blauen Sicherheitsnadeln befestigt hatte. Wenig später glaubte ich, ein weiteres Baby zu entdecken, einen Mann mit einem roten Strampelanzug. Aber dann warf er drei rote Bälle in die Luft und stellte sich als Jongleur vor.

Seth erschien natürlich als Mephisto. Obwohl er das nie zugegeben hätte, achtete er doch sehr auf sein Aussehen. Er verbrachte stets viel Zeit im Badezimmer, bei der Auswahl seiner Kleidung und dabei, sein seidiges Haar zu bürsten. Heute abend hatte er sich besondere Mühe gegeben. Seth trug Hörner, ein falsches Ziegenbärtchen und einen roten Umhang, über den sein langes Haar strömte. Ich ging als Lachesis, die zweite der drei Moiren oder Schicksalsgöttinnen, die den Menschen ihre Lebensspanne zumessen. Dazu trug ich ein Gewand aus schwarzer Seide, das Seth aus dem Fundus der Playmakers besorgt hatte, und hielt in der einen Hand ein dünnes Seil und in der anderen eine Schere. Ich fühlte mich in der Aufmachung nicht recht wohl, versuchte aber, das Beste daraus zu machen. Seth folgte mir mit der Kamera, während ich das Schicksal verkündete: »Patty, du wirst ein langes und glückliches Leben führen und einen der Ärzte von M. A. S. H. heiraten. Und für dich, Rich, wird dies heute die letzte Nacht sein.«

Überall wurde getanzt, getrunken und Marihuana geraucht. Wir kämpften uns zum ersten Stock hinauf, wo man die Möbel beiseite gerückt hatte, um eine Tanzfläche zu schaffen. Seth stellte sich mit seiner Kamera mitten unter die Tanzenden, und ich blieb mit Jay zurück.

»Du hast mir noch nicht mein Schicksal geweissagt«, meinte er.

Ich verkündete ihm, daß er eine geheimnisvolle Frau kennenlernen und das gesegnete Alter von einundneunzig Jahren erreichen werde.

Der junge Mann lachte. »Ich hätte dir das heute nachmittag nicht erzählen sollen, Dinah. Es geht mich weiß Gott nichts an.« Damit ließ er mich stehen.

Gegen Mitternacht endete unsere Clique – Jay, Patty, Gabby, Seth, Rich und ein paar andere von den Playmakers und zwei Studenten aus Georgetown, die ich nicht kannte – in einem großen, offenen Wohnzimmer auf der obersten Etage des Hauses. Die Musik von Jefferson Airpläne dröhnte aus irgendeinem Raum unter uns, und Gabby und einer der Georgetown-Studenten kamen sich auf dem Sofa ganz ungeniert näher. Sie ging als Aphrodite und trug ein lavendelfarbenes Gewand mit Goldfäden. Er hatte sich als Pirat verkleidet, trug eine lilafarbene Pluderhose und oben nichts. Sie rangen miteinander auf der Couch, und er hatte seine Hände unter ihrem Gewand.

»Ich nehme an, die Göttin der Liebe bekommt die Theorie gleich in die Praxis umgesetzt«, bemerkte Jay.

Seth sprang auf. Er konnte keine fünf Minuten still sitzenbleiben. Wie eine Aufziehpuppe. »Also, wer will was zu trinken? Du, Dinah?«

Alle beobachteten das Treiben der beiden auf dem Sofa. Gabbys Gewand war jetzt bis zu ihrer Hüfte hochgeschoben, und man konnte eines ihrer langen weißen Beine zur Gänze bewundern. Seth und Patty gingen was zu trinken besorgen und kehrten schließlich mit einem Tablett voller gefüllter Gläser zurück. Sangria, die fertig auf einem Tisch im Erdgeschoß stand. Aphrodite und ihr Pirat hatten sich inzwischen in ein Schlafzimmer zurückgezogen.

»Hier kommt man sich vor wie in einem Werbespot«, sagte Jay.

»Wen kümmert's.« Seth stellte das Tablett vor uns auf den Tisch. Rich hatte Räucherstäbchen angezündet, und es roch nach Zimt. Jemand hatte irgend etwas in die Sangria gekippt, aber ich konnte nicht herausschmecken, was es war. Da ich schon ziemlich stoned war, wollte ich auch keinen Alkohol mehr trinken. Aber mein Mund war so trocken, daß ich immer mal wieder einen Schluck davon nahm.

Jay stürzte sein ganzes Glas hinunter und lehnte sich zurück. »Sage mir an, Lucien, wie kömmest du mit dem *Faust* voran?«

Tag um Tag hatte ich Seth dabei erlebt, wie er auf seine Schreibmaschine einhämmerte, nur um die vollgeschriebenen Seiten dann zu Bällen zusammenzuknüllen und in den Papierkorb zu werfen. Der Pudel fing die Bälle, die den Papierkorb verfehlten, mit der Schnauze auf und apportierte sie. Ich fand das ziemlich lustig. Seth überhaupt nicht.

»Ich arbeite noch dran«, antwortete er, um dann gleich hinterherzuschießen: »Du wolltest Dinah also an die Wäsche.«

»Das ist Blödsinn, Lucien.« Jay erhob sich langsam und plumpste dann in seinen Sessel zurück. »Mann, ich fühle mich irgendwie komisch.«

Mir ging es ähnlich. Ich hatte ein sonderbares Gefühl, viel intensiver, als wenn ich nur high gewesen wäre, und es breitete sich vom Bauch bis zum Kopf aus. Wie ein seismisches Beben. Ich blinzelte, und Sterne tanzten mir vor den Augen – wie ein verwirrender Funkenregen. Wände, Boden und Decken des Raums schienen sich in Gelatine verwandelt zu haben, dehnten sich aus und zogen sich zusammen. Dann fing das ganze Zimmer an zu schaukeln, erst ganz langsam, dann aber immer schneller und schneller. Ich kam mir vor wie auf einer Achterbahn. Irgendwann schaute ich in eine Kameralinse und sah meine verzerrten Züge.

Ein riesiges Monster kam über mich und begrabschte mich. Mein Bauch und mein ganzer Körper zuckten unkontrolliert. Erst jetzt erkannte ich Seth. Ich hatte große Mühe, etwas klar wahrzunehmen, sei es Seth oder irgend etwas anderes. Am anderen Ende des Raums, auf dem Sofa, hockte ein Ungeheuer und gähnte. Im Innern seines Mauls sah ich einen Großbrand, ein Erdbeben und Menschen, die in Panik flohen. Mir wurde schwarz vor Augen.

Als nächstes lag ich auf Seths Dachboden im Bett. Neben ihm und nackt. Ich erinnerte mich dunkel an einen Traum über einen Drachen und an Jay, der sagte: »Mann, was habt ihr da bloß in die Sangria getan?« Danach war er wie ein Stein zu Boden gefallen. Ich kroch durch ein sich windendes Universum, kämpfte darum, die Kontrolle über meinen Körper zurückzugewinnen, und auch über meinen Verstand, und plötzlich lag mein Ohr auf Jays Brust. Dort lauschte ich auf seinen Herzschlag, legte ihm schließlich zwei Finger an den Hals und schloß ihm endlich die Augen.

Aber das war nur ein Traum. Ich vergrub mich tiefer in die Decken und schlief wieder ein.

Am nächsten Morgen erzählte ich Seth von meinem Alptraum.

Er tunkte gerade mit einem Stück von einem der mißratenen Pfannkuchen, die ich für ihn hatte backen müssen, Ahornsirup auf. »Kannst du dich denn an nichts mehr erinnern? Jay wurde ohnmächtig, und wir mußten ihn ins Krankenhaus bringen. Irgendwer hat was in die Sangria getan, und jeder, der davon getrunken hat, war danach auf einem furchtbaren Trip. Anscheinend hast du Drachen gesehen. Das war vielleicht ein Anblick. Jemand meinte, es sei Sunshine gewesen, aber wer kann das schon wissen?« Er verdrückte die letzten Reste.

»Geht es Jay denn wieder besser?«

»Sie haben ihn über Nacht dabehalten. Zur Beobachtung. Wahrscheinlich kommt er heute wieder raus.«

Langsam fielen mir immer mehr Einzelheiten wieder ein. Ich hatte lieber im Wagen gewartet, weil ich Angst davor hatte, das Krankenhaus könne die Polizei verständigen. Oder meine Eltern. Charlotte wäre sicher an die Decke gegangen wie schon lange nicht mehr.

Mein Blick fiel auf die matschigen Pfannkuchen auf meinem Teller. Ich schob ihn weit von mir und sagte: »Gott sei Dank.«

»Wofür dankst du Gott? Jay ist ein Arschloch. Er würde keinen Finger für mich krumm machen.«

»Ach, komm schon, Seth. Er ist doch dein Freund und würde eine Menge für dich tun.«

»Manchmal hast du wirklich ein Spatzenhirn, Dinah. Jay ist

genau wie alle anderen und denkt nur an sich selbst. Die meisten haben lediglich sich selbst im Sinn, und der Rest macht sich was vor. Genau so ist es. Wenn du und ich auf dem Ozean kentern würden und im Rettungsboot nur Platz für einen wäre, würdest du mich mit aller Gewalt daran hindern, diesen Platz einzunehmen. Wenn es nicht anders ginge, würdest du mich sogar töten. Und ich dich.«

»Wir sind hier aber nicht in einem Boot auf dem Ozean.«

Seth sah mich aus dem Augenwinkel an. »Natürlich sind wir das. Kommt nur darauf an, wie du dein Selbstinteresse definierst. In jedem Moment, den wir leben, müssen wir uns auf den Augenblick vorbereiten, in dem unsere Zeit gekommen ist. Wenn man nach vorn schaut, sieht man dort ein ganzes Leben. Wenn man zurückschaut, nur einen Moment. Und wenn der große Augenblick gekommen ist, sieht man nur sich selbst und wünscht sich nichts sehnlicher als einen weiteren Tag oder nur einen weiteren Moment. Dann sucht man nach dem Gott der Verzweiflung, auf daß Er einem helfe, auch wenn man vorher Atheist gewesen ist. Wie ein Fuchs sitzt man in der Falle, und ein Dutzend Gewehre richtet sich auf einen. Aber dann kannst du's vergessen. Denn dann ist es zu spät.«

»Wofür ist es zu spät?«

»Noch aufs richtige Pferd zu setzen.«

Wovon redete er da?

Lachend räumte Seth ab, schob meine Pfannkuchen in den Mülleimer und stellte die Teller klappernd in den Ausguß. Dann lehnte er sich mit dem Rücken gegen den Tresen.

»Hast du schon einmal eine Leiche gesehen, Dinah?«

»Bei den Juden werden die Toten nicht offen aufgebahrt.«

»Wenigstens schminkt ihr ihnen nicht zur Beerdigung die Gesichter, wie das die Christen tun. Meine Mutter lag in einem offenen Sarg. Alle standen um sie herum und sagten: ›Sieht sie nicht wunderbar aus, so friedlich.‹ Was für ein Scheißdreck. Wenn einer gestorben ist, stehen ihm die Augen und der Mund offen, und er hat sich in die Hose gemacht. Meine Mutter lag mit zusammengefalteten Händen in ihrem Sarg, und sie hatten ihr Gesicht so hinbekommen, daß es friedvoll wirkte. Was für ein Schwachsinn!«

Ich ging zu ihm und wollte einen Arm um ihn legen. Aber er wandte sich von mir ab.

»Bitte«, sagte er, »verschon mich damit. Ich komme allein damit klar, habe das immer schon gekonnt. Du solltest dich endlich von deiner Traumwelt verabschieden, Dinah. Nehmen wir zum Beispiel nur Jay. Ihn interessiert es überhaupt nicht, daß ich mit dir zusammen bin. So scharf ist er auf dich.«

»Ist er nicht!«

»Du hast mir noch immer nicht erzählt, was er noch gesagt hat. Außer über meinen Vater, wozu er, wenn ich so frei sein darf, kein Recht hat. Er hat doch keinen Schimmer von diesem alten Bastard.«

»Warum haßt du deinen Vater eigentlich so sehr? Nur weil er auf junge Frauen steht?«

»Nicht Frauen, Dinah, sondern Mädchen. Paß auf, Kleines, wir machen es so: Du erzählst mir, was Jay gesagt hat und du mir verschweigen willst. Und dafür erkläre ich dir, warum ich meinen Alten nicht ausstehen kann.«

Warum konnte er es mir nicht einfach sagen? Warum mußte er unbedingt einen Kuhhandel abschließen? Und warum erzählte ich ihm, daß Jay mich vor ihm gewarnt hatte? Seth war wie ein Korkenzieher, der sich immer tiefer in mich bohrte. »Er meinte, du wärst mit irgendeiner Frau zu weit gegangen, die ihr in einer Bar kennengelernt hattet.« Kaum hatte ich das ausgesprochen, hätte ich es am liebsten wieder zurückgenommen.

Seth wollte darüber lachen, aber heraus kam ein Geräusch wie eine Mischung aus Schnauben und Husten. »Ach, Gott, die Geschichte. Sie war eine richtige Sau, eine echte Nutte.«

Ich starrte ihn an. »Und was bin ich für dich?«

Er tippte mir auf die Nasenspitze. »Eine Jungfrau kann keine Nutte sein, Kleines.«

»Aber ich bin schon längst keine Jungfrau mehr!«

Seth lachte. »Sei nicht albern. Du bist die Frau, die ich liebe, und das Beste, was mir in meinem ganzen verschissenen Leben passiert ist.«

Nach seinem Liebesgeständnis sah die Welt für mich wieder rosarot aus. »Jay hat auch noch gesagt, ich solle mich vorsehen. Vor dir.«

Jetzt lachte er laut. »Er versucht, dir hinter meinem Rücken an die Wäsche zu kommen, und sagt dir, du sollst dich vor *mir* in acht nehmen?«

Jay starb. Am frühen Morgen blieb ihm im Krankenhaus das Herz stehen. Wir versammelten uns im Little Theater, um gemeinsam zu trauern. Zwei Detectives von der Mordkommission vernahmen uns nacheinander und konfiszierten Seths Film. Aber wie sich herausstellte, hatte die Kamera den Film nicht transportiert. Über hundert Personen hatten an der Party teilgenommen, die Tür hatte jedem offengestanden, und so förderten die Ermittlungen keinen Tatverdächtigen zutage. Aus unbekannten Gründen hatte Jays Körper die Tranquilizer und das LSD nicht verkraftet, das jemand in die Sangria geschüttet hatte. Irgendwann fragte ich Seth, ob ihm jetzt nicht all die Dinge leid täten, die er über Jay gesagt hatte. »Es tut mir leid, daß er tot ist«, antwortete er, »aber deswegen bleibt er doch ein Arschloch. Hat immer nur an seinen Vorteil gedacht, wie jeder andere auch. Wenn du nicht so verdammt naiv wärst.«

»Ich bin nicht naiv, bloß weil ich nicht allen Menschen unterstelle, sie seien selbstsüchtig, grausam und böse.«

»Eigentlich habe ich nur gesagt, die meisten würden sich unter den entsprechenden Umständen dazu entwickeln. Wenn du mich schon zitieren willst, dann doch bitte korrekt.«

»Also, ich kann mir jedenfalls nicht vorstellen, jemals bewußt etwas zu tun, was mir böse erscheint.« Ich mußte an das Milgram-Experiment denken, über das ich gerade für mein Psychologie-Seminar gelesen hatte. Darin hatte man Personen an eine Maschine gestellt und ihnen gesagt, daß sie damit Menschen im Nebenraum Elektroschocks verpassen könnten.

Zweck des Experiments sei zu überprüfen, ob Schmerzen die Leistungsfähigkeit des Gedächtnisses erhöhen könnten. Die überwiegende Mehrheit der Testpersonen hatte den Probanden im Nebenraum die Elektroschocks verabreicht. Diese hatte man ständig verstärkt, bis die Menschen vor Schmerzen schrien (auch wenn sie nur so taten, weil sie nicht wirklich an die Maschine angeschlossen waren). Nur wenige weigerten sich, den Apparat zu bedienen, obwohl es eigentlich gar keinen Grund gab, bei der Sache mitzumachen. Abgesehen davon vielleicht, dem Leiter, einem autoritär auftretenden Mann, zu Gefallen zu sein. Das Experiment sagte einiges über das Böse und Grausame im Menschen aus und schien leider Seths Ansicht recht zu geben.

»Dann mußt du deine Vorstellungskraft ein bißchen mehr bemühen, Kleines. Wie ist es denn zum Beispiel mit deiner angeblich besten Freundin Julie? So weit ich es mitbekomme, belügst du die doch andauernd.«

Ich stellte mich direkt vor ihn, damit er mich ansehen mußte. »Wenn ich ihr eine Lüge auftische, dann nur, um ihre Gefühle nicht zu verletzen!«

»Das haben die Menschen sich immer schon eingeredet. Aber so was ist der reine Schwachsinn. Ich hätte geglaubt, Dinah, du wärst viel ehrlicher.«

»Ich habe sie nur angelogen, weil du sie nicht leiden kannst. Bitte sehr, das war jetzt ehrlich.«

Aber in Wahrheit befürchtete ich, seine Gefühle für mich würden abkühlen, wenn ich die Freundschaft zu ihr weiter aufrechterhalten wollte.

»Seth mag mich nicht besonders, oder?« hatte Julie gefragt, als wir während der Weihnachtsferien gemeinsam mit dem Zug nach Hause fuhren.

»Wie kommst du denn darauf?« Neben der Lektüre, die ich für mein Studium brauchte, hatte ich auch einige Bücher im Koffer, die Seth mir gegeben hatte und die ich unbedingt sofort lesen sollte. Darunter eine Übersetzung des *Faust* aus dem Jahr

1808. Die einzige brauchbare Übertragung ins Englische, wie er mir versicherte. Als ob er Deutsch verstünde. Nein, das konnte ich mir nicht vorstellen.

Julie seufzte. »Mensch, Dinah, ich bin's. Glaubst du, ich sei mit einem Mal blöde geworden? Weißt du, ich verlange ja gar nicht, daß du mich überall hin mitschleppst, aber Seth ist wirklich cool, und seine Freunde auch. Du könntest mich ruhig einmal zu einer ihrer Parties einladen.«

»Tut mir leid«, entgegnete ich, »beim nächsten Mal bist du bestimmt dabei.«

Als ich nach den Weihnachtsferien auf Seths Dachboden zurückkehrte und mich durch den *Faust* geplagt hatte (irgendwann hatte ich mir eine modernere Übersetzung besorgt, um einen Sinn in dem Text zu erkennen), lagen zwei Ausgaben seines Stücks auf dem Küchentisch. Die Überschrift lautete:

DER PAKT MIT DEM TEUFEL
EINE BÜHNENERFAHRUNG
von Seth Lucien

»Sind nur die beiden ersten Akte«, erklärte er.

Er wollte den Text mit mir gemeinsam lesen, damit er feststellen konnte, wie die Dialoge sich gesprochen anhörten. Doch zuerst wollte er eine neue Fotografiertechnik ausprobieren. Wir rauchten einen Joint, und er sagte mir, ich solle mich ausziehen. Dann kleidete er mich in einen glatten weißen Stoff, den er sich aus dem Theater besorgt hatte. Er setzte mich auf einen Hocker und legte mir eine Halskette mit einem rubinroten Glasstein um.

Seth schaltete nun die Bodenlampe aus und die Tiffany-Lampe ein. Machte ein paar Fotos. Dann die Schwarzlichtlampe an. Er trat ein paar Schritte zurück, um den Effekt in Augenschein nehmen zu können. Schaltete die Tiffany-Lampe dazu. Am Ende brannten alle Lampen, und er strich durch den

Raum wie ein Panther auf der Jagd, während er ein Foto nach dem anderen schoß.

»Du bist sehr schön«, sagte er, als er fertig war.

Ich liebte es, wenn er mir sagte, ich sei schön. Dann fühlte ich mich bestätigt und gerächt.

Nachdem ich mich wieder angezogen hatte, lasen wir sein Stück, eine modernisierte Fassung, die in einer Universität spielte, der er den Namen Walpurgis gegeben hatte. Darin traten ein Professor namens George Faust und Gretchen, eine Studentin, auf. Ich übernahm Gott, Faust und Gretchen und er den Part des Mephisto. Seths Version begann wie bei Goethe mit einem Prolog im Himmel. Gott und der Teufel gingen eine Wette darauf ein, ob man Faust so weit in Versuchung führen könne, daß er seine Seele verkaufte. Der erste Teil seiner Fassung hatte sich stellenweise von Goethe inspirieren lassen. So tauchte Satan zum Beispiel in Gestalt eines Pudels auf. Seth schnippte, und Meph kam herbeigetrottet. Wie stets bereit, seinem Herrn zu Willen zu sein.

Zwei Abende später gingen wir zum ersten und einzigen Mal gemeinsam ins Kino. *Der Exorzist* war Weihnachten angelaufen. Mir kam all das Kopfdrehen und die erbsgrüne Kotze ein bißchen dämlich vor, aber Seth war ganz hingerissen. Als wir wieder auf seinem Dachboden am Küchentisch saßen, zeigte er mir die Fotos.

»Gott, ich kann nicht glauben, daß ich so posiert habe.«

Seth lächelte. »Reg dich nicht auf, dein Körper ist exquisit.«

Zunächst fiel mir nichts auf, aber ab dem vierten oder fünften Bild bemerkte ich subtile Veränderungen in meinem Gesicht. In der Mitte des Stapels ging mir dann auf, daß die neue Technik, worum auch immer es sich dabei handeln mochte, mich altern ließ. Falten tauchten an Augen und Mund auf und vertieften sich von Aufnahme zu Aufnahme. Mein Haar färbte sich grau; meine Züge erschlafften; Hals, Taille und Hüfte quollen auf; meine Brüste sackten herab, immer weiter. Und auf dem letzten Bild sah ich aus wie eine uralte Frau. Wie eine alte Vettel.

»Ziemlich cool, was?« sagte Seth. »Meinst du nicht?«

»Seth, was stimmt nicht mit dir?« Die Fotos waren abstoßend. Ich stand auf und wollte gehen.

»He«, rief er und hielt mich zurück, »war doch nur ein Experiment. Wenn die Aufnahmen dir so wenig gefallen, zerreiße ich sie eben.«

Er griff sich einen kleinen Stoß der Fotos und riß sie entzwei. Dann in vier Teile, in acht und in sechzehn. Die Schnipsel warf er in den Mülleimer. Dann nahm er sich den nächsten Stapel und verfuhr mit ihm ebenso. Und so weiter, bis der Mülleimer voll war.

Ödipus Rex hatte im Februar Premiere. Allison verkündete vor jeder einzelnen Aufführung, daß dieses Stück Jay gewidmet sei. Nach dem letzten Vorhang begab sich die ganze Truppe in eine Kneipe, wo eine Musikbox dröhnte und angetrunkene Studenten lärmten. Ich lud Julie zu der Feier ein. Niemand schien etwas dagegen zu haben, bis auf Seth. Er würdigte uns beide keines Blickes. Wann immer an diesem Abend die Rede auf Jay kam, löste das die unterschiedlichsten Erinnerungen, Trinksprüche und Tränen aus. Danach wandte man sich dann weniger emotionsgeladenen Themen zu, bis irgendwer wieder sein Glas hob und rief: »Auf Jay.«

»Lucien ist ziemlich sexy, was?« meinte Gabby zu mir, als Seth gerade unterwegs zur Theke war, um eine neue Runde Bier zu bestellen. »Aber, na ja, das bist du schließlich auch, Dinah.« Sie sprach zwar mit mir, redete aber so laut, daß jeder um uns herum das mitbekam.

Alle am Tisch fingen an zu lachen. Nur Julie nicht. Ich betrachtete kurz ihr blasses Gesicht mit den unzähligen Sommersprossen. Sie erschien mir wie ein Schmetterling inmitten eines Skorpionnestes. Und damit hielt sie mir einen Spiegel vors Gesicht.

Rich, der schon reichlich getrunken hatte, klopfte mit seinem leeren Glas auf den Tisch. »Sex-y, sex-y.« Die anderen fiel rasch ein: »Sex-y, sex-y, sex-y.«

Nun wurden auch die Gäste am Tresen aufmerksam und sahen zu uns hin. Aber nicht lange, denn in dem Lokal war es viel zu laut, um sich auf uns konzentrieren zu können.

Seth kehrte zu uns zurück, als die Schauspieler noch johlten. »Was ist denn hier los?«

Rich stellte sein Glas hin. »Gabby meint, du seist sexy.«

»Tatsächlich?« Seth stellte die Krüge ab, beugte sich über den Tisch und küßte Gabby lange und intensiv. Beide hatten den Mund geöffnet, ihre Zungen schlangen sich umeinander. Die anderen feuerten sie an, und der Kuß schien kein Ende nehmen zu wollen. »Weiter, weiter, weiter!« schrie Rich. »Wie in alten Zeiten!«

Was redete er denn da? Ich wollte mich am liebsten verkriechen und Julie mitnehmen.

Dann saß Seth wieder auf seinem Platz. »Ergreif mein Herz, süßes Fieber der Liebe«, zitierte er aus seiner Fassung des *Faust,* aber mit soviel Sarkasmus in der Stimme, daß seine Zeilen gehässig klangen. Gabby wischte sich umständlich mit dem Handrücken den Mund ab.

»Mach dir nichts aus Lucien, Gabby«, sagte Rich. »Er ist einfach besessen von seinem *Faust!«*

»Wenn er wirklich so besessen wäre«, warf Tom ein, »dann hätte er seine Version schon lange fertig!«

»Ich kriege sie schon noch fertig, *mein Regisseur!«* gab Seth scharf zurück und fragte mich dann ganz ungerührt: »Alles klar, Dinah?«

Ich haßte ihn.

»Was ich gesehen habe, ist schon ziemlich stark«, meinte Tom. »Aber zwei Akte machen noch keinen *Faust.«*

»Na ja, ich meine, wir sollten sowieso was anderes spielen«, wandte Gabby ein. »Zum Beispiel *Lysistrate.* Das würde uns Publikum bringen. Wir brauchen viel mehr Sex.«

»Das sehe ich auch so«, erklärte Allison. »Wir leben schließlich in den Siebzigern, und da interessiert sich niemand mehr für den Teufel. Abgesehen natürlich von Lucien. Was soll überhaupt das ganze Getue um Wissen und verlorene Unschuld?«

»*König Lear* wäre auch nicht schlecht«, schlug Rich vor. »Das mögen die Leute, so einen richtigen Irren.«

»Letztes Jahr sind wir mit Shakespeare ziemlich gut gefahren«, ergänzte Allison.

»Ich bin für *Lysistrate*«, beharrte Gabby. »Sex schlägt Wahnsinn allemal. Ach, Scheiße.«

»Liebste Gabby«, sagte Tom, »Sex ist überhaupt das einzige, woran du denken kannst.«

»Wißt ihr was, ihr seid ein Haufen von Arschlöchern.« Seth erhob sich. »Wenn ihr meinen *Faust* erst gelesen habt, werdet ihr's schon sehen. Da steckt jede Menge Sex drin. Ich arbeite gerade an einer Verführungsszene, die reißt euch vom Hocker. Stellt euch einmal folgendes vor.« Er breitete in einer dramatischen Geste die Arme aus, wie er das immer tat, wenn er das Wort ergriff. »Gretchens jungfräuliches Bett. Wir kleiden sie ganz in Weiß. Faust gibt ihr Geschmeide und verspricht ihr die Unsterblichkeit.« Er ließ sich auf seinen Platz zurückfallen und fing an zu lachen. »Und dann bumst er sie durch, bis sie nicht mehr laufen kann. Rammelt sie, bis sie um Gnade schreit.«

Ich rutschte unruhig auf meinem Sitz hin und her und konnte Julie nicht ansehen.

»Lucien«, meinte Rich, »die Leute interessiert Jungfräulichkeit nicht mehr.«

»Du bist ein richtiges Arschloch, Rich«, entgegnete Seth. »Die Jungfräulichkeit ist doch praktisch ein Archetyp.«

»Da muß ich Lucien recht geben«, meldete sich Patty zu Wort. »Jedes Mädchen erinnert sich noch an ihr erstes Mal.«

»Ja, alle bis auf Gabby.« Seth konnte wieder lachen. »Weil ihr Gedächtnis nicht so weit zurückreicht.«

»Und ob ich mich daran erinnere«, erwiderte Gabby und starrte ihn aus schmalen Augen an. »Schließlich vergißt man es nicht so leicht, wenn man mit einer Viper geschlafen hat.«

In dem Moment wurde mir bewußt, daß Seth mit Gabby geschlafen hatte. Sicher auch mit Patty. Und wohl noch mit einigen anderen. Die anderen machten »Ooh!« oder riefen: »Das ging jetzt aber ziemlich unter die Gürtellinie!«

Seth lachte immer noch. »Vergiß nicht, Gabby, daß Vipern Insekten fressen. Als kleine Happen zwischendurch. Der Geruch zieht sie an.« Er setzte eine lüsterne Miene auf und stellte etwas Widerliches mit seiner Zunge an.

Alle sahen ihn und Gabby an, und schließlich wandte sie sich an mich: »Sei auf der Hut, Dinah, daß du dir bei ihm nicht was einfängst.«

Seth lehnte sich zu mir herüber. »Warum fragen wir nicht unser Gretchen, wo sie lieber mitspielen würde, bei *Faust* oder bei *Lysistrate?*«

Ich konnte ihn nur anstarren. Seth demütigte mich genauso bedenkenlos wie vorhin Gabby. Sie mochte ja durchaus gewillt sein, sich mit ihm auf solche grausamen Spielchen einzulassen, wie wir eben eines miterlebt hatten. Aber ich wollte mit solchen Sachen nichts mehr zu tun haben.

Ich erhob mich und ging. Und nahm Julie mit.

Seth rief später am Abend im Studentenwohnheim an. Ich legte auf. Am nächsten Tag meldete er sich wieder. Ich sagte der Kommilitonin, die das Gespräch entgegennahm, sie solle ihm ausrichten, daß ich nicht mit ihm reden wollte. Seth schickte Rosen. Schrieb mir einen Brief, in dem er sich entschuldigte und schwor, mich zu lieben. Julie meinte allerdings, er sei gar nicht in der Lage, jemanden zu lieben.

Eine Woche lang hielt ich tapfer durch. Dann erhielt ich etwas von ihm, das mir wie ein Liebesgedicht erschien:

Freund Alkohol am Tresen
Ist nichts neben Dinah in meiner Kammer.
Zechen, grölend mit anderen saufen,
Die nicht sind wie du,
Die nichts sind als Gaukler
Mit Narrenkappe und Schellen,
Nichts als Possenreißer
Neben Dinah in meiner Kammer.
Schönheit so bleich wie Brautens Schleier,

Mein Mund dürstet nach dir,
Dinah, ich bin so schal wie Bier
Ohne Dich.
Ich entsage allen Geistern,
Strebe nur nach Dir.
Laß mich Dich trinken (und nur Dich),
Berausche mich, Dinah.
Zusammen wollen wir trinken
In unser beider Ewigkeit.

Am Samstagnachmittag verließen wir auf seiner Harley Washington, D. C., und wollten an diesem kalten Wintertag nach Virginia. Seth drehte das Gas immer weiter auf, und ich litt Todesängste. Er fuhr immer schnell, aber so sehr war er noch nie gerast. Ich flehte ihn an, mit der Geschwindigkeit herunterzugehen, aber er heulte und juchzte nur. Das Tempo schien ihn zu berauschen, vielleicht auch die Gefahr oder beides zusammen. »Schneller als der Wind!« Er trug wie immer keinen Helm. »Wozu überhaupt losfahren, wenn man nicht den Wind in seinem Haar spüren kann?« pflegte er zu sagen. Wenn ich darauf bestand, wenigstens mir einen Helm aufzusetzen, fragte er nur: »Was ist los? Übst du schon fürs Hausfrauendasein?«

Gegen vierzehn Uhr hielten wir an einem Stausee, und er zündete sich einen Joint an. Ich wollte mit ihm keinen Pot mehr rauchen. Am liebsten wäre ich zurück nach Hause gefahren und hätte ihn nie wiedergesehen. Aber bei dem Gedanken, wie Seth darauf reagieren würde, bekam ich es mit der Angst zu tun. Also sagte ich ihm, mir wäre nicht gut und ich wolle wieder zurück. Er erklärte sich einverstanden, wollte aber erst seinen Joint zu Ende rauchen.

Auf der Höhe von Reston entdeckte ich vor uns einen Lastwagen, der sich über die Kuppe der nächsten Anhöhe mühte. Ich warf einen Blick auf unseren Tacho. Um die hundert Meilen in der Stunde. Hielt Seth sich denn für absolut unverwundbar?

»Langsamer!« schrie ich.

Er drehte sich zu mir um. »Dann bete doch, Dinah. Um unser beider Leben.«

»Geh endlich mit dem Tempo runter!« kreischte ich. Aber der Wind und das Donnern des Motors verschluckten meine Stimme. Und wir kamen dem Lkw immer näher. Immer näher. Ja, ich fing an zu beten. Bitte, Gott, laß mich überleben. Nur dieses eine Mal, ich tue auch alles, was Du willst!

Das Ungetüm ragte größer und größer vor uns auf.

Seth wich nach rechts aus. Bremsen kreischten, und in der vollkommenen Stille, die nun folgte, glaubte ich zu schweben, geräuschlos durch die kühle Luft zu fliegen.

Einen Moment oder eine Stunde später lag ich schwer atmend im Straßengraben. Hohe Bäume ragten am Straßenrand auf und bildeten mit ihren blattlosen Ästen einen gotischen Bogen. Das Motorrad lag neben mir auf der Seite. Ich bewegte vorsichtig die Beine. Und die Arme. Alles funktionierte noch, tat aber höllisch weh.

Ich nahm den Helm ab und hielt nach Seth Ausschau. Er lag ein paar Meter weiter auf dem Rücken. Sein Gesicht blickte in den Himmel, und er hatte die Augen geschlossen.

»Seth?« Auf allen vieren kroch ich zu ihm. Eine dunkle, breite Blutlache dehnte sich rings um seinen Kopf aus. »SETH!«

14

NACHDEM DIE FAHRSTUHLTÜREN sich vor dem Geist geschlossen hatten, kehrte ich mit Sam in den NAR zurück. Kate saß neben Elias auf dem Bett und sang.

> *Und manch einer denkt sich, sie träumen nur*
> *Diese Fahrt, so wunderbar ...*

Kaum trat ich ein, hörte sie damit auf. »Vielleicht wird er ja wach, wenn ich für ihn auf der Flöte spiele.« Sam sah mich an, als erwarte er von mir, jetzt genau zu wissen, wie ich sie trösten könnte. Als ob ich die Kraft dazu gehabt hätte.

»Katie.« Ich legte ihr eine Hand auf den Rücken. Wie sollte ich ihr jetzt sagen, daß alles wieder gut werden würde? Ich wollte nicht so hoffnungsvoll und unrealistisch wie Sam an gewisse Dinge herangehen. Ich wollte auf das Schlimmste vorbereitet sein. Müde ließ ich mich auf dem Stuhl neben dem Bett nieder, nahm meine Tochter in den Arm, versuchte, nicht zu weinen, und scheiterte.

Die ganze Zeit wirbelten Gedanken und Fragen durch meinen Kopf und stachen wie Klingenspitzen in mein Bewußtsein. Hätte ich der Polizei mitteilen müssen, daß Seth auf Jay eifersüchtig und wütend gewesen war, statt mir selbst etwas vorzumachen und zu sagen, das sei doch nicht so wichtig? War mein Sohn wirklich krank, weil ich so viel falsch gemacht und einen so miserablen Charakter hatte? War ich damals während der Zeit mit Seth nicht nur jung und dumm, sondern auch böse gewesen? Und hatte ich vor zweiundzwanzig Jahren, als ich den Motorradunfall überlebte, damit bei Gott meinen Vorrat an Gnade aufgebraucht?

»Mom!« Kate befreite sich von mir. Nun, da mein Kopf keinen Halt mehr fand, strömten die Tränen nur so heraus. Der Geist des Seth Lucien erschien in diesem Moment und klopfte mir aufmunternd auf den Rücken. »Aber, aber, nun beruhige dich doch wieder.«

Elias schlief weiter.

Alex, meine Eltern und meine Schwiegereltern kehrten zehn Minuten später im Pulk von der Cafeteria zurück. Zum ersten Mal fuhr Sam mit den Kindern nach Hause und blieb die Nacht über dort. In den ruhigen Stunden, nachdem alle gegangen waren, hielt ich Elias' Hand und fing an zu beten. Diesmal sollte es ein richtiges Gebet sein, aber das einzige, was mir einfiel, war ein Psalm. Und von dem auch nur die Anfangszeilen. Also ging ich zur Rezeption, bat um eine Bibel und fand die Stelle. »Meine Hilfe kommt vom Herrn, der Himmel und Erde gemacht hat. Er läßt deinen Fuß nicht wanken ...« Ich las den ganzen Psalm 121, und dann noch einmal. Und wieder. Währenddessen zischte der Geist seine monotonen und dennoch eindringlichen Kommentare dazu. Stundenlang vernahm ich sein Gemurmel, sah ihn aber nicht einmal an und rezitierte weiter meinen Psalm: »Nein, der Hüter Israels schläft und schlummert nicht.«

»Wo wir gerade von Schlaf sprechen, Dinah«, meinte Seth zum Beispiel, »du solltest wirklich dankbar dafür sein, daß dein Kind im Koma liegt. Denk doch mal an all die Menschen, die in großen Schmerzen sterben und zu Gott rufen, Er möge etwas dagegen tun. Überleg doch mal, Dinah, wieviel schlimmer alles sein könnte. Elias könnte wach sein und dich mit seinen Blicken anflehen.«

Ich drehte mich noch weiter von ihm weg, betete und lauschte nach der glorreichen, alles übertönenden Stimme des Herrn. Meinetwegen auch nach Seiner leisen Stimme, die man nur im Herzen hört. Jede Seiner Stimmen wäre mir recht gewesen, wenn sie mich nur von Seths Gemurmel abgelenkt hätte.

»Was ist eigentlich los mit dir, Dinah? Eine richtige Mutter hätte ihr Kind gleich ins Krankenhaus gebracht.«

Jetzt konnte ich nicht mehr anders. Dagegen mußte ich mich verteidigen. »Der Arzt hat uns nicht den Eindruck vermittelt, als läge ein schlimmer Befund vor.«

»Hört man von Ärzten nicht alle Arten von Prophezeiungen, und sind sie nicht stets ihrer Sache so unglaublich sicher? Waren die Mediziner sich ihrer Sache nicht auch absolut sicher, als sie schwangeren Frauen in den sechziger Jahren Contergan verschrieben?« Er knickte die Arme an den Ellbogen ab und bewegte sie, als seien sie mißgebildet. »Nicht wahr, das sei das beste Beruhigungsmittel und habe überhaupt keine Nebenwirkungen? Und trotzdem glaubst du jedes Wort, das Elias' diverse Ärzte von sich geben. Wie ein gehorsames Kind. Ganz gleich, wozu sie dir raten und wovon sie dir abraten. Die Wahrheit ist, du hättest deinen Elias einfach in Ruhe lassen sollen. Du hast ihn zu zu vielen Ärzten geschleppt, so sieht es leider aus.«

»Aber ich mußte doch etwas tun. Elias hatte so viele Probleme.«

»Das ist der größte Haufen Mist, den je einer von sich gegeben hat. Du wolltest Elias verändern, nach deinem eigenen Ebenbild. Du bist nicht besser als deine Mutter, magst du das auch noch so abstreiten. Daß dein eigenes Kind sich so entwickelte, hat dich tief beschämt. Er sollte doch so gescheit sein wie du. Klug, klüger, am klügsten.«

»Das ist überhaupt nicht wahr. Mir ging es nur darum, daß Elias glücklich wird, daß er nicht so viele frustrierende Situationen erlebt.« In Wirklichkeit war es doch meine Mutter, die unbedingt seine Intelligenz fördern wollte, oder etwa nicht? Und Sam war es, der seine Handikaps nicht ertragen konnte. Ganz gewiß nicht ich.

»Du warst ja nicht einmal für ihn da. Bist lieber arbeiten gegangen. Hast es vorgezogen, die seelischen Probleme anderer zu beheben. Nur an deine eigenen hast du nicht gerührt.«

Ich stand vom Bett auf, trat an die Glaswand, zog den Vorhang zurück und schaute hinaus. Eine Schwester saß mutterseelenallein an der Rezeption.

»Laß mich in Ruhe, Seth, ich bitte dich inständig.«

»Du bettelst?« Er fing an, wie ein Hund zu hecheln, und sein Gesicht verformte sich. Die Nase wuchs zu einer Schnauze, und einen Moment später sah ich einen Pudel vor mir. Aber nur für eine Sekunde, dann hing der Geist wieder in seiner alten Gestalt unter der Decke. »Ich werde dich verlassen, wenn du nicht aufhörst, mich so zu nennen.«

»Aber wie heißt du dann?«

»Ich habe keinen Namen.«

»Aber du hast mir doch gesagt, du wärest Seth.«

»Ja, das habe ich, meine Dinah.« Im Bruchteil einer Sekunde stand er neben mir, so als habe die Luft ihn angesaugt.

»Laß das. Ich bin nicht deine Dinah und war das auch nie.«

»Aber Seth hat dich geliebt.«

»Seth und Liebe? Die beiden Wörter kann man nicht in einem Satz unterbringen.«

Der Geist stampfte mit dem Fuß auf. *»Doch,* er hat dich geliebt!«

»Das interessiert mich nicht. Ist schon über zwanzig Jahre her.«

»Na ja, Dinah, für mich war das aber der letzte bewußte Moment. Und der hält in alle Ewigkeit.«

Ich fuhr einen Schritt vor ihm zurück. »Wer bist du wirklich?«

»Habe ich dir doch schon gesagt. Ein Geist.«

»Und was für eine Art Geist?«

»Wie wäre es mit: Der Engel der Intensivstation?«

»Wie könnte ein Geist ein Engel sein?«

»Woher soll ich das wissen?«

»Also schön, was für eine Art Engel? Es gibt offenbar mehrere.«

Nicht-Seth breitete die Arme aus. Die Luft in dem dunklen Raum flimmerte, dehnte sich aus und zog sich wieder zusammen, wand sich, als wäre sie ein exotischer Tänzer. »Ein Spezialist.«

»Und worauf bist du spezialisiert?«

»Anderen auf die Nerven zu fallen.« Er grinste. »Einige von uns hängen herum und stellen Gottes Urteil in Frage. Viele von uns glauben nämlich, daß Gott durchaus Fehler unterlaufen können.« Er schlug eine Hand vor den Mund und atmete so scharf ein, daß er wie ein Siphon klang. »Huch!« Dann kam er mir wieder näher. »Wer darf sich schon das Recht nehmen, Gott in Frage zu stellen, was?«

»Ich. Ich stelle Gottes Urteil in Frage.« Entschlossen setzte ich mich wieder neben das Bett und nahm Elias' Hand.

»Nun gut. Jede Mutter in deiner Situation würde das tun. Erinnerst du dich an Hiob?«

»Selbstverständlich.«

»Dann weißt du sicher auch noch von den Engeln, die da zusammensitzen. Einer von ihnen versucht, Gott einzureden, dieser Bursche Hiob, der glücklich und in Wohlstand im Lande Uz lebe, habe soviel Schutz eigentlich nicht verdient –«

»Moment mal! Du bist Satan!«

Er lachte schallend, und sein Gelächter hallte im NAR wider, von Glaswand, Boden und Decke. »Ich kann dir versichern, daß ich nicht Satan bin, sondern nur ein armes, scheußliches Gespenst. Der Geist deines früheren Buhlen Seth Lucien, aber darauf bist du ja immerhin selbst schon gekommen.«

Widersprach er sich jetzt nicht? Neigte er etwa zur Lüge? Vielleicht war er sowohl Seths Geist als auch Satan? Oder war er weder der eine noch der andere? Vielleicht sprach er ja immer nur die Unwahrheit.

»Aber ich habe Seth nicht geliebt. Wenn er bei dem Unfall nicht ums Leben gekommen wäre, hätte ich ihm gesagt, daß ich ihn nie wiedersehen will.«

Er schlug die blutschwarzen Hände zusammen. »Herrje, du

weißt aber, wie man einem Geist so richtig weh tun kann. Hi, hi, hi.«

»Verschwinde. Was gebe ich mich überhaupt mit dir ab?«

»Du gibst dich mit mir ab, liebste Dinah, weil ich deine einzige Rettung weit und breit bin.« Er machte eine weit ausholende Geste. »Oder siehst du hier noch jemanden, der dir die Wahrheit sagt? Weiter im Text. Dr. Moore ist der einzige Arzt, der erklärt, dein Sohn werde bald aufwachen. Leider hat er aber diesen Tick, die Augen ständig hin und her flitzen zu lassen. Einige Mediziner sind eben so, zu deinem Pech. Sie haben keinen Schimmer, wie man mit Patienten umgehen muß. Oder mit den Eltern der Patienten. Hinzu kommt, daß Moore sich in Gegenwart von Frauen unbehaglich fühlt. Seine Mutter war nämlich kalt, eiskalt, frostkalt. Der arme kleine Bengel hat auf dem Zeugnis nur Einsen gehabt und dennoch nie das geringste Lob von ihr zu hören bekommen. Und heute ist er der Superarzt, eine nationale Kapazität, und kann es seiner Mutter immer noch nicht recht machen. Aber wie sollte sie ihm auch noch etwas geben, sie ist ja schließlich schon lange tot.«

»Hat er denn Kinder?«

»Vier, die armen Würmer. Nichts, was sie erreichen, ist ihm gut genug, dem kalten, kalten Abner Moore.« Der Geist grinste. »Leider bist du von ihm ebenso abhängig wie sie. Er übrigens auch von dir. Der gute Abner gehört zu den Menschen, die glauben, wenn es etwas Schlimmes zu vermelden gibt, willst du es lieber gar nicht erst hören.«

Der Geist nahm die Gitarre und schlug ein paar Takte an. Dabei stampfte er nach Art des Flamenco mit den Füßen auf und kam Elias' Bett immer näher.

»Bleib weg von ihm.« Ich stellte mich zwischen ihn und meinen Sohn.

Er hob beide Hände. »Keine Bange, ich komme ihm schon nicht zu nahe. Erst wenn du das ausdrücklich von mir verlangst. Erst wenn du mich auf Knien darum bittest. Und das wirst du, Dinah, verlaß dich drauf.«

»Ich will die Wahrheit aber hören!« Die Worte waren schon

heraus, ehe ich mir dessen bewußt wurde, so als hätte ich laut gedacht.

»Ach, ja, die Wahrheit. Gern, stets zu Diensten.« Er fing an zu tanzen, wackelte mit den Hüften und hielt schließlich eine neue Gitarre in den Händen. Eine weiße Fender, dessen Kabel irgendwo mitten in der Luft angeschlossen war. »You ain't nothing but a hound dog«, imitierte er halbwegs passabel Elvis. Mittendrin hörte er auf und legte das Instrument beiseite.

»Du kannst ihm die Handgelenke ruhig losbinden, Dinah«, sagte Seths Geist. »Er hat aufgehört zu tanzen.«

»Lügner!«

»Du willst von mir die Wahrheit hören, und wenn ich sie dir sage, beschimpfst du mich als Lügner. Na gut, meinetwegen, ich muß jetzt sowieso gehen.« Er begann zu flimmern wie eine Fata Morgana.

»Nein, warte. Ich muß einfach die Wahrheit erfahren.«

Seine Form stabilisierte sich wieder, und er setzte sich mitten in der Luft bequem hin. »Nun, die Wahrheit lautet, daß Elias am zweiundzwanzigsten Tag die Augen aufschlagen wird.«

»Aber das ist doch wunderbar ... oder etwa nicht? Ich meine, wenn er die Augen öffnet ...«

»Nein, das ist schlecht. Sehr schlecht sogar.« Der Geist seufzte wie ein Schwerkranker. »Er öffnet die Augen, Dinah, aber es wird niemand mehr da sein. Aufgepaßt.«

Ich sah zu meinem Jungen, der immer noch mit geschlossenen Augen in seinem Bett lag, und erlebte eine weitere Vision. Für einen Moment verschwammen Blickfeld und Zeit, und ein neues Bild bot sich mir. Elias' Lider flattern und gehen vor mir auf. Ich sehe die blauen Augen meines Sohnes, wie sie irgendwohin starren. Wie sie mich nicht ansehen. Und während ich noch hinschaue, tut sich etwas. Seine Augen bewegen sich.

Iris und Pupille drehen sich immer schneller. Synchron bewegen die Augäpfel sich erst von der rechten Seite zur linken. Sie drehen sich nach hinten und tauchen vorn wieder auf, als ob sie eine komplette Wende vollführten. Doch sie bewegen sich nicht glatt und natürlich, so wie Augen, die nach etwas suchen oder sich auf etwas konzentrieren. Nein, eher ruckhaft, wenn auch stetig, wie der Sekundenzeiger einer Uhr. So als bewege eine Maschine Elias' Augen Stück für Stück.

Dahinter steckte natürlich *er,* mein bösartiger Geist. Er brachte mich dazu, die Augen meines Sohnes so zu sehen. Tick-tack, tick-tack, immer im Kopf herum.

»Die Ärzte haben natürlich auch dafür einen Fachbegriff«, bemerkte der Geist beiläufig. »Nystagmus, das unwillkürliche Zittern des Augapfels.«

In diesem Moment kam die Nachtschwester herein, eine freundliche grauhaarige Frau. »Mrs. Galligan?«

Ich weinte. »Gehen Sie bitte«, bat ich sie.

Sie zog sich zurück.

»Nichts da, Dinah«, erklärte Seth. »Hinter den Augen ist nichts mehr. Selbst Moore wird dir daraufhin nicht mehr sagen, täglich sei mit Elias' Erwachen zu rechnen. Aber die ganze Wahrheit wird er dir auch dann noch verschweigen.«

»Warum?«

»Endlich einmal eine gute Frage. Weil der gute Doktor glaubt, alles beheben zu können. Schließlich ist er ja das Genie. Dr. Moore wird auch dann noch jeden Tag hier hereinkommen, Elias mit Namen rufen und ihm die Brust abklopfen. Er wird überhaupt so tun, als sei das alles medizinisch notwendig und sinnvoll. Außerdem wird er sich immer wieder die Füße deines Sohnes ansehen, vor allem Ferse und Knöchel. Aber selbst dann sagt er dir noch nicht alles. Dafür kläre ich dich jetzt auf. Elias' Zehen werden nämlich nach unten zeigen. Ein erstes Anzeichen für einen Gehirnschaden.«

»Elias hat einen Gehirnschaden?«

Der Geist nickte ernst. »Ich fürchte, ja. Erinnerst du dich noch, als Angus dir sagte, die Sache sei hoffnungslos und Elias vegetativ? Daß in seinem Kopf nichts mehr normal sei?«

»Aber das war doch nur ein Traum!«

»Hm, verstehe, ich muß es dir wohl genauer erklären. Also, wir haben es hier nicht nur mit ein paar Neurofehlerchen zu tun, an denen er früher litt. Sondern mit einem richtigen, ausgewachsenen Gehirnschaden. Schatz, dein Kleiner ist so gut wie hirntot, wenn du verstehst, was ich meine.«

Ja, aber in den Visionen habe ich doch etwas anderes gesehen. Tränen rannen über meine Wangen. Ich drückte Elias' Hand an mein Gesicht.

»Was ist mit dem Great Barrier Reef? Warum tritt diese Zukunft nicht ein, wieso die andere? Welche Zukunft ist die echte?«

»Bist du taub, oder was? Oder einfach nur extrem begriffsstutzig? Hörst du überhaupt irgendwann mal zu, wenn ich dir was erkläre?«

Ich stand auf und entfernte mich von ihm. Irgendwie wußte ich noch, wie man einen Fuß vor den anderen setzt. Der Geist begleitete mich, als ich den NAR verließ. Es war mitten in der Nacht, die Intensivstation lag wie unter einem Leichentuch da, und auf diesem lastete die Stille der Dunkelheit. Der diensttuende Stationsarzt blickte vom Schreibtisch auf, als ich wortlos an ihm vorbeiging. Draußen auf dem Flur blieb ich vor dem Cola-Automaten stehen. Im Kopf konnte ich noch immer das Schwirren und Zischen des Respirators hören. Sein Pumpen im Marschrhythmus. John Philip Sousa, unser ureigener amerikanischer Marschmusikkomponist, spielte in meinem Schädel auf. Ich versuchte, mich zusammenzureißen, und begab mich zu den Toiletten. Die ganze Zeit über begleitet von meinem Geist und seinen endlosen Tiraden, in denen sich Vorwürfe mit Schmeicheleien abwechselten. Als ich in den Spiegel blickte, stockte mir der Atem. Die Glasscheibe zeigte mir lediglich die Türen der Toilettenkabinen und mein Gesicht. Unfaßbar mitgenommen, aufgedunsen und voller Flecke. Ich fuhr herum.

Der Geist lehnte an der Kachelwand. Schwarze Jacke, schwarze Augen. Er bleckte die Zähne wie ein wieherndes Pferd. »Was ist das für eine Mutter, die sich Nachts keinen Wecker stellt, wenn ihr Sohn krank ist, um nach ihm zu sehen?«

»Aber er machte nicht den Eindruck, ernsthaft krank zu sein!«

»Tja, zu dumm. Jetzt hat sein Gehirn zu wenig Sauerstoff bekommen. Elias wird nie mehr aufwachen.«

Ich preßte mir die Hände an die Ohren und drehte mich zum Spiegel zurück. Lieber noch einmal meinen gräßlichen Anblick und dafür wenigstens den Geist nicht mehr sehen müssen. Ich hatte das Gefühl, den Verstand zu verlieren. Vielleicht befand ich mich auf dem besten Weg dahin. Gut möglich, daß ich das sogar wollte, in die Leere abtauchen, ins Nichts, in eine falsche Welt, in Schmerz. Nicht in den Schmerz, wie ich ihn jetzt litt, diese Furcht und diesen Kummer um meinen Sohn. Nein, in irgendeinen anderen Schmerz. Würde ich meine geistige Gesundheit für das Leben meines Sohnes hergeben? War ich bereit dazu, um seinetwillen vollkommen irrsinnig zu werden? Würde ich diesen Weg wissend und willentlich beschreiten?

»Keine Ahnung. Würdest du das?«

Langsam wandte ich mich zu ihm um, im Rhythmus der Erdumdrehung. Da stand er immer noch an der Wand und lehnte sich an die Kacheln. Genauso wie vorhin. »Was würde ich?«

»Deine geistige Gesundheit für das Überleben deines Sohnes geben? Dich in den Wahnsinn fallen lassen, wenn Elias damit gerettet werden könnte? Diese Fragen hast du dir doch gerade gestellt, oder?« Es schien ihn zu belustigen.

Diesmal gelang es mir nicht, mich von ihm abzuwenden.

»Na, endlich kommen wir ja doch ein Stück voran«, bemerkte er. »Natürlich würdest du deine geistige Gesundheit hergeben, welche Mutter würde das nicht? Und wie wäre es mit deinem Humor? Oder deiner Karriere? Und wie steht's mit deiner Ehe, würdest du die auch eintauschen? Oder deine sogenannte Moral? Wir wollen jetzt ein wenig kreativ sein, ja? Was wäre mit deiner Fähigkeit zu lieben? Würdest du ohne die durchs Leben gehen können? Du bekämst dein Kind zwar zurück, könntest es aber nicht mehr lieben … hmmmm, eine harte Nuß.«

Ich atmete tief ein. »Anscheinend stellst du gerade deine Version des *Faust* fertig, was?«

Er klatschte in die Hände, aber kein lautes Geräusch erklang, eher so etwas wie ein entfernter Donner oder ein Windstoß. »Vielleicht bringst du sie ja für ihn zu Ende.«

Ich starrte ihn fassungslos an. »Aber so funktioniert das nicht. Man kann mit Gott keinen Handel abschließen.«

»Siehst du hier irgendwo Gott? Kannst du hier überhaupt irgendwen ausmachen außer meiner Wenigkeit?« Der Geist bewegte sich auf mich zu, und die Luft gluckerte und kochte. »Also, wie steht's? Vielleicht kommen wir mit einer Negativauslese weiter. Was würdest du *nicht* für deinen Sohn hergeben wollen? Wie steht es zum Beispiel mit deinem Leben?«

Der Geist kicherte, schnippte wie ein Zauberkünstler mit den Fingern und verschwand.

Als Dr. Moore am nächsten Morgen zur Visite erschien, verließ ich den NAR. Sams Schwester Anne war gekommen. Dr. Jonas saß an der Rezeption und arbeitete an einem der Computer. Als ich näherkam, sah er vom Bildschirm auf. Ich fragte ihn, ob ich Elias an dem Tag hätte retten können, an dem er den Anfall erlitt? Zum Beispiel, indem ich die ganze Nacht an seinem Bett gesessen und ihn beobachtet hätte?

»Er war krank, und ich hätte an seiner Seite sein müssen.«

Der junge Arzt seufzte. »Alle Anzeichen sind positiv. Machen Sie sich bitte keine Vorwürfe, Mrs. Galligan.«

Nichts leichter als das.

Er trat zu mir, legte mir kurz eine Hand auf die Schulter und begab sich dann zu dem spanischen Kind unter der Silberdecke. Dessen Monitoralarm piepte wie verrückt, und seine Mutter schrie etwas, das sich nach *»Socorro!«* anhörte – Hilfe! –, das würde wohl jede Mutter in jeder Sprache verstehen. Doch ich stand wie angewurzelt im Gang der Intensivstation und wurde in eine Vision gesaugt, die mir, wie ich jetzt glaubte, meine Zukunft vor Augen führte. Ich steckte unrettbar in der Falle.

Vormittag. Ein Konferenzraum mit einem langen, ovalen Tisch. Eine Medizinerbesprechung. Diesmal formell, also die Hände schön auf dem Tisch gefaltet. In der Runde Dr. Moore mit Dr. Lambert, seiner dritten Partnerin, die Oberschwester der Kinderstation, der Sozialarbeiter der Kinderstation, der Stationsoberarzt, der Oberarzt der Chirurgischen Abteilung, Sam und ich. Nur acht Personen finden an diesem Tisch Platz. Dr. Angus ist nicht dabei.

»Gastrostomie und Fundoplikation«, erklärt Dr. Moore, und seine Blicke sausen wieder hin und her. »Ein einfacher Eingriff. Wir führen einen Schlauch in den Magen ein, um ihn zu ernähren, der Magen muß natürlich angehoben werden, und fügen der Speiseröhre eine spezielle Klappe ein. Das Ganze dürfte nicht mehr als drei Stunden in Anspruch nehmen.«

Sam atmet vernehmlich ein. »Warum wollen Sie diese Operation durchführen?«

Moore studiert die Papiere vor ihm, so als suche er dort nach dem Grund. »Weil er alle Nährstoffe auswirft.«

Das ist uns bereits bekannt. Jedes Mal, wenn die Schwester den Schlauch in Elias' Nase mit der weißen Flüssigkeit füllt, die man hier »Nährstoffe« nennt, spritzt sie ihm zum Mund wieder heraus.

»Und wenn Sie den Nährschlauch in seinen Magen einführen«, fragte Sam, »hört dann der Auswurf auf?«

»Wahrscheinlich nicht.«

»Aber bei Gott, warum dann der ganze Aufwand? Dr. Angus hat den Zustand unseres Sohns als hoffnungslos bezeichnet. Und jetzt schlagen Sie eine komplizierte dreistündige Operation zur Verlagerung von Elias' Verdauungsorgan vor? Wenn mein Sohn das Zeug nicht bei sich halten kann, will uns sein Körper vielleicht damit etwas sagen!«

»Der Eingriff ist nicht kompliziert. In unserer Chirurgie wird er sehr oft durchgeführt.«

»Wollen Sie damit sagen, die Situation Elias' sei nicht hoffnungslos?«

Ich schließe die Augen, um alles auszusperren. Aber das

hilft nicht, überhaupt nicht. Ich sehe immer noch die hellen Linien, die über die Monitore galoppieren. Höre immer noch das Zischen und Marschieren des Respirators. Irgendwo klingelt ein Telefon, ruft ein Patient mit seinem Pieper die Schwester, rattert ein Wagen vorüber, plappern und lachen die Schwestern. Als ich über den Flur gekommen bin, ist mir ein Kuchen aufgefallen. Auch im Krankenhaus haben Menschen Geburtstag.

»Nein«, antwortete Dr. Moore.

»Also ist die Lage nicht hoffnungslos?«

Ich öffne die Augen und sehe, wie der Arzt gerade die Hände unter den Tisch schiebt. »Es gibt spezielle Kliniken für chronische Fälle.« Er wendet sich an Dr. Lambert. »Was ist mit der Laurel?«

»Heute morgen habe ich mit der dortigen Aufnahme gesprochen«, meldet sich der Sozialarbeiter zu Wort. »Sie wollen ihn nicht nehmen, solange er den Nasenschlauch hat. Der Schlauch muß in seinen Magen. So lauten bei ihnen die Bestimmungen.«

»Aber neulich haben Sie noch gesagt, sie würden ihn nehmen!« Meine Stimme klingt rauh und krächzend, so als hätte ich tagelang ununterbrochen geredet. »Deswegen haben wir doch überhaupt den Termin gemacht.«

Der Schatten eines Lächelns huscht über Dr. Moores Gesicht. »Dann bleibt uns gar nichts anderes übrig, als den Eingriff vorzunehmen.«

Sam stützt den Kopf mit den Händen. »Und wie steht's mit einem Pflegeheim?« Er sieht den Sozialarbeiter an, der am Vortag eine solche Einrichtung vorgeschlagen hat.

»Die nehmen keine Patienten auf, die an einen Respirator angeschlossen sind«, entgegnete der Mann. »Das widerspricht ihrer Philosophie.«

Auch das ist uns natürlich bekannt. Alle aufwendigen Apparate, die einen Patienten am Leben erhalten, müssen erst entfernt werden, ehe er in eine solche Einrichtung darf.

»Und die Anordnung zur Entfernung eines solchen Geräts

muß vom Krankenhaus erfolgen«, erklärt Dr. Moore. »Hören Sie, wir haben es hier mit sehr komplizierten ethischen Entscheidungen zu tun, über die schon seit Jahren heftig gestritten wird. Ein solcher Schritt darf nicht leichtfertig erfolgen.«

»Leichtfertig?« Ich entdecke, wie eine Ader an Sams Schläfe pulsiert. »Wie können Sie es wagen? Sie wissen doch überhaupt nicht –«

Ich lege meine Hand auf die seine. Bitte, verärgere ihn nicht, Sammy. Wir sind auf ihn angewiesen. Dabei möchte ich diesem arroganten Arzt gern selbst entgegenschleudern, wie sehr wir unseren Sohn lieben, was wir alles versucht haben, wie …

»Bloß weil ein Kind eine Behinderung hat, bringt man es doch noch nicht um«, sagt Moore.

Ihn umbringen?

Der Sozialarbeiter und die Oberschwester sehen sich an. Soll das heißen, wenn man Elias von den Lebenserhaltungssystemen abkoppelt, käme das einem Mord gleich? Aber sein Kollege hat doch gesagt, das wäre eine Möglichkeit …

»Behinderung?« ruft Sam und springt auf. »Ein Mensch mit einer Behinderung ist jemand, der im Rollstuhl sitzt. Oder ein Kind mit einer Lähmung. Oder wenn jemand geistig zurückgeblieben ist. Ein Behinderter mag in mancherlei Hinsicht eingeschränkt sein, aber er weiß immer noch, daß jemand für ihn da ist, daß es ihn selbst gibt. Und er kann sich seiner Umgebung, in welcher Form auch immer, mitteilen. Wie können Sie unseren Sohn behindert nennen, wenn ihm kein Gehirn geblieben ist? Ihr eigener Kollege hat erklärt, in Elias' Gehirn sei nichts mehr vorhanden, was man als normal bezeichnen könnte! Der Junge hat kein Bewußtsein mehr. Er verspürt nicht einmal mehr Schmerz.«

Links, rechts, oben, unten. Dr. Moores Augen finden keine Ruhe. »Das können wir nicht mit absoluter Gewißheit sagen.«

Dr. Lambert rutscht unruhig auf ihrem Sitz herum. Offensichtlich wagt sie es nicht, ihre eigene Meinung zum Ausdruck zu bringen. Niemand wirft ein, daß Elias vielleicht nur noch das Schmerzempfinden und sonst nichts mehr geblieben ist.

Ich erinnere mich, darüber in einem der Fachbücher gelesen zu haben, die ich immer zu Rate ziehe. Demnach ist Schmerz das letzte Gefühl, das verschwindet. Vielleicht ist es auch der Geruchssinn? Aber Elias kann ja auch nichts mehr riechen, oder? Und selbst, wenn er Gerüche wahrnehmen könnte, wie wollte er uns das zeigen?

»Dr. Angus hat gesagt, wir sollten darüber nachdenken, den Respirator zu entfernen«, sagt Sam.

Ich erkenne, daß mein Mann eine Entscheidung gefällt hat. Er will Elias von den Apparaten abkoppeln. Ich habe noch nicht einmal angefangen, mich mit solchen Gedanken auseinanderzusetzen. Dafür brauche ich bestimmt tausend Jahre.

Es könnte doch noch ein Wunder geschehen, oder etwa nicht? Vielleicht hat Dr. Angus sich ja geirrt. Aber nein. Zerstörtes-Gehirngewebe-Wächst-Nicht-Nach! Selbst Dr. Moore macht uns nicht solche Hoffnung. Aber warum nicht? Warum denn nicht? Das Rote Meer hat sich einst geteilt. Die Fische und Brotlaibe vermehrten sich, um die Fünftausend zu speisen. Nein, nein, an so etwas glaube ich nicht. Aber Sam ist Katholik. Er müßte doch an Jesu Wunder glauben.

Räder verzahnen sich, drehen sich und verzahnen sich weiter. Ich muß das hier beenden. Und den Stecker herausziehen. Aber wenn ich den Stecker herausziehe, wird Elias nicht mehr weiterleben können. Na und, was er jetzt hat, kann man ja kaum noch Leben nennen. Also bleibt uns wohl gar nichts anderes übrig, als ihm die Maschinen abzuschalten. Doch kann ich diese Verantwortung wirklich tragen? Aber wenn nicht ich, wer denn dann?

Keine Entscheidung zu treffen ist für sich genommen auch schon eine Entscheidung. Wenn ich dem Vorhaben nicht zustimme, verbringt mein Sohn sein ganzes Leben in diesem Zustand, weil ihm immer wieder Luft in die Lunge gezwungen wird. Und wenn er uns unhörbar anfleht, ihn gehen zu lassen? Wenn seine Seele bereits über ihm schwebt, unter der Decke hängt und von uns verlangt: »Laßt mich frei!«?

»Tja«, meint Sam, »dann sitzen wir wohl in einer Art Sackgasse. Mit dem Respirator darf er nicht ins Pflegeheim, und wenn wir möchten, daß er nach Laurel verlegt wird, müssen wir die Einwilligung zur Operation geben. Was würde passieren, wenn wir die Einwilligung verweigern?«

Dr. Lambert zuckte die Achseln. »Dann bliebe er hier. Wir können Ihren Sohn nicht woandershin bringen. Dazu müßten wir schon eine Einrichtung finden, die bereit ist, ihn in diesem Zustand aufzunehmen.«

Aha. Eine unlösbare Situation. Ich muß an den Film *Catch 22* denken.

»Hören Sie«, sagt Dr. Moore, »ich schlage doch nicht mehr vor, als daß wir noch etwas warten. Wir können jetzt noch nicht wissen, wie es in ein paar Tagen mit ihm aussehen wird. Im Lauf der Zeit könnte Elias die eine oder andere Körperfunktion wiedergewinnen.«

»Bitte, Sam, wir müssen ihnen die Erlaubnis zu dieser Operation geben«, verlange ich und frage mich, ob sie ein komatöses Kind, das ohnehin keine Schmerzen mehr spürt, vor dem Eingriff anästhetisieren? Und wenn die Chirurgen fertig sind, kommen sie dann heraus und verkünden uns, die Operation sei erfolgreich verlaufen?

»Du hältst mich sicher für eine Plage«, sagte der Geist, und ich begriff, daß die schreckliche Vision vorüber war. »Aber Abner Moore wird dich bis zum Ende deines verpfuschten Lebens heimsuchen.«

Ich entdeckte, daß ich während meiner Reise in die Zukunft unwissentlich zum Bett des kleinen spanischen Jungen am hinteren Ende der Station gelaufen war. Jetzt stand ich dort, und der Geist hielt sich in Treue fest an meiner Seite auf. Allerlei Ärzte und Personal kümmerten sich gerade um den jungen Patienten, und niemand schien mich zu bemerken. Nicht einmal seine Mutter, denn die war beiseite getreten und hatte die Augen geschlossen. Die Hände gefaltet, schaukelte sie vor und zurück wie ein betender Chassidim und stieß dabei leise spitze Schreie aus.

Ich drehte mich um und kehrte zum NAR zurück. Der Geist kam mit und flitzte hierhin und dorthin.

»Es ist alles deine Schuld, Dinah.«

»Bitte, ich bin doch nur ein Mensch.«

»Ein ziemlich jämmerlicher Mensch, wenn du mich fragst.«

»Und was warst du? Ein ziemlich widerwärtiger Mensch!«

Er lächelte so breit, daß die Mundwinkel fast bis zu den Ohrläppchen reichten. »Als Geist bin ich aber viel besser, oder meinst du nicht?«

Ich hielt ihn für einen bösartigen, gemeinen Plagegeist.

»Meine Schwester konnte nicht länger bleiben. Wo bist du gewesen?« Sam erschien hinter mir. Da waren wir drei ja wieder beisammen. Ein Blick durch die Glasscheibe zeigte mir, daß Elias allein war. Nicht einmal eine Schwester hielt sich bei ihm auf. Wut kochte in mir hoch. Wie konnte Sam es wagen, unseren Sohn allein zu lassen?

Als wir uns wieder im NAR befanden, zog mein Mann ein zusammengefaltetes Papier aus der Brusttasche. »Ich war bei einem der Ärzte, und der hat mir das hier gegeben.« Sam faltete das Blatt auseinander und gab mir zwei weiße Tabletten. »Nimm die bitte, Dinah.«

Der Geist schwebte wieder an die Decke, wohl um alles besser beobachten zu können. Sein Gesicht wurde riesig, und sein Lächeln erstreckte sich von einer Ecke des Raumes zur anderen. »Reiß dich zusammen, Dinah.«

Ich schluckte die Tabletten und spülte sie mit Wasser aus dem Becher hinunter, den mein Mann mir reichte.

»Sieh dir nur deinen Gatten an«, befahl der Geist.

Natürlich folgte ich, stand ich doch schon viel zu weit unter seinem Bann. Sam saß neben Elias' Bett und starrte ihn mit leerem Blick an.

»Bereite dich auf die Zukunft vor, die ich dir jetzt zeigen werde«, begann der Geist. »Eines Tages erhältst du einen Anruf. ›Spreche ich mit der Mutter von Alexander Galligan?‹« Seth bedient sich nun einer neuen Stimme, die tief aus seiner Kehle kommt. »›Mrs. Galligan, ich bin Sergeant Dominetti vom Police Department Bronx. Wir haben Ihren Mann, Samuel Galligan, wegen eines Verkehrsunfalls mit aufs Revier genommen. Er ist nicht in der Lage, ein Fahrzeug zu steuern, deswegen behalten wir ihn über Nacht hier. Wir möchten, daß Sie zu uns kommen und Ihren Sohn abholen, der sich mit in dem Fahrzeug befand.«

Ein Unfall? Mit meinem Sohn im Wagen? »Er ist doch nicht –«

»Nein, keine Angst, Alex wird nicht verletzt werden«, klärte mich der Geist mit seiner normalen Stimme auf. »Aber was wird aus Sam und dir? Eure Beziehung wird das nicht überleben. Die Ehe war doch ohnehin ein Witz, oder? Ein Bund fürs Leben, geschlossen auf dem Fundament von Lug und Trug. Das hast du doch noch nicht vergessen, oder?«

15

LANGE HOCKTE ICH auf dieser einsamen Straße in Virginia neben Seths Leiche. Ich stand unter Schock und wagte nicht, ihn anzufassen. Überall um mich herum schien die Luft vom Gestank nach Blut und Tod erfüllt zu sein. Ich hörte nur das Geräusch meines eigenen Atems und den Wind, der durch die nackten Bäume fuhr.

Endlich, die Sonne ging schon unter, kam ein Wagen und hielt an. Ein Mann in Straßenanzug und Mantel stieg aus. »Grundgütiger, ist Ihnen etwas passiert?«

Ich nickte. Mir tat alles weh, Schweiß klebte auf meiner Haut, und ich hatte mehrere Schürfwunden und blaue Flecke. Doch darüber hinaus war ich wie durch ein Wunder unverletzt geblieben.

»Er ist tot, oder?« Der Fremde hielt sich von Seth fern. Der Blutkranz um seinen Kopf hatte sich ziemlich ausgedehnt.

Wieder nickte ich, und dann sprudelte es aus mir heraus: »Wir hatten einen Unfall, er fuhr viel zu schnell, da war ein Lastwagen, jedenfalls glaubte ich, einen zu sehen, aber vielleicht war da auch gar keiner …«

Wenig später hielt ein weiteres Auto an, und endlich kam die Polizei. Ihr folgte eine Ambulanz. Die Sanitäter bedeckten Seth mit einem Tuch und besahen sich meine Wunden und Prellungen.

»Haben Sie den getragen?« Einer der Sanitäter zeigte auf den Helm, der immer noch im Gras lag.

Ich konnte nur nicken.

»Das war klug von Ihnen«, erklärte der Helfer und betrachtete noch einmal meine Hände und Lippen. »Das sieht alles nicht besonders schlimm aus. Trotzdem sollten Sie mit ins Krankenhaus kommen. Sie könnten sich innere Verletzungen zugezogen haben.«

»Bitte, ich möchte nur nach Hause.« Vor allem wollte ich nicht, daß sie meine Eltern anriefen.

Aber die Sanitäter bestanden darauf, mich mitzunehmen. Also stieg ich in den Unfallwagen, und sie brachten mich ins nächste Krankenhaus, wo mich ein glatzköpfiger Arzt untersuchte, der mich an meinen Großvater erinnerte. Er nähte meine Lippe und rief dann meine Eltern an. Ich hörte stumm zu, wie er ihnen berichtete, was vorgefallen war. Der Arzt versicherte ihnen, daß ich großes Glück gehabt hätte, und gab mir dann den Hörer.

Charlotte war hysterisch und wollte alles stehen und liegen lassen und sofort nach Washington kommen.

»Bitte, mir geht es gut. Julie wird sich schon um mich kümmern. Ich habe nur ein paar Beulen und Schrammen abbekommen. Und die Lippe wurde mit einem Stich genäht. Du brauchst wirklich nicht zu kommen.«

Nachdem sie sich etwas abgeregt hatte, folgten die Fragen: »Was hattest du auf einem Motorrad zu suchen? Warum seid ihr so schnell gefahren? Hast du denn keinen Funken Verstand im Kopf? Bist du denn vollkommen von Sinnen?«

Ich stimmte Charlotte in allem zu, auch darin, daß ich vollkommen von Sinnen gewesen sein mußte, und konnte sie mit einiger Mühe davon überzeugen, daß mir das eine Lehre gewesen sei und ich mich nie wieder auf ein Motorrad setzen würde. Als ich aufgelegt hatte, kam der Polizist herein, der schon an der Unfallstelle erschienen war, befragte mich nach dem Unfallhergang und fuhr mich dann in der Dunkelheit zur Uni. Die Uhr stand auf kurz vor zehn, als wir das Studentenwohnheim erreichten.

Julie und Angela hockten auf dem Bett meiner Freundin und spielten Schach. Aus den Lautsprechern dröhnten die

Beatles, das weiße Album. Nach Ansicht Julies enthielt diese Doppel-LP die wichtigste Musik, die jemals komponiert worden war. Wenn sie »While My Guitar Gently Weeps« hörte, geriet sie in geradezu religiöse Verzückung.

»Dinah? Was ist denn passiert?«

Mir kamen sofort die Tränen. Julie stellte die Musik leiser und kam zu mir. Sie umarmte mich, Angela hielt einen Waschlappen unter kaltes Wasser, und Julie legte ihn mir auf die Stirn.

Meine beste Freundin und ich hatten uns noch am Morgen wegen Seth gestritten. Ich hatte ihr von dem Liebesgedicht erzählt, das er mir geschickt hatte, es ihr aber nicht gezeigt. Sie entgegnete, ob Poesie oder nicht, mit dem Knaben stimme was nicht.

Jetzt saßen wir beide nebeneinander auf dem Bett, und ich erzählte ihr schluchzend von dem Unfall.

»Hört sich so an, Dinah, als hätte er euch beide umbringen wollen.« Sie hatte mir einen Arm um die Schultern gelegt.

»Nein, das glaube ich nicht. Warum hätte er denn so etwas tun sollen?«

»Weil er ein geistesgestörter Mistkerl ist.«

Ich fing wieder an zu weinen. »Aber er ist tot, Julie. Er ist tot.«

Sie wiegte mich in ihren Armen und versuchte, mich zu trösten. »Jetzt ist es vorbei, Di, jetzt ist es doch vorbei.«

Am nächsten Tag kam ein Polizist von der örtlichen Dienststelle ins Studentenwohnheim und wollte mich sprechen. Er fragte, wie lange ich Seth Lucien gekannt habe, und meinte dann: »Wir haben im Studentensekretariat nachgefragt. Lucien war nie an der Universität eingeschrieben.«

»Wie bitte? Das verstehe ich nicht. Er hat doch Veranstaltungen besucht.«

»Regelmäßig? Und wenn ja, wie viele?«

Eine gute Frage. Ich war immer davon ausgegangen, daß Seth einen vollen Stundenplan hatte. Aber wirklich gesehen hatte ich ihn nur in dem Seminar von Grunwald. Und wenn ich jetzt darüber nachdachte, so war mir nie aufgefallen, daß er je ein Referat geschrieben, sich auf einen Test vorbereitet oder von anderen Vorlesungen gesprochen hatte. Er hatte immer nur gelesen – aber war das studienbezogene Lektüre gewesen? – und geschrieben.

»Im letzten Semester hat er mit mir zusammen ein Seminar in Politikwissenschaften besucht. Bei Professor Murray Grunwald.«

»Dort war er auch nicht eingeschrieben«, entgegnete der Polizist. »Er trug keine Papiere oder sonst etwas bei sich. Wir können seine Verwandten nicht feststellen, und in seiner Wohnung sind wir auch auf nichts gestoßen. Wissen Sie vielleicht, woher er stammte?«

Ich sagte ihm, daß ich nichts darüber wüßte.

Eine Woche später kam der Polizist noch einmal zu mir. Sie könnten Seth nicht identifizieren, und da sich kein Verwandter gemeldet habe, um Anspruch auf die Leiche zu erheben, würde ich mich vielleicht um die Beerdigung kümmern wollen. Ich entgegnete, daß es mir sehr leid täte, aber das könne ich nicht.

Den Rest des Semesters verbrachte ich in tiefster Depression. Aber ich wollte mich nicht an Dr. Lowe wenden. Dann hätte ich mit meinen Eltern sprechen müssen, weil mein Geld nicht reichte, um die Therapeutin zu bezahlen. Schließlich begab ich mich zum psychologischen Beratungsdienst der Uni und hatte dort ein Gespräch mit einem großen, schweren Studenten namens Lloyd, der sich zwar redlich bemühte, aber keinen Zugang zu mir fand. Irgendwie gelang es mir immerhin, meine Prüfungen zu machen und nicht durchzudrehen.

Im Sommer ging es mir schon etwas besser. Julie und ich erhielten Jobs im Sommer-Camp Pequot. Dort kam ich nicht einmal in die Nähe eines männlichen Wesens, aber im Herbst unseres zweiten Studienjahrs ging ich dann regelmäßig mit einem Medizinstudenten aus. Er hieß David Lester, hatte wie

Julie rotes Haar, war groß und kräftig, ziemlich ernst und irgendwie süß, aber ich fand ihn auch ein bißchen langweilig. Julie hingegen verliebte sich bis über beide Ohren.

Sie erzählte mir und unseren Mitbewohnerinnen Sally Weiner und Alicia Parker den ganzen Tag lang, was für ein perfekter Mann er sei. »Der Mann ist ein Traum. Und er bringt mich immer zum Lachen. Er ist wirklich witzig und nicht andauernd stoned.« Dabei sah sie mich merkwürdig an. »Er muß nicht ständig Pot rauchen, um gut drauf zu sein. Und er akzeptiert es vollkommen, daß ich so was nicht rauchen kann.« Ein Problem gab es aber doch. »Meine Mutter bringt mich um, wenn ich einen irischen Katholiken heiraten will.« Oho, bei ihr klingelten also schon die Hochzeitsglocken!

Und ja, er sei unglaublich sexy, küsse phantastisch und habe einen tollen Körper. Aber schließlich sei er ja Sportler, genauer gesagt Schwimmer.

Ich bekam diesen Märchenprinzen erst zu sehen, als sie schon einen Monat miteinander gingen. Eines Abends brachte sie ihn in eine Bar mit, wo ich mit Sally und David an einem Tisch saß. Julie hatte ihm den Arm um die Hüfte gelegt. Er sah wirklich traumhaft aus, und ich kannte ihn.

»Hey, sind wir uns nicht letztes Jahr begegnet?« fragte er, als Julie ihn vorstellte.

»Ja, in der Schlange vor der Registratur.«

Er nickte und zeigte mir sein ansteckendes Lächeln. »Ja, ich erinnere mich. Du hast ein paar Sachen fallen lassen, und das gab mir Gelegenheit, den Kavalier alter Schule zu spielen. Wie hat dir meine Vorstellung gefallen?«

»Für einen männlichen Chauvinisten hast du dich ausgezeichnet angestellt.«

Wieder das wunderbare Lächeln. Diesmal mit Grübchen in den Mundwinkeln. »Großartig. Das hebt den Zensurendurchschnitt. Kann nicht schaden.« Er schüttelte David die Hand und zog einen Stuhl zurück, damit Julie sich darauf niederlassen konnte.

»Ist er nicht einfach das Größte?« fragte meine beste Freundin, als Sam und David zur Theke unterwegs waren, um eine Runde Bier zu holen.

Das konnte man wohl sagen.

In den Weihnachtsferien fuhren Julie und Sam, David, ich und Sally und ihr Freund Greg eine Woche zum Wintersport nach Killington, Vermont. Wir sechs hatten eine Skihütte gemietet, obwohl Sam der einzige von uns war, der schon auf Brettern gestanden hatte. Sam und seine Geschwister waren schon von Kleinkindesbeinen mit ihren Eltern in den Wintersport gefahren.

Sam lief morgens mit uns Ski und suchte nachmittags allein gefährlicheres Terrain auf, wo er sich sein Können eher unter Beweis zu stellen vermochte. Früh am Nachmittag des zweiten Tages bog ich am Great Eastern irgendwie falsch ab und landete am Fuß des Needle's Eye. Sam stand in der Skiliftschlange.

»Wo sind denn die anderen, Dinah?«

»Ich fürchte, ich habe sie verloren.«

»Der Needle's Eye ist heute hervorragend. Willst du es nicht mal versuchen?«

»Ich kann doch nicht mit dir skilaufen«, entgegnete ich. »Du bist der Crack, während ich noch nicht mehr kann als Schneepflug.«

»Crack ist auch nur relativ. Aber ich habe dich laufen gesehen. In dir steckt Potential. Oder haben die anderen dir vielleicht gesagt, ich wäre ein ganz schlimmer Lehrmeister? Darauf kann ich nur ›nicht schuldig‹ plädieren!« Er zog sich die Mütze ins Gesicht und verzog den Mund, bis er wie ein Schwachsinniger grinste.

Ich mußte laut lachen.

»Siehst du, ich bin vollkommen harmlos.«

Mit gemischten Gefühlen blickte ich den mittelschweren Hang hinauf.

»Der ist wirklich nicht schwer«, beruhigte mich Sam. »Ein schöner, breiter Hang. Ich könnte für dich den Punktrichter machen. Du würdest bestimmt eine Menge Punkte bekommen, darin bin ich nämlich sehr gut. Nur nicht darin, selbst Punkte zu sammeln.«

Wir nahmen zusammen den Lift. Er wedelte vor mir her, fuhr manchmal rückwärts, spornte mich an und korrigierte meine Haltung. Auf halbem Weg den Hang hinunter fühlte ich mich immer besser und wagte ein etwas schnelleres Tempo.

Sam wartete auf mich, als ich an ihm vorbeikam. »Siehst du, ich habe es dir doch gesagt. Dinah Rosenberg gewinnt die Goldmedaille.«

Doch dann erwischte ich eine Eisfläche, verlor das Gleichgewicht und fiel hin. Ich befürchtete, ich würde nie mehr aufhören, den Hügel hinunterzurollen. Und schlimmer noch, meine Skibindung wollte sich nicht lösen. Tiefer und tiefer purzelte ich, während mein Fuß sich in den unmöglichsten Winkeln verdrehte – bis ich zehn Meter weiter unten in einer Schneewehe landete und der rechte Ski immer noch fest mit meinem Fuß verbunden war.

Einen Moment später beugte Sam sich über mich. »Dinah, es tut mir so leid.«

»Das ist doch nicht deine Schuld. Ich bin schließlich gestürzt.« Ich versuchte, nicht in Tränen auszubrechen. Mein Knöchel schmerzte höllisch, aber ich wollte nicht, daß er mich für eine Heulsuse hielt. Als ich aufzustehen versuchte, wurden die Schmerzen unerträglich, und ich stöhnte vernehmlich.

Sam legte mir eine Hand auf die Schulter. »Du rührst dich nicht vom Fleck, bis die Skipatrouille eingetroffen ist.« Während ich stöhnend dort saß, löste er die Bindung und stellte meine beiden Skier aufrecht in die Wehe, damit niemand in uns hineinkrachte.

Er hockte sich neben mich in den Schnee. »Ich fürchte, ich werde dafür Buße tun müssen. Meine Mutter würde sich für mich schämen, wenn ich es unterließe, schließlich ist das alles doch meine Schuld.«

Ich sah ihn an. »Ist deine Mutter denn sehr religiös?«

Er schlug sich lachend auf den Schenkel. »Religiös? Meine

Mutter könnte dem Papst noch ein paar Dinge beibringen. Ihre Eltern haben sie nicht ohne Grund Mary genannt.«

»Dann nur zu, ich habe noch nie gesehen, wie jemand Buße tut.«

»Ist nicht wahr!«

»Ich nehme an, du wirst jetzt ein paar formelle Gebete sprechen, so etwas wie den Rosenkranz, oder? Ich fürchte, Rosenkränze waren bei uns zu Hause Mangelware. Charlotte bevorzugt echte Perlenketten.«

Er zog die Brauen hoch. »Du nennst deine Mutter Charlotte?«

»Eine lange Geschichte.«

»Na, macht ja nichts. Wenn du so etwas noch nie miterlebt hast, sollte ich mir wohl besondere Mühe geben. Also: ›Gegrüßet-seist-du-Maria-gebenedeit-unter-den-Weibern ...« Sam rasselte das Gebet so schnell herunter, wie ich es noch nie von jemandem gehört hatte.

»Hört sich so an, als hättest du das schon ein paarmal sprechen müssen.«

»Mindestens vier Millionen mal. Ich war immer schon schnell darin. Aber mein Bruder Aiden war noch viel besser. Ich habe einmal seine Zeit auf meiner Spiderman-Uhr gestoppt. Zwei Sekunden. Wie ich sehe, wirkt meine Buße schon.«

»Wieso?«

»Du hast aufgehört zu stöhnen«, lächelte er.

Schließlich kam die Patrouille, legte mich auf eine Trage, wickelte mich in eine Decke ein und beförderte mich ins Tal. Sam fuhr neben uns und unserer peinlichen Prozession her, ging mit ins Krankenhaus und wartete mit mir auf das Ergebnis der Röntgenuntersuchung. Die ganze Zeit erzählte er Witze und lustige Geschichten und brachte mich immer wieder so zum Lachen, daß mir die Seite mehr weh tat als der Knöchel. Endlich kam der Arzt und erklärte mir, der Fuß sei nur verstaucht.

»Mann, was komme ich mir jetzt dämlich vor.«

»Wahrscheinlich nicht halb so dämlich wie ich.« Er grinste schuldbewußt.

Trotzdem mußte mein Fuß in Gips. Während der nächsten Tage saß ich schwer gehandikapt in der Hütte und bemitleidete mich. Allerdings nahmen sich alle etwas Zeit für mich. Besonders Sam. Ich brauchte nur den Mund aufzumachen, da brachte er es mir schon. Sam kaufte mir auch im Souvenirladen eine kleine goldene Statue. »Ski-Hase des Jahres« stand auf der Plakette.

Am Sylvesterabend gingen wir alle in eine Bar mit dem Namen The Wobbly Barn. Eine Band trat dort live auf, die sehr gut und sehr laut spielte, und wir hatten viel Spaß. Wir lachten, quatschten und tanzten. David tanzte sehr gern, aber ich ging ja leider an Krücken. Wann immer David und Julie auf der Tanzfläche waren, saß Sam bei mir. Wann immer er quer über den Tisch zu mir sah, schaute ich rasch fort. Wann immer ich einen Blick in seine Richtung warf, machte er es genauso.

Mit ihm zusammen zu sitzen gab mir das Gefühl, als könne ich einen neuen Anfang machen. Ich war glücklich und voller Hoffnung. Und gleichzeitig fühlte ich mich innerlich zerrissen. Mehrmals sagte ich mir, daß ich mich irrte. Wir hatten hier lediglich eine prima Zeit, und die Drinks taten ein Übriges. Aber ich konnte mir nichts einreden – auch wenn mir klar war, daß meine Freundschaft mit Julie eine zweite schwere Krise nicht überleben würde.

»Darf ich mich auf deinem Gips verewigen, Dinah?«

Ich wuchtete mein Bein hoch und legte es ihm aufs Knie. »Nur zu, alle anderen haben mir schon was draufgeschrieben.« Ich fischte einen Stift aus meiner Handtasche.

Sam krempelte sich den Ärmel seines sonnengebleichten Flanellhemds hoch und zog eine große Show ab. Er lockerte die Handgelenke, knackte mit den Fingern und ließ die Rechte mit dem Stift in großem Bogen über dem Verband kreisen. Dann hob er plötzlich den Kopf, sah mir direkt in die Augen und sagte: »Ich kann nicht.«

»Warum denn nicht?«

»Ich möchte etwas schreiben, das kein anderer sehen darf. Etwas, das nur für dich bestimmt ist.«

»Das halte ich aber für keine gute Idee.«

Er gab mir den Stift zurück.

Natürlich ließ mir die Neugier keine Ruhe. »Was wolltest du denn schreiben, Sammy?« Niemand sonst nannte ihn so, aber von nun an tat ich es.

Sammy sah mir wieder in die Augen. »Erinnerst du dich an den alten Song von John Sebastian? ›Do You Believe in Magic?‹«

»Wo bist du mit deinen Gedanken, Dinah?« fragte David mich in der Nacht, nachdem wir wenig ergiebigen Sex gehabt hatten. »Hier«, antwortete ich. Aber ich dachte die ganze Zeit nur an Sam. Wollte mit ihm schlafen, seinen schlanken Körper spüren, seine Haut, ihn. Ich wußte, die Liebe mit ihm würde langsam, sanft und voller Leidenschaft sein.

Am Morgen, dem Neujahrstag, legte ich mich wieder schlafen, nachdem alle ihre Skier genommen hatten und zu ihren Hängen losgezogen waren.

»Dinah?«

Sams Stimme. Ich öffnete die Augen. Er stand in der Tür. Im Parka.

Er atmete tief durch. »Ich hätte dich schon letztes Jahr fragen sollen«, begann er, »dann würden wir jetzt nicht in einem solchen Schlamassel stecken.«

Großer Gott, wenn er sich damals in der Schlange mit mir verabredet hätte, wäre er mein erster und einziger geworden. Dann hätte ich nie etwas mit Seth Lucien zu schaffen gehabt.

»Was für ein Schlamassel?«

Sam sah mich sehr lange an. »Du weißt genau, wovon ich rede, Dinah«, antwortete er und kam auf mich zu.

Dieses erste Mal wurde so langsam, zärtlich und leidenschaftlich, wie ich es mir vorgestellt hatte. Und dazu noch aufregend und voller süßer und sinnverwirrender Freude. Natürlich war es auch gefährlich. Jeden Moment hätte man uns entdecken können, was mich noch zusätzlich erregte. Außerdem trug ich den Gips, was für komische, aber auch umständliche Momente sorgte.

»Ich hätte nie gedacht ...« begann ich.

»Was?«

Ich küßte ihn. »Daß es so großartig, so intensiv, so ...«

»Magisch sein könnte?«

»Ja«, lachte ich. »Magisch. Und so viel Spaß machen kann. Niemand hat mir zuvor gesagt, Sex könne Spaß machen.«

Er liebkoste meinen Hals. »Ich liebe diese Stelle hier, Dinah. Hat dir schon einmal jemand gesagt, was für einen wunderbaren Hals du hast? Wie der eines Schwans.«

Nein, das hatte mir noch keiner gesagt.

Wir lachten viel und kamen immer wieder scherzhaft darauf zu sprechen, daß wir beide schon bei der Wiederbegegnung in der Bar gespürt hatten, was aus uns werden würde. Ich verlor kein Wort über Seth Lucien. Und auch nicht über den Unfall. Ich wollte einfach nicht mehr an ihn und sein Ende denken. Und an das unangenehme Thema Julie? Als das am selben Morgen dann zur Sprache kam, waren wir längst wieder angezogen.

»Was machen wir jetzt?« fragte Sam.

»Ich weiß es nicht«, antwortete ich. »Ich weiß es wirklich nicht.«

Kaum waren wir aus dem Winterurlaub zurück, machte ich mit David Schluß. Und Sam mit Julie. Nachdem er es ihr gesagt hatte, kam sie ins Studentenwohnheim gestürmt und knallte ihre Bücher auf den Fußboden.

»Wie konnte er so etwas nur tun? Verdammter Kerl!« Sie brach in Tränen aus. »Ich war mir so sicher, daß er mich mag, und ich dachte schon, wir ... Und jetzt hat er mich fallengelassen! Er meint, es ginge ihm mit mir alles etwas zu schnell. Ach, Dinah, wie soll ich aufhören, ihn zu lieben?«

»Es waren doch bloß zwei Monate«, entgegnete ich matt.

»Ich weiß, aber er war der erste Mann, bei dem ich das Gefühl hatte ... ich meine, der mich wie ein menschliches Wesen behandelt hat. Wie konnte er mir das nur antun, Dinah? Ich habe mich doch mit ihm so wohl gefühlt!«

Ich starrte sie an. Was er mir gab, war weit mehr, als sich nur wohl zu fühlen. Bei Sam spürte ich, endlich am Ziel angekommen zu sein.

»Zumindest besucht er in diesem Semester nicht dieselben Veranstaltungen wie ich«, sagte Julie. »Da muß ich ihn wenigstens nicht täglich sehen.« Auch ein Trost.

Sam und ich hatten uns vorgenommen, uns voneinander fernzuhalten, bis Julie darüber hinweggekommen sei und sich neu verabredete. Wir trafen uns heimlich, und dann auch nur an Orten, wo wir nicht allein waren. Natürlich war da ans Bett nicht zu denken. Mein Verlangen nach ihm brannte mit jedem Tag, der verging, heißer.

Ungefähr einen Monat später, an einem kalten Februartag, verbrachten wir ein paar Stunden miteinander. Wir spazierten durch Georgetown, und unser Gespräch kehrte immer wieder und wieder zu Julie zurück. »Vielleicht kann ich ihr ja sagen«, meinte ich schließlich, »daß ich gelegentlich mit dir ausgehen möchte. Einfach nur so. Womöglich kann ich sie auf diese Weise dazu bringen, das mit uns zu akzeptieren.«

»Ich habe da ein komisches Gefühl. Ganz gleich, wie du es anstellst, es wird auf jeden Fall in einer Katastrophe enden.«

Mir wurde in meinem Mantel kalt. »Wenn ich es richtig anfange, vielleicht nicht.«

»Am besten rede ich noch einmal mit ihr«, sagte Sam. »Glaub ja nicht, daß du die einzige bist, die wegen dieser Sache Schuldgefühle hat. Und sich blöde vorkommt.« Er grinste. »Ich habe mich eigentlich nie als Herzensbrecher gesehen.«

Ich beugte mich zu ihm und küßte ihn. »Tja, ich fürchte, damit wirst du dich wohl abfinden müssen.«

Julie schien nicht über Sam hinwegzukommen. Sie verabredete sich auch nicht mit anderen. Als sie an diesem Abend in unser Zimmer im Studentenwohnheim kam, rückte ich mit der Sprache heraus.

»Ich habe heute Sam zufällig getroffen.«

»Tatsächlich?« Ihre Augen leuchteten auf. »Was hat er denn gesagt?«

»Wir haben zusammen einen Kaffee getrunken.«

»Und sonst?«

»Nichts sonst. Er ist ein netter Mann.«

»Hast du ihm gesagt, wie nahe mir das immer noch geht?«

»Wieso? Ich dachte, die Geschichte wäre jetzt langsam für dich gegessen.«

»Meinst du … glaubst du, er hat immer noch Gefühle für mich?«

»Sam fühlt sich furchtbar, weil er deine Gefühle so verletzt hat.«

Julie legte ihre Bücher ab, zog sich den Mantel aus und hängte ihn neben dem Schreibtisch auf. »Na toll, er fühlt sich also furchtbar. Mir kommen gleich die Tränen.«

Ich atmete tief ein. »Julie, würde es dir etwas ausmachen, wenn ich mich gelegentlich mit ihm treffen würde? Natürlich nur als Freunde.«

Sie starrte mich lange an und studierte meine Miene. »Was?« fragte sie schließlich.

»Ach, du weißt schon, zwei Freunde, die zusammen ein Bier trinken gehen und so.« Das klang sogar für mich nicht sehr überzeugend.

»Hast du vergessen, wer vor dir steht, Dinah? Ich bin's, Julie.« Sie ließ sich aufs Bett fallen und schüttelte den Kopf. »Das glaube ich einfach nicht.«

»Wir konnten nichts dagegen tun, Julie. Ich wollte nicht, daß es so weit kommen würde.« Tränen traten mir in die Augen, und ich setzte mich auf mein Bett.

»Dinah!« Sie sah mich quer durchs Zimmer haßerfüllt an. »Du hinterhältige Schlange! Wie konntest du nur?«

»Julie, du bist mir sehr wichtig und der letzte Mensch auf der Welt, dem ich weh tun will. Wir waren doch immer gute Freundinnen und haben so vieles gemeinsam durchgestanden.«

»Soll ich dir mal was sagen, Dinah?« Sie kam zu meinem Bett und baute sich vor mir auf. Rote Zornesflecke waren auf ihrem sommersprossigen Gesicht erschienen. »Ich war deine Freundin, ja, aber du niemals die meine. Seit der High-School nicht mehr. Ach, was red ich, vorher auch schon nicht!«

»Das ist nicht wahr. Du bist mir immer sehr wichtig gewesen.«

»Ach ja? Da braucht bloß ein Seth Lucien vorbeizuspazieren, und schon heißt es, ›Bis dann, Julie‹. Und wenn ich mal einen ganz tollen Mann kennenlerne und mich richtig in ihn verliebe, kommt Dinah vorbeispaziert, und wieder heißt es ›Bis dann, Julie, tut mir ja auch wahnsinnig leid, aber so ist es nun einmal‹. Was spielt es da schon für eine Rolle, daß wir uns kennen, seit wir sechs waren? Und du unbedingt auf dieselbe Uni gehen wolltest wie ich? Wenn du das unter Freundschaft verstehst, dann kann ich deine Freunde nur bedauern.«

»Es tut mir sehr leid, Julie, ganz furchtbar leid. Ich hätte so etwas nie getan, wenn nicht … Das, was zwischen Sam und mir passiert ist … also, das kriegst du nur einmal im Leben!« Na ja, sicher war ich mir damit natürlich nicht. Aber ich hoffte es, sehr sogar.

»Das kriegst du nur einmal im Leben? Also jetzt Moment mal! Du bist schon mit ihm im Bett gewesen? Los, heraus damit!« Ihre Augen loderten so hell wie ihr Haar.

Ich stand auf, weil ich es nicht mehr ertragen konnte.

»Wann? Sag mir, wann es dazu gekommen ist!«

»Ach, es war doch nur einmal. Das macht doch nicht so viel aus.«

»Weißt du was?« erwiderte Julie. »Damit triffst du den Nagel auf den Kopf. Das macht jetzt wirklich nichts mehr aus.«

Unsere Zimmergenossin Sally kam herein, als Julie diese Salve auf mich abfeuerte. Vor ein paar Wochen war sie wegen einer unglücklichen Liebesgeschichte völlig fix und fertig gewesen. Julie warf einen Blick auf die Leidensgenossin und dann wieder auf mich.

»Wenn er dich auch fallenläßt und zur nächsten läuft, weißt

du hoffentlich, zu wem du nicht zu kommen brauchst!« Damit stürmte meine ehemalige beste Freundin aus dem Raum, und Sally folgte ihr.

Julie hat seitdem kein Wort mehr mit mir gesprochen. Sally übersah mich ebenfalls, erzählte dafür aber jedem, was für ein Stück Scheiße ich sei. Sobald die Universitätsverwaltung ein neues Zimmer für mich aufgetrieben hatte – was eine Ewigkeit zu dauern schien –, zog ich in ein anderes Studentenwohnheim um; zufälligerweise das, in dem auch Sam untergekommen war. Von da an waren wir ständig zusammen. Wann immer ich Julie auf dem Campus über den Weg lief, schaute sie an mir vorbei. Bei unserer Abschlußfeier habe ich sie zum letzten Mal gesehen.

Sam machte schon ein Jahr früher seinen Abschluß und bekam gleich einen Job in einer Werbeagentur, die auf politische Plakate spezialisiert war. Sam und ich hatten uns zu jener Zeit schon verlobt und lebten zur ständigen Sorge meiner Eltern in einer kleinen Wohnung in Washington in Sünde zusammen (und wir entsprachen diesem Klischee sehr oft).

Nach der Abschlußfeier verließen Sam, mein Bruder, meine Eltern und ich mit Barett und Talar gerade das Stadion, als wir an Julie vorbeikamen. Sie posierte mit ihren Eltern und ihrem Bruder vor einem Fotografen. Der Tag war heiß, und Julie trug das Haar länger und ungezähmter als je zuvor. Zwei dicke feuerrote Büschel ragten links und rechts unter dem Rand ihres Baretts hervor. Ich nahm all meinen Mut zusammen und ging auf sie zu, um ihr viel Glück für ihren weiteren Lebensweg zu wünschen. Aber sie sah mich kommen und kehrte mir sofort den Rücken zu. Dieser kleine Vorfall entging Charlottes durchdringendem Blick nicht.

»Was stimmt denn nicht zwischen euch beiden?« fragte meine Mutter. Mein Vater, der in langen Jahren eine Art sechsten Sinn dafür entwickelt hatte, wann zwischen Charlotte und mir wieder Ärger anstand, zog sich rasch zurück und murmelte, daß er noch die Tischreservierung im Restaurant bestätigen müsse.

Niemals hätte ich meiner Mutter eingestanden, daß ich der besten Freundin meines Lebens den Freund ausgespannt und sie zutiefst verletzt hatte. »Ich möchte nicht darüber reden, Charlotte.«

»Ich habe ja auch nur gefragt. Ihr beide habt doch immer zusammengehalten wie Pech und Schwefel.« Sie seufzte. »Aber so geht es eben zu, wenn man sich verliebt.«

Das war mal wieder typisch meine Mutter. Schon seit der Kindheit kannte ich ihre Litanei von Klischees und Kalendersprüchen: »Vor dem Juni und nach dem September trägt man kein Weiß.« – »Männer bezahlen nicht für die Milch, wenn sie die Kuh umsonst bekommen.« – »Stoffe, die man am Leib trägt, sollten immer natürlich sein.« (Die letzte Lebensweisheit wurde inzwischen erweitert auf: »– es sei denn, es handelt sich dabei um diese phantastischen neuen Polyester-Gewebe.«)

Natürlich hätte ich damals nicht erwartet, daß Charlotte einmal recht behalten sollte. Vor allem nicht bei etwas wirklich Wichtigem. Aber Julie und ich sollten uns nicht wiedersehen, und das tatsächlich nur, weil ich mich verliebt hatte.

Ich entschied mich zwischen meiner besten Freundin und dem Mann, den ich hoffte zu heiraten. Zwanzig Jahre lang schien ich die richtige Wahl getroffen zu haben.

16

»DIE KINDER BRAUCHEN dich«, sagte Sam, als er ins Krankenhaus zurückkehrte und sich auf den Stuhl neben mich setzte. Er hatte zu Hause geschlafen, während ich es mir wieder auf dem Sessel bequem gemacht hatte. Wenn ich das Gefühl hatte, es sei Morgen, stand ich auf.

»Du warst auch nicht bei Katies Konzert. Sie vermissen dich beide, Kate und Alex.«

»Ich kenne ihre Namen noch, Sam.«

Mein Mann sah kurz zu Elias hin. »Ich meine, wenn du nur mal eine Nacht zu Hause verbringen würdest, würde ihnen das eine Menge geben. Und du mußt einfach mal hier raus.«

»Warum?«

»Weil du schon seit siebzehn Tagen hier sitzt.«

Siebzehn Tage. Der Termin, den der Geist mir genannt hatte, rückte näher.

»Sam, glaubst du, daß Gott uns beobachtet?«

Er schüttelte den Kopf, senkte ihn dann und schloß die Augen. »Ich weiß es nicht.«

»Betest du eigentlich?«

Sam schnaubte. »Meine Mutter betet genug für uns alle. Ich würde es wirklich für besser halten, wenn du heute nacht nach Hause gehen würdest. Ich bleibe dann hier bei unserem Kleinen.«

Ich besaß nicht die Kraft, nein zu sagen.

An diesem Abend traf ich um Viertel nach sieben zu Hause ein. Poppy begrüßte mich jaulend und schwanzwedelnd an der Tür. Meine Schwiegereltern, meine Eltern, Kate und Alex hatten sich bereits im Eßzimmer versammelt. Mary hatte den Tisch gedeckt, mit Stoffdecke und dem guten weißen Porzellan, so als könne sie, indem sie meine Heimkehr zu einer Art Fest gestaltete, den Grund für meine lange Abwesenheit ungeschehen machen. Meine Schwiegermutter hatte außerdem Lammbraten zubereitet, eine ihrer Spezialitäten.

»Wir sind so froh, daß du wieder hier bist«, sagte Tom.

Charlotte küßte mich auf die Wange. »Du hast wirklich dringend eine Pause gebraucht.«

Glaubten sie das tatsächlich? Daß mein Platz zu Hause sei und ich mal verschnaufen müßte? Ich küßte Alex und Kate und drückte sie an mich. Schließlich waren sie der Grund für meine Rückkehr.

»Setz dich, setz dich doch«, forderte mein Vater mich auf, »und iß etwas.«

Mary saß auf meinem Platz, und so ließ ich mich auf dem freien Stuhl nieder. Meine Mutter häufte Fleisch auf meinen Teller, übergoß alles mit reichlich Soße und stellte ihn vor mich hin. Poppy hockte zu meinen Füßen und sah mich hingebungsvoll an. Ich betrachtete meinen wohlgefüllten Teller und mußte gegen den Drang ankämpfen, dem Hund jeden einzelnen Bissen davon zukommen zu lassen.

»Wie geht es ihm?« fragte Tom schließlich.

»Wie immer«, antwortete ich.

Danach schwiegen alle, sogar Mary. Nur Tom bombardierte Alex mit Fragen. »Welchen Sport betreibst du denn, Alex?« Achselzucken, Basketball. »Und welche Position nimmst du ein?« Achselzucken, Forward. »Gefällt dir das?« Grunzen. Ist ganz okay … »Ich habe gehört, in Mathematik sollst du auch ziemlich gut sein.« Achselzucken, der Lehrer ist ein Arschloch. »Du sollst ja auch im Baseball ein richtiges As sein.« Achselzucken, Stirnrunzeln, ja, geht so.

Tom wandte sich dann an Kate. »Und du hast beim Eingangstest fürs College dreizehnhundert Punkte bekommen? Donnerwetter, das ist ja wirklich viel!«

Kate zuckte die Achseln. War hier eine Epidemie ausgebrochen?

Wir hatten schon auf die Testergebnisse gewartet, und ich versuchte jetzt, mich für sie zu freuen. Als ich ihr sagte, wie stolz ich auf sie sei, hörte sich das total falsch an. Ohne Elias konnte ich Kate und Alex nichts geben.

»Laßt uns doch über etwas anderes reden«, verlangte Kate.

Aber das taten wir natürlich nicht. Der Rest der Mahlzeit verging in allseitigem Schweigen, in dem man nur das Klappern der Gabeln auf dem guten Porzellan hörte. Ich kam mir vor, als hätte es mich in ein anderes Universum verschlagen. Krankenhäuser sind so abgeschottet, isoliert und in jeder Hinsicht autark, daß man in ihnen leicht den Rhythmus der restlichen Welt vergessen kann. Wenn man lange genug auf der Intensivstation bleibt, kennt man nur noch deren Räumlichkeiten und Wände, deren Ärzte, Personal und Apparate. Nach einer Weile spürt man den Krankenhaus-Rhythmus wie einen neuen Herzschlag in sich. Zu Hause bei den eigenen Kindern zu sitzen kam mir nicht länger normal vor. Eher sonderbar.

Nach dem Essen ging ich die Post durch, konnte mich aber nicht darauf konzentrieren. Schließlich lief ich durchs ganze Haus, von Raum zu Raum, und verbrachte in jedem ein paar Minuten. Arbeitszimmer. Eßzimmer. Wohnzimmer. Schließlich die Küche, wo Mary und Charlotte sich darin zu übertrumpfen versuchten, wer von beiden die größere Hilfe sei. Ich war ihnen dankbar dafür. Aber meine Mutter und Geschirr spülen?

Ja, tatsächlich. Sie stand am Ausguß und wirbelte mit der Bürste das Wasser auf. »Oh, da bist du ja, Dinah.« Sie drehte den Hahn zu, zog sich die Gummihandschuhe aus, trocknete sich die Hände ab und kam zu mir. Blutrote Fingernägel fuhren durch die kastanienbraunen Locken. Seit ich sie das letzte Mal gesehen hatte, mußte sie die grauen Haaransätze nachgetönt haben.

»Möchtest du einen Kaffee?« Sie legte mir den Arm um die Schulter.

»Nein, danke.« Charlotte, die Liebevolle? Also, bitte. Ich entzog mich ihr.

Sofort eilte sie zum Küchenschrank und fing an, die Gewürze zu ordnen. Ausgerechnet Charlotte, die sonst Muskat nicht von einem Simmertopf unterscheiden konnte.

Mary informierte mich über den Stand der großen Wäsche und zählte mir dann übergangslos auf, wer in der letzten Zeit angerufen hatte. Sams Boss, der vor ein paar Tagen sogar persönlich vorbeigekommen sei. Freunde. Ein paar Kollegen. Miss Stanakowski, Elias' Lehrerin. Sie und die Kinder malten eine große Genesungskarte, und sie bete jeden Tag für ihn.

Ich hörte ein blechernes Geräusch, das irgendwo aus den Tiefen des Hauses zu kommen schien. Vermutlich von Alex, der sich wohl in sein Zimmer zurückgezogen und sich die Kopfhörer aufgesetzt hatte.

Mein Weg führte mich durch die Diele, und ich blieb an der Treppe stehen, um zu lauschen. Mir fiel die abgenutzte Stelle im Teppich auf der dritten Stufe auf. Alex war von dort immer heruntergesprungen, bis er sieben war. Und das brachte er später auch Elias bei. Der Kleine sprang von der dritten Stufe, und sprang immer wieder und wieder, bis es selbst Alex zuviel wurde.

Ich stieg die Treppe hinauf und blieb einen Moment vor Alex' Zimmer stehen. Betrachtete das Poster, das er an die Tür geklebt hatte. Ein Totenschädel mit gekreuzten Knochen und darunter der Spruch: EINTRITT BEI TODESSTRAFE VERBOTEN. SCHUTZZONE FÜR MENSCHLICHES LEBEN. Wer dachte sich all diese Sprüche aus, die so leichtfertig mit dem Tod umgingen und dem Zynismus der Teenager so sehr entgegenkamen? Selbst denjenigen Jugendlichen, die kurz davor standen, einen geliebten Menschen zu verlieren?

Ich klopfte an. Und noch einmal. Schließlich drehte ich den Knauf und öffnete die Tür. Poppy begrüßte mich schnaufend und springend. Mein Sohn lag in seiner ganzen Pracht von ein Meter fünfundsiebzig Länge und fünfundsechzig Kilogramm ausgestreckt auf dem Bett. Die Augen geschlossen und den Kopfhörer aufgesetzt. Tatsächlich, ich hörte einen dünnen, blechernen Beat. Nine Inch Nails oder eine vergleichbare Band. Bis zum Anschlag aufgedreht.

Ich suchte mir meinen Weg über und durch Berge von Kleidern, Turnschuhen und Büchern, gelangte tatsächlich bis an sein Bett und tippte ihm auf die Schulter. Alex richtete sich auf und drückte bei seinem CD-Player auf die Pausentaste. »Hast du noch nie was von Anklopfen gehört, Mom?«

Ich verschränkte die Finger ineinander, um sie vom Zittern abzuhalten. Wie sollte ich mit einem Sohn umgehen, der trotz allem immer noch ein Teenager war?

»Habe ich doch.«

Achselzucken. »Ich habe dich aber nicht gehört.«

»Hattest du einen schönen Tag? Bist du mit dem Bus nach Hause gekommen?«

Er zog sich ein Stück von mir zurück. »Wir haben nach der Schule noch Basketball gespielt.« Alex schaltete den CD-Player aus, nahm die CD heraus und legte sie in ihre Hülle. Dann blätterte er durch den CD-Ständer auf seinem Schreibtisch. Namen wie Megadeth, Narcotic Gypsies oder Metallica tauchten auf. Dazu Bilder von den jeweiligen Bandmitgliedern, deren Haut bis auf den letzten Quadratmillimeter mit Tätowierungen von Dämonen und ähnlichem übersät war. Seths Pentagramm hatte ähnlich ausgesehen.

»Du mußt das nicht tun, Mom.«

Ich zwang meine Augen dazu, sich nicht ständig mit Tränen zu füllen. »Was meinst du?«

»Diese Fassade aufrechterhalten. So tun, als wäre alles in Ordnung.«

Wäre es dir lieber, Alex, wenn ich das täte, wonach mir gerade zumute ist? Zum Beispiel einfach drauflosheulen?

»Ich wollte nur nach Hause kommen und nachsehen, wie es euch hier so geht. Das ist alles.«

Er sah mich böse an. »Dad hat dir gesagt, daß du heimkommen sollst. Du wärst doch viel lieber dort geblieben!«

»Ja, ich möchte dort sein, wenn Elias aufwacht. Aber ich wollte auch nachsehen, ob hier alles okay ist.« Halt dich unter Kontrolle. Bleib ganz ruhig. Wenn Alex den Eindruck gewann, daß mit mir alles in Ordnung war, würde er sich auch besser fühlen. Aber wenn Elias nicht durchkäme? Dann würde ich Alex sicher nicht vormachen können, bei mir stünde alles bestens. Denn dann wäre ich völlig fertig. So fühlte ich mich auch jetzt schon. Wenn man wie ein wandelnder Toter herumläuft, kann man sich nicht gut fühlen.

Er entschied sich für Metallica, schob die CD ein und legte sich wieder lang hin.

»Bist du sauer, Alex?«

Tränen traten ihm in die Augen. Er stand auf, stieg über das Gebirge auf seinem Boden und stellte sich hinter den Schreibtisch. »Warum sollte ich sauer sein?«

Ich fühlte mich unendlich müde. »Bitte, Alex.« Wie sollte ich jetzt damit umgehen?

»Bitte komm zu mir, Alex.«

Er starrte mich einen Moment lang aus feuchten Augen an, kehrte dann aber zum Bett zurück, hockte sich auf die Kante und ließ es zu, daß ich seine Hände nahm und mich neben ihn setzte.

»Ich bin ziemlich wütend, Alex, und da dachte ich mir, daß du das auch sein müßtest.«

Er drehte den Kopf zu mir und konnte die Tränen nicht länger zurückhalten. »Dad sagt immerzu, daß Elias bald aufwacht, Mom. Auch die Ärzte sagen das. Und überhaupt jeder. Aber er tut es einfach nicht.«

Ich nahm ihn in die Arme und klopfte ihm auf den Rücken. »Ich weiß, mein Schatz, ich weiß.« Wie ein trostspendender Automat. Nichts Echtes ging von mir aus.

Als der Moment vorüber war, spürte ich, wie dringend ich Schlaf brauchte. Irgendwie gelang es mir, ihm zu sagen, daß ich ihn sehr lieb hätte. Ich verließ ihn, und er setzte den

Kopfhörer wieder auf. Ließ sich aufs Bett zurücksinken, schloß die Augen und bewegte Hände und Füße, als würde er zu dem Rhythmus, den nur er hören konnte, das Schlagzeug bedienen.

Ich legte mich ins Bett, fand aber keinen Schlaf. Wie sollte ich noch in diesem Haus leben, wenn Elias stürbe? Was sollte ich mit seinen Büchern anfangen, seiner Barney-Decke und seiner Sesamstraßen-Bettwäsche? Oder mit der Kommode, die Addie für ihn bemalt hatte. Was sollte ich mit seinem Zimmer anfangen? Sollte ich es vom Haus abhacken wie das harte Ende einer Spargelstange?

Gegen drei Uhr nachts stand ich auf und wanderte im Pyjama durchs Haus. Zuerst suchte ich Alex' Zimmer auf. Die Decke war auf den Boden gefallen, und er lag, alle viere von sich gestreckt, auf dem Bett. Ich blieb stehen und lauschte. Mein ältester Sohn atmete ruhig und gleichmäßig. Mit ihm war alles in Ordnung.

Er seufzte im Schlaf tief und zufrieden, träumte vielleicht etwas Schönes. Von Liebe oder so. Vor knapp einem Jahr hatte er sich von den Pyjamas verabschiedet und trug seitdem nachts nur noch Boxer-Shorts und T-Shirt. Seine Beine sahen mager aus, obwohl sie, wie ich meinte, in der letzten Zeit ein wenig zunahmen. Der eine dünne Arm lag auf dem Kopf, der andere hing über die Bettkante, und die Fingerspitzen berührten fast den Boden.

Sein Gesicht lag im Schatten, er hatte es zum Fenster gedreht. Keilförmig bestrahlte Mondlicht seinen Oberkörper. Eines Tages würde eine junge Frau sich glücklich fühlen, diesen schlanken Körper zu berühren. Er würde sie genau so mit Leidenschaft erfüllen wie der seines Vaters mich. Und diese junge Frau würde ihr Leben um meinen Sohn herum aufbauen, sich an ihm festhalten und hoffen und glauben, daß er schon alles richtig machte. Bis so etwas geschah wie mir jetzt. Nein, so etwas konnte es nicht noch einmal geben.

Alex rollte sich auf die Seite und zog die Knie bis zur Brust heran. Das Bett knarrte unter seinem Gewicht. Ohne Decke sah er knochig, unfertig und frierend aus. Als ich zu ihm ging, um ihn zuzudecken, überkam mich eine neue Vision.

Ich sitze in der Küche. Morgens. Ich trage immer noch meinen Bademantel und trinke Kaffee. Alex kommt herein. Er ist ein paar Jahre älter, die dürren Glieder haben sich gefüllt, und er sieht immer mehr aus wie sein Vater. »Wann wird es endlich besser, Mom?«

»Wann soll was besser werden?«

Achselzucken. Er wendet sich ab.

»Weißt du, wann alles besser wird, Alex? Wenn ich auch tot bin.«

Ich sage eben solche Dinge. Auch zu meinem Sohn. Ich bin geradezu süchtig nach herunterklappenden Kiefern, zusammengepreßten Lippen und entsetztem Starren. Ich brauche den Schock und die Bestürzung meiner Umgebung. Sie sollen wenigstens einen Funken meines Leids spüren. Ich bin eine Märtyrerin. Jawohl, eine Märtyrerin. Sam hält es nicht mehr mit mir aus. Genausowenig wie ich selbst.

»Mom!« Ich befand mich noch immer in seinem Zimmer. Alex richtete sich auf. »Was willst du hier?«

»Dich schlafen sehen.« Mitten in der Nacht nach Leben suchen. Mir untröstlichen Kummer vorstellen.

»Das ist ja krank, Mom. Wirklich krank.«

Am Ende saß ich im Arbeitszimmer auf dem Boden und blätterte in Fotoalben. Ich hatte die meisten von ihnen bereits durch, als mir die Idee kam, ein Album über Elias' Leben zusammenzustellen. Ja, genau das würde ich tun. Und es mit ins Krankenhaus nehmen. Wenn die Schwestern und Ärzte eine Vorstellung davon erhielten, wie Elias mit seinem Lächeln einen ganzen Raum erstrahlen lassen konnte, würden sie sich vielleicht mehr Mühe geben.

Ich beließ nur drei Baby-Bilder in seinem Album, auf dessen Umschlag rote, grüne und blaue Bausteine abgebildet waren. Darunter stand in Großbuchstaben: ELIAS. Nur zwanzig

Fotos fanden in dem Band Platz, und die restlichen siebzehn suchte ich in aller Ruhe aus. Elias auf Alex' Schultern vor dem Winnipesaukee-See; Elias, der auf das Klavier einhämmert. Elias mit der Hose an den Knöcheln – er war damals zwei und hatte nicht gemerkt, daß ihm die Hose heruntergerutscht war.

Als ich das Album fertig hatte, begab ich mich in sein Zimmer und setzte mich in den Schaukelstuhl. Schaukelte vor und zurück und weinte ungehemmt. Irgendwann schlief ich in dem Bett ein, in dem mein Sohn seinen Anfall erlitten hatte. Irgendwer hatte es frisch bezogen, vermutlich Mary.

Nachdem ich aufgewacht war, ging ich ins Schlafzimmer, öffnete die Reisetasche und holte die inzwischen getragene Kleidung heraus, die Kate mir ins Krankenhaus gebracht hatte. Ich packte frische Sachen hinein, und dabei ging mir auf, daß ich mir seit siebzehn Tagen die Haare nicht mehr gewaschen hatte. Das holte ich jetzt nach. Als ich die Brause verließ, läutete das Telefon. Ich wickelte mich in ein Badetuch und sah auf den Wecker. Sieben Uhr.

»Dinah? Ich bin's, Lucia Orsini. Deine Tochter ist Mitglied einer Bande, und die stellt Dinge an, von denen du erfahren solltest.«

»Wer, Kate?«

»Gestern morgen hat ein Mädchen einen Eimer Wasser in Allisons Spind gekippt und ihre Sportsachen durchnäßt.«

»Kate hat das getan?«

»Nein, ein Mädchen aus der Bande.«

»Dann rede ich mit ihr, Lucia. Aber weißt du, die Mädchen sind jetzt sechzehn. Sie sollten langsam anfangen, solche Dinge unter sich zu regeln.«

»Dinah, das ist Mobbing an der Schule! Letzte Woche hat die ganze Bande Allison mit Schneebällen beworfen.«

»Vielleicht hat Allison ja irgend etwas angestellt, und die anderen sind sauer auf sie gewesen?«

»Allison würde nie etwas Dummes tun, außer jemand hätte sie dazu provoziert. Und sie erzählt mir dauernd von irgend etwas, das Kate gemacht hat.«

»Was denn zum Beispiel?« Meine Knie gaben nach, und ich mußte mich setzen.

»Na ja, daß Kate immer bei ihr anruft und die Hausaufgaben wissen will. Bis auf einmal, da hat Allison bei Kate angerufen, um sich nach den Hausaufgaben zu erkundigen.«

»Allison ruft hier sehr oft an, Lucia.«

»Aber nicht wegen der Hausaufgaben. Also, als Kate Allison bei sich hat abschreiben lassen, hat sie ihr danach gesagt: ›Jetzt bist du mir aber einiges schuldig.‹«

Ich wartete darauf, daß noch mehr kam. Als das nicht der Fall war, sagte ich: »So reden die Kids nun einmal.«

»Bei uns zu Hause herrscht aber ein anderer Tonfall.«

In welchem Universum lebte Lucia eigentlich?

»Hör mal«, fragte ich schließlich, »hast du überhaupt eine Vorstellung, was wir hier gerade durchmachen?«

»Ja. Also, das mit deinem Sohn tut mir sehr leid. Aber ich dachte, ich sollte dir das mit Kate und Allison einmal sagen.«

»Ach, fick dich doch selbst!« Ich knallte den Hörer auf die Gabel.

»Wer war das denn, Mom?« Kate stand in der Schlafzimmertür.

Nein, nicht jetzt. Ich konnte mich nicht auch noch darum kümmern. »Falsch verbunden.«

»Ach so. Geht es Elias besser?«

»Wie immer, Kate. Ich gehe jetzt wieder zu ihm. Wir sehen uns ja heute abend, wenn du ins Krankenhaus kommst.«

»Ich hätte eigentlich heute abend etwas anderes vor. Das geht doch klar, oder?«

Meine Tochter war gestern schon nicht gekommen. Und vorgestern auch nicht. War Elias ihr nicht mehr wichtig? Unsinn, natürlich war ihr kleiner Bruder ihr nicht egal. Sie liebte ihn abgöttisch.

»Wie du möchtest, Kate. Wenn du es schaffst, komm, wenn nicht, dann eben nicht. Sag nur Oma und Opa Bescheid, wenn du aus dem Haus gehst.«

»Wem von beiden?«

»Such dir einen aus. Grüß Alex von mir, ja?«

Ich küßte und umarmte sie, raffte meine schmutzige Wäsche zusammen, legte sie auf die Waschmaschine und verließ das Haus.

»Stell es dir nur einmal vor, Dinah.« Der Geist hockte auf dem Rücksitz, als ich die Auffahrt hinunterrollte. »Oder bildest du dir etwa ein, daß es einfacher würde? Das glaube ich ganz und gar nicht. Stell dir nur einmal dein Leben vor, wenn dein Sohn hirntot ist. Dann geht es immer so weiter. Das Leid bleibt ewig bei dir. Die Praxis kannst du dann vergessen. Und auch deine Kolumne. Deine Freunde sehen woanders hin, wenn sie dir über den Weg laufen, wechseln sogar die Straßenseite. Jede einzelne Stunde liegst du nachts wach und denkst daran, wie dein Sohn mit diesen verdrehten Augen in der Klinik liegt. Jeden Morgen stehst du um sechs auf. Das letzte, was Sam dir sagt, bevor er zur Arbeit fährt, ist: ›Wann hört das endlich auf, Dinah?‹ Er glaubt, es läge allein in deiner Macht. Du machst den Kindern Frühstück, und die ganze Zeit wechselt ihr kein Wort miteinander. Sobald sie können, ziehen sie aus.«

»Du lügst! Das denkst du dir alles nur aus!« Mein Protest hörte sich selbst in meinen Ohren flau an.

»Ich soll dich belügen? Warum fährst du nicht zur Laurel-Klinik und siehst es dir selbst an? Gleich jetzt. Keine Bange, Elias läuft dir schon nicht weg. Bieg auf der Interstate 95 statt nach Süden nach Norden ab.«

Ja, ich gehorchte ihm und fuhr nach Norden. Er gab mir weitere Richtungsanweisungen.

»Diesen Weg würdest du jeden Tag fahren. Jahr um Jahr. Erst müßtest du dir die Route noch auf der Karte ansehen und dich an den Schildern orientieren, aber irgendwann würdest du die Strecke im Schlaf kennen. Eines Tages ist dir jede Kurve, jeder Baum und jedes Straßenschild vertraut. Jeden Tag hörst du im Auto dieselbe Kassette. Eine helle, klare Stimme, die fragt, wer ihr die Seele wärmen wird. Melodiöse Musik, die nicht anstrengt und schön klingt. Natürlich nicht so gut wie das, was ich gemacht habe. Becky hat dir die Kassette gegeben, und du kannst dir keine andere Musik mehr anhören. Du spielst sie auch ab, wenn Sam am Wochenende mit dir zur Laurel fährt.

Im Auto hast du viel Zeit zum Nachdenken, und wenn die Musik diese Gedanken nicht aufhält, führst du Berechnungen durch, um dich abzulenken. Du zählst die Stunden. Für jede Fahrt brauchst du knapp zwei Stunden. Du hast im Wagen bereits 4 337 Stunden, sechs Minuten und dreiundvierzig Sekunden verbracht.

Wenn du in der Klinik bist, wirfst du den anderen Kindern nicht einmal einen Blick zu. Die haben schließlich ihre eigenen Mütter, auch wenn du die noch nie gesehen hast. Jane, der Ärztin, sagst du, daß du heute zum zwölfhundertsten Mal gekommen bist. Jeden Tag bleibst du vier Stunden. Dann fährst du wieder nach Hause, wo deine anderen Kinder warten.«

»Alex und Kate!« entgegnete ich. »Sie haben Namen, weißt du?«

»Nach einiger Zeit kannst du dich kaum noch an sie erinnern. Und weißt nicht mehr, daß sie überhaupt noch leben. Das werden sie glauben. Du bereitest das Abendessen zu, und Sam kommt von der Arbeit. Er fragt Kate und Alex, ob sie einen schönen Tag gehabt haben. Ihre Antwort besteht aus einem Achselzucken, und sie stochern lustlos in ihrem Essen herum. Alex spricht kein Wort. Er kann dich nicht mehr ausstehen, trifft sich nur noch mit den falschen Freunden und nimmt Drogen. Alles, was ihm in die Finger kommt. Kate besucht das College und ist froh, von zu Hause fortzukommen. Aber Alex schafft es nicht aufs College. Sam bleibt bei dir, versucht, für dich und die Kinder zu sorgen, und redet sich ein, vom Leben sei nun einmal nicht mehr zu erwarten. Alles, was er braucht, findet er in diversen Affären.«

»Affären?«

»Täubchen, du mußt ja wirklich schwer einen an der Klatsche haben, wenn du glaubst, daß ein Mann sich jahrelang mit so etwas begnügt.« Er klatschte zur Unterstreichung seiner Worte in die Hände.

»Sam ist anders.«

»Tja, dann warten wir's doch einfach mal ab.« Er schüttelte sich vor Lachen, und der Wagen wackelte mit ihm.

Ich schaute in den Rückspiegel, sah dort aber nur das Stück Straße, das ich gerade hinter mir gelassen hatte, und wandte rasch den Blick ab.

»Warum bist du so grausam zu mir?«

Ich spürte, wie er näher heranrückte. Und mir dann ins Ohr flüsterte: »Wenn du dich abends fürs Bett fertigmachst, fragt Sam: ›Wie war es denn heute mit ihm?‹ Er, dein eigener Ehemann, spricht nicht einmal mehr seinen Namen aus. Sams Anblick widert dich an. Er empfindet das gleiche, wenn er dich sieht.«

Mir war bewußt, daß der gegenseitige Haß bereits begonnen hatte.

»Jede Nacht schaust du auf den Wecker. Jetzt ist es elf Uhr zehn. Noch fünf Stunden und fünfzig Minuten mußt du neben deinem Mann liegen ... dreihundertfünfzig Minuten ... einundzwanzigtausend Sekunden. Auf diese Weise arbeitet dein Verstand. Wenn du aufhörst zu zählen, drehen deine Gedanken sich wieder im Kreis, fängst du wieder an, für ein Wunder zu beten. Und das treibt dich langsam, aber sicher in den Wahnsinn.«

Wir waren da. Ich hatte so etwas wie eine geschlossene Anstalt erwartet. Altes Ziegelsteingemäuer, neugotische Türmchen, ein gewaltiger Kasten hoch auf einem Hügel. Mit schmalen, vergitterten Fenstern. Aber als ich den Wagen anhielt, sah ich nichts dergleichen. Ein flaches Gebäude aus roten Ziegelsteinen mit einer Unmenge von großen Fenstern. So neu, daß das Schild des Architekten und Bauunternehmers noch auf dem Gelände stand. Lorbeersträucher umrahmten das kleine Monument mitten auf der Auffahrt.

Ich stieg aus, lief am Empfang vorbei und folgte den Hinweisschildern zur Kinderabteilung. Zwei Reihen Betten in einem großen Raum, und in jedem davon der Alptraum einer

Mutter. Die meisten Kinder schienen mehr oder weniger bei Bewußtsein zu sein. Die Hälfte von ihnen hatte Schläuche in der Nase oder im Bauch. Einige konnten sogar aufrecht sitzen.

»Aber ich dachte, wenn sie Elias den Schlauch nicht in den Magen einsetzen, würde man ihn hier nicht haben wollen.«

»Zu dumm, da scheint wohl jemandem ein Fehler unterlaufen zu sein«, antwortete der Geist.

Ich schritt die Reihen ab, und mein Geist informierte mich über die jeweilige Krankengeschichte. Suzie ist von einem Auto angefahren worden (ihre Blicke folgen mir); Chris leidet an einer degenerativen Störung (er lächelt mir matt zu); und dort in der Ecke, das sind TJ, der ertrunken ist, und Louisa, die wie Elias schwere epileptische Anfälle erlitten hat. Sie sitzen in Rollstühlen, und man kann ihnen ihr Alter nicht ansehen. Ihre Gliedmaßen sind nach innen gedreht, und ihre Augen drehen sich, wie von einem Sekundenzeiger angetrieben – tick, tick, tick. Ihre Körper sind aufgebläht wie der vom Marshmallow Man. Sie sind so unbeweglich wie Fels. Steinkinder.

»So sehen Menschen nach einiger Zeit aus, Dinah, die hirntot sind. Irgendwann fangen sie an, alle gleich auszusehen.«

Ich betrachtete die beiden. TJ und Louisa. Der Geist hatte recht. Sie waren wirklich kaum voneinander zu unterscheiden.

»Morgens tragen die Schwestern TJ und Louisa vom Bett auf die Knautschsessel vor dem Fernsehgerät. Das nennt man hier Spielstunde. Mittags werden sie gebadet. Danach fährt man sie nach draußen ins Sonnenlicht, auch wenn sie die Sonnenstrahlen nicht fühlen können. O ja, das Personal kümmert sich hier wirklich sehr um die kleinen Patienten. Bewegungsübungen für die Glieder, Creme für die Haut und Muskelmassage, damit das Muskelgewebe nicht verkümmert und damit ihre Haut nicht wundliegt. Die beiden sehen doch nicht schlecht aus, oder? Jedenfalls lebendiger als ich, was?« Er blies die Wangen auf, um ihr Aussehen zu imitieren. »Man könnte sie beinahe für lebendig halten, meinst du nicht? Dabei muß man bedenken, daß TJ sich schon sechs Jahre hier aufhält und Louisa acht. Und da sagst du, ich wäre grausam?«

Ein Foto von einem Kleinkind war auf der Krankenkurve aufgeklebt, die an der Rückseite von TJ's Rollstuhl hing. »Aber warum hat man ihnen denn nicht die Apparate abgeschaltet?«

»Jetzt paß aber auf, was du sagst, Dinah! Hättest du das getan? Der Sommer geht in den Herbst über, aus dem wird Winter, und dem folgt der Frühling. Und dann geht alles wieder von vorn los. Und danach noch einmal. Und wieder. Und wieder.«

»Wie lange?« flüsterte ich.

»Acht Jahre.«

Ich zuckte vor dieser Unausweichlichkeit zurück, und ein Geräusch, halb Stöhnen, halb Keuchen, löste sich aus meinem Mund. Ich wiederholte den Jahresablauf und versuchte, mir den Zeitraum klarzumachen. Nein. Nein, nein, nein. Ich wollte keinen Moment länger zuhören, wie hier meine Zukunft ausgebreitet wurde. Fast fluchtartig kehrte ich zum Ausgang zurück. Dabei kam ich an einem Bett vorbei, an dem eine kleine Frau in einem weißen Krankenhauskittel und mit dunklem, knabenhaft kurzgeschnittenem Haar gerade ein mongoloides Kind mit Atmungsproblemen behandelte. Ich erstarrte und konnte den Blick nicht wenden, als sie am Atmungsgerät etwas neu einstellte und dem Jungen mit der freien Hand so zärtlich über die Stirn strich, als wäre er ihr eigenes Kind. Nach ein paar Sekunden atmete er wieder ruhiger, und die Frau stand auf. In diesem Moment sah sie mich, die anonyme Voyeurin an dem Ort, wohin man diejenigen schickte, mit denen man nichts mehr anzufangen vermag.

»Guten Tag, ich bin Dr. Jane. Kann ich Ihnen helfen?« Ihre Stimme klang sehr hoch, wie die eines Kindes. »Jedenfalls nennen mich hier alle so. Sie gehören nicht zu den Eltern, oder?«

»Nein, ich –«

»Aber wir kennen uns doch, oder?« Dr. Jane betrachtete mich, als hätte sie mich schon einmal irgendwo gesehen.

Ich schüttelte den Kopf und rannte davon.

17

VON NUN AN blieb der Geist bei mir. Tag und Nacht, jede Minute lümmelte er irgendwo im NAR herum, spielte Gitarre oder verhöhnte mich. »Dir wird die Zeit knapp«, sagte er immer wieder. »Der Engel ist schon auf dem Weg. Kannst du ihn noch nicht hören, Dinah?«

Einmal glaubte ich, aus dem Augenwinkel etwas zu erkennen, das über dem Bett eines anderen Kindes schwebte. Aber als ich genauer hinsah, war dort nichts.

Becky, die treue Seele, kam fast jeden Nachmittag, doch ihr Mann Mark hatte uns erst einmal besucht und war auch nur ein paar Minuten geblieben. Er sah Elias nicht an, und seine Blicke rasten wie bei Dr. Moore hin und her. Ich dachte an unsere anderen Freunde. Die Magills oder die Stuarts. Sie hatten angerufen und etwas zu essen zu uns nach Hause geschickt. Aber sie waren nie vorbeigekommen. Am zwanzigsten Tag zog ich Bilanz: Becky, Addie und eine befreundete Kollegin namens Grace Atkinson hatten uns als einzige aus dem Freundeskreis besucht. Ich hatte meine Verabredung zum Mittagessen mit Grace nicht wahrnehmen können, und daraufhin hatte sie angerufen. Bei ihrem Besuch gab sie nur Dinge von sich, wie Therapeuten sie sagen. Worte zur Ermunterung und Bestätigung. Ich war froh, als Grace wieder fort war.

»Und was beweist uns das?« fragte mein Geist. »Niemand schert sich um dich und dein Kind. Deswegen hat sich keiner deiner anderen Freunde hier blicken lassen.«

»Sie wissen einfach nur nicht, wie sie damit umgehen sollen. Und wahrscheinlich wollen sie nicht stören.«

»Ach, du Armes, machst dir wieder selbst etwas vor. Habe ich dir denn nicht schon gezeigt, wie dein Leben aussieht?«

Aber dann kam Becky und brachte mir eine Musikkassette, auf die ich schon gewartet hatte, ein paar Notizen und einige Briefe von Zuhause mit. Ich ging den Stapel durch, als würde ich Spielkarten mischen. Nein, zu solcher Lektüre fehlte mir jetzt der Sinn. Doch dann fiel mir der Absender eines Briefes ins Auge. Kaum daß Becky wieder gegangen war, riß ich ihn auf.

Julie Bronstein Lasker
142 Bolinger Road
Slatesville, New York

An
Mrs. Dinah Rosenberg Galligan
c/o Connecticut Star

Liebe Dinah,
letzte Woche hat meine Mutter zufällig Lillian Chumley in einem Kino in Fort Lauderdale getroffen. Erinnerst Du Dich noch an Lillian? Sie hat in der ersten Boutique Deiner Mutter in Great Neck gearbeitet. Sie war doch die Nachfolgerin von Bea Stern, die damals entlassen wurde. Meine Mutter kennt Lillian ebenfalls. Die beiden haben zusammen Bridge gespielt, bevor meine Eltern nach Florida gezogen sind. Na ja, Du weißt ja, wie rasch schlechte Nachrichten sich verbreiten. Jedenfalls habe ich auf diese Weise von der schweren Krankheit Deines Sohnes erfahren.
Dinah, ich weiß, daß wir uns seit über zwanzig Jahren nicht mehr gesehen haben, über die Hälfte unseres Lebens nicht. Ich war damals neunzehn und sehr verletzt wegen einem Kerl. Was soll ich dazu heute noch sagen? Ich möchte Dich aber wissen lassen, daß Du immer in meinem Herzen gewohnt hast. Und seit ich von Deinem Unglück erfahren habe, muß ich andauernd an Dich denken. Auch wenn ich nicht einmal weiß, was Deinem Kind zugestoßen

ist. Lillian konnte nicht mehr dazu sagen, als daß der Junge fünf ist und es ziemlich schlimm um ihn stehen muß. Sie kannte nicht einmal seinen Namen.
Du bist mir nicht erst jetzt wieder in den Sinn gekommen, ich habe in all den Jahren immer wieder an Dich gedacht. Sobald mir einmal klar geworden war, wie unwichtig unser Streit gewesen ist, daß ich damals nicht wirklich etwas verloren und Du hingegen etwas wirklich Wichtiges gewonnen hattest, nahm ich mir des öfteren vor, Dich anzurufen, habe es dann aber doch immer wieder sein gelassen. Ich dachte mir, wir würden vielleicht beide etwas verkrampft reagieren, und außerdem könntest Du ja sauer auf mich sein, weil ich wegen der dummen Geschichte eine Freundschaft beendet hatte, die ansonsten ein Leben lang hätte andauern können. Ich weiß, daß Du mir an jenem Tag nicht weh tun wolltest, und ich bewundere Dich dafür, damals schon alles so entschlossen angepackt zu haben.
Auf meine Weise habe ich auch dafür gesorgt, daß unser Kontakt nicht ganz abriß. Mein Bruder lebt in Connecticut und hat mir in den letzten Jahren Deine Kolumnen aus Eurer Zeitung geschickt. Es überrascht mich wenig, daß aus Dir eine Autorin geworden ist. Ich habe Deine Kolumnen sehr gern gelesen, Dinah, denn sie sind genau so, wie ich Dich in Erinnerung habe: komisch, sarkastisch, scharfsinnig und manchmal sogar weise.
Ich wollte mich nicht an Deine Mutter wenden, deswegen habe ich den Brief via Deine Zeitung geschickt. Sie wollten mir Deine Adresse nicht geben, haben aber zugesagt, das Schreiben weiterzuleiten. Ich weiß jetzt nicht so recht, was ich Dir eigentlich sagen will, außer daß ich sehr hoffe, daß es Deinem Sohn bald wieder besser geht. Und genauso hoffe ich, daß Du von vielen Menschen umgeben bist, die Dich lieben und sich um Dich kümmern. Ebenso wünsche ich Dir, daß Sammy Dir all das gibt, was Du Dir von ihm erträumt hast. Selbst in einer so schwierigen Zeit wie jetzt. Und hoffentlich ist Dir Dein anderes Kind (oder hast Du noch mehr?) ein Trost. Ich weiß, daß Du noch mindestens ein weiteres Kind hast, weil Du in Deiner Kolumne »Sockenmonster und andere typisch weibliche Probleme« eine Tochter erwähnst. Und ich hoffe, daß Du wenigstens ein paar wirkliche Freunde hast, die Deiner würdig sind, wirklich mit

Dir mitfühlen und Dich nicht in einer Krisensituation hängen lassen. Das alles wünsche ich Dir von Herzen, Dinah. Mein Sohn Robert mußte eine schwere Operation durchstehen, als er noch ganz klein war. Diese Wochen, in denen ich befürchten mußte, ihn zu verlieren, waren die Hölle für mich. Bitte verzeih mir, wenn ich nicht in dem Moment für Dich da sein kann, in dem Du mich vielleicht am nötigsten brauchst. Aber ich denke jetzt ernsthaft daran, Dich anzurufen.
Vor ein paar Jahren ist mein Vater von uns gegangen. Ich war sehr traurig und vermisse ihn immer noch sehr. Aber wenn ich darüber nachdenke, eines meiner Kinder zu verlieren ... Nun, ich kann nur ahnen, wie sehr Du jetzt leiden mußt. Ich habe drei Kinder, Robert, Melissa und Lauren. Alle drei sind das Licht meines Lebens. Du hast mir sehr gefehlt, und ich möchte alles von Dir erfahren: von Deiner Arbeit, Deiner Ehe, Deinen Freunden, Deinen Kindern, und auch darüber, was Du denkst, was Du aus Deinem Leben gemacht hast und vor allem, wie Du mit allem fertig wirst.
Es macht mich wirklich traurig, Dinah, wenn ich daran denke, daß Du einen kleinen Sohn hast und schon befürchten mußt, daß er von Dir geht. Und daß ich nicht einmal seinen Namen weiß.
In aller Liebe
Julie

Elias, flüsterte ich meinem Sohn ins Ohr und berührte mit meinen Lippen seine zarte Haut. Er heißt Elias, Julie.

»Wer hat dir denn geschrieben, Dinah?« Nachdem Becky fort war, kamen Charlotte und mein Vater. Sie kehrten gerade von der Cafeteria zurück, wo sie einen Kaffee getrunken hatten.

»Julie.« Ich faltete den Brief zusammen. »Ihre Mutter ist Lillian Chumley über den Weg gelaufen, und die hat ihr von Elias erzählt. Wie heißt es so schön, schlechte Nachrichten verbreiten sich rasch.«

»Aber, Dinah, darüber solltest du dich freuen. Wenn du schon einmal einen Grund hast, optimistisch zu sein ...«

»Warum?«

»Ich bin mir sicher, daß sie dir beistehen möchte, Dinah. Ihr beide wart als Kinder doch unzertrennlich. Ich habe Julie immer gern gehabt.«

Nein, hatte sie nicht. Charlotte hatte immer gesagt, Julie habe einen schlechten Einfluß auf mich. Dabei war es eigentlich andersherum gewesen. Aber konnte es mich wirklich überraschen, daß meine Mutter es lieber so sehen wollte? Egal, das war Vergangenheit, gehörte zu einem anderen Leben. Ich beugte mich vor und legte meine Wange auf Elias' Hand.

»Das ist lange her«, erklärte ich ihr, doch in dieser Nacht schlief ich eine ganze Stunde. Ich preßte Julies Brief an mich, hoffte, von Verzeihen zu träumen, und sah doch nur Schmerz.

»Ich muß hier einfach für eine Weile raus«, eröffnete mir Sam am nächsten Morgen, kurz nachdem er von seinem Langlauf zurückgekehrt war.

Wo konnte man denn in einer solchen Lage noch hin?

»Nur für eine Stunde oder so ins Büro«, sagte er.

»Ins Büro, auf den Mond, ins Büro, auf den Mond«, flüsterte mein Geist und veranstaltete dazu ein Geräusch wie das Klappern von Knochen.

»Was ist mit Elias' EEG?« fragte ich meinen Mann. Der Junge hatte bereits zwei EEGs hinter sich.

»Das ist doch erst für heute nachmittag angesetzt. Bis dahin bin ich längst zurück.«

Der EEG-Techniker war ein großer, muskulöser Farbiger, der einen blauen Kittel und eine blaue Kappe trug. Er brachte die Elektroden an, beschmierte Elias' rote Locken mit dem Gel, das er aus einer Tube preßte, seufzte und schüttelte immer wieder den Kopf. Dann verschwand er hinter seiner Maschine und schaltete sie ein.

Ich hörte Summen, elektronische Geräusche, Glocken und einen Gong. Das Licht ging an und aus. Elias lag ganz still da.

Einige Male blickte ich durch das Fenster in der kleinen Kabine des Technikers und glaubte, ihn schon wieder seufzen zu sehen. Dann schaltete der Mann das Gerät ab, überprüfte den Ausdruck und legte die Blätter ordentlich zusammen. Ich stand von meinem Hocker auf, ging zu ihm und blickte ihm über die Schulter auf die durchgehende schwarze Linie, die hier und da Dellen oder Spitzen aufwies. Waren die Höhen und Tiefen für ein normales EEG immer noch zu flach?

»Was bedeutet das?« fragte ich.

Der Techniker riß den Ausdruck am letzten Blatt ab. »Tut mir leid, aber da müssen Sie schon den Arzt fragen.«

»Da hast du deine Antwort«, sagte der Geist. »Du weißt doch, was der Mann damit meint.«

Wußte ich das wirklich? Folgte der Techniker nur seinen verdammten Vorschriften? Nein, niemand konnte so grausam sein. Wenn alles normal wäre, hätte er mir doch wenigstens das sagen können. Ich versuchte, den Geist zu umgehen und direkt mit Gott Kontakt aufzunehmen. Siehst Du das denn nicht? Bemerkst Du nicht, was hier vor sich geht? Kannst Du nicht irgend etwas tun? Ich will auch immer lieb sein, immer artig. Ja, das verspreche ich Dir.

Aber Gott antwortete mir nicht.

»Deine Zeit läuft ab«, erklärte mein Dämon.

Als wir wieder in Elias' Zimmer waren, steckte eine Sozialarbeiterin ihren Kopf zur Tür herein.

»Darf ich eintreten?« Sie schloß leise die Tür hinter sich und ging zum Bett. Dort nahm sie Elias' Hand und streichelte sie.

»Wie geht es ihm?«

»Keinerlei Veränderungen«, antwortete ich.

»Wo ist Ihr Mann?«

»Er sagte, er müsse ins Büro.« Ich lachte schrill.

»Gehen Sie pfleglich miteinander um, Mrs. Galligan«, sagte die Sozialarbeiterin. »Männer und Frauen reagieren auf verschiedene Dinge sehr unterschiedlich.«

In welcher Sprache redete sie?

Ich fuhr mit dem Aufzug ins Erdgeschoß, steuerte den kleinen Kiosk in der Lobby an und betrachtete das Angebot. Diverse Schoko-Riegel, T-Shirts, Taschenbücher und Illustrierte. Dazu ein Regal voller Medikamente. Hinter dem Tresen eine Frau in den mittleren Jahren. Ein Kiosk, wie man ihn überall hätte antreffen können, hätte da nicht in der Ecke ein Glaskasten mit diversen gebundenen Blumensträußen gestanden. Und wäre da nicht mein Geist gewesen, der über den Stofftieren auf der Stelle schwebte und Form und Farbe eines der Stücke angenommen hatte – Bibo. Sein langes gelbes Gefieder rauschte, und er öffnete und schloß den langen orangefarbenen Schnabel.

»Kann ich Ihnen helfen, Miss?«

Miss? Sah sie denn nicht, wie alt ich war? Ich fühlte mich jedenfalls wie eine Greisin. Dann verlangte ich ein Päckchen Zigaretten. Meine bevorzugte Marke, bevor ich vor siebzehn Jahren mit dem Rauchen aufgehört hatte. Tja, meine Liebe, du scheinst ja wirklich ganz unten angekommen zu sein.

»Tut mir leid, aber wir führen keine Zigaretten. Weil wir hier ja in einem Krankenhaus sind.«

Ach so, ja, richtig.

Also ging ich nach draußen auf die Straße. Ich trug keinen Mantel. Wußte wohl nicht mehr, daß wir noch Winter hatten.

Draußen schien alles so schnell abzulaufen. Die Autos rasten vorbei, Passanten hasteten vorüber. Ich sah mich um. Zwei Krankenhausangestellte, erkennbar an ihren blauen Kitteln, standen unter dem Vordach und rauchten. Von einem erbettelte ich eine Zigarette. Es schien ihn zu nerven, daß ich auch noch Feuer haben wollte. Ich zog mich auf die andere Seite des Eingangs zurück, schloß die Augen und sog den Rauch ein, bis meine Lunge brannte und mir schwindlig wurde. Als ich die Augen wieder öffnete, stand mein Geist neben mir. Wieder ganz Seth – in Jeans, Lederjacke und Cowboy-Stiefeln. Er rauchte ebenfalls und warf keinen Schatten.

»Paß auf«, sagte er. »Schau gut zu, denn jetzt sehen wir das Ende.«

Ich bin wieder in der Spezialklinik, dem Laurel-Institut mit seinen hellen, freundlichen Wänden und der fürsorglichen Dr. Jane. Seit Jahren bin ich täglich hier gewesen. Jetzt sitze ich auf Elias' Bettkante. Er ist größer geworden und wenigstens körperlich gewachsen. Der Junge liegt still und steif da, hat den Rücken durchgebogen und den Mund offenstehen. Seine Augen zittern in den Höhlen. Ich betrachte das Atmungsgerät. Die Blase in der Röhre bläht sich auf und sackt wieder zusammen. Wusch, Wump. Am liebsten möchte ich diese widerliche Maschine auseinandernehmen. Stück für Stück. Die Blase, die Röhre, jeden einzelnen Schalter, die Hebel und die Computer-Chips – dann alles zertreten und mit dem Absatz zu Staub zermahlen.

Mir fällt ein zweiter Tropf auf, und ich höre ein rasselndes Geräusch aus Elias' Brust.

Dr. Jane kommt herein. Elias muß umgezogen werden. Und auf die Seite gedreht. Und es muß eine Vorrichtung zur Nahrungsaufnahme angebracht werden. Er braucht, er braucht, er braucht … So viele Anstrengungen sind nötig, um ihn am Leben zu erhalten.

Die Ärztin schiebt Tuddy ans Fußende und legt Elias ihre Hand auf die Stirn. Sie streicht ihm das Haar zurück, das einst seidige und jetzt strohige, und nimmt seine Hand in die ihre. Seine Hände sind jetzt starr und die Finger gebogen wie Krallen. Jane horcht seine Lunge ab.

»Was ist das?« Ich zeige auf den zweiten Schlauch. Meine Stimme hört sich wieder wie ein Automat an, und ich kann nicht mehr laut sprechen, nur flüstern.

»Er hat erneut eine Lungenentzündung bekommen, Dinah. Wenn Sie möchten, kann ich ihm gleich wieder Breitband-Antibiotika verabreichen.«

Mit ihren kleinen Händen tut die Ärztin alles, was ich von ihr verlange, um ihn zu retten. »Vielleicht sollte ich darüber erst mit Sam sprechen.« Jane tritt beiseite, als ich zum Telefon gehe.

»Warum fragst du mich noch, Dinah?« sagt mein Mann. »Du weißt doch, wie ich darüber denke.«

»Ich hasse dich, Sam.« Ich lege auf und wende mich wieder an Dr. Jane. »Geben Sie ihm die Antibiotika.«

Ich setze mich in den Schaukelstuhl neben seinem Bett und verfolge, wie sie die Medikamente ansetzt. »Wissen Sie, es ist wirklich erstaunlich, daß Sie immer noch regelmäßig hierher kommen und so trauern können.«

Trauern? Nein, ich tue Buße (auch wenn ich mich nicht mehr erinnern kann, wofür), ich lebe in der Hölle, bin eine lebende Tote. Meine Augen haben keine Tränen mehr, ich hasse meine Tränen, ja, meinen ganzen Körper. Alles in mir ist knochentrocken. Und Jane versucht nur, nett zu sein. Aber zu mir kann keiner mehr nett sein. Ich verabscheue jeden, der das nur versucht.

»Die meisten unserer Eltern kommen nach einer Weile nicht mehr. Manche überhaupt nie.«

»Warum nicht?«

Die Ärztin atmet vernehmlich aus. »Die Menschen gehen mit solchen Tragödien unterschiedlich um. Und einige können damit nur fertigwerden, indem sie ihnen aus dem Weg gehen.«

»Und wie steht es mit den beiden dort in der Ecke, TJ und Louisa?«

»Ich darf leider nicht über einzelne Patienten reden«, entgegnete Jane.

Natürlich. Ostern drängen sich hier die Menschen. Vielleicht hoffen sie ja auf eine Wiederauferstehung. »Aber was … Ich meine, lassen die Eltern sie einfach hier vor sich hin …«

»Einige Eltern teilen uns mit, daß ihre Religion nicht zulasse, die Apparate abzuschalten.«

»Dann kommt es also allein auf die Eltern an?«

»Auf wen denn sonst?« seufzt sie.

Ja, auf wen sonst?

»Einiges kann ich Ihnen aber sagen, Dinah«, fährt die Ärztin fort. »Ich habe bei Elias keinerlei Entwicklung entdecken können, die zu irgendeiner Hoffnung Anlaß geben würde. Sein Hirnstamm arbeitet funktional, leider nicht mehr, aber auch nicht weniger. Wenn Sie meine Meinung hören wollen, so halte ich ihn definitiv für hirntot. Wir können ihn natürlich am Leben erhalten, sogar für längere Zeit. Ich weiß nicht genau, wie lange uns das möglich sein wird, aber er wird nie gesund werden und immer so bleiben, wie er jetzt ist.«

Ich kann Elias nicht ansehen. So direkt hat Jane mir das noch nie gesagt.

»Tut mir leid«, sagt die Ärztin. »Sie können natürlich gern die Meinung eines anderen Mediziners einholen.«

Die Vision bewegt sich ein Stück in der Zeit voran. Ich sitze in meinem Schlafzimmer und mache mich fürs Bett fertig. Sam ist nackt und zieht sich gerade die Pyjamahose hoch. Wir haben uns seit Jahren nicht mehr geliebt.

»Ich war heute morgen bei Pfarrer Tamari«, sage ich. (Wir haben in einer Kirchenbank gesessen, unter einem riesigen, blutrünstigen Kruzifix. Er hat mir ein Traktat über die Fünf Stufen der Trauer gegeben.)

»Wozu?«

»Weil ich wissen wollte, was die katholische Kirche dazu zu sagen hat. Interessiert dich das denn gar nicht? Du bist doch immerhin in diesem Glauben erzogen worden.«

Sam nimmt sein Scotchglas, das er von unten mitgebracht hat, vom Nachttisch und schwenkt es, bis die Eiswürfel klingeln. Klirr. Kling. Klirr. Kling. Wie ein Glockenspiel.

»Und was hat er dir gesagt?«

»Wir haben über eine Stunde miteinander geredet. Er war sehr nett und sehr teilnahmsvoll.«

Sam trinkt einen Schluck. »Was für eine große Hilfe.«

»Der Pfarrer erklärte, die Kirche glaube an die Heiligkeit des Lebens.«

Mein Mann sieht mich an. »Klar, Dinah, wir haben es hier ja auch mit wirklich heiligem Leben zu tun. Willst du plötzlich katholisch werden? Hör zu, Dr. Angus hat es uns doch gesagt: Wir sind nicht die ersten!«

Falsch. Ich komme mir vor wie eine Pionierin, wie eine Siedlersfrau, die mit ihrem frischgebackenen Ehemann in einem

Planwagen von Philadelphia in die Wildnis aufbricht. Sie suchen nach ihrem eigenen Fleckchen Erde. Unterwegs bringt sie ihre Kinder zur Welt, und unterwegs beerdigt sie die auch. Diese Frau hat keine Wahl gehabt. Ihr blieb nichts anderes übrig.

»Ich weiß.«

Sam kommt zu mir, um mich in die Arme zu nehmen. Ich kann seine Berührung nicht ertragen und ducke mich weg. Seine Arme fahren durch die Luft.

»Dinah, wir müssen es einfach tun. Du warst doch letzte Woche bei Rabbi Leiberman. Er unterstützt diese Entscheidung.«

Tempel Beth Elohim. Der Rabbi hatte ein gemütliches Büro voller Bücher. So viele Bücher. Er trug eine Brille und hatte einen sauber getrimmten Bart.

»Nicht jeder Rabbi würde so etwas gutheißen«, entgegne ich.

»Mit einem Mal interessiert dich, was die ultraorthodoxen Juden dazu zu sagen haben.« Mein Mann seufzt schwer und setzt sich aufs Bett. »Du kannst nicht davon ausgehen, daß jeder auf der Welt dafür ist. Aber Dr. Jane hat uns dazu geraten. Und der neue Neurologe auch. Vor Gericht hätten wir damit auch keine Schwierigkeiten. Wann bist du dazu bereit, Dinah? In zwei weiteren langen Jahren? In fünf?«

In zwei Jahren werde ich Elias zweimal von Kopf bis Fuß neu eingekleidet haben. In fünf Jahren fünfmal. Die Steinkinder werden jeden Tag umgezogen. In Laurel tun sie so, als wäre dies Leben. Elias wird in zwei Jahren zwölf sein, in fünf fünfzehn und in nochmal fünf zwanzig. Und ich bin dann siebenundvierzig, beziehungsweise fünfzig, beziehungsweise fünfundfünfzig.

»Dinah, du mußt ihn loslassen«, drängt Sam. »Der Junge ist jetzt fast zehn. Du richtest dich selbst zugrunde. Dieses Leben bringt dich doch um.«

»Okay, vielleicht wäre das ja auch das beste. Aber deswegen muß man noch lange nicht *ihn* umbringen!« Ich bin schließlich die lebende Tote.

»Ihn umbringen? Ich würde gern diesen Dr. Moore dafür umbringen, uns immer wieder Hoffnung gemacht zu haben. Wenn ich's recht bedenke, hat er eigentlich nie mehr gesagt, als daß wir noch warten sollen. Gut, wir haben gewartet. So weit es mich betrifft, stehen wir nicht mehr vor einer moralischen Entscheidung. Dinah, wir können ihn nicht auf ewig dahinvegetieren lassen.«

Ich schaue auf meine Hände. »Er ist mein Sohn. Du hast nicht ein einziges Buch zu diesem Thema gelesen.«

»Er ist auch mein Sohn, und du hast hundert Bücher zu diesem Thema gelesen und kannst dich trotzdem noch nicht zu der einzig vernünftigen Entscheidung durchringen.« Mein Mann bringt wieder das Eis in seinem Glas zum Klingeln und starrt darauf. »Ich kann mich eben einfach nicht täglich jede Minute in diese Sache hineinhängen, so wie du das tust.«

Aber ich kann nur noch auf diese Weise existieren.

Er trinkt den letzten Rest Scotch und erklärt dann dem Glas: »Und irgendwer muß für die Klinikrechnungen aufkommen.«

»Willst du damit etwa andeuten, ich sollte wieder in die Praxis gehen?« Meine Arbeit läßt sich nicht so erledigen wie die seine. Lebende Tote verfügen nicht über einen riesigen Wissensvorrat, aus dem sie ihre Patienten nach Belieben und Bedarf bedienen können. Ich vermag auch keine amüsante kleine Kolumne über meinen hirntoten Sohn zu schreiben.

»Ich möchte, daß du wieder am Leben teilnimmst. So viel, wie in deinen Kräften steht.« Sam steht auf.

»Das meint er nicht so«, sagt mein Geist, und seine Stimme schiebt sich in mein Sichtfeld. »Er ist fertig mit dir, du kotzt ihn an. Dein Mann hat eine neue Freundin und will dich verlassen.«

»Wenn wir uns jetzt noch einmal an Dr. Moore wenden würden, würde sogar er uns zuraten. Selbst deine Eltern –«

»Du hast mit Charlotte darüber gesprochen?«

»Tut mir leid, Dinah, aber deine Mutter will nur das Beste.«

»O ja, natürlich. Aber das geht sie einen feuchten Kehricht

an. Außerdem würde *deine* Mutter so etwas nicht unterstützen.«

»Mit ihr habe ich auch nicht gesprochen, Dinah. Überhaupt ist es mir egal, was sie darüber denkt. Denn ich weiß, was richtig ist. Und solange du diese Entscheidung nicht treffen willst, handelst du unlogisch.«

»Ich will nicht logisch sein, sondern nur meinen Sohn zurückhaben.« Ich wende mich ab, weil er mich nicht weinen sehen soll. Wenn mir überhaupt noch Tränen kommen, ist das immer eine Überraschung für mich.

Ständig dreht sich alles im Kreis. Wenn ich weine, kommt Sam normalerweise zu mir und legt die Arme um mich oder versucht es wenigstens. Aber diesmal bleibt er stehen und hebt die Arme nicht einmal an. Schließlich greift er nach seinem mittlerweile leeren Glas. »Tja, das ist aber nicht mehr dein Sohn, und du kannst ihn nicht zurückhaben. Höchste Zeit, daß du dich der Wirklichkeit stellst. Wir beide müssen uns damit abfinden, Dinah, daß er nicht mehr lebt. Es ist nicht recht, ihn weiter in diesem Zustand zu belassen. Es wäre sogar heller Wahnsinn. Lassen wir ihn gehen.«

Und wieder bewegt sich die verwünschte Vision ein Stück in der Zeit vorwärts: Elias' Körper ist schweißgebadet. Er hat hohes Fieber. Ich stehe an seinem Bett und verfolge, wie Dr. Jane und die Schwestern sich über ihn beugen, ihn an irgend etwas anschließen, die Schläuche überprüfen und an den Geräten die Einstellungen justieren. Ich höre das Rasseln in seiner Kehle und in seiner Brust. Die Maschine pumpt und schmatzt, pumpt und schmatzt, aber er hat immer noch eine bläuliche Gesichtsfarbe. Mein Sohn bekommt nicht genug Luft, dabei arbeitet der Apparat auf der höchsten Stufe.

»Seine Lunge versagt.« Jane geht ganz ruhig vor. Sie klopft seine Haut ab und sucht nach einer neuen Ader, um den Schlauch anzubringen, durch den sie ihm Antibiotika einflößen können.

»Schalten Sie das Gerät ab«, flüstere ich. »Schalten Sie es ab.«

Jane zieht ihm den Schlauch aus dem Mund und entfernt sich dann.

Der Moment des Todes verblüfft mich. Ich habe etwas ganz anderes erwartet. Vielleicht, daß er im Sterben endlich Frieden findet. Aber so sieht mein Sohn nicht aus. Elias atmet noch einmal, öffnet den Mund, um ein weiteres Mal Luft zu holen, und dann hört alles auf. Es geht ganz schnell. Sein Mund erschlafft. Der Junge ist jetzt vierzehn Jahre alt, er hat die Arme wie Klauen angezogen, und sein Gesicht wirkt grotesk.

Sam geht nach draußen, um den Ärzten Bescheid zu sagen. Jane kehrt zurück, untersucht meinen Sohn und verkündet, daß es mit ihm vorbei sei. Sie umarmt uns nacheinander und sagt: »Sie haben alles nur Erdenkliche getan.«

Oh, ja.

Die Krankenhausgeistliche kommt zu uns, und wir halten uns alle über dem Bett, über meinem Sohn an den Händen. Sie dankt Gott für Elias' Leben. Aber ihre Worte haben für mich keine Bedeutung. Worte spenden keinen Trost, überhaupt nicht.

Sie lassen Sam und mich mit ihm allein. Ich lege mein Gesicht an das meines Sohns. Wange an Wange. Dann ziehe ich sein Hemd hoch und berühre mit den Fingerspitzen seine Bauchhaut. Danach seine Finger, seine Füße und seine Zehen. Ich bleibe noch bei ihm, als seine Haut längst erkaltet ist, und kämpfe darum, mich an seinen Geruch zu erinnern. Es gab einmal eine Zeit, da roch er wie ein richtiger Junge und nicht so wie jetzt. Aber mein Gedächtnis will mir diese Erinnerung nicht heraufholen.

Sam legt mir eine Hand auf den Arm. Ich weiß, daß er mich trösten will, aber das gelingt ihm nicht. Niemand kann das. All denen, die mich aufmuntern wollen, schleudere ich jetzt schon dies entgegen: *Ich bin ein zerschmettertes Ei, ein zerplatzter Augapfel und der weiße Splitter in deinem Auge. Das tut weh, nicht wahr? Diese einst perfekte süße Fäulnis umgürtet mit blutiger Schwärze. Glutinus maximus, tropft überall auf das importierte Leinen und klebt auf dem goldgeränderten Porzellan.*

Befleckt mit acht Jahren der Groteske und nun mit dem Dreck in meines Kindes Grab. Dort bin ich, bei meinem Kind, und ebenso kalt. Ich schwitze all das in dein Gesicht, das so ruhig und gefaßt ist wie ein Babyzeh. Was ich dir bringe, brauchst du nicht. Keine Engelsflügel, keine Daunen für dein Bett, kein Fleisch.

Ich kehrte durchs Vakuum zurück und stand wieder vor dem Krankenhauseingang. Der Geist rauchte dort vor sich hin und trug einen Tropf über der Schulter wie ein Wachsoldat sein Gewehr. Diesmal präsentierte er sich in seinem Patienten-Outfit: fleckiges Nachthemd, darüber die Lederjacke und darunter die schlammverkrusteten Cowboystiefel. Seine dürren Beine schienen aus einem äonenalten Material angefertigt und von der Zeit glattgerieben zu sein. Jeder freie Fleck seiner Haut, angefangen von der nachdenklichen Stirn bis zu den rosafarbenen Knien, war von Schimmel überzogen.

»Mit dem Tropf in der Hand kommst du durch das ganze Land«, grinste er und warf einen Blick auf den Ärmel, in dem der Schlauch verschwand. Er nahm noch einen Zug von seiner Zigarette und wies dann damit auf die meine. »Wir sind die letzten der sterblichen Rasse, ha, ha, ha.« Er ließ die Kippe auf den Boden fallen, wo sie augenblicklich verschwand.

Ich warf meine Zigarette auch weg und trat sie aus.

Eine Flamme zuckte aus seinem Finger, und damit zündete er sich den nächsten Glimmstengel an. »Du weißt, daß Elias ohne mich den Löffel abgibt. Höchste Zeit, daß du dir das klarmachst. Jahrelang wirst du in die Klinik fahren und dich als Märtyrerin sehen. Als leidende Heilige. Und dann erwartet ihn doch, wie ich dir prophezeit habe, der ewige Schlaf im Erdreich. Im Haus der endlosen Bewegungslosigkeit.«

Ich versuchte nachzudenken, aber mein Hirn schien völlig vernebelt, und gegen den Geist kam ich ja doch nicht an.

»Auf der anderen Seite ist er natürlich ein wirklich lieber Junge, ein unschuldiges kleines Kind. Ganz gewiß wird er nach seinem Tod ewiglich zur Rechten Gottes sitzen dürfen. Vielleicht solltest du mir einfach sagen, daß ich mich verpissen soll.«

»Nein.«

»Dann willst du ihn also sterben lassen?«

»Nein, ich will ihn bei mir haben.«

Er verschränkte die Arme vor der Brust, und ich sah, wie sich in der rosafarbenen Flüssigkeit in seiner Tropfflasche irgend etwas drehte und wand. »Du willst ihm das Recht vorenthalten, bei Gott zu sein? Und das auch noch aus dem selbstsüchtigen Grund, daß er bei dir bleiben kann?« Er machte *tz, tz.* »Und da wirfst du mir vor, ich wäre grausam!«

»Woher willst du wissen, daß Elias sterben wird? Das kann doch niemand vorhersagen!«

»Alle scheinen das zu wissen außer dir; und das trotz meiner größten Bemühungen.« Er sprach laut, sehr laut, und seine Stimme verdrängte das Donnern eines Gottes, nach dem ich nicht länger horchen wollte. »Hast du dir sein EEG mal angeschaut?« Er tippte sich an die Stirn. »Meinst du, da ist bei ihm noch jemand zu Hause?«

Ich stand wie erstarrt da, sah ihn an und zwang mich, endlich meine Antwort auszusprechen.

»Ja, das glaube ich. Hilf mir. Bitte, hilf mir.«

Er lächelte breit und zeigte seine Zähne und die Schwärze in seinem Geistermund.

»Fein, du braves Mädchen. Dann wollen wir mal sehen. Wenn man den Namen eines Verdammten ändert, kann man damit manchmal den Todesengel hinters Licht führen. Aber vielleicht ist es dafür schon zu spät, und dieser kleine Trick funktioniert nicht mehr.«

»Also kannst du mir nicht helfen?«

»Bitte mich«, er zeigte nach unten, »auf den Knien.«

»Warum hilfst du mir nicht einfach!«

»Also gut, dann verzichten wir eben auf das Anflehen.« Mein Geist benahm sich wie ein bockiges Kind. »Allerdings hat die Sache einen Haken, aber das habe ich ja schon erwähnt. Keine Bange, nur einen kleinen Haken.«

»Aber du hast doch gesagt –«

»Wir haben nur über dich geredet. Die ganze Zeit nicht ein einziges Mal über mich. Aber die Sache ist ganz einfach. Nur ein kleiner Handel. Wenn ich dafür sorge, daß der Todesengel deinen Sohn nicht findet, mußt du mich in dich reinlassen.«

»Wie bitte?«

»Was für eine schmutzige Phantasie du doch hast!« lachte er. »Ich will doch nur ein bißchen Wärme, nicht mehr. Was meinst du, wie kalt mir die ganze Zeit ist?«

»Das ist wirklich alles?«

»Ist eigentlich gar nicht schlimm. Wenn du mich erst einmal etwas besser kennengelernt hast, wirst du schon merken, daß ich gar kein so übler Bursche bin.«

»Und wie lange willst du in mir bleiben?«

»Na, für immer, was denn sonst?«

»Was muß ich mir darunter vorstellen, dich in mir zu haben?«

»Was meinst du denn, was du dir darunter vorstellen mußt?« Er verschränkte jetzt ein halbes Dutzend Arme vor der Brust.

Ich versuchte ernsthaft, es mir auszumalen. Ohne Erfolg. »Wie wird es sich denn für mich anfühlen, wenn du in mir steckst?«

»Was willst du, daß dein Sohn wieder aufwacht oder daß er noch jahrelang im Nirwana bleibt?«

»Und was ist mit meinen anderen Kindern?«

Der Geist legte den Kopf schief. »Was soll denn mit denen sein?«

»Alle meine Kinder sollen geschützt sein.«

Er stampfte mit dem Fuß auf. »Ich glaube kaum, daß du in deiner Position Bedingungen stellen kannst. Hör mal, wir reden hier nicht über Unsterblichkeit. Ich biete dir eine einmalige Gelegenheit. Ein-ma-lig. Und du solltest dir mit dem Überlegen nicht zuviel Zeit lassen, Kleines, weil wirklich nicht mehr viel Zeit bleibt. Hör doch.«

Ich lauschte, vernahm aber nichts.

»Du mußt dich mehr anstrengen, Dinah. Komm, versuch es!«

Ich hörte nur die Geräusche der Straße und den Verkehr. Aber dann war da plötzlich noch etwas. Ein Synkopen-Rhythmus. Ein Dröhnen und Scharren. Dröhnen und Scharren. Das mußte der Engel des Todes sein, der mit seinen alles sehenden Augen nach den Verdammten Ausschau hielt. Er flüsterte den Namen meines Sohnes, als sei er sein Liebster. Nein, er klang eher wie das Zischen einer Dampfmaschine. *Elias, Elias …*

»Feigling!« grinste mein Dämon.

Ja, ich bin feige. Ich würde mich weigern, daß man seine Apparate abschaltet, würde darauf bestehen, daß man alles Erdenkliche versucht. Und die Ärzte würden meinen Wünschen folgen, weil sie über die nötige Technologie verfügen, ihn am Leben zu erhalten. Und weil ich immerhin seine Mutter bin. Aber natürlich wäre der Tod immer dabei, würde mit seinem giftigen Schwert über Elias' Mund lauern und auf seinen Moment warten. Acht Jahre würde der Tod sich gedulden, und in der Zeit würde ich verfolgen, wie der bewußtlose, geistig tote Junge wuchs, wie seine Glieder sich verhärteten und nach innen drehten. Wie sein schrecklicher Mund sich wie der eines Fisches öffnete und schloß. Wie ein hirnmassengrauer Fisch am Haken. Wie er sich an der Angel des Todes krümmte. Acht Jahre lang würde ich ihn atmen sehen, tagein, tagaus. Ein und aus. Wusch, Blupp.

Er würde nicht sehen, wie ich ihn beobachte
er würde nicht sehen
er würde nicht
Elias sein.

Und irgendwann würde ich mich einverstanden erklären, die Maschinen von ihm abzukoppeln. Dann, erst dann, würde mein Sohn sterben und von den Armen des Todesengels aufgenommen werden.

»Mörderin«, beschuldigte mich der Geist grinsend, als Finsternis sich über die Erde senkte.

Ja. Ich wandte mich um im Schatten des Todes. Der Dämon legte seinen Fratzenkopf schief und griff in die Saiten seiner Gitarre. »Du wirst ohnehin verdammt sein. Da kannst du auch gleich mein Angebot annehmen. Ist das Beste, was du zur Zeit bekommen kannst. Rasch jetzt. Also abgemacht, oder was?«

Ich konnte nicht zusehen, wie mein Sohn starb. »Ja«, antwortete ich, »abgemacht.«

Der Geist lächelte und drückte seine Zigarette aus. »Dann geh jetzt, Dinah«, sagte er, aber ich konnte ihn vor lauter Dröhnen und Scharren kaum verstehen.

»Und was ist mit dir?«

»Ich bin da, wo ich gebraucht werde.«

Ich kehrte durch die Drehtür ins Krankenhaus zurück und bestieg den Aufzug. Ein sehr alter Mann fuhr mit mir, so knorrig und gebeugt wie eine uralte Eiche. Er stützte sich auf einen Gehstock, der oben von einem Löwenkopf geziert wurde.

»Wohin?« fragte der Alte mit einem freundlichen Lächeln.

Ich konnte nicht mehr klar denken und hörte nur noch den Rhythmus des Todesengels, der immer näher kam. So nahe schon wie das Schlagen meines Herzens.

»Intensivstation«, krächzte ich schließlich.

Der Fremde drückte für mich den Knopf. Ich lehnte mich gegen die Kabinenwand und schloß die Augen. Die Maschine lief wieder an, und wir stiegen höher.

»Wir sind da«, riß der Alte mich in die Wirklichkeit zurück.

Ich öffnete die Augen und taumelte hinaus auf den Flur. Dann hörte ich, wie er hinter mir den Fahrstuhl verließ. Ich lief nach links und fand mich in einem Saal wieder, in dem keine Kinder lagen. Weiter lief ich und weiter, verfolgt von dem dröhnenden, scharrenden Puls. Blindlings hastete ich voran, bis ich ein Schild vor mir sah, dessen Aufschrift einen Sinn für mich ergab: KINDER-INTENSIVSTATION. Darunter ein Richtungspfeil.

Als ich nicht mehr weit von dem NAR entfernt war, hörte ich Sam weinen. Über dem Lärm der Station, über dem Beten der

Mütter und über dem Summen der Apparate hörte ich ihn heulen und klagen. Mein Mann war also endlich zurückgekommen. Und jetzt ließ er seinem Leid freien Lauf.

»Also gut«, sagte ich leise und entschieden und trat ans Bett meines Sohns. Hinter mir, über mir und links und rechts neben mir hörte ich die Grabesstimme meines Geistes. Die Stimme der Erde, der Qualen und der Dunkelheit: »Wirst du mir das geben, was ich verlange? Wirst du immer mit mir zusammen sein?«

Alles. Was du nur willst.

Sam hörte auf zu jammern, hob den Kopf, murmelte etwas, wie leid es ihm täte, das EEG verpaßt zu haben. Aber die Besprechung hätte länger gedauert, und dann der furchtbare Verkehr. Die Schwester füllte gerade den Tropf auf, und ich konnte immer noch das Dröhnen und Scharren des Todesengels hören, der auf dem Weg zu meinem Sohn war und näher, näher und näher kam. Als die Schwester fertig war, vernahm ich etwas Neues. Das Wiegenlied. Was für ein wunderbares Geräusch. Der Geist tauchte neben Elias' Bett auf.

Ich hielt den Atem an, als er sich aufs Bett setzte und sich über mein Kind beugte. Er spielte auf seiner Gitarre ein paar einfache Akkorde und sang sein kleines, dämonisches Schlaflied.

Schlag die Augen auf, wenn die Mutter dir singt
Von den Wundern um dich her ...

Ich schaute durch die Scheibe in die Station. Der Alte aus dem Fahrstuhl humpelte heran. Ich blinzelte. Wie eigenartig. Und ich konnte immer noch das Dröhnen hören, das mir den Sohn nehmen wollte.

»Tu doch was!« schrie ich – wohl etwas zu laut.

Sam fuhr herum. »Was ist?«

Der Geist hörte auf zu singen und sah mich an. »Gedulde dich, meine Dinah. Ich tue ja schon etwas. Das Ungeheuer haßt Musik. Musik bringt es vom Weg ab. Der Bursche ist nämlich nicht allzu helle.« Er griff wieder in die Saiten und sang weiter:

Und du wirst seh'n, was das Leben dir bringt,
Das dich wiegt auf verschleiertem Meer,
Wo der Holzschuh schaukelt, hin und her,
Mit Zwinker, Blinzel und Nick.

Ich lauschte und sah ihm zu, bis er alle Strophen gesungen hatte. Erst dann wurde mir bewußt, daß ich den Rhythmus des Todesengels nicht mehr hörte. Nur die Apparate der Intensivstation.

In diesem Moment schlug Elias die Augen auf und war gerettet.

Dämon

18

ICH HALTE DEN Atem an und wappne mich, aber auf das, was jetzt geschieht, kann man sich unmöglich vorbereiten. Etwas schließt seine Arme um meinen Körper und hält mir eine Hand vor den Mund. Ich bin wie in einem Schraubstock festgeklemmt, gefangen und gelähmt. Kalte Lippen fahren über meinen Hals, gleiten über meine Haut und scheinen nach einer Öffnung zu suchen. Die Lippen lösen sich in Rauch auf und fahren in mich ein. In die Nase, in den Mund und hinab durch meine Kehle. Füllen jede freie Stelle aus. Meine Ohren sind erfüllt von einem saugenden Laut. Etwas pocht in meinem Gehirn und sperrt alle Geräusche aus. Die Dämpfe verwandeln sich in flüssigen Zorn, der meinen Kehlkopf anfüllt, so daß ich auch nicht sprechen kann. Die Flüssigkeit wandert tiefer, flutet meine Brust, meinen Bauch und meinen Unterleib und ergießt sich schließlich bis in die Zehen- und Fingerspitzen. All mein Fleisch und Gewebe ist gegen etwas Fremdes ausgetauscht worden. Meine Körpertemperatur ist auf den Nullpunkt abgesunken, und meine Organe tosen wie das arktische Meer.

Die Dämpfe verwandeln sich nun in Salzwasser, greifen scharf wie Säure an, höhlen meinen Brustkorb aus, lassen das Gewebe in meinem Bauch erodieren und lappen gegen die Innenseite meines Unterleibs. Endlich fange ich an, das Schicksal und das Sehnen dieser Seele zu verstehen, die keinen Frieden finden kann. Dieser Geist besteht aus Zorn, Überheblichkeit, Leid und Einsamkeit und ist gezeichnet von seiner eigenen Lebensgeschichte, von Schmerz und Reue. Ich spüre die allertiefste Traurigkeit, die keinerlei Hoffnung mehr besitzt; denn dieses Wesen hat weder Körper noch Substanz, um sich durch Buße zu läutern.

Ich erkenne eine grimmige Intelligenz, die nicht existiert, um zu erschaffen, sondern allein, um dem Willen seines Herrn zu dienen. Sie hat großen Hunger und erfährt doch keine Liebe, findet nur bittere Früchte und Verzweiflung. Ein Schwirren und Summen ist in mir, als hätte ich ein wütendes Bienenvolk verschluckt. Bis in alle Ewigkeit allein, leidend, tobend, Gott zürnend und jeden Augenblick bedauernd. Nach Rettung strebend. Und voller Hoffnung, ich könnte seine Rettung sein.

Meine Sicht trübt sich bereits, als ich durch meine Augen blicke. Ich sehe dunkle Schemen, die um mich herum aufsteigen, eine Landschaft Grau in Grau, eine zusammengewürfelte Prozession von gequälten Seelen, von denen jede in eine andere Richtung unterwegs ist, ihre eigene Last trägt und mit ihrem jeweiligen Schicksal hadert. Keine kann der anderen helfen, die Bürde zu tragen, keine bietet der anderen Gesellschaft. Nur das Summen von tausend Wespen ist da, in ihnen und um sie herum.

Ich kann meinen Sohn nicht hören, aber wenigstens bin ich noch nicht blind. Ein Teil von mir erkennt, wie Elias' lieber kleiner Mund sich bewegt, wie er versucht, mich zu erreichen.

Ich taumele am Rand einer völligen Übernahme, stehe kurz davor, endgültig von ihm aufgesogen und zu ihm zu werden, und fange langsam an zu begreifen, was er von mir will. Er will in mir und mit mir sein, strebt danach, die Grenzen meines Fleisches zu erfahren und die Wärme meines Körpers zu spüren. Trachtet danach, durch mich zu leben. Aber kann ich dann überhaupt noch weiterexistieren? Wird Dinah damit nicht ausgelöscht?

O mein Gott, o mein Gott, auf was habe ich mich da eingelassen?

»E-li-as?« Ich war in einem wogenden Strudel aus Dunkelheit gefangen, konnte aber meinen Sohn rufen sehen. Mit aller Macht kämpfte ich gegen das an, was mich festhielt; ich konnte ihn doch nicht ohne mich lassen. Irgendwie gelang es mir, die Silben des Namens auszustoßen, den ich meinem Sohn gegeben hatte, und er klang wie ein Gebet oder eine Segnung.

Der Geist floh durch den Mund aus meinem Körper, als ich diesen Namen krächzte. Liebe und Freude erfüllten die Stellen, in denen der Dämon gewütet, gestochen und mit seinem Zerstörungswerk begonnen hatte. »Mein Kleiner?« Ich bewegte mich auf das Bett zu.

Er wand sich und schlug um sich. Sein ganzer Körper versuchte sich zu befreien, so wie Dr. Moore es vorhergesagt hatte. Elias war immer noch angebunden, rang mit den Fesseln und gebärdete sich wie von Sinnen.

Die diensttuende Schwester drückte den Knopf, um den Arzt zu alarmieren.

»Warte, Dinah«, mahnte Sam.

Aber ich hatte den Jungen bereits losgebunden. Als Dr. Jonas eintraf, hielten wir drei Elias' Hände fest, weil er sich auch noch von den Schläuchen befreien wollte, und das sollte lieber ein erfahrener Arzt vornehmen. Und genau das tat Dr. Jonas auch sofort. Er zog das Beatmungsgerät aus dem Hals meines Sohnes, woraufhin der keuchte und um Luft rang. Elias beruhigte sich aber bald, als Sam und ich ihn in die Arme nahmen, mit Küssen überschütteten und mit Tränen benetzten. Wir ließen uns zu seinen Seiten auf dem Bett nieder.

»Elias?« fragte der Arzt und legte ihm sachte eine Hand auf den Arm. »Kannst du mich hören?«

Mir stockte der Atem, als mein Sohn den Kopf drehte, Dr. Jonas ansah und dann langsam nickte.

Er verstand ihn! Ich keuchte. Mein Sohn war wach und bei Bewußtsein!

»Könnten Sie den Kittel abnehmen?« drängte ich Dr. Jonas. »Mein Sohn kann Arztkleidung nicht ausstehen.«

Dr. Jonas zog den Kittel aus und legte ihn auf den Tisch neben dem Bett. Darunter trug er ein Polo-Hemd, das ihn noch jünger aussehen ließ. »Erwarten Sie bitte nicht, daß er gleich anfängt zu reden«, warnte der Arzt uns.

»Ist klar«, entgegnete Sam.

Mir kam in den Sinn, daß mein Sohn diesen Mann noch gar nicht kennengelernt hatte. »Elias, das ist Dr. Jonas«, erklärte ich ihm.

»Wie geht es dir, Elias?« fragte der Arzt.

»Wie … es … mir … geht?« Seine Stimme klang rauh wie ein Husten.

Der junge Arzt wirkte völlig fassungslos.

Elias schenkte ihm sein schönstes Lächeln, so als habe er noch nie Angst vor Medizinern gehabt. Ich sah Sams Grübchen in seinem Gesicht und mußte ihn einfach noch einmal umarmen.

»Du hast ganz lange geschlafen«, sagte ich ihm, vergrub mein Gesicht in seinem Haar, sog seinen Geruch ein und spürte seine Haut, die so zart wie die eines Neugeborenen war.

»Nacht, Nacht«, sagte Elias.

Nun gesellte sich auch Dr. Moore zu uns, warf einen Blick auf den kleinen Patienten, ohne ihn wirklich anzusehen, und verkündete gleich, daß er mit seiner Diagnose von Anfang an richtiggelegen habe. Ein Medikamenten-Cocktail habe das Koma verursacht.

»Ich habe Singen gehört«, sagte Elias plötzlich. Seine Stimme klang kratzig wie Sandpapier, und er sprach zögernd und offensichtlich unter großen Anstrengungen – aber er redete und war zu verstehen.

»Was denn für Singen?« fragte Sam.

Mein Sohn sah mich mit seinen wunderbaren blauen Augen an. »Schlaflied.«

»Und wer hat das gesungen?« wollte sein Vater wissen.

Elias schloß die Augen und öffnete sie rasch wieder. Dann zuckte er die Achseln. »Irgend jemand.«

»Kommt einem wie ein Wunder vor, nicht wahr?« sagte ich zu Dr. Moore, als ich ihn ein paar Tage später sprach. Man hatte Elias inzwischen in die normale Kinderabteilung verlegt, und wir standen vor dem Spielzimmer und betrachteten die Kleinen durch die Glasscheibe. Mein Sohn hockte auf einem blauen Teppich und spielte mit einer Kindertherapeutin.

»Manchmal erwachen Menschen eben aus dem Koma«, entgegnete der Neurologe. »Das trifft vor allem auf Kinder zu. Selbst nach zweiundzwanzig Tagen, wie wir gesehen haben. So furchtbar ungewöhnlich ist das eigentlich nicht.«

»Aber sehen Sie ihn sich doch an«, drängte ich. »Schauen Sie nur, wie er mit dem Puzzle zurechtkommt.« Elias legte gerade die zehn Teile eines Bauernhof-Puzzle zusammen. Früher wäre er dazu nicht in der Lage gewesen. Mehr noch, er hätte rasch die Lust daran verloren. Aber heute kam mein Sohn der Lösung langsam, aber stetig näher. Ich hätte jetzt zu gern Sam an meiner Seite gehabt, damit er die Fortschritte unseres Sohns sehen könnte. Aber Sam hatte ins Büro gemußt, zu einer Besprechung mit dem wichtigsten Kunden der Agentur. Er hatte gesagt, da könne er gleich für immer zu Hause bleiben, wenn er sich nicht langsam wieder regelmäßig im Büro blicken ließe. (Das konnte ich meinem Mann kaum glauben. Sein Boss, Ed Larobina, hatte Elias ein paarmal besucht. Da mußte er doch einfach Verständnis für unsere Situation haben.)

»Man könnte fast meinen, er – ich meine, muß jemand, der gerade aus dem Koma erwacht ist, nicht einige Dinge neu lernen?« (Das wußte ich noch von meiner Ausbildung.)

»Nach einem Hirntrauma bleibt oft eine dauerhafte Schädigung zurück«, bestätigte Dr. Moore, während seine Blicke wieder auf Wanderschaft gingen. »In der Motorik, bei den Augen, beim Gehör, eine Sprach-Dysfunktion, Gedächtnisverlust, aber das muß nicht zwangsläufig der Fall sein.«

»Könnte es denn sein, daß das Hirntrauma einige Fehlleitungen in seinen Synapsen behoben hat? Zufällig gerade die Stellen, die für Elias' Entwicklungsdefizite verantwortlich waren?« Gar nicht erst zu reden davon, daß er einen weißen Kittel schon auf fünfzig Meter Entfernung gewittert hatte – während er sich hier aufführte, als gehöre ihm der ganze Laden.

»Das möchte ich eigentlich bezweifeln.« Der Arzt ging auf die Tür zu. Ich starrte ihm hinterher, diesem Neurologen, der nicht das geringste Interesse an Elias' erstaunlichen neuen Fähigkeiten aufzubringen schien. Nach einem Moment folgte ich ihm ins Spielzimmer. Kaum dort angekommen, entließ Dr. Moore die Therapeutin mit knappen Worten. Sie verabschiedete sich von meinem Sohn und verschwand. Elias winkte ihr nach, lächelte, winkte dann auch in meine Richtung und machte sich wieder über sein Geduldsspiel her.

»Wissen Sie, es kommt mir wie ein Wunder vor, daß er so plötzlich erwacht ist.«

Der Neurologe warf einen Blick nach draußen, als eine junge Schwester an der Scheibe vorbeilief. »Mich überrascht es wenig.«

Ich konnte ihn nur anstarren.

Er drehte sich zu mir um, sah mich aber auch jetzt nicht an. Seine Blicke schossen hierhin und dorthin, Hauptsache, an mir vorbei. »Nach vier Wochen hätten wir anfangen müssen, uns Sorgen zu machen.«

Warum hatte er mir das nicht vorher gesagt, dieser eitle Spezialist? Ich hatte die Nase voll davon, mich herablassend behandeln zu lassen.

Elias sprang plötzlich auf, rannte auf uns zu und stellte sich zwischen uns. Bitte sehr, selbst ein Blinder hätte feststellen können, welche Fortschritte mein Sohn machte. Wohin Dr. Moores Blicke wanderten, folgten ihnen die Elias'. Zur Wand, zur Sichtscheibe, zur Decke und zum Boden. Zuerst schien das den Neurologen zu verwirren, dann erkannte er, daß mein Sohn ihn nachahmte. Er räusperte sich und nahm die Farbe Roter Bete an.

Elias blieb noch zwei Wochen im Krankenhaus, und in der Zeit führten sie alle möglichen Tests an ihm durch. Angesichts der Intensität seines Anfalls und der Dauer seines Komas, erklärte

Dr. Moore, bestehe wohl die Wahrscheinlichkeit, daß das Fieber eine untergründige Epilepsie ausgelöst habe, auch wenn frühere Tests nie auf eine solche Veranlagung hingewiesen hätten. Der Arzt verabreichte Elias ein Antikonvulsivum, und an einem verschneiten Februarmorgen durften mein Sohn und ich nach Hause.

Als Sam, Elias und ich unsere Auffahrt erreichten, waren bereits gut zehn Zentimeter Neuschnee gefallen. Obwohl ich einmal während dieser furchtbaren Geschichte nach Hause gekommen war, hatte ich nicht das Gefühl gehabt, dies sei mein Heim. Erst heute fiel mir wieder ein, wie sehr ich dieses Haus liebte. Im vergangenen Jahr hatten wir die Außenwände senfgelb und die Fensterläden schwarz gestrichen. 1890 als Farmhaus erbaut, besaß es noch viel von seinem rustikalen Charme. Gemütliche Winkel, unebene breite Dielenböden, eine Veranda an der Vorderfront und ein bunt zusammengewürfelter Zimmerzuschnitt. Wir stießen durch Becky auf dieses Anwesen, und dabei hatte ich sie auch kennengelernt.

Kate kam ohne Mantel und mit weit ausgebreiteten Armen aus dem Haus gestürmt, um uns zu begrüßen. Alex folgte ihr auf dem Fuße und war mindestens ebenso glücklich wie seine Schwester, auch wenn er das natürlich nicht so zeigen konnte. Meine Tochter hob Elias aus seinem Kindersitz. Während sie ihn herzte und Alex ihn küßte, ließ er seinen Tuddy nicht los. Dann sauste Kate mit ihm ins Haus. Als ich endlich eintrat, hockten die beiden auf dem Boden. Der Kleine saß bei ihr auf dem Schoß, und sie spielten »Backe-backe-Kuchen«. Alex hatte sich nicht weit von ihnen auf dem Sofa niedergelassen. Jetzt fiel mir auf, daß er einen Ohrring trug.

»Wann hast du dir denn das machen lassen?« fragte ich ihn.

»Letzte Woche. Dad hat es erlaubt.«

Bevor ich etwas dazu sagen konnte, fing Elias furchtbar an zu lachen, weil Kate ihn kitzelte.

»Sei bitte etwas vorsichtig. Treib es nicht zu wild mit ihm.«

»Ach, Mom«, maulte Alex, »du machst dir immer viel zu viele Sorgen.«

Ich? Zu viele Sorgen?

»Eure Mutter hat recht«, erklärte Sam. »Geben wir ihm wenigstens die Chance, sich wieder an sein Zuhause zu gewöhnen. Danach können wir ihn so viel kitzeln, wie wir nur wollen. Was, Elias?« Er ging in die Hocke und kitzelte den Kleinen, der glücklich kicherte und zu ihm auf den Schoß kletterte.

Wenig später saß die ganze Familie bei einem Monopoly-Spiel zusammen, das sich bis in die Nacht hinzog. Bei Kerzenschein, denn nach dem Abendessen hatten wir einen Stromausfall. Draußen wütete ein Blizzard.

Am nächsten Morgen zeigte sich die Welt ganz in Weiß gehüllt und wunderschön. Stille herrschte überall und wurde nur hin und wieder vom Knarren eines Asts gestört, der unter der Last des Schnees ächzte. Der Pflug der städtischen Straßenwacht hatte vor unserer Auffahrt ein Schneegebirge geschaffen, und wir konnten nicht mehr hinaus. Die Schulen blieben heute geschlossen, aber Sam bestand darauf, zum Büro zu fahren, und brauchte über eine Stunde, um sich den Weg freizuschaufeln.

»Meinen Lauf kann ich heute wohl vergessen«, meinte er, als er in der Küche stand und die beschlagenen Brillengläser mit einem Tuch polierte. Bei der Arbeit war er tüchtig ins Schwitzen gekommen.

»Als Elias noch im Krankenhaus lag, hast du nicht aufs Laufen verzichtet.« Die Worte taten mir sofort leid, kaum daß sie mir über die Lippen gekommen waren.

Sam legte die Stirn in Falten. »Du bist auf deine Weise damit fertig geworden, und ich auf meine.«

Ich stellte die Kaffeekanne auf den Tisch. »Entschuldigung, das war dumm von mir.«

»Sei doch nicht albern«, meinte er. »Wenn du jeden Blödsinn im Gedächtnis behalten würdest, den ich irgendwann mal von mir gegeben habe, lägen wir im Dauer-Clinch. Kannst du dich noch an die Volleyball-Geschichte erinnern?«

Im Sommer nach Elias' Geburt hatten wir auf Cape Cod für

eine Woche ein zauberhaftes Ferienhaus im viktorianischen Stil gemietet. Mark und Becky kamen mit ihren Kindern mit und die Magills auch. Jeden Tag spielten wir nach der Rückkehr vom Strand im Garten Volleyball. Sogar ich nahm daran teil, wenn es mir gelungen war, den mürrischen Säugling zu einem Schläfchen zu bewegen. Sam war schon immer eine richtige Sportskanone gewesen und konnte schlecht verlieren. In jener Woche übertrieb er es etwas. Für ihn schien das Spiel blutiger Ernst zu sein, und er nervte uns mit seinen ständigen Anweisungen. Zwei Tage vor Urlaubsende patzte Alex bei einem relativ einfachen Ball der zwölfjährigen Tochter von Jim und Pam. Sam explodierte: »Was sollte das denn, Alex?« – »Ich bin eben blöd, ungeschickt und zu nichts zu gebrauchen«, entgegnete mein Ältester und verließ das Spielfeld.

An diesem Abend hatten Sam und ich einen unserer seltenen Kräche. Ich sagte ihm, er habe maßlos übertrieben und solle unsere Kinder nicht so antreiben. Er entgegnete, ich sei viel zu nachgiebig, räume den Kindern ständig hinterher, und wenn ich das nicht bald einstellte, würden wir völlig verzogene Gören bekommen. Als wir uns zwei Tage später wieder versöhnten, gestanden wir uns beide ein, daß der andere nicht so ganz unrecht gehabt habe.

»Es tut mir trotzdem leid«, erklärte ich jetzt und ging mit ausgebreiteten Armen auf ihn zu. Wir hielten uns lange fest, er in seinem Parka und ich in meinem Morgenmantel.

Seine Lippen wanderten über meinen Hals, und sein Kuß schmeckte salzig und nach Schweiß. Aber es tat unendlich gut, wieder in seinen Armen zu sein.

»Wir haben großes Glück«, murmelte er.

»Ja, das haben wir.«

Nachdem er geduscht hatte, fuhr ich ihn mit unserem Allradantrieb zum Bahnhof. Als ich wieder zurück war, rührten Kate und Elias gerade Waffelteig und hatten die ganze Küche in ein Schlachtfeld verwandelt. Alex steckte oben in seinem Zimmer und feierte den schulfreien Tag auf seine Art. Er lag auf dem Bett, hörte Heavy Metal und hatte die Anlage ganz aufgedreht. Kate verdrückte sich lieber gleich, aber Elias half mir beim Aufräumen. Danach stecke ich ihn in seinen Winteranzug, und er spielte im Schnee, während ich den Rest der Auffahrt freischaufelte. Später am Morgen bauten wir im Vorgarten zwei Schneemänner.

Am Nachmittag wagten Elias und ich uns hinaus in die Welt, genauer zum Supermarkt. Früher hatte er sich immer in den Einkaufswagen setzen lassen, aber jetzt wollte er neben mir laufen, was er mit seinem unbeholfenen Gang auch tapfer durchhielt. Als wir zu dem Regal mit den Frühstücksflocken kamen, stapfte er auf eine große und offensichtlich schwangere Farbige zu, die sich gerade die verschiedenen Corn-Flakes-Sorten ansah.

»Ich mag Super-Pops«, erklärte er ihr. »Was mag dein Sohn?«

Sie beugte sich ein wenig zu ihm herab und lächelte. »Ich habe keinen Sohn.«

»Doch«, entgegnete er und zeigte auf ihren Bauch. »Da drin.«

Die Frau starrte ihn für einen Moment an, sah dann zu mir und fing an, laut zu lachen.

»Der Kleine hat recht. Letzte Woche hat der Arzt mir gesagt, daß ich einen Jungen bekommen würde.«

Wir kamen zur Fleischtheke, und jetzt wollte Elias wieder in den Wagen. Ich setzte ihn hinein und bemerkte dabei Tammy Pearl, die sich gerade prüfend beim Geflügel umsah. Sie drehte sich sofort weg.

»Hi, Tammy«, sagte ich.

»Oh, hallo. Hast du meine Karte bekommen?«

»Ja, vielen Dank dafür.«

»Da ist ja auch Elias. Wie schön, daß es dir wieder besser geht.« Sie tätschelte ihm den Kopf.

Er tätschelte ihr den Arm. »Geht es dir auch besser?«

Tammy sah ihn verwirrt an. »Aber ich war doch gar nicht krank.«

Mein Sohn schloß die Augen.

»Ist wirklich wieder alles in Ordnung mit ihm?«

»Ja, alles bestens, Tammy.« Ich verabschiedete mich mit einem Nicken, denn es tat mir schon leid, sie überhaupt angesprochen zu haben, und ging vor dem Kleinen in die Hocke. »Was machst du denn da, Elias?«

Er gab keine Antwort und hielt nur weiterhin die Augen geschlossen.

»Elias?«

Schließlich sah er mich wieder an. »Ich mache die Augen zu, Mommy.«

»Das habe ich bemerkt, aber warum?«

Er drehte sich zu der Truhe mit dem abgepackten Fleisch und zeigte darauf.

»Was ist denn da?«

Elias streckte nur wortlos den Finger aus.

»Worauf zeigst du denn? Auf die Steaks?«

Er nickte und schloß die Augen wieder.

Nachdem man ihn auf die normale Kinderstation verlegt hatte, hatte man ihn langsam wieder an richtige Nahrung gewöhnt. Zuerst Joghurt, Pudding und dergleichen und nach einer Weile Fleischpastete und Hühnerfrikasse. Aber seltsamerweise hatte Elias sich geweigert, irgendeine Art von Fleisch zu sich zu nehmen. Auch zu Hause aß er brav alles auf. Nur das Fleisch ließ er unberührt auf dem Teller liegen. »Schmeckt nicht«, pflegte er zu antworten, wenn ich ihn danach fragte.

In der nächsten Woche kehrte Elias in die Vorschulklasse von Miss Stanakowski zurück, und ich wandte mich wieder meiner Praxis zu. Vor der Erkrankung meines Sohnes hatte ich dort halbtags gewirkt, dreißig Patienten gehabt und jeden Dienstagabend meine Frauengruppe mit sieben Teilnehmerinnen geleitet. Als ich nach der Zwangspause von sechs Wochen wieder an die Arbeit ging, waren es fünf Patientinnen weniger geworden. Zwei hatten die Therapie von sich aus abgebrochen, zweien gefiel es bei dem Kollegen besser, an den ich sie verwiesen hatte, und Danielle O'Connor, die neue Patientin, die von ihrem Mann geschlagen worden war, hatte sich nie bei Grace, der Psychiaterin, die ich ihr empfohlen hatte, gemeldet.

Als ich endlich wieder hinter meinem Schreibtisch saß, fühlte ich mich so gut wie schon lange nicht mehr. Ich ging die Akten der für diesen Tag angemeldeten Patienten durch, und dann rief ich Danielle O'Connor an und sprach ihr auf den Anrufbeantworter, daß ich wieder einsatzbereit sei, wenn sie sich noch keinen anderen Therapeuten gesucht hätte.

Meine erste Patientin erschien pünktlich auf die Minute: Zandra Leeward, ein merkwürdig exotischer Name für eine plumpe junge Frau, die das College geschmissen hatte und jetzt als Sekretärin in einer Anwaltskanzlei arbeitete. Bei unserer ersten Sitzung hatte sie mir erzählt, daß ein junger Anwaltsgehilfe sie im Büro sexuell belästige. Und wie sah diese Belästigung aus? Er hatte ihr zum Geburtstag eine Rose geschenkt und sie gefragt, ob sie nicht mit ihm ausgehen wolle.

Wie sich dann im Lauf unserer Gespräche herausstellte, hatte Zandra noch nie eine Beziehung mit einem Mann gehabt, weder eine sexuelle noch überhaupt irgendeine. »Das ist nichts für mich«, erklärte sie. Als ich sie nach dem Grund dafür fragte, meinte Zandra: »Sehen Sie mich doch einmal an, ich bin häßlich wie die Nacht.« Na ja, hübsch konnte man sie nicht unbedingt nennen, aber häßlich wie die Nacht war doch stark übertrieben.

Es konnte mich nicht überraschen, daß der Grund für diese überaus negative Selbsteinschätzung bei niemand geringerem als ihrer Mutter zu finden war. Mutterherz war inzwischen tot, hatte aber immer sehr gut ausgesehen und erfolgreich als Model gearbeitet. Die Gespräche, die Zandra mit ihrer Mom geführt hatte, waren so krass verlaufen, daß mir Charlotte dagegen wie ein Engel der Güte vorkam. Im vergangenen Dezember hatte die Patientin mir gesagt, daß ich ihrer Mutter in nichts ähnlich sei, und da wußte ich, daß sie Vertrauen zu mir gefaßt hatte. Das war der Stand der Dinge gewesen, bevor für mich die Welt zusammengebrochen war.

In unserer ersten Sitzung nach der Pause wirkte Zandra wütend und aggressiv, bis ich sie schließlich fragte, ob sie sauer auf mich sei. Zuerst bestritt sie das, aber nach der Hälfte unserer fünfzigminütigen Sitzung erklärte Zandra, daß ich sie »im Stich gelassen« habe. Solche Reaktionen erhielt ich für gewöhnlich nach dem Urlaub. Meine Abwesenheit hatte sie völlig unvorbereitet und ohne Vorwarnung getroffen.

»Tut mir leid«, versicherte ich Zandra, »aber es ließ sich leider nicht ändern.«

»Wo waren Sie?« fragte sie unter Tränen. »Ich habe Sie dringend gebraucht. Ray Johnson hat mich zu Hause angerufen und wollte mich schon wieder einladen!«

In meiner ersten Zeit als Therapeutin war ich nur schwer damit zurechtgekommen, daß einige Patienten so abhängig von mir wurden. Damals konnte ich mir nicht erklären, warum sie so auf mich reagierten. Erst wenn man einige Berufserfahrung gewonnen hat, gewöhnt man sich langsam an die Rolle, die man im Leben seiner Schützlinge spielt.

»Zandra, eines meiner Kinder war sehr krank. Ihm geht es jetzt wieder besser, aber ich mußte wirklich ständig bei ihm sein. Tut mir sehr leid, die Umstände waren eben leider so.«

Für einen Moment wirkte die junge Frau verwirrt, dann meinte sie: »Irgendwie seltsam, daß ich hierherkomme und Ihnen alles von mir erzähle, während ich gleichzeitig überhaupt nichts von Ihnen weiß. Mir war ja nicht einmal bekannt, daß Sie Kinder haben.«

»Doch, die habe ich.«

»Da bin ich aber froh, daß es ihm wieder besser geht. Wie alt ist er überhaupt?«

Ich faltete die Hände im Schoß. »Fünf. Zandra, ich halte es für keine gute Idee, meinen Patienten etwas aus meinem Leben zu erzählen. Mein Privatleben würde bei dem, was wir hier erreichen wollen, nur stören. Davon abgesehen käme es mir auch nicht recht vor, auf Ihre Kosten von mir oder meinem Sohn zu erzählen.«

Sie atmete kurz durch. »Ja, das stimmt wohl.«

»Also weiter. Sie haben gerade gesagt, daß Sie sauer auf mich waren, als Sie mich nicht erreichen konnten, nicht wahr? Erzählen Sie mir doch mehr darüber. Was geht da vor sich, wenn Sie wütend werden?«

Sandra beschrieb mir nun, wie sich dann ihr Magen und ihre Kehle zusammenschnürten und sie schließlich weinen müsse. Den Rest der Sitzung verbrachten wir damit herauszufinden, wann sie so etwas zum ersten Mal erlebt hatte.

Für mich fühlte es sich gut und richtig an, wieder in der Praxis zu arbeiten. Während jener unerträglichen Wochen hatte ich mich am Rande des Wahnsinns bewegt und offenbar eine Psychose entwickelt. Gott sei Dank nur eine temporäre, denn nun war das alles ausgestanden.

In der letzten Februarwoche suchte ein heftiger Nordost-Sturm die ganze Region heim, die ohnehin schon unter dem schlimmsten Winter seit Menschengedenken litt. An einem Morgen fiel, nachdem ich die Kinder zur Schule gebracht hatte, wieder Schnee. Zuerst nur ein paar Flocken, aus denen sich aber rasch ein weiterer Blizzard entwickelte, der Berge von neuem Schnee auf dem alten ablud. Ich arbeitete gerade an einem Text, mit dem ich meine Kolumne wiederaufnehmen wollte. Er befaßte sich mit den Blondinen in den Filmen der Schwarzen Serie und sollte den Titel »Film-noir-Hausfrauen« tragen.

> Wenn ich mit jemandem auf der Welt tauschen könnte, dann am liebsten mit einer der Blondinen in den Krimis der Schwarzen Serie. Zum Beispiel mit Lauren Bacall in *Haben und Nichthaben.* Oder mit Veronica Lake in jeder ihrer Rollen. Ich würde mich sogar mit einigen der Stars aus den neueren Film-noir-Streifen zufriedengeben, etwa Kathleen Turner in *Heißblütig – Kaltblütig.* Ehrlich gesagt, manchmal träume ich sogar nachts davon. In diesen Träumen gibt es keine Kinder, keine Hausarbeit, keine Hämorrhoiden und keine Ehemänner. Nur finstere Kerle, die in noch finsterere Geschäfte verwickelt sind und deren Lippen sich vor

Lust verziehen, wenn sie mein blondes Haar sehen, das verführerisch über ein halb geschlossenes Auge fällt, oder meine Stimme hören, die drei Oktaven tiefer klingt als das bei einem weiblichen Homo sapiens möglich ist. Ich trage einen hellen Trenchcoat, und der verhüllt einen Körper, für den Männer sterben oder morden würden. Ich bin ausgesprochen gefährlich und trage immer meine Zimmerflak in der Manteltasche. Aber leider, leider wache ich irgendwann auf, und mir fällt ein, daß ich noch fürs Abendessen einkaufen muß. Wenn ich dann in meinem Supermarkt stehe, tummeln sich dort zu meiner größten Überraschung jede Menge gefährlicher Blondinen. Sie drücken prüfend Melonen, tasten Tomaten ab und knurren den Metzger mit vorgehaltener Wumme an: »Ich will mein Fleisch fettfrei!«

Zufrieden mit diesem Anfang, schaltete ich das Radio ein, um zu erfahren, ob die Schulen heute schneefrei gäben. Ja, das war der Fall. Nicht zum ersten Mal in diesem Winter. Ich beschloß, möglichst früh zur Vorschule zu fahren. Dann konnte ich mir noch einen Eindruck davon verschaffen, wie sich Elias jetzt in der Gruppe aufführte. Die Straßen hatten sich bereits in glitschigen Schneematsch verwandelt. Deutlich später stand ich mit einer anderen Mutter auf dem Flur und spähte durch das große Fenster. Der Schnee, der auf unseren Mänteln und Stiefeln schmolz, erzeugte auf dem Boden zwei sich zunehmend ausdehnende Pfützen.

»Was meint denn die Wettervorhersage?« fragte ich. »Kriegen wir noch mehr Schnee?«

»Bestimmt noch einen halben Meter«, antwortete sie mit einem Lächeln. Die Frau war Ende zwanzig und recht hübsch, aber sie trug diesen Gesichtsausdruck, wie er mir bei vielen Müttern von Kindern ›mit besonderen Bedürfnissen‹ aufgefallen war: leicht verhärmt und völlig erschöpft.

»Welches Kind ist denn Ihres?« fragte sie mich. Als ich auf Elias wies, rief sie: »Oh, der ist ja entzückend!«

Elias schaute angestrengt nach vorn, auf ein überdimensionales Bilderbuch über Meeresbewohner, das Miss Stanakowski den Kindern zeigte. Es ruhte auf ihrem deutlich gewölbten Schwangerenbauch, der in den sechs Wochen ziemlich gewachsen war. Jede Seite des Buches wies neue unglaubliche Farbaufnahmen von Meerespflanzen, Korallen, bunten Fischen, Hummern und Delphinen auf.

»Ein Wal«, erklärte die Lehrerin und zeigte auf das Bild von einem Meeressäuger.

Einige Kinder wiederholten das Wort gleich: »Wal.« Andere konnten nicht sprechen, und wieder andere hatten eine zu niedrige Aufmerksamkeitsspanne. Und mein Elias? Der schwieg hingerissen.

»Und welches Kind gehört zu Ihnen?« fragte ich.

»Frederick.« Sie deutete auf ihn. »Er sitzt rechts neben Elias.«

Ich betrachtete den kleinen Jungen genauer. Offenbar litt er unter einer Lähmung. Er hielt den Kopf schief, und sein Unterkiefer hing herab.

Ich versuchte, mir nichts anmerken zu lassen. »Und wie geht es ihm?«

»Ganz gut …« Sie zögerte. »Ich habe gehört, Elias mußte ins Krankenhaus. Geht es ihm denn wieder besser?«

»Ja, er scheint es gut überstanden zu haben. Und wie hat Frederick es verkraftet?« Ich hatte gehört, daß ihr Junge vor acht Monaten operiert worden war. Einige dieser Kinder hier mußten so oft ins Krankenhaus, wie andere in die Ferien fuhren.

»Im Moment geht es. Aber er muß sich eben alle paar Jahre operieren lassen.« Sie sah jetzt sehr müde aus.

»Tintenfisch«, sagte Miss Stanakowski gerade, und dieselben Kinder wie zuvor wiederholten das Wort. Elias saß die ganze Zeit nur da und starrte verzückt auf das Meeresgetier, bis die Lehrerin mitteilte, daß nun Schluß und es Zeit zu gehen sei. »Kann ich noch weitergucken?« fragte mein Junge.

Miss Stanakowski lächelte und reichte ihm das Buch. Mittlerweile fanden sich immer mehr Mütter ein, und wir alle traten in den Raum, um beim Auseinandersortieren der Mäntel, Rucksäcke und Stiefel zu helfen. Elias blieb weiter auf dem Boden hocken und schien nichts von der Betriebsamkeit rings um ihn mitzubekommen. In aller Seelenruhe blätterte er mit seinen dicken, kleinen Fingern umständlich die Seiten um, wie es seine Art war.

Ich beugte mich über ihn. »Das ist aber ein schönes Buch, nicht wahr, Elias?«

Er umarmte mich, strahlte mich an und wandte sich dann wieder dem Meeresleben zu. Ich versuchte, ihn zur Garderobe zu locken, aber er rührte sich nicht von der Stelle. Die ersten Kinder gingen bereits. Als Miss Stanakowski sich schließlich vom letzten, einem kleinen Mädchen, verabschiedet hatte, kam sie zu uns.

»Ich fürchte, morgen bleibt die Vorschule geschlossen«, sagte sie und schaute hinaus auf den wirbelnden Schnee. »Und übermorgen wohl auch.«

Ich erhob mich. »Die Pause tut Ihnen sicher gut.«

»Ja, in meinem Zustand kann ich die gut gebrauchen. Aber ich liebe meine Klasse und möchte diese Kinder gegen nichts auf der Welt eintauschen.« Sie warf einen Blick auf Elias und lächelte. »Es war seine Idee, daß ich der Klasse in der Vorlesestunde dieses Buch zeige. Er hat es heute morgen in der Ecke entdeckt, nicht wahr, Elias?«

Mein Sohn nickte, ohne von den Bildern aufzuschauen, und blätterte die nächste Seite um.

»Okay, kleiner Mann«, erklärte ich. »Jetzt wollen wir aber los, bevor der Schnee uns bis zu den Ohren reicht.«

Zögernd schloß er das Buch und stand auf. Hielt es aber immer noch fest.

»Ich fürchte, wir müssen das Buch hierlassen, mein Schatz.«

Er schob die Unterlippe vor.

»Das ist schon in Ordnung«, sagte die Lehrerin. »Elias, du darfst es mitnehmen.«

Ich wollte unbedingt einen seiner Wutanfälle vermeiden. »Geht das auch wirklich?«

»Selbstverständlich.«

Schon waren wir beide damit beschäftigt, ihn in seinen Schneeanzug zu stecken.

»Wissen Sie, was er heute zu mir gesagt hat?« sagte Miss Stanakowski. »Ich bestrich ihm gerade einen Cracker mit Erdnußbutter, als er mir erklärte, ich sähe aus wie ein Engel.«

Ich zog ihm den Reißverschluß hoch und schaute ihm ins Gesicht. »Wo hast du denn das Wort gehört, Elias?«

Er schob sich die Brille hoch. »Von dir, Mommy.«

Meines Wissens hatte ich ihm gegenüber noch nie Engel erwähnt; genausowenig wie einige andere Dinge, zum Beispiel Kinder im Bauch der Mutter.

»Wie sieht denn ein Engel aus?« fragte ich ihn.

Mein Sohn lachte und zeigte auf seine Lehrerin.

»Miss Stanakowski ist so lieb wie ein Engel, aber Engel haben doch auch Flügel, oder?«

Elias nickte. »Einige haben sehr viele Flügel.«

Ich starrte ihn mit einem mulmigen Gefühl an. »Hast du denn ein Bild von einem Engel mit sehr vielen Flügeln gesehen?«

Der Junge schüttelte den Kopf. »Von einigen Engeln lernst du was, und andere lassen dich was vergessen.« Dann zeigte er auf Miss Stanakowskis Bauch. »Sie weiß das.«

Was redete er denn da?

»Und dann gibt es Engel, die Mommy Angst machen.« Jetzt sah er mich an.

Ich warf der Lehrerin einen Blick zu, die dem Ganzen ebenso verständnislos folgte wie ich. In diesem Moment befiel mich Panik, und ich spürte, wie mich ein Zittern überkam.

Aber da schlang Elias seine Arme um mich und schenkte mir eine seiner Schwarzenegger-Umarmungen, und darunter vergaß ich alles andere.

19

DER ERSTE MONTAG im März wurde unglaublich kalt, und in den Nachrichten hieß es, für diesen Tag sei ein neuer Kälterekord erreicht. Am Abend pfiff ein heimtückischer, scharfer Wind ums Haus und ließ die Schneeflocken im Garten tanzen. Ich bereitete gerade das Abendessen zu, und Sam trat hinter mich.

»Hallo, Schatz.« Er küßte mich auf den Hals. »Werden hier auch Fremde bedient?« Das gehörte zu einem unserer Spielchen. Wechselseitig schlüpften wir in die verschiedensten Rollen: den alten Lüstling, die Thekenschlampe, das Partyflittchen, den Busengrabscher und so weiter. Heute abend näherte er sich mir als ›Fremder‹, weil wir seit zwei Monaten nicht mehr miteinander geschlafen hatten. Für uns ein neuer Rekord.

»Nur Fremde, die mir gefallen«, antwortete ich.

»Dann bis später.«

»Bis später, Fremder.«

Am Abend saß die ganze Familie am Tisch und aß zusammen. Jeder berichtete von dem, was er an diesem Tag erlebt hatte und was er am nächsten vorhabe. Elias zeigte uns jeden Abend seine *Geschöpfe der Tiefe* – er hatte das Bilderbuch immer noch. Und diese Mahlzeit bildete keine Ausnahme. Seitdem trug er nicht mehr Tuddy mit sich herum, sondern seinen neuesten Schatz. Ich verkündete, daß ich morgen meinen Schreibkurs im Jüdischen Gemeindezentrum wieder aufnehmen wollte, und ignorierte Alex' Bemerkungen über Beschäftigungstherapie fürs Friedhofsgemüse. Sam und er hatten den ganzen Tag über einer Werbekampagne für eine neue Zitronen-Limonen-Limonade gebrütet.

Kate schlug vor, das Getränk als »Zitromonisch« zu bezeichnen. »Dann könntet ihr doch in einem Jingle alle möglichen Wörter verwenden, die sich darauf reimen. Wie köstlomonisch, leckeromonisch, nahrhaftomonisch.« Sie sang eine einfach Melodie und setzte ihre selbsterfundenen Begriffe ein.

»Das sind doch überhaupt keine richtigen Wörter, blöde Kuh«, murrte mein ältester Sohn mit gerunzelter Stirn.

»Alex, solche Ausdrücke möchten wir hier nicht hören«, erklärte Sam.

»Einfach gar nicht hinhören«, sagte Kate. »Solche Wörter zu benutzen ist doch künstlerische Freiheit, oder, Dad?«

Sam stimmte ihr zu, meinte aber, daß die neue Limonade nicht unbedingt nahrhaft und damit wohl auch nicht ›nahrhaftomonisch‹ sei. Davon abgesehen sei das aber keine schlechte Idee. »Vielleicht solltest du in die Fußstapfen deines alten Herrn treten und in die Werbung gehen.«

»Mrs. Kotchkins meint aber, ich sollte versuchen, Musikerin zu werden.«

»Entscheid dich für das, was dich glücklich macht, Kate«, sagte ich, und dabei fiel mir ein, daß ich mit ihr noch über Lucia Orsinis Anruf reden mußte – darüber, daß sie und ihre Freundinnen angeblich auf Allison herumhackten.

Selbst Alex hatte einen Beitrag zum Tischgespräch zu leisten. Er hatte gerade auf der Staples High-School angefangen und erklärte nun, er wolle sich für das dortige Baseball-Team bewerben.

Nach dem Essen verzog sich Sam ins Arbeitszimmer, das wir beide uns teilten, um weiter an seinem Konzept zu arbeiten. Ich ging hinauf zu Kate, die wie üblich gerade telefonierte. Die Sache mußte jetzt durchgezogen werden, und so gab ich ihr mit Zeichen zu verstehen, daß sie Schluß machen solle. Ich wartete, bis sie endlich aufgelegt hatte, und setzte mich dann zu ihr aufs Bett. Sie nahm die Geschichte erstaunlich vernünftig auf.

»Du hast recht, Mom. Allison ist zwar wirklich eine Nervensäge, und niemand kann sie leiden, aber irgendwie tut sie mir auch leid. Ich habe mich bereits bei ihr entschuldigt, denn was wir mit ihr gemacht haben, war blöd und gemein.«

Ich drückte ihren Arm. »Kate, ich bin sehr stolz auf dich.«

Sie lehnte sich an das aus Korb gefertigte Kopfende ihres Betts und schob die Hände in den Nacken. »Ja, bin ich nicht einfach die Größte?«

Ich sagte ihr, sie solle nach unten kommen und gute Nacht sagen, wenn sie mit den Hausaufgaben fertig sei, und spielte noch eine Weile mit Elias. Dann wurde es für ihn Zeit, sich zu waschen und den Pyjama anzuziehen. Wir sahen uns noch die *Geschöpfe der Tiefe* an, und ich sang ihm sein Schlaflied. Nachdem auch Alex und Kate fürs Bett fertig waren, begab ich mich ins Schlafzimmer, um hier alles für die Romanze unter Fremden vorzubereiten. Ich zündete ganze Batterien von Kerzen an, fand im Radio einen Sender, der sanften Jazz spielte, und schlüpfte in ein sexy Negligé. Sam tat überrascht, als ich in diesem Aufzug zu ihm ins Arbeitszimmer kam. Aber er schaltete gleich den Computer aus.

»Was ist das denn?« fragte er.

»Es war schließlich deine Idee, Fremder.«

Er folgte mir ins Schlafzimmer.

Am nächsten Morgen arbeitete ich eine Weile an einer neuen Kolumne, die den Titel ›New-Age-Diäten‹ tragen sollte. Darin schlug ich die *Vollbuch-Diät* vor (›Die Diät, die Sie nicht erst lesen müssen, sondern gleich essen können. Seite um Seite; denn die bestehen aus aufbereiteten Proteinen.‹). Oder die *Astralprojektions-Diät* (›Projizieren Sie einfach Ihre Bauchringe auf Brooke Shields und Ihre wabbeligen Oberschenkel auf Jane Fonda. Und Heather Locklear bekommt Ihr Hinterteil.‹). Und schließlich die *Zeitmaschinen-Diät* (›Reisen Sie einfach in die Zeit zurück, als dralle Fülle und Rundungen in hohem

Kurs standen. Dann können Sie ihren Körper so lassen, wie er ist, und alle werden Sie für ein Schönheitsideal halten und nicht mehr für einen gestrandeten Wal.‹).

Ich gab den Text in der Zeitung ab und machte mich dann auf den Weg ins Jüdische Gemeindezentrum. Meine Schüler schienen glücklich zu sein, mich wiederzusehen, und ich bedankte mich bei ihnen für ihre Kartengrüße und Gebete für Elias' Genesung. Ihre Sorge und Freude wirkte so herzlich, daß ich ihnen etwas darüber berichtete, wie es Elias im Krankenhaus ergangen war. Dies mündete in eine halbstündige Diskussion über Krankheiten, Krankenhäuser und überhaupt Ärzte.

Anscheinend ein Lieblingsthema für jeden ab siebzig. Pearl Ott berichtete uns über ihren schlimmen Rücken, ihre Arthritis und ihre Polypen – ihr Rheumatologe sei ein absolutes Genie, nur für den Fall, daß wir uns fragten, warum sie dieses Leiden nicht aufgeführt habe. Rose Felber erzählte von ihrer Tochter Belle, die als kleines Kind Meningitis bekommen habe, davon aber, dem Himmel sei Dank, genesen sei. Nur sei sie seitdem auf einem Auge blind (und das sei doch zu verkraften, wie alle anderen ihr bestätigten).Und von Abe Modell erfuhren wir schließlich, warum er Zahnarzt und nicht Humanmediziner geworden sei. (»Zahnheilkunde! Also das ist ein Beruf, in den man sich richtig verbeißen kann!«)

Als neues Projekt des Kurses schlug ich vor, daß jeder über das schreiben solle, was er am meisten bedaure. Das schien meinen Rentnern zu gefallen.

Nach dem Kurs bat ich Ellen, noch einen Moment zu bleiben. »Ihre Karte hat mich sehr bewegt«, erklärte ich ihr mit einiger Lautstärke. »Das war sehr großherzig von Ihnen.«

Sie sah mich mit ihren durchdringenden Augen an. »Großherzig?«

»Ich meine, nach all dem, was Sie durchgemacht haben müssen …«

»Sie glauben also, ich könnte einem anderen nichts Gutes mehr wünschen, weil ich selbst durch die Hölle gegangen bin? Weil ich immer noch in der Hölle lebe?«

»Fühlt es sich so an, als befände man sich in der Hölle?«

»Ja, so war es, und so erlebe ich es heute noch. Ich habe meine ganze Familie verloren. Meinen Vater und meine Mutter.«

»Das tut mir sehr leid.«

»Ja«, sagte sie auf Deutsch und besann sich dann. »Ich verabscheue diese Sprache. Ich spucke darauf.«

Ich schloß die Augen.

»Meine Schwester und meinen Bruder«, fuhr sie fort. »Meinen ersten Mann und meine Tochter, mein Baby.«

Als ich die Augen wieder öffnete, rechnete ich damit, bei ihr Tränen zu sehen. Aber Ellen Shoenfelds Augen waren trocken und blickten klar. Ich legte ihr eine Hand auf die Schulter. »Warum schreiben Sie sich nicht das ganze Leid von der Seele?«

Sie schüttelte meine Hand ab und klemmte ihren Block unter den Arm. »Nein, das werde ich niemals tun.«

An diesem Abend schlief ich in dem wohligen Bewußtsein ein, daß in meinem Leben alles wieder im Lot war und die wunderbare Gleichförmigkeit meiner Tage mich zurückhatte. Und ich träumte, ich säße wieder mit Seth auf seinem Motorrad. Hätte die Arme um seinen Bauch und die Beine um seine Schenkel gelegt. Meine Wange ruhte auf dem kühlen Leder seiner Jacke ...

Er dreht die Maschine immer mehr auf.

Das ist nicht real, sage ich mir. Ich kann nicht sterben, weil ich gar nicht hier bin.

Seth rast schneller und schneller. Der Wind peitscht mir ins Gesicht. Ich erkenne in der Ferne einen Lastwagen. Die gewundene Straße ist viel zu schmal. Warte. Nein. Moment mal, das ist sein Tod und nicht meiner.

Ich höre das gräßliche Kreischen der Bremsen und fliege geräuschlos durch die kühle Luft.

Im schwindenden Licht halte ich nach Seth Ausschau. Er liegt ein paar Meter entfernt flach auf dem Rücken. Blickt mit geschlossenen Augen in den Himmel. Seine Jacke ist voller Blätter und Dreck, an seinen Stiefeln klebt Schlamm.

»Seth?« Ich rappele mich auf und krieche auf allen vieren zu ihm.

Er hebt den Kopf und lächelt mich an. »Da habe ich dich aber schön reingelegt, was?«

Ich erwachte mit einem Ruck und drehte mich sofort zu Sam um. Er schlief tief und friedlich und schnarchte leise. Während mein Atem sich beruhigte, ließ ich meinen Blick durch das Schlafzimmer wandern. Der Wecker zeigte 2:30 an, und der Roman, den ich angefangen hatte, lag auf dem Nachttisch. Neben der Flasche mit der Lotion gegen Alligatorhaut. Die Möbel ragten wie finstere Schatten aus der Dunkelheit. Zwei ausladende Sessel mit Karomuster, die wir bei Ethan Allen erstanden hatten, das Fernsehgerät auf seinem Ständer, der Kleiderschrank und die Kommode. Der Hund wie üblich in seiner Ecke zusammengerollt.

Ich sagte mir, daß es nur ein Traum gewesen sei. Wie alle Träume zusammengesetzt aus einzelnen verstreuten Teilen der Seele, vergessene und unverarbeitete Wünsche, Ängste, Schuldgefühle und was sonst im Leben eine Rolle gespielt hatte. In meinem Leben.

Nur ein Traum, redete ich mir ein und versuchte ernsthaft, das zu glauben.

20

AM NÄCHSTEN TAG hatte ich mich mit Becky zum Mittagessen verabredet. Ich hatte mich entschlossen, ihr zu erzählen, was in meinem ersten Jahr am College geschehen war. Becky und ich vertrauten uns doch immer die größten Geheimnisse an. Na gut, fast alle Geheimnisse. Wenn ich ihr von der Geschichte mit Seth erzählte, würde sie mir vielleicht sagen, daß mich keine Schuld daran träfe. Und womöglich würde ich die blöde Sache dann endlich aus meinem Gedächtnis verbannen können. Nicht auszuschließen, daß die ganze Geschichte damit für mich erledigt wäre. Sam wußte übrigens nicht einmal, daß je ein Seth existiert hatte.

Aber leider wurde ich die Sache doch nicht los, weil Becky jemand zu unserem Lunch mitbrachte. Eine reizende neunundsiebzigjährige Witwe. Meine Freundin hatte deren Haus vermittelt. Bislang ihr einziger Abschluß in diesem Jahr. Mrs. Mitzi Hertzl hatte ein liebes Gesicht mit einem kleinen, perfekt angemalten Mund, der mich an eine Rosenknospe erinnerte. Zu ihrer Zeit mußte sie sehr schön gewesen sein, etwa der Typ Lillian Gish.

»Ich habe zwei Ehemänner unter die Erde gebracht und mich von zwei weiteren scheiden lassen«, erzählte sie, während sie winzige Raviolihäppchen zu sich nahm. »Und nun bin ich bereit, willens und fit für Ehemann Nummer Fünf.«

Daraufhin berichtete ich ihr von meinem Schreibkurs, in dem vier rüstige Witwer säßen, und lud sie ein, zu uns zu kommen.

»Hört sich verlockend an«, entgegnete Mrs. Hertzl. »Was machen Sie denn da gerade?«

Ich berichtete ihr von meinem neuen Projekt.

»Da weiß ich schon ganz genau, worüber ich schreiben könnte. Als ich im Krieg beim weiblichen Hilfskorps war, habe ich den allerschmucksten Engländer kennengelernt. Ich glaube, ihn bereue ich am meisten.«

»Und warum?« wollte Becky wissen.

»Weil er mein Erster war.«

Wir beiden beugten uns vor.

»Ich wollte ihn unbedingt heiraten, aber meine Mutter ... na ja, Sie wissen schon.«

»Also, wenn Sie das wirklich bedauern«, spornte ich sie an, »dann sollten Sie auch unbedingt darüber schreiben. Ich kann es kaum erwarten, Ihre Geschichte zu lesen.«

Auf dem Weg nach draußen blieb Mitzi Hertzl plötzlich stehen, musterte mich von Kopf bis Fuß und deutete mit ihrem Gehstock auf meine Beine. »Tolle Beine«, lobte sie und meinte damit, wenn ich jemals dringend einen Mann bräuchte, würden diese Beine mir bestimmt weiterhelfen. Was für eine entzückende ältere Dame.

Als ich am folgenden Donnerstag unseren kleinen Konferenzraum erreichte, in dem der Kurs abgehalten wurde, wartete Mitzi Hertzl draußen vor der Tür auf mich. Ich nahm sie mit hinein und stellte sie den anderen vor.

»Setzen Sie sich zu mir«, bot Abe ihr an. »Ich heiße Abe Modell.« Er klopfte mit der flachen Hand auf den Stuhl neben sich. Abe bekam immer ein Funkeln in den Augen, wenn er mit einer Frau sprach.

Mitzi folgte der Einladung lächelnd und zog dann einige dichtbeschriebene Blätter aus ihrer Handtasche. Sie faltete sie auseinander, strich sie glatt und legte sie auf das Pult vor sich.

»Ich freue mich«, sagte ich, »daß Sie sich gleich an unserem neuen Thema versucht haben.«

»Ich glaube nicht, daß es sehr gut geworden ist.«

»Hier bei uns gibt es weder gute noch schlechte Geschichten«, entgegnete ich. »Wir bemühen uns vielmehr darum, uns selbst auszudrücken.«

»WAS?« wollte Ellen Shoenfeld wissen.

»UNS SELBST AUSZUDRÜCKEN.«

Ellen nickte und lächelte dann Mitzi zu. Ich fragte mich, ob sie überhaupt etwas mitbekam, wenn wir uns in normaler Lautstärke unterhielten.

»Nun, wer möchte beginnen?«

Pearl Ott meldete sich, räusperte sich, raschelte mit ihren Papieren und begann: »Meine Schwester war eine sehr eifersüchtige Frau. Ständig wütend und immer nur mit sich selbst beschäftigt. Sie hieß Rebecca ...«

Was immer den Bruch zwischen ihnen ursprünglich ausgelöst haben mochte, es mußte ein gewichtiger Grund gewesen sein. Denn als Rebecca starb, hatten die beiden Schwestern fünfzehn Jahre lang kein Wort miteinander gewechselt. Aber das war es eigentlich nicht, was Pearl am meisten bereute. Sie bedauerte zutiefst, das Geburtstagsgeschenk behalten zu haben, das die Schwester ihr irgendwann während der Schweigephase geschickt hatte. »Ich habe den Schal tatsächlich getragen und mich dafür gehaßt.« Dies war der Schluß ihrer Geschichte. »Dabei hätte ich ihn umgehend zurückschicken sollen.«

Ich bekam Gewissensbisse, weil ich an Julie und unsere lange Trennung denken mußte. Ich nahm mir vor, sie nun wirklich anzurufen. Nahm mir das ganz fest vor.

Als nächste war Mitzi Hertzl an der Reihe. Ich machte es mir auf meinem Stuhl bequem und wartete darauf, von ihrem ersten Liebsten zu hören.

»Es war im Juni 1928, und ich zählte damals zehn Jahre, als der Sheriff kam und meiner Mutter, meiner Schwester, meinem Bruder und mir erklärte, daß wir unser Haus zu verlassen hätten. Na ja, ein richtiges Haus war es eigentlich nicht, nur eine Wohnung mit drei winzigen Räumen über einem Süßwarenladen. Aber ein anderes Zuhause kannten wir nicht. Meinen Vater hatte ich seit über einem Jahr nicht mehr gesehen. Er litt an einer Krankheit, über die niemand reden wollte.

Zum ersten mal hörte ich den Ausdruck ›Tuberkulose‹, nachdem er in irgendeinem Sanatorium im Westen gestorben war. Ich kannte den Namen des Sanatoriums nicht und wußte auch nicht, wo es lag. Aber von dort kamen immer Rechnungen, die bezahlt werden mußten. Jedenfalls hat meine Mutter das immer gesagt. Und nun war der Sheriff da, um uns aus unserer Wohnung zu vertreiben. Wir verbrachten unsere beiden letzten Tage damit, unsere wenige Habe zusammenzupacken, und wir stellten die Koffer und Kisten vor die Haustür, direkt vor die Kästen mit all den Süßigkeiten ...«

Mitzi las mit deutlicher, klarer Stimme von den gelben Blättern. Und was hatte sie damals so sehr bedauert, daß sie sich heute noch daran erinnerte? Der Sheriff (›ein richtiger Riese, der fast den ganzen Türrahmen ausfüllte‹) hatte ihr über den Kopf gestreichelt und gesagt: »Tut mir leid, Mädchen.« Am liebsten hätte sie ihm auf den Fuß getreten – aber sie hatte sich nicht getraut.

»Das war ganz wunderbar, Mitzi«, lobte ich sie, als sie fertig war.

»Danke.«

»Vielleicht könnten Sie noch ein paar Details einbauen.«

»So, welche denn?«

Ich fragte sie, welche Süßigkeiten sie in ihrem Laden verkauft hätten.

Die Frau lächelte selig. »Nun, da waren Drops in allen Farben, die Sie sich nur denken können, wie ein Regenbogen. Und Lakritzschnecken und kleine Bonbons, die einem an den Zähnen geklebt haben. Aber am liebsten hatte ich immer die Lakritze.«

»Ich auch«, schwärmte ich. »Und wie hat es dort gerochen?«

Mitzi strahlte. »Wie zu Hause.«

Selbstverständlich.

Nun redete ich mit meinen Schülern über Dinge wie Erzählperspektive und so weiter und schlug ihnen schließlich vor, für die nächste Stunde etwas aus der Sicht einer anderen Person zu schreiben.

»Wenn Sie zum Beispiel ein Mann sind«, erklärte ich, »wäre es doch ganz reizvoll, etwas aus der Sicht einer Frau zu Papier zu bringen.«

»Unmöglich«, beschied mich Abe Modell, »wer könnte je verstehen, was in einer Frau vorgeht?«

»Sehr komisch, Abe«, beschwerte sich Pearl Ott und wandte sich dann an mich: »Aber ehrlich gesagt verstehe ich die Aufgabe auch nicht so ganz.«

»Nun, zum Beispiel könnten Sie den Streit mit Ihrer Schwester aus deren Sicht wiedergeben.«

»Meine Schwester ist schon tot«, entgegnete sie gepreßt und mit starrer Miene.

»Wir wissen doch alle, daß sie nicht mehr lebt, Pearl«, bemerkte Lucy. »Dinah will doch nur, daß Sie so tun, als wäre sie noch am Leben.«

Pearl schüttelte energisch den Kopf und packte ihre Sachen zusammen. »Niemals. Um nichts in der Welt.«

»Aber warum denn nicht?« fragte Carl. »Nun seien Sie doch keine Spielverderberin, Pearl.«

»Ich bin in meinem ganzen Leben noch keine Spielverderberin gewesen! Was wissen Sie denn schon? Wenn Sie nur eine Ahnung davon hätten, wie sehr meine Schwester mich verletzt hat!«

»Ist ja schon gut, Pearl«, versuchte ich sie zu beruhigen. »Es war doch nur ein Vorschlag und keine Hausaufgabe. Wenn Sie nicht wollen, müssen Sie nichts schreiben.« Ich sah meine Schüler an. »Ich hätte da noch eine Idee, und womöglich gefällt die einigen von Ihnen besser. Nachdem wir heute etwas über das gehört haben, was wir zutiefst bedauern, wäre es doch ganz interessant, fürs nächste Mal etwas über die komischste Begebenheit in Ihrem Leben zu schreiben.«

Das kam allgemein an. Sogar Ellen Shoenfeld brachte etwas zu Papier. Am folgenden Donnerstag verblüffte sie mich mit einer kurzen und zum Brüllen komischen Geschichte über die Bar-Mizwa ihrer Enkelin (und das bewies mir, daß ich meinen Humor wiedergefunden hatte). Die Katastrophe nahm ihren Anfang damit, daß die vom Konditor gelieferte Torte die Aufschrift ›Herzlichen Glückwunsch zum 80., Sadie‹ trug. Der Kantor stolperte über sein Gewand, und als zeremoniell die Kerzen entzündet wurden, fing die Tischdecke Feuer.

Danach fragte ich mich, warum Ellen so lange gebraucht hatte, um uns endlich etwas aus ihrem Leben zu erzählen.

»Hört sich so an, als hätten Sie bei dem Fest viel zu lachen gehabt«, bemerkte Carl. »Ich bin als nächster dran.«

Mein bester Schüler enttäuschte mich auch diesmal nicht.

»Um fünfzehn Uhr am 1. März 1979 rotteten sich drei Paviane zusammen und fraßen das Vinylverdeck von meinem funkelnagelneuen Grand Prix komplett mit Schiebedach und Kunststoffenstern.«

Carl und seine Frau hatten einen Ausflug in einen der Safari-Parks in Florida unternommen. Anfangs lief alles wunderbar, bis sie die Pavian-Abteilung erreichten, die durch einen hohen Holzzaun vom Rest der Anlage abgetrennt war. Ein Wärter kam ihnen entgegen und sagte, sie dürften nur dann weiterfahren, wenn sie eine Verzichtserklärung unterschrieben; mit anderen Worten, den Park nicht für eventuelle Schäden regreßpflichtig machten. Der Mann verwies auf ein Warnschild: DURCHFAHRT FÜR CABRIOS AUF EIGENE GEFAHR: DIE PAVIANE KÖNNTEN VINYLDÄCHER BESCHÄDIGEN. Aber das Schild war sehr klein, und der Wärter konnte auf eine Menge weiterer Unterschriften von Personen verweisen, die bereits ihren Verzicht erklärt hatten. Deshalb ignorierte Carl die Bedenken seiner Frau und unterzeichnete ebenfalls.

»Ich erklärte der besten Ehefrau von allen, daß damit nicht fabrikneue Schiebedächer gemeint seien, sondern nur die alten, die man noch mit einer Kurbel zurückrollen müsse. Als die Paviane dann unseren brandneuen Grand Prix kommen sahen, leckten sie sich schon die Lefzen. Kaum hatte sich das Holztor hinter uns geschlossen, rückten die Viecher aus allen Richtungen näher. Hinter jedem Baum lauerte einer. Paviane können viel tückischer und fieser sein, als man sich das gemeinhin vorstellt.

Sie umzingelten uns, sprangen aufs Dach und tanzten herum, als würde dort eine Party gegeben. Die ganze Zeit quäkten, schrien und brüllten sie um die Wette, sangen die Pavian-Hitparade rauf und runter und forderten ihre Kumpels auf, zu ihnen auf die Tanzfläche zu kommen. Als die Biester dann anfingen, an unsrem Dach zu kratzen, sagte meine Frau: »Car-el!« Wann immer Sally sich aufregte oder wütend auf mich war, bekam mein Name zwei Silben: Car-el!

Ich sagte ihr, wer hätte schon je davon gehört, daß Touristen von Pavianen zerrissen worden seien, und sie solle sich nicht so anstellen.« Carl versuchte nun, die Tiere loszuwerden. Er schaukelte mit dem Wagen, fuhr rasch abwechselnd vor und zurück. »Aber die Paviane hatten bereits Geschmack an meinem Dach gefunden. Und die beste Ehefrau von allen hielt mir wieder und wieder vor: ›Ich habe dir ja gesagt, du sollst nicht unterschreiben.‹ Allmählich tauchten vor meinem geistigen Auge Visionen auf, wie wir auf der Interstate 80 nach Miami zu entkommen versuchten und die Affen immer noch auf unserem Wagen ihre Party feierten.« Schließlich kam ihnen ein anderer Wärter zu Hilfe und scheuchte die Paviane mit einer langen Stange vom Dach. Der Mann konnte sich dabei ein Grinsen nicht verkneifen.

Uns erging es nicht besser, wir lachten um die Wette. Wenn eine Geschichte verlesen war, sagten meine Schüler normalerweise Dinge wie: »Meine Tochter hatte ihren Hochzeitsempfang übrigens auch in einem New Yorker Hotel.« Oder: »Dann stammen Sie ja wie ich auch aus Pennsylvania.« Aber Carl gelang es, daß alle noch mehr erfahren wollten und sich nicht darum drängelten, so schnell wie möglich ihre eigene Geschichte vorzulesen. Wahrscheinlich lag das daran, daß er seine Humoreske mit unbewegter Pokermiene zum Besten gab. Erst zum Schluß mußte auch er grinsen.

»Damals fanden wir das natürlich nicht so komisch. Aber

Sally und ich haben noch Jahre später darüber gelacht. Wenn ich heute an diese Geschichte zurückdenke, fällt mir vor allem eines als erstes ein. Ich habe es wirklich immer geliebt, wenn Sally vor lauter Aufregung oder Empörung ›Car-el!‹ rief.«

»CARRR-ELLL!«

Ich sah mich um. »Was?«

»CARRR-ELLL!«

Niemand hatte etwas gesagt.

»Stimmt etwas nicht, Dinah?« fragte Abe. Ich mußte blaß geworden sein.

»CARRR-ELLL!«

»Nein, nein, alles in Ordnung«, zwang ich über meine Lippen.

Das stimmte natürlich nicht. Überhaupt nicht. Ich hörte als einzige die Stimme einer alten Frau, kratzig und schrill, und sie schien von überall und nirgendwo zu kommen.

Mir lief es kalt den Rücken hinunter.

Als ich in dieser Nacht endlich einschlief, hatte ich einen ebenso eigenartigen wie entwürdigenden Traum:

Sam und ich laufen über den Mittelgang eines vollbesetzten Kinosaals. Auf allen Plätzen sitzen Leute, die ich kenne, aus meiner Vergangenheit wie auch aus der Gegenwart: Gabby Sterling, Jay Salisbury, Mark Sullivan, Becky, Tammy Pearl und mein Großvater Eli, der eine Zigarre raucht. Er hat einen sonderbar boshaften, höhnischen Gesichtsausdruck, den ich nicht von ihm kenne.

Wir lassen uns auf den beiden einzigen freien Plätzen in der ersten Reihe nieder. Im selben Moment wird das Licht gedämpft, und die Vorhänge gehen auf. Ich höre das Schwirren des Projektors. Der Film beginnt mit einem handgeschriebenen Titel. Weiß vor schwarzem Hintergrund.

DER PAKT MIT DEM TEUFEL
Ein Film von Seth Lucien

In der Eingangsszene sieht man einen langgestreckten Raum mit schrägen Wänden, die hoch oben in einem First zusammenlaufen – einen Dachboden. Amateurhaft abgefilmt mit einer einzigen Standkamera. Schwarzweiße Bilder, die mir bekannt vorkommen. Dann die nächste Schrift, weiß auf schwarz:

TEIL EINS

VERLUST DER UNSCHULD

Wieder auf dem Dachboden. Ein Pudel springt ins Bild und wieder hinaus. Ein junger Mann und eine junge Frau begeben sich zum Bett. Er verläßt für einen Moment das Blickfeld der Kamera. Sie bleibt stehen und sieht sich nervös um. Bewundert einen antiken Spiegel an der Wand. Der Mann kehrt zurück, stellt sich hinter sie, legt seine Arme um ihre Hüften und küßt sie. Die Frau befreit sich von ihm. Er zieht sie zum Bett und fängt in einem Geflimmer von Schwarz und Weiß wieder an, sie zu küssen.

Aber halt. Sie scheint mit etwas nicht einverstanden zu sein. Beider Lippen bewegen sich, aber man hört nichts. Die Frau zeigt auf den Hund, dessen lange, spitze Schnauze auf der Matratze liegt. Der Mann streckt den Finger aus, und der Pudel verzieht sich. Die beiden lieben sich. Die Szene wirkt ziemlich gestellt, so als solle hier nach Lehrbuch entjungfert werden. Nach und nach wirken die Schauspieler aber überzeugender. Erst das Vorspiel. Als er dann ein paarmal die Hüften auf und nieder bewegt, sieht man erst Schmerz auf ihrem Gesicht. Dann löst sich die Starre in ihrer Miene, und schließlich zeigt sie so etwas wie Leidenschaft. Die Schauspielerin hat jetzt den Mund ein Stück weit aufgerissen, eine Mimik, die irgendwie der von vorhin ähnelt, als er in sie eingedrungen ist. Vielleicht verspürt sie gar keine Lust, sondern immer noch Schmerz.

Aber natürlich ist es Schmerz, denn bei der Schauspielerin handelt es sich um mich!

Jetzt höre ich rings um mich herum die anderen Zuschauer.

Sie keuchen und stöhnen. Ich drehe mich zu Sam um, und er starrt mich an. Auf seinem Gesicht sind Abscheu und Zorn zu lesen.

Als ich aus dem Traum erwachte, erinnerte ich mich an etwas, das ich schon lange verdrängt hatte. Am Morgen nach dem Motorradunfall, bei dem Seth ums Leben gekommen war, fiel mir ein, daß sein Hund seit fast vierundzwanzig Stunden in der Dachkammer festsaß. Ich klingelte bei seiner Vermieterin, einer schwergewichtigen Frau mit blondiertem Haar (wie sich an den schwarzen Haarwurzeln unschwer erkennen ließ), die auch schon morgens in Parfüm zu baden schien. Als sie mir in ihrem zerschlissenen Morgenmantel öffnete, sah man ihr deutlich an, wie wenig es ihr gefiel, schon so früh aus dem Bett geklingelt zu werden. Ich berichtete ihr rasch, was vorgefallen war.

»Was für ein Jammer«, sagte die Vermieterin und zog den Morgenmantel über ihrem ausladenden Busen zusammen. »Kein Wunder, daß der Hund die ganze Nacht gekläfft hat. Mir blieb nichts anderes übrig, als selbst mit ihm auf die Straße zu gehen. Der verdammte Köter hat auf den Fußboden gemacht.«

Ich konnte die Frau davon überzeugen, daß ich noch ein paar Sachen aus Seths Wohnung holen mußte, die mir gehörten. Sie führte mich nach oben und klagte, daß dies hier beste Washingtoner Wohngegend sei und Seth ihr noch drei Monatsmieten schuldete. Wir konnten auf der Treppe schon den Pudel knurren hören. Oben angekommen, sperrte sie auf und wartete an der Tür, während ich hineinschlüpfte. Mir schlug der Geruch von Hundekot entgegen. Mephisto hörte auf zu knurren und kam zu mir gelaufen. Die Vermieterin trat schließlich auch ein, während ich meine Bücher einsammelte, die noch auf dem Küchentisch lagen.

»Wollen Sie den Hund mitnehmen?«

»In meinem Studentenwohnheim sind Haustiere nicht zugelassen.« Selbst wenn die Bestimmungen anders gelautet hätten, hätte ich Seths Mephisto nicht haben wollen.

»Tja, dann wird die Polizei sich wohl um ihn kümmern,

wenn sie sich hier umgesehen hat.« Die Frau trat neugierig vor den vergoldeten Spiegel und berührte ihn vorsichtig. »Ich glaube, bevor die Beamten eintreffen, werde ich dieses kleine Schmuckstück lieber in Verwahrung nehmen. Als Sicherheit für die Miete, die er mir schuldig geblieben ist.« Sie schob die Kommode beiseite, damit sie besser an die Antiquität herankonnte, und nahm sie mit beiden Händen von der Wand.

»Puh, was für ein Brocken!« Sie stellte den Spiegel ab. »Schätze, der ist seine drei Monatsmieten wert. Wollen Sie noch was mitnehmen?« Sie nickte in Richtung des Bildes, auf dem die Schlange sich in den eigenen Schwanz beißt. »Was um alles in der Welt soll das sein? Wenn die Bullen dieses ›Kunstwerk‹ nicht beschlagnahmen, wandert es auf den Sperrmüll.«

»Ich will das Bild nicht haben«, entgegnete ich geistesabwesend, denn mir war etwas an dem Stück Wand aufgefallen, vor dem bis eben noch der Spiegel gehangen hatte. Großer Gott! Eine Kameralinse! Ein Kabel wand sich von dem Objektiv bis hinunter zur Zierleiste. Etwa drei Meter verlief es an der Wand entlang. Mir war es nie aufgefallen, wie auch? Größtenteils hinter dem Spiegel und der Kommode verborgen, hatte Seth es so weiß wie die Wand gestrichen. Ich folgte dem Kabel bis zu der Stelle, wo es in einem Schrank in der Küchenecke verschwand. Dort öffnete ich das Türchen und entdeckte dahinter Seths 8-mm-Kamera. Ich schaute durch das Objektiv, das hinter dem Spiegel montiert war. Von dort blickte man von oben aufs Bett. Seth hatte unsere Liebesspiele gefilmt!

Vor Scham lief ich puterrot an. In meiner Erregung hatte ich einige Mühe, die Kamera aufzubekommen. Eine Filmspule lag ein. Ich riß sie heraus, nahm sämtliche Filme an mich, die in dem Schränkchen gestapelt lagen, suchte in allen Schränken und machte dann, daß ich hinauskam.

Ich lag jetzt in meinem Schlafzimmer und sah mich blinzelnd um. Ein merkwürdiges Licht herrschte in dem Raum. Hatte ich vielleicht vergessen, die Leselampe auszuknipsen? Ich drehte mich danach um.

Der Geist hockte auf der Armlehne des Sessels, und ich wurde endgültig aus meiner neugewonnenen Zufriedenheit katapultiert.

Ein schriller Laut löste sich aus meiner Kehle. Dieses Wesen dort – Dämon, Geist oder Gespenst, ich wußte nicht mehr, wie ich das bezeichnen sollte, was einst Seth Lucien gewesen war – sah ganz anders aus, als ich es in Erinnerung hatte. Nichts Menschliches schien mehr an ihm zu sein. Augen und Zähne pechschwarz und der Rest von einem so blendenden Weiß, als habe sich dort alles Licht der Welt versammelt und säße in einer Membrane so dünn wie eine Seifenblase gefangen. Wenn ich blinzelte, konnte ich durch ihn hindurchschauen und das Karomuster auf dem Sesselbezug hinter ihm erkennen.

»Hallo auch«, begrüßte er mich leutselig mit der gewohnten Stimme, die leise und aufdringlich einschmeichelnd klang.

»Warum tust du mir das an?« flüsterte ich.

»Was tue ich dir an?« lächelte er.

Er erhob sich strahlend und weiß vom Sessel, schwebte auf mich zu und wedelte mit einem Finger – nein, einer Klaue – vor meinem Gesicht. Er roch auch anders, metallisch, rostig und alt, so wie eine leere Konservendose, die draußen im Regen gelegen hat.

»Du hättest dir den Film anschauen sollen, als du Gelegenheit dazu hattest.« Er strich mir mit seiner kalten weißen Klauenhand über den Hals. Etwas Dunkles, Klumpiges klebte an ihr. Ich hatte mir die 8-mm-Filme nie angesehen, sondern jede einzelne Spule in den Mülleimer geworfen und niemals zu jemandem ein Wort darüber verloren. Dafür schämte ich mich viel zu sehr. Und es war mir auch gelungen, diese unfaßbare Entdeckung all die Jahre lang zu verdrängen.

Ich drückte mich in mein Kissen und warf einen Seitenblick auf Sam, der seelenruhig schlief.

»Warum mußtest du das filmen?« wandte ich mich wieder an den Geist. So widerlich es auch gewesen sein mochte, ich wollte den Grund dafür erfahren.

Die weiße Masse, die seinen Kopf bildete, sank herab, als

verbeuge er sich vor mir. »Nicht ich, Dummchen. Seth hat den Film gedreht.«

»Du hast mich in einem pornographischen Film mitwirken lassen, ohne daß ich etwas davon wußte!«

Er lachte, und es klang wie ein Chor schimpfender Krähen. »Ich fürchte, so ist es gewesen. Aber das war nicht ich, sondern er! Wann will dir das endlich in den Schädel?« Warum war dem Dämon dieser Unterschied so wichtig? Ich hatte ihn in mir gespürt und konnte es mir doch nicht erklären.

»Also gut. *Er* war's.«

»So gefällt es mir schon viel besser. Und was soll das heißen, du hättest nichts gewußt? Du warst dabei und hast doch wohl mitbekommen, was da vor sich ging.«

»Lügner! Ich hatte keine Ahnung, ich war schließlich ein naives junges Ding!«

»Ach, was soll ich mich mit dir streiten. Lassen wir dir also deine kleine Selbsttäuschung. Der Film ist übrigens ziemlich gelungen. Wenn er nicht so dumm gewesen wäre, hätte er sich damit ein paar Dollar verdienen können.« Der Dämon lehnte sich näher zu mir. »Willst du den Rest sehen?«

»Nein, vielen Dank. Das ist ja wie eine Vergewaltigung!«

»Ach, jetzt hör aber auf. Daß du immer auf alles so theatralisch reagieren mußt. Dabei hast du noch Glück gehabt. Du hättest an Jays Stelle sein können.«

Sam gab im Schlaf ein leises Geräusch von sich. Ich verließ das Bett und stellte mich an die Kommode. »Seth hat ihn getötet, nicht wahr? Gib es zu!«

»Ach Gott.« Schneller als der Wind stand der Geist neben mir. »Alle haben ihren Trip gekriegt. Und in Jays Glas war eben mehr als nur die normale Portion. Er hat sozusagen das Sahnehäubchen bekommen.«

»Aber warum hat Seth das getan?«

»Hm, mal nachdenken. Vielleicht war er eifersüchtig?«

»Seth hat mich nicht geliebt. Da konnte es ihm doch ganz egal sein, wenn Jay und ich etwas miteinander angefangen hätten.«

»Da irrst du dich aber gewaltig. Seth hat dich sehr geliebt.«

Der Dämon schien den Unterschied zwischen Liebe und Haß nicht zu kennen; genausowenig wie Seth.

»Selbst wenn er mich wirklich geliebt haben sollte, hat er Jay nicht deswegen ermordet. Sag mir den wahren Grund.«

Der Geist schien mich anzustarren, aber in Wahrheit färbten sich seine Augen so weiß wie der Rest vom Kopf und waren bald nicht mehr davon zu unterscheiden. »Daran kann ich mich nicht mehr erinnern.«

»Vielleicht deswegen, weil Jay mir erzählt hat, was ihr mit der jungen Frau aus der Kneipe angestellt habt?« Seth hatte sie damals vor mir Hure genannt. Aber da hatte ich dem noch keine Bedeutung beigemessen.

»Daran kann ich mich nicht erinnern«, schnurrte er, und seine Augen hoben sich wieder dunkel vom Gesicht ab.

Wie dumm. Der Geist wußte nicht mehr, warum er als Lebender jemanden umgebracht hatte. Es sei denn, er log und Seth hatte doch keinen Mord begangen.

»Und jetzt tut es dir leid, Jay getötet zu haben?«

»Warum sollte es das? Ihm tut es ja auch nicht leid, daß ich mit dem Motorrad verunglückt bin.«

»Vielleicht ja doch.«

»Jay ist tot, wie kann ihm da noch irgend etwas leid tun? Hättest du unseren Handel nicht abgeschlossen, wenn du gewußt hättest, daß Seth Jay ermordet hat?«

Doch. In dem Moment war mir alles andere egal gewesen. »Du hast mir gesagt, der Tod hätte dich verändert.«

»Da habe ich wohl ein bißchen geflunkert.«

»Mein Gott!» Ich entfernte mich von ihm, floh zur Tür.

»Du glaubst doch wohl nicht ernsthaft, daß ich dir nur deswegen meine Hilfe angeboten habe, weil du und dein Sohn mir so leid tatet. Das kannst du vergessen.«

Es gelang mir nicht, ihm zu entkommen. Der kalte Türknauf bohrte sich in meinen Rücken. »Warum denn dann?«

»Nun, ich habe mich an dich gewandt, weil ich mir ausrechnen konnte, daß du mitspielen würdest.«

»Aber du hast doch gesagt, jeder in meiner Lage würde sich dazu bereiterklären.«

Der Dämon lachte, und jetzt hörte ich auch andere Geisterstimmen, die im Hintergrund kicherten und prusteten. Er strich mir über die Wange. »Der ist ein Narr, welcher vertraut der Zahmheit eines Wolfs, der Gesundheit eines Rosses, den Liebesschwüren eines Jünglings oder den Versprechungen einer Hure.«

Das hörte sich nach Shakespeare an. Vielleicht *König Lear*. Ich schloß die Augen, aber selbst mit gesenkten Lidern konnte ich ihn noch sehen. Und hatte immer noch den strengen Geruch von verrostetem Metall in der Nase.

»Und jetzt willst du dich wie ein Wiesel aus der Abmachung davonschleichen, was?« meinte er. »Keine Chance, Kleines.«

»Was willst du? Was verlangst du von mir?«

»Endlich mal eine gescheite Frage. Jetzt kommen wir unserem Ziel ja doch noch näher.«

»Also, was willst du?« Ich versuchte, unter ihm wegzutauchen.

»Das weißt du ganz genau. Du hast es mir sogar schon einmal gegeben. Laß mich in dich hinein.«

Noch einmal versuchte ich, ihm zu entkommen, aber irgendwie hatte er mich in die Enge getrieben, und ich konnte nicht an ihm vorbei. »Das habe ich bereits getan. Ich habe dich in mich gelassen und damit meinen Teil der Abmachung erfüllt.«

Seine Augen wurden schwarz wie Kohle und schienen mich zu durchbohren. »Du hast dagegen angekämpft.«

»Nein, habe ich nicht«, erwiderte ich, war mir aber nicht so ganz sicher, was eigentlich geschehen war. Durch meine vom Dämon getrübten Augen hatte ich Elias' Erwachen gesehen. Dann hatte der Geist mich wieder verlassen. Jetzt glaubte ich auch eine Erklärung dafür zu haben. Ja, ich war mir dessen sogar einigermaßen sicher.

»Du kannst es nicht ertragen, daß ich Elias liebe«, konfrontierte ich ihn.

Der Dämon kam ganz nahe heran und preßte mich gegen die

Tür. Der Knauf bohrte sich mir tiefer in den Rücken. Ich ließ mich nicht beirren. »Das ist es, nicht wahr? Das kannst du nicht ertragen, oder?«

Aber er antwortete nicht darauf, sagte nur: »Wir versuchen es noch einmal.«

»Ich habe recht, was? Du willst mich ganz für dich allein haben!«

»Haben wir ein Abkommen getroffen oder nicht?«

»Da stand ich unter großer Anspannung. So etwas ist nicht gerade fair.«

»Wer hat denn was von Fairneß gesagt? Abgemacht ist abgemacht. Ich will in dir sein.«

Etwas legte sich mir um den Hals.

»Und wenn ich mich weigere?« Es gelang mir, mich zu befreien.

Weiß verschob sich in Weiß, Fläche in Fläche. Hier ein Arm, dort eine Schulter. Wohl seine Form des Achselzuckens.

»Dir bleibt keine Wahl«, flüsterte er. »Das wirst du noch früh genug feststellen.« Und damit löste der Geist sich auf.

Am nächsten Tag fuhr ich in die Praxis, war aber nervös und schreckhaft. Tausend Ängste verfolgten mich. Ich widmete mich meinen Patienten, wie es von einem Therapeuten verlangt wird, war aber alles andere als gut. Als letzte stand Zandra Leeward auf der Liste. Sie schien einige Fortschritte zu machen und erkannte jetzt zumindest den Zusammenhang zwischen ihrer ängstlichen Abweisung aller Männer und der Ablehnung, die sie als Kind erfahren hatte. Die Sitzung fing erfreulich an, aber nachdem eine halbe Stunde vorüber war, fröstelte mich plötzlich. Ich knöpfte meine Jacke zu und schaute mich nach der Stelle um, von der es zog. Zandra erzählte gerade von ihrer Mutter.

»Und da sagte Mom, sie wolle mich nie wieder sehen. Sie hat mich in mein Zimmer eingeschlossen und mich auch nicht zum Abendbrot herausgelassen.«

Das erinnerte mich fatal an gewisse Szenen zwischen einer

anderen Mutter und einer anderen Tochter. »Das muß sehr schmerzlich für Sie gewesen sein«, entgegnete ich in meinem besten neutralen Psychologentonfall. Dabei zitterte ich bereits vor Kälte. Das Fenster war geschlossen, mußte aber wohl neu abgedichtet werden. Immerhin hatten wir noch Winter.

»Meine Mutter hat nie eine meiner Freundinnen gemocht«, sagte meine Patientin gerade.

Mir wurde bewußt, daß ich nicht einfach nur fror. Die ganze Atmosphäre hatte sich verändert, heiß war gegen kalt ausgetauscht, und dazu kam ein durchdringender Geruch von Rost. Ich richtete mich kerzengerade in meinem Sessel auf.

»Ich weiß auch nicht«, meinte Zandra jetzt. »Ich meine, Ray hat nie etwas Schlimmes oder Gemeines getan ... Was sollte ich Ihrer Meinung nach jetzt machen?«

»Was möchten Sie denn tun, Zandra?« fragte ich automatisch. Die Therapeutin hatte auf Autopilot umgeschaltet.

Sie legte die Stirn in Falten. »Ich mag es nicht, wenn Sie das sagen.«

»Welche Gefühle löst es denn in Ihnen aus, wenn Sie –«

Ich erstarrte. Der Dämon materialisierte sich zwischen meiner Patientin und mir. Stand direkt zwischen uns. Doch heute zeigte er sich nicht als Monster oder als formlose Masse. Weder als Skelett noch als rosabunter Hippie. Nicht als klebriges Schmutzwesen aus dem Grab, und nicht als weißleuchtendes Etwas. Oh nein. Diesmal hatte er sich selbst übertroffen. Vor mir stand eine große elegante Frau mit langen, schönen Beinen, dunkelroten Lippen, lackierten Fingernägeln und dichtem kastanienbraunem Haar.

»Charlotte!« Ich sprang auf.

»Dr. Galligan?« fragte Zandra.

Der Dämon lachte mit der Stimme meiner Mutter, und ich setzte mich wieder hin.

»Stimmt etwas nicht mit Ihnen, Dr. Galligan? Wer ist Charlotte?«

Das spielt jetzt keine Rolle, meine Liebe. Mein Geist hat nur zum Gegenschlag ausgeholt.

Ich schloß die Augen und riß mich zusammen. Die Sitzung, ich würde sie jetzt zu Ende durchziehen, komme was da wolle.

»Mach die Beine breit, Schatz, denn so eine Chance bekommst du nie wieder, vor allem nicht so ein Bulldoggengesicht wie du!« Er bellte.

»Verdammt noch mal!« schrie ich. »Wir reden hier über *ihre* Mutter, und nicht über meine.«

Die Dämonencharlotte schwebte über mir und lächelte mich mit ihren roten Lippen an.

Zandra stand auf. »Ich glaube, ich gehe jetzt besser.«

Einen Moment später war sie zur Tür hinaus.

»Warum?« fragte ich.

Der Geist tanzte auf und ab. »Weil ich ihn gerettet habe und du jetzt mir gehörst.« Er kam näher. Sehr nahe. So nahe, daß ich seine kalte und glatte Oberfläche auf meiner Haut spürte. »Weißt du, es kann immer noch geschehen.«

Ich saß wie gelähmt da.

»O ja. Das Gehirn stellt uns immer noch vor Rätsel. Selbst Moore hat dir gesagt, es sei nicht auszuschließen, daß dein Junge einen neuen Anfall erleiden könnte.«

Ja, das hatte er, auch wenn ich Elias täglich sein Antikonvulsivum eingab.

»Ihr Menschen seid ja so verletzlich. Ein kleines Äderchen platzt, und Peng! seid ihr im Reich der Hirntoten. Glaubst du vielleicht, weil das Schlaflied die Augen des Todesengels für einen Moment abgelenkt hat, könne er nicht wiederkommen? Glaub mir, ich kann dafür sorgen, daß er zurückkehrt.«

»Laß Elias in Frieden.« Ich zitterte. War er dazu tatsächlich imstande?

»Laß Elias in Frieden, laß Elias in Frieden ...«, äffte er mich nach. Er wurde immer leiser, verblich und schrumpfte in sich zusammen. Als der Geist verschwunden war, blieb nur ein schwacher metallischer Geruch zurück.

21

WÄHREND DER NÄCHSTEN zwei Wochen versuchte ich so weiterzumachen, als sei nichts geschehen. Ich hielt meinen Kurs ab, schrieb meine Kolumne, hörte Patienten zu, kochte Abendessen und widmete mich meinen Mutterpflichten. Man kann wohl sagen, ich widmete mich ihnen etwas zu sehr. Mich hatte die fixe Idee gepackt, wenn ich Elias ständig im Auge behielt, könnte ich ihn vor allem bewahren. Ja, ich verbrachte sogar die Nächte auf dem Boden vor seinem Bett. Bis Sam mich eines Morgens entdeckte, wie ich zusammengerollt neben den *Geschöpfen der Tiefe* lag. Elias verlangte immer noch, daß wir uns gemeinsam das Bilderbuch anschauten. Man sah dem Werk inzwischen schon an, wie oft es aufgeschlagen und durchgeblättert worden war. Ich nahm mir vor, Miss Stanakowski eine neue Ausgabe zu besorgen.

»Dinah«, sagte Sam, während er in der Tür stand, »der Junge entwickelt noch einen Komplex, wenn du ihn so überbehütest.«

»Pst, weck ihn nicht.« Ich rappelte mich auf und schob mich an ihm vorbei.

»Dinah?« Sam folgte mir.

Ich winkte ihn fort. »Laß mich einfach nur für einen Moment in Ruhe.«

Am Abend tat ich so, als wolle ich noch etwas lesen. Sam zog sich aus und kroch neben mir unter die Decke. Er trug nur eine Pyjamahose. »Tut mir leid wegen heute morgen, Di.«

Ich legte das Buch auf den Nachttisch. »Ist schon okay, Sam.« Ich knipste das Licht aus und drehte mich fort von ihm auf die Seite.

Sam rutschte näher und schmiegte sich an mich. Löffelchenstellung. Er hatte also etwas vor.

Aber wie sollte ich mich ihm hingeben, wenn dieses verdammte Ungeheuer jederzeit und überall wieder auftauchen konnte?

Sam küßte zärtlich meinen Hals. So wie ich es immer schon geliebt hatte.

»Warte«, sagte er leise, holte das Briefchen Streichhölzer aus der Nachttischschublade und entzündete unsere Räucherstäbchen. Der Duft von Weihrauch und Vanille erfüllte das Schlafzimmer. Ich drehte mich wieder zu ihm um und ergab mich für eine Weile der vertrauten Geborgenheit des Körpers meines Mannes.

Nachdem Sam eingeschlafen war, erschien der Dämon im Glanz vieler Kerzen. Strahlte wie goldenes Feuer. Er hockte sich in eine Ecke, und sein weißer Körper beugte sich vor wie eine Mondsichel. Der Geist sah mich aus Augen wie schwarzem Granit an, wie aus uraltem Stein. Wie ein Fossil, das vor vielen Äonen gelebt hatte und nie wieder leben wird.

Und er sang:

Die Lady weint Tränen aus Glas
Steinerne Tränen
Die Lady weint Schlangen
Und sie betrügt.

Unser Hund, der in der anderen Ecke zusammengerollt lag, hob den Kopf und gähnte.

»Sie betrügt?« fragte ich.

»Die Lady gehört mir«, sang er weiter. Dann entfernte er sich mit einem Hauch eisig wie ein Winterwind. Als ich eingeschlafen war, träumte ich davon, Elias zu suchen.

Im Traum laufe ich über die Hauptstraße und folge einem Pärchen, das einen fünf- oder sechsjährigen Jungen an der Hand hält. Sein Haar hat die Farbe einer Rotkehlchenbrust. Ich beeile mich, will an ihnen vorbei, um einen Blick in das Gesicht des Jungen werfen zu können. Ich mußte sehen, ob es dem von Elias gleicht. Erst dann kann ich zu mir selbst sagen, nein, das Gesicht dieses Jungen ist viel schmaler, seine Augen sind braun und nicht blau, und er hat auch nicht Sams Grübchen in den Wagen und am Kinn. Alle anderen Jungen, denen ich begegne, ähneln ihm, doch keiner von ihnen ist mein Sohn.

Aber dieser Junge hier sieht genauso aus wie Elias. Er trägt sogar eine Brille.

»Warten Sie bitte«, spreche ich das Paar an und ziehe ein Bild von meinem Sohn aus der Brieftasche. »Schauen Sie nur, Ihr Junge sieht so aus wie meiner. Erkennen Sie auf dem Bild die Ähnlichkeit mit meinem toten Sohn, oder bilde ich mir das nur ein?«

Die beiden Erwachsenen starren mich mit offenem Mund an. Ihr Lippen sind bleich vor Angst, aber das ist mir gleich, ich will, daß alle, buchstäblich jeder an meiner Verzweiflung Anteil nimmt.

Ich halte ihnen das Foto direkt vors Gesicht. »Sehen Sie doch! Erkennen Sie denn nicht die Ähnlichkeit?«

»Dinah?«

Sam schüttelte mich. Der Wecker zeigte 6:30 Uhr an.

»Dinah, du hast im Schlaf gesprochen. Irgend etwas über ein Foto.«

Ich setzte mich auf. »Richtig, gerade habe ich geträumt, daß ich zwei Leuten auf der Straße ein Foto entgegengehalten habe. Und darauf bestanden habe, daß ihr Junge wie mein verstorbener Sohn aussähe.«

Sam sah mich mit großen Augen an. »Gott, Dinah. Warum träumst du denn solche Sachen? Das ist ja furchtbar!«

Fast hätte ich ihm jetzt alles erzählt, aber dann fürchtete ich mich doch zu sehr davor. Davor, daß er mir nicht glauben würde, daß er mich für verrückt hielte, und auch davor, wie der Dämon darauf reagieren würde.

»Für seine Träume kann man nichts, Sam.«

»Nein, sicher nicht. Aber weißt du was, Schatz, vielleicht solltest du selbst einmal einen Psychologen aufsuchen.«

Ich fing an zu weinen.

Sam legte einen Arm um mich. »Ich meine doch nur, weil du die ganze Zeit so angespannt bist. Aufgezogen wie ein Uhrwerk. Liegt es vielleicht an mir? Habe ich irgend etwas getan, was dich bekümmert?«

»Oh, Mr. Frauenversteher persönlich«, sagte mein Geist, der jetzt auf dem Fußende des Bettes hockte.

Ich drehte den Kopf weg von ihm, weil ich nur Sam sehen wollte. »Es liegt nicht an dir, Lieber. Vermutlich habe ich einfach nur zu große Angst, daß mit Elias noch nicht alles in Ordnung sein könnte, daß die Sache noch nicht ausgestanden ist. Ich fürchte mich davor, daß Alex etwas zustößt, und ich ängstige mich, daß Kate in einen Unfall gerät, wenn sie diesen Sommer ihren Führerschein macht. Ach, ich fürchte mich einfach vor allem.«

»Aber unseren Kindern geht es doch gut. Und Elias sogar besser als gut. Er hat sich so sehr entwickelt. Weißt du, was er mir gestern gesagt hat? Er könne Gott sehen. Hast du jemals mit ihm über Gott gesprochen?«

»Nein. Du etwa?«

Sam schüttelte den Kopf.

»Und wie hast du darauf reagiert?«

»Ich habe ihm gesagt, wir Menschen könnten Gott nicht sehen. Darauf meinte er: ›Doch, können wir wohl. Wenn wir nur die Augen schließen und richtig lauschen.‹«

»Lauschen?«

»Vielleicht sollten wir ihn einmal mit in die Kirche nehmen, wenn er sich so dafür interessiert.« Er sprang aus dem Bett, warf sich den Morgenmantel über und band ihn zu. »Oder natürlich in die Synagoge.«

»Wenn Elias Gott mit geschlossenen Augen sehen kann, braucht er vielleicht kein Gotteshaus mehr.«

Sam beugte sich herunter und küßte mich auf die Stirn. »Weißt du, Dinah, deswegen liebe ich dich so sehr.«

»Weswegen?«

»Weil du solche Sachen sagst. Ich bewundere dich dafür, daß dein Verstand so arbeitet. So ... so anders, ich weiß auch nicht. Aber dafür bewundere ich dich wirklich, Liebes.«

Ich schlang meine Arme um seine Hüften. »Vielen Dank für das Kompliment.«

»Keine Ursache.«

So verlief eines der wenigen gelösten Gespräche zwischen uns, seit die schlimme Sache geschehen war. Fast fühlten wir uns wieder wie früher. Erstaunlich, daß so etwas überhaupt noch zwischen uns möglich war, denn zu diesem Zeitpunkt verbrachte ich bereits meine Tage und Nächte in einem andauernden Zustand der Panik.

Ich atmete tief durch und klatschte in die Hände. »Elias ist wirklich fabelhaft, nicht wahr?« Wenn ich mich auf meine täglichen Sorgen und auf Elias konzentrierte, gelang es mir, halbwegs normal zu klingen. »Aber Dr. Moore hat gesagt, daß es zu einem weiteren Anfall kommen könnte.«

»Und ich meine, das ist nur schwer vorstellbar, wenn man miterlebt, wie prächtig der Junge sich entwickelt. Außerdem haben sie ihm doch auch diese Medikamente verschrieben.«

»Du bist ein solcher Optimist, Sam.«

»Und du eine solche Pessimistin, Dinah.«

Unser üblicher Austausch.

»Ich bin nicht pessimistisch, sondern nur realistisch. Du hingegen scheinst davon auszugehen, daß Ärzte alles wissen. Und auch genau wissen, was sie tun. Trotz aller gegenteiliger Beweise.«

»Was für gegenteilige Beweise?«

»Nun, ich glaube, die Ärzte wußten gar nicht so recht, was unserem Elias eigentlich geschehen ist.«

Sam seufzte. »Wenn du dir solche Sorgen machst, dann wenden wir uns eben an einen weiteren Arzt und hören, was der zu sagen hat.«

»Vielleicht ist das gar keine schlechte Idee. Am besten wäre wohl eines der anderen großen Krankenhäuser in New York.«

»Weißt du was, ich frage einfach mal Ed Larobina. Er hat die besten Verbindungen und kennt sicher Spezialisten, die mindestens genauso gut sind wie Dr. Moore. Und er hat mich während all der Wochen immer wieder aufgemuntert.«

»Einverstanden.«

»Also abgemacht. Und du versprichst mir, darüber nachzudenken, dich selbst in therapeutische Behandlung zu begeben, okay?«

»Gut, ich werde darüber nachdenken.«

»Ich werde darüber nachdenken.« Meinen Dämon hatte ich ganz vergessen. Aber als ich mich jetzt nach ihm umdrehte, war er gar nicht da. Wer hatte mich dann mit so übertriebener Stimme nachgeäfft?

Sam sah auf seine Uhr. Fast sieben. »Jetzt muß ich aber wirklich los. Um neun haben wir eine Besprechung in der Wall Street.« Er grinste. »Die letzte Nacht war wirklich toll.«

Ja, das sah ich auch so.

Er kam zu mir und küßte mich. »Ich vermisse dich jetzt schon. Hör mal, wie wär's, wenn wir das heute Nacht wiederholen würden?«

Der Dämon tauchte neben mir unter der Decke auf und schob seine todeskalten Klauen unter mein Nachthemd. Er berührte mich am ganzen Körper, am Bauch, an den Brüsten, und es fühlte sich an, als riebe Papier über Papier, als schabe rostiges Metall zwischen meinen Schenkeln. Der Geist besaß absolut kein Gewicht, und dennoch spürte ich seine Finger auf meiner Haut. Er versuchte nicht, von mir Besitz zu ergreifen, hielt mich aber im Bett fest, bis Sam ins Bad verschwunden war.

»Heute abend gehörst du mir«, gurrte der Geist und löste sich auf.

Ich kam gerade aus der Dusche, als ich vom Dachboden Geräusche hörte. Rasch zog ich mir den Morgenmantel an, rannte durch die Diele und eilte die knarrenden Stufen hinauf.

Elias saß dort zusammen mit Kate auf dem Boden. Sie in ihrem Bademantel, er in seinem Bibo-Pyjama. Tuddy hockte zwischen seinen Beinen. Die beiden gingen gerade eine der Kisten durch, in denen ich alte Fotos aufbewahrte. Der Kleine betrachtete jedes einzelne davon durch seine dicken Brillengläser. Kate hatte ihn sicher nach hier oben mitgenommen, denn sie interessierte sich sehr für Familiengeschichte und konnte sich stundenlang mit alten Bildern beschäftigen. In den Kisten lagerte ich vornehmlich aussortierte Schnappschüsse: doppelte, zu ähnliche, solche, die nichts geworden waren und all die anderen, die es nicht bis ins Album geschafft hatten. Hier fand man Fotos, auf denen Charlotte aussah, als wäre sie hundertfünfzig Jahre alt (eine ungeheure Beleidigung für eine Siebzigjährige, die sich immer noch die Augenbrauen zupft und das Haar färbt); einige, auf denen Alex verwackelt war, auf denen Sams Kopf fehlte, wo Elias höchst sonderbar aussah, oder solche, auf denen seine Brillengläser so stark gespiegelt hatten, daß man nichts von seinem Gesicht erkennen konnte. Mein Jüngster war ein wunderschönes Kind, aber leider nur aus bestimmten Winkeln. Wenn man den falschen erwischte, sah er mit seinen großen, weit auseinanderstehenden Augen und der gewaltigen Brille schon etwas eigenartig aus.

Die Kisten beherbergten auch etliche Aufnahmen von Sam und mir als Kinder, Teenager und junge Erwachsene. Die besten und typischsten Fotos aus den fünfziger, sechziger und siebziger Jahren bewahrte ich natürlich unten in einem besonderen Album auf. Wenn man Kinder hat, stellt sich das eigene Leben in den Schatten, wird zum Anhängsel ihrer Entwicklung und endet, wie in diesem Fall, in einer staubigen Kiste auf dem Speicher.

Einmal, als Kate in der fünften Klasse gewesen war, hatte ich ihr den Prozeß zu erklären versucht, bei dem aus *Ich* bald *Ich und meine Tochter, ich und meine Tochter und mein Sohn* und dann *Ich, meine Tochter, mein Sohn und mein Sohn* wird. An dem Tag war sie heulend aus der Schule gekommen, weil Vanessa Van Dorn überall rumerzählt hatte, Kate stinke aus dem Hals.

»Laß mich mal riechen«, forderte ich sie auf. Sie hauchte mich an. »So frisch wie der Frühling«, befand ich.

Aber das glaubte meine Tochter mir natürlich nicht. Warum sollte sie auch? Ich war ja nur ihre Mutter.

»Bist du dir da ganz sicher?«

»Absolut.« Ich nahm sie in den Arm.

Kate fing wieder an zu weinen. »Aber warum hat Vanessa das denn gesagt?«

»Wahrscheinlich glaubt sie, wenn sie über dich häßliche Dinge verbreitet, würden die anderen sie selbst mehr mögen.« Mir liefen jetzt auch ein paar Tränen aus den Augen. Das blieb meiner Tochter nicht verborgen.

»Warum weinst du denn? Ich bin doch diejenige, die laut Vanessa aus dem Hals riecht.«

»Wenn du traurig bist, macht mich das auch ganz traurig.«

»Warum das denn?«

»Weil die Kinder Bestandteil von einem sind.« Ich schob ihr die Locken aus der Stirn. »Das steckt einem in den Zellen, in den Molekülen.«

»Was ist ein Molekül?«

»Das kleinste, winzigste Teilchen von etwas.«

»Und was ist mit den bösen Müttern?«

»Denen stecken die eigenen Kinder auch in den Zellen. Sie wissen aber nicht so recht, wie sie das zeigen sollen.«

Elias griff in die Kiste, zog einen Stapel Fotos heraus und warf sie in die Luft. Sie regneten wie Konfetti auf ihn herab, und er lachte, als sie sich rings um ihn herum auf dem Boden verteilten.

»Laß das sein, mein Lieber«, ermahnte Kate ihn, »du schaffst hier noch die schönste Unordnung!«

Die beiden hatten mich noch nicht bemerkt. Elias drehte

den Kopf, um seine Schwester von der Seite zu beäugen, und griff dann erneut in die Kiste.

»Nein, mein Freund, das ist mir ernst. Jetzt hilf mir, die hier aufzusammeln.«

Im ersten Moment befürchtete ich, er würde einen seiner Wutanfälle bekommen. Aber der blieb aus. Überhaupt wirkte Elias seit dem Krankenhausaufenthalt viel glücklicher und zufriedener als früher und ließ sich nicht mehr so leicht frustrieren. Jetzt nahm er Tuddy, drückte ihn Kate ins Gesicht und ließ ihn dort hin- und herzappeln. Sie lachte und seufzte plötzlich. Ihre Miene war nachdenklich geworden.

»Elias?«

Er hocke inmitten seiner Foto-Bescherung und sah zu ihr auf.

»Als du im Krankenhaus so lange geschlafen hast ... kannst du dich noch daran erinnern?«

Der Junge nickte langsam.

»Hast du da irgendwie mitbekommen, daß wir dich besucht haben?«

Der Kleine gab keine Antwort, legte den Kopf schief und sah sie verwirrt an.

»Hattest du Angst?«

Er dachte nach. »So wie auf dem Karussell?«

Als Elias drei gewesen war, hatten Sam und ich die Kinder eines Samstagnachmittags in einen ganz in der Nähe gelegenen Vergnügungspark mitgenommen. Unserem Jüngsten hatte es dort gut gefallen – aber wohl nur, sich alles anzuschauen. Sam nahm ihn mit auf ein Karussell, und eine Runde ging auch alles gut. Dann fing Elias an, wie am Spieß zu schreien. Der Besitzer mußte das Karussell schließlich abstellen.

»Ja, so ähnlich.«

»Ich mag gern Karussell fahren. Immer im Kreis. Ich mag den blauen Himmel und die Pferdchen. Und das Lied, das gefällt mir gut.«

Kate starrte ihn für ein paar Sekunden an, griff dann nach ihm und zog ihn zu sich an die Brust. »Hör mal, mein Kleiner, du hast mir einen großen Schrecken eingejagt. Einen viel schlimmeren als damals auf dem Karussell. Mach so etwas nie wieder, einverstanden?«

»Einverstanden, Katie«, versprach er gedämpft in ihren Frottee-Bademantel. Seine Schwester wischte sich die Augen trocken und küßte ihn auf den Kopf.

»Wird alles gut, Katie.«

»Natürlich wird es das. Und wir beide werden keine Angst mehr haben, ja?« Sie atmete tief durch, um sich zu beruhigen. Aber was hältst du davon, wenn wir drei – du, ich und Tuddy – jetzt die Bilder wieder einsammeln.« Sie zeigte ihm, wie Tuddy dabei mithelfen konnte. Mit vereinten Kräften legten sie alle Aufnahmen in die Kiste zurück. Allerdings fiel mir auf, daß Kate ein Foto rasch in der Tasche ihres Bademantels verschwinden ließ. Als alles aufgeräumt war, schlossen sie die Kiste und machten sich auf den Weg zur Treppe.

»Mom? Wie lange stehst du denn schon hier?«

»Lange genug, um zu erkennen, wie sehr ich euch beide lieb habe.«

Als ich später in der Küche das Frühstück zubereitete, zeigte Kate mir das Bild, das sie eingesteckt hatte. Die Aufnahme war in Killington, Vermont, gemacht worden – einen Tag, bevor Sam und ich uns zum ersten Mal liebten. Damals war ich neunzehn, und auf dem Foto sieht man deutlich mein eingegipstes Bein. Sam war damals gerade zwanzig geworden. Wir beide sitzen auf einem Sofa, aber jeder lehnt in einer anderen Ecke. Er trägt kein Hemd, und sein schlanker, jünglingshafter Oberkörper unterscheidet sich trotz der vielen Jahre, die seitdem vergangen sind, kaum von seinem jetzigen. Mich sieht man in einer Folklore-Bluse mit roter Stickerei und rundem Ausschnitt. Sams Kopf ruht auf der Lehne, aber er sieht mich an. Und nur mich. Unsere nackten Füße berühren sich, und wir spielen mit unseren Zehen. Obwohl wir es noch nicht wissen, haben wir uns bereits ineinander verliebt. Noch haben wir uns einander nicht hingegeben, aber wir müssen uns in jeder möglichen Weise berühren. Hände, Füße, Körper. Das ist uns so wichtig wie das Atmen.

Eine Tür ist zu erkennen, die in die Küche führt. Ein großes, schmales Mädchen mit einer Unmenge von rotem Haar auf dem Kopf stellt gerade etwas auf den Herd. Julie. Auf dem Couchtisch brennen drei Kerzen. Man sieht einen überquellenden Aschenbecher und eine Wasserpfeife. Einige aus unserer Gruppe, darunter auch Sam und ich, haben kurz vor der Aufnahme Haschisch geraucht. Ein letzter dünner, weißer Rauchfaden verläßt die Wasserpfeife. Julie war stinksauer gewesen. Auf uns beide.

»Na, sieh mal einer an«, lachte ich jetzt und versuchte, gar nicht erst darauf einzugehen, daß Katies Eltern offensichtlich Rauschgift genommen hatten. »Dein Vater und ich waren ja wirklich groovy.«

»Klar, sieht man auf den ersten Blick.«

Ich gab ihr den Schnappschuß zurück.

»Wer ist denn die junge Frau in der Küche?«

»Ach, das ist Julie.«

»Die Freundin, von der du neulich gesprochen hast? Was ist denn aus ihr geworden?«

Das wollte ich ihr nicht sagen.

»Erzähl's ihr!« befahl der Geist.

»Ich habe seit zweiundzwanzig Jahren nichts mehr von ihr gehört oder gesehen.«

»Aber Dad hat doch gesagt, ihr wärt die besten Freundinnen gewesen.«

»Waren wir auch, Kate. Als wir beide sechs waren, stand Julie eines Tages bei uns in der Auffahrt. Sie brachte einen Frosch mit, den sie bei sich im Garten gefunden hatte. Den haben wir dann deiner Großmutter in den Wagen gesetzt.«

Meine Tochter kicherte. »Da wäre ich zu gern dabeigewesen. Großmutter Charlotte in ihrem Auto mit einem Frosch eingesperrt!« Aber dann: »Und was ist danach mit euch beiden geschehen? Warum ist eure Freundschaft auseinandergebrochen?«

»Das ist eine lange Geschichte, Kate, und auf die bin ich nicht unbedingt stolz.«

»Wieso?«

»Tja, wenn du es unbedingt wissen willst, Julie ist zuerst mit deinem Vater gegangen.«

Kate sah mich mit großen Augen an: »Du hast ihn ihr ausgespannt?«

»Na ja, sie hatten gerade miteinander Schluß gemacht, aber eigentlich könnte man sagen, daß ich ihn ihr ausgespannt habe.«

»Ich wette, Julie hatte eine Mordswut auf dich.«

Gegen meinen Willen verteidigte ich mich vor Kate. »Julie, Sam und ich sind mit ein paar Freunden zu einem Ski-Trip nach Vermont gefahren. Wie der Zufall so spielt, sind Sam und ich eines Tages zusammen einen Hang hinunter. Ich stürzte und habe mir den Knöchel verstaucht. Sam hat mich dann ins Krankenhaus gebracht, und tja, irgendwie ist es dann geschehen. Wir konnten beide nichts dagegen machen.«

»Jennifer Megan hat vor ein paar Wochen Lisa Pell auch den Freund ausgespannt. Lisa und Gary Rothman wollten zusammen in ein Rock-Konzert, aber dann mußte Lisa an dem Abend zu ihrer Großmutter. Sie sagte Gary, er solle doch Jennifer mitnehmen. Seitdem sind die beiden ein Paar, und keiner redet mehr mit Jennifer.«

Ich drückte sie an mich. Ja, so ähnlich war es wohl bei uns auch gewesen.

»Weißt du, was dein Vater zu mir gesagt hat, als uns bewußt wurde, was zwischen uns geschehen war?« Ich rechtfertigte mich immer noch vor ihr. »Er erklärte, wenn Julie mich vor die Wahl zwischen ihm und ihr stellen würde, sollte ich mich ganz auf ihn verlassen. Denn er wisse, daß wir beide füreinander bestimmt seien.«

Kate sah mich mit offenem Mund an. »Das ist das Romantischste, was ich je gehört habe, Mom.«

Der Dämon gab ein vulgäres Geräusch von sich. »Ich wüßte da auch was Romantisches. Wie wär's, wenn ich dich hier aufs Kreuz lege?«

Oh, nein. Nicht jetzt. Nicht schon wieder.

Elias kam in die Küche gelaufen und zog Tuddy hinter sich her. Er blieb stehen und blinzelte.

»Ich muß jetzt in die Schule«, sagte meine Tochter und nahm ihre Bücher vom Küchenstuhl. »Bis später.« Sie küßte mich und Elias und lief dann nach draußen.

Als die Tür ins Schloß fiel, schnüffelte Elias. Der Geist schwebte lachend auf ihn zu.

»Halte dich von ihm fern«, warnte ich den Dämon.

Der Kleine starrte genau auf die Stelle, an der die Erscheinung sich breit machte.

Der Geist hörte nicht auf zu lachen. »Was bildest du dir ein, mir hier Vorhaltungen machen zu wollen? Du bist ein Nichts, ein Niemand, und außerdem gehörst du mir.«

Elias blinzelte mehrmals hintereinander. Dann verzog er die Nase und schnüffelte wieder. Konnte es denn sein, daß er den Dämon wahrnahm?

»Mein Junge, was siehst du da?«

Der Geist verzog sich so schnell wie Rauch in einem Sturmwind. Mein Sohn stand nur stumm da und starrte. Mir fiel auf, daß er schielte. Das rechte Auge blickte in eine andere Richtung als das linke. Dann setzte er sich die Brille auf, und die schien ihm zu helfen. Jedenfalls schauten die Augen wieder geradeaus.

»Was soll ich sehen?«

»Du hast geschnüffelt. Hast du irgend etwas Merkwürdiges gerochen?«

Er zuckte die Achseln.

»Elias, das ist jetzt sehr wichtig. Hast du dort etwas gesehen?« Ich zeigte auf die Stelle, an der sich eben noch der Geist befunden hatte.

Der Junge lächelte. »Er sieht mich nicht.«

»*Wer* sieht dich nicht?«

Er legte einen seiner dicken Finger an Tuddys Mund. »Pst. Versiegelte Lippen.«

Versiegelte Lippen? Wo um alles in der Welt hatte er einen

solchen Ausdruck aufgeschnappt? Bei mir ganz bestimmt nicht. Vielleicht in der Vorschule? Aber Miss Stanakowski würde das in einer Klasse von behinderten Kindern bestimmt nicht sagen; einige ihrer Zöglinge konnten ja kaum sprechen.

»Wo hast du das schon einmal gehört, Elias? Wo hast du ›versiegelte Lippen‹ her?«

Er stülpte die Lippen vor und bewegte sie. »Ich bin ein Fisch, Mom. Sieh nur meinen Mund.« Der Kleine schob die Lippen vor und zog sie wieder zurück. Vor und zurück. Wieder und wieder und wieder. Ich mußte einfach lachen. Worauf er doch immer wieder kam! Also ließ ich das Thema fallen.

Der Dämon machte seine Drohung nicht wahr und blieb in der Nacht aus. Ich fragte mich, ob Elias ihn irgendwie verscheucht hatte.

22

»MOM, KANN ICH einen Fisch haben? Als Haustier?« frage Elias an dem Tag nach den ›versiegelten Lippen‹. Ich wollte ihm das ausreden und erklärte ihm, daß seinem Hamster und unserem Hund ein Fisch vielleicht nicht so recht sein würde. Aber er meinte, die beiden bräuchten noch einen Freund. Nach zwei Tagen, in denen er von überhaupt nichts anderem mehr geredet hatte, fuhr ich schließlich mit ihm in die Tierhandlung, um ihm seinen Herzenswunsch zu erfüllen.

Elias marschierte direkt auf das Becken mit den orangefarbenen Fischen zu, nahm die Brille ab und drückte sich an der Scheibe die Nase platt. Einige Minuten betrachtete er das Treiben im Wasser und trat dann ein paar Schritte zurück. Sein Atem hatte Spuren auf dem Glas hinterlassen, winzige Wasserbläschen. Er stülpte wieder wie neulich die Lippen vor und zog sie zurück. Vor und zurück. Dann lachte er über seine Albernheit und trat zum nächsten Aquarium. Als er alle Bassins inspiziert hatte, kehrte er zu mir zurück und zeigte auf die Fische, die ihm am besten gefielen. Der dort, der da hinten und der dort drüben.

»Aber das ist ein Tropenfisch«, erklärte der Verkäufer. »Der braucht Süßwasser. Der zweite ist ein Meeresfisch, und der dritte überlebt nur in Brackwasser. Du kannst die drei nicht in ein Aquarium geben.«

Elias setzte die Brille wieder auf. »Wieso nicht?«

Das schien seine neue Lieblingsfrage zu sein.

»Weil das eben nicht geht.« Der Verkäufer sah mich an.

»Der Fisch mit dem Süßwasser mag so viel Salz nicht«, erklärte ich ihm, »wie der Meeresfisch braucht.«

Elias zuckte die Achseln. »Mag er vielleicht doch, wenn er's erstmal versucht.«

»Hör mal«, sagte der Verkäufer, sah dabei aber mich an, »warum beginnst du nicht mit einem schönen Vierzig-Liter-Tank und ein paar Tropenfischen? Nur um dich erst einmal daran zu gewöhnen. Ist nämlich ganz schön knifflig, in einem Salzwasserbecken die richtige Mischung herzustellen.«

»Ich mag den da am meisten.« Elias zeigte auf einen größeren blauen Fisch mit einem langen Maul. Natürlich ein Meeresbewohner.

Etwas später verließen wir den Laden mit einem Salzwasseraquarium, dem blauen Fisch und einem gelbgestreiften Gefährten für ihn.

Sams Boss, Ed Larobina, hatte einen Freund mit einer epileptischen Tochter. Er und seine Frau schworen auf deren Arzt, einen Dr. David Selson, der im Manhattan Medical Center wirkte.

»Ich habe bei Dr. Selson angerufen«, berichtete Sam, »und ihm von unserem Elias erzählt. Seine Praxis teilte mir mit, daß man sich den Jungen gern einmal anschauen wolle. Für die Untersuchung kommt sogar unsere Versicherung auf.«

Elias' Krankenhausaufenthalt und die Folgebehandlung hatten 250 000 Dollar gekostet.

»Sollen wir gleich zu Dr. Selson wechseln?« fragte ich. Am nächsten Tag hatten wir nämlich einen Termin bei Dr. Moore, zu einem weiteren EEG.

»Nein, obwohl ja eigentlich auch Dr. Selson das EEG durchführen könnte. Oder wir nehmen die Ergebnisse zu ihm mit.«

»Am besten, wir lassen Dr. Moore das EEG morgen noch machen.«

»Was immer du möchtest.« Er legte mir die Hand auf die Schulter. »Fühlst du dich jetzt besser?«

Nein.

»Wo sind denn alle?»

»Alex und Kate machen ihre Hausaufgaben. Und Elias studiert Fische.«

»Wie bitte?«

»Na, du weißt schon, wie er mich die ganze Zeit geplagt hat, ihm einen Fisch zu kaufen. Heute nachmittag habe ich mich endlich breitschlagen lassen. Das Aquarium haben wir im Eßzimmer aufgestellt, und seitdem ist er da nicht wieder herausgekommen.«

Ich folgte Sam dorthin. Elias hatte alle Lichter gelöscht, und das Aquarium verbreitete ein unheimliches blaues Leuchten. Unser Sohn drehte sich nicht einmal um, als wir eintraten.

»Also, ich muß schon sagen«, bemerkte mein Mann, »das sind aber wirklich schöne Fische.« Er schaltete das Licht an.

»Hi, Daddy.« Elias kehrte uns weiterhin den Rücken zu.

Sam ging zu ihm und küßte ihn auf die Wange. »Haben sie denn schon Namen?«

Elias schüttelte den Kopf und drehte sich immer noch nicht um.

»Sieh sich einer den Blauen an«, meinte Sam. »Wackelt mit dem Schwanz, als würde er tanzen. Den könntest du doch Elvis nennen.«

Jetzt drehte Elias sich lachend um. »Elvis!« rief er und wandte sich dann wieder den Fischen zu.

»In zwanzig Minuten gibt es Abendessen«, verkündete ich. »Wenn unser Sohn sich bis dahin von seinen neuen Freunden losreißen kann.«

Ich küßte ihn, und er kicherte.

Am nächsten Morgen fuhren Sam und ich mit ihm zum Krankenhaus, um sein EEG machen zu lassen. Ich war etwas nervös und wußte nicht, wie Elias darauf reagieren würde, wenn er wieder alles Mögliche über sich ergehen lassen mußte und für vierundzwanzig Stunden mit dem Kopf an eine Maschine angeschlossen würde.

Der Junge lief zwischen uns und hielt unsere Hände. Auf

der Kinderstation wies man uns ein Zimmer zu, wo wir die Nacht verbringen konnten. Elias schien sich alles widerstandslos gefallen zu lassen, selbst als sie ihm Gel auf den Kopf schmierten. Ganz ruhig saß er da, als sie ihm den Apparat aufsetzten, und etwas später, als er sich in einem Spiegel sehen konnte, lachte er sogar.

Wir hatten Spiele und Spielzeug mitgebracht, um ihn bei Laune zu halten. Aber viel lieber spazierte er herum, unterhielt sich mit Schwestern und Ärzten und zeigte ihnen seinen Tuddy und seine *Geschöpfe der Tiefe.* Das Gerät war nicht stationär, und so konnten wir es durch die Gänge schieben. Elias begegnete dem Personal freundlich und interessiert und schien vor nichts mehr Angst zu haben. Nicht einmal vor den Scharen von Weißkitteln, die hier zu sehen waren.

Kurz bevor der Junge sein Abendbrot bekam, fuhr Sam nach Hause. Elias aß alles auf, bis auf den Hot Dog. Danach begaben wir – mein Sohn, Tuddy, das Bilderbuch, meine Wenigkeit und das transportable Elektroenzephalogramm-Gerät – uns ins Spielzimmer. Ein etwa achtjähriges Mädchen hielt sich dort auf und spielte teilnahmslos mit ihrer Barbie-Puppe. Ihr aufgeschwemmtes, bleiches Gesicht wirkte teigig, und sie war kahl bis auf ein paar dünne Strähnen, die mich an Entendaunen erinnerten. Ich nickte ihrer Mutter zu, die sie nicht aus den Augen ließ. Die Frau war fast so blaß wir ihre Tochter und hatte schwarze Ringe unter den Augen.

»Das ist Margaret«, sagte sie leise. »Aber alle nennen sie nur Maggie.«

»Und das ist Elias«, entgegnete ich.

Mein Sohn setzte sich zu Maggie und schlug sein Bilderbuch auf.

Das Mädchen lächelte, und dabei wurden ihre Hamsterbäckchen noch breiter. »Soll ich dir das vorlesen?« Ihre krächzende Stimme war kaum zu hören.

Elias nickte.

Sie nahm das Buch. »Was machen sie denn mit deinem Kopf?«

Elias lächelte, beugte sich zu ihr und flüsterte ihr etwas ins Ohr, was sie zum Lachen brachte. Dann nahm Maggie seine Hand, und beide schlossen die Augen. So saßen sie eine ganze Weile da und hielten sich mit geschlossenen Augen an der Hand.

Ihre Mutter und ich beobachteten die zwei. Wir wagten kaum zu atmen.

Nach ein paar Minuten schlugen sie die Augen wieder auf. Maggie las Elias aus dem Buch vor, und gemeinsam betrachteten sie die Bilder. Auch ihr schienen die vielen Meerestiere sehr zu gefallen. Als die beiden fertig waren, erklärte ihre Mutter, daß nun Schlafenszeit sei. Schließlich erwarte sie morgen ein großer Tag.

Ich schlief auf einer Liege neben Elias' Bett, und irgendwann am nächsten Morgen waren die vierundzwanzig Stunden abgelaufen. Von einer fortbestehenden Neigung zu epileptischen Anfällen ließ sich nichts feststellen, nicht die kleinste Spur. Aber dennoch wollte Dr. Moore die Medikation fortsetzen, wenigstens noch ein paar Monate. Das war für mich Grund genug, eine weitere ärztliche Meinung einzuholen.

Als ich alles zusammenpackte und gehen wollte, erschien Maggies Mutter in unserer Zimmertür.

»Kann ich Sie für einen Moment sprechen?«

»Aber natürlich.«

Ich sagte Elias, daß ich gleich zurückkäme, und trat dann mit der Frau hinaus auf den Flur.

»Gestern abend habe ich meine Tochter gefragt, warum sie und Ihr Sohn das getan hätten. Ich meine, gemeinsam die Augen zu schließen und so.«

Ich nickte, sagte nichts und hielt den Atem an.

»Sie müssen wissen, daß meine Maggie gerade eine weitere ihrer Chemotherapien hinter sich hat. Mittlerweile reden die Ärzte von einer Knochenmarkstransplantation. Ich meine, natürlich nur, wenn wir einen passenden Spender finden können.«

Ich legte ihr eine Hand auf den Arm. »Das hoffe ich sehr für Sie.«

Die Mutter seufzte tief und schwer. »Meine Tochter ist so krank, so furchtbar krank. Die Ärzte sind sich nicht einmal sicher, ob sie überhaupt noch so lange durchhält.« Sie klang so, als würde sie jeden Moment in Tränen ausbrechen. »Eine Zeitlang sah es so aus, als sei der Prozeß aufgehalten. Aber das war im Winter, und im Sommer ging es wieder los. Maggie hat den Sommer immer geliebt, weil sie dann schwimmen gehen konnte. Aber seit drei Jahren war sie nicht mehr im Wasser. Ihr Vater hat ihr mit vier Jahren das Schwimmen beigebracht, und sie schwamm wie ein Fisch, bis, na ja, bis diese Geschichte gekommen ist.« Wieder seufzte sie schwer. »Ihr Vater und ich sind mittlerweile geschieden.«

»Oh, das tut mir aber leid.«

Sie schüttelte den Kopf. »Können Sie sich das vorstellen? Ein Mann, der davonläuft, wenn seine Tochter so krank ist? Er ist nach New Jersey gezogen und hat mittlerweile eine neue Frau. Er kommt fast nie, um Maggie zu sehen. Und ich bin die ganze Zeit hier bei ihr im Krankenhaus. Wahrscheinlich ist es ihm einfach zuviel geworden. Manchmal kann ich es auch kaum noch ertragen. Ach, ich weiß nicht. Wie konnte ich nur jemanden heiraten, der uns so etwas antun würde? Verzeihen Sie bitte, ich sollte Ihnen das nicht alles erzählen –«

»Ist schon in Ordnung, wirklich.«

Die Frau trocknete sich die Augen. »Ist ja auch egal. Wissen Sie, was Maggie gesehen hat, als sie mit Ihrem Sohn die Augen schloß? Sie sagte, sie wären gemeinsam geschwommen.«

»Geschwommen?« Am liebsten wäre ich auf der Stelle davongelaufen. Ich wollte nicht hören, was diese Frau zu sagen hatte, und ich konnte mir nicht einmal einen Grund dafür vorstellen.

»Ja, meine Maggie und Ihr Sohn«, fuhr die Mutter fort. »Sie sagte, das Wasser wäre warm wie ein Bad gewesen und klar wie die Luft. Klar wie die Luft, das waren ihre Worte. Und das Sonnenlicht habe bis zum Grund durchgeschienen. Und so viele Fische seien da geschwommen, in allen nur erdenklichen Farben ...« Sie zögerte. »Maggie meinte, das Schwimmen mit

Elias sei so schön gewesen. Und … na ja, das wollte ich Ihnen nur gesagt haben. Daß meine Tochter sich endlich mal wieder freuen konnte. Maggie hat die ganze Zeit Angst. Sie lacht überhaupt nicht mehr. Sie hat das alles so satt, manchmal befürchte ich, daß sie aufgeben will. Aber als wir gestern abend in ihr Zimmer zurückkehrten, erzählte sie mir von Elias, und da konnte sie wieder lachen. Ich weiß nicht, ob ich das überhaupt verstehe, daß sie nur die Augen zu schließen brauchte und schon durchs Meer schwamm. Aber ich habe gesehen und gehört, wie sie lachte. Wie wunderbar es war, sie endlich einmal wieder kichernd zu erleben. Ich hoffe, Sie wissen, was ich meine.«

O ja.

Als Sam und ich uns an diesem Abend fürs Bett fertigmachten, erzählte ich ihm von Elias und Maggie; und nach einer kurzen Pause auch von meiner Vision am Great Barrier Reef mit seinem azurblauen Wasser und dem endlosen Ozean. Ich sprach aber nicht von einer Vision, sondern nur von einem Traum.

Meinen Mann schien das nicht sonderlich zu interessieren. »Und weiter?«

»Kommt dir das nicht auch merkwürdig vor? Daß Elias und Maggie einfach so geschwommen sind? Genau so wie in dem Traum? So als würden er und ich denselben Traum teilen. Oder dieselbe Vision.«

»Meinst du so was wie eine religiöse Vision?«

Sam war ein guter Ehemann, voller moralischer Grundsätze und Großzügigkeit. Aber in seiner Weltsicht fanden religiöse Visionen genausowenig Platz wie Geister.

»Ich weiß nicht. Gibt es denn noch andere?«

»Du bist doch eigentlich kein sehr gläubiger Mensch.«

»Meinst du, bloß weil ich gewisse Vorschriften und Feiertage nicht einhalte?« Wir hatten uns darauf geeinigt, die wichtigsten Gebräuche unserer beiden Religionen zu befolgen. Sam ging mit den Kindern Weihnachten in die Kirche, ich zündete mit ihnen Chanukka-Kerzen an, und jedes Jahr feierten wir Passah und Seder, das rituelle Mahl.

»Willst du damit etwa sagen, du wolltest immer schon mehr religiöse Erziehung, und ich hätte dich daran gehindert?«

Wie um alles in der Welt waren wir in Streit geraten? Ich wollte doch nur, daß er mich verstand.

»Nein, überhaupt nicht«, antwortete ich.

»Was denn dann? Hast du dich meiner Mutter wegen zurückgehalten?«

Jede Geburt eines Enkelkindes hatte eine neue Krise zwischen Sam und seiner Mutter heraufbeschworen. Mary Galligan erklärte immer wieder, ihr sei es egal, wie ernst wir unseren jeweiligen Glauben nähmen, solange wir nur unsere Kinder taufen ließen. Mein Mann weigerte sich, ihr diesen Wunsch zu erfüllen. Ich glaube nicht, daß er seiner Mutter jemals seine Gründe dafür dargelegt hat, aber mir hatte er einmal erklärt, daß er keinen Respekt vor einer Religion haben könnte, die einen Säugling in die Hölle, ins Fegefeuer oder sonstwohin schickte, wenn er nicht getauft sei. Mary ließ das Thema dann irgendwann fallen – bis das nächste Enkelkind zur Welt kam. Dann fing sie wieder an, ihren Sohn zu bedrängen.

»Nein, Sam. Ich möchte nur, daß du begreifst, was geschehen ist. Daß sich hier etwas Außergewöhnliches anbahnt, daß –«

»Die beiden haben so getan, als würden sie schwimmen«, entgegnete er. »Ich bitte dich, Kinder denken sich immerzu solche Sachen aus.«

Er war eben nicht dabeigewesen.

Einige Wochen später, Anfang April, hatte ich wieder einen Traum:

Elias liegt auf einem Bett und ist wieder an die schmatzenden, zischenden und klackenden Maschinen angeschlossen. Ich stehe mit Charlotte da. Sie zieht eine Nagelschere und einen Briefumschlag aus ihrer Handtasche. Offensichtlich hat sie etwas vor und sich entsprechend darauf vorbereitet. Ihre

Finger heben eine Locke meines Sohnes vom Kopf. Sein einst seidig glänzendes Haar ist jetzt stumpf und sieht aus wie rotblondes Stroh. Obwohl er ohne Bewußtsein ist, wächst er dennoch weiter. Die Knochen dehnen sich, der Körper macht die Veränderungen durch, die die Pubertät mit sich bringt, und das Haar wuchert wie in einem Garten, um den sich niemand mehr kümmert.

Schnipp-schnapp.

Meine Mutter schneidet die Locke ab, schiebt sie in den Umschlag und steckte ihn mit der Schere in die Handtasche zurück. Dabei sieht sie mich nicht an, denn sie fürchtet, es könne mich aufregen, daß sie Elias eine Locke genommen hat. Aber ich rege mich nicht auf, denn lebende Tote haben keine Gefühle mehr. Mein Verstand arbeitet hingegen noch tadellos, und ich weiß, warum Charlotte die Locke abgeschnitten hat. Damit ihr etwas von ihrem jüngsten Enkel bleibt, wenn er nicht mehr bei uns ist. Und er wird uns verlassen, das ist mir nur zu bewußt. Ich kenne zwar nicht den genauen Zeitpunkt, sage mir aber, daß es gar keine so schlechte Idee wäre, mir auch eine Locke von ihm zu nehmen. Damit ich sie immer bei mir tragen kann, auch wenn Elias im Grab liegt und ich nicht mehr zu ihm durchkomme.

Ich öffnete die Augen, war wieder einmal mitten in der Nacht erwacht. Fühlte mich wie von zwei starken Winden, der Hoffnung und der Furcht, hin und her gerissen. Der Dämon, der die Zeit wie einen Ball in alle Richtungen zu werfen vermochte, hatte mich im Schlaf beobachtet.

»Was bist du nur für eine Frau? So etwas Undankbares habe ich noch nicht erlebt.«

Ich stand auf und ging ins Bad, weil ich auf die Toilette mußte. Das pflegte ich des öfteren zu tun, wenn der Geist mich ansprach. Ich ignorierte ihn, so gut es mir möglich war.

Aber er begleitete mich dorthin und sah mir zu, wie ich mein Geschäft verrichtete. »Dir ist doch wohl klar, daß ich dich wieder besitzen werde.« Der Dämon wurde nie laut, verlor niemals die Fassung. Er flüsterte oder schmeichelte. Wie ich ihn dafür haßte.

»Du meinst wohl eher, daß du mich vergewaltigen wirst.«

Er lehnte sich gegen das Waschbecken, verschränkte die Hände und lächelte grimmig. Ganz so wie ein Teufel in einem Comic. Als ich blinzelte, konnte ich auch die schweren schwarzen Stiefel mit ihrer Dreckkruste erkennen. Also zeigte er sich mir wieder als Seth. Ich schloß für einen kurzen Moment die Augen, und danach war er wieder nur der Geist.

»Ich kann deinen Körper durch das Nachthemd sehen«, teilte er mir mit.

Jetzt war ich fertig, stand auf und zog mir das Höschen hoch. »Ich bin über vierzig. Warum suchst du dir nicht was Jüngeres mit knackigeren Formen?«

Er lachte, und ich konnte seine Zähne sehen. »Du meinst, so ein junges Ding, vielleicht achtzehn, ja?«

»Ach, hau doch ab.« Ich tat so, als könne er mir keine Angst einjagen. Aber schon früher war es mir nicht gelungen, ihm etwas vorzumachen.

»Versiegle deine Lippen«, riet er mir.

Versiegelte Lippen!

»Halt dich ja von meinem Sohn fern!«

»Von deinem Sohn?« Er stand jetzt hinter mir und zischte mir wie eine Dampflokomotive ins Ohr. »Atme tief durch, Dinah. Soll ich dir verraten, was aus deinem Sohn geworden wäre, wenn ich nicht eingegriffen hätte? Und was immer noch aus ihm werden könnte?«

Nein.

Doch.

Dunkle Nacht. Ein heller Mond badet Reihe um Reihe identischer Steine in seinem fahlen Licht. Die Luft riecht nach Spätherbst, und es ist kühl. Windstöße zerren an meinem Nachthemd. Blätter tanzen durch die Luft, hüpfen über die Steine und erzeugen kratzende Geräusche wie scharrende Kleintiere. Ich bin alt, sehr alt. Mein Fleisch sackt herab.

Der Dämon nimmt mich bei der Hand, und wir spazieren durch die Steinreihen, steigen über die Gräber. Hier und da kauern oder huschen dunkle Gestalten, die verlorenen Seelen der Unterwelt.

»Dort drüben.« Er deutet mit einem Geistfinger ins Mondlicht. »Wir sind da.«

Ich schaue hin. Ein Grabstein mit den Worten: *Elias Rosenberg Galligan – Geliebter Sohn, Enkel und Bruder.*

Wie von selbst falle ich auf die Knie und fahre mit den Fingerspitzen über die Buchstaben. Diese wenigen Worte sollen alles sein, was von einem Leben übrigbleibt? Vom Leben meines Sohnes?

»Da steht, daß er zwölf geworden ist, Dinah. Stell dir nur mal seine Geburtstagsparty vor. Du trägst ihn herum, und mit ihm seine Maschinen, setzt ihn auf den Knautschsessel, biegst ihn, bis er dort aufrecht sitzt – natürlich nur, wenn du die Stärke aufbringst, seine steinharten Gliedmaßen zu bewegen – und zündest ein paar Kerzen an. Happy Birthday, Elias.

Überleg dir nur mal, Dinah: Der Geruch deines Kindes ist das letzte, was dir von ihm im Gedächtnis geblieben ist. Aber selbst der entflieht aus deiner Erinnerung. Du weißt bereits, wie es ist, damit leben zu müssen, jeden Tag etwas mehr zu vergessen.«

O ja, wie recht mein Dämon damit hat. Ich wäre schon für einen flüchtigen Hauch vom süßen Duft meines Sohnes dankbar. Vom Geruch seines Haars, seines Nackens oder seines Arms. Ach, wenn ich doch wenigstens Tuddy behalten hätte, statt ihn Elias mit ins Grab zu geben. Sehr viel Zeit würde vergehen, ehe Elias' Geruch von der flauschigen Schildkrötenpuppe gewichen wäre. Tuddyplüsch ist keine menschliche Haut, besitzt keinen Eigengeruch und hätte den von Elias noch lange in seinen Fasern speichern können. Wenn ich Tuddy noch hätte, könnte ich meinen Sohn riechen, wann immer ich wollte. Aber die Puppe liegt unter mir in der Erde. Festgehalten von starren Leichenarmen.

»Du bist wirklich ein selbstsüchtiges Luder!« beschimpft

mich der Geist. »Die ganze Zeit redest du davon, was für ein lieber Mensch und eine gute Mutter du seist, und jetzt willst du deinem Jüngsten auch noch seinen Tuddy wegnehmen, den einzigen Trost, den er noch findet.«

»Wenn Elias tot ist, wohnt er bei Gott«, entgegne ich. »Sicher bietet Gott ihm genug Trost und Willkommen, da braucht er seine Puppe doch nicht mehr. Darum hätte ich sie eigentlich behalten können, um selbst etwas Trost zu finden.«

Der Dämon gibt ein spöttisches Geräusch von sich, das der Wind rasch davonträgt.

»Bitte, ich will die Puppe haben!« jammere ich. »Können wir das Grab nicht öffnen?«

»Natürlich«, antwortet er.

Mit dem Spaten hinein, Ladung um Ladung, bis ein Erdhügel entstanden ist. Der Geist erreicht das Gewölbe, hebt die Steinplatte hoch und wirft sie beiseite, als wiege sie nichts, und dann sehen wir den kleinen Sarg unter uns. Mein Begleiter öffnet den Deckel, und ich schließe die Augen, um das verwesende Fleisch nicht sehen zu müssen. Aber dann nehme ich all meinen Mut zusammen und ziehe die Schildkröte aus der schwarzen Hand und unter dem Arm hervor. Der Tuddyplüsch zerfällt nicht wie Menschenfleisch. Ich presse die Puppe an meine Brust, sauge ihren Geruch ein und ignoriere die anderen Ausdünstungen, die ihr entsteigen. Ja, ich rieche meinen Sohn, ganz schwach, aber unzweideutig. Jetzt habe ich Tuddy zurück und kann Elias noch sehr lange riechen. So lange, bis die letzten Spuren im flauschigen Stoff sich aufgelöst haben. Die Puppe ist alles, was mir von ihm geblieben ist. Aber wenigstens habe ich wieder etwas von ihm, und ich flüstere: »Elias.«

»So, so«, meinte der Geist. »Der Schmerz würde dich also um den Verstand bringen.«

Ich sehe ihm in die Augen, besser gesagt, in die beiden schwarzen Flecke, die er als Augen ausgibt. »Ich bin bereits verrückt.«

Er legt seine eisige Hand an meine Wange, und die Kälte, die von ihr ausgeht, durchströmt mich von Kopf bis Fuß. »So weit muß es aber nicht kommen, Dinah. Wir bräuchten nur zusammen zu sein.«

»Bitte hör auf, bitte.« Ich weine.

»Na gut, dann heul dich erstmal aus. Am Ende wirst du mich ja doch lieben. Und du wirst mich anflehen, in dich einzufahren. Auf Knien wirst du zu mir kommen.«

Der Dämon will nicht nur in mich einfahren, er wünscht sogar, daß ich darum bettle.

»Bitte, ich könnte das nicht noch einmal ertragen.« Und das ist nicht übertrieben. Nicht noch einmal die metallische Gefräßigkeit in mir, nicht noch einmal der eisige Wind, die ewige Leere und der große Wunsch, davon freizukommen.

Er zieht mich hoch. »Auf, Dinah, du mußt ein paar kleine Steine suchen.«

»Steine?«

»Ist das nicht Sitte bei euch? Ein alter jüdischer Brauch? Was ist los mit dir, das kannst du doch nicht vergessen haben! Die Anzahl der Steinchen zeigt an, wie oft du das Grab besucht hast. Für jedes Mal, das du hierher gekommen bist, ein Stein.«

»Aber das ist doch nicht real!«

Der Dämon betrachtet mich mit großer Feierlichkeit. »Es könnte aber real sein, Dinah. Vielleicht ist das hier ja die Wirklichkeit.« Er berührt mich mit seinen eiszapfenartigen Klauen. Preßt sich gegen mich. Mein dünnes Nachthemd schützt mich nicht vor seiner Kälte.

Ich weiche vor ihm zurück, falle auf dem Grab auf die Knie und fange wieder an zu weinen. »Mein Sohn, mein geliebter Sohn.«

»Ach, jetzt hör endlich mit dem Gejammer auf. Wer soll das denn aushalten? Du bist nicht die erste Frau, die ein Kind verloren hat. Das haben sie zu allen Zeiten, und das werden sie bis zum Ende aller Zeiten. Jeder erlebt seine Tragödie. Oder glaubst du, das Leben sei eine einzige Party? Als Seth noch gelebt hat, hat er seine Mutter verloren. Mit zehn Jahren.«

»Hast du sehr gelitten, als sie starb?«

Er zuckt die Achseln, und seine Augen verwandeln sich in

Weiß. Der Geist steigt auf, schwebt über mir und verliert seine Substanz. Man kann durch ihn hindurchsehen. Auf die tanzenden Blätter, die Sterne und den Mond.

»Mir tut nichts mehr weh, denn ich bin ein Geist«, flüstert er. »Die Steine, Dinah, du darfst die Steine nicht vergessen.«

»Warum?«

Unvermittelt steht er in seiner alten Gestalt neben mir, und seine Zähne funkeln im Mondlicht. »Deine Vorfahren haben Steine auf die Gräber gelegt. Um die Geister fernzuhalten. Damit sie nicht aus ihrem Grab steigen und über die Erde streifen können.«

»So wie du über die Erde streifst?«

»Ja, könnte man so sagen.« Er kniet neben mir. »Und jetzt vereine dich mit mir.«

»Mit dir? Aber ich hasse dich!«

Sein Lachen hallt von den Sternen und dem Mond wider.

»Dann wasch dir alle Schuld von den Händen«, fordert er mich auf.

Ich stand wieder im Badezimmer und war allein. Blut bedeckte meine Hände. Ich rieb meine Finger und die rotgefärbten Handflächen. Doch so sehr ich auch rubbelte und kratzte, das Blut ging nicht ab.

»Dinah?« Sam stand in der Tür. »Wir haben drei Uhr nachts, und du stehst hier wie Lady Macbeth und schabst an deinen Händen.«

Ich brach in Tränen aus. Das hatte der Geist mit Absicht getan. Um mich zu zwingen, Sam alles zu erzählen.

»Was ist los mit dir, Di? Was geht hier vor?«

Ich starrte den Mann an, mit dem ich ein halbes Leben verheiratet war. Mir blieb nichts anderes übrig, als es ihm zu sagen.

»Bist du dir sicher, daß du es wissen willst?«

Er nickte, und ich wischte mir über die Augen. Tief einatmen und los: »Kannst du dich noch daran erinnern, daß ich im Krankenhaus Gesang gehört habe?«

Sam nickte noch einmal.

»Es war Elias' Schlaflied, ›Zwinker, Blinzel und Nick‹. Jemand hat sein Lied gesungen.«

»Und was hat das mit deinem zwanghaften Händereiben zu tun?«

»Jetzt hör mir erst einmal zu Ende zu, Sam.« Ich verschränkte die Finger ineinander. »Das Lied habe ich nicht nur einmal gehört. Sondern immer wieder. Zu jeder Tages- und Nachtzeit. Schließlich bin ich hinaus auf den Flur gelaufen, Sam, und dort habe ich einen Geist gesehen.«

»Aha, einen Geist.« Er sagte das völlig ausdruckslos. Seine Worte waren keine Frage und auch keine Feststellung. Er hatte sie nur von sich gegeben, um überhaupt etwas zu sagen.

»Vielleicht auch ein Dämon, da bin ich mir nicht so ganz sicher.«

Mein Mann sah mich sehr lange an. »Grundgütiger, Dinah«, sagte er dann, »du meinst das wirklich ernst.«

»Ja, das tue ich.«

Er rieb sich die Wangen. Dann: »Ich glaube, ich könnte jetzt einen Drink vertragen.«

»Seit wann trinkst du denn mitten in der Nacht?« fragte ich verwundert.

Sam zog seinen Morgenmantel zusammen. »Seit meine Frau mir weismachen will, sie habe einen Geist gesehen.«

»Sam, du kennst mich lange genug.« Ich folgte ihm ins Wohnzimmer. »Deshalb weißt du auch, daß ich mir solche Dinge nicht einfach einbilde. Das muß dir doch klar sein!«

Er trat an die Hausbar und goß sich Scotch ein. Ein großes Glas. Dann ließ er sich schwer auf dem Sofa nieder und nahm einen ordentlichen Schluck. »Woher soll ich es wissen, Dinah? Ich meine, Elias war schwer krank, du hast dir große Sorgen gemacht und unter enormen Druck gestanden ...«

»Sam, bitte. Elias hat gesagt, er habe das Lied auch gehört. Das weißt du doch noch, oder?«

»Vielleicht hat er da nur dich gehört. Oder Kate, die es ihm auch einige Male vorgesungen hat. Schatz, der Junge hat im

Koma gelegen. Die Medizin weiß doch, daß Menschen, die im Koma liegen, manchmal das hören können, was in ihrer Umgebung gesprochen wird.«

»Und damit hätte Elias auch das wahrnehmen können, was ich gehört habe.«

Mein Mann seufzte schwer und nahm noch einen Schluck. »Also gut, dann erzähl mir alles. Du hat einen Geist gesehen.«

»In diesem Flur befand sich ein … ein Wesen. Saß einfach da auf der Bank und hat Gitarre gespielt.«

»Oho, also ein Wesen, das auch noch seine Gitarre dabei hatte. Wir sprechen doch hier immer noch von einem Geist, oder? Von einem Toten, richtig?«

»Ja, richtig.«

»Und konnte dieser … dieser Geist auch sprechen? Hat er mit dir geredet?«

Ich mußte lachen. »Ob er mit mir geredet hat? Gott, und wie! Stundenlang. Tag und Nacht. Dieser Geist leidet an Sprechdurchfall!«

Sam lachte nicht. Er seufzte nur noch einmal. »Dinah, du … Du bist Psychologin. Da weißt du doch, daß jeder unter Streß zusammenbrechen kann. Geistig, meine ich.«

»Bitte, Sam, ich versuche, dir alles zu erzählen, und das fällt mir gewiß nicht leicht.«

»Tut mir leid. Wie hat das Wesen denn ausgesehen?«

»Rosa. Als bestünde es aus Zuckerwatte. Und es trug schmutzige Stiefel, eine altmodische Jeans und eine schwarze Motorradjacke. Also ganz so wie ein Hippie.« Jetzt kam's. Ich atmete noch einmal tief durch. »Sam, vor dir hatte ich schon einen Freund.«

»So wie du ausgesehen hast, hätte ich dir etliche zugetraut. Na und, wen interessiert das noch?«

»Nun, ihn scheint das schon zu interessieren.«

»Wen?«

»Seth. Seth Lucien, das war mein erster richtiger Freund. Von genau dem rede ich.«

»Verzeih bitte, Dinah, aber jetzt komme ich nicht mehr mit.

Von wem *genau* redest du jetzt? Wir haben also einen Geist und einen ehemaligen Freund. Ich nehme doch stark an, du bist mit ihm gegangen, als wir noch nicht verheiratet waren, oder? Was hat der eine mit dem anderen zu tun?«

»Seth ist der Geist. Besser gesagt, er ist der Geist von Seth Lucien, darauf besteht er nämlich. Und Seth Lucien war mein fester Freund, bevor ich dich kennengelernt habe.«

»Und was war mit David? Mit dem bist du doch damals gegangen.«

»Seth war mein Freund vor David.«

Sam erhob sich, lief einige Minuten lang im Wohnzimmer auf und ab und setzte sich dann wieder, so schwer, als wöge er eine Tonne. »Dich sucht also ein Geist heim. Der von einem toten Ex.«

»Ich habe doch schon gesagt, daß mir selbst klar ist, wie bescheuert sich das alles anhört.«

Er sah mich ernst an. »Bescheuert? Dinah, das geht weit, weit über bescheuert hinaus.«

»Glaubst du, das weiß ich nicht selbst?«

Mein Mann erhob sich ruckartig, lief wieder auf und ab und schien das Glas in seiner Hand ganz vergessen zu haben. Bei jedem Schritt klingelte das Eis leise. »Dinah, du solltest dich wirklich in Behandlung begeben.«

»Jetzt hör mir gut zu, Sam: Im Krankenhaus habe ich einen Geist gesehen, und das mehrfach. Und er hat nicht aufgehört, mich zu plagen.«

»Wie hätte er dir in deinem Zustand denn noch mehr Kummer bereiten können?«

»Indem er mir alle Hoffnung nahm.«

»Hoffnung ist etwas, das man in sich trägt, Dinah. Du selbst kannst darüber bestimmen.« Er schüttelte den Kopf. »Das ergibt doch alles keinen Sinn ...«

»Sam, er hat es mir gezeigt. Irgendwie hat der Geist es vollbracht, mir die Zukunft zu zeigen. Das Schlimmste, was passieren kann. Und das tut er auch jetzt noch. Warst du dir denn immer sicher, daß Elias durchkommen würde?«

Er atmete schwer aus. »Ich weiß nicht. Jedenfalls habe ich versucht, mir dessen sicher zu sein.«

»Anfangs hat er mir Zuversicht gegeben. Na ja, auf seine Weise. Ich habe damals Höllenängste ausgestanden, Sam. Und die plagen mich auch jetzt noch.«

»Aber warum denn?«

»Hast du dir denn nicht die größten Sorgen gemacht?«

»Natürlich. Aber ich habe mir keinen Geist ausgedacht, um Trost oder Zuversicht oder was auch immer zu finden.«

Was hat dir dann Halt gegeben, Sam? Dein unerschöpflicher Optimismus? Dein unrealistischer Glaube, daß bisher immer alles gutgegangen ist? »Du bist also der Meinung, ich hätte das alles nur erfunden?«

Er trank noch einen Schluck. »Nein, das hast du dir nicht nur ausgedacht. Du scheinst wirklich fest an das zu glauben, was du mir da erzählst. Und ich habe auch entsetzliche Ängste ausgestanden, aber heute ist es damit vorbei.«

»Ich habe das nicht erfunden, Sam, und ich leide auch heute noch große Ängste!«

»Warum bist du nicht früher damit zu mir gekommen? Warum nicht damals schon, im Krankenhaus?«

»Weil ich mich da nicht in der Lage fühlte, mich mit irgendwas an irgend jemanden zu wenden. Ich brauchte schon meine ganze Kraft, um den nächsten Atemzug zu tun. Außerdem hättest du damals das Gleiche gesagt wie jetzt. Daß es verrückt ist. Daß ich wegen der emotionalen Belastung durchgedreht bin.«

»Dinah, ich glaube nicht an solche Dinge.« Sam setzte sich wieder aufs Sofa und nahm meine Hände. »Und du auch nicht.«

Ich ließ mich neben ihm nieder. »Früher habe ich das auch nicht. Aber heute bleibt mir nichts anderes übrig.« Ich atmete mehrmals tief ein, um mich zu beruhigen, und schon drang er mir wieder in die Nase. Der scharfe Geruch von leerem, feuchtem, korrodierendem Metall. »Er ist hier, Sam. In diesem Moment.«

Sams Oberlippe war hochgezogen und zitterte. So als versuche er erfolglos, sich seinen Widerwillen nicht anmerken zu lassen.

»Ich kann nichts sehen.«

Der Dämon lachte spöttisch. »Was, sind die Hände denn immer noch nicht sauber?«

»Aber anscheinend ergeht es dir anders«, sagte mein Mann.

»Im Moment sehe ich ihn auch nicht.«

»Manchmal aber schon, oder?«

»Er zeigt sich mir in Träumen, in Visionen. Der Geist taucht in unserem Schlafzimmer auf. In meiner Praxis. Er sagte mir immer wieder, daß Elias sterben müsse und er mir helfen könne. Er könne mir zeigen, wie man dem Todesengel entgehen kann.«

»Wem?«

»Es heißt, wenn ein Mensch seinen letzten Atemzug tut, hat der Todesengel Gifttropfen von der Spitze seines Schwerts in dessen Mund geträufelt.«

Sam sprang vom Sofa auf. »Wer verbreitet denn so etwas? Irgendein orthodoxer Jude mit langen Ringellocken? Oder ein christlicher Fundamentalist? Wo hat du das her?«

»Das ist eine uralte Sage. Der Geist erklärte mir, er könne mir dabei helfen, Elias zu retten. Damit der Todesengel ihn nicht holen könne ...« Jetzt brauchte ich all meinen Mut. »Ich habe mit dem Geist einen Pakt geschlossen, Sam.«

»Um unserem Sohn das Leben zu retten?« Wie er mich ansah, oh, wie er mich ansah.

»Ja.«

»Einen Moment mal, Dinah, das muß ich erst auf die Reihe bekommen.« Er schloß für einen Moment die Augen, und als er sie wieder öffnete, sah er mir direkt ins Gesicht. »Und was habt ihr abgemacht?«

»Im Gegenzug müßte ich mit ihm zusammen sein.«

»Wie zusammen sein? Erklär mir das bitte genauer, Dinah.«

»Es bedeutet, daß ich ihn in mich lassen muß.«

Sam biß die Zähne so fest zusammen, daß es knirschte. Er nahm die Brille ab und rieb sich die Augen.

»Dinah, das ist einfach ekelhaft.«

»Nein, es hat nichts mit Sex zu tun, Sam.«

»Womit denn dann, verdammt noch mal!«

»Der Geist dringt durch … also er …« Ich wußte nicht weiter. Wie hätte ich ihm einen solchen Vorgang beschreiben können?

»Gleich wie, Dinah, es bleibt ekelhaft. Und verrückt ist es auch. Ich gehe jetzt wieder ins Bett.«

Sam hatte ja keine Ahnung, wie abnorm und verrückt das war. Nicht den Schimmer einer Ahnung.

23

»MORGEN, MOM. MORGEN, Elias.«

Alex kam an diesem warmen Frühlingsmorgen in einem Megadeth-T-Shirt in die Küche. Unter dem Logo der Heavy-Metal-Band sah man einen Totenschädel im Comic-Stil. In dessen offenem Mund räkelte sich ein Mädchen mit einem Riesenbusen, wie man ihn nur in Comics zu sehen bekommt. An ihr waren ein paar dünne weiße Linien zu erkennen, die wohl einen Mini-Bikini darstellen sollten. Sam war wegen einer Geschäftsreise schon längst außer Haus. Darum mußte ich allein mit dieser abstoßenden Zurschaustellung weiblicher Nacktheit fertigwerden; und dabei hatte ich noch nicht einmal meine zweite Tasse Kaffee getrunken. Elias saß im Pyjama am Tisch und verdrückte Pfannkuchen. Er schwang die Beine hin und her, und sein Gesicht hatte bereits mehr Sirup abbekommen als sein Magen.

»Morgen, Alex. Was möchtest du zum Frühstück?«

»Keine Zeit.« Er öffnete den Kühlschrank, warf einen kritischen Blick hinein und schloß ihn wieder.

»Trink doch wenigstens ein Glas Saft.« Diese Konversation kannte ich auswendig, weil wir sie jeden Tag führten.

»Okay.«

Ich stellte ihm ein gefülltes Glas hin. »Hör mal, ich sag es dir ja nicht gern, Alex, aber das ist wirklich ein scheußliches T-Shirt.«

Er trank einen sehr großen Schluck. Mein Vierzehnjähriger kam mir mit jedem Tag größer und gutaussehender vor. Und das trotz seiner Kleidung. Kein Wunder, daß immer mehr Mädchen hier anriefen und mich mit komischer Höflichkeit und Ernsthaftigkeit fragten: »Guten Tag, Mrs. Galligan, könnte ich wohl mit Alex sprechen?«

»Mir gefällt's«, entgegnete er.

»Man sollte für solche T-Shirts Warnhinweise einführen. Von UG für Unfaßbar Grauenhaft bis zu AO für Absolut Obszön.«

»Soll das heißen, du willst mir verbieten, das Shirt anzuziehen?« Noch einen Riesenschluck.

»Nein, das will ich nicht. Aber sag mir doch bitte, was dich an solch frauenfeindlicher Kunst so anzieht?«

»Keine Ahnung, wovon du redest, Mom.« Er hockte sich neben seinen kleinen Bruder und klaute ihm ein Stück Pfannkuchen vom Teller.

Elias grinste, rief »He!« und griff danach, bevor es auf Nimmerwiedersehen in Alex' Mund verschwand.

»Mom hat recht, Bruderherz.« Kate betrat die Küche und trug wie üblich ausgebeulte Jeans, deren Beine über den Knien praktisch durchgetrennt waren. »Das Shirt muß weg. Ganz im Ernst.«

»Ich hab es doch gerade erst letzte Woche gekauft!«

»Und der Laden war sicher überglücklich«, bemerkte ich, »es endlich losgeworden zu sein.«

Er verdrehte die Augen. »Du nervst, Mom.«

»Es geht ja gar nicht so sehr um das T-Shirt, mein Junge, sondern um das, was darauf zu sehen ist.«

»Und auch um die Musik, und um den Ohrring, oder? Das erzählst du doch der ganzen Welt.«

Die neueste Kolumne der ›Aufgebrachten Beobachterin‹, der ich den Titel ›Generationskonflikt‹ gegeben hatte, war vor wenigen Tagen veröffentlicht worden. Ich hatte Alex zwar nicht namentlich erwähnt, aber seine modischen Vorstellungen zum Anlaß genommen, ein wenig über einen bestimmten Moment der Wahrheit nachzudenken. Den nämlich, in dem einem bewußt wird, daß die eigenen Beschwerden fatal denen ähneln, mit denen unsere Eltern früher uns überschüttet haben.

»Ich dachte, du würdest meine Kolumne gar nicht lesen, Alex.«

»Habe ich auch nicht, aber Adam hat sie mir gezeigt.«

Ich seufzte. »Tut mir leid, mein Junge, wenn ich dich in Verlegenheit gebracht haben sollte.«

Achselzucken. »Hast du ja gar nicht.« Er zeigte auf seine Schwester, die sich gerade Saft eingoß. »Aber was ist mit ihr? Und diesen Jeans?«

Ohne es zu wollen, hatte ich den Dritten Weltkrieg entfesselt.

»Das ist Stil, Alex«, entgegnete sie und legte eine Hand auf die Hüfte. »Aber einem kleinen Punker wie dir bleibt wohl nichts anderes übrig, als seine Männlichkeit zu beweisen, indem er ein T-Shirt mit einer nackten Frau drauf trägt.«

»Sie ist nicht nackt«, gab er zurück. »Wach endlich auf und fang an zu leben, Tussi.«

Mein Handflächen wurden feucht.

Kate zog die Stirn in Falten. »Wie war das? Tussi?«

»Wo hast du denn *diesen* Ausdruck her, Alex?«, wollte ich wissen.

»Alle seine Freunde reden so über Frauen, Mom«, kam Kate ihm zuvor. »Dann fühlen sie sich nämlich wie tolle Kerle.«

»Kate ist sauer«, lächelte Elias.

»Nein, bin ich nicht.« Sie küßte ihren kleinen Bruder auf die Wange und schob sich an ihrem großen vorbei. »Ich muß los. Tschüß.«

»Tschüß, Kate«, sagte Elias.

Als sie mit ihren Büchern durch die Tür war, wandte ich mich wieder an Alex. »Tut mir wirklich leid wegen meiner Kolumne.«

Achselzucken.

»Sei nicht sauer auf Mommy«, forderte Elias ihn auf.

»Das geht schon in Ordnung, Schätzchen. Er darf auch einmal wütend sein.«

»Ich bin gar nicht sauer«, sagte Alex und füllte sein Glas auf. »Ist doch nichts dabei.«

»Und wenn ich dir verspreche, nie wieder in einer Kolumne zu erwähnen, daß ich einen Sohn habe?«

»Weiß doch mittlerweile jeder. Was bringt's da noch, wenn du das in Zukunft verschweigst?«

Ich schenkte mir noch eine Tasse Kaffee ein und setzte mich neben Elias. Langsam trank ich einen Schluck.

»Mommy liebt dich auch, Alex«, sagte mein Jüngster.

Der sah ihn für einen Moment an und schenkte mir dann wieder seine Aufmerksamkeit. »Entschuldige, Mom, aber eigentlich ist dein Text ziemlich cool. Und es ist ja nur ein T-Shirt. Meine Art, mich selbst auszudrücken.« Wenn seine Mundwinkel zuckten und er dann grinste, erinnerte er mich unglaublich an seinen Vater.

»Manche Ausdrucksformen kommen aber besser an als andere.« Ich wischte Elias das Gesicht ab, und er prustete.

»Mach dir nicht so viele Gedanken, Mom«, seufzte Alex. »Wenn meine Noten absacken, bleibt dir immer noch Zeit, dir Sorgen zu machen.« Er beugte sich über mich und küßte mich auf die Stirn. »Bis später.«

»Hat dir sein T-Shirt gefallen, Elias?« fragte ich, nachdem ein lautes Türknallen uns angezeigt hatte, daß mein ältester Sohn das Haus verlassen hatte.

Er schüttelte den Kopf. »Ist häßlich.«

»Da muß ich dir zustimmen, mein Freund.«

Elias hielt seine Gabel fest umschlossen, stopfte sich das letzte Stück Pfannkuchen in den Mund und meinte dann. »Nicht böse sein, Mom.«

»Warum nicht?« fragte ich.

»Weil er dann auch böse wird.«

»Woher willst du das wissen?«

Elias trank von seinem Saft. »Weil es so ist.«

»Wie kommt er nur darauf?«

Ich zuckte zusammen. Der Geist saß auf der Anrichte und ließ die Beine herabbaumeln.

»Wie kommt er auf was?« fragte ich ihn.

»Daß Alex böse werden könnte.«

»Du willst Alex was eingeben!«

Seine Augen zuckten. »Lady, da fährst du aber auf dem ganz falschen Dampfer. Glaubst du, ich könnte zwei Menschen gleichzeitig heimsuchen? Meinst du wirklich, das sei so simpel?«

Ich stellte mich vor den Dämon, damit Elias ihn nicht entdecken konnte. »Halt dich von meinen Kindern fern.«

Er tat so, als hätte ich ihn zutiefst beleidigt. »Nach allem, was ich für dich getan habe, wäre wohl ein wenig Dankbarkeit angebracht.«

»Bleib ihnen vom Leib!«

»Zwing mich doch.« Der Geist kicherte in sich hinein und verzog sich.

An diesem Tag hatte ich keine Termine in der Praxis. Die nächste Kolumne stand an, und ich hatte noch nicht den Hauch einer Idee, was ich schreiben sollte. Ich war inzwischen so schreckhaft und nervös, daß mir einfach nichts Gescheites einfallen wollte. Und wenn ich an die möglichen Konsequenzen dachte, kamen meine halbwüchsigen Kinder als Inspirationsquelle auch nicht in Frage.

Tapfer schaltete ich meinen Computer ein, saß zwei Stunden vor einem leeren Bildschirm und fühlte mich im Kopf noch leerer.

Mittags rief Sam an. »Hi, Di. Ich befinde mich hier in der wunderschönen Innenstadt von Milwaukee.«

Meine Gedanken waren so mit anderen Dingen beschäftigt gewesen, daß ich mich nicht mehr daran erinnern konnte, was er über sein Reiseziel gesagt hatte.

Als er nach den Kindern fragte, erzählte ich ihm von dem Vorfall mit dem Megadeth-T-Shirt.

»Ich glaube nicht, daß du aus solchem Zeugs eine Staatsaffäre machen solltest.«

Und das von einem Mann, der selbst gesagt hatte, die Texte

auf Alex' CDs seien sadistisch. »Der Aufdruck auf dem T-Shirt ist dir also völlig egal?«

Er schwieg.

»Sam?«

»Dinah, ich glaube ... ich meine wirklich, du solltest dir eher Sorgen um dich selbst machen.«

»Ich bin nicht verrückt.«

Mein Mann seufzte. »Ich hielte es nur für besser, wenn du die Geschichte außer mir noch jemandem erzählst.«

»Ich brauche aber keinen Psychiater!«

»Tut mir leid, Dinah, aber das sehe ich anders. Du erklärst mir, ein Geist verfolge dich, und erwartest von mir, daß ich das einfach so glaube?«

»Vielleicht solltest besser du dich an einen Psychologen wenden, Sam. Du bist so davon überzeugt, daß ich übergeschnappt bin, da bemerkst du gar nicht mehr, was mit deinem Sohn vor sich geht.«

»Mit welchem Sohn?«

Ich hörte im Hintergrund Telefone läuten. Vermutlich rief er mich vom Büro seines Kunden aus an.

»Elias. Wie sonst könnten dir all die Dinge entgangen sein, die er sagt? Oder das, wofür er sich plötzlich interessiert. So als habe sich in ihm einiges vollkommen verändert.«

»Er ist einfach glücklicher und fürchtet sich nicht mehr so vor der Welt. Natürlich ist er dadurch auch klüger geworden. Ich sehe darin nichts Falsches.«

»Wie kann man nur so überheblich sein? Sam, du hast mir doch selbst erzählt, daß er dir gesagt habe, er könne Gott sehen, wenn er nach Ihm lausche.«

»Ach, Kinder erzählen doch alles mögliche Zeugs. Und überhaupt, was soll das alles mit dem Geist zu tun haben, von dem du immer redest?«

»Das weiß ich leider auch nicht, Sam. Ich hatte nur gehofft, du würdest mir eine Hilfe sein.«

»Hilfe? Ich habe nicht die geringste Ahnung, wie ich dir dabei helfen könnte.«

»Genausowenig wie ich, Sam.«

»Und genau aus dem Grund solltest du dich an jemanden wenden, der sich darauf versteht.«

An wen denn? Die *Ghostbusters*? »Bis heute abend, Sam. Was meinst du, wann du wieder da bist?«

»Wir landen um sechs, dann komme ich so um sieben durch die Haustür. Vergiß nicht, daß wir heute abend zu der Party müssen.«

Richtig. Ich hatte vollkommen die Einladung von Becky und Mark vergessen. Beckys Mann wollte seinen siebenundvierzigsten Geburtstag feiern.

»Ich werde daran denken«, sagte ich und legte rasch auf, ehe er mir sagen würde, daß er mich liebe. Das war das letzte, was ich jetzt hören wollte.

Als wir uns am Abend für die Party zurechtmachten, brachte Sam das Psychiater-Thema wieder auf.

»Weißt du was, Sam«, entgegnete ich, während ich mir die Seidenbluse über den Kopf zog, »deine Sorge darum, daß ich mich in Behandlung begebe, ist ja wirklich rührend, aber du hast mich nicht einmal gefragt, ob ich wegen Elias schon bei Dr. Selson angerufen habe.«

Er zog eine Hose aus dem Kleiderschrank. »Du warst doch diejenige, die noch eine andere ärztliche Meinung einholen wollte.«

»Du etwa nicht?«

»Ehrlich gesagt vertraue ich Dr. Moore. Mag sein, daß er etwas übervorsichtig ist, aber so etwas zahlt sich im Endeffekt meistens aus.« Die Hose war angezogen, jetzt knöpfte er sein Hemd zu.

»Sag bloß, du magst ihn auch noch.«

»Nicht unbedingt. Man kann nicht gerade sagen, daß er der angenehmste Mensch auf der Welt ist, aber das spielt doch auch gar keine Rolle. Davon abgesehen haben wir nicht nur seine Meinung, sondern auch die von zwei seiner Kollegen.«

»Und woher willst du wissen, daß sie wirklich mit ihm übereinstimmen?«

Sam ließ die Hände sinken. »Und wie kommst du darauf, daß sie anderer Meinung sein könnten?«

Das konnte ich ihm nicht erklären. »Nun ja«, antwortete ich, »wenn ihre Meinung von der seinen abweicht, beraten sie darüber wohl hinter verschlossenen Türen, und wir werden nie etwas davon erfahren, oder?«

»Ich glaube, du denkst einfach zuviel nach, Dinah.«

Oh, und ich dachte, er liebte die Art, wie mein Geist arbeitete.

»Du willst alles im Leben perfekt haben«, sagte mein Mann. »Inklusive der Menschen, die dazugehören. Dich selbst natürlich eingeschlossen. Und wenn etwas nicht perfekt sein sollte, glaubst du, das Problem allein durch deinen Willen beheben zu können. Oder es so lange zu analysieren, bis alles wieder perfekt ist.«

Ich griff nach meiner Handtasche. »Ich will nur, daß mein Kind wieder in Ordnung kommt.«

Er legte seine Hände auf meine Schultern und sah mich an. »Elias ist wieder in Ordnung.«

»Wer ist denn jetzt derjenige, der alles perfekt haben will? Wenn man nur so tut als ob, ist damit noch lange nichts perfekt.«

»Dinah, ich glaube, dieser Geisterspuk stammt in Wirklichkeit aus den Tiefen deiner Psyche. Vielleicht ist das deine Art, eine Erklärung für deine anhaltende Sorge zu finden. Für deine Übervorsicht. Deine Nervosität.«

»Bitte, Sam, erspar mir deine Küchenpsychologie, ja? Wir könnten den Jungen endgültig verlieren, aber das willst du in deiner Selbstgefälligkeit gar nicht sehen.«

»Und du scheinst mir zu hysterisch zu reagieren. Warum sollten wir Elias verlieren?«

Becky begrüßte uns an der Tür ihres spektakulären, modernen Hauses. Ihre Aufmachung paßte dazu: dunkelroter Lippenstift, helles, fast bleiches Make-up, um ihr schwarzes Haar zu betonen, und dazu das schwarze Nichts von Henry Lehr.

»Kommt rein, kommt doch rein.« Sie küßte uns beide zur Begrüßung. Ich warf einen Blick durch die zweigeschossige Eingangshalle ins Wohnzimmer, wo die Party bereits in vollem Gange war. Becky hatte überall Kerzen aufgestellt, um eine romantische Atmosphäre zu erzeugen. Aber nach so etwas stand mir heute abend absolut nicht der Sinn.

»Du siehst ja großartig aus, Liebes«, sagte Becky.

»Danke.« Ich fühlte mich alles andere als großartig.

»Und was ist mit mir?« Sam nahm die Brille ab und stellte sich in Pose. »Sehe ich heute nicht auch großartig aus?«

Sie stellte sich neben ihn, schmachtete ihn an und hauchte: »Zum Anbeißen, Süßer.«

So begrüßten die beiden sich immer, und eigentlich war ja auch nichts dabei, aber heute abend ging mir das furchtbar auf die Nerven. Vielleicht weil Sam so verdammt überzeugt von seiner Meinung war. Außerdem hatten wir gerade einen Streit gehabt. Für unsere Verhältnisse einen ziemlich heftigen. Anscheinend wurde so etwas für uns zur täglichen Routine.

Ich nahm mir fest vor, mir nichts von alldem anmerken zu lassen. Als Mark sich zeigte, küßte ich ihn fröhlich; insgeheim hatte ich mir geschworen, kein Wort darüber zu verlieren, daß er bis auf das eine Mal, wo er ziemlich verkrampft gewirkt hatte, nicht bei Elias im Krankenhaus gewesen war. Statt dessen unterhielt ich mich mit ihm über einen Fall, an dem er gerade arbeitete. Als wir dann zu den anderen gingen, zu den Magills und den Sterns, hakte ich mich bei Sam ein. Mit ersteren sprachen wir über ihre Tochter und das College, für das sie sich entschieden hatten. Wir hörten geduldig zu, als sie erklärten, sie hätten fest vorgehabt, zum Krankenhaus zu fahren, aber leider sei immer wieder etwas dazwischengekommen. Danach erfuhr ich mehr, als ich je wissen wollte, über den Anbau bei den Purcells, der um 60 000 Dollar über dem Kostenvoranschlag lag und sechs Monate länger als geplant in Anspruch genommen hatte.

»Und wie läuft die Jobsuche?« fragte ich Addie, die treue Seele, die meinen Sohn tatsächlich besucht und die wunderschöne Dinosaurierkommode bemalt hatte, die jetzt in Elias' Zimmer stand. Erst letzten Monat hatte Addie ihren Job bei einem New Yorker Verlag verloren, weil eine europäische Firmengruppe ihn gekauft hatte.

»Ich habe mich entschlossen, mich nicht nach einer neuen Stellung umzusehen«, teilte sie mir mit. »Paul und ich haben uns überlegt, daß wir es uns leisten können, wen ich eine Pause einlege. Zweiundzwanzig Jahre habe ich gearbeitet, bin immer zwischen hier und New York hin und her gefahren, da kann ich es für eine Weile lockerer angehen.«

»Hört sich doch großartig an«, sagte ich. »Und wenn du wieder was tun willst, kannst du immer noch Möbel bemalen.«

Addie lächelte. »Na ja, ich habe eigentlich gar nicht vor, nur auf der faulen Haut zu liegen. Im Sommer werde ich im Jüdischen Gemeindezentrum den Vorschulkindern Kunstunterricht erteilen. Jeden Donnerstagnachmittag. Hör mal, da könnte Elias doch auch dran teilnehmen.«

»Ich habe ihn schon einmal in eine solche Klasse gesteckt, Addie. Im letzten Jahr, als Sue Weinberg dort unterrichtete. Hat leider nicht so gut geklappt.«

»Oh, das wußte ich nicht.«

»Aber so toll, wie er sich jetzt entwickelt, könnten wir es durchaus nochmal versuchen.«

Sie legte mir eine Hand auf den Oberarm. »Also, ich meine, wir sollten Elias noch eine Chance geben. In ein paar Wochen geht es los. Na, was hältst du davon?«

Ich mischte mich unters Volk, unterhielt mich und lächelte unentwegt, bis der Geburtstagskuchen aufgefahren wurde.

»Mir ist zu Ohren gekommen, daß Ihr Sohn schwer krank war«, sagte Ann Louise Remson, nachdem wir alle unser Stück Torte bekommen hatten. Sie war Immobilienmaklerin und eine Kollegin von Becky. Eine drahtige blonde Frau, die sich stets konservativ kleidete. Dunkles Geschäftskostüm, Nylons und Pumps – sie sah aus wie frisch aus dem Talbot-Katalog. Ann Louise redete abgehackt und hatte etwas Sprunghaftes an sich. Bei ihr wurde ich den Eindruck nicht los, daß sie jedem gerade nur so viel Zeit widmete, bis sie herausgefunden hatte, was der oder die Betreffende für sie tun könnte. Offensichtlich stand eine Psychologin nicht ganz oben auf ihrer Liste.

»Geht es ihm denn jetzt wieder besser?« fragt sie und blickte an mir vorbei zu der Gruppe am Klavier, wo auch die Magills und die Lawrences standen. Von Becky hatte ich erfahren, daß Bill Lawrence es in den letzten Jahren mit Computern zu einem Vermögen gebracht hatte. Vermutlich hatte Ann Louise es auf ihn abgesehen. Gut möglich, daß er sich ein neues, größeres Haus zulegen wollte.

»Ja, danke, es geht ihm wieder besser.«

»Wie schön, daß Sie heute abend hierherkommen konnten.«

Ich sah sie fragend an.

»Ich meine ... ach, ich weiß auch nicht«, seufzte die Maklerin. »Wenn meine Patty oder mein Louis so krank gewesen wären, würde ich keine Minute von ihrer Seite weichen, das kann ich Ihnen aber schwören. Nicht eine Minute.«

Becky sah mich an. In ihrem Blick lag eine stumme Bitte. Aber das war mir gleich.

»Soll ich Ihnen mal was sagen, Ann Louise, Sie sind eine blöde Ziege.«

Ihr Unterkiefer fiel so weit herunter, daß ein ganzer Schwarm Fliegen in ihrem Mund hätte landen können.

Höchste Zeit zu gehen. »Tut mir leid, Becky und Mark. Sam, kommst du bitte, ich möchte nach Hause.«

Als ich in der Garderobe unsere Sachen holte, hörte ich, wie die anderen mich bei Ann Louise entschuldigten. Ich hätte eben in der letzten Zeit unter enormem Streß gestanden. Überflüssig zu erwähnen, daß Sam und ich zu Hause eine weitere Auseinandersetzung hatten. Diesmal eine stumme mit vielen vorwurfsvollen Blicken.

Ich brauchte dringend eine Ablenkung, und das beste, was mir einfiel, war die Mittwochs-Matinee in unserem örtlichen Kino. So etwas wie das Art House findet man nicht mehr häufig, vor allem nicht außerhalb von New York City, seit man alle alten Lichtspielhäuser in Multiplexe mit zwölf oder mehr Kinos verwandelt hatte. Im Art House bekommt man künstlerisch wertvolle und sogar ausländische Filme zu sehen. Wunderbare, ruhige Streifen mit kleinen Szenen und Momenten, die unter die Haut gehen. Die Art von Filmen eben, bei denen Sam regelmäßig einschläft, auch wenn er danach behauptet, jede einzelne Einstellung genossen zu haben. Aber eigentlich schaut er sich lieber so was wie den *Terminator* an. Einmal stellte ich ihn auf die Probe, und das gehört seitdem zum festen Repertoire unserer ganz privaten Scherze. Als ich ihn nach dem dänischen Film *Babettes Fest* weckte, rief er gleich: »War ja großartig!« Und ich darauf: »Tatsächlich? Wovon handelte der Film denn?« Da grinste er nur und sagte: »Laß uns gleich etwas essen gehen.«

Die Werbung hatte schon angefangen, als ich an diesem Nachmittag ins Kino kam. Im ganzen Saal blitzte und donnerte es von ineinanderkrachenden Autos, Gewehrsalven, Hubschrauberrotoren und Explosionen. Warum zeigten sie dem Publikum, das eigentlich für *Il Postino* gekommen war, solche testosterongeladenen Trailer?

Ich lief den breiten Mittelgang hinunter. Als die Vorschau endete und die Leinwand sich für einige Sekunden verdunkelte, wurde mir schwindlig.

»Hoppla! Fühlen Sie sich nicht gut?« Eine Männerstimme. Ein Arm stützte mich.

Ich drehte mich um, konnte aber nur einen breiten schwarzen Schatten ausmachen. »Ja, alles okay, danke.«

Der nächste Trailer ließ den Saal erbeben, und eine Stimme aus dem Off verhieß nie dagewesene Action und ungeahnte Abenteuer.

»Was werden sie sich wohl einfallen lassen, wenn alle diese Superlative aufgebraucht sind?«

»Wie bitte?« Ich drehte mich zu dem Mann um, und ein grelles weißes Licht von der Leinwand beleuchtete für eine halb Sekunde seine Züge. Ein gutaussehender Mann mit breiten Schultern von Ende vierzig oder Anfang fünfzig. Man muß einen Menschen nicht lange studieren, um zu erkennen, wie alt er ist oder wie passabel er aussieht.

»Dann müssen sie sich wohl Super-Superlative einfallen lassen«, lächelte ich.

»Und das werden sie«, lächelte er zurück.

Ich suchte mir einen Platz in der Mitte. Der Saal war ohnehin weitgehend leer. Das Licht wurde gedämpft, und der Vorspann lief ab. Eine Klarinette spielte hell und traurig, und wir bekamen eine bezaubernde italienische Stadt zu sehen. Allein schon an den Schauspielern, die wie ganz gewöhnliche Menschen aussehen, konnte man erkennen, daß man hier nicht in einem amerikanischen Film gelandet war. Nur die Frau, in die Il Postino, der Postbote, sich verliebte, fiel mit ihrer atemberaubenden Schönheit aus diesem Rahmen. Wenn ich solche Frauen in solchen Rollen sehe, denke ich immer, Gott, sie brauchte wirklich nur zu einer Künstleragentur zu laufen, und dann machen sie sie über Nacht zum Star.

Jede Einstellung schien in Gold getaucht zu sein; vielleicht hatten sie bei der Kamera einen besonderen Filter eingesetzt. Der Poet erwies sich als vornehmer und besinnlicher Mensch, während der Postbote ein einfacher, dafür aber weiser Mann war. Die Kamera bewegte sich langsam, und die Landschaftsaufnahmen von Capri nahmen einen wirklich gefangen.

»Ist mit Ihnen alles in Ordnung?«

Ich drehte mich um. Der Mann von vorhin saß ein paar Plätze entfernt in der Reihe hinter mir. Auf der Leinwand lief der Abspann. Irgendwie mußte ich in einen weiteren Tagtraum abgeglitten sein und wieder einen Ausschnitt aus der schrecklichen Zukunft geschaut haben. Ich hatte mich wohl so sehr in meinen Kummer vergraben, daß mir gar nicht bewußt geworden war, wie ich schluchzte. Das hatte mein Hintermann aber wohl gehört.

»Ja, natürlich, danke.« Ich nahm das Taschentuch, das er mir hinhielt. »Wahrscheinlich bin ich nur hoffnungslos sentimental.«

»Geht mir genauso.«

»Oh. Haben Sie etwa auch geweint?« Ich gab ihm das Taschentuch zurück.

»Nur innerlich.«

Wir erhoben uns und strebten dem Mittelgang zu.

»Hat Ihnen der Film gefallen?« fragte er.

»Sehr sogar.« Ich war der Geschichte nicht besonders intensiv gefolgt. Darin ging es um Poesie und Liebe. Aber die Landschaftsaufnahmen waren wirklich großartig gewesen.

»Ich habe früher selbst Gedichte geschrieben«, erklärte er mir. »An meine Ex-Frau, natürlich, bevor wir geheiratet haben. Aber als wir ein paar Jahre lang den Ring am Finger trugen ... na ja, irgendwann merkt man eben, daß es vorbei ist. Vor allem dann, wenn die eigene Frau die Liebesgedichte runtermacht, die man mal für sie geschrieben hat.«

»Vermutlich ist sie deswegen nicht mehr Ihre Frau«, lachte ich.

Wir erreichten den Mittelgang.

»Das war nur einer der Gründe. Aber glauben Sie, im Leben könnte es so zugehen wie in dem Film den wir gerade gesehen haben? Daß Menschen von so unterschiedlichen Orten solche Bedeutung für einander gewinnen?«

»Da bin ich mir nicht sicher.«

»Wahrscheinlich gehe ich Ihnen auf die Nerven. Tut mir leid.«

»Viel eher bin ich unhöflich zu Ihnen.« Wir blieben im Vorraum stehen, wo es nach Popcorn duftete.

»Warum sollten Sie auch nicht. Sie kennen mich nicht, und ich könnte schließlich ein Serienmörder sein.«

Das brachte mich zum Lachen, und im Weitergehen fragte ich: »Sind Sie denn einer?«

Jetzt lachte er auch und führte mich um eine Gruppe herum, die den Ausgang blockierte. Die Zuschauer für die nächste

Vorstellung erschienen. »Ganz bestimmt nicht«, antwortete er. »Da können Sie jeden meiner Patienten fragen.«

Ich sah ihn überrascht an.

»Ja, ich bin Arzt.«

»Tatsächlich?« bemerkte ich neutral, so als sei diese Information nicht weiter wichtig. Wir hatten jetzt den Bürgersteig vor dem Kino erreicht. Die Nachmittagssonne brannte herab, und ich fischte die Sonnenbrille aus meiner Handtasche.

»Mittwoch ist mein freier Tag«, fuhr er fort. »Ich gehe gern ins Kino. Schließlich braucht auch ein Chirurg mal seine Auszeit.«

»Also Chirurg, was?« sagte ich, während ich mir die Sonnenbrille aufsetzte.

»Haben Sie etwas gegen meinen Berufsstand?«

»Na ja, Sie wissen doch, was man sich über Chirurgen erzählt.«

»Daß unser Egoismus nur noch von unserer Arroganz übertroffen wird?«

»Ja, solche Sachen«, lächelte ich.

»Und uns nur unser Konto noch lieber ist als unsere eigene Wichtigkeit?«

»Ja, das auch.« Ich spürte, wie ich errötete.

»Aha, dann stellen Sie mir doch bitte mal jemanden vor, der so etwas in die Welt setzt. Damit ich mich und mein Ego wenigstens verteidigen kann. Letzteres ist bei mir nämlich nicht sonderlich entwickelt.«

Der Mann gefiel mir immer besser. »Verzeihen Sie bitte. Irgendwann lerne ich es vielleicht noch, meine große Klappe zu halten.«

»Sie brauchen sich doch nicht zu entschuldigen! Ich hab diese beliebten Vorurteile aufgebracht, nicht Sie. Und wer immer diese Sprüche erfindet, hat vielleicht gar nicht so sehr unrecht.« Er streckte die Hand aus und stellte sich lächelnd vor: »St. Clair. Peter St. Clair.«

»Dinah Galligan.« Ich schüttelte seine Hand.

Er sah mich einen Moment aufmerksam an und fragte dann:

»Sie schreiben doch diese Kolumne im *Connecticut Star,* nicht wahr? Die ›Aufgebrachte Beobachterin‹!«

»Ich bekenne mich schuldig im Sinne der Anklage. Vorausgesetzt, mir fällt bald etwas für die nächste Ausgabe ein. Irgendwie will mir keine zündende Idee kommen. Deswegen bin ich auch ins Kino gegangen, um mich auf andere Gedanken zu bringen.«

»Ihre Kolumne ist das Beste in dem Käseblatt«, lächelte Peter. Die Glosse über die Schwarze-Serie-Hausfrauen fand ich ausgesprochen witzig.«

»Danke.«

»Aber warum vermitteln Sie in dem Text den Eindruck, Sie seien eine dieser gestreßten Hausfrauen, wenn Sie gar keine sind?«

»Und warum lesen Sie diese Zeitung, wenn Sie sie für ein Käseblatt halten?«

»Der Punkt geht an Sie. Na ja, eigentlich nur, um mich über das auf dem laufenden zu halten, was sich im Ort und in unserem schönen Bundesstaat tut. Und natürlich wegen Ihrer Kolumne.« Wieder dieses angenehme Lächeln. »Leben Sie hier in Norwalk?«

»In Westport. Und Sie?«

»In Fairfield. Schreiben Sie Ihre Kolumne gern? Ich kann mir vorstellen, daß es Spaß macht.«

Früher hatte es mir tatsächlich gefallen, wie so viele andere Dinge auch. »Eigentlich ist die Kolumne nur mein Spielbein. Hauptberuflich bin ich als Psychologin tätig. Wir sind übrigens auch nicht gerade für unsere Demut bekannt.«

»Psychologin und Kolumnistin. Hm, Sie sehen mich beeindruckt. Haben Sie Ihre Praxis hier?«

»Auch in Westport. Und Sie?«

»In Fairfield. Ich bin auf Neurochirurgie spezialisiert.«

Jetzt konnte ich nicht länger an mich halten. »Kennen Sie zufällig einen Dr. Abner Moore?«

»Nicht persönlich. Aber ich habe ihn letztes Jahr auf einer Tagung reden hören.«

»Wirklich? Und über welches Thema?« Und sind seine Augen da auch ständig hin und her gewandert? Fahren seine Blicke auch ziellos umher, wenn er zu einer Menge spricht, oder passiert das bloß, wenn er sich mit jemandem direkt unterhält?

»Dr. Moore leistet interessante Forschungsarbeit auf dem Gebiet der pränatalen neurologischen Entwicklung.«

»Dann sollte er sich auch darauf beschränken. Sein Umgang mit Patienten läßt doch einiges zu wünschen übrig.«

»Oh, waren Sie bei ihm in Behandlung?«

»Hören Sie, Peter, ich –«

»Tut mir leid, ich wollte nicht in Sie dringen.«

»Nein, mir tut es leid, schließlich habe ich das Thema aufgebracht.« Und das hätte ich mir besser vorher überlegt.

St. Clair zögerte einen Moment und rieb sich mit der Linken über Mund und Kinn. Er hatte feine Hände, kräftig und elegant. Fein und mit sorgfältig gepflegten Fingernägeln. So wie man sich Chirurgenhände vorstellt.

»Darf ich Sie zu einer Tasse Kaffee einladen, Dinah?« Er warf einen Blick auf seine Uhr. »Ich habe den ganzen Nachmittag nichts mehr vor.«

»Ich bin verheiratet, Peter, und ich habe drei Kinder.«

Er warf den Kopf in den Nacken und lachte laut. »Ich habe selbst zwei Kinder, und ich hatte wirklich nur die Tasse Kaffee im Sinn. Und ich möchte gern mehr darüber erfahren, warum Sie glauben, Dr. Moore solle lieber bei seiner Forschungsarbeit bleiben.«

»Ich weiß nicht, ob das eine so gute Idee wäre, Peter. Aber trotzdem vielen Dank für die Einladung.«

Sam kam an diesem Abend recht spät nach Hause. Er verbrachte einige Zeit mit den Kindern, während ich an meinem Schreibtisch Papierkrieg führte und mir das Gehirn nach einer Idee für die nächste Kolumne zermarterte. Als wir dann im Schlafzimmer waren, lauteten seine ersten Worte: »Hast du schon angerufen?«

Er meinte einen Psychiater, und nicht Dr. Selson.

Heidi Victoria Vasquez war meine erste neue Patientin seit Monaten. Im Moment gewann ich weder neue hinzu, noch gelang es mir, die alten an mich zu binden. Zur Zeit war ich auf fünfzehn Patienten abgesackt.

Doch vor Heidi hatte Danielle O'Connor ihren Termin. Sie hatte endlich ihrer Mutter die Wahrheit über ihre Ehe gestanden. Daß nämlich all die blauen Flecke an ihrem Körper nicht von ihrer Kurzsichtigkeit oder ihrer Unbeholfenheit herrührten. Die Mutter wollte das nicht wahrhaben und beschimpfte sie als Lügnerin. Danielle konnte sie zwar schließlich davon überzeugen, daß sie die Wahrheit gesagt hatte, aber ihre Mutter überschüttete sie dann mit neuen Vorwürfen: Sie lasse sich zu sehr gehen und sei viel zu dick geworden; sie falle ihrem Mann immer wieder ins Wort und verbessere ihn ständig; und sie sei viel zu nachsichtig mit den Kindern. »Wenn du endlich anfängst, an dir zu arbeiten, hat er auch keinen Grund mehr, dir so etwas anzutun. Er ist doch so ein guter Vater!«

Ich fragte Danielle, ob sie ihren Mann auch für einen guten Vater hielte.

Sie brach sofort in Tränen aus. »Er hat mich vor meiner Tochter geschlagen! Welcher gute Vater würde so etwas tun?«

Ihr stand noch ein langer Weg bevor, ehe sie die Kraft aufbrächte, ihn zu verlassen, aber ein Anfang schien gemacht. Vielleicht konnte ich wenigstens ihr Selbstbewußtsein aufbauen.

Dann kam Heidi. Sechsundzwanzig Jahre jung und endlos lange Beine. Blondes Haar und Brüste wie Berggipfel. Eine Spur zu anmaßend, ausgesprochen attraktiv und fürs Büro etwas zu sexy gekleidet. Der Minirock zu kurz und die Bluse zu tief ausgeschnitten.

Ich stellte mich vor, gönnte ihr einen Moment, um sich zu akklimatisieren, und fragte sie dann, was sie zu mir führe.

»Es geht um meinen Freund, Larry.» Ihre Stimme klang rauchig und überaus sexy.

»Was ist mit ihm?«

Heidi schlug die Beine übereinander. Der kurze Rock

rutschte noch höher, und ich konnte ihre Unterwäsche sehen. »Nun ja, er weiß, daß ich ihn liebe, und er liebt mich auch. Aber er verläßt einfach seine Frau nicht. Ich weiß, daß er sie lieber heute als morgen loswerden würde, aber irgendwie fühlt er sich ... ich weiß nicht, ihr gegenüber verpflichtet oder so.«

»Verpflichtet?« bemerkte ich. »Aus ihrem Mund hört sich das wie etwas Schlechtes an.« Normalerweise gehe ich Patienten nicht gleich an, sondern lasse sie erst einmal ausreden. Aber in diesem Moment kam mir die Frage sinnvoll vor.

Heidi lachte und zeigte mir ihre strahlend weißen Zähne. »Also, diese Frau ist ihm wirklich keine Ehefrau, das kann ich Ihnen aber versichern. Ständig nörgelt sie an ihm herum und schenkt ihm keinerlei Aufmerksamkeit. Eigentlich hätte Larry sie schon längst verlassen sollen. Dann wäre er nämlich viel besser dran. Ich meine, glauben Sie nicht auch, daß Frauen wie sie lieber aufgeben sollten, statt sich an ihren Mann zu klammern?«

»Ich dachte, Sie hätten gerade gesagt, daß sie ihm keine Beachtung schenkt?«

Heidi senkte den Blick. »Sie zeigt sich ihm nicht von ihrer weiblichen Seite, wenn Sie verstehen, was ich meine.«

»Ja, verstehe. Warum reden wir jetzt nicht über Sie?«

Die neue Patientin schlug jetzt die Beine anders herum übereinander. »Männer reagieren auf mich. Ich weiß auch nicht, warum, aber das war schon immer so. Männer jeden Alters. Larry ist übrigens deutlich älter als ich.«

»Wieviel älter?«

Achselzucken. »Vierundvierzig.«

»Sam ist auch vierundvierzig«, zischte es mir ins Ohr.

Oh nein, nicht das schon wieder.

»Und wie lange ist er verheiratet?«

»Seit einer Ewigkeit«, stöhnte sie. »Seit einundzwanzig Jahren.«

»Genau wie bei euch«, stichelte mein Quälgeist.

Verdammt. *Verdammt.* VERDAMMT.

»Ich nehme an, Larry hat ihr noch nicht erzählt, daß es da auch noch Sie gibt?« fragte ich.

»Er hat mir gesagt, daß er das tun wolle, aber dann hat er es doch nicht getan. Und das ist jetzt schon zwei Monate her.«

Heidi erwartete tatsächlich, daß Larry nach ein paar Monaten mit ihr einundzwanzig Ehejahre einfach fortwerfen würde? Ich schien einen eindeutigen Fall von Narzißmus vor mir zu haben. Mit allen Begleiterscheinungen wie einer unrealistischen Erwartungshaltung und einer übersteigerten Vorstellung der eigenen Wichtigkeit. Ich ließ mir von ihr einige Standardfragen beantworten, um ein genaueres Bild von ihr zu gewinnen, und dann machten wir einen Termin für die nächste Woche aus. Als ich sie zur Tür begleitete, war ich dankbar dafür, daß der Geist es diesmal bei einigen dummen Bemerkungen belassen hatte. Die Empfangsdame reichte mir meine Post und zeigte auf einen kleinen braunen Teddybär, der an einem Ende ihres Schreibtischs saß.

»Der ist auch für Sie gekommen, Dr. Galligan«, lächelte sie.

Wie süß. Der Bär trug einen weißen Arztkittel und eine Brille. Und um den Hals hing ihm ein Stethoskop. Ein Kuvert war an seinem Kittel befestigt. Ich nahm alles mit in mein Büro und öffnete dort den Umschlag:

Liebe Dinah,
ich hoffe, es macht Ihnen nichts aus, daß ich Ihre Praxisadresse nachgeschlagen habe. Ich fürchte, ich bin Ihnen gestern etwas zu nahe getreten, und möchte mich dafür entschuldigen. Wahrscheinlich hat mein Verhalten Sie nur in Ihrer Einstellung bestärkt, wir Ärzte seien alle arrogante Egoisten. Aber glauben Sie mir, ungeachtet von Dr. Moore findet man in unseren Reihen auch ein paar wirklich nette Burschen.
Viele Grüße
Peter St. Clair

P.S.: Das Foto über Ihrer Kolumne wird Ihnen überhaupt nicht gerecht.

Ich mußte lachen. Ehrlich gestanden sah ich im Augenblick zum Fürchten aus. Schlafmangel hatte schwarze Ringe unter meinen Augen eingegraben, und meine Wangen waren eingefallen. Trotzdem war es nett, ein Kompliment zu bekommen.

Ich legte die Karte ins Bücherbord und setzte den Teddy obendrauf.

In dieser Nacht schlief ich einige wenige Stunden, aber so ungefähr ab Mitternacht wurde ich alle halbe Stunde wach. Um drei Uhr gab ich es schließlich auf und verließ das Bett. Zuerst sah ich nach Elias, dann ging ich in mein Arbeitszimmer, wo ich am Nachmittag mit einer Idee herumgespielt hatte, die von Peter St. Clair stammte. Er hatte doch gesagt, ich könne nicht wissen, ob es sich bei ihm nicht vielleicht um einen Serienmörder handle. Die Pathologie hatte mich schon immer interessiert, und neben einigen Fachbüchern über das Thema verschlang ich auch Krimis, in denen Serienmörder ihr Unwesen trieben. Diese Romane, bei denen die Autoren ihren ganzen Ehrgeiz darein legen, einen unfaßbar sadistischen Mörder darzustellen, der mit noch nie dagewesenen Methoden seine Opfer, zumeist Frauen, vom Leben zum Tode befördert. Und jeder einzelne Mord wird genüßlich bis ins letzte grausige Detail beschrieben. Ich schwor diesen Geschichten schließlich ab, als ich irgendwo las, daß die Anzahl der jährlich veröffentlichten Serienkiller-Romane bei weitem die geschätzte Anzahl frei herumlaufender Mörder übersteige. Irgendwie konnte da doch etwas nicht stimmen, oder?

Die erste Grobfassung meiner Kolumne stellte die Geschichte aus der Sicht eines Aliens dar, der auf der Erde notlandet, und das ausgerechnet in einer Mall. Er spaziert darin herum, gelangt in eine Buchhandlung und betrachtet das Regal mit den Bestsellern. Jeder Band dreht sich um einen Serienmörder, der mal als der bösartigste, mal als der dämonischste oder der methodischste Schlächter angepriesen wird. »Ach«, sagt sich der Außerirdische, »so geht es hier also zu? Da frage ich mich doch, wie diese Rasse so lange überleben konnte.« Als

Titel schwebte mir so etwas vor wie ›Bringt mich zu eurem … Schluck … Häuptling‹.

Im Arbeitszimmer herrschte fast völlige Dunkelheit. Nur die kleine Lampe auf dem Schreibtisch brannte noch. Ich schaltete den Computer und den Bildschirm ein, die dem Raum eine zusätzliche blaue Lichtnote verliehen.

Eigentlich hätte der Schirm leer sein müssen, bis ich die Datei mit meiner Kolumne aufrief. Aber dem war nicht so. Wörter flackerten darüber. In der Schriftart und -größe, die ich normalerweise benutzte. Gut möglich, daß mir solche Sätze einmal durch den Sinn gegangen waren, aber eingetippt hatte ich sie bestimmt nie:

Acht Jahre lang würde ich ihn atmen sehen, tagein, tagaus. Ein und aus. Wusch, Blupp.

Er würde nicht sehen, wie ich ihn beobachte
er würde nicht sehen
er würde nicht
Elias sein.

Ich schlug eine Hand vor den Mund, um den Schrei zu ersticken.

»Mommy?«

Ich drehte mich um und sah Elias in seinem kanariengelben Bibo-Pyjama in der Tür stehen. Wie üblich mit Tuddy und den *Geschöpfen der Tiefe* bewaffnet.

Rasch schaltete ich den Bildschirm aus. Der Junge konnte zwar noch längst nicht lesen, aber in diesen Tagen war man bei ihm nie vor einer Überraschung sicher. Die Worte verschwanden, der Schirm wurde schwarz, und alles war so, als hätte dort nie etwas gestanden.

Elias schien sich nicht im mindestens für das zu interessieren, was dort stand, beziehungsweise einmal gestanden hatte. Er kletterte zu mir auf den Schoß und schlug sein Buch auf. Nun blätterte er bis zu einer Stelle, die er mir zeigen wollte: die Doppelseite mit den Meeresschildkröten.

»Ich habe geträumt«, sagte er und zeigte auf die Tiere.

»Von den Schildkröten.« Ich genoß den süßen Geruch seiner Haut, sog ihn in mich auf und suchte nach einem treffenden Ausdruck, ihn zu beschreiben, damit ich mich immer an ihn erinnern könnte.

Mein Sohn nickte. »Ich will mein Schlaflied hören, Mommy.«

Seufzend nahm ich ihn in die Arme und trug ihn ins Bett zurück. Während ich ihn zudeckte, fing ich an zu singen, ganz leise, und versuchte, die Tränen zu unterdrücken.

Zwinker und Blinzel sind Augen so klar
Und Nick ist ein Köpfchen so nett
Der im Sternenmeer segelnde Holzschuh war
Meines Lieblings Himmelbett

Als ich damit fertig war, bestand er darauf, das Schlaflied noch einmal zu hören. Und danach noch einmal. Seine Augen leuchteten im Dunkeln. Er richtete sich auf und schlang mir die Arme um den Hals.

»Fürchte dich nicht, Mommy.«

Aber ich fürchtete mich. Sehr sogar.

24

IN DIESEN LETZTEN Frühlingswochen hatte ich wirklich stark zu kämpfen, aber irgendwie gelang es mir, die Arbeit durchzuhalten. Immer noch verlor ich Patienten, aus diesen oder jenen Gründen, ungefähr einen pro Woche. Da ich die Haushaltsausgaben bestritt, konnte ich eine Weile verbergen, daß mein Einkommen in den Keller ging. Doch Sam und ich hatten uns immer weniger zu sagen. Und wir schliefen auch nicht miteinander. Ein- oder zweimal unternahmen wir zumindest den Versuch, aber dann schwebte der Dämon über mir oder legte sich lechzend neben mich. Mich vor meinem Plagegeist nackt zu zeigen erschien mir zu demütigend, als daß ich es hätte ertragen können. Genausogut hätte ich vor einem Publikum lüsterner alter Männer die Beine spreizen können. Ich hatte nur den Wunsch, mich zu bedecken, meine schmutzige Haut abzustreifen. Obwohl ich mich bemühte, spürte Sam sofort, daß ich nicht bei der Sache war. Wir waren zu lange miteinander verheiratet, als daß er das nicht gleich bemerkt hätte. Und schlimmer noch, Sam versuchte die Sache mit Humor zu nehmen, aber der konnte mich weiß Gott nicht auflockern. Ich hatte auch das Gefühl, er beobachte mich, so als erwarte er, daß mir plötzlich Schaum vor dem Mund stünde.

Genauso schlimm wie der Umstand, von Sam beobachtet zu werden, erwies sich für mich die wachsende Unmöglichkeit, meine Praxis ordnungsgemäß zu führen. Schließlich wußte ich nie, wann der Geist sich wieder zeigen würde und in welcher Form – um mich zu erschrecken oder nur zu verwirren.

Manchmal tauchte er einfach auf, um mich zu beschuldigen. Ich würde den Patienten für nichts Geld abnehmen, würde Scharlatanerie betreiben; oder wie es mir überhaupt möglich sei, das verlogene und selbstmitleidige Gebrabbel meiner Patienten zu ertragen.

Zu diesem Zeitpunkt war ich nicht mehr in der Lage, meine eigenen Gefühle von den Anwürfen meines Dämons zu trennen. Und mit meiner Beherrschung stand es auch nicht mehr zum Besten. Da war zum Beispiel eine Frau, die schon seit vier Jahren in meine Praxis kam. Sie behauptete, nicht mehr zu wollen, als zu heiraten und Kinder zu bekommen. Dennoch ging sie nur mit verheirateten Männern aus. Ich erklärte ihr, sie sei ›eine ziemlich blöde Kuh‹. Ob das Projektion oder Gegen-Projektion war – wen interessierte das, mich jedenfalls nicht. Man hätte meinen können, meine Geduld tendiere gegen Null und dafür entwickle sich meine Zunge zu einer gefährlichen Waffe.

Allmählich verlor ich auch den Glauben an den therapeutischen Prozeß, an die Vorstellung, daß wir das menschliche Bewußtsein in irgendeiner Weise verstehen könnten. Welche unglaubliche Arroganz in unseren Diagnosen steckte, die wir in unserer Anmaßung den Patienten entgegenschleuderten, diesen unendlich komplizierten Geschöpfen in diesem so riesigen und komplexen Universum.

Wie vermochte ein Begriff wie ›Persönlichkeitsstörung‹ im entferntesten zu erklären oder auch nur zu umschreiben, was in einer Mutter vorging, die ihr Kind grausam behandelte und sich dessen nicht einmal bewußt war? Wie konnte ›Psychose‹ einem Menschen gerecht werden, der glaubt, von Aliens vergiftet zu werden, Stimmen zu hören oder vom Teufel besessen zu sein? Und viel wichtiger noch, woher wollten wir eigentlich so genau wissen, daß diese Stimmen, diese Außerirdischen und diese Teufel nicht tatsächlich existierten?

Die desillusionierte Einstellung zu meinem Beruf ergriff zunehmend Besitz von mir, und ich entwickelte geradezu eine Besessenheit, seine Fehler aufzuspüren. Welchen Wert konnte eine ›Wissenschaft‹ schon besitzen, unter deren Praktikern nicht einmal hinsichtlich der grundlegenden Thesen Einigkeit herrschte? Und wer konnte schon garantieren, daß diese Praktiker nicht auf schädliche Weise ihre eigenen psychischen Störungen an ihren Patienten ausließen?

Ich träumte sogar von solchen Dingen. Griffige kleine Alpträume, die meine neue Denkart nur zu bestätigen schienen. In einem dieser Träume sitze ich in der Praxis an meinem Schreibtisch. Eine ganze Prozession von Patienten strömt herein. Manche davon kenne ich, andere habe ich noch nie gesehen. Ich bleibe auf meinem Stuhl hocken und tippe jedem von ihnen mit einem langen Zauberstab auf die Schulter. Wie ein König sein Zepter halte ich den Stab, und ich trage sogar eine Krone auf dem Haupt, während vor mir mein Volk der Notleidenden vorbeizieht.

War ich bis zum Narzißmus von mir selbst eingenommen? Ich war mir über nichts mehr im klaren.

Ich wußte lediglich, daß ich eine komplette Versagerin war und unter dem Deckmantel der Wissenschaft Scharlatanerie betrieb. Ich wußte, daß ich nicht länger praktizieren durfte. Und dennoch empfing ich weiter Patienten.

An dem Tag, an dem meine Kolumne über die Serienmörder erschien, rief Peter mich an. Seine Hartnäckigkeit hätte mich normalerweise überrascht. Aber mittlerweile wunderte mich überhaupt nichts mehr.

Früher Nachmittag. Meine letzte Patientin, eigentlich meine einzige an diesem Tag, war fort, und ich saß noch an meinem Schreibtisch und kritzelte nachlässig das auf meinen Block, was ich bei der Sitzung an Erkenntnissen gewonnen hatte. Wenigstens hatte ich heute nicht schon wieder jemanden vergrault. Noch nicht. Wenn ich auch noch Marla Lessing verlieren sollte, müßte ich mir ernsthaft Gedanken machen. Sie war eine so angstbestimmte Phobikerin, daß selbst ich gegen sie ruhig und gelöst wirkte. Marla kam seit acht Jahren zu mir und war damit meine dienstälteste Patientin. Ich rechnete schon damit, daß der Dämon sie als meine Melkkuh bezeichnen würde, aber bislang hatte er zu ihr noch keinen Kommentar abgegeben. Vielleicht aber doch. Wie gesagt, ich konnte meine Gedanken nicht mehr von seinen Einflüsterungen unterscheiden.

»Wissen Sie was, ich glaube, jetzt sind Sie mir aber eine Tasse Kaffee schuldig«, sagte Peter.

»Wie kommen Sie denn darauf?« Ich hielt den Hörer zwischen Kinn und Schulter geklemmt und öffnete eine Schublade, um meine Notizen in Marlas Akte zu schieben.

»Nun, ich glaube, den habe ich mir verdient, weil ich Ihnen zu einer Inspiration verhelfen konnte.«

»Ach, das meinen Sie«, entgegnete ich und schloß die Schublade.

»Die Kolumne ist wirklich gelungen, Dinah.«

»Vielen Dank.«

»Und wann bekomme ich nun meinen Kaffee?«

Ich seufzte. »Peter, ich halte das immer noch für keine gute Idee.«

»Meine Absichten sind vollkommen ehrenhaft und über jeden Zweifel erhaben.«

O ja, selbstverständlich. »Dessen bin ich mir sicher.«

Für einen Moment schwieg er. Dann: »Also gut, ich werde Sie nicht mehr belästigen. Versprochen.«

Ja, Peter, laß mich bloß in Ruhe. »Eines gäbe es vielleicht, was Sie für mich tun könnten«, sagte ich statt dessen.

»Aber gern. Was denn?«

»Wer ist der geschätzteste Neurologe weit und breit?«

»Sie meinen, nach mir?« lachte er.

»Haben Sie nicht gesagt, Sie seien Chirurg? Wenn Sie für eines Ihrer Kinder eine neurologische Diagnose bräuchten, keinen Eingriff, nur eine zweite ärztliche Meinung ...«

»Geht es um Ihr Kind, Dinah?«

Ich atmete tief ein. »Mein Sohn Elias hat im Januar drei Wochen im Koma gelegen. Und ist dann plötzlich aufgewacht.«

»Also vor vier Monaten, sagen Sie. Wie geht es ihm denn mittlerweile?«

»Gut, sogar großartig. Er entwickelt sich besser als je zuvor. Was das Sprechen angeht, das Spielen, im Grunde alles.« Im Gegensatz zu mir, die immer mehr zum wandelnden Desaster wird.

Peter antwortete nicht sofort. »Das ist ja wirklich wunderbar ... und eigentlich unfaßbar.«

»Sie meinen, weil er viel eher mit einem bleibenden Hirnschaden hätte aufwachen müssen?«

»So direkt hätte ich mich wohl kaum ausgedrückt. Aber in der Mehrzahl der Fälle bleibt schon ein Schaden zurück. Und nach drei Wochen Koma ... Sie haben großes Glück gehabt. Und Ihr Sohn erst recht.«

»Ich fühle mich aber nicht glücklich«, seufzte ich. »Vielmehr habe ich wahnsinnige Angst.«

»Weil Sie befürchten, ihn immer noch verlieren zu können?«

»Ja, so ungefähr.«

»Das kann ich sehr gut nachvollziehen.«

»Nein, das kann niemand, der nicht in dieser Situation steckt.«

»Na ja, wenn Sie bei Dr. Moore in Behandlung sind, haben Sie einen der geschätztesten Neurologen weit und breit.«

»Ich weiß. Trotzdem möchte ich noch einen anderen Arzt aufsuchen.«

»Darf ich fragen, warum?«

»Weil ich es für klug halte. Weil ich glaube, daß Dr. Moore eigentlich gar nicht weiß, was meinem Jungen zugestoßen ist. Und weil ich, ehrlich gesagt, diesen Mann nicht ausstehen kann. Er macht mich nervös, er behandelt uns von oben herab, und er besitzt keine menschliche Wärme.«

»Dr. Moore gilt aber als einer der Besten.«

»Ich beschwere mich ja im Grunde auch nicht über seine ärztlichen Fähigkeiten.«

Peter atmete schwer aus. »Manchmal ...« Seine Stimme

wurde so leise, daß ich mich fragte, von wo aus er anrief. Aus einer Telefonzelle? »Ich möchte Dr. Moore gewiß nicht in Schutz nehmen, schließlich kenne ich den Mann ja nicht einmal persönlich. Als Arzt gewöhnt man sich aber in einem gewissen Grad an Tod und Schrecken. Das Schicksal einiger Patienten berührt einen dann mehr als das anderer. Zumindest ergeht es mir so.«

»Welche zum Beispiel?«

»Na ja, was man so gemeinhin kennt. Kinder bewegen einen mehr. Vielleicht auch Menschen aus der eigenen Schicht. Gebildete Menschen eben. Hört sich ziemlich kaltblütig an, was?«

»Allerdings!« Aber wenigstens war er ehrlich. Ich fragte mich, ob er mit einigen seiner Erfolge aus der gebildeten Schicht ausging.

»Bei Kindern ist es natürlich am allerschwierigsten.«

»Ich glaube, wenn Ärzte sich mit einem Fall wie dem unseren konfrontiert sehen, sollten sie etwas mehr Gespür haben. Bei Dr. Moore scheint mir das nicht der Fall zu sein. Ich bezweifle ja gar nicht, daß seine Diagnosen zutreffend sind und er als Arzt über einige Erfahrung verfügt. Mich stört nur, daß er mit so wenig Anteilnahme an die Arbeit geht. Auch wenn ich eigentlich keinen Grund habe, mich zu beschweren. Immerhin ist mein Sohn aus dem Koma erwacht und hat sich seitdem prachtvoll entwickelt.«

»Wenn jemand über besondere Fähigkeiten verfügt, mangelt es ihm gelegentlich an anderen Werten.«

»Gewisse Dinge sollte man aber lernen. Vielleicht schon in der Medizinischen Fakultät.«

Er schnaubte leise. »Ich fürchte, dort vertritt man eher die Maxime, daß man sich möglichst gar nicht von Anteilnahme leiten lassen dürfe. Sonst könne man sich gleich einen neuen Beruf suchen. Tut mir leid, ich wollte jetzt nicht zynisch klingen.« Stimmen ertönten im Hintergrund, und dazu ein anderes Geräusch. Was mochte das sein? Es klang wie Räder auf Linoleum. Vielleicht eine Trage. Peter stand womöglich auf dem

Gang vor dem OP. »So wie Medizin heute praktiziert wird, kann man leicht die Gründe vergessen, aus denen wir Ärzte geworden sind.«

»Wie meinen Sie das?«

»Wahrscheinlich waren es zum Teil die gleichen Gründe, aus denen jemand Psychologe wird.«

»Wir wollen jetzt aber nicht idealisieren. Meine Gründe waren ebenso wie die Ihren, so darf ich wohl annehmen, vielfältiger und komplizierter Natur.«

»Schon wieder ein Punkt für Sie.«

»Aber kehren wir zum Thema zurück. Moore verschreibt meinem Sohn immer nur Phenobarbital. Langsam reicht es mir, und deswegen habe ich mir gesagt, wir müßten einmal zu einem anderen Arzt gehen und hören, was der zu sagen hat. Deswegen frage ich Sie noch einmal: Wenn Elias Ihr Kind wäre und Sie bereits bei Dr. Moore in Behandlung wären, an wen würden Sie sich dann für eine zweite Diagnose wenden?«

»Nun, da fiele mir als erster David Selson im Manhattan Medical Center ein. Er ist dort Chefarzt, und vor vielen Jahren war er mein Professor.«

Schon wieder eine Empfehlung für Selson. Damit hatte ich bereits zwei. Also würden wir zu ihm gehen. Ich rief dort an und ließ mir einen Termin geben.

Zwei Wochen später fuhr ich mit Elias nach Manhattan. Wir wollten uns mit Sam im Medical Center treffen. Er war noch nicht da, und so warteten wir in dem riesigen verglasten Foyer. Mein Sohn trug Tuddy hierhin und dorthin, schaute durch die großen Fenster auf die Autos und Busse, die draußen vorbeibrausten, schlich hinter den mächtigen Schreibtisch und beschäftigte die Empfangsdame. Die *Geschöpfe der Tiefe* hatte ich zu Hause gelassen. Elias schien das Buch nicht mehr aus den Augen lassen zu wollen. Aber so zugänglich, glücklich und weniger frustriert er inzwischen war, konnte ich mich kaum über sein neues Zwangsverhalten beklagen. Natürlich lag er entwicklungsmäßig immer noch hinter gleichaltrigen

Kindern zurück, er schielte weiterhin und benahm sich oft noch unbeholfen. Aber der Junge erblühte wie eine Blume und entwickelte seine sprachlichen, kognitiven und motorischen Fähigkeiten jeden Tag ein Stückchen weiter. Er hatte auch seinen gewinnenden Enthusiasmus wiedergefunden, der entstanden war, weil er sich bei allem, was er lernte, immer so anstrengen mußte. Seit mein Sohn aus dem Koma erwacht war, hatte er auch keinen Wutanfall mehr erlitten. Welche Mutter mit einem Kind wie ihm wäre darüber nicht begeistert und glücklich gewesen. Auch ich freute mich sicher, aber gleichzeitig hatte ich doch diese entsetzliche Angst.

Schließlich hatte ich keine Lust mehr, noch länger auf Sam zu warten, und ging mit Elias zu den Aufzügen. Der Junge lachte die ganze Fahrt über, bis hinauf in den dreißigsten Stock. Ich dachte daran, wie er wohl früher auf diesen rasanten Aufstieg reagiert hätte. Wahrscheinlich wäre er vor Entsetzen in Panik verfallen.

Gerade als die Arzthelferin uns zum Doktor einließ, tauchte Sam auf und sagte nur ein hastiges »tut mir leid«.

David Selson war ungefähr Anfang sechzig und hatte volles weißes Haar. Etwas Aristokratisches ging von ihm aus, und er verbreitete eine entspannte, ruhige und freundliche Atmosphäre. Ein wenig erinnerte er mich an meinen Schreibschüler Abe Modell. Sein Büro enthielt Unmengen von Spielzeug.

»Wen haben wir denn hier?« fragte Dr. Selson.

»Tuddy.« Elias hielt die Schildkröte hoch, damit der Arzt sie betrachten konnte.

»Aha, verstehe. Also Tuddy.«

»Elias nimmt ihn überall hin mit«, erklärte Sam.

»Das glaube ich gern. Tuddy ist ja auch eine besonders schöne Schildkröte, nicht wahr?«

Mein Sohn nickte entschieden und kletterte dann zu mir auf den Schoß. Tuddy fand auf seinen Beinen Platz. Selson zog einen gelben Kanarienvogel, einen Tweety, aus seinem Kittel.

»Ich heiße Elias«, sagte er und bewegte dazu den Schnabel des Vogels.

Mein Sohn griff nach der Puppe. »Aber das ist mein Name!«

»Nein, meiner«, widersprach Tweety. »Und nun sieh her.« Selson hielt die Puppe mit der einen Hand hoch, während er in der anderen einen Punktstrahler hielt. Damit leuchtete er Elias in die Augen.

Der Junge griff lachend nach dem Spielzeug. »Meins!« Als er Tweety zu erreichen versuchte, blickte er genau in den Lichtstrahl. Ein cleverer Trick von Selson – der aber nur funktionierte, weil Elias nach dem Koma seine Angst vor Ärzten verloren hatte. Überhaupt begegnete er seitdem seiner Umwelt viel freundlicher. Seine Umgebung schien ihn nicht mehr zu verwirren, seine sensorischen Erfahrungen ihn nicht länger zu erschrecken.

»Nein, meins.« Dr. Selson zwinkerte mir zu und gab Elias dann die Puppe. Einen Augenblick später hielt er wieder ein Spielzeug in der Hand, diesmal einen lilafarbenen Dinosaurier.

»Schau nur, Mommy!« rief mein Sohn.

Am Tag zuvor hatte ich Elias ins Jüdische Gemeindezentrum mitgenommen und in Addies Kunstkurs für Kleinkinder gesetzt. Die Kinder sollten dort selbst Puppen basteln, und als Demonstrationsobjekt hatte Addie ihnen einen lilafarbenen Dinosaurier hingestellt.

»Ja, das ist ja genauso eine Puppe wie die von Mrs. Stern.« Bei dem Kunstwerk, das Elias mir stolz präsentiert hatte, als ich ihn vom Unterricht abholte, konnte ich nicht unterscheiden, ob es sich dabei um einen Vogel oder eine Maus handelte. Aber er hatte unzweifelhaft etwas geschaffen. Addie berichtete mir, daß er sich bei der Arbeit konzentriert, daß er zugehört und daß er sich mit einem Jungen namens Jason angefreundet habe. Elias habe sogar eine Schere benutzt. Wenn er sich so weiterentwickle, könne er durchaus nächstes Jahr eingeschult werden.

»Barney sagt, Elias soll hierher kommen«, erklärte der Arzt.

Der Junge hüpfte auf den Boden, kletterte auf Dr. Selsons Schoß und blieb dort fast die ganze Untersuchung über sitzen.

Als wir später in seinem Sprechzimmer saßen und Dr. Selson sich alle von uns mitgebrachten Diagramme und Krankenberichte angesehen hatte, meinte er:

»Ich erkenne hieraus, daß Dr. Moore dem Standardverfahren folgt. Ich selbst würde es kaum anders machen.«

»Aber was ist mit all den neuen Fähigkeiten Elias'?« Ich sah kurz zu meinem Sohn hin, der jetzt bei Sam auf dem Schoß hockte. Halb rechnete ich schon damit, daß mein Mann mir diesen Blick schenken würde, der besagte: ›Siehst du, ich habe es dir doch gleich gesagt.‹ Aber nichts dergleichen. Sam schaute wieder auf seine Uhr. Zum mindestens vierten Mal, seit wir die Praxis betreten hatten. Wo mußte er denn noch hin? Was konnte wichtiger sein als diese Untersuchung?

»Ich habe Dr. Moore gegenüber die Vermutung geäußert, daß der Anfall irgendwelche Fehlleistungen im Gehirn meines Jungen behoben haben könnte, oder etwas in der Art.«

»Und was hat er dazu gesagt?«

»Daß er das doch bezweifeln möchte.«

Selson sah erst Elias und dann uns an. »Nun ja, möglich wäre so etwas schon«, meinte er dann gedehnt. »Aber da unsere Meßgeräte nur das messen können, worauf sie eingestellt sind, und nicht mehr, kann man das natürlich nur schwer sagen. Ein vergleichender IQ-Test könnte weiterhelfen, aber ein endgültiges Urteil dürfen wir davon nicht erwarten.«

Er streckte den Arm aus und kitzelte Elias. »Richtig?«

Mein Sohn nickte wild. »Richtig!«

Meine neue Patientin Heidi Vasquez erwies sich als harte Nuß. Ich erfuhr jede Menge über Larrys Ehefrau, versehen mit psychologischen Kommentaren, die direkt aus dem *Reader's Digest* zu stammen schienen. Heidis Rivalin war frigide, versagte sich ihm, kontrollierte ihn, war arrogant und in den mittleren Jahren. Darüber hinaus war sie angeblich hysterisch, zänkisch, flatterhaft und klammerte. Eine fürchterliche Frau! Dabei hatte Heidi sie noch nicht einmal kennengelernt.

Ich fragte sie, woher sie das alles wisse. »Hat Larry sich bei Ihnen über seine Gattin ausgeweint?«

»Nicht direkt, aber ich verfüge über eine ausgezeichnete Menschenkenntnis.«

Ja, Heidi war schon etwas Besonderes. Was sie noch intuitiv erfaßt hatte? Daß ihre Rivalin Männer haßte und Larry schon seit Jahren das Leben schwer machte. Allerdings gab es da ja auch noch die Kinder, und Heidi erklärte, daß ihr die natürlich sehr leid täten, aber wir würden heute schließlich in den neunziger Jahren leben. Da verließen doch andauernd Männer ihre Frauen. Aber wenn Larrys Frau tatsächlich so ein unattraktiver und furchtbarer Drachen war, der Männer haßte und Larry nicht loslassen konnte, warum verließ er sie dann nicht? Was stimmte nicht mit ihm, wenn er seine Holde nicht für eine so junge Schönheit wie Heidi im Stich ließ?

»Frag Heidi, wo sie Larry kennengelernt hat«, forderte der Dämon mich auf. Er mußte nicht mehr aus dem Nichts vor mir auftauchen, damit ich zu Eis erstarrte. Es genügte schon, wenn er mir nur ins Ohr zischte.

Ich wußte längst, in welcher Bar die beiden sich begegnet waren. Heidi hatte sie selbst erwähnt, das Thursday, und auch zugegeben, nicht eben selten in Bars Männer abzuschleppen. Solches Verhalten bestätigte meine Diagnose, hier einen Fall von Narzißmus vor mir zu haben. Damit einher gehen Symptome wie Anspruchsdenken, Selbstüberschätzung, ein Gefühl der Unverwundbarkeit, Rücksichtslosigkeit und Unbesonnenheit. Und bei Gott, an unterentwickeltem Anspruchsdenken litt Heidi wirklich nicht. Ein typisches Merkmal des Narzißmus. Na bitte, ich konnte immer noch Diagnosen stellen, Patienten ein Etikett verpassen und dann mit dem Spiel beginnen.

»Sam besucht auch gelegentlich das Thursday«, flüsterte der Geist mir ein. »Der Laden liegt nur zwei Blocks von der Grand Central Station entfernt. Manchmal geht dein Mann nach der Arbeit dorthin.«

»Dr. Galligan, hören Sie mir überhaupt zu?«

Nein, der Dämon sollte und durfte die Sitzung nicht übernehmen. Ich fragte die Patientin, welche Ziele sie sonst noch habe, außer Larry zu heiraten.

»Meinen Uni-Abschluß machen«, antwortete Heidi. »Aber ich weiß nicht, ob ich das finanziell hinbekomme. Letztes Jahr wurde ich für ein Master-Programm an der Pace University akzeptiert, aber meine Eltern weigern sich, dafür zu bezahlen.«

»Könnten sie es sich denn leisten?« fragte ich.

»Irgendwie haben sie ja auch die Kohle zusammenbekommen, um mich aufs College zu schicken«, antwortete sie abfällig.

»Hatten Ihre Eltern vielleicht gespart, um Ihnen den College-Besuch zu ermöglichen?«

Sie sah mich verärgert an. »Woher soll ich das wissen? Vielleicht hatten sie was gespart, vielleicht sich das Geld auch geliehen. Spielt doch keine Rolle, oder? Letztes Jahr haben sie in der Karibik Urlaub gemacht, auf Aruba. Also müssen sie doch haufenweise Kohle haben. Aber sie interessieren sich nur für sich selbst und sonst für niemanden. Ganz besonders nicht für mich!«

Eine geradezu perfekte narzißtische Projektion. Heidi war fest davon überzeugt, daß ihre Eltern für ihre weitere Ausbildung aufkommen mußten. Sie hatte ein Recht darauf. Ihre Eltern hatten dagegen kein Recht, ihr Geld für einen Urlaub zu verplempern. Da spielte es natürlich nur eine unerhebliche Rolle, daß ihre Eltern sich vielleicht bis über beide Ohren verschuldet hatten, um ihrer Tochter das College zu ermöglichen. Und daß ihre Großzügigkeit bei Heidi nicht ein Wort des Dankes oder der Anerkennung ausgelöst hatte. Verständnis durften die Vasquez von ihrer Tochter nicht erwarten. Heidi hatte ihre Ansprüche, und die Eltern waren verpflichtet, ihr die zu erfüllen.

Ebenso war Larry verpflichtet, sich mit ihr zusammenzutun. Einfach, weil Heidi das so wollte. Wen interessierte da schon, daß er seit vielen Jahren verheiratet war und unmündige Kinder hatte.

Ich versuchte es mit einer anderen Herangehensweise. Ganz ruhig, sagte ich mir, du weißt genau, was du zu tun hast. »Statt uns weiter damit zu befassen, wie sehr Sie sich von Ihren Eltern im Stich gelassen fühlen, sollten wir vielleicht darüber nachdenken, welche Schritte Sie selbst unternehmen könnten, um Ihren Uni-Abschluß zu machen.«

»Wozu das denn? Meine Eltern wollen ja doch nicht zahlen. Vor zwei Jahren haben sie mir das Hauptstudium an der New York University finanziert, aber das mußte ich leider abbrechen.«

Und schon hatten wir einen weiteren Grund gefunden, warum die Eltern nicht länger bereit waren, sich für ihre Tochter krummzulegen. Aber Heidi wollte, wie alle Narzißten, keinerlei Verantwortung für irgendeinen ihrer Fehlschläge tragen.

»Warum haben Sie abgebrochen?«

»Weil der Professor mir nachgestellt hat.«

Mannomann, mit ihr würde es nicht leicht werden. Wenn es Heidi gelänge, Mitgefühl für ihre Umgebung aufzubringen, und sei es bloß ein kleines bißchen; wenn sie zu akzeptieren lernte, daß andere Menschen von ihr abweichende Standpunkte vertraten, dann konnte ich ihr vielleicht helfen. Wenn ich mich noch mehr anstrengte, gelänge es mir vielleicht auch, meine verbliebenen zwölf Patienten zusammenzuhalten.

»Macht es Ihnen etwas aus, wenn ich mich langlege?« Sie hob die Beine und machte es sich auf der Couch bequem. Der Kopf ruhte auf der einen Lehne, die Füße auf der anderen. »Larry hat mir gestern erzählt, seine Frau habe vor ein paar Wochen auf einer Party eine Szene gemacht. Die Schreckschraube hat doch tatsächlich eine Frau vor allen anderen eine blöde Ziege genannt!«

»Blöde Ziege«, zischte mein Dämon.

Ich schloß die Augen und sah Ann Louise Remsons Gesicht vor mir. Auf Marks Geburtstags-Party. Da hatte ich sie blöde Ziege genannt.

»Blöde Ziege«, wiederholte der Geist.

Heidi redete unverdrossen weiter. »O ja«, fuhr der Dämon

fort, »Sam hat sie schon vor Monaten kennengelernt. Die beiden sind heiß aufeinander, Dinah. Gegen Heidi hast du keine Chance. Vom fremder Lust befleckt ist dein Bett.«

Jetzt auch noch *Othello*.

Die Tür zu meiner Praxis fliegt auf, und ein Mann stürmt herein, dessen Gesicht ich nicht erkennen kann. Er kniet vor meiner Patientin auf der Couch nieder, öffnet ihr langsam die Blusenknöpfe, küßt ihren Hals und ihre Brüste, zieht erst sie ganz langsam aus und dann sich selbst. Er kehrt mir immer noch den Rücken zu.

Dann dreht er sich zu mir um, und ich erkenne sein Gesicht. Eine so lüsterne Miene, wie ich sie noch nie gesehen habe.

Höre ich meinen Dämon lachen? Und das Schlagen von Flügeln?

»Du lügst!« schrie ich. »Das ist gelogen!«

»Dr. Galligan?«

Die Vision zerplatzte wie Glas und regnete in tausend Scherben herab.

Mein Geist lag jetzt auf meinem Schreibtisch und war wieder ganz Seth: rosafarbene Haut, schwarze Stiefel und schwarze Motorradjacke.

»Du glaubst, ich würde lügen?« Der Dämon zeigte mit einem langen Finger auf mich. »Dann frag Sam doch, ob er sie nicht in der Bar Thursdays kennengelernt hat. Frag ihn, ob er sie nicht bei jeder Gelegenheit vögelt, die sich ihm bietet.«

»Du willst mich nur zerstören!« schrie ich.

»Sie zerstören?« schrie Heidi mindestens ebensolaut.

»Du wirst es schon begreifen«, fuhr mein Geist ungerührt fort. »Dir bleibt niemand mehr außer mir. Du bist nichts, du bist niemand, und du bist mein.«

»Aufhören! Bitte, aufhören!« Mein Schädel dröhnte, und sein Pulsschlag fuhr mir durch den ganzen Körper.

»Womit soll ich aufhören, verdammt noch mal?« Heidi war aufgesprungen. »Was zum Teufel ist hier eigentlich los?«

Ich sagte ihr, daß es mir leid täte und ich an Migräne litte.

Heidi verließ mich mit dem Versprechen, nie mehr wiederzukommen. Noch elf Patienten, Tendenz fallend. Als wir uns an diesem Abend fürs Bett fertigmachten, fragte ich Sam, ob er eine Affäre habe.

Mein Mann hatte sich gerade das Hemd ausgezogen. Er hielt abrupt inne, drehte sich mit dem Hemd in der Hand um und starrte mich an. »Großer Gott, Dinah, wie kommst du nur auf so etwas?«

»Warum bist du neulich so spät zu Elias' Arzttermin gekommen? Und hast dann auch noch ständig auf deine Uhr gesehen?«

Er warf sein Hemd auf einen Sessel. »*Wie bitte*? Ich hatte eine Besprechung, die sich leider hingezogen hat. Und danach wartete noch eine Konferenz auf mich. Was glaubst du denn, was ich den ganzen Tag im Büro treibe? Männchen malen? Irgendwer muß schließlich dafür sorgen, daß die Rechnungen bezahlt werden.«

Ich sah ihn fassungslos an. *Irgendwer muß schließlich dafür sorgen, daß die Rechnungen bezahlt werden.*

»Meinst du etwa, mir ist nicht aufgefallen, daß dein finanzieller Beitrag zu diesem Haushalt rasant schrumpft?« Er setzte sich mit nacktem Oberkörper auf die Bettkante. »Ehrlich gesagt, Dinah, würde ich es für besser halten, sowohl in deinem Interesse wie auch in dem deiner Patienten, wenn du im Augenblick nicht arbeitest. Zumindest, bis du das hier überwunden hast, was immer es auch sein mag. Und was um alles in der Welt bringt dich zu der Vorstellung, ich könnte mir eine Geliebte angelacht haben?«

Ich ließ mich in den freien Sessel fallen. »Der Dämon hat es mir gesagt.« Gott, wie mußte sich das für ihn anhören?

»Dinah, Dinah, Dinah, du solltest dich schleunigst in professionelle Hände begeben.«

»Lügner«, zischte der Geist. »Er belügt dich. Neulich bei Dr. Selson wollte er sie wieder flachlegen, gleich nach der Untersuchung.«

»Gibt es nicht irgendwelche Pillen«, fragte Sam, »die du einnehmen könntest?«

Oh, wie sehr ich meinen Mann haßte. Seinen bloßen Anblick, und überhaupt alles an ihm. Selbst seine neue Brille. Er hatte sich so ein modisches Gestell besorgt, klein und mit dünnem Rahmen. Ließ ihn jünger und hipper erscheinen. Vielleicht hatte der Dämon ja gar nicht gelogen, und Sam war tatsächlich der Ehemann, den Heidi unbedingt haben wollte. Und damit wäre ich der Hausdrache, der klammerte. Keine Projektion von mir auf sie oder von ihr auf mich – nein, die pure Wahrheit. Womöglich hatte Sam aber doch keine Freundin, und ich hatte mir das alles nur zusammengesponnen, weil ich so verzweifelt, verwirrt, erschöpft und von Dämonen besessen war. Wie dem auch sei, mein Mann unternahm nicht die geringste Anstrengung, Verständnis für meine Situation aufzubringen. Er begriff einfach überhaupt nichts.

»Dafür gibt es keine Pillen, Sam.«

»Tja, irgend etwas wirst du aber unternehmen müssen. Du fängst langsam an, mir wirklich Angst zu machen.«

25

MEIN COMPUTER WAR ebenfalls verhext. Jedes Mal, wenn ich ihn einschaltete, fand ich eine Botschaft von meinem Quälgeist vor. Wie zum Beispiel die an einem Donnerstagmorgen Mitte Juni, als ich meine nächste Kolumne schreiben wollte.

> LIEBESTRANK 66
> Ein Extrakt aus Romantik
> Gepreßte Blumen und Valentinskarten
> Ein hübsches Gift, Labsal seines Betrugs
> Worte hängen an ihren kleinen Hälsen von Ästen
> Lügen ausgebreitet wie Blätter im Mondlicht
> Seine Lügen kehren zurück, suchen sie heim
> Die arme Dinah ist die Dumme, nackt wie ein
> Baum ohne Blätter
> Und ihre Partizipien
> Baumeln im Wind.

Ich starrte das monströse Sonett eine Weile an und wünschte mir, Sam wäre jetzt bei mir, damit ich ihm den Text zeigen und ihm damit beweisen konnte, daß ich nicht den Verstand verloren hatte. Mein Gesicht lief rot an, als ich daran dachte, daß ich ihm bereits einen anderen Text des Dämons gezeigt hatte. Sam meinte, ich hätte ihn selbst geschrieben und nur vergessen. »Mein Gedächtnis funktioniert noch tadellos«, versicherte ich ihm. »Ich kann mich an jeden Moment dieses Tages erinnern.« (Allerdings verschwieg ich die Visionen, die in Sekundenbruchteilen kamen und gingen. Auf jeden Fall währten sie nicht lange genug, um mich an meinen Computer zu setzen und irgendwelche Poesie zu verfassen.) »Dann hast du es eben im Schlaf geschrieben«, entgegnete Sam. Aber klar. Im Schlaf wanderte ich ins Arbeitszimmer und dichtete vor mich hin. Nur hatte ich seit Monaten kaum mehr geschlafen.

Wie zum Henker sollte ich alle zwei Wochen eine lockere, witzige Kolumne zu Papier bringen? Mir fiel überhaupt nichts Komisches mehr ein. Offenbar, nein, ganz gewiß hatte der Geist vor, jedes einzelne Element meines Lebens zu zerstören und verächtlich zu machen. Alles zu ruinieren, was mir lieb und teuer war. Selbst mein Kurs wurde mir langsam zur Last. Der Geist hatte sich dort nicht mehr blicken lassen seit dem Tag, an dem er Carls verstorbene Frau nachgeäfft hatte. Aber ich befürchtete, er könne irgendwann wieder dort auftauchen. Ständig litt ich Ängste, und das fraß mich von innen her auf.

Ich beschloß also, ich könnte meinen verbliebenen Verstand am ehesten zusammenhalten, wenn ich mich nur noch auf Wesentliches konzentrierte. Und dazu gehörte der Schreibunterricht nicht. Ich würde den Kurs noch heute beenden.

Damit löschte ich das Gedicht und schaltete den Rechner ab.

Am Nachmittag ging ich mit Elias ins Jüdische Gemeindezentrum, gab ihn in Addies Kunstklasse ab und machte mich auf den Weg ins Unvermeidliche.

Mitzi Hertzl hatte sich tatsächlich dazu durchringen können, über ihre erste große Liebe zu schreiben, den romantischen Engländer, den sie ihrerzeit unbedingt heiraten wollte. Ihre Geschichte war wirklich anrührend und für eine Frau ihrer Generation ziemlich sexbetont. Nicht, daß sie irgendwelche Details ausgebreitet hätte, doch es war ihr gelungen, eine erotische Atmosphäre aufzubauen.

Dem Kurs schien die Geschichte sehr gefallen zu haben, und danach diskutierten alle darüber, daß Schriftsteller heutzutage dem Leser detailliert alle Körperteile beschreiben und auch sonst kein Blatt vor den Mund nehmen, obwohl doch oft weniger mehr wäre.

Als die Stunde herum war, erklärte ich meinen Schreibschülern, daß ich den Kurs nicht fortsetzen könne.

»Wollen Sie etwa zur Marine?« lachte Abe.

»Nein, Abe«, widersprach ihm Carl. »Du bist zur Marine gegangen, und das ist mittlerweile fünfzig Jahre her. Heute will da nicht mehr unbedingt jeder hin.«

»Es tut mir wirklich leid«, erklärte ich ihnen. »Aber in der letzten Zeit fällt es mir immer schwerer ... weil ich einfach zu beschäftigt bin.« Ich redete wirr.

Alle schwiegen. Und starrten mich an.

»Sie lassen uns in dem Moment im Stich, in dem die Sache anfängt uns Spaß zu machen?« Abe versuchte immer noch, das Ganze ins Komische zu ziehen.

»Was hat sie gesagt?« fragte Mrs. Shoenfeld Mitzi. Die beugte sich zu ihr und erklärte es ihr in voller Lautstärke.

Ellen zuckte zusammen. »Sie hört auf?«

»Es tut mir wirklich leid«, beschied ich die Damen und Herren, »aber mir bleibt keine andere Wahl. Ich spreche gleich mit dem Zentrumsleiter. Und er wird sicher jemanden finden, der den Kurs fortsetzen kann.«

»Was ist denn los, Dinah?« fragte Pearl. »Vielleicht können wir Ihnen ja helfen?«

»Da hat Pearl vollkommen recht«, erklärte Mitzi. »Sicher können wir doch irgend etwas für Sie tun.«

»Geht es um Elias?« wollte Mrs. Shoenfeld wissen und wandte mir ihre rechte Gesichtshälfte zu, wie sie es immer tat, wenn sie unbedingt etwas mitbekommen wollte.

»Danke für Ihr freundliches Angebot. Aber Elias geht es bestens. Er nimmt hier im Haus am Kunstunterricht für die Kleinen teil.«

»Aber was plagt Sie dann?« fragte Carl Moskowitz.

»Darüber kann ich wirklich nicht reden.«

Sie packten ihre Sachen zusammen und schlichen aus dem Saal. Ich ging Elias abholen.

Als ich den Kunstraum betrat, verabschiedete sich Addie gerade von einigen Kindern. Überall an der Wand hingen noch feuchte Bilder, an deren unteren Rand Namen gekrakelt waren. Man sah viele Häuser mit einzelnen, speergleichen Grashalmen davor. Und jeweils einen dicken blauen Strich am oberen Rand - der Himmel. Darunter Strichmännchen, braune Baumstämme und als Laub grüne Kleckse. Ein junger Künstler namens Jason hatte ein lilafarbenes Auto mit Punkten gemalt.

Elias saß in einer Ecke und malte immer noch fleißig vor sich hin.

»Hallo, mein Schätzchen«, sagte ich.

»Hi, Mom.« Er sah nicht von seinem Werk auf und schwang unentwegt den Pinsel.

»Warte nur, bis du das Bild gesehen hast«, sagte Addie.

Ich trat zu ihm, schaute ihm über die Schulter und erstarrte. Mir lief es kalt den Rücken hinunter.

Die oberen zwei Drittel des Blatts stellten eine hellblaue Fläche dar. Das untere Drittel war weiß geblieben. Im Blau erkannte man einige ungelenk gemalte fischartige Wesen in Dunkelblau. Im weißen Teil fand sich nur ein dicker rosafarbener Klecks. *Rosa*!

Ich war sprachlos und starrte wie gelähmt auf das Bild.

»Ist schön, oder?« sagte mein Sohn.

»Ich habe den Kindern gesagt, sie sollen ihren Meisterwerken einen Titel geben«, erklärte Addie. »Erzähl deiner Mutter, wie dein Bild heißt, Elias.«

»Engel«, strahlte er.

Ich zeigte auf eines der dunkelblauen Fischwesen. »Und das ist einer von den Engeln?«

Ohne aufzusehen, antwortete er: »Das ist Charlie.«

Charlie? Meine Knie gaben nach, und ich mußte mich auf den Tisch setzen. So hatte der kleine Bruder meiner Mutter geheißen, der in dem See ertrunken war. Vor fast siebzig Jahren. Ich schloß die Augen.

»Und das hier ist Jimmy.«

Als ich die Augen wieder öffnete, fing ich an zu zittern. »Woher kennst du Charlie und Jimmy?«

Der Junge lächelte mir zu. »Ich habe sie im Schlaf gesehen, Mommy. War so wie träumen.«

Ich nahm ihn an der Hand und ging mit ihm nach draußen. Das Bild hielt ich in der freien Hand, mit der bemalten Fläche nach außen. Wir mußten an Ellen Shoenfeld vorbei, die vor dem Haus auf einer Bank saß.

»Hallo, Elias«, sagte sie. »Wie geht es dir?«

»Gut.« Er sah sie aufmerksam an.

»Hast du das gemalt?« fragte sie, zeigte auf das Bild und drehte ihm das rechte Ohr zu, um seine Antwort verstehen zu können.

Mein Sohn nickte. »Das sind alles Engel«, erklärte er und deutete auf die Fische.

»Das hast du wirklich ganz toll gemalt, mein Junge. Und was waren das für Menschen, bevor sie zu Engeln wurden?«

»Der hier ist Jimmy. Der lag im Krankenhaus.«

»Als du auch dort warst?«

Elias nickte. »Er mag es, wenn seine Mutter ihm in der Küche Äpfel und Honig gibt, sobald er aus der Schule nach Hause kommt.«

»Oh, dann geht es Jimmy also gut. Dann ist er wieder so gesund wie du?«

Mein Sohn schüttelte den Kopf.

»Jimmy ist gestorben«, sagte ich.

Jetzt sah Ellen ihn verwundert und mit einer hochgezogenen Braue an.

»Sollen wir Sie mitnehmen?« fragte ich. »Wir können Sie doch irgendwo absetzen.«

Sie hob die Hände. »Meine Tochter wollte mich eigentlich abholen kommen.«

Ich nickte Mrs. Shoenfeld zu und wollte weitergehen.

»Verzeihen Sie, aber ich glaube, Sie machen einen Fehler«, sagte Ellen. »Ich meine, daß Sie den Kurs aufgeben.«

»Tut mir leid, das zu hören, Mrs. Shoenfeld. Aber ich kann leider nicht anders.«

Sie stellte sich ihre Tasche auf den Schoß und blickte in eine andere Richtung. Eine Frau in mittleren Jahren fuhr in einem Chevrolet Blazer heran.

»Da kommt ja meine Tochter.« Ellen erhob sich.

Die Frau öffnete die Beifahrertür und stieß sie auf. Ich entdeckte sofort, daß die beiden sich recht ähnlich sahen. Die gleiche Knochenstruktur im Gesicht, das gleiche schmale Kinn.

»Anita, das ist Dinah Galligan«, stellte Mrs. Shoenfeld mich vor und drehte sich dann zu mir um. »Und das ist meine Tochter, Anita Braverman. Und da haben wir auch noch Elias.«

Die Frau lächelte uns nacheinander kurz zu. »Erfreut, Sie kennenzulernen.«

Mrs. Shoenfeld hatte den Wagen noch nicht ganz erreicht.

»Mach schon, Mom.«

Gerade als ihre Hand nach der Tür griff, lief mein Sohn zu ihr und zog sie am Pullover. Ellen blieb stehen. »Was ist denn, Elias?« Er bedeutete ihr, sich zu ihm herabzubeugen. Sie tat ihm den Gefallen, und er flüsterte ihr etwas ins Ohr.

Danach richtete Mrs. Shoenfeld sich ruckartig auf und starrte ihn entsetzt an. Nach einem Moment fixierte sie mich mit einem Blick, den ich nie vergessen werde. Schrecken, Fassungslosigkeit, Skepsis und Argwohn, all das mischte sich darin. Als sie sich wieder etwas gefaßt hatte, stieg sie ins Auto, und das brauste sofort los.

»Was hast du ihr denn gesagt, Elias?«

»Ich habe ihr nur verraten, wie dieser Engel hier heißt.« Er zeigte auf einen anderen dunkelblauen Fisch. »Das ist Gertie.«

»Gertie?«

Er nickte.

Als wir zu Hause ankamen, befestigte ich das Bild gleich am Kühlschrank, wo auch schon seine anderen Kunstwerke hingen. Dann setzte ich mich mit einem Block und einem Stift an den Küchentisch. Ich sagte mir, wenn ich in aller Ruhe mit ihm redete, würde ich vielleicht aus ihm herausbekommen, woher er die Namen von Toten kannte, denen er nie zuvor begegnet war.

Eine Viertelstunde lang übte ich mit ihm Schreiben. Er beugte sich über den Block, runzelte konzentriert die Stirn, und seine Nasenspitze berührte fast das Papier. Wie immer hielt er den Bleistift ziemlich umständlich. Der Stift lag in seiner Handfläche, und die Finger waren wie zur Faust darum geschlossen. Schon oft hatte ich ihm gezeigt, wie sich leichter schreiben ließ, aber er bevorzugte eindeutig seine eigene Methode, den Bleistift zu halten. Schließlich schloß ich meine Hand um die seine und malte mit ihm zusammen die Buchstaben. Das J stand an, und unsere früheren Versuche konnte man auf der ganzen Tischplatte bewundern.

»Elias«, fragte ich dann, »wer ist Charlie?«

Er lächelte, ohne mich anzusehen, und zwang seinen Bleistift angestrengt über das Blatt. »Jemand, der dir wichtig ist, Mommy.«

Mir? Ich hatte ihn nie kennengelernt. Wie denn auch? Er war ja schon als kleines Kind gestorben. Meine Mutter war damals selbst noch ein Mädchen gewesen. »Woher weißt du von ihm, Elias.«

Jetzt hob er den Kopf. »Eine große Sonne scheint im Wasser, und Charlie steckt da drin. Kann ich jetzt fernsehen?«

Als Sam ein paar Stunden später von der Arbeit kam, fiel ihm das Bild an der Kühlschranktür auf. Er fragte Elias danach, und der sagte ihm die Engelsnamen auf.

Mein Mann betrachtete seinen Sohn eine Weile und fragte dann: »Jimmy?«

Ich stand gerade am Herd, um das Abendessen zuzubereiten, und hielt jetzt den Atem an.

Elias nickte. »Er ist im Krankenhaus gestorben.«

Sam setzte eine sehr ernste Miene auf. »Woher weißt du das, mein Junge?«

Achselzucken. »Keine Ahnung, Daddy, ich weiß es einfach.« Damit nahm er seine *Geschöpfe der Tiefe* und Tuddy und verließ die Küche.

»Na los, Sam«, forderte ich ihn auf und verschränkte die Arme vor der Brust. »Jetzt erklär mir das mal.«

Er legte die Stirn in Falten und betrachtete noch einmal das Bild. Für einen Moment, nur einen kurzen Moment, hoffte ich schon, daß seine mich rasend machende Rationalität erste Risse bekäme. Aber dann sagte er nur: »Habe ich vor dem Essen noch Zeit, schwimmen zu gehen?«

An warmen Abenden wie diesem schwamm er gern ein paar Bahnen in unserem kleinen Pool. Er hatte schon beschlossen, daß Elias in diesem Sommer schwimmen lernen sollte, um dann das Wasser genauso sehr zu lieben wie sein Vater. Alex und Kate hatte er bereits für seinen Feldzug gewinnen können. Sie wollten den Kleinen gemeinsam überreden, in den Pool zu steigen. »Elias badet gerne«, sagte Sam, »und er liebt Fische. Da dürfte das Wasser im Pool ihm doch keine Schwierigkeiten machen.«

Aber für Elias stellte es eben doch ein Problem dar. Dasselbe, das er schon gehabt hatte. Er wagte es nicht einmal, einen Zeh in das Wasser zu stecken. Während der ersten Wochenenden kam es dann immer zum gleichen Spektakel. Die drei standen am Beckenrand und versuchten mit allen möglichen Tricks, Elias ins Wasser zu locken. Selbst die Freunde meiner beiden ältesten beteiligten sich daran. Katies Schar von unablässig kichernden Freundinnen und Alex' Bande von Kumpeln, die vor Kraft nicht laufen konnten und sich nur in Grunzern und Halbsätzen verständigten.

Ich erklärte Sam jetzt, daß ihm keine Zeit mehr fürs Schwimmen bliebe, weil ich in fünf Minuten den Tisch decken würde. Danach sprachen wir für Stunden kein Wort mehr miteinander. Alles, was wir uns beim Abendbrot zu sagen hatten, drückten wir durch unsere Kinder aus. Als Kate und ich mit dem Spülen fertig waren, ging ich nach oben und schaltete meinen Computer ein. Wenigstens hatte ich meinen Geist den ganzen Tag noch nicht zu Gesicht bekommen. Und im nachhinein erschien es mir als richtige Entscheidung, den Kurs aufzugeben. Jetzt würde ich mich endlich auf das Wesentliche konzentrieren können. Eine Weile saß ich nur da, überlegte, wie ich die nächste Kolumne anlegen wollte, und blätterte in Zeitungen und Illustrierten, um mich mit Ideen zu versorgen.

»Mom?« Alex stand in der Tür. »Wo steckt Dad? Er hat mir nach dem Essen gesagt, wir sollten noch mal über meine Fahrt mit der Mannschaft reden.« Mein Sohn trug wieder das Megadeth-T-Shirt. Jedes Mal, wenn das verdammte Ding in der schmutzigen Wäsche auftauchte, war ich versucht, drastische Maßnahmen zu ergreifen. Ich könnte es zum Beispiel einlaufen lassen. Huch, das tut mir aber leid. Das heiße Wasser muß ganz von selbst angegangen sein. Oder das Shirt verschwinden lassen. Die Waschmaschine hat es gefressen. Immerhin verschlang das Gerät ja auch Socken. Oder ich konnte es pink färben … wenn mir nur eine Möglichkeit einfiele, wie man Schwarz in Pink umwandeln konnte. Ein pinkfarbenes T-Shirt würde Alex nie im Leben anziehen.

»Wir beide möchten mit dir darüber reden.« Ich hörte, wie Kate in ihrem Zimmer Flöte übte und erkannte auch die leicht trillernde Melodie wieder, die sie schon seit Wochen spielte.

Achselzucken. »Ja, sagtest du schon.«

»Und du hast mir gesagt, ich bräuchte mir erst dann Sorgen zu machen, wenn es mit deinen Noten bergab ginge.«

»Um Gottes willen, Mom, ich habe lediglich eine vier minus! Du machst wirklich aus einer Mücke einen Elefanten.«

Eigentlich waren es eine vier plus und eine vier minus. Und das von einem Jungen, der sonst nur Einsen und Zweien mit nach Hause brachte. »Alex, du weißt doch sicher, daß uns so etwas ein wenig beunruhigt.«

»Also gut, meinetwegen, dann reden wir eben jetzt darüber. Wo steckt Dad denn?«

»Keine Ahnung, Schatz. Sicher irgendwo im Haus.«

Während ich Elias zu Bett brachte, machte sich Alex auf die Suche nach seinem Vater. »Ich kann ihn nirgends finden«, eröffnete er mir, als ich wieder nach unten kam.

»Hm, der vertrackte Fall des verschwundenen Vaters. Vielleicht ist er ja schwimmen gegangen.«

»Ich habe schon am Pool nachgesehen.«

»Dann ist er wohl spazierengegangen.« Ich trat ans Fenster

und spähte durch die Gardinen nach draußen. Nein, da war er nicht, und sein Wagen stand auch noch in der Auffahrt. Aber Moment mal, da bewegte sich doch etwas. Hinter der Windschutzscheibe. Jemand saß im Auto.

Ich fuhr herum und schoß an Alex vorbei. »Warte hier, bin gleich zurück.«

Durch die Diele, zur Tür hinaus und leise die Stufen hinunter. Sam saß in seinem Wagen und telefonierte.

Als er mich sah, winkte er mir zu, beendete das Gespräch, legte auf und stieg aus dem Wagen. Er trug nur seine Badehose und hatte sich ein Handtuch um die Hüfte geschlungen.

»Sam, was machst du da?«

»Ich habe telefoniert.«

»Vom Autotelefon aus?«

»Na ja, du weißt doch, wie deine Tochter immer das Telefon im Haus blockiert«, grinste er. »Da bleibt mir nichts anderes übrig, als zum Autotelefon zu gehen oder mich in der Schlange anzustellen.«

»Unsere Tochter übt gerade Flöte. Welcher Anruf war denn so verdammt wichtig, daß du nicht ein paar Minuten warten konntest?«

Die Heiterkeit in seiner Miene verging. »Ach, es ist eine so laue Nacht, und das Autotelefon so nah.«

»Blödsinn.« Er belog mich. Davon war ich fest überzeugt.

Sam sah mich an. »Ich habe nur mit Ed gesprochen. Wegen unserem Golfspiel morgen. Was hast du denn vermutet?«

»Ich habe gar nichts vermutet. Aber ich sage dir frei heraus, daß es schon verdammt merkwürdig erscheint, wenn ein Mann lieber sein Autotelefon benutzt, obwohl er ein gebrauchsfähiges Telefon im Haus hat.«

»Wem sollte so etwas merkwürdig erscheinen?«

»Zum Beispiel mir. Denn sonst sehe ich hier keinen.«

»Einen Moment mal. Was willst du mir eigentlich unterstellen?«

Er wußte sehr genau, wessen ich ihn verdächtigte.

»Dinah, um Himmels willen, ich habe keine Affäre.«

»Mir deucht, getroffene Hunde bellen«, flüsterte mein Geist.

»Und du bist sicher auch noch nie in New York in einer Bar namens Thursdays gewesen, oder?«

»Doch, hin und wieder. Was ist daran schlimm?«

»Daß du sie dort kennengelernt hast. Sie heißt Heidi.«

»Was für eine Heidi?« Seine ungläubige Miene kam mir doch arg gekünstelt vor.

»Die Heidi, die meine Patientin ist. Eine sehr attraktive und sehr junge Frau, möchte ich hinzufügen.«

»Du beschuldigst mich, ein Verhältnis mit einer deiner Patientinnen zu haben? Und warum sollte ich so etwas tun? Und was sollte sie dazu bewogen haben, mit mir etwas anzufangen?«

Darauf fiel mir leider keine Antwort ein.

Dem Dämon schon. »Weil sie es auf einen Machtkampf angelegt hat.«

Ich wiederholte die Worte meines Geistes, weil sie mir schlüssig erschienen.

Sam wandte sich von mir ab. »Das ist doch lächerlich.« Er kehrte zum Haus zurück.

Aber ich lief ihm hinterher. »Ich werde jetzt Kate fragen, ob sie vorhin telefoniert hat; denn ich glaube, daß sie das nicht getan hat.«

Er sah mich mit verzerrter Miene an. »Wage es ja nicht, vor unserer Tochter meine Glaubwürdigkeit in Zweifel zu ziehen.« So wütend hatte ich ihn noch nie gesehen.

Sein Zorn erschreckte mich derart, daß ich einen Schritt vor ihm zurückwich.

»Ich habe keine Affäre, Dinah«, erklärte er mir. »Aber ich will dir einmal etwas sagen: Wenn du dich nicht bald in die Hände eines Therapeuten begibst, ist diese Ehe für mich gegessen.« Damit stampfte er ins Haus.

»Was für eine clevere Taktik«, sagte mein Dämon und materialisierte sich als weiße Gestalt unter dem klaren, sternenübersäten Himmel. »Er stellt es so hin, als hättest du riesige Probleme, damit er selbst um so unbeschwerter bei jeder Gelegenheit sein junges Ding durchbumsen kann.«

Er löste sich auf und verschwand.

Ein paar Minuten stand ich bebend in der Auffahrt, dann kehrte ich ins Haus zurück. Das Telefon klingelte.

»Mom, für dich«, rief Kate.

Ich nahm in der Diele ab. »Dinah? Hier spricht Brian Dawson.«

Ich ahnte schon, was mein Verleger wollte. Schon wieder hatte ich den Abgabetermin verpaßt.

»Dinah, ich lasse Sie nur ungern gehen, aber so können wir nicht weiterarbeiten.«

»Tut mir wirklich leid, Brian, aber zur Zeit schaffe ich es einfach nicht.«

»Kann ich Ihnen in irgendeiner Weise helfen?«

»Nein.«

Ich legte auf und fühlte mich allein. So allein wie nie zuvor. Aber ganz allein war ich nie.

»Dinah?« Peter St. Clair rief mich doch wieder an. »Haben Sie schon mit Dr. Selson gesprochen?«

Mein Blick wanderte zu dem Teddybären im Arztkittel, der auf meinen Büchern hockte. »Wir sind letzte Woche bei ihm gewesen. Vielen Dank für den Tip. Bei ihm haben wir uns gut aufgehoben gefühlt.«

»Fein. Gut. Was hat er denn gesagt? Stimmte er mit Moore überein?«

»Ja.«

»Und hat Ihnen der Besuch trotzdem etwas gebracht?«

»Wahrscheinlich war es richtig, zu ihm zu gehen«, seufzte ich. »Aber ich habe immer noch schreckliche Angst und kann einfach nichts dagegen tun.«

»Ich habe viel an Sie gedacht, Dinah, und an das, was Sie alles durchmachen müssen.«

»Das kann niemand verstehen, der so etwas nicht schon erlebt hat.«

»Natürlich nicht. Aber ich muß einfach immer wieder an Sie denken. Mein Sohn Austin ist einmal vom Fahrrad gestürzt und hat die Besinnung verloren. Fast acht Stunden war er ohnmächtig. Das waren die schrecklichsten Stunden meines Lebens. Noch Monate später habe ich mir die schlimmsten Dinge ausgemalt, wenn mein Junge wieder auf sein Fahrrad gestiegen ist. Wenn ich je einen meiner Söhne verlieren sollte, wüßte ich nicht, wie ich danach weiterleben könnte.«

Zwei Tage später trafen wir uns in einem Restaurant auf der sehr vornehmen Main Street, das vor allem durch Unvornehmheit auffallen wollte. Nur auf einen Kaffee und ein bißchen reden, schwor ich mir. Peter sah besser aus, als ich ihn in Erinnerung hatte. Wir sprachen über den jüngsten Skandal im Weißen Haus und Peters gütliche Trennung von seiner Frau, die Vanessa hieß. Ich stellte sie mir als eine Frau mit einem harten, kalten Mund vor. Mit großen Brüsten, deren Warzen immerzu aufrecht stehen und wie die Radiergummis an Bleistiften aussehen. Straffe, feste Brüste, bei denen Peters Kollege Dr. Saul Saperstein nachgeholfen hatte, der beste Busenspezialist außerhalb von Beverly Hills. Peter erzählte auch von Austin und Raymond - zwei Namen, die mir etwas zu hochtrabend klangen –, und daß sie die Choate besuchten; die Schule war definitiv eine Nummer zu groß für mich. Ein so vornehmes Internat hätten wir uns gar nicht leisten können. Dann zeigte er mir ein Foto von zwei gutaussehenden Knaben, die links und rechts neben ihm standen und gleiche blaue Jacken trugen.

»Mir würde es das Herz brechen, meine Kinder in ein Internat zu schicken«, sagte ich.

»So habe ich das eigentlich nie gesehen«, entgegnete er. »Schließlich bin ich ja selbst auf einem Internat gewesen. Und davon abgesehen, wenn die beiden nicht nach Choate gegangen wären, würden sie bei ihr leben.«

So, wie er von seiner Ex redete, kamen mir doch leise Zweifel, ob sie tatsächlich in aller Freundschaft auseinandergegangen waren. Vielleicht hatte er sich freundschaftlich verhalten, weil er unbedingt von ihr fortgewollt hatte. Vielleicht hatte sie aber auch ihm das Herz gebrochen. Was wir einander sagen, hängt davon ab, wie wir im betreffenden Moment dem anderen erscheinen wollen. Oder was wir ihm vermitteln wollen.

Ich sagte ihm, daß ich eigentlich nicht über meine Ehe reden mochte. Oder über meinen Mann. Aber ich erzählte etwas über meine Kinder, vor allem über Kate, meine flötespielende heranwachsende Schönheit.

»Ich möchte ja nicht angeben, aber sie kann sich durchaus sehen lassen. Kastanienbraunes Haar, blaue Augen und cremefarbene Haut, die auch noch weich wie ein Pfirsich ist.«

»Ich stelle da eine gewisse Ähnlichkeit mit ihrer Mutter fest«, lächelte er.

»Danke, aber im Moment würde ich eher meinen, meine Haut ist weiß wie Milch und rauh wie ein Apfel.«

Er lachte.

Dann kam ich auf Alex zu sprechen, den zornigen, trotzigen Halbstarken, in den er sich während Elias' Krankheit verwandelt hatte, anstelle des lieben und fürsorglichen Jungen von früher, der seiner Mutter einen Gute-Nacht-Kuß gab und sich von ihr wünschte, daß sie zu seinen Baseballspielen käme und ihn anfeuere.

Schließlich war Elias an der Reihe. Er besuche gerade einen Sommerkindergarten, und laut seiner dortigen Lehrerin, Miss Larkin, mache er deutliche Fortschritte. Mein Kleiner beherrsche inzwischen das Alphabet und könne sogar schon einige Wörter buchstabieren.

Letzte Woche hatte er mich nach dem Kinderkunstunterricht mit einer Maske überrascht, die man seinem Gesicht abgenommen hatte. Er hatte sie blau angemalt und mit weißen Sternen verziert. Mein Sohn hatte sich sogar einen Namen dafür ausgedacht: der blaue Elias.

»Hört sich für mich so an, als befinde sich Ihr Jüngster auf dem besten Wege«, meinte Peter. »Ich weiß natürlich, daß es keine große Hilfe ist, wenn ich so etwas zu Ihnen sage. Und wahrscheinlich erzählt Ihnen jeder: ›Sie brauchen sich keine Sorgen zu machen, mit ihm ist doch alles in schönster Ordnung.‹ Ich kann mir gut vorstellen, daß Sie solche Menschen am liebsten auf der Stelle erwürgen möchten.«

Ich konnte ihn nur ansehen. Das, was in dem Moment in mir vorging, ließ sich am ehesten mit Erleichterung umschreiben. Vielleicht empfand ich sogar ein Gefühl der Befreiung. Dieser Peter St. Clair schien mich auf eine Weise zu verstehen, wie das schon lange niemandem mehr gelungen war. Ich konnte nicht anders, mir liefen die Tränen die Wangen hinunter. Mitten in diesem so spektakulär unvornehmen Restaurant. Mein Begleiter legte eine Hand auf die meine.

»Tut mir leid, Dinah, ich wollte Ihnen nicht etwas ins Gedächtnis rufen, an das Sie gerade mal nicht denken mußten.«

Ich versuchte, nicht mehr zu weinen, aber das gelang mir nicht.

»Und das war schon wieder dumm von mir. Wahrscheinlich denken Sie die ganze Zeit an nichts anderes.«

Eine junge Frau am Nebentisch bemühte sich angestrengt, nicht zu uns herüberzusehen. Peter dagegen sah mir tief in die Augen.

»Sollen wir jetzt besser gehen?« fragte er.

Ich nickte, stand auf, eilte nach draußen und blieb auf dem Parkplatz stehen, um mich zu sammeln, bis er bezahlt hatte und mir nachkam.

»Ich würde Sie am liebsten in den Arm nehmen«, sagte Peter. »Aber das würde für Sie wohl alles noch mehr komplizieren.«

Obwohl ich immer noch weinte, mußte ich lachen. »Wieso, etwa weil die Frau dort drüben am Wagen«, sie stieg gerade ein, »mich vielleicht von der Elternpflegschaft in der Schule her kennt? Und weil die dort hinten eine meiner Patientinnen sein könnte?« Ich wischte mir die Tränen weg. »Oder eine von Ihnen?«

»Wir könnten zu mir fahren, Dinah.«

Ja. Ohne überhaupt darüber nachzudenken, sagte ich zu.

Da saß ich also und fuhr über eine lange Landstraße in eine Stadt, die zehn Meilen von meiner Stadt entfernt lag. Folgte dem Wagen eines Mannes, über den ich so gut wie nichts wußte. Und hatte fest vor, mich gleich auszuziehen und zu ihm ins Bett zu legen. Einen Quickie nennt man so etwas wohl.

Ich folgte ihm auf eine lange, gewundene Straße irgendwo in einem Außenbezirk von Fairfield. Nach allem, was ich erkennen konnte, wirkte der Mann ziemlich selbstzufrieden in seinem kleinen schwarzen Sportwagen. Er saß zurückgelehnt da und hielt nur eine Hand am Lenkrad. Soviel Lockerheit konnte ich für mich nicht in Anspruch nehmen.

Natürlich hätte ich jetzt wenden und auf den Highway zurückkehren können. Aber ich folgte ihm weiter, und mein Wagen war dicht hinter seinem, als wir einen leuchtend weißen, malerischen Pavillon auf einer Rasenfläche hinter einer Birkenreihe passierten. Und dann kam auch sein Haus in Sicht. Ich hatte Schmetterlinge im Bauch. Was um alles in der Welt tat ich hier? Höchste Zeit, wieder zur Vernunft zu kommen, oder war es dafür schon zu spät? Was wußte ich schon von diesem Mann, dem ich zufällig im Kino begegnet war?

Nun, zum Beispiel, daß er Arzt war. Dazu charmant, witzig und gutaussehend. Daß er zwei Söhne hatte und seine geschiedene Frau Vanessa hieß. Darüber hinaus interessierte er sich für Politik und las viel, vor allem historische Bücher. Und daß er, zumindest im Moment, etwas von mir wollte.

Das war doch eigentlich schon eine Menge.

Ich wußte aber auch, daß Peter mein Herz nicht so zum Klopfen brachte wie Sammy. Besser, wie er es einmal getan hatte. Aber damals, als ich meinen späteren Ehemann kennengelernt hatte, war ich auch erst achtzehn gewesen. Heute konnte ich mich nur als alte Frau bezeichnen, die sich sogar noch älter fühlte, als sie an Jahren zählte. Da ließ einem kaum noch etwas das Herz schneller klopfen.

Was erwartete ich eigentlich in diesem Haus am Rande von Fairfield zu finden?

Ich hatte keine Ahnung.

Peters Haus bestand aus geschwungenen Linien, sanft geneigten Dächern und hohen Spitzbogenfenstern, die so angelegt waren, daß sie das Sonnenlicht einfingen. Das Ganze war eigentlich viel zu groß für einen Mann, der allein lebte, sei er nun Chirurg oder nicht. Vielleicht brauchte er ja Platz für die Besuche seiner Söhne, Austin und Raymond. Womöglich war seine Ex für diese hochgestochenen Vornamen verantwortlich, die Frau mit den kriegerischen Brüsten.

Ich hielt meinen Wagen neben seinem an und hatte das Gefühl, mein Magen wollte aus mir hinaushüpfen. Dann fingen auch noch meine Zähne an zu klappern. Verdammt, so hatte ich mich mit vierzehn gefühlt, als der erste Kuß bevorstand. Reiß dich zusammen, Dinah. Du bist eine erwachsene Frau und wirst das jetzt bewältigen.

Warum? Warum wollte ich es unbedingt geschehen lassen?

Peter stand jetzt neben der Fahrertür seines Autos und wirkte zögerlich.

Und wenn ich es nun doch nicht über mich bringen konnte, mit ihm zu schlafen? Dann würde ich ihm eben einfach sagen, daß ich meinen Ehemann zu sehr liebte und gar nicht wüßte, warum ich mit hierher gekommen sei. Die reine Wahrheit. Bis auf einen kleinen Schönheitsfehler: Mein Mann liebte mich nicht mehr. Er stieg mit einem jungen Ding ins Bett und stand kurz davor, seine verrückte Ehefrau zu verlassen. Nun ja, ich konnte ihm immer noch erklären, daß ich es mir überlegt hätte und nun doch einen Therapeuten aufsuchen wolle. Aber würde das Sam überhaupt noch etwas bedeuten?

Woher sollte ich wissen, wie es mittlerweile in ihm aussah? Und woher, wie es wirklich um Peter St. Clair stand? Womöglich war er ein Serienmörder, der Frauen in sein Haus lockte, sie dort erst vergewaltigte, dann ermordete und schließlich in kleine Stücke schnitt, um sie im Wald verstreut zu begraben. Immerhin hatte er meine Kolumne über dieses Thema gelesen. Als Chirurg bewahrte Peter sicher in irgendeiner Schublade einen Satz Skalpelle auf. Um sie bei Gelegenheiten wie dieser herauszuholen und in einer perversen Zeremonie einzusetzen. Ein zwanghafter Rausch, der ihn überkam, weil sein Vater ihn als Kind sexuell belästigt hatte; oder weil sein Gehirn an einer Serotonin-Unterversorgung litt.

Ich öffnete die Wagentür und stieg aus, bevor er sie erreicht hatte. Wir beiden standen einander gegenüber. Dann schaute er zu mir herab, und, Grundgütiger, legte eine Hand an mein Kinn. Um meinen Kopf zu heben, damit ich ihn ansehen konnte.

»Du bist wirklich wunderschön, Dinah.«

Jetzt aber halblang, Peter. Wunderschön dürfte doch wohl leicht übertrieben sein, oder?

Aber statt seine Meinung zu relativieren, legte er seine Arme um mich, drückte seinen Mund auf den meinen und küßte mich. Seine Lippen waren warm, weich und hungrig, seine unglaublichen Hände, seine eleganten Finger berührten mich, und ich dachte: Ooooh, das wird richtig gut.

Ich spürte die Kraft und Masse seines Körpers, als er sich an mich drückte und mich mit seinen starken Armen noch fester an sich zog. Noch nie hatte mich ein so großer und breitschultriger Mann in die Arme genommen, und ich wollte mich in ihnen geborgen fühlen. Aber Geborgenheit gab es für mich nicht mehr.

Peter hörte auf, mich zu küssen, und trat einen Schritt zurück. »Du wirkst angespannt, Dinah.«

»Bist du es etwa nicht?« brachte ich irgendwie heraus. »Nicht mal ein kleines bißchen?«

»Nicht das allerkleinste bißchen«, lächelte er. Winzige Fältchen breiteten sich fächerartig in seinen Augenwinkeln aus.

»Bist wohl sehr von dir eingenommen, was?« Ich zog eine Braue hoch und versuchte, mich cool zu geben. Peter hatte weniger zu verlieren als ich, schließlich war er ja nicht verheiratet. Aber was hatte ich eigentlich zu verlieren, wenn Sam womöglich gerade sein Flittchen vögelte?

»Nein, nicht von mir eingenommen«, entgegnete er, »nur voller Hoffnung. Voller großer Hoffnung.«

Wir liebten uns in einem riesigen Bett mit Himmel und geschnitztem Kopfteil. Englischer Kolonialstil. Sein Schlafzimmer war, wie jeder andere Raum in diesem Haus, edel und geschmackvoll eingerichtet. Rings um das Bett zog sich ein gazeartiger Vorhang, der mich an ein Moskitonetz erinnerte; als steckten wir mitten im afrikanischen Busch. Doch ging von diesem Vorhang etwas unbeschreiblich Sinnliches aus, und man kam sich vor, als sei man vom Rest der Welt abgetrennt. Peter erwies sich als erfahrener Liebhaber, war aufmerksam, überaus zärtlich und völlig ungehemmt. Er wußte genau die richtigen Dinge zu tun und zu sagen, und danach schlief er ein.

Ich versuchte, auch einzunicken, aber dann hörte ich ein Zischen, begleitet von einer strahlenden Helligkeit, die durch den Vorhang drang. Und ich hörte seine Stimme.

»Also wirklich, was sind wir doch für eine Drecksau!«

Ich fuhr hoch und bedeckte mich mit dem Laken. Aber ich war mir meiner Nacktheit zu sehr bewußt, ich schämte mich furchtbar und wußte, daß ich ihm nicht entrinnen konnte. Wehrlos wie ich war, ergriff der Dämon von mir Besitz. Er drang in mich ein wie Eisschollen, die in einen warmen Fluß treiben. In diesem Moment begriff ich, daß er mich ganz allein für sich haben wollte. Niemand anderen würde er dulden, weder einen Ehemann noch irgendeinen Geliebten.

Still ertrug ich, wie er wieder in mich kam, wie er jede Stelle in meinem Körper ausfüllte, wie er sich an meine Organe heftete und mir unter die Haut drang. Der Geist wärmte sich an meinem Fleisch und saugte alles Leben aus mir. Ich war nicht mehr.

26

Es war ein warmer Sommerabend, und als ich nach Hause kam, vergnügten sich Sam, Alex und Kate im Pool. Elias stand zaudernd am Rand und sah in seiner himmelblauen Badehose zum Küssen aus. Unser Hund hockte hinter ihm, als wolle er ihm den Rücken stärken.

Von meinem Dämon spürte ich nichts mehr. Entweder hatte er sich zurückgezogen oder war wieder aus mir ausgefahren; aber sicher fühlte ich mich noch lange nicht. Wie sollte ich je wieder sauber werden? So gründlich ich mich auch wusch, würde ich diese Befleckung doch nie von mir entfernen können.

»Mach endlich, Elias«, forderte mein Mann ihn gerade auf, als ich von der Auffahrt kam. »Ich halte dich fest. Du kannst gar nicht untergehen.«

Als ich das Gartentor erreichte, verschränkte der Kleine entschieden die Arme vor der Brust, hob das Kinn und schüttelte den Kopf.

Sam sah mich und grinste. »Der Mensch hofft, so lange er lebt.«

Nach dem, was ich gerade getan hatte, jetzt als erstes meinen Mann zu sehen, traf mich wie ein Schlag. Am liebsten wäre ich davongelaufen. Aber ich beließ es dabei, am Tor stehenzubleiben und Abstand zu ihm zu halten. Die Abendluft roch schwer nach Rosen. In diesem Jahr war ich noch nicht dazu gekommen, die Pflanzen zu beschneiden, zu düngen oder hochzubinden. Dennoch blühte und gedieh der Garten, daß es eine Pracht war, wie um meiner Vernachlässigung zu trotzen.

Alex spritzte Wasser in Elias' Richtung. »Nun komm schon, Junge.«

Der Kleine sprang rasch zurück, wischte sich die Beine ab und kam dann zu mir an den Zaun gelaufen. Ich beugte mich hinab, um ihn zu umarmen.

»Es macht wirklich Spaß!« Kate klang voller Selbstvertrauen und Optimismus. Vor ein paar Tagen hatte sie uns verkündet, daß Jungs eigentlich gar nicht so schlecht seien, wenn man die Meßlatte bei ihnen nicht so hoch ansetzte wie bei Mädchen. Gut, daß sie zu dieser Einsicht gelangt war, denn in dem Bikini, den sie jetzt trug, würde sie die Jungs scharenweise anlocken.

Elias lehnte den Kopf an meine Brust.

»Trau dich endlich!« rief Alex. Seine Schultern und sein Brustkorb hatten sich in diesem Sommer enorm entwickelt. Und, o Wunder, er konnte jetzt tatsächlich lachen.

»Ich lasse dich bestimmt nicht untergehen, Elias.« Sam streckte immer noch die Arme nach ihm aus und zwinkerte mir zu.

Dieser Mann und diese Kinder, die wir gemeinsam geschaffen hatten, stellten die Summe, die Substanz und die eigentliche Bedeutung meines ganzen Lebens dar. Alles, was ich war, alles, was ich getan hatte, und alles, wozu ich geworden war, hatte mit Sam zu tun. Selbst in meinen wildesten Jungmädchenträumen hatte ich mir nicht ausgemalt, daß das bloße Miteinanderleben uns und unsere jeweils einzigartige Persönlichkeit (man könnte sogar sagen, unsere gegensätzlichen Persönlichkeiten) wie Lehmklumpen miteinander verbinden konnte, so daß daraus ein nahtloses Kunstwerk entstand. Sam war einer meiner ganz wesentlichen Bestandteile und steckte mir wie Kate, Alex und Elias in den Molekülen. Und was war jetzt aus uns geworden - *ich* und nicht *er* hatte den vollkommenen und absoluten Betrug begangen. *Ich* hatte Vertrauen und Basis dieses Glücks zerstört.

Was hatte ich eigentlich von Peter St. Clair gewollt? Hatte ich mir eingebildet, ein wenig Vergnügen mit ihm könnte mich von meinen Dämonen befreien? Könnte mir das Gefühl geben, verstanden zu werden? Könnte die Ängste und Schmerzen von mir nehmen? Aber das Vergnügen wiegt soviel leichter als der Schmerz, ist flüchtiger noch als die Luft. Vergnügen geht zu rasch vorüber, ist Illusion wie ein Sonnenstrahl, in dem der Staub tanzt und der wie feste Materie einen Raum in zwei Hälften zu schneiden scheint - um dann augenblicklich zu nichts zu vergehen, wenn man die Jalousien schließt.

»Komm endlich, Elias!« rief Kate.

Nun war daraus ein Wettkampf geworden, und mein Jüngster hatte nicht vor zu verlieren.

»Sieh nur, wieviel Spaß es macht, Dad mit Wasser zu bespritzen!« rief Alex und ließ den Worten Taten folgen.

»He, paß auf!« beschwerte sich Kate. »Du machst ja mich naß!«

Mein Jüngster schüttelte energisch den Kopf, und Poppy bellte ein paarmal.

Sam nahm nun den großen Strandball, der auf dem Wasser trieb, und warf ihn Elias zu. »Fang!«

Elias reagierte zu langsam, aber der Hund und er jagten dem Ball hinterher. Mein Jüngster brachte ihn zurück und warf ihn meinem Mann zu. Dieses Spiel betrieben sie nun eine Weile, während ich am Zaun stand und zusah. Elias schien es großen Spaß zu machen, den Ball zu fangen und zurückzuwerfen, aber er näherte sich dem Wasser um keinen Millimeter. Nach einigen Minuten gaben Alex und Kate auf und stiegen aus dem Becken. Sie wickelten sich Handtücher um und kamen zu mir. »Vergiß es, Dad!« rief mein Ältester, aber mein Mann gab nicht auf und versuchte weiterhin, den Kleinen mit dem Ball zu locken.

Ach, Sammy.

»Gib es auf, Sam«, forderte auch ich ihn auf.

»Aufgeben, Daddy!« freute sich Elias.

»Okay, du hast gewonnen.« Er schwang sich elegant aus

dem Becken und griff nach dem letzten Handtuch auf der Liege. »Dann bleibst du eben eine Landratte, Elias. Meinst du, das macht mir was aus?«

Elias kicherte und rannte in die ausgebreiteten Arme seines Vaters.

»Möchte hier jemand Hoppereiter spielen?«

»Hoppe! Hoppe!«

Sam ging in die Hocke und half dem Kleinen auf seine Schultern. Er erhob sich mit ihm, und Elias schien in den Lüften zu schweben. »Jetzt gut festhalten. Los geht's!«

Der Junge verschränkte die Hände unter Sams Kinn.

»Hü, Daddy, hü!« Elias quietschte vor Vergnügen, als mein Mann wiehernd mit ihm durch den Garten sprang.

In jener Nacht schliefen mein Mann und ich miteinander, obgleich die Erinnerung an einen anderen noch frisch in mir war. Anfangs fühlte ich mich unwohl dabei und schämte mich, aber mein Körper reagierte sofort. Wir bereiteten einander große Lust und verwöhnten uns wie ein junges Liebespaar. Als wir uns erschöpft in den Armen lagen, stützte Sam sich auf einen Ellbogen auf und sah mir in die Augen: »Dinah, ich könnte doch niemals so mit dir zusammen sein, wenn ich eine andere hätte, oder?«

Nun, mir war das offensichtlich möglich. Sex ist gewiß ein Geschenk des Himmels. Aber ich bin auch der festen Überzeugung, daß Gott uns den Sex gegeben hat, um uns einen Streich zu spielen. Wenn auch nur einen kleinen, jedenfalls für einen so großen Gott.

»Ich liebe dich, Dinah, das mußt du mir einfach glauben. Ich mache mir eben nur ein paar Sorgen um dich, mehr nicht. Erst erzählst du mir, du würdest Geister sehen, und dann beschuldigst du mich, ein Verhältnis zu haben.«

Als ich meinem Mann jetzt in die Augen sah, glaubte ich an seine Aufrichtigkeit und Treue genauso stark, wie ich noch vor Stunden davon überzeugt gewesen war, er würde mich betrügen.

»Bitte, Di«, sagte er, »du mußt dir helfen lassen.«

Mir kamen die Tränen. Ich sagte ihm, daß ich ihn ebenfalls liebe und daß es mir leid täte, ihn erschreckt und verwirrt zu haben. Wir hielten uns fest umarmt, und schließlich schlief Sam ein. Lange lag ich neben ihm wach, lauschte dem Rhythmus seines Atems und starrte an die Decke, weil sich meine Augen einfach nicht schließen wollten.

Am Ende stand ich auf und blieb vor dem Bett stehen. Das matte Licht zeigte mir eine geometrische Landschaft. Ebenen und Formen in einer Komposition, die mir so vertraut war wie das Atmen. Sams schlankes Rückgrat knickte an der Hüfte ab und auch am Hals. Der Ellenbogen war angewinkelt, und der Arm ruhte dort auf dem Laken, wo ich bis eben noch mit ihm gelegen hatte. Mein Mann hatte die Finger gekrümmt, als hielte er etwas Kleines fest. Unter seiner Hand und seinem Arm befand sich eine leichte Vertiefung in der Matratze, die meine Form und mein Gewicht dort zurückgelassen hatten.

Ich dachte daran, wie Peters Hände sich heute mittag angefühlt hatten, als sie über meinen Körper glitten. An seine große Handfläche mit den glatten, beweglichen Fingern. Ihre Berührung so sanft und wohltuend wie Seide und für einen so großen, schweren Mann überaus feinfühlig. Solche Finger sagten etwas über einen Menschen aus. Verrieten meine Hände auch etwas über mich, diese dürren, knochigen Finger?

»Warum sagst du es ihm nicht?« Ein kalter Luftzug, und vor mir materialisierte sich mein Dämon in einer Lichtgestalt. »Erzähl ihm, was für eine Nutte du bist.«

Er folgte mir in die Diele, ins Eßzimmer und in die Küche. Auch am nächsten Tag und am übernächsten. Ständig plagte der Geist mich mit Ermahnungen. Forderte mich unnachgiebig auf, Sam meine Untreue zu gestehen. »Erzähl es ihm. Erzähl es ihm.«

Als Becky mir von ihrer Affäre erzählt und um Rat gebeten hatte, sagte ich ihr, wenn sie entschlossen war, bei Mark zu bleiben, solle sie von einem mitternächtlichen Geständnis lieber absehen. Sie solle in sich hineinhorchen, sich entscheiden und dann ihr Leben fortführen. Denn wenn sie Mark alles beichtete, wäre das das reine Gift für ihre weitere Beziehung.

Die fortwährenden Ermahnungen meines Geistes verfolgten mich eine ganze Woche lang. Selbst wenn es mir wie durch ein Wunder gelang einzuschlafen, hörte ich noch seinen Tadel. Ich versuchte, Augen und Ohren vor ihm zu versperren, um seinen Vorwürfen zu entgehen, aber wohin ich mich auch wandte, er war ebenfalls dort. Irgendwann mitten in einer Nacht stellte ich mich dem Quälgeist. »Sag du es ihm doch.«

Sam erwachte. »Was soll ich wem sagen?«

»Gestehe«, forderte der Geist mich auf.

Mein Mann griff nach seiner Brille und setzte sie auf. »Dinah, mit wem redest du denn da?«

Ich floh aus dem Schlafzimmer. Nun folgte mir auch noch Sam.

»Du sprichst wieder mit deinen Halluzinationen, oder?«

Wir standen vor der Hausbar im Wohnzimmer. Mein Mann goß sich einen Scotch ein. »Dinah, ich ertrage das nicht länger. Ganz ehrlich nicht.«

Nun folgte ich ihm in die Küche, wo er Eis aus dem Kühlschrank in sein Glas gab. Nach einem Schluck setzte er sich an den Küchentisch.

»Wenn du dich nicht bald an jemanden wendest, der dir helfen kann, weiß ich nicht, was ich noch machen soll. Vielleicht fange ich es ja auch ganz falsch an. Ich sollte an deiner Stelle einen Termin bei einem Psychiater ausmachen, dich in den Wagen packen und mit dir dorthin fahren.«

Ich mußte irgend etwas tun. Der Geist gab keine Ruhe, und ich fürchtete, er würde mich bis ans Ende meiner Tage quälen. Wie sollte ich mich von ihm befreien? Ich hatte mich auf den Pakt mit ihm eingelassen und war nun vollkommen von ihm abhängig. Vielleicht konnte ich ihn ja dazu bewegen, sich vor Sam zu zeigen. Dann würde mein Mann mich zwar vielleicht hassen, aber wenigstens könnte er feststellen, daß ich nicht verrückt geworden war.

»Sag es ihm selbst«, verlangte ich von dem Geist. »Zeig dich ihm.«

Der Dämon wich ein Stück zurück, um mich von oben bis unten anzusehen. »Glaubst du etwa, du könntest mich reinlegen? Mich?« Nun säuselte er nicht mehr, sondern schrie mich an: »Da liegst du aber so was von falsch! Du bist nichts. Du bist niemand. Und du gehörst ganz mir!«

Nach dieser Litanei beichtete ich Sam alles.

Sam verlor alle Farbe aus dem Gesicht. Er sagte kein Wort, erhob sich, stellte sein Glas ab und verließ die Küche. Ich lief ihm bis ins Schlafzimmer hinterher und sah, wie er einige Kleidungs- und Wäschestücke aus dem Schrank holte und sie in eine Reisetasche legte.

»Wo willst du hin, Sam? Bitte, es tut mir so leid!«

Seine Augen verengten sich. »Tut es dir leid, daß ein anderer Mann dich berührt hat?«

»Ja ... nein.«

»Was hast du dir dabei gedacht, Dinah?«

»Ich weiß es auch nicht. Ich wollte nur, daß du ...«

»Daß ich was?«

Sein kalter Zorn und die Aussicht, daß er fortging, erschreckten mich zu Tode.

»Ich weiß es nicht.«

»Tja, Dinah, ich auch nicht.«

Ich zermarterte mir das Hirn. Was konnte ich nur sagen, um ihn zum Bleiben zu bewegen? »Bitte, Sam, der Geist setzt mir Ideen in den Kopf, er läßt mich nicht –«

»Dinah, hör endlich auf damit.«

»Wenn ich Krebs hätte oder mir eine Brust entfernen lassen müßte, würdest du doch bleiben und zu mir halten, nicht wahr?«

Er starrte mich an.

»Das würdest du doch, Sam, oder?«

Mein Mann legte noch ein Paar Schuhe in die Tasche und zog den Reißverschluß zu. »Das läßt sich ja wohl kaum miteinander vergleichen. Was ist bloß mit dir los?«

Ich sank in einen der Sessel. Er nahm seine Tasche in die eine Hand und die Brieftasche, die auf dem Nachttisch lag, in die andere. Er war bereit zu gehen. »Ich muß hier raus, Dinah. Ich muß einfach fort von hier.«

Als ich den Kopf hob, sah ich die Verletztheit in seinen Augen, hörte die Entschlossenheit in seiner Stimme und wußte, daß ich ihn mit nichts zurückhalten konnte.

»Und was soll ich den Kindern sagen?«

»Daß ich geschäftlich verreisen mußte. Ich rufe sie an, sobald mir das möglich ist.«

Damit ging er. Damit war er fort.

Ich hörte, wie die Haustür leise ins Schloß fiel und wie der Dämon in der Diele tanzte. Schon einen Moment später tauchte er im Schlafzimmer auf und stolzierte triumphierend auf und ab. »Zeit, deine Schulden zu begleichen.«

Bevor ich schreien konnte, war er schon mit Lichtgeschwindigkeit über mir und verschloß mir den Mund. Ich spürte den stummen Schrei wie ein Würgen in meiner Kehle.

»Zahltag«, flüsterte der Dämon und spuckte mir dabei Dreck ins Ohr.

Er wußte, daß er gesiegt hatte. Ich lag auf dem Bett und ließ den Kopf ins Kissen sinken. Willenlos sah ich zu, wie er über mich glitt, so als küsse und liebkose er mich. Seine kalte Membranhaut suchte nach einer Öffnung. Dann war er in mir und dehnte sich in mir aus.

So sei es. Mein Jüngster lag in seinem Zimmer im Bett und schlief friedlich.

Am Morgen erklärte ich den Kindern, wie Sam es vorgeschlagen hatte, daß ihr Vater auf Geschäftsreise sei. Ich machte ihnen Frühstück. Alex erwischte den Bus, der ihn in ein Ferienlager brachte, wo er als Jugendleiter arbeiten sollte. Ich fuhr Kate zu ihrem Ferienjob, brachte Elias in die Sommerschule und ging schließlich in meine Praxis. Von einem Patientenstamm konnte schon längst keine Rede mehr sein, aber ich klammerte mich an alles, was mir geblieben war; so wie eine

Frau, die sich im zwanzigsten Stock mit einer Hand am Fensterbrett festhält.

Danielle O'Connor kam an diesem Morgen als erste zu mir. Nachdem die Hälfte der Zeit vorüber war, gestand sie mir, daß es zwar seit Monaten keine tätliche Auseinandersetzung mehr gegeben habe, sie aber genau spüre, daß es bis dahin nicht mehr lange dauern könne. Sie wisse das einfach.

»Und warum glauben Sie das zu wissen?« fragte ich.

»Das kann ich nicht erklären. Jedenfalls nicht mit Worten. Wissen Sie, es tritt dann immer dieser traurige Zug in seine Augen. Nicht Wut oder so, sondern Trauer.«

»Sie glauben also, es bekümmere ihn, wenn er sie schlägt?«

Danielle nickte. »Er kann doch nichts dafür.«

»Wie kommen Sie darauf?«

Meine Patientin seufzte und faltete die Hände im Schoß. »Er hat doch eine so schwere Kindheit hinter sich. Sein Vater ist davongelaufen, als er drei war, und sein Stiefvater hat ihn und seine Schwester regelmäßig mit einem Lederriemen verprügelt.«

»Hatte er sich denn etwas zuschulden kommen lassen, hatte er es verdient, so geschlagen zu werden?«

»Natürlich nicht, er war doch noch ein kleines Kind.«

»Haben Sie es denn verdient?«

Danielle brach in Tränen aus. »Ich weiß, ich sollte ihn verlassen.«

Als ich den Schmerz und die Furcht in ihrem Gesicht sah, verspürte ich Ungeduld. Was hielt ich von ihr? Ganz sicher brachte ich kein Mitgefühl für sie auf. Vielmehr dachte ich, sie solle sich endlich zusammenreißen und von ihrem Mann verschwinden. Ich dachte, daß ihr Leiden anders war als das meine. Meinem Leiden könnte ich niemals entfliehen.

Ich wandte den Blick von meiner Patientin, von ihren tränenfeuchten Augen ab.

Als ich meine Praxis schließlich aufgab, geschah das nicht aus der Furcht heraus, der Dämon könne sich im ungeeignetsten Moment zeigen, mir übel mitspielen oder mit Charlottes Stimme sprechen. Nein, vielmehr deswegen, weil ich mich einer bitteren Wahrheit stellen mußte: Mein Leiden, meine Ängste und der Umstand, daß ich mich nur noch mit mir selbst beschäftigen konnte, ließen keinen Raum mehr für die Nöte anderer. Von Sitzung zu Sitzung wurde mir deutlicher, daß ich für andere kein Mitgefühl mehr aufzubringen vermochte.

Ich teilte Danielle mit, daß ich aus privaten Gründen für eine Weile nicht mehr tätig sein könne. Bislang hatte ich ihr Vertrauen in mich nicht enttäuscht, und so zeigte sie sich schockiert. Ich empfahl ihr Grace Atkinson und versicherte ihr, die sei eine ausgezeichnete Therapeutin. Grace leite jeden Donnerstag eine Selbsterfahrungsgruppe für die Opfer ehelicher Gewalt. Sie könne daran teilnehmen oder Einzelsitzungen nehmen, ganz wie es am besten für sie sei.

Als Danielle fort war, rief ich Grace an. Sie sagte, sie hätte noch ein paar Termine frei, könne sicher einige von meinen Patienten übernehmen und die anderen weitervermitteln. Grace stellte mir nicht zu viele Fragen, und dafür war ich ihr dankbar. Vom kümmerlichen Rest meiner Patientenschar verabschiedete ich mich auf feigste Weise, nämlich telefonisch. Dann hinterließ ich auf meinem Anrufbeantworter Graces Nummer.

Peter hatte seit unserem gemeinsamen Nachmittag einige Male in der Praxis angerufen. Bei seiner ersten Nachricht auf dem Anrufbeantworter hatte er sich lediglich verwirrt angehört: »Dinah, was ist geschehen? Bitte, melde dich.« Ich hatte ihn nicht zurückgerufen. Bei seinem letzten Anruf, der erfolgte, als Danielle noch bei mir saß, versuchte er es mit einer neuen Taktik: »Dinah, ich mache mir langsam große Sorgen. Schick wenigstens Rauchzeichen, damit ich weiß, daß es dir gut geht.«

Ich schickte ihm keine Rauchzeichen, sondern warf einen letzten Blick auf meine Praxis. Auf die vollgestopften Regale, die hellblauen Wände, die bequeme Ledergarnitur und die Schachtel Kleenex auf dem Couchtisch. Dann schaltete ich das Licht aus und schloß die Tür hinter mir.

Ich fühlte mich wie ein Pawlowscher Hund. Wenn der Geist in der Nähe war, spürte ich das und fing kurz vor seinem Auftauchen an zu zittern. Vermutlich nahm ich seinen Geruch schon vorab wahr. Wenn ich dann seine Klaue auf meinem Rücken, meinen Brüsten, meinem Hals und an meiner Kehle spürte, krümmte und duckte ich mich. Aber ich fügte mich stets widerstandslos; ich war betäubt wie eine Frau, die in einem Krieg aufgegriffen und in ein Gefangenenlager verschleppt wird, um dort den Wärtern zu Willen zu sein. Mit der so brutal umgegangen wird, daß alles in ihr erstorben ist, daß sie den Körper, der jede Nacht vergewaltigt wird, nicht mehr für den ihren hält und automatisch die Schenkel spreizt.

Sobald er mich wieder in Besitz genommen hatte, fühlte ich mich, als sei der Inhalt eines Grabes in mich gekippt worden. Bis unter die Haut füllte er mich an. In mir schien es zu kriechen und zu krabbeln, als täten sich Maden an meinen Organen gütlich. Vielleicht glaubte der Geist, er könne sich wieder lebendig machen, indem er mein Gewebe und mein Fleisch als Wirtskörper nutzte. Aber das Gegenteil schien der Fall zu sein. Mein Körper verfiel, Essen wurde mir zuwider, und auch sonst erging es mir so wie damals, als Elias im Krankenhaus lag. Jeden Tag blieb mir weniger Energie, und sehr oft fühlte ich mich schwindlig oder benommen. Der Dämon nahm mich und nahm von mir, und jedes Mal, wenn er mit mir fertig war, fühlte ich mich schmutzig. Von mir blieb immer weniger. Ganz so, als würde er sich tatsächlich von meinem Körper nähren.

Wenn ich an einem Spiegel vorbeikam, blickte mir zunehmend weniger entgegen. Ich schien immer geringeren Raum zu beanspruchen, während rings um mich herum alles an Volumen zunahm. Meine Augen wurden heller, fast durchsichtig, während die Ringe unter ihnen sich tiefer gruben und immer mehr schwärzten. Mir kam es vor, als würde ich Stück für Stück vergehen, bis ich mit dem Hintergrund verschmolzen war.

Der Dämon hatte nicht gezögert, Elias zu bedrohen, und ich fürchtete auch um Alex und Kate. Um ihretwillen ließ ich es zu, daß der Geist in mich einfahren konnte, wann immer und wo immer ihm danach war. Ein schwacher Schutz für meine Kinder, vielleicht auch gar keiner, aber ich wußte mir keine andere Möglichkeit.

Als ich eines Morgens vor dem Spiegel im Schlafzimmer stand, glaubte ich, dort Seth Lucien zu erblicken, der mich aus meiner eigenen Haut ansah. Ich hängte eine Decke über den Spiegel.

»Kannst du reden?« Peter. Sechs Tage nach seinem letzten Anruf in der Praxis meldete er sich bei mir zu Hause.

»Ist das Daddy?« In letzter Zeit verbrachte Kate mehr Zeit in der Küche, so als wolle sie über mich wachen. Anscheinend war ihr mein Zustand nicht entgangen, und vielleicht fürchtete sie, ich würde mich eines Tages in Nichts aufgelöst haben. Mir war auch aufgefallen, daß sie ihr Lieblings-Foto von Sam und mir aus der Sammlung auf ihrem Schreibtisch entfernt hatte. Dort gähnte jetzt eine Lücke. Meine Tochter hatte das Bild selbst vor vier Jahren aufgenommen. Charlotte war damals zum Babysitten gekommen, weil Sam und ich zu einem Empfang in einem vornehmen New Yorker Hotel fuhren. Seine Agentur richtete den für einen ihrer Kunden aus. Auf dem Foto lache ich hysterisch. Sam hatte mich gerade in den Hintern gekniffen.

Ich legte eine Hand auf die Sprechmuschel des schnurlosen Telefons. »Nein, Liebes.« Dann sprach ich leise in den Apparat. »Warte einen Moment.«

Ich nahm das Telefon mit ins Schlafzimmer, wo man schon auf den ersten Blick feststellen konnte, was ich nächtens trieb: spezielle Kerzen, Bücher, Kristalle und natürlich der bedeckte Spiegel. In diesen Augustwochen verbrachte ich so manchen Morgen, bevor ich Elias von der Sommerschule abholte, in der Stadtbücherei von Westport und lieh mir alle möglichen Werke über Dämonenbesessenheit und Exorzismus aus. Nachts zündete ich dann im Schlafzimmer Kerzen an, murmelte Anrufungen und Beschwörungen und betete.

Katholische, jüdische und New-Age-Gebete - alles, was mir unterkam.

Aber nichts davon half. Der Geist tauchte Nacht für Nacht auf - kalt, weiß strahlend und lachend. Wenn ich sein Herannahen spürte, blies ich die Kerzen aus, legte mich aufs Bett und ließ mich von ihm nehmen. Seine kalten Lippen an meinem Hals, glitt er über mich und suchte nach einer Öffnung. Der menschliche Körper verfügt über sehr viele Öffnungen.

Ich schloß jetzt rasch die Tür hinter mir und entschuldigte mich bei Peter dafür, nicht zurückgerufen zu haben. Er sagte, er habe die Mitteilung auf dem Anrufbeantworter gehört.

»Warum führst du die Praxis nicht weiter?« fragte er.

Mein Blick wanderte zu der Decke über dem Spiegel und dann durchs Fenster nach draußen. Ein leuchtendroter Kardinalvogel hockte auf einem Ast. Ich wandte den Blick. Mir wurde klar, daß ich mit diesem Mann nicht über meine Gründe sprechen wollte. Auch nicht über die offiziellen Gründe, die ich mir zurechtgelegt hatte. Nein, ich wollte mit Peter überhaupt nichts mehr zu tun haben. Er war mir so fremd wie ich mir selbst.

»Darüber möchte ich nicht reden, Peter.«

Er schwieg einen langen Moment und fragte: »Was war los, Dinah? Ich bin aufgewacht, und du warst fort.«

»Mir war klar geworden, daß ich einen furchtbaren Fehler begangen hatte. Und ich wußte, daß ich sofort verschwinden mußte.«

»Verstehe. Und jetzt?«

Ich seufzte. »Es war ein riesengroßer Fehler.«

»Wir beide könnten uns eine wunderbare Zeit machen, Dinah.«

»Bitte, Peter, ruf mich nicht mehr an.«

Wieder für einen Moment Schweigen. »Okay, wenn du es so haben möchtest.«

»Ja, so möchte ich es haben, und jetzt muß ich Schluß machen.« Ich legte auf und blieb einfach nur dort sitzen.

»Mom?« Die Schlafzimmertür flog auf, und Kate trat ein.

Das heißt, sie wollte eintreten, blieb aber auf der Schwelle stehen, als sie den verhängten Spiegel sah. »Mom, was hat das zu –«

Ich fuhr hoch. »Das ist nur … ich …« Mir wollte nicht die kleinste Erklärung einfallen. Aber wie hätte ich ihr das hier auch erklären sollen?

Kate sah erst mich an, dann den Spiegel, drehte sich auf dem Absatz herum und rannte fluchtartig davon.

Ich hörte ihre Schritte auf dem Flur und wie dann die Tür ihres Zimmers zugeknallt wurde. Jetzt würde sie sich aufs Bett werfen und drauflosheulen. Unter dem Poster der neuesten Boy Group, deren Namen ich mir nicht merken konnte.

Da legte ich mich wieder auf mein Bett, neben die leere Stelle, an die mein Mann gehörte, und bald darauf war ich nicht mehr allein.

»Daddy?« Kate hatte abgenommen. Ich zuckte jedes Mal zusammen, wenn das Telefon läutete. Ganz wie ein Teenager, die auf den Anruf ihrer neuen Flamme wartet. »Wann kommst du nach Hause?«

Ich stand am anderen Ende der Küche. Alex saß mit Elias am Tisch und las ihm ein Märchen über einen Prinzen vor, der eine Prinzessin aus den Klauen eines Riesen rettete. Sam war jetzt beinahe zwei Wochen fort. Dreizehn Tage und zwölf Nächte.

»Kevin Sherman will mit mir ausgehen«, teilte sie ihrem Vater mit. Dann hörte sie ein paar Sekunden zu. »Also, Daddy!« Sie lauschte wieder und verschwand mit dem Hörer aus der Küche. Ich bekam mit, wie sie ihn fragte, ob er mit ihr Autofahren üben würde.

»Leg nicht auf, Kate!« rief Alex hinter ihr her. »Wir wollen auch mit ihm sprechen, richtig, Elias?«

»Richtig«, sagte der Kleine und zeigte auf das Buch. Sie hatten die Stelle erreicht, an der der Riese dem Prinzen erklärt, er werde die Prinzessin gehen lassen, aber nur, wenn er ihm zwei Wünsche erfülle.

»Ich besitze nicht die Macht, Wünsche zu erfüllen!« las Alex mit seiner eigenen Stimme vor. »Das können nur Hexen und Feen, ich aber bin ein Prinz.«

»Dann werde ich die Prinzessin nicht ziehen lassen«, sprach Alex mit dunkler, grollender Stimme. »Dann gehört sie mir.«

Elias verfolgte die Geschichte gespannt bis zu ihrem Ende. Der Prinz zieht schließlich zur Burg des Riesen, erobert sie mit Hilfe einer ganzen Armee und erschlägt den Unhold eigenhändig.

»Er hätte dem Riesen doch die Wünsche erfüllen können«, sagte Elias, nachdem Alex das Buch zugeklappt hatte.

»Und wie hätte ihm das gelingen sollen?«

»Wenn er es sich nur vorgestellt hätte«, antwortete der Kleine.

Ich wandte mich ab. Wenn es doch wahr wäre, daß man nur an etwas fest genug glauben mußte, um es auch zu bekommen.

Kate kehrte zurück und reichte ihrem Bruder den Hörer. Alex redete und lauschte für ein paar Minuten. »Dad ist doch noch nie so lange auf Geschäftsreise gewesen«, murmelte er, als er Elias das Telefon gab.

»Wann kommst du nach Hause, um Hoppereiter zu spielen?« wollte dieser wissen.

Mindestens zwei von meinen dreien kauften uns die Geschichte von der Geschäftsreise nicht ab. Und Elias? Ich wußte nicht mehr, was mein Jüngster dachte. Mir war nur eines klar, so schmerzlich es auch sein würde, wir mußten unseren Kindern eine bessere Erklärung bieten, und zwar rasch.

Ich verzog mich mit dem Hörer ins Schlafzimmer. Ich hatte die Decke vom Spiegel heruntergenommen und schaute jetzt einfach nicht hinein, wenn ich an ihm vorbeikam.

»Möchtest du darüber reden, Sam?« fragte ich. »Wenigstens reden?«

»Ich möchte morgen nach Hause kommen und meinen grauen Anzug abholen.« Er klang immer noch verärgert, angespannt und verletzt. »Am Freitag habe ich eine wichtige Besprechung, und da brauche ich ihn.«

»Natürlich.«

»Ich komme vormittags, so um elf. Sorg bitte dafür, daß die Kinder dann nicht im Haus sind.«

»Sam –«

»Ich bin nie mit einer anderen Frau zusammengewesen.«

»Das weiß ich doch, Sam. Ich weiß nicht, wie –«

Er legte auf, ehe ich den Satz beenden konnte. Spät in der Nacht hörte ich, wie Alex und Kate in Katies Zimmer miteinander tuschelten. Ich sagte mir, daß meine Tochter Sam von dem verhangenen Spiegel berichtet hatte und nun ihren Bruder darüber informierte.

Am Donnerstagmorgen kam Sam, um seinen Anzug abzuholen. Zusammen mit seiner khakifarbenen Hose, einem zusätzlichen Paar Schuhe und genug weiteren Sachen, um eine zweite Reisetasche zu füllen. Ich stand in der Tür, sah ihm beim Packen zu, und der Stein, in den sich mein Herz verwandelt hatte, sank mit jedem Kleidungsstück tiefer, das in der Tasche verschwand. Ich betätigte mich als Nachrichtensprecherin und versorgte ihn mit allen Neuigkeiten aus seiner Familie. Elias war mit seiner Sommerschule im Zoo gewesen, wo es ihm sehr gut gefallen hatte. Kate war mit ihrem Neuen ausgegangen. Er sei heiß, hatte sie mir gesagt, mir aber nicht erklären wollen, was der Ausdruck zu bedeuten habe. Sie meinte nur, daß sie mit ihm wieder ausgehen würde … Sam sah erschöpft aus und sprach nur, wenn ich ihn etwas fragte. Er teilte mir mit, daß er für einen Monat eine Wohnung in Manhattan gemietet habe. Und die Kinder sollten von alldem nichts erfahren, bis er mehr Zeit zum Nachdenken gehabt habe.

Das machte mir etwas Hoffnung, wenn auch nicht viel.

Drei Tage später rief Sam noch einmal an: Er glaube, wir sollten mit den Kindern reden. Ich sagte ihm, daß ich ihn liebe, aber das löste keine Reaktion bei ihm aus.

Am folgenden Sonntagnachmittag redeten wir beide mit den Kindern. Wir sagten ihnen wenig über die Gründe unserer Trennung, nur daß Erwachsene manchmal Konflikte auszutragen hätten, die sehr schwierig zu lösen seien. Sam meinte, er halte es für das Beste, ihnen nichts über den Inhalt unserer Konflikte mitzuteilen, weil sie sich dann vielleicht verpflichtet fühlen würden, für die eine oder andere Seite Partei zu ergreifen. Denn wir beide wollten doch nicht mehr, als daß unsere Kinder uns weiterhin beide lieben würden. Wenn ich daran dachte, wie sehr ich Sam weh getan hatte, bewunderte ich ihn dafür, wie er unseren dreien die Sache beibrachte. Liebte ihn noch mehr und wollte ihn noch dringender zurückhaben.

»Also, das ist ja toll«, sagte Kate, »wirklich ganz große Klasse. Ihr beide wollt euch trennen, und wir erfahren noch nicht einmal den Grund dafür. Ich hoffe doch, ihr nennt uns den, wenn ihr die Scheidungspapiere unterschreibt.«

»Wir trennen uns, Kate. So etwas kommt nun einmal vor.« Sam legte ihr einen Arm um die Schultern und zog sie an sich. »Ich weiß, wie schwer das für euch sein muß, und es tut mir auch sehr leid.«

»Tatsächlich?« sagte Alex. »Unser Leben ist von heute auf morgen nicht mehr so wie früher, und dir tut es leid.«

Sein Vater seufzte. »Natürlich ist es nicht einfach, für keinen von uns. Und selbstverständlich wird sich dadurch auch so manches verändern. Auch für eure Mutter und mich ist das ein schwerer Schritt. Aber eins sollt ihr immer wissen, und das ist ganz wichtig: Wir beide bleiben eure Eltern.«

Schweigen.

»Hört mal, Leute«, sagte er, »was haltet ihr davon, wenn ich euch jetzt zum Essen ausführe?«

Ja, das wollten die drei, sogar Elias, der auf die Neuigkeit eher verstört als wütend oder traurig reagierte.

Als sie aus dem Haus waren, ließ ich mich auf die Couch fallen.

»Dinah?«

Ich hob den Kopf. Sam. »Wo sind die Kinder?«

»Im Wagen. Alex will zum Chinesen, Kate zum Mexikaner. Ich habe ihnen gesagt, ich wäre gleich zurück.

»Sam, ich möchte, daß du nach Hause zurückkehrst.«

»Dinah.« Er setzte sich neben mich. »Ich weiß nicht, ob ich

das je wieder kann. Ich bin niemals einer anderen Frau zu nahe gekommen, nicht ein einziges Mal. Nun gut, ich bin gewiß kein Heiliger, und die Versuchung war manchmal da. Letztes Jahr hat sich mir bei einer Verkaufskonferenz eine Frau genähert. Ich habe ihr gesagt, daß ich sie für außerordentlich attraktiv hielte - und das war sie wirklich - und daß ich mich sehr geschmeichelt fühlte, aber ich sei bis über beide Ohren in meine Ehefrau verliebt. Genau das habe ich gesagt. Bis über beide Ohren.«

Ich konnte meinen Blick nicht von ihm wenden.

»Darauf meinte sie, du müßtest ja nichts davon erfahren, das ginge nur uns beide etwas an, und außerhalb des Hotelzimmers würde es doch niemand wissen. Da habe ich ihr gesagt, darauf käme es nicht an, denn *ich* würde es wissen.« Er drehte sich zum Fenster. »Und jetzt komme ich mir wie ein *Schmock* vor. Oder sagt ihr für Trottel *Schlemihl*?«

»Es tut mir so leid, Sam. Ich weiß nicht, was ich noch dazu sagen soll.«

»Bitte sag nichts mehr. Ich will es gar nicht hören. Ich bin jetzt eigentlich wegen etwas anderem zurückgekommen. Auch wenn ich mich wiederhole und mir dabei vorkomme, als würde ich auf ein totes Pferd einreden. Ich bin wirklich der Ansicht, daß du einen Psychiater aufsuchen solltest. Ich bitte dich darum. Und wenn du es schon nicht für mich willst, dann wenigstens für die Kinder.«

»Die Kinder?« Mein Herz schlug rasend schnell.

Sam stand auf, trat ans Fenster, schaute hinaus auf den Hintergarten und drehte sich nach einem Moment wieder zu mir um. »Dinah, denk doch mal zurück an die Zeit, bevor all das geschehen ist. Wenn ich damals aus heiterem Himmel zu dir gekommen wäre und dir gesagt hätte, ein Dämon, ein Geist oder was auch immer sei in mich eingedrungen, hättest du dich dann wohl dabei gefühlt, mir die Kinder anzuvertrauen?«

»Du willst mir meine Kinder wegnehmen?«

»Dinah, ich möchte nur, daß du dich in professionelle Hände begibst. Ich fürchte, du hast einen Nervenzusammenbruch oder etwas in der Art erlitten. Und du solltest dich dringend behandeln lassen. Mehr verlange ich gar nicht.«

Ich starrte ihn hilflos an. Der Dämon hatte mir Elias zurückgegeben und raubte mir dafür alles: meinen Körper, meinen Ehemann, meine Arbeit, meine Selbstachtung und meine Seele. Damit blieb mir nur noch eins, meine Kinder. Und jetzt benutzte der Geist Sam als Werkzeug, um mir auch noch die zu nehmen.

Am nächsten Tag rief ich einen Psychiater an. Natürlich nicht den, an den ich Patienten verwies, wenn sie eine Medikation brauchten. Ein Kollege, der im selben Haus wie ich seine Praxis hatte, gab mir die Adresse eines Therapeuten in Stamford. Es war ziemlich demütigend für mich, daß die Dinah, die auf alle psychischen Probleme eine Antwort wußte, nun selbst der Hilfe bedurfte. Und schlimmer noch, ich hatte wenig Zuversicht, daß ein Kollege mir helfen könnte. Nein, in Wahrheit erschien mir das völlig unmöglich. Dennoch fuhr ich nach Stamford.

Dr. Evan Kessler war ein großer, stämmiger Mann mit einem blonden Bart. Er erinnerte mich an einen großen blonden Bär. Als ich eintrat, erhob er sich und schüttelte mir die Hand. Dann ließ er sich wieder hinter seinem Schreibtisch nieder.

Ich setzte mich auf die Couch, versuchte, nicht gleich in Tränen auszubrechen, und bemühte mich, den Umstand zu übersehen, daß er an seinem Schreibtisch sitzen blieb. Damit nahm er eine zu dominante Position ein. Bei meinen Patienten hatte ich so etwas immer tunlichst vermieden.

»Ich würde mich besser fühlen, wenn wir beide hier am Tisch sitzen könnten«, erklärte ich schließlich.

»Aber gern.« Er verließ ohne weiteres Wort seinen Schreibtisch und ließ sich in einem der Sessel nieder. Jetzt saßen wir einander gegenüber.

»Nun, was führt Sie zu mir?«

Das klang so vertraut, daß ich beinahe laut gelacht hätte.

Demjenigen, der in der Praxis nur zuhören muß, scheinen solche Floskeln so leicht über die Lippen zu kommen. Hatte ich früher wirklich geglaubt, es sei so simpel? Man könne einfach dasitzen und sich von den Problemen und Nöten anderer berichten lassen, ohne davon betroffen zu werden?

Ich erzählte Dr. Kessler meine ganze Geschichte und ließ nichts aus. Angefangen von Elias' Krankheit bis zum Unwesen meines Geistes. Er hörte geduldig zu, notierte sich hin und wieder etwas auf seinem Block und unterbrach mich nur dann, wenn er einen Punkt klargestellt haben wollte. Ich rasselte alles so rasch und ökonomisch wie nur möglich herunter, so als gäbe ich die Geschichte eines anderen wieder. Sicher schrieb Kessler dazu: »gibt Unbewegtheit vor«.

Als ich fertig war, schwieg er eine Weile nachdenklich.

Diesen Kniff hatte ich oft genug selbst angewandt. Schweigen sagt manchmal mehr als tausend Worte. Doch wenn man jetzt diese Methode bei mir anwandte, kam mir das falsch und arrogant vor. »Ich schätze, Sie haben sich allerlei über Selbsttäuschungen, Wahnvorstellungen und Halluzinationen notiert, stimmt's?«

Er sah mich ruhig an und fragte: »Welchen Beruf üben Sie aus, Dinah?«

»Macht das irgendeinen Unterschied?« Richtig, ich hatte ihm nicht gesagt, womit ich mein Geld verdiente (verdient hatte). Dazu schämte ich mich doch zu sehr. Mir kam es wie einer der kleinen Streiche Gottes vor; denn eigentlich war ich doch diejenige, der andere solche Geschichten auftischten; diejenige, bei der andere sich Rat und Hilfe holten; diejenige, von der manche sogar Mitgefühl erwarteten, obwohl das am schwersten zu geben ist. Offensichtlich hatte ich den falschen Beruf gewählt. Ob ich jemals einem Patienten in irgendeiner Weise geholfen hatte?

»Ich brauche aber ein paar Informationen über Ihre Lebensumstände, Ihre Umgebung und so weiter«, erklärte der Psychiater.

Mit gesenktem Kopf entgegnete ich: »Psychologin.« Vorsichtig hob ich den Kopf wieder und erwartete, ihn lachen oder prusten zu sehen.

Aber nichts dergleichen. Statt dessen fragte er: »Dinah, könnte es sein, daß Sie das Gefühl haben, Sie dürften nie wieder glücklich sein?«

»Wenn Elias stirbt ...« Ich konnte einen Moment lang nicht weiter. »Ja, ich glaube, dann könnte ich mir nicht einmal vorstellen, jemals wieder glücklich zu sein.«

»Aber Sie sagten eben, daß es Ihrem Sohn gut geht. Was bringt Sie darauf, daß er dennoch sterben könnte?«

Ich faltete die Hände im Schoß. »Es ist so, als hätte ich einen anderen Ausgang der Geschichte im Kopf, als habe der Dämon ihn dort eingepflanzt. Oder als hätte ich ihn bereits durchlebt. Wie dem auch sei, ich scheine genau zu wissen, wie die Sache im anderen Fall zu Ende gegangen wäre: Elias muß an einen Haufen Apparate angeschlossen sein, um am Leben zu bleiben, ich kann ihn nicht gehen lassen, kann ihn nicht loslassen, und ich ... wir ... so geht es eben immer weiter, jahrelang. Das zerstört meine Familie. Und auch mich.«

»Nach dem, was Sie mir berichtet haben, fühlen Sie sich doch auch jetzt schon zerstört.«

»Ja, das stimmt, wenn auch mit einem entscheidenden Unterschied.«

»Und welchem?«

»Daß Elias noch lebt.«

»Verstehe. Und in dem Alternativausgang weigern Sie sich also, die Apparate ausschalten zu lassen. Was passiert dann?«

Ich schloß die Augen, und ein bestimmtes Bild kam mir in den Sinn. Das von einer alten Frau mit bleichem Gesicht, verzogenem Mund und Verbitterung und Wut im Blick.

»Ich werde wie meine Großmutter.«

»Und wie war die?«

»Verbittert, voller Haß und unendlich traurig.«

Er schrieb noch etwas auf seinen Block und sah mich dann wieder an.

»Haben Sie Kinder?« fragte ich Dr. Kessler, damit er mich

etwas menschlicher behandelte. Damit er mir wirklich zuhörte und aufhörte, in Gedanken die Schlußfolgerungen zu ziehen, auf die ich an seiner Stelle auch gekommen wäre.

»Zwei.«

»Wenn Sie eines Ihrer Kinder verlieren würden, könnten Sie sich dann vorstellen, jemals wieder glücklich zu sein?«

Er schnaufte. »Dinah, haben Sie in Ihrer Praxis jemals einen Fall von komplexer Trauer behandelt?«

Was für blöde Fachausdrücke wir doch haben. Komplexe Trauer, was besagte das überhaupt? Wie ließe sich damit der Schmerz beschreiben, wenn ein Kind nicht mehr ist?

»Ja, aber das war nur ein Haufen Mist. Alles, was ich getan und alles, was ich gesagt habe, war nichts anderes als Müll. Absoluter Blödsinn.«

Dr. Kessler lächelte. »Haben Sie das damals auch schon geglaubt?«

»Nein. Aber damals wußte ich auch noch nicht, was es heißt, eines seiner Kinder zu verlieren.«

»Dinah, waren diese verwaisten Eltern nach Ihrer Beratung in der Lage, besser mit ihrer Zukunft fertigzuwerden als vorher?«

Ich zuckte die Achseln. Woher sollte ich das wissen, ich hatte doch keine Patienten mehr.

»Waren sie das?«

»Kann schon sein.«

»Warum glauben Sie dann jetzt, daß Sie ihnen nicht helfen konnten?«

Jetzt konnte ich die Tränen nicht länger zurückhalten. »Weil ich damals noch nichts begriffen hatte.«

»Muß man denn alles verstehen, um zu helfen? Stellt Mitgefühl nicht hauptsächlich die Bereitschaft dar, dem Betroffenen nahe zu sein?« Er sah mir zu, wie ich mir die Nase putzte.

Nein, so konnte ich es nicht mehr sehen. »Das reicht nicht aus«, erwiderte ich unter Schluckauf und schaute zum Fenster hinaus. Man konnte die Autobahn erkennen, die Interstate, auf der eine Baustelle und ein Unfall den Verkehr vollkommen zum Erliegen gebracht hatten. Auf dem Weg hierher hatte ich selbst in dem Stau gesteckt.

»Dann wollen wir etwas anderes versuchen«, sagte der Psychiater. »Ihr Sohn hat überlebt. Müssen Sie dafür leiden oder büßen, für dieses Glück?«

»Hören Sie, ich weiß, worauf Sie hinauswollen. Sie möchten mich dazu bringen, von meiner Mutter und von meiner Kindheit zu erzählen. Dann können Sie mir nämlich aufzeigen, wie ich mir das alles selbst zurechtgedacht, wie ich es selbst geschaffen habe. Weil Charlotte mir nämlich als kleinem Mädchen das Gefühl vermittelt hat, ich sei nichts wert. Aber selbst wenn mein vom Kummer angegriffenes Ego diesen Dämon in die Welt gesetzt hat, so ist er trotzdem vorhanden und real!«

Dr. Kessler grinste. »Wenn ich mit Ihnen weiterkommen will, muß ich mich schon etwas mehr anstrengen, was?«

Nun gestattete ich mir selbst ein kleines Lächeln. »Hören Sie, ich habe mich mit diesen Dingen befaßt, als ich meinen Doktor machte. Und ich bin selbst in Therapie gewesen.«

Er verließ den Sessel und lehnte sich an seinen Mahagoni-Schreibtisch. »Vielleicht sollten Sie einfach wieder versuchen zu arbeiten.«

»Gut möglich. Aber wie können Sie so sicher sein, daß es draußen im Universum nicht Wesen gibt, die sich vom Leid der Menschen ernähren? Vielleicht entstehen sie sogar erst aus großem Kummer.«

Er schlug ein Bein über das andere. »Tut mir leid, Dinah, aber ich vermag Ihre Geschichte einfach nicht zu glauben. Was Ihren Schmerz betrifft, ja, den sehe ich sehr deutlich. Aber Sie wissen genausogut wie ich, daß ich mich Ihren Halluzinationen nicht anschließen kann.«

»Sie würden ganz anders darüber denken, wenn es um Ihren Sohn ginge.« Dr. Kessler gab sich ja wirklich Mühe, aber er half mir ebensowenig wie ich damals meinen Patienten.

27

ABENDBROT. ICH HATTE mehrere Male in den Vorratsschränken und im Kühlschrank gestöbert, bis ich mich der bitteren Wahrheit stellen mußte, daß wir nichts mehr im Haus hatten, was für eine Mahlzeit reichte. Ich hatte meine Praxis aufgegeben, meinen Schreibkurs, meine Kolumne und meine Ehe - und fand trotzdem keine Zeit zum Einkaufen. Sam schickte regelmäßig Schecks, und so hätte ich in den Supermarkt fahren können, wenn es mir nur gelungen wäre, mein Leben in den Griff zu bekommen. Und wer wußte schon, wie lange Sam seine Schecks noch schicken würde? Eines Tages, vielleicht schon morgen, würde er mir mitteilen, daß er mich nur dann weiter unterstützen würde, wenn die Kinder in seine Obhut kämen. Vor Gericht würde er damit immer durchkommen.

Das Telefon in der Diele läutete. Alex nahm ab: »Hallo, Oma.«

Ich betete darum, daß es Sams Mutter wäre, die aus New Jersey anriefe. Bloß nicht meine aus Long Island. Aber wenn ich darüber nachdachte, wollte ich eigentlich mit keiner von beiden reden. Andererseits hatte Sam vermutlich seinen Eltern längst berichtet, wie es mittlerweile um uns stand. Ich hatte es meinen Eltern gegenüber mit keinem Wort erwähnt.

Alex spazierte jetzt in die Küche, hatte das schnurlose Telefon zwischen Kinn und Schulter geklemmt, inspizierte den Kühlschrank und beantwortete dabei Fragen. Ich schaute aus dem Fenster. Der Himmel bewölkte sich immer mehr, so als ziehe ein Sturm auf. Anhand seiner Antworten versuchte ich herauszufinden, welche Oma am anderen Ende war. Aber das, was ein Vierzehnjähriger von sich gibt, ist immer ziemlich gleich. Da wird nicht großartig zwischen den Großeltern unterschieden. »Ja, in drei Wochen geht die Schule wieder los ... Ja, genau, in die zehnte Klasse ... Das Sommer-Camp ist toll, nur die Kinder nerven ... Nein, weiß ich nicht ... Daddy war schon seit einem Monat nicht mehr hier, Oma ...« Er sah mich mit gerunzelter Stirn an.

»Okay, Alex, ich übernehme.« Irgendwann mußte ich mich dem ja stellen.

»Dinah? Was ist denn los bei euch?«

Ich seufzte. »Nichts ist los, Charlotte.« Verdammt, verdammt. »Es ist nur so, daß Sam und ich uns getrennt haben.«

»Was soll das heißen, ihr habt euch getrennt?«

»Na ja, früher waren wir zusammen, und jetzt sind wir's eben nicht mehr. Er hat sich in der Stadt eine Wohnung genommen.«

»Und da sagst du, nichts sei los?«

»Also gut, Charlotte, bei uns ist einiges los.« Ich sah aus dem Fenster in den Garten. Vorhin hatte ich Elias mit seinen Malsachen dort an den Tisch gesetzt. Aber da war er nicht mehr. Ich entdeckte ihn oben auf der Rutsche. Er schaute über den Rasen auf die Baumgruppe, die unseren Garten von dem der Nachbarn trennte. Der Himmel war inzwischen schwarz geworden. Jeden Moment würde es hier wie aus Kübeln gießen.

»Kein Grund, sarkastisch zu werden, Dinah.«

Warum liefen die Gespräche mit meiner Mutter immer gleich ab? Ich sagte ihr, sie solle einen Moment warten, klemmte das Telefon unters Kinn und öffnete die Hintertür.

»Elias, komm rein. Gleich fängt es an zu regnen.«

Aber er rührte sich nicht. Hockte nur oben auf der Rutsche und starrte vor sich hin.

»Elias?« War er in eine Art Trance geraten? Ich legte das Telefon ab und lief nach draußen.

In diesem Moment drehte er sich um und winkte mir zu. Dann rutschte er herunter und lief mir entgegen. Wir sammelten Papier und Wachsmalstifte ein und gelangten gerade noch rechtzeitig ins Haus zurück, als auch schon der Wolkenbruch einsetzte. Ich ließ Elias bei seinem Bruder in der Küche und verzog mich mit dem Telefon ins Wohnzimmer.

»Dinah, ich habe nachgedacht«, sagte meine Mutter, kaum daß ich den Hörer wieder am Ohr hatte, »man beendet eine einundzwanzigjährige Ehe nicht einfach so. Was uns nicht umbringt, macht uns nur noch stärker, heißt es doch. Ich weiß, daß ihr eine schwere Zeit durchgemacht habt, als Elias im Krankenhaus lag, aber eigentlich solltet ihr euch doch jetzt über euer großes Glück freuen.«

»Bitte, Charlotte, hör damit auf, mir zu sagen, was ich tun soll und was nicht.«

»Du kannst froh sein, eine Mutter zu haben, die sich genug um dich kümmert, um dir gewisse Dinge zu stecken«, gab sie beleidigt zurück. »Hat Sam etwa ... « Meine Mutter senkte die Stimme: »Hat er eine andere?«

Natürlich mußte sie gleich darauf schließen. Ich antwortete mit nein und beließ es dabei.

Charlotte seufzte vernehmlich. »Ach, meine arme, arme Dinah, mein Schatz. Wenn man die Verpflichtung einer Ehe eingeht, kann man die nicht einfach wieder abschütteln oder fortwerfen.«

»Und das ausgerechnet von der Frau, die versucht hat, mir diese Ehe auszureden.«

»Du liebe Güte, Dinah, das ist doch schon so lange her. Außerdem wollte ich dir diese Ehe nicht ausreden, sondern dich nur dazu bewegen, dir alles genau zu überlegen und vorsichtig zu sein. So etwas gehört nun einmal zu den Pflichten einer Mutter. Davon abgesehen habe ich Sam in mein Herz geschlossen.«

»Ich kann jetzt aber wirklich nicht darüber sprechen.« Meine Stimme klang, als würde ich weinen. Ihre klang verletzt.

»Aber ich bin doch deine Mutter, Dinah. Hattest du etwa vor, mir nichts davon zu sagen?«

»Doch, natürlich, aber es ist ja erst vor ein paar Wochen so weit gekommen. Und ... und ich bin einfach noch nicht in der Lage, darüber zu reden.«

»Na gut, Dinah. Dann ruf mich an, wenn du es kannst.« Damit legte sie auf.

Wunderbar. Wie Elias' Krankheit, wie meine Ehe und überhaupt alles andere hatte auch das jetzt unvermittelt etwas mit Charlotte zu tun.

Einen Moment stand ich einfach nur da, dann legte ich den Hörer auf die Feststation zurück.

»Was hat Oma gesagt?« Alex gab sich große Mühe, den Anschein zu erwecken, als betreffe ihn das alles nicht. Als ich in die Küche zurückkehrte, sah er nicht von der Zeitung auf, die er auf dem Tisch ausgebreitet hatte. Draußen war es mitten am Tag schwärzeste Nacht geworden. Regenschleier stürzten aus dem aufgewühlten Himmel und prasselten gegen die Fensterscheibe. Elias saß auf der Anrichte und schaute dem Treiben zu.

»Sie war ...« seufzte ich, ging in Gedanken die möglichen Beschreibungen durch - außer sich, aufgebracht, bestürzt, entsetzt, vorwurfsvoll, voller guter Ratschläge - und entschied mich dann für den neutralen Begriff, den Seelenklempner ebensogern benutzen wie Politiker: »Sie war besorgt.«

Alex' Ohrring blitzte auf, als er nickte, aber noch immer nicht den Kopf hob. Das Haar hing ihm über die Augen.

»Hör mal, Großer, ich weiß, das ist nicht einfach für dich ...« Ich wartete den krachenden Blitz und den ohrenbetäubenden Donnerschlag ab, der ihm folgte. »Erinnerst du dich, was Dad immer über Gewitter gesagt hat?«

Als Alex noch in Elias' Alter gewesen war, hatte er sich vor Unwettern gefürchtet. Mit vier Jahren und auch noch mit fünf tauchte er mitten in der Nacht in unserem Schlafzimmer auf, wenn draußen Blitz und Donner wüteten. Sam holte ihn dann in unser Bett und erklärte ihm: »Das ist nur der liebe Gott, der sich gerade die Nase putzt.« Der Junge, schon damals der geborene Skeptiker, meinte dann: »Aber Gott hat doch gar keine Nase, Daddy.« – Oder: »Ich bin doch kein Baby mehr. Mir brauchst du keine Märchen zu erzählen.« Mein Mann ließ sich aber nicht so leicht unterkriegen und gab sich redlich, und erfolgreich, Mühe, den Jungen von seiner Angst abzulenken: »Was soll das heißen, Gott hat keine Nase? Natürlich hat Er eine Nase. Wie sollte Er denn sonst all die Blumen riechen, die Er geschaffen hat? Oder das Gras? Und was ist mit dem Meer? Oder Waffeln? Meine Mutter hat mir immer gesagt, Gott hat eine Nase, und daran glaube ich fest.«

»Mom, laß es gut sein, ja?« brummte Alex jetzt. »Dad wohnt nicht mehr bei uns.«

Ich warf einen vorsichtigen Blick auf Elias. Er hatte nicht danach gefragt, was sein Vater seinem Bruder über Stürme erzählt hatte. Aber der Austausch, der sich jetzt zwischen mir und meinem älteren Sohn abspielte, schien ihn zu interessieren. Abendessen! Seufzend kehrte ich den beiden den Rücken zu und machte mich nochmals auf die Suche. Makkaroni? Nein, gestern hatten wir die letzte Schachtel aufgebraucht. Spaghetti? Die waren noch vorhanden, aber die dazugehörige Sauce setzte im Kühlschrank bereits Schimmel an. Ein Käseauflauf? Lange her, seit es bei uns Hähnchen Marsala gegeben hatte.

»Vielleicht sollte ich zu Dad ziehen«, sagte Alex.

Nein, nicht das. Bitte jetzt nicht das. Ich atmete tief ein, ehe ich mich zu ihm umdrehte. Ganz ruhig, vor allem die Ruhe bewahren.

»Ich würde dich aber sehr vermissen, mein Schatz.«

»Weiß ich, aber Dad vermißt mich auch.«

»Na ja, vielleicht, sobald Dad sich eingelebt hat.«

Während ich das sagte, kam Kate herein. »Du brauchst gar nicht erst zu Dad zu ziehen, Alex, weil die beiden sich nämlich wieder vertragen werden.«

Ihr Bruder verzog verächtlich den Mund. »Ach, hör doch auf, dazu kommt es nie. Du hast aber auch wirklich von nichts 'ne Ahnung!« Er warf noch einen Blick aus dem Fenster auf den entfesselten Regen, verließ dann die Küche und ging nach oben.

»Das ist vielleicht ein Sturm, was, Elias?« sagte Kate.

Der Kleine nickte und schaute weiterhin nach draußen. »Ist wie Musik, Katie.«

Sie legte ihm einen Arm um die Schultern und blickte mit ihm zusammen nach draußen. Ein knorriger Ahornbaum beugte sich dort wie ein alter Mann unter dem Ansturm von Wind und Regen. Kate schloß die Augen.

»Du hast recht, es hört sich wirklich wie Musik an«, sagte sie nach einem Moment.

Jetzt lauschte ich ebenfalls nach draußen. Aber ich vernahm nichts anderes als die Geräusche von Regen und Donner. Ich wandte mich wieder dem Abendbrot zu. Nach einer halben Stunde standen Hot Dogs auf dem Tisch.

Am nächsten Tag rückte Charlotte an.

»Du siehst furchtbar aus, Dinah.« Sie stand in einem langen lilafarbenen Leinenkleid, einer dazu passenden Jacke und Espadrilles vor der Tür. Ihren Wagen hatte sie auf der Straße geparkt.

»Besten Dank.« Ich wußte selbst sehr gut, wie ich aussah.

Mein sarkastischer Tonfall schien sie tief zu verletzen, und ich entschuldigte mich gleich dafür. Da mir ja doch nichts anderes übrigblieb, bat ich sie herein.

Charlotte ließ sich am Küchentisch nieder. »Dinah, du weißt, daß ich nicht zu den Müttern gehöre, die sich in alles einmischen. Aber ich bin auch keine von den Müttern, die sich um nichts kümmern, selbst wenn eine so schlimme Sache geschehen ist. Ich möchte gern helfen. Also, was ist zwischen euch beiden vorgefallen?«

Es würde mir bestimmt nicht helfen, aber ich setzte mich trotzdem zu ihr an den Tisch. Ihr gegenüber. »Ich möchte wirklich nicht darüber reden.«

Meine Mutter senkte den Blick und faltete die Hände auf dem Tisch. »Ich hatte immer gehofft, zwischen uns beiden würde sich eine tiefe Freundschaft entwickeln, Dinah. Eine, bei der wir uns alles sagen können.«

Ich starrte sie fassungslos an.

Elias kam herein. »Oma!« Er strahlte und hob die Arme. Charlotte setzte ihn sich auf den Schoß.

Ich mußte mich abwenden, weil ich diesen Anblick nicht ertragen konnte. Also ging ich die Post holen. Der Briefkasten schien aus allen Nähten zu platzen. Noch draußen auf der Auffahrt ging ich den Stapel durch. Rechnungen. Alles nur Rechnungen. Ich hatte keine Ahnung, wie ich die bezahlen sollte. Irgendwann in nächster Zeit würde ich mich hinsetzen und mir überlegen müssen, wie ich Antworten auf solche praktischen Belange fände. Vorausgesetzt natürlich, mein Verstand vermochte sich länger als fünf Sekunden auf praktische Angelegenheiten zu konzentrieren. Wenn Sam wirklich die Trennung wollte, würden wir einen Finanzplan aufstellen müssen.

Moment mal, bei einem der Schreiben handelte es sich nicht um eine Rechnung. Kleine, zierliche Buchstaben, die man kaum entziffern konnte. Als Absender waren nur die Straße und die Postleitzahl angegeben, aber kein Name. Nach einem Moment erkannte ich aber Ellen Shoenfelds Handschrift wieder. Von der Karte, die sie uns ins Krankenhaus geschickt hatte. Ich öffnete den Umschlag. Diesmal hatte sie mehr zu sagen als damals, sogar erheblich mehr.

Liebe Dinah, 6. August

ich habe immer schon schwer in den Schlaf gefunden, weil die Alpträume mich nie in Ruhe lassen, gleich ob ich wache oder schlafe. Doch seit einigen Wochen gelingt mir nicht einmal mehr das. Ich bin mittlerweile achtzig Jahre alt, und das wirkt sich nicht förderlich auf meine Gesundheit aus.

Man nennt uns Überlebende, aber ich würde für uns eine andere Bezeichnung wählen. Nachdem wir von den alliierten Truppen befreit worden waren und langsam wieder zu Kräften kamen, wollten viele von uns ihre Geschichte erzählen. Damals wollte niemand sie hören. Die einen haben uns einfach nicht geglaubt, und die anderen wollten nichts davon wissen. Heutzutage jedoch will jeder alles von uns erfahren.

Meine Töchter drängen mich immerzu, ich solle zu dem berühmten Regisseur gehen, der einen Film über unsere Erlebnisse drehen will. Ich soll zu ihm hingehen und ihm alles berichten? Zeugnis ablegen, das sei unsere Pflicht, heißt es. Ich habe das durchgestanden, was mir widerfahren ist, und damit habe ich meine Pflicht ausreichend erfüllt. Noch nicht einmal meinen Töchtern habe ich alles berichtet, was mir dort zugestoßen ist. Selbst mein Ehemann hat nicht alles von mir erfahren, obwohl er doch auch im Lager war und befreit wurde. Und er hat jedem bereitwillig Auskunft gegeben, der ihn danach gefragt hat. Er erzählte, wie er und seine Familie sich neun Monate lang in einem so kleinen Raum versteckt hielten, daß sich alle anderen auch bewegen mußten, wenn einer von ihnen sich regte. Und noch viele andere Dinge. Ich war wütend auf ihn, weil er das alles erzählte. Die Reaktionen, die er darauf erhielt, haben nie gereicht, können das wohl auch nie.

In Amerika scheinen alle zu glauben, Leid, das nicht geteilt wird, sei kein richtiges Leid. Wenn ich mir eine Talk-Show anschaue, reden dort die Menschen immerzu über ihre persönlichsten Dinge, zum Teil ganz entsetzliche Sachen. Und das Publikum gibt dann vor, mit ihnen mitzufühlen. Aber in Wahrheit ist das für sie nur eine Form der Unterhaltung.

Meine Töchter sagen mir, ich solle um meinetwillen alles erzählen, weil ich mich danach besser fühlen würde. Und Sie als Psychologin werden ihnen darin sicher zustimmen. Aber wie könnte ich mich jemals besser fühlen?

Sie waren doch dabei, an jenem Tag, als Elias mir sagte, er habe ein Bild von Gertie gemalt. Nun sollen Sie folgendes erfahren: Gertie ist der Name meines ersten Kindes. Bitte, nun habe ich es sogar niedergeschrieben. In all den Jahren, seit sie von uns ging, bis zu diesem Moment, habe ich meinen Schwur gehalten, ihren Namen niemals auszusprechen. Das sind nun seit dem 2. Januar einundfünfzig Jahre. Nicht einmal meine Töchter kennen den Namen meines Kindes, und sie wissen auch nicht, wie sie gestorben ist. Das habe ich immer für mich behalten, und ich weiß, daß ihr Name das letzte sein wird, was ich im Moment meines Todes sagen werde. Aber ich habe ihn niemals ausgesprochen. Einundfünfzig Jahre lang nicht.

Wie Sie sicher wissen, ist Gertie kein gebräuchlicher amerikanischer Name. Meine Tochter erhielt einen guten deutschen Na-

men. Aber wir waren damals Narren, glaubten wir doch, wir seien auch gute Deutsche.
Dinah, ich finde keinen Schlaf mehr. Woher kennt Ihr Sohn diesen Namen?
Ihre Ellen Shoenfeld

Ich faltete den Brief sorgfältig zusammen, schob ihn in meine Tasche und flüsterte: »Ich habe keine Ahnung, Ellen.« Dann kehrte ich ins Haus zurück, wo Elias und meine Mutter auf mich warteten.

In dieser Nacht wurde ich wieder in Besitz genommen, und als der Geist mit mir fertig war, floh ich ins Bad. Aber selbst nach einer Dusche hatte ich immer noch den metallischen Geruch in der Nase. Weil ich es in meinem Schlafzimmer nicht mehr aushalten konnte, ging ich in die Küche. Charlotte saß neben dem Fenster am Tisch und trank Tee. Dunkelheit herrschte in dem Raum. Nur die kleine Tischlampe brannte, und der Rest der Küche lag in Schatten und Halbschatten.

»Ach, du bist es, Dinah. Du hast mich erschreckt.« Sie trank noch einen Schluck. Fältchen umzogen ihre Lippen, und das Licht bestrahlte sie unvorteilhaft. Wenn meine Mutter kein Make-up trug, sah ihre Haut fleckig aus. Die Wangen hingen herab, und ihre ganze Miene drückte Bedauern aus. »Ich konnte nicht schlafen.«

Da ich nicht wußte, wo ich sonst hinkonnte, zog ich meinen Morgenmantel zurecht und verknotete den Gürtel.

»Stimmt etwas nicht mit dir, Dinah? Du siehst so blaß aus.«

Ich stand nur da und ließ die Arme herabhängen.

»Dein Vater ist wütend auf mich«, gestand Charlotte. »Das ist einer der Gründe dafür, warum ich hierher gekommen bin. Er warf mir vor, ich hätte dir nicht helfend zur Seite gestanden, als Elias krank war. Darüber sind wir dann in Streit geraten. Hat dein Vater recht, Dinah? Ich wollte doch nichts Falsches sagen. Ich hatte nur so furchtbare Angst und kam mir so nutzlos vor. So gern hätte ich dir geholfen.«

Mein Gesicht fühlte sich heiß an, und meine Handflächen wurden feucht. Ich wollte nicht mit meiner Mutter darüber reden. Denn hier ging es allein um sie, wie sich immer schon alles nur um sie gedreht hatte. Nein, ich wollte mit Charlotte über gar nichts reden.

Langsam drehte ich mich um und verließ die Küche.

»Dinah, *bitte* sprich mit mir!«

Ich zögerte, wandte mich zu ihr um und sah sie an. Meiner Mutter standen Tränen in den Augen. Tatsächlich, sie weinte. Ich stand wie erstarrt in der Tür, und das Herz wurde mir schwer.

»Du hast mir weh getan«, sagte ich schließlich.

Wie hypnotisiert sah ich in ihre Augen. Sie hatten immer ein wunderbares tiefes Blau gehabt, das jedoch im Alter etwas verblaßt war. Aber jetzt zog mich nicht so sehr diese einmalige Färbung an, sondern die Art, wie Charlotte mich ansah, mich direkt und mit einem Blick voller Liebe und Schmerz anschaute. Dort ließ sich keine Wut mehr entdecken. Nur Klarheit, Offenheit und nicht der geringste Wille, sich zu verteidigen oder zu rechtfertigen.

»Ich habe dir weh getan, als Elias krank war?« fragte sie.

Ich schüttelte den Kopf. »Nein, immer schon.«

Sie sagte nichts, sah mich aber weiter an. Schon rechnete ich damit, daß jetzt wieder eine ihrer üblichen Tiraden kommen würde. Daß sie mir niemals weh getan habe und daß ich überhaupt nicht wüßte, wovon ich da redete. Oder daß ich zu dünnhäutig sei. Oder irgend etwas, das ich mir jetzt noch gar nicht ausmalen konnte. Charlotte würde keine meiner Empfindungen gelten lassen, um mich davon zu überzeugen, daß nur das, was *sie* empfand, wirklich zählte. So hatte sie es immer schon getan.

Aber heute nicht. Nicht einmal die Spur davon. Meine Mutter zog ein Taschentuch aus ihrer Morgenmanteltasche, betupfte sich die Augen und sagte: »Wenn ich dir weh getan habe, Dinah, dann tut mir das sehr leid. Ich habe das nicht gewollt.«

»Es kam mir immer so vor, als habest du es doch gewollt.« Zum ersten Mal in meinem Leben sagte ich Charlotte die Wahrheit, und ich war nicht einmal sicher, warum ich das tat. Vielleicht weil ich an einem Punkt angelangt war, wo ich nichts mehr zu verlieren hatte.

Ihre Züge schienen zusammenzufallen. Die Wahrheit, meine Wahrheit, verwundete sie tief. »Und du dachtest, ich hätte dir weh tun wollen.« Keine Frage, sondern einfach eine Feststellung, so als wiederhole sie meine Worte, um deren Bedeutung erfassen zu können.

Ich nickte und blieb weiterhin in sicherer Entfernung an der Küchentür stehen.

»Aber ich liebe dich doch.« Ihre Augen nackt und bloß und voller Tränen.

»Das ist mir nie so vorgekommen.«

Charlotte schüttelte den Kopf. Sie stritt nichts ab, versuchte nicht, sich zu verteidigen, leistete überhaupt keinen Widerstand. Statt dessen sagte sie nur: »Es tut mir so leid. Erzähl mir bitte alles.«

Ganz still stand ich da und entgegnete seufzend: »Ach, Charlotte, es waren so viele Male. So viele Verletzungen.«

Ihre Hände umklammerten die Teetasse. Weiß und angespannt traten ihre Knöchel hervor. »Wenn du mir davon erzählst, könnten wir einander vielleicht besser verstehen. Und sogar versuchen, Freundinnen zu werden.«

Freundinnen. Charlotte hatte meines Wissens nie eine Freundin gehabt. Jedenfalls nicht so wie ich. Ich hatte Freundinnen, sehr gute sogar. Ein paar gute Freundinnen im Leben zu haben, das ist eine ganze Menge.

In meinem Kopf purzelten die Bilder durcheinander. Das Gesicht meiner Mutter, als sie noch jung und schön war. Aber auch ihre Wasserspeierfratze. Die bösen Worte, mit denen sie mich manchmal beschimpft hatte. Ihr Ärger und ihre Wut, anscheinend bei ihr ein Dauerzustand. Was würde es nützen, ihr all das aufzuzählen? Sie würde es ja doch nicht begreifen, weil sie es ganz anders in Erinnerung hatte. Niemals konnten wir eine Brücke zwischen uns bauen. Schon vor Jahren hatte ich den Versuch dazu aufgegeben.

»Als ich dreizehn war«, begann ich, »hast du mich zu diesem Diätarzt geschickt. Du hast mir ständig wegen meines Gewichts Vorwürfe gemacht.«

»Das ist doch dreißig Jahre her.«

»Es tut aber immer noch weh.«

Sie nickte, seufzte und schien im Küchenstuhl zusammenzuschrumpfen. »Ja, das kann ich mir vorstellen.«

Ich atmete tief ein und fuhr fort: »Dieser Arzt hat seine Hände in mich geschoben.«

»Was hat er getan?« Sie sah mich ebenso erstaunt wie angewidert an.

»Charlotte, er hat mich gynäkologisch untersucht. Damals war ich dreizehn. Er hat seine Finger in mich gesteckt, und ich konnte mich an niemanden wenden, um das loszuwerden. Wenn ich es dir erzählt hätte, hättest du ja doch nichts unternommen.«

»Doch, das hätte ich. O ja, das hätte ich. Ich hätte den Mann umgebracht, das kannst du mir glauben.« Ihre Unterlippe zitterte. »Ich hatte ja keine Ahnung.«

»Du hättest es aber wissen müssen. Damals habe ich das jedenfalls geglaubt. Und dann hast du auch noch zugelassen, daß er mir diese Pillen verschrieb, die mich ganz aufgekratzt und verrückt gemacht haben. Die Zähne sind mir davon verfault. Wir konnte dir mein Gewicht wichtiger sein als meine Gesundheit? Du warst doch schließlich meine Mutter!«

Charlotte schlug eine Hand vor den Mund und starrte mich wie unter Schock an. Nach einem Moment sagte sie leise: »Ich wollte wirklich nur das Beste für dich. Ich wollte, daß aus dir eine richtige Schönheit würde, damit du den Menschen begehrenswert erschienst.«

Mir wurde in diesem Moment klar, daß sie so die Welt sah. Oder wenigstens damals gesehen hatte. Wie es sich bei ihr damit heute verhielt, wußte ich nicht so genau.

»Ist Schönheit denn das einzige, was ein Mädchen für Menschen anziehend macht? Wer hat dir denn gesagt, du seist nur wegen deiner Schönheit etwas wert?«

Charlotte brach in Tränen aus. »Ich nehme an, mein Vater. Oder meine Mutter.«

»Das tut mir leid«, sagte ich.

»Ich wollte doch nur, daß die Menschen dich mögen, dich gern haben.« Sie bedeckte ihr Gesicht mit den Händen.

Ich sah sie an. Vielleicht war es ihr ja wirklich darum gegangen, mich zu etwas zu formen, das den Menschen gefiel, aber noch viel mehr wollte sie mich zu einer zweiten, zu einer besseren Charlotte ummodeln. Ich sollte nicht nur schön sein, sondern auch unterwürfig und willenlos. Diese beiden Eigenschaften hatte sie nämlich nie besessen, trotz aller Anstrengungen ihrer Eltern. Ich sollte all das richtig machen, was bei ihr schiefgelaufen war. Ob es mir nun gefiel oder nicht, ich sollte zu ihrem besseren Ebenbild heranwachsen, auch wenn dies ein völlig falsches war.

Zum ersten Mal in meinem Leben verspürte ich Mitleid mit ihr. Nicht mit meiner Mutter, sondern mit Charlotte Blake Rosenberg; wegen der dunklen Seiten ihrer Seele, ihrem Sehnen, ihrem Bedauern, ihrem Schmerz und all dem, was ihr versagt geblieben war. Sie hatte mich für die Welt rüsten wollen, wie sie sich ihr darstellte. Denn sie besaß nur diese eine Sicht der Dinge, konnte gar nicht anders.

Charlotte nickte, atmete tief durch und erhob sich. Sie trat ans Fenster, schaute lange hinaus in die dunkle Nacht und drehte sich dann zu mir um.

»Meine Mutter hat mich gehaßt, Dinah. Wußtest du das? Meine eigene Mutter. Sie konnte meinen bloßen Anblick nicht ertragen. Sie hat mich für den Tod von Charlie verantwortlich gemacht, obwohl ich doch noch ein kleines Mädchen war. Erst sechs Jahre alt, und sie übertrug mir die Aufgabe, auf ihn aufzupassen. Ich ging nur hinter die Trauerweide, um ein paar Wildblumen zu pflücken, und er lief allein fort. Meine Mutter hat mir die Schuld dafür gegeben, verstehst du? Ich war erst sechs Jahre alt, aber meine Mutter blieb von da an im Bett, hat mich nie wieder umarmt, mich nie wieder angesehen und mich nicht mehr geliebt.«

Ihre Züge hatten sich vor Schmerz und Tränen verzerrt.

»Ich habe dich geliebt, Dinah, und versucht, dir eine gute Mutter zu sein. Natürlich weiß ich, daß ich viel falsch gemacht habe. Aber das lag nicht an dir, sondern allein daran, daß ich so war, wie ich war.«

Auf dieses Geständnis war ich nicht gefaßt gewesen. Im ersten Moment konnte ich mich kaum rühren, doch dann bewegte ich mich ein paar Schritte auf sie zu. Den Rest kam sie mir entgegen. Uns stand immer noch ein weiter Weg bevor, aber ich streckte die Hände nach ihr aus, überbrückte die vielen Meilen, die zwischen uns lagen, erreichte sie, und wir nahmen uns in die Arme. Zum ersten Mal seit vielen, vielen Jahren spürten wir wieder die Arme der anderen um uns.

Nach einer Weile sagte ich ihr: »Sie hat dir nicht wirklich die Schuld gegeben. Das glaube ich nicht. Vielmehr hat sie sich selbst alle Schuld gegeben, konnte damit aber nicht fertigwerden und hat das dann auf dich projiziert.« Großmutter Elizabeth hatte geglaubt, als Mutter versagt zu haben, weil sie eines ihrer Kinder verloren hatte. Und das konnte doch nur heißen, daß sie auch bei den Kindern versagen mußte, die sie nicht verloren hatte.

»Meinst du denn, das wüßte ich nicht?« Meine Mutter wischte sich die Augen trocken und schneuzte sich die Nase.

Natürlich war das Charlotte bewußt. Aber das Wissen allein genügte nicht, sie mußte das auch fühlen und spüren. Nur Oma Elizabeth hätte ihr das geben können. Nur die Lebenden können etwas wiedergutmachen, können Wunden schließen, können sich versöhnen oder es wenigstens versuchen.

Ich hörte ein Zischen und drehte mich rasch um. Mein Geist stand in einer Ecke, wieder als Seth. Schwarze Stiefel, rosafarbene Haut. Er sah mich kalt an. Aber er bewegte sich nicht von der Stelle, und ausnahmsweise hielt er den Mund. Als ich blinzelte, war er wieder verschwunden.

Meine Mutter und ich saßen noch eine ganze Weile am Küchentisch und schwiegen miteinander, bis sie sagte: »Es tut mir so leid, Dinah. Da halte ich dich wach, wo du doch eigentlich dringend Schlaf brauchst. Da bin ich gekommen, um dir zu helfen und beizustehen, und was tue ich? Quatsche dir die Ohren voll.«

»Ist schon in Ordnung, Mom.« Es fühlte sich fremd an, sie nach alle den Jahren wieder Mom zu nennen. Aber mir war danach, und es war richtig.

Ich brachte sie ins Gästezimmer und kehrte dann in mein Bett zurück, wo ich in einen tiefen Schlaf fiel. Den ersten, seit ich allein war. Und ich träumte.

Im Traum klingelt das Telefon. Ich hebe ab und höre die Stimmen des Bestatters. »Tut mir leid, Sie gerade jetzt zu stören, aber ich bereite gerade Ihren Sohn für die Beerdigung vor. Da muß natürlich alles richtig gemacht werden. Nun scheine ich hier sonst alles beisammen zu haben, um ihn anzukleiden. Jeans, Schuhe und Hemd. Aber dummerweise fehlt eine Socke. Würde es Ihnen etwas ausmachen, wenn ich rasch vorbeigefahren käme, um mir ein anderes Paar bei Ihnen abzuholen?« Im Traum rührt mich seine merkwürdige Freundlichkeit sehr an, und ich fange an zu weinen.

Ich öffnete die Augen zu einem wunderschönen rosaroten Sonnenaufgang. Seit alles angefangen hatte, war dies der erste gute Traum gewesen. Ich hatte mich in der Lage gesehen, die Freundlichkeit anzunehmen, die man mir nach dem Tod meines Sohnes erwies. Schon allein aus diesem Grund wollte ich ihn im Gedächtnis behalten.

Dann läutete wieder das Telefon, doch diesmal ein echtes. Vielleicht hätte ich den Traum nie behalten, wenn das Telefon mich nicht geweckt hätte. Ich warf einen Blick auf den Wecker. Neun Uhr. Ziemlich spät schon. Wer mochte da anrufen? Sam? O ja, Sam.

Mit einiger Mühe bekam ich den Hörer ans Ohr. »Hallo?«

»Mrs. Galligan?« meldete sich eine Frauenstimme, die mir irgendwie bekannt vorkam. »Hier spricht Sarah Gray.«

»Wer? Tut mir leid, aber ich –«

»Wir haben uns im Krankenhaus kennengelernt. Ihr Elias bekam ein EEG. Ich bin Maggies Mutter.«

»Ach ja.« Ich verließ das Bett. »Hallo.« Ich hörte die Kinder, wie sie unten lachten und einander jagten.

»Tut mir leid, Sie zu stören, aber ich wollte Ihnen nur mitteilen, daß die Leukämie meiner Tochter sich zurückbildet. Maggie wird wieder gesund.«

Und warum rief sie gerade mich an? »Das sind ja wundervolle Neuigkeiten.«

»Mrs. Galligan, die Zählung ihrer weißen Blutkörperchen hat ergeben, daß sie wieder normal sind.«

»Das freut mich sehr für Sie.«

»Begreifen Sie, was das bedeutet, Mrs. Galligan? Die Ärzte haben gesagt, sie hätte nur noch ein paar Monate zu leben, und jetzt befindet sie sich auf dem Weg der Besserung. Elias besitzt eine besondere Gabe.« Maggies Mutter sprach so leise, daß ich sie kaum verstehen konnte.

»Eine Gabe?«

»Die Gabe des Heilens, Mrs. Galligan. Ihr Sohn, Ihr kleiner Junge, hat meine Maggie wieder gesund gemacht!«

Als ich einige Minuten später in die Küche kam, stand meine Mutter am Herd und rührte Pfannkuchenteig. Sie trug einen seidenen Morgenmantel und hatte etwas Make-up aufgelegt.

»Ich hoffe, das macht dir nichts aus«, sagte sie, ohne sich umzudrehen, und ich gewann den Eindruck, daß sie sich ein bißchen wegen dem schämte, was letzte Nacht zwischen uns vorgefallen war.

»Natürlich nicht, Mom. Aber die Kinder halten sich nicht lange mit Frühstücken auf, und dann muß ich sie hierhin und dorthin fahren, wo sie eben heute hinwollen.«

»Dann könnte ich ja jetzt schnell duschen und mir das Gesicht ein wenig zurechtmachen.«

Ich fand, es sah schon ziemlich zurechtgemacht aus. »Ja, geh nur.«

Sie nahm ihren Kaffee mit, und ich goß mir selbst eine Tasse ein.

»Mommy?« Elias stand vor mir.

»Du bist ganz von allein aufgewacht, mein Schatz?« Ich drückte ihn. »Haben Tuddy und du denn gut geschlafen?«

Er nickte, setzte sich an den Tisch und nahm die Schildkröte zu sich auf den Schoß. Ich buk ein paar Pfannkuchen und setzte mich dann zu meinem Jüngsten. Wir verdrückten die Pfannkuchen und sprachen nicht viel, bis ich ihn fragte: »Elias, kannst du dich noch an Maggie erinnern? Wir haben sie im Krankenhaus getroffen, als du dich testen lassen mußtest.«

»Maggie«, lächelte er.

»Kannst du mir vielleicht verraten, was da geschehen ist?«

Der Kleine setzte Tuddy auf den Tisch und warf einen Blick auf sein Plüschtier, ehe er antwortete: »Ich habe ihr von dem Ort erzählt, wo Musik gespielt wird, wo man schwimmen kann und wo sie keine Angst zu haben braucht.«

»Wo liegt denn dieser Ort, mein Schatz?«

»Das weiß ich nicht.«

Ich atmete vernehmlich ein. »Maggie geht es wieder besser, Elias.«

Er nahm die Schildkröte wieder an sich. »Das ist schön, Mommy. Da ist ihre Mommy glücklich.«

»Hast du irgend etwas getan, damit sie wieder gesund wird?«

»Ich?« Er kicherte, als würde ich ihn kitzeln.

»Du weißt doch noch, wie ihr beide euch etwas zugeflüstert habt und –«

»Gott macht Menschen wieder gesund, Mommy.« Er lächelte Tuddy an. »Warum gehst du zu Dr. Kessler, Mommy?«

»Weil ich mich in der letzten Zeit nicht so ganz wohl gefühlt habe. Dr. Kessler ist nämlich ein Arzt wie Dr. Selson.«

»Was fehlt dir denn?«

»Das läßt sich schwer erklären. Aber mach dir deswegen keine Sorgen, mir geht es bestimmt bald wieder gut.«

Er kam zu mir und schlang die Arme um mich. »Ich glaube, der Geist macht dich krank.«

Ich starrte ihn an. »Woher weißt du von dem Geist, Elias?«

»Weil ich ihn sehe.«

»Seit wann?«

»Seit ich aufgewacht bin.«

»Und warum hat du mir nichts davon gesagt?«

»Weil ich das vorher noch nicht wußte. Aber jetzt weiß ich es. Er sagt, er heißt Seth, aber ich glaube ihm nicht.«

»Und warum nicht?«

»Weil er Lügen erzählt. Und weil die Wespen einen anderen Namen für ihn haben.«

»Was denn für einen Namen?« Ich hatte die Wespen gespürt, ihren stechenden, wirbelnden Wind, hatte ihr Summen gehört, aber nicht verstanden, denn ihre Sprache war mir unbekannt.

Elias schloß eine Minute lang die Augen. Dann sagte er: »Sie sind ständig um ihn herum. Er ist aus ihnen gemacht, Mommy.«

Ja, auch das wußte ich. Ich hatte das Gefühl aber nie in Worte gefaßt.

Der Keine umarmte mich wieder. »Dr. Kessler kann dir nicht helfen, Mommy.«

»Und warum nicht?«

»Weil er den Geist nicht sehen kann, und weil er nicht daran glaubt.«

28

RÜCKBLICKEND LÄSST SICH wohl sagen, daß dies der Moment war, an dem ich anfing zurückzuschlagen und in die Offensive zu gehen. Damals war ich mir natürlich dieses Wendepunkts noch nicht so recht bewußt. Auch vorher hatte ich geglaubt mich zu wehren und doch ständig Niederlagen einstecken müssen. Vielleicht wäre ich in dem festen Bewußtsein gestorben, mein Leben für das meines Sohnes gegeben zu haben; als wenn so etwas möglich wäre.

Ich ließ Elias bei meiner Mutter und fuhr Alex und Kate dorthin, wo sie etwas vorhatten. Meine Tochter hatte zwar ihre Fahrprüfung gemacht, aber uns stand nur ein Wagen zur Verfügung. Sam hatte den anderen mitgenommen.

Nachdem dies erledigt war, begab ich mich auf direktem Weg zum Tempel Beth Elohim, so als würde ein körperliches Bedürfnis mich dorthin treiben. Eine schöne, moderne Synagoge mit weißen Stuckwänden, einem hochaufragenden, achteckigen Thoraschrein und hohen, schmalen Buntglasfenstern. Ich erkannte das Gebäude sofort wieder, hatte ich es doch in meinen Visonen gesehen. Der Rabbi war anwesend, wie mir ein kleiner Wagen mit Heckklappe auf dem reservierten Parkplatz anzeigte.

Ich blieb einen Moment mit geschlossenen Augen in meinem Auto sitzen, um meine Gedanken zu ordnen und meine Nerven zu beruhigen. Endlich stieg ich aus und ging auf den Eingang zu. Aber auf halbem Weg blieb ich stehen und lief zurück. Was wollte ich dem Rabbi eigentlich sagen?

Benommen lehnte ich mich an meinen Wagen, schloß die Augen und atmete mehrere Male tief durch.

»Fehlt Ihnen etwas?«

Ich öffnete die Augen. Ein Mann näherte sich mir aus dem Wald hinter dem Parkplatz. Er trug eine abgewetzte Tweed-Jacke, eine hellbraune Hose und Freizeitschuhe. Der Mann machte einen freundlichen Eindruck, war etwa in meinem Alter und hatte angegrautes Haar und einen sorgfältig getrimmten Bart.

Ja, ich kannte auch ihn. Ich zog ein Papiertaschentuch aus meiner Tasche und sagte: »Rabbi Leiberman.«

Er blinzelte. »Sind wir uns schon einmal begegnet? Ich weiß, daß Sie nicht zu meinem Tempel gehören. Geht es Ihnen wieder besser?«

Ich murmelte etwas Unverständliches.

»Wollten Sie zu mir, oder wollten Sie nur auf meinen Parkplatz, um hier in Ohnmacht zu fallen?« lächelte er.

»Tut mir leid. Mir war ein bißchen schwindelig, aber jetzt geht es mir wieder gut.«

»Das muß Ihnen doch nicht leid tun.« Er warf einen Blick auf den Wald. »Letztes Jahr haben wir dort ein kleines Heiligtum errichtet, direkt hinter den Bäumen dort links. Jeden Morgen gehe ich für ein paar Minuten dorthin. Das gibt mir Stärke. Vielleicht möchten Sie sich ja ein wenig mit mir dort hinsetzen.«

»Macht Ihnen das auch wirklich nichts aus?«

»Überhaupt nicht. Aber es gehört zu meinen festen Angewohnheiten, mich mit niemanden dorthin zu begeben, dessen Namen ich nicht kenne.«

»Oh, Verzeihung, Rabbi.« Ich streckte die Hand aus. »Dinah Rosenberg Galligan.«

»Erfreut, Sie kennenzulernen, Dinah.« Er schüttelte meine Hand, legte mir dann seine sanft auf den Rücken und führte mich durch die Bäume auf eine kleine Lichtung, wo man rings um einen Gedenkstein ein paar Bänke aufgestellt hatte.

Wir ließen uns auf einer davon nieder. Ein strahlender Sommertag umgab uns, und das Sonnenlicht, das durch die Baumspitzen herniederströmte, hüllte uns wie ein funkelnder Kokon ein. Für eine Weile sprachen wir kein Wort.

»Sind Sie Jüdin, Dinah?« fragte der Rabbi dann.

»Ich sage im Scherz gern, daß meine Familie zu den unformierten Reformierten gehört.«

Leiberman lächelte. »Nun, dann sind wir wohl die formierten Reformierten. Haben Sie nie daran gedacht, sich uns anzuschließen?«

»Mein Mann ist Katholik. Das hat die Sache für mich etwas schwierig gemacht. Außerdem ist er auch kein sehr religiöser Mann. Auf meinen Spruch pflegte er zu entgegnen, er sei gläubiger Ungläubiger. Aber das war in den Zeiten, als wir noch über unsere Mischehe Scherze machen konnten.«

»Und heute ist das nicht mehr so?«

Ich blickte auf meine fahrigen Hände hinab. »Heute scheint überhaupt gar nichts mehr komisch zu sein.«

Nachdem ich mehrmals durchgeatmet hatte, fragte ich: »Darf ich Ihnen von dem Traum erzählen, den ich letzte Nacht hatte?«

Der Rabbi nickte.

Ich berichtete ihm, wie der Bestatter anrief und auf so merkwürdige Weise fürsorglich war.

»Ich verstehe, Sie haben ein Kind verloren«, schloß Leiberman.

»Nein, nein, mein Elias hat ja tatsächlich überlebt. Ein lieber und ganz außergewöhnlicher Junge. Nächsten Monat wird er sechs.«

»Dann ist mir aber nicht klar, warum Sie solche Träume haben.«

Ich faltete die Hände, um sie zur Ruhe zu zwingen. »Das ist eine sehr komplizierte und schmerzliche Geschichte.«

Der Rabbi sah mich für einen Moment eindringlich an und forderte mich dann auf: »Erzählen Sie mir, was Sie auf dem Herzen haben, Dinah. Manchmal hilft es schon, nur darüber zu reden.«

»Nein, Rabbi, mir kann niemand helfen. Ich bin mir jetzt nicht einmal mehr sicher, warum ich überhaupt gekommen bin.«

»Ich bin ein guter Zuhörer. Vielleicht gibt Ihnen das ja etwas.«

Mich hielt es nicht mehr auf der Bank, und ich trat zum Rand des Lichtkranzes. Ich brauchte Abstand zu ihm, um ihm das zu sagen, was mir auf der Seele brannte. »Für die Verdammten gibt es keine Hilfe.«

Er zog eine Braue hoch.

Ich wandte mich ab und rechnete schon damit, den Dämon zwischen den Bäumen zu entdecken. Aber dort hüpfte nur ein Spatz umher und pickte im Gras.

»Glauben Sie an Geister, Rabbi?« fragte ich ihn. »Und an Dämonen?«

Im ersten Moment erschrak er, nickte dann aber langsam. »Ja, es gibt Geister und Dämonen. Laut dem Buch *Sohar* sind die Dämonen mit dem *Sitra Ahra* verbunden, das wiederum in perfekter Balance mit den zehn Ebenen des *Sefiroth* existiert. Haben Sie davon schon einmal gehört?«

»Über einiges davon habe ich schon gelesen.« Ja, während meiner Exorzismus-Versuche.

Leiberman erklärte mir nun, daß es sich bei dem *Sohar* um das Grundbuch der Kabbala handle, das jüdische Buch der geheimen Offenbarung. Die zehn *Sefiroth* seien die zehn Emanationen Gottes, dem von keinem Wissen erreichbaren, dem unwandelbaren Unendlichen oder *En Sof*. Durch gute Werke und durch Gebete und Meditationen auf den zehn Ebenen des heiligen *Sefiroth* könne man Gottes göttliche Gnade über die Welt bringen. Der Rabbi nannte mir ein paar Beispiele für diese Ebenen oder Reiche: *Keter* oder Gottes Wille zu schöpfen; *Binah* oder Gottes Verstehen; *Hesed* oder liebende Güte beziehungsweise Gottes endlos verströmende Güte.

»Aber wo passen dort die Dämonen hinein?« wollte ich wissen. Ich stand immer noch bei den Bäumen und behielt meine Schutzdistanz bei.

»Nun, wenn man die Sache logisch angeht, müßten die Dämonen doch auf der Kehrseite dieser Prozesse zu finden sein. Wenn Gott erschafft, zerstört das Böse. Wenn Gott liebt, haßt das Böse. Wenn Gott gütig ist, ist das Böse übelwollend. Und so weiter, nicht wahr?«

»Und wie verhält es sich mit dem Tod von Unschuldigen? Ich meine deren natürlichen Tod. Kommt der von Gott oder vom Bösen?«

»Also ich muß schon sagen, Sie picken sich gleich eine der härtesten Nüsse heraus«, lächelte der Rabbi. »Einer unserer Rabbiner, Nahum von Gizmo, äußerte sich folgendermaßen dazu: ›Auch dies geschieht zum Besten.‹ Ganz gleich, was sich auch ereignete, er reagierte darauf stets mit dieser Bemerkung. Mit anderen Worten, auch der Tod von Unschuldigen kommt von Gott.«

»Dann hat Gott also Gründe, ihnen das Leben zu nehmen.«

»Das könnte es bedeuten; denn letztlich können wir Gottes Ratschlüsse niemals ergründen. Wir müssen die Göttliche Fügung hinnehmen. So etwas nennen wir *Heschert*.«

»Können Sie mir mehr über Dämonen erzählen?«

»Nun, wir unterscheiden verschiedene Arten. Der *Dibbuk* dringt angeblich in einen Menschen ein, und –«

»Dringt in ihn ein?«

»Ja, um ihn in Besitz zu nehmen.«

»Haben Sie so etwas schon einmal gesehen oder miterlebt?«

»Ich persönlich? Nein, niemals.« Er sah mich befremdet an.

»Und wie kann es dazu kommen?«

»Einige Gelehrte glauben, daß die Geister böser Menschen nach deren Tod auf der Erde weiterexistieren. Sie tragen ganz unterschiedliche Namen. Einige nennt man *Matzikim*.« Der Rabbi erhob sich nun ebenfalls und kam auf mich zu.

»*Matzikim*«, flüsterte ich. Irgendwie war der Name zuviel für mich. Tränen liefen mir aus den Augen.

»Erzählen Sie mir, was Ihnen Sorgen macht.« Leiberman reichte mir ein Taschentuch und legte eine Hand auf meine Schulter. »Ich würde wirklich gern alles hören.«

»Ich habe meine Geschichte schon erzählt und darauf nicht gerade die gewünschten Reaktionen erhalten.«

»Vielleicht haben Sie sie den falschen Menschen erzählt.«

»Wie kann man denn feststellen, ob man den richtigen vor sich hat?«

»Nun, das vermag man sicher nicht immer. Wenn man einem anderen seinen tiefsten Kummer offenbart, begeht man damit einen Akt des Glaubens. Daß nämlich das, was man zu sagen hat, beim Gegenüber auf Mitgefühl stößt.«

Als Psychologin war mir das natürlich bekannt.

»Der normale Mensch will nichts von Kummer und Leid hören«, fuhr der Rabbi fort. »Weil er es nicht ertragen kann, unternimmt er alles, um dem zu entgehen. Bis ihn selbst ein Unglück trifft. Und dann wundert er sich, warum nur so wenige Menschen bereit sind, ihm zuzuhören. In einer solchen Situation bedürfen wir aber ganz dringend eines Menschen, der sich unsere Geschichte anhört, ja sie sogar akzeptiert, mag sie auch noch so sehr verstören. Und das ist auch einer der Gründe, warum es Rabbiner und Priester gibt.«

»Und Psychologen«, ergänzte ich. »Ich war nämlich selbst einmal auf diesem Gebiet tätig.«

Leiberman nickte. »Kommen Sie her, und setzen Sie sich. Ich möchte Ihnen gern zuhören.«

»Ach, ich weiß nicht einmal, wo ich anfangen soll.«

»Dann versuchen Sie es doch mit dem wichtigsten Punkt.«

Sein Gesicht war so freundlich. Ich spürte, daß er schon an vielen Krankenlagern gesessen, viele Hände gehalten, viele Male das Genesungsgebet *Mi Schebeirach* gesprochen und etliche schreckliche Geschichten von Leid und Verlust gehört hatte. Und doch glaubte ich, daß ihm das, was ich zu berichten hatte, neu sein mußte.

Wir ließen uns wieder auf der Bank nieder. »Mein Sohn Elias war sehr krank. Er lag im Koma.«

Als ich ihm endlich alles erzählt hatte, saßen der Rabbi und ich bereits Stunden auf der Bank. Die Geschichte hatte mich meiner letzten Kräfte beraubt, und ich fühlte mich außer Atem und erschöpft.

Leiberman schwieg eine Weile und sprach dann die ersten Worte, seit ich begonnen hatte: »Wissen Sie, bei der Geschichte, die Ihr Dämon über die zwei Geister erzählt hat, handelt es sich um einen *Midrasch*. Die beiden, die sich auf dem Friedhof über den Regen und die Ernte unterhalten und dabei belauscht werden.«

»Aber der Geist hat mir gesagt, es sei nur irgendeine Geschichte.«

»Nun, im Grunde ist ein *Midrasch* auch nichts anderes als eine Geschichte. Aber Ihr Geist hat Ihnen das Ende vorenthalten. Nachdem der Lauscher dank dieser Insider-Information seine Ernte retten konnte, beschließen die beiden Geister, kein Wort mehr miteinander zu sprechen. Sie wollen verhindern, daß das, was sie sich erzählen, unter den Sterblichen bekannt wird.«

»Ist das denn weiter schlimm?«

»Keine Ahnung. Sagen Sie es mir.«

Ich wußte nicht, was ich darauf antworten sollte, und so entgegnete ich: »Sie hören sich an wie ein Therapeut.«

Leiberman lächelte: »Im Zweifel immer eine Frage mit einer Gegenfrage beantworten. Es wird ziemlich heiß. Vielleicht sollten wir unser Gespräch in meinem Büro fortsetzen.«

»Wissen Sie, ich war schon in Ihrem Büro.« Ich beschrieb ihm den Raum so, wie ich ihn in meinen Visionen gesehen hatte.

Er stand auf und streckte sich. »Ich muß zugeben, daß Sie mein Büro exakt beschrieben haben.«

»Dann glauben Sie mir also?«

»Spielt es für Sie eine Rolle, ob ich Ihnen glaube?« fragte er.

Ich versuchte zu lächeln. »Keine Ahnung. Sagen Sie es mir.«

»Eigentlich nicht«, antwortete er und setzte sich wieder neben mich. »Ich will die Frage einmal so beantworten, Dinah: Die Eltern meiner Mutter lebten in Polen und waren sehr religiöse Menschen. Aber als die Familie auswanderte, wollte meine Mutter ihren Glauben zurücklassen. Und als mein Bruder und ich geboren waren, hielt meine Mutter nur noch die Speisevorschriften ein. Sie benutzte immer noch die Rezepte meiner Großmutter. Bis zu ihrem Tod hat meine Mutter nie wirklich geglaubt. Sie war der festen Überzeugung, bei Gott handele es sich lediglich um eine Märchengestalt. Vor allem nach dem, was Hitler angerichtet hatte. Aber soll ich Ihnen was sagen? Meine Mutter war wirklich eine großartige Köchin. Und soll ich Ihnen verraten, wer mich davon überzeugt hat, daß Gott wirklich existiert?«

Ich nickte.

»Meine Mutter. Ich ging damals auf die High-School und arbeitete einmal wöchentlich nach der Schule in einem Betriebskindergarten. Als ich eines Abends von diesem Dienst zurückkehrte, blieb mir keine Zeit mehr fürs Abendbrot, weil ich für den nächsten Tag eine Geschichtshausarbeit schreiben mußte. Gegen drei Uhr morgens war ich damit endlich fertig. Ich ging nach unten, denn mir knurrte vor Hunger der Magen. Und im Kühlschrank fand ich einen Teller, den meine Mutter mir zurechtgemacht hatte. Darauf ihr gefülltes Gemüse, das ich so liebte, einige gebackene Kartoffeln und grüne Bohnen. Sie hatte alles in Wachspapier eingewickelt und einen Zettel daran befestigt, dem ich entnehmen konnte, wie ich das Essen aufzuwärmen hatte - Mikrowellen waren damals noch nicht üblich. Und darunter ein kleiner Gruß. Ich sehe die Handschrift meiner Mutter noch immer deutlich vor mir: ›Für Jake, unseren Geschichtsprofessor: Ich dachte, Du würdest vielleicht später noch Hunger bekommen. In Liebe, Mom.‹«

Der Rabbi lächelte: »In diesem Moment spürte ich zum ersten Mal wirklich und wahrhaftig die Gegenwart Gottes. Und zwar in der vollkommenen Liebe meiner Mutter zu mir. Ihre Liebe steckt in dem Teller, in dem Gemüse, den Kartoffeln und den Bohnen. Ich erkannte, daß der Teller die Tradition unseres Volkes repräsentierte und die Verbindung zu unserer Vergangenheit, Generation um Generation, herstellte. Objektiv war das nur ein Teller mit Essen, aber mich brachte er zu der Überzeugung, daß Gott da ist, ob wir nun an ihn glauben oder nicht. Verstehen Sie, worauf ich hinauswill?«

»Ja.« Ich dachte eine Weile über seine Geschichte nach, ehe ich sagte: »Jetzt habe ich Sie aber lange genug aufgehalten. Sie haben sicher noch anderes zu erledigen.«

Leiberman senkte den Kopf und murmelte vor sich hin. Vielleicht sprach er ein Gebet. Dafür, daß er mit mir so viel auf sich genommen hatte, oder weil ich in meiner Lage dringend ein Gebet brauchen konnte.

»Lieben Sie Ihren Mann, Dinah?« fragte er dann unvermittelt und sah mich direkt an.

»Er ist mein Leben.« Ich stützte den Kopf auf die Hände.

Eine Minute oder so saßen wir schweigend da. Dann erklärte er mir, daß die Seelen von bösen Menschen tatsächlich als Geist oder Dämon weiterexistierten und ziellos über die Erde wanderten. Nirgendwo fänden sie eine Heimstatt und könnten sich auch an keinem Ort verstecken. Unbeweint würden sie niemals das Antlitz Gottes schauen.

»Aber wenn es das Böse gibt«, wollte ich wissen, »warum fahren sie dann nicht hinab in die Hölle?«

»Wahrscheinlich sind viele Gründe dafür verantwortlich. Vielleicht hat man sie nie richtig beerdigt. Vielleicht war ein Mensch so verdorben, daß seine Seele auf ewig verbannt ist, um so nie zur ewigen Ruhe zu finden. Womöglich sind die Toten dazu verdammt, eine Strafe zu erleiden, die sich nach dem Leben richtet, das sie geführt haben. Oder sie sind dazu verurteilt herumzuwandern, weil sich niemand an sie erinnern kann oder will.«

Mir kam in diesem Moment der Gedanke, daß mein erster Freund seinem Namen alle Ehre gemacht hatte; denn Seth Lucien hörte sich für mich jetzt böse und teuflisch an.

»Können Sie einen Exorzismus an mir vornehmen?«

Leiberman seufzte. »Es gibt einige Rabbiner, die von sich sagen, sie wüßten mit solchen Dingen umzugehen. Aber selbst wenn ich solche Vorstellungen für real und nicht bloß für metaphorisch hielte, so glaube ich doch kaum, daß Sie wirklich einen Exorzismus brauchen, Dinah.«

Er senkte kurz den Kopf, ehe er mich wieder ansah.

»Die Wege des Herrn sind geheimnisvoll, schmerzlich und wunderbar, nicht wahr? Wissen Sie, Dinah, ich halte es für höchst bemerkenswert, daß Sie Ihren Sohn Elias genannt haben. Elias ist der prophetische Engel, der sich ganz der Menschheit hingibt. Er zeigt uns Sterblichen den Weg zur Versöhnung auf. Mit der Hilfe Gottes heilt und offenbart Elias, um uns damit den Weg zur Erlösung zu weisen. ›Siehe, ich werde den Propheten Elias zu euch senden vor dem endgültigen, furchtbaren Tag des Herrn. Er wird die Väter mit den Söhnen und die Söhne mit den Vätern versöhnen.‹«

»Und auch Mütter und Töchter?«

»Auch die. Ich würde Ihren Sohn gern kennenlernen, Dinah. Den kleinen Jungen, der den Geist ebenfalls sieht. Den fünfjährigen Vegetarier. Auch das ist übrigens interessant.«

»Wieso?«

»Wenn der Prophet Jesaja sich das Friedensreich vorstellt, dann, so glaube ich, als einen Ort, an dem kein Fleisch mehr verzehrt wird. Der Leopard liegt neben dem Lamm, der Bär und die Kuh grasen friedlich nebeneinander, und ihre Jungen schlafen Seite an Seite. Und der Löwe wird wie der Ochse Gras fressen. Die Gesetze des *Kaschrat* stellen meiner Ansicht nach nur eine Zwischenstufe auf dem Weg zum vegetarischen Ideal dar. Wer koscher ißt, beweist damit Respekt vor dem Leben. Wer ein Tier tötet, ohne es zu quälen, zeigt seine Achtung vor dem Lebensblut der lebendigen Kreatur.«

»Er ist schon ein komischer Kerl, mein Elias.«

»Ich fürchte, komisch beschreibt ihn nicht einmal annähernd.«

»Nein, tut es nicht.«

»Dann wäre da noch etwas, Dinah.«

»Ja?«

»Ich möchte Ihnen danken.«

»Wofür denn?«

»Für Ihre Geschichte.«

Ich zuckte die Achseln. »Es ist eben die Geschichte meines Lebens.«

»Ja«, bestätigte er, »aber die ist alles, was uns bleibt. Sie mußten Ihre Geschichte erzählen, und ich fühle mich privilegiert, sie gehört zu haben. Und nachdem ich sie kenne, will ich Ihnen auch meine Meinung dazu sagen, möge die nun richtig oder falsch sein. Ich glaube, Sie haben in sich die Kraft, den Dämon zu vertreiben. Ja, davon bin ich sogar völlig überzeugt.«

»Wie meinen Sie das?«

»Geister besitzen in unserer Welt nur sehr wenig Macht. Oh, sie vermögen die Lebenden zu plagen, zu täuschen und zu verwirren. Sie können uns Lügen über die Zukunft oder die Vergangenheit auftischen, und schlimmer noch, sie vermögen, Lüge und Wahrheit zu vermischen. Aber damit endet ihre Macht auch schon. Ganz gewiß haben sie nicht die Macht über Leben und Tod, wie es Ihr Dämon von sich behauptet hat. Denn solche Macht besitzt nur Gott. Und in gewisser Weise auch wir Menschen, wenn wir schwach und verwirrt sind und uns dem *Jetzer ha ra* hingeben, der Versuchung des Bösen.«

»Sie meinen also, wenn Elias hätte sterben sollen, wäre er auch gestorben?«

»Wenn der Todesengel wirklich gekommen wäre, um Ihren Sohn zu holen, dann hätte er ihn doch wohl auch gefunden. Zumindest erscheint mir das logisch. Oder glauben Sie, ein bloßer Geist könnte Gott zum Narren halten?«

Ich atmete vernehmlich aus. »Und wenn Elias an Apparate angeschlossen dahinvegetiert hätte? Hätte ich mich dann zum Herrn über Leben und Tod aufgeschwungen, wenn ich entschieden hätte, ihn von den Maschinen abzukoppeln?«

Der Rabbi seufzte. »Sie meinen, wenn die Maschinen nur dazu dienten, einen unvermeidlichen Tod hinauszuzögern? Wenn sie das Leben nur im technischen Sinne verlängerten, ohne daß Aussicht auf Genesung bestünde?«

»Ja, genau so.«

»Dann sind wir als Menschen berechtigt, die Apparate auszuschalten. Vorausgesetzt, wir haben uns das wohl überlegt und offenen Auges tief in unser Herz geschaut. Das heißt natürlich nicht, daß Sie auch dazu in der Lage wären. Und ich vermutlich genausowenig. In einer solchen Situation ringen Mutter und Vater darum, die richtige Antwort zu finden. Und auch darum, bei dieser Suche nicht sich selbst zu verlieren. Ich glaube, das jüdische Gesetz würde unter den von Ihnen befürchteten Umständen befürworten, die Lebenserhaltungssysteme abzuschalten. Sicher gibt es Glaubensbrüder, die unser Gesetz anders auslegen würden. Und andere Glaubensrichtungen würden so etwas strikt untersagen.«

Leiberman lächelte. »Gott sei Dank befinden Sie sich jetzt nicht in solchen Umständen. Doch wenn es so weit kommen sollte, würde ich Ihnen wohl das gleiche sagen. Meine Meinung und nur die, aber nicht, was Sie tun sollen. Der jüdische Glaube lehrt uns, Dinah, daß wir für uns selbst verantwortlich sind.«

»Das weiß ich, Rabbi.« Ich erhob mich.

»Wenn Sie Ihrem Dämon den Rücken zukehren und ihm einfach nicht mehr zuhören, wird er vielleicht von allein verschwinden.«

»Ja, das könnte sein.« Leiberman hatte mir geholfen, das spürte ich deutlich. Ich wußte nur noch nicht, wie ich seine Worte in die Tat umsetzen sollte.

Wir kehrten schweigend zum Parkplatz zurück. Als wir meinen Wagen erreichten, sagte der Rabbi: »Sicher kennen Sie den Spruch, daß es einige Dinge gibt, die wir Menschen ändern können, andere Dinge jedoch nicht. Und daß es sich manchmal für uns als schwierigste Aufgabe erweist herauszufinden, welche Dinge zu der einen und welche zu der anderen Kategorie gehören.«

Er lächelte. »Kommen Sie mich doch wieder einmal besuchen, ja?«

29

ALS ICH VON der Synagoge zurückkehrte, hielt sich meine Mutter mit Elias im Garten auf. Die Sonne schien noch hell und heiß vom Himmel, und die beiden spielten in ihren Badesachen auf dem Rasen Ringelreihen. Für eine Siebzigjährige konnte sich meine Mutter in ihrem Badeanzug immer noch sehen lassen; selbst wenn ihr Haar klitschnaß herunterhing.

»Und alle fallen um!« rief Elias. Die beiden plumpsten lachend ins Gras.

Mir kam der Gedanke, daß meine Mom mit mir nie so gespielt hatte. Aber nein, ich wußte, daß das nicht stimmte.

»Mommy!« Der Kleine stürmte zu mir.

»Oh, Dinah, dem Himmel sei Dank, daß du zurück bist. Ich habe schon mit dem Gedanken gerungen, die Polizei zu rufen.«

»Tut mir leid, aber ich wurde aufgehalten.« Ich hob Elias hoch und schob meine Hände unter sein Hinterteil. Sein Haar war mindestens ebenso naß wie seine Badehose.

»Schätzchen, warst du im Pool?«

Er nickte und strahlte. »Oma hat mich mit ins Wasser genommen.«

»Du hast ihn ins Wasser bekommen?«

Meine Mutter nahm ihre Sonnenbrille vom Gartentisch und setzte sie auf. »Da war doch nichts dabei, was, Elias?«

»I wo.«

»Also, das ist ja großartig. Aber warum hast du denn gerade bis heute damit gewartet?«

Er sah mich verwundert an. »Weil es erst heute Zeit war.«

»Welche Zeit?«

»Blumen können im Winter nicht blühen, wenn die Erde ganz kalt ist und die Würmer schlafen.«

Ich konnte ihn nur anstarren. Als ich meine Sprache wiedergefunden hatte, schlug ich vor: »Dann zeig mir doch mal, wie toll du schon schwimmen kannst.«

»Nein, jetzt nicht. Tuddy wartet drinnen. Ich habe ihn im Haus gelassen.« Er ließ sich herunterrutschen und rannte hinein.

Meine Mutter legte den Arm um mich, und gemeinsam gingen wir ins Haus. »Ich habe mir wirklich schon Sorgen gemacht.«

»Es tut mir so leid, daß ich unseren Schwimmweltmeister verpaßt habe. Weißt du, das ist ein richtiger Triumph für ihn.« Auf halbem Weg blieb ich stehen. »Warum bist du wirklich gekommen, Mom?«

»Zuerst wohl nur, weil ich Streit mit deinem Vater hatte. Ich wollte ihm beweisen, daß ich dir während Elias' Krankheit sehr wohl eine Hilfe gewesen bin. Aber ich glaube, in Wahrheit bin ich gekommen, weil du meine Tochter bist und ich dich liebe. Ich möchte dich glücklich sehen. Und wie dein Sohn eben gesagt hat, war der Zeitpunkt dafür richtig.«

»Glaubst du, deine Mutter wollte dich auch glücklich sehen?«

Charlotte zuckte die Achseln. »Meiner Mutter war es piepegal, was aus mir wurde. Oder aus meinen Brüdern. Für Onkel Lee galt das sowieso, aber auch Marshall und Bernard waren ihr egal. Das einzige, wofür deine Großmutter sich noch interessiert hat, waren ihr toter Sohn und ihre Flasche.«

Dies mußte der Dämon meiner Mutter sein. Vielleicht war er für sie ebenso lebendig wie der meine für mich.

Sie sah mich an. »Ich weiß, daß ich in jüngeren Jahren oft die Beherrschung verloren habe. Aber ich fühlte mich so ... ich weiß nicht, einfach so *hungrig*.«

Ja, hungrig. Meine Mutter hatte die perfekte Bezeichnung gefunden.

Als Charlotte am Nachmittag gefahren war, rief ich Sam auf der Arbeit an. Er meldete sich selbst.

»Hallo, ich bin's. Ich wollte dir nur berichten, daß Elias sich endlich in den Pool gewagt hat.«

»Was, ohne mich?« stöhnte er. »Gott im Himmel.«

»Meine Mutter ist gestern zu uns gekommen und über Nacht geblieben. Und heute hat sie es irgendwie geschafft, ihn ins Wasser zu locken. Na ja, vielleicht bedurfte es dazu keiner allzu großen Überzeugungskraft. Als ich ihn nämlich fragte, warum er sich nun doch ins Becken gewagt hat, antwortete er, daß der Zeitpunkt richtig gewesen sei. Schließlich könnten im Winter auch keine Blumen blühen, weil die Würmer dann schliefen.«

»Was um alles in der Welt soll das denn bedeuten?«

»Ich vermute, damit wollte er mir auf seine Weise zu verstehen geben, daß alles seine Zeit braucht.«

Sam pfiff durch die Zähne. »Unser Jüngster ist wirklich etwas ganz Besonderes.«

»Kommst du morgen mit zu Dr. Selson?« Einmal im Monat ließ Elias sich dort durchchecken, und es war wieder so weit.

»Natürlich komme ich. Der Junge ist schließlich mein Sohn.«

»Bitte, komm wieder nach Hause, Sam. Die Kinder vermissen dich, und ich vermisse dich auch. Ich brauche dich. Wir alle brauchen dich.«

»Ich vermisse euch auch«, sagte er.

Ich war so erschöpft, daß ich mich hinlegte. Und gleich einschlief.

Elias und ich sitzen mitten auf dem weiten Ozean in einem Boot. Die Mittagssonne brennt vom Himmel und füllt uns mit ihrer Hitze an. Wir sind mit den Fischen geschwommen, und inzwischen hat die Sonne unsere Haut getrocknet. Wir lauschen der Musik. Eine Melodie in Moll, eine Folge von Akkorden und dazu eine Tenorstimme.

»Hörst du den Gesang, Mommy?«

»Ja. Das ist das Lied des Dämons.«

Ich schaue über den Bootsrand auf das leicht bewegte Wasser. Unter der Oberfläche erkenne ich die Korallenstrukturen: hirnförmig, geweihförmig und bienenstockförmig. Große und breite, kleine und schlanke, Bauwerk auf Bauwerk in Blau, Rot, Weiß und Grün. Dazwischen Höhlen und Spalten für die Meeresbewohner, wo sie vor den Raubfischen in Sicherheit sind und sich ausruhen können. Wir alle müssen uns doch irgendwo ausruhen, oder?

Elias klettert zu mir und legt mir seine Arme um den Hals. »Nein, Mommy, das war nie das Lied des Dämons.«

»Es sieht alles sehr gut aus«, erklärte Dr. Selson am nächsten Tag, nachdem er unseren Sohn untersucht hatte. Elias und der Arzt hatten im Lauf der Monate, die wir hierherkamen, eine Art freundschaftlicher Beziehung zueinander aufgebaut. Der Junge saß jetzt bei ihm auf dem Schoß und spielte mit dem lilafarbenen Dinosaurier.

»Ich möchte dennoch, daß er weiterhin die Medikamente einnimmt«, meinte der Arzt dann. »Und nächsten Monat machen wir dann noch ein EEG. Kein Grund zur Eile, erst zur nächsten Regeluntersuchung. Das reicht vollkommen.«

Wir ließen uns von seiner Arzthelferin einen Termin geben und gingen dann zusammen nach draußen. Elias zwischen uns, an unseren Händen.

Als wir auf den Fahrstuhl warteten, sprachen wir kein Wort und wagten auch nicht, einander anzusehen. Unten auf der Straße zeigte ich auf den Parkplatz auf der anderen Straßenseite. »Wir stehen dort drüben.«

Sam nickte. »Soll ich euch dorthin begleiten?«

»Danke, aber das schaffen wir auch alleine.« Ich wollte ihn so dringend wieder bei uns haben, daß es mir körperlich weh tat.

»Wann kommst du wieder nach Hause, Daddy?« fragte Elias.

Ich ging vor ihm in die Hocke, damit ich ihm direkt ins Gesicht blicken konnte. »Schatz, dein Vater kann zur Zeit noch nicht wieder nach Hause kommen.«

»Einen Moment mal, Dinah.« Er ging ebenfalls vor dem Jungen in die Hocke, so daß der jetzt zwischen uns stand. Wir stellten für die Passanten ein regelrechtes Verkehrshindernis dar. Sam flüsterte Elias etwas zu, und der Kleine sah mich mit einem riesengroßen Lächeln an.

»Möchtest du, daß Daddy wieder nach Hause kommt?«

Ich drehte mich zu meinem Mann um. »Natürlich will ich das.«

Elias schaute uns abwechselnd an. »*Er* will das aber nicht.«

»Von wem sprichst du, Junge?« fragte Sam.

»Von dem Geist.«

Mein Mann schnaubte, und plötzlich waren er und mein Sohn verschwunden. Und mit ihnen die ganze belebte New Yorker Straße. Eine andere Szenerie entstand vor mir, Quadratzentimeter um Quadratzentimeter. Eine Graslandschaft, Himmel, unter Schnee begrabene Felder und in der Ferne ein Bauernhof. Fragment um Fragment setzte die Landschaft sich zusammen, bis das Puzzlebild sich vervollständigt hatte. Ein fremder Ort.

Ich stehe im Eisregen auf einem verschneiten Stoppelfeld, und über mir rollen dunkle Wolken dahin. Es ist kalt, furchtbar kalt, und ein rauher Wind pustet mich durch. Ein dumpfes Grollen dröhnt vom Katastrophenhimmel, und ich sehe überall schwarzen Rauch, der in der Luft zu hängen scheint. Außerdem stinkt es nach brennendem Treibstoff. Mir macht es nichts aus, durch den Qualm zu laufen, aber überall um mich herum höre ich das Husten von Menschen, die sich am Boden wälzen, in Flammen stehen, sterben.

»Bitte«, sage ich, »ich habe Elias auf der Straße allein gelassen.«

Ein Windstoß hebt den Rauchvorhang an, und ich sehe eine Skulptur des Todes: verbogenes und verzerrtes Metall, wie Abfall über das Feld gestreut. Hier ein Stück von einer Tragfläche, dort ein Propeller, da ein Rest vom Heck und drüben ein Teil vom Rumpf. Alles scheint stumpfgrau im Schnee zu versinken.

»Lebt hier noch jemand?« rufe ich, renne über das Feld und steige über Leichenteile. Ein blutiger Arm, ein Oberkörper. Ein weißer Hüftknochen, all seines Fleisches beraubt, ragt wie ein Markierungsstein aus dem Boden. Endlich habe ich den Rumpf erreicht. Ich weiß, daß das Metall glühend heiß sein muß, aber in dieser Vision spüre ich keine Hitze. Als ich durch eines der kleinen Bordfenster schaue, sehe ich eine Frau, die auf dem Mittelgang liegt. Ihre Haut und ihre Kleider sind in Fetzen gerissen und haben sich überall hin verstreut. Dann höre ich einen schrillen Schrei. Der kann aber nicht von der Frau stammen, denn die ist unzweifelhaft tot.

Der Schrei stammt von einem etwa zehnjährigen, dunkelhaarigen Jungen. Er steckt unter der Frau fest, oder besser unter dem, was von ihr übriggeblieben ist. Instinktiv greife ich durch das Fenster, um ihn herauszuziehen. Aber ich kann ihn nicht erreichen, und er bleibt eingeklemmt und schreit so grell, wie man das von einem Menschen nicht erwartet.

Neue Geräusche: ein Gurgeln und ein Zischen. Der Dämon materialisiert sich direkt neben mir und hebt sich strahlend und blendend vom dunkelgrauen Himmel ab. Im trüben Licht erkenne ich zum ersten Mal, woraus er besteht. Kleine, wespenartige Geschöpfe, die rasend schnell durcheinanderwimmeln und dadurch das Strahlen erzeugen. Eine stechende, summende, wirbelnde, durcheinanderjagende Masse, deren intensives Brummen einem an den Nerven zerrt. Genau das hatte ich auch neben der eisigen Kälte verspürt, wenn der Geist in mich eingedrungen war: den alles verzehrenden Flug der Wespen.

Ich taumele zurück.

Und befand mich wieder auf der Straße in New York. Ich stand ganz still da.

»Dinah!« Sams Blick schien an mir zu haften. »Was war denn gerade los? Deine Augen haben sich nach hinten gedreht, und du hast ausgesehen, als würdest du einen Kollaps erleiden.«

»Weil all die Toten da waren, Daddy«, teilte Elias ihm mit.

»Was redest du denn da, Junge?« fragte mein Mann. »Welche Toten?«

»Aus dem Flugzeug. Auf dem Feld.«

Ich betrachtete meinen Sohn. In der Vision hatte ich ihn nicht gesehen. Vermutlich war er immer an meiner Seite, auch wenn ich ihn nicht ausmachen konnte.

»Was? Wo?« Mein Mann verstand kein Wort.

»Das Flugzeug ist vom Himmel gefallen. Die Toten sind jetzt im Himmel. Nur der Mann mit den Wespen nicht.«

Sam sah mich hilfesuchend an und legte Elias dann beide Hände auf die Schultern. »Was für ein Mann mit Wespen?«

»Er ist eigentlich kein Wespenmann, Daddy, sondern nur ein blöder Geist.«

»Ich habe dir doch gesagt, daß die beiden wieder zusammenkommen«, erklärte Kate an diesem Abend und hielt sich die rosafarbene Rose an die Wange, die Sam ihr mitgebracht hatte.

Alex starrte uns an und verzog das Gesicht. »Ihr beiden seid vollkommen verrückt.«

Er hatte ja keine Ahnung, wie verrückt zumindest einer von uns war. Kate ahnte vielleicht etwas, aber bislang schien sie niemandem etwas von dem verhängten Spiegel gesagt zu haben.

»Und warum sind wir verrückt?« wollte Sam wissen.

Achselzucken. »John Harmans Eltern haben sich getrennt, auch die von Sally Kershaw und die von Larry Selwin. Und alle hassen sich bis aufs Blut. Johns Mutter hat gesagt, sie würde nie mehr zu seinem Vater zurückkehren, und wenn er der letzte Mann auf der Erde wäre.«

»Na, wie du siehst, finden manche Eltern eben doch wieder zueinander«, wandte Kate ein.

»Da mußt du deiner Schwester wohl recht geben, Alex«, erklärte Sam mit einem Seitenblick auf mich, »denn immerhin sind wir ja wieder zusammen, wie du eindeutig erkennen kannst.«

»Ja, aber das zählt nicht, weil ihr beide bescheuert seid.« Seine Mundwinkel zuckten, so als könnte er sich das Lachen kaum verkneifen.

»Du verstehst eben nichts von der Macht der wahren Liebe«, sagte Kate.

»Wahre Liebe«, strahlte Elias.

Nach dem Abendessen gab Kate uns ein Flötenkonzert. Sie spielte uns die Bach-Sonatine vor, die sie so lange geübt hatte, und bot uns einen flüssigen, fehlerfreien Vortrag. Alex und Sam machten sich danach über einige Videospiele her, dann betrachteten mein Mann und Elias zusammen die *Geschöpfe der Tiefe*. Der Kleine erzählte ihm davon, wie er in den Pool gestiegen war, und zeigte ihm seine neuesten Gemälde. Dann gingen sie nachsehen, was der Fisch Elvis machte. Schließlich brachten wir die Kinder zu Bett. Sam legte einen Arm um mich, und so begaben wir uns schweigend ins Schlafzimmer. Ich hatte sämtliche Hinweise auf meine Besessenheit entfernt. Die Kerzen, die Bücher und alles andere.

Als ich anfing, mich auszuziehen, wurde mir bewußt, daß ich es nicht über mich bringen konnte, mich vor meinem Mann nackt zu zeigen. Es lag nicht in erster Linie daran, daß ein anderer mich berührt hatte. Wenn wir uns geliebt hatten, dann stets, weil wir beide Leidenschaft füreinander verspürten. Aber jetzt hatte ich das Gefühl, mein Körper gehöre mir nicht mehr. Ich nahm den Morgenmantel mit ins Badezimmer und wollte erst wieder herauskommen, wenn Sam bereits im Bett lag.

Ich ließ das Licht aus, während ich mir das Gesicht wusch, weil ich meinen Anblick im Spiegel nicht ertragen konnte. Und ich weigerte mich auch, daran zu denken, was in Sams Abwesenheit in diesem Raum vorgegangen war. Obwohl sich die Vision von heute nachmittag deutlich von den vorangegangenen unterschieden hatte, glaubte ich noch lange nicht daran, der Lösung meines Problems nahe zu sein.

Als ich ins Schlafzimmer zurückkehrte, saß Sam aufrecht im

Bett. Er hatte die Decke bis zum Bauch hochgezogen und trug kein Pyjama-Oberteil. Der glatte, schlanke, langgliedrige Körper meines Mannes war mir fast so vertraut wie mein eigener. Auch wenn ich ihn sechs Wochen, vier Tage und sechzehn Stunden nicht mehr gesehen hatte.

Ich setzte mich auf seiner Seite aufs Bett. »Ich habe dich immer geliebt, Sam.«

Er sah mir ins Gesicht. »Wer war er? Der Mann, mit dem du zusammen warst?«

»Niemand, Sam.«

»Du hast mit einem Niemand geschlafen?«

Ich legte ihm eine Hand auf den Oberschenkel. Wie sehr ich ihn verletzt hatte. Vielleicht würde ich Sam nie wieder in die Augen blicken können, ohne dort die Verletztheit zu erkennen, die ich verursacht hatte.

»Du willst es also ganz genau wissen. Gut, ich erzähle dir alles, wenn du unbedingt möchtest.«

Er seufzte. »Nein, eigentlich nicht.«

»Es war nur einmal, Sam, und wird ganz gewiß nie wieder geschehen. Ich habe ihm gesagt, daß es ein Riesenfehler gewesen sei.«

Mein Mann nahm mich in die Arme und zog mich an sich. Wir küßten uns, und dann löste er sich ein wenig von mir.

»Erinnerst du dich noch, was ich dir bei meinem Heiratsantrag gesagt habe? Daß wir immer zusammenbleiben würden, ganz gleich, was geschehe?«

»Ja, daran erinnere ich mich.«

Er grinste wehmütig. »Nun, da habe ich wohl einen Zusatz vergessen. Denn eigentlich hätte ich sagen sollen: ›ganz gleich, was geschehe, außer Ehebruch.‹« Sam seufzte: »Du und die Kinder, ihr seid mein Leben.«

»Genau das habe ich neulich zu Rabbi Leiberman auch gesagt. Daß du mein Leben seist.«

»Wer ist denn Rabbi Leiberman?«

»Der Seelsorger im Tempel Beth Elohim. Ich habe ihm die ganze Geschichte erzählt.«

Sam sah mich eigenartig an. »Und was meinte er dazu?«

Ich ging auf meine Bettseite hinüber und schlüpfte unter die Decke. »Der Rabbi sagte, die Geister von bösen Menschen lebten nach deren Tod fort. Dämonen hätten die Macht, Menschen zu verspotten, zu täuschen und zu verwirren. Sie würden über alles Lügen verbreiten, über die Zukunft und die Vergangenheit, und manchmal auch Lüge und Wahrheit vermengen.«

»Und du glaubst wirklich, daß dieses ... dieses Wesen Elias gerettet hat?«

»Ich weiß nicht, was ich glauben soll. Der Dämon scheint jedenfalls davon überzeugt zu sein. Aber Leiberman sagte, kein Geist könne Gott täuschen. Wenn der Todesengel wirklich gekommen wäre, um Elias zu holen, dann hätte er ihn auch gefunden.«

»Ganz genau«, bestätigte Sam, »das hört sich richtig an.«

»Ja, mich hat das auch überzeugt. Und ich weiß ja eigentlich nie, wann der Geist lügt oder die Wahrheit sagt.«

»Und ich erst recht nicht.« Sam rieb sich über das Kinn. »Manchmal glaube ich, ich weiß überhaupt nichts mehr. Warum legen wir uns jetzt nicht schlafen? Wir können morgen weiter darüber reden.«

Er streckte die Arme aus, ich schmiegte mich an ihn, und in dieser Haltung schliefen wir unter der wärmenden Decke ein.

Am nächsten Morgen redeten wir weiter darüber. Und auch am folgenden. Die ganze Woche lang. Früh am Samstagmorgen, noch bevor die Kinder aufgewacht waren, wollte Sam den Geist noch einmal von mir beschrieben haben.

»Er zeigt sich mir in unterschiedlicher Gestalt«, antwortete ich bei meiner ersten Tasse Kaffee. »Auf der Intensivstation tauchte er meist als Seth Lucien auf.«

»Und was war das für ein Typ?«

»Kein sehr angenehmer«, seufzte ich. »Belassen wir es dabei.«

Sam trank einen Schluck Kaffee. »Nun komm schon, das kannst du aber deutlich besser.«

Also erzählte ich ihm die ganze Geschichte unserer Beziehung. Wirklich alles, sogar über den Film, den er heimlich gedreht hatte. Sam versuchte sich an einem Witzchen und meinte, er habe gar nicht gewußt, daß er mit einem Porno-Star verheiratet sei.

»Ha, ha«, machte ich. »Könnten wir jetzt bitte zum eigentlichen Thema zurückkehren?«

»Einverstanden.« Dann wieder das Grinsen mit den Grübchen. »Mann, ich würde was dafür geben, diesen Streifen zu sehen.«

»Tja, tut mir leid, aber ich habe seine ganze wunderbare Filmkollektion in die Mülltonne geworfen. Und jetzt genug davon, ja? Jedenfalls, seit Elias' Erwachen hat der Dämon sich verändert. Er war irgendwie substanzloser, genauer kann ich das leider nicht beschreiben. Und neulich, auf der Straße in New York, habe ich ihn wohl zum ersten Mal in seiner wahren Gestalt gesehen. Er bestand aus kleinen, wespenähnlichen Tieren, die keinen Moment stillstehen und sich permanent bewegen. Das erzeugte ein besonderes Leuchten. Wenn er hier im Schlafzimmer auftauchte, wirkte sein Licht eher unbewegt.«

»Dieses Wesen war in unserem Schlafzimmer?« fragte er gedehnt. »Mensch, du verstehst es wirklich, einen zu überraschen. War der Dämon etwa auch anwesend, wenn wir uns geliebt haben?«

»Ja.«

»Gott, Dinah!« Mein Mann stand auf und schenkte sich noch eine Tasse Kaffee ein. »Entschuldige, ich weiß, daß es nicht deine Schuld war. Es ist nur so ...« Er schüttelte den Kopf und wußte nicht so recht weiter. »Ich meine, ich habe auch Phantasien von einem flotten Dreier, aber so habe ich mir das nun doch nicht vorgestellt.«

Ich mußte lachen, aber er blieb ernst. »Was will der Geist von dir, Dinah?«

»Mich besitzen. Oder mit mir schlafen. Allerdings könnte ich mir gut vorstellen, daß das für ihn ein und dasselbe ist.«

Sam nahm meine Hand. »Jesus, Maria und Josef.«

Aber ich dachte in diesem Moment weniger an Gott, sondern vielmehr an die Visionen. Sam und ich hatten uns in den letzten Tagen sehr oft darüber unterhalten, und ich vermochte immer noch nicht zu unterscheiden, welche von diesen Bildern auf Wahrheit beruhten und welche auf Lügen. Auch brachte ich noch nicht die Kraft auf, Sam zu fragen, wie er sich entscheiden würde, wenn die schlimmste dieser Visionen wahr würde. Nämlich, ob die Lebenserhaltungssysteme abgeschaltet werden sollten oder nicht.

Wir standen in der Küche, und draußen dämmerte es. »Es ist wie ein Krieg«, murmelte Sam vor sich hin. Plötzlich sah er mich an. »Höchste Zeit, daß wir in die Offensive gehen.«

Ich trat zu ihm an die Kaffeemaschine und umarmte ihn. Mein Mann gehörte zu den Verstandesmenschen. Selbst unter den irrationalsten Umständen ließ er sich von der Vernunft leiten.

»Dann willst du mir also helfen?«

»Aber natürlich.«

»Und du glaubst mir?«

Leise und ernst antwortete er: »Ich bin mir nicht sicher, ob ich an so etwas glauben kann.«

»Dann denk doch nur einmal an Elias. Er glaubt mir. Und er hat dir gesagt, daß er den Geist sehen kann. ›Wespenmann‹ hat der Kleine ihn genannt. Das konntest du mit eigenen Ohren hören.«

»Dinah, ich möchte dir ja gern glauben, aber so etwas widerspricht meiner Natur. Du könntest Elias von deinem Dämon erzählt haben, und er gibt jetzt nur deine Worte wieder.«

»Und aus welchem Grund hätte ich so etwas tun sollen?«

»Keine Ahnung. Du weißt, daß es für solche Erscheinungen auch andere Erklärungen gibt. Vermutlich willst du die aber nicht sehen. Zum Beispiel sagst du mir, daß du nie weißt, ob der Geist dich belügt oder ehrlich zu dir ist. Nehmen wir nun einfach mal spaßeshalber an, daß sich das alles nur in deinem Kopf abspielt, daß dein Unterbewußtsein dafür verantwortlich ist. Als der Dämon dir gesagt hat, er habe deinem Freund Jay eine Überdosis verpaßt und ihn damit ermordet, hast du automatisch angenommen, daß dies der Wahrheit entspräche. Aber wenn dieser ganze Schlamassel aus dir selbst kommt, wenn deine Phantasie sich das ausgedacht hat, um deine Schuldgefühle, deine Ängste und was weiß ich noch zu verarbeiten, dann dürfte es doch wohl auf der Hand liegen, daß der Dämon den Mord an Jay auf sich nimmt. Denn genau das hast du wahrscheinlich immer schon geglaubt. Und ebenso wahrscheinlich hattest du all die Jahre ein schlechtes Gewissen, weil du dich damals nicht mit deinem Wissen an die Polizei gewandt hast. Daraus sind Schuldgefühle entstanden, die dich sozusagen heimsuchen.«

Diese in sich geschlossene und unangreifbare Logik meines Mannes beeindruckte mich, überzeugen konnte er mich damit aber nicht.

»Ich habe eigentlich nur noch eine Frage an dich«, schloß Sam. »Wie um alles in der Welt konntest du dich mit so einem Kerl einlassen?«

»Ich war jung und dumm und wollte unbedingt eine feste Beziehung. Aber ich muß auch dir noch eine Frage stellen: Glaubst du mir, oder glaubst du mir nicht?«

»Ich weiß nur eines, daß ich dich liebe.« Er nahm mich in die Arme.

»Danke, das reicht mir voll und ganz.«

Als die Bücherei von Westport an diesem Morgen öffnete, warteten wir schon vor dem Eingang. Zwei Stunden suchten wir in den Mikrofiche-Dateien, ehe wir endlich auf eine Schlagzeile aus dem Jahre 1961 stießen: FLUGZEUG DER AMERICAN AIRLINES STÜRZT IN EINEM FELD IN KANSAS AB – 54 TOTE.

Dem Artikel entnahmen wir, daß Flug 9960 der Fluggesellschaft American Airlines am besagten Tag um 7 Uhr 30 vom Idlewild (heute Kennedy) Airport in Richtung Los Angeles gestartet war. Zwei Zwischenlandungen waren vorgesehen. Nach dem Weiterflug von Chicago erlitt das Flugzeug einen nicht weiter ausgeführten Maschinenschaden und stürzte in der Nähe von Kansas City ab. Beim Aufprall zerbrach der

Rumpf in zwei Teile, einen großen und einen kleinen. Feuer brach aus, und alle Passagiere, die nicht in den ersten Reihen gesessen hatten, verbrannten bis zur Unkenntlichkeit. Nur acht Menschen hatten das Unglück überlebt. Am Ende des Artikels fand sich eine Liste der Toten und der Überlebenden nebst ihrem Alter und ihrer Heimatstadt. Ein Seth Lucien ließ sich nicht entdecken. Aber unter den Überlebenden wurde ein Andrew Cantrell aufgeführt, Alter zehn Jahre, und ein Ronald Cantrell, vierunddreißig Jahre. Eine zweiunddreißigjährige Wanda Cantrell stand auf der Liste der Toten. Alle drei stammten aus Greenwich, Connecticut.

Zur Mittagsstunde hielten wir vor dem Säulenportal einer Villa im Kolonialstil an. Unser Weg hatte uns in eine vornehme Vorstadt im Umland von Greenwich geführt. Eine junge Frau erschien an der Tür, öffnete sie aber nur halb. Sie war hübsch, schlank und in Hose und Pullover gekleidet.

»Verzeihen Sie bitte die Störung«, sagte Sam. »Ich bin Sam Galligan, und das ist meine Frau Dinah. Wir suchen nach einem gewissen Andrew Cantrell.«

Sie öffnete die Tür ein Stück weiter, und in dem Licht, das jetzt auf sie fiel, erkannte ich, daß sie doch nicht mehr so ganz jung sein konnte. Die Frau mußte älter sein als ich, mindestens Ende vierzig. Wahrscheinlich hatte sie sich ihr jugendliches Aussehen mit Kuren, Sport und Schönheitsschirurgie bewahrt.

»Mein Ehemann Ronald war sein Vater. Aber leider ist er letztes Jahr verstorben. Ich bin Mrs. Virginia Cantrell.«

»Oh, das tut uns leid«, sagte Sam. »Wissen Sie vielleicht, wo wir Andrew finden können?«

»Warum?« fragte sie gleich und legte die Stirn in Falten. »Ist die Polizei hinter ihm her?«

»Wie kommen Sie denn darauf?«

»Wenn Sie das schon fragen, sind Sie ihm noch nie begegnet.«

»Besitzen Sie vielleicht ein Foto von ihm?«

»In diesem Haus gibt es keine Fotos von Andrew«,

schnaubte Virginia. »Tut mir leid, daß ich Ihnen nicht weiterhelfen kann.«

Als sie daraufhin die Tür schließen wollte, legte Sam mir warnend eine Hand auf den Arm und fragte: »Bitte, Mrs. Cantrell, könnten Sie uns nicht irgend etwas über ihn sagen? Sie könnten damit womöglich eine Tragödie verhindern.«

Die Frau sah uns zweifelnd an. »Was denn für eine Tragödie?«

»Wir glauben, daß Andrew Cantrell meine Frau verfolgt.« Sam warf mir einen kurzen Blick zu, und ich war froh, daß ihm so rasch etwas eingefallen war.

»Er verfolgt Sie? Warum wenden Sie sich dann nicht an die Polizei?«

»Die Sache ist recht kompliziert«, antwortete mein Mann. »Wenn wir mit unserer Vermutung richtig liegen, ist Andrew sehr gefährlich.«

Virginia sah uns beide abwechselnd an und meinte dann seufzend: »Na schön, wenn die Sache so aussieht, sollte ich Ihnen wohl erzählen, was ich über ihn weiß. Aber viel ist es nicht.«

Die Frau ließ uns nun ein und führte uns durch eine große Diele und ein noch größeres Eßzimmer in einen kleinen Wintergarten, der direkt dahinter lag. An drei Seiten boten Fenster, die vom Boden bis zur Decke reichten, einen wundervollen Blick auf einen von sorgfältig getrimmten Hecken eingefaßten englischen Garten, in dessen Mitte eine graue, verwitterte Pan-Statue stand.

»Das ist mein Lieblingszimmer in diesem Haus.«

»Kann ich mir gut vorstellen«, bemerkte ich. Der Wintergarten wirkte offen und luftig. Viel Grün, Korbgeflecht und Chintz fand sich hier. Virginia nahm in einem Schaukelstuhl Platz und wies uns die Korbcouch zu.

»Andrew war schon fort, als ich auf der Bildfläche erschien«, begann die Frau. »Das ist nun schon über zwanzig Jahre her. Mein Mann hat mir nie verraten, warum er seinen Sohn aus dem Haus gejagt hat. Aber irgendwann habe ich dann erfahren, daß der Junge mit siebzehn ein Mädchen vergewaltigt haben soll. Sie erstattete keine Anzeige, und er erklärte, sie habe es gewollt. Na ja, die alte Geschichte eben. Mein Mann war aber davon überzeugt, daß Andrew dem Mädchen Gewalt angetan hatte. Er schickte ihn aufs College, und –«

»Welches College?« fragte ich.

Sie zuckte die Achseln. »Das weiß ich nicht so genau. Irgendein kleines College in Virginia. Andrew hat es dort nicht einmal ein Jahr ausgehalten. Danach hat er, wenn ich recht informiert bin, in Washington, D. C., gelebt.« Die Frau schlug die Beine übereinander, lehnte sich zurück und zündete sich eine Zigarette an.

»Vergeben und vergessen, das war schon immer meine Devise«, fuhr sie jetzt fort. »Als Ron und ich aus den Flitterwochen zurückkehrten, konnte ich ihn davon überzeugen, seinem Sohn eine zweite Chance zu geben. Andrew fuhr damals ein schweres Motorrad und kreuzte damit eines Tages hier auf. Wie ein unheilvolles Gewitter. Schulterlanges Haar, Bell Bottoms, schwarze Lederstiefel und so weiter, eben ganz auf Hippie. Ich vermute, einige Mädchen in meinem Alter haben so etwas sicher attraktiv gefunden.«

»Sie mochten wohl keine Hippies«, schloß Sam.

Achselzucken. »Hippies waren meistens die Kinder von reichen Leuten. Als ich aufwuchs, wurden meine Freunde nach Vietnam geschickt. Meinen Liebsten auf der High-School habe ich in Vietnam verloren, in irgendeinem gottverlassenen Kaff namens Da Nang. Reiche Väter haben ihren Einfluß spielen lassen, damit ihre Hippie-Söhne nicht nach Vietnam mußten. In meiner Schicht konnten es sich die meisten nicht erlauben, verächtlich auf alles herabzublicken, wie die Reichenkinder das getan haben.«

»Dann sind Sie wohl nicht gerade in der vornehmsten Gegend großgeworden«, vermutete mein Mann.

»Allerdings nicht. In Lawrence City, und das war genauso wie Greenwich.«

Richtig, die eigentliche Stadt hatte keinen attraktiven Eindruck gemacht. »Fahren Sie doch bitte fort, Mrs. Cantrell.«

»Nennen Sie mich Virginia. Am Abend saßen wir alle am Abendbrottisch zusammen. Dort drüben.« Sie sog tief an ihrer Zigarette. »Tja, man mußte kein Psychiater sein, um sofort zu erkennen, daß der Junge ernsthaft gestört war. Ich war damals dreiundzwanzig, und Sie können mir glauben, daß ich in meiner Jugend so manchem mißratenen Teenager begegnet bin. Aber noch nie jemandem wie dem Sohn meines Mannes. Und seitdem auch nie wieder.« Die Frau schaute einen Moment aus dem Fenster, ehe sie sich wieder uns zuwandte. »Mein Stiefsohn war ein richtiger Teufel, ganz ehrlich.«

»Ein Teufel?« fragte Sam nach einem Seitenblick auf mich.

»Ich benutze solche Worte sonst nie, aber für ihn fällt mir keine bessere Bezeichnung ein. Andrew war ein Teufel, und das aus dem einzigen Grund, weil er so sein wollte. Von Grund auf verdorben, verkommen, hinterhältig, gemein, verabscheuungswürdig. Denken Sie sich ruhig noch weitere solche Begriffe aus, sie treffen alle auf ihn zu.«

Virginia inhalierte und blies den Rauch aus. »Dabei hatte der Abend nicht einmal schlecht begonnen. Andrew erzählte uns von seinem Interesse an der Kunst. Er habe eine neue Freundin, mache in einer Theatertruppe mit und drehe sogar Filme. Mein Mann nun, Chef einer großen Firma, Diakon in der Kirche und auch sonst eine Säule seiner Gemeinde, hatte sicher andere Pläne für seinen Versager von einem Sohn gehabt, als daß er sich am College irgendwelchen schönen Künsten zuwandte. Aber Ron hörte ihm in Ruhe zu. Irgendwann berichtete Andrew, daß er der Lead Guitarist in einer Rock Band mit dem Namen Death Rap sei. Nein, Moment, sie hieß Death Trip oder so ähnlich. Das war meinem Mann nun doch zuviel. Er sagte: ›Warum fängst du nicht an, was Richtiges zu studieren, Drew? Du bist ein kluger Junge und könntest es in ein paar Jahren schaffen.‹ Aber sein Sohn entgegnete nur: ›Damit ich so werde wie du?‹ Und das klang aus seinem Mund wirklich gehässig. Ron bewahrte aber immer noch seine Ruhe und sagte: ›Ich will doch nur das Beste für dich, mein Junge.‹

»Du wüßtest doch nicht mal, was das Beste für mich ist,

wenn es dich in deinen verschissenen Schädel beißt!‹ schleuderte der Junge zurück. Verzeihen Sie bitte die Ausdrucksweise. Daraufhin meinte Ron zu mir: ›Ich habe dir ja gleich gesagt, daß das keine besonders gute Idee ist.‹ Da hat Andrew ihn nachgeäfft: ›Ich habe es dir ja gleich gesagt, ich habe es dir ja gleich gesagt.‹ Und dann fing er an, seinen Vater übel zu beschimpfen. Arschloch hat er ihn genannt. Und mich auch nicht verschont. Ich sei doch nur eine kleine Nutte, die auf Rons Geld scharf wäre.« Virginia senkte den Blick.

»Ihnen ist sicher aufgefallen, daß ich deutlich jünger als mein Mann war.«

Wir nickten beide. Was hatte Seth mir damals im Theater noch gesagt? Daß sein Vater auf junge Dinger stünde?

»Nun, in dem Moment ist Ron explodiert. Er sprang auf und schlug Andrew mit dem Handrücken ins Gesicht. Sogar zweimal. Und das Unheimlichste daran war, daß der Junge einfach sitzenblieb und es über sich ergehen ließ, während die langen Haare ihm ins Gesicht hingen.«

Vielleicht weil sein Vater ihn auch früher schon geschlagen hatte, womöglich so oft, daß Andrew dagegen völlig abgestumpft war.

»Was fängt man nur mit einem so ungezogenen Bengel an?« fragte Virginia, als wir beide gerade Blicke tauschten. »Mein Mann wies ihm die Tür, und Andrew sagte: ›Prima, einverstanden, ich gehe, ist sowieso scheißlangweilig hier. Vielleicht hätten wir etwas Leben in die Party bringen können, wenn diese ...‹ – tut mir leid, ich kann einfach nicht wiedergeben, wie er mich bezeichnet hat – ›es uns beiden besorgt hätte, am besten gleichzeitig.‹ Ich sah, daß mein Mann vor Wut kochte, aber er beherrschte sich und sagte nur: ›Solche Ausdrücke gebrauchen wir in diesem christlichen Hause nicht. Merk dir das.‹

In dem Moment erhob sich der Junge, sah seinem Vater direkt in die Augen und erklärte: ›Soll ich dir mal sagen, was ich von deinem Christus halte? Daß er ein Haufen Scheiße ist. Daß er ein Nichts ist.‹ Und dann fing er an, ganz merkwürdige Sachen zu sagen, so etwas wie ein Gebet. Moment, mal sehen, ob ich noch was davon zusammenbekomme: ›Der aber, der auf den meisten Schädeln steht, vermag am weitesten zu schauen … Ich erhebe die Augen, denn ich werde vor den Dunklen Göttern stehen …‹ Ron erklärte ihm, er solle auf der Stelle das Haus verlassen und sich hier nie wieder blicken lassen.

Andrew meinte nur: ›Okay. Aber ich habe hier ein kleines Abschiedsgeschenk, damit du mich immer in Erinnerung behältst.‹ Und damit zog er einen seiner widerlichen pornographischen Filme aus der Tasche und legte ihn auf den Eßtisch. ›Für deine Sammlung, Dad. Meine Freundin. Sie liebt es einfach, vor der Kamera solche Sachen zu machen.‹«

Mein ganzer Körper lief vor Scham rot an. Sam warf mir wieder einen Blick zu und fragte dann: »Ihr Mann hat pornographische Werke gesammelt?«

»Selbstverständlich nicht. Andrew hat das nur aus purer Gemeinheit gesagt.«

»Und dann hat er das Haus verlassen?« fragte Sam.

Virginia drückte ihre Zigarette im Aschenbecher aus. »Ja. Aber erst, nachdem er die Rolex seines Vaters, die Diamantbrosche seiner verstorbenen Mutter und fast viertausend Dollar aus dem Safe eingesteckt hatte. Tja, das war das erste und einzige Mal, daß ich den wunderbaren Andrew Cantrell erleben durfte.«

»Vielen Dank, Virginia«, sagte ich und erhob mich. »Bevor wir gehen, würde ich Ihnen gern noch eine letzte Frage stellen. Wissen Sie zufällig, ob Andrew Cantrell noch lebt?«

Sie sah mich verwirrt an. »Haben Sie nicht vorhin gesagt, er verfolge Sie?«

»Wir haben ihn im Verdacht«, erklärte Sam, »sind uns aber nicht hundertprozentig sicher.«

»Und wenn er nicht mehr leben sollte, könnten Sie ihn von der Liste der Verdächtigen streichen, nicht wahr? Aus diesem Grund sind Sie doch gekommen.«

Virginia sah sich zu viele Krimis an. »Ja, so ähnlich«, antwortete ich.

»Aber man hätte Ron doch informiert, wenn sein Sohn gestorben wäre, oder?«

Nicht unbedingt, vor allem wenn Andrew nicht seinen richtigen Namen benutzt hatte. Die Polizei hatte außerdem damals erklärt, bei ihm keine Papiere gefunden zu haben. Vielleicht hatte man ihn als unbekannt begraben. Oder unter dem Namen, den er sich gegeben hatte, um sich von seinem Vater zu distanzieren: Seth Lucien. Das war ihm wohl besonders dämonisch vorgekommen.

Als wir draußen zwischen den Säulen standen und Virginia die Tür hinter uns geschlossen hatte, sagte ich: »Ich habe nicht für diese Aufnahmen posiert, Sam, jedenfalls nicht wissentlich.«

Er hielt mich fest, weil er mir anmerkte, wie mir die Knie einzuknicken drohten. »Das weiß ich doch.«

»Ach, Sam.«

»Ich weiß, wie dir jetzt zumute ist.«

»Und wir sind keinen Schritt weitergekommen.«

»Macht nichts, Di. Wir überlegen uns, was wir als nächstes unternehmen können.« Er drückte mich an sich.

»Na, ist das nicht herzig.«

Der Geist erschien zwischen den Säulen und strahlte noch blendender als die Mittagssonne. Ich konnte ihn nicht länger als Seth ansehen; dabei hatte es sich nur um eine Verpackung gehandelt, um sich mir zu nähern. Die beste Verpackung, die er hinbekommen hatte. Und ich nahm dem Geist auch die Lichtgestalt nicht mehr ab, denn das war ebenfalls ein Trick gewesen. Das Wesen zeigte sich jetzt in seiner wahren Form.

»Wenn du deinen Vater so sehr gehaßt hast, warum verfolgst du dann nicht ihn?« fuhr ich ihn an.

»Dinah?« fragte Sam.

»Weil er tot ist!« beschwerte sich der Dämon.

Natürlich. »Wenn dein Vater tatsächlich so grausam zu dir war«, fuhr ich fort, »dann hat er seine gerechte Strafe inzwischen erhalten. Genauso wie du.«

Ich trat einen Schritt zurück, weil mir plötzlich die Todesskulptur einfiel. »Warum hast du mir die Absturzstelle gezeigt? Du wolltest, daß ich Mitleid mit dir hätte, nicht wahr?« Grundgütiger, selbst das war nur eine Taktik von ihm gewesen.

Der Geist schwieg dazu.

»Ich konnte dem Kind nicht helfen, und es ist ja auch schon seit vielen Jahren tot. Bitte, nichts davon hat etwas mit meinem Sohn zu tun. Das ist einfach nicht fair.«

»Nicht fair?« Der summende Dämon schlug um sich, hieb nach den winzigen Insekten, die ihn durchflogen, hinein und wieder hinaus. »Es gibt nur Einen, der nicht fair ist.«

»Du hast deine Entscheidung getroffen« sagte ich. »Du hattest die Wahl, wie jeder von uns.«

Die Wespen brummten und schwirrten, und er schlug mit Klauen um sich, die selbst aus Insekten bestanden.

Eine neue Frage kam mir in den Sinn. »Was hat Seth eigentlich geglaubt, wer ihn bei dem Absturz gerettet hat?«

Der Dämon starrte mich aus seinen kalten Augen an.

»Satan«, antwortete er nach einem Moment. Ich sah die Schwärze seiner Mundhöhle, und aus der schossen Wespen heraus, so rasch wie Photonen und ebenso unsichtbar.

»Nein«, erwiderte ich. »Genau damit hat Seth falsch gelegen. Nur Gott besitzt die Macht über Leben und Tod. Aber Seth entschied sich dafür, sein Leben ohne Gott zu führen.«

»Undankbares Weib!« kreischte er und stieg zu den Wolken auf.

Ich prallte zurück und meinem Mann in die Arme. Jetzt war mir alles klar. Gleich in welcher Gestalt der Dämon erschienen war, um mich zu erschrecken, gleich welche Anschuldigungen er mir entgegengeschleudert hatte und gleich welche Lügen und Drohungen er mir auftischte, dieser Geist war zu seiner eigenen Folter erschaffen worden, und nicht zu meiner. Wie gerissen von ihm, meine Ängste und meine Schuldgefühle für seine eigenen Zwecke zu mißbrauchen. Und ich hatte alles geschluckt, weil er mir immer wieder versichert hatte: »Ich bin nur für dich da, allein für dich.« Aber das war seine größte Lüge gewesen.

30

DR. SELSON HATTE die Ausdrucke auf seinem Schreibtisch ausgebreitet. Der September war angebrochen, und Labor Day, der erste Montag in diesem Monat, lag gerade hinter uns. Elias sollte am nächsten Tag zum ersten Mal in einen richtigen Kindergarten. Er spielte draußen vor dem Empfang der Arztpraxis.

»Sehen Sie?« Der Arzt deutete auf kleine Erhebungen entlang einer ansonsten geraden Linie. »Hier. Und da. Und dort. Es tut mir sehr leid. Aber das sind Anzeichen für epileptische Aktivitäten. Können Sie die erkennen?«

Sam nickte. Tränen standen ihm in den Augen. »Aber man merkt Elias doch nichts davon an«, meinte er.

»Kann man auch nicht«, entgegnete Dr. Selson, »es handelt sich nur um sehr leichte Anfälle.«

Nach ein paar Momenten fand ich meine Stimme wieder. »Und was haben die zu bedeuten?«

Der Arzt verschränkte die Finger ineinander. »Vielleicht nichts. Aber wir sollten die Medikamente nicht absetzen. Am besten erhöhe ich die Dosis. Das Mittel könnte die Anfälle kontrollieren, und dann hätte er nichts mehr zu befürchten.«

»Und wenn nicht?«

»Die Anfälle könnten auch schlimmer werden. Häufiger und heftiger in Erscheinung treten. Es könnte auch wieder zu einem großen kommen. Aber das vermag man jetzt wirklich noch nicht zu sagen.«

Ich setzte mich hin. Man vermochte es noch nicht zu sagen. Doch ich wußte Bescheid.

In dieser Nacht träume ich wieder vom endlosen blauen Meer. Musik ertönt, die mich wie der Wind in die Lüfte erhebt und gleichzeitig aus den Tiefen des Ozeans an mein Ohr dringt. Ein Duft begleitet die Musik. Es riecht nach Salzwasser und Lilien, nach Pfannkuchen, die in der Pfanne bräunen, und nach menschlichem Schweiß. Die Musik schwingt sich höher empor, lacht, lächelt, weint und liebt. Sie kann sogar hassen. In jedem Akkord sind alle Geheimnisse des Universums enthalten.

Im Traum ruht Elias' Kinn auf seinem Unterarm, und er beugt sich über den Bootsrand. Die andere Hand ist untergetaucht und bewegt die Wasseroberfläche in konzentrischen Kreisen - so wie die Luft sich teilt, wenn ein Geist erscheint. Er lauscht den Klängen.

»Gott singt für uns im Himmel«, erklärt er.

Ich drehe mich zu ihm.

»Du mußt glauben, Mommy«, sagt er. »Sei ganz ruhig, und bewahre dir deinen Glauben.«

In diesem Moment erwachte ich und fuhr im Bett hoch. Wer außer Gott konnte einen Ton so lange halten, ohne Luft holen zu müssen? Wer sonst konnte mich warnen und mir, die ich auf dem absoluten Nullpunkt angekommen war, gleichzeitig Trost spenden? Ja, wer?

Ich senkte den Kopf und flüsterte die Worte, die in meinem Herzen waren:

Gott, ich erbitte nur dies.
Gewähre mir
Dankbarkeit für mein flüchtiges Geschenk,
Trauer ohne Verbitterung,
Kummer ohne Zorn,
Die Vorstellung, wieder glücklich zu werden
Und den Wunsch und den Mut weiterzumachen.

»Dinah?« Sam öffnete die Augen und lachte. »Was treibst du denn da?«

»Ich bete.«

»Jetzt?«

»Ja, jetzt. Und ich beobachte dich.«

»Das kann selbst den Stärksten ziemlich nervös machen, wenn man ihn im Schlaf beobachtet. Und dann auch noch anfängt zu beten, sobald er aufwacht.«

»Ich liebe dich«, sagte ich.

»Ich dich auch.«

Am nächsten Tag ging die Schule wieder los. Wir stellten einen neuen Plan auf. Kate, die ihren Führerschein gemacht hatte und es gar nicht abwarten konnte, hinter dem Steuer zu sitzen, würde Sam jeden Tag zum Bahnhof bringen und danach mit Alex zur Schule fahren. Ich würde dann Elias mit dem Zweitwagen im Kindergarten absetzen.

Seine Kindergärtnerin hieß Miss Lerman. Die hübsche Zweiundzwanzigjährige teilte mir gleich am ersten Tag mit, wie aufgeregt sie sei, weil das ihr erster richtiger Job nach dem College ist. Voller Enthusiasmus beschrieb sie mir, wieviel Spaß die Kinder hier haben würden und was sie mit ihnen unternehmen wollte. Ein paar von diesen wunderbaren Attraktionen listete sie mir auf. Die Art, wie Miss Lerman mir mehrfach versicherte, daß es Elias hier gutgehen werde, zeigte mir, daß sie mit seiner Krankengeschichte vertraut war. Ich sagte ihr, was die letzte Untersuchung ergeben hatte, und ging dann zur Kinderschwester, um ihr die Liste mit Elias' Medikamenten zu geben. Beiden Frauen trug ich auf, mich sofort anzurufen, wenn sich bei meinem Jungen etwas Dramatisches ereignen sollte. Ganz gleich, was. Sie versprachen es mir.

Mary Galligan sagte für diesen Herbst wunderbar bunte Blätter voraus. Und sie behielt recht. Die Blätter verfärbten sich in außergewöhnlicher Pracht und wiesen die unterschiedlichsten Farbschattierungen auf; jedes ein kleines Kunstwerk, so als habe sich hier ein verzückter Pinsel ausgetobt. Jeden Tag unternahmen Elias und ich, bevor die anderen nach Hause kamen, einen Spaziergang durch die Nachbarschaft. Nur wir beide. Wir sammelten in einer kleinen Einkaufstasche Blätter ein. Miteinander überlegten wir uns Namen für die Farbtöne. Gelb war Safran, Honig, Weizen, Zitrone, Senf oder einfach Gelbbraun. Aber wir hatten auch Löwe, Sand und Rehfarben. Einige Blätter waren grün und gelb gefleckt, wie einer der Fische in den *Geschöpfen der Tiefe*. Für Rot fanden wir Rubin, Apfel, Kirsche, Scharlach, Wassermelone oder Zinnober (das steuerte allerdings ich bei). Orange erschien uns als Siena, Feuer, Tuddys Fliege und Mango (oder Apfelsine, was mich wiederum an Julies Haar erinnerte). Es gab leuchtend auberginefarbene Blätter, und der japanische Ahorn vor Mrs. Hurlocks Haus am Ende unseres Blocks besaß welche rot wie Himbeeren. Wenn wir dann nachmittags nach Hause zurückkehrten, klebten wir die Blätter in vier Mappen, eine für jede unserer Grundfarben: Gelb, Orange, Purpurrot und Rot.

Kate schlug vor, daß Elias sich zu Halloween als Elvis Presley verkleiden sollte, und das hielten wir alle für eine tolle Idee. In seinem funkelnden weißen Anzug sah er dann auch richtig süß aus. Er klopfte an Türen und schlurfte durch Blätterberge, die nun überall auf der Straße entstanden waren. Wir anderen vier folgten ihm willig.

Am folgenden Tag fügten wir eine neue Kategorie hinzu: braune Blätter.

»Die sind aber nicht so hübsch wie die anderen Farben«, bemerkte ich.

»Sie sind eben anders«, entgegnete er und schob sich die Brille hoch. »So wie ich.«

Ich schaute zum Fenster hinaus. Kräftige Windstöße gingen, und die Blätter wirbelten von den Bäumen – tanzten und hüpften durch unseren Garten.

»Mommy, was glaubst du, warum die Blätter herunterfallen?« fragte er mich.

»Weil sie im Herbst sterben, damit im Frühling neue wachsen können.«

»So wie die Würmer, wenn sie aufwachen?« bemerkte er mit einem leisen Lächeln.

Ich küßte ihn. »Ja, genau so.«

Jeden Moment, den Elias nicht im Kindergarten war, verbrachte ich mit ihm. Ich küßte ihn so oft, wie er es nur zuließ, roch an ihm, während ich ihn badete und anzog, und versuchte, mir das Gefühl und den Geruch seiner Haut ins Gedächtnis einzuprägen.

Wenn Sam glaubte, ich würde das Kind wieder beglucken, so verlor er darüber kein Wort.

Der Oktober ging in den November über, und eines Abends hielten Sam und ich uns in Elias' Zimmer auf. Sam hockte auf dem Bett, und ich saß mit Elias auf dem Schoß im Schaukelstuhl. Natürlich ruhte Tuddy auf seinen Beinen. Kate und Alex hatten sich auf ihre Zimmer verzogen. Ich spürte den Puls von Nine Inch Nails im ganzen Haus, sogar hier. Gerade las ich Elias aus einem seiner Lieblingsbücher vor, *Gute Nacht, Mond*, und auch Sam hörte zu.

Als die Geschichte zu Ende war, breitete mein Sohn die Arme aus und rief: »Gute Nacht, all ihr Geräusche überall auf der Welt!«

Wir lachten, und ich wollte gerade vorschlagen, daß wir uns noch einmal die ziemlich ramponierten *Geschöpfe der Tiefe* anschauen sollten. Aber dazu kam ich nicht.

»ÜBERALL!« Ein zischendes Flüstern.

Der Dämon materialisierte sich auf Elias' handbemalter Kommode. Die Stiefel dreckverkrustet und die Haut so rosafarben wie Kaugummi. Hatte er sich also wieder einmal für seine erfolgreichste Tarnung entschieden. Schon lange hatte ich ihn nicht mehr in dieser Gestalt gesehen. Und wenn ich es recht bedachte, war er mit schon seit zwei Monaten nicht mehr erschienen, weder in der einen noch in der anderen Form.

»Dinah?« Sam suchte den Raum ab. Ich nickte ihm zu und legte einen Finger auf die Lippen. »Pst.«

Elias glitt von meinem Schoß und lief auf die Kommode zu.

»Bleib da weg, Junge!« rief mein Mann.

»Laß gut sein, Sam«, erklärte ich ihm, »ihm wird schon nichts geschehen.« Davon war ich überzeugt.

Elias schien seinen Vater gar nicht gehört zu haben. Er blieb vor dem Möbelstück stehen und sah zu dem Dämon hinauf. »Du machst mir keine Angst. Ich kann dich nämlich sehen.«

»Niemand vermag mich zu sehen, außer wenn ich es ihm befehle.«

»Ich kann das aber«, erwiderte der Junge und drehte sich kurz zu mir um. »Nicht wahr, Mommy?«

Die Luft wurde wie durch ein Loch eingesogen. Dann schien der Geist sie wieder auszuatmen. Im Flackern der Luft erkannte ich seine Klauenhand, mit der er sein Gesicht bedeckte.

Mein Sohn kehrte ihm endgültig den Rücken zu. »Wir wissen doch, wie wir ihn zum Verschwinden bringen, was, Mommy?«

»Dinah, was geht hier vor?«

»Nicht jetzt, Sam. Wie denn, Elias?«

»Du weißt es.«

Und in diesem Moment begriff ich.

Elias summte eine Melodie und fing dann an zu singen:

Mach die Augen zu, wenn die Mutter dir singt
Von den Wundern um dich her,
Und du wirst seh'n was der Schlaf dir bringt,
Der dich wiegt auf verschleiertem Meer.

Ich fiel in sein Lied ein, und der Gesang erfüllte mich mit Stärke und Zuversicht.

Wir sangen noch eine Strophe, und die schwarzen Stiefel des Dämons verrotteten und fielen auseinander. Seine rosafarbene Haut blähte sich auf wie eine Kaugummiblase, zerplatzte und rann von seinen Knochen. Schließlich zerbröselten auch die zu Staub.

Der Geist zeigte sich daraufhin in Gestalt einer Dame mit einer weißen, spitz auslaufenden Sonnenbrille. Danach als eine Frau mit fleckigem Kleid und fast durchsichtigen Augen. Elias und ich sangen unverdrossen weiter, bis auch diese Formen sich aufgelöst hatten. Nun versuchte er es als mondsilbern strahlendes Gebilde. Wir setzten ihm eine weitere Strophe entgegen, und erst dann konnte ich in die Gestalt aus Licht hineinschauen und sah den Wirbel von stechenden, summenden Wespen.

Mein Sohn und ich sangen, bis ein Schwirren durch den ganzen Raum ging. Man konnte die winzigen Wesen kaum erkennen, die nach und nach aus dem Mahlstrom flohen. Man vermochte ihre rasende Geschwindigkeit nur zu erahnen. Eine nach der anderen suchten die Wespen zu entkommen. Der Dämon sackte darunter immer weiter zusammen, verlor an Leuchtkraft und löste sich Stück für Stück auf. Zuerst die Klauen, dann die Arme, schließlich der Oberkörper und als letztes der Kopf. Wie Zucker in Wasser, bis nichts mehr von ihm übrig war. Die Wespen hatten sich in alle vier Winde zerstreut.

»Buh!« machte Elias.

Am nächsten Montagmorgen rief mich die Kinderschwester an.

»Mrs. Galligan? Sie haben doch darum gebeten, sofort verständigt zu werden, wenn sich etwas Ungewöhnliches ereignen sollte. Nun, Nora Lerman kam gerade zu mir. Sie sagte, die Kinder hätten einen Imbiß zu sich genommen, als Elias plötzlich erstarrte. Es geht ihm wieder besser, aber –«

»Erstarrte?«

»Ja, so hat sie sich ausgedrückt. Ihr Sohn saß mit den anderen am Tisch, als er plötzlich geradeaus starrte und sich nicht mehr rührte. Er hatte die Zähne fest zusammengebissen und die Hände zu Fäusten geballt. Miss Lerman hat ihn mehrmals beim Namen gerufen, aber er schien sie nicht zu hören. Nach einer Weile kam Elias ganz von selbst wieder zu sich und hat weiter an seinem Cracker mit Erdnußbutter geknabbert, als sei nichts geschehen.«

Ich schloß die Augen und spürte die Tränen, die sich unter meinen Lidern sammelten. »Wie lange hat das angehalten?«

»Vielleicht drei Minuten.«

»Hat Miss Lerman ihn gefragt, ob er sich an irgend etwas erinnern könne?«

»Ich habe ihn das gefragt, nachdem sie ihn zu mir gebracht hatte, und zwar gleich danach. Elias schien aber gar nicht zu wissen, was ich von ihm wollte. Mittlerweile fühlt er sich wieder pudelwohl. Aber es könnte sich dabei doch um einen kleinen epileptischen Anfall gehandelt haben, Mrs. Galligan, und ich hielt es für besser, Ihnen Bescheid zu geben.«

Ich bedankte mich bei ihr und legte dann langsam und vorsichtig auf. Lange Zeit saß ich nur da, ehe ich den Hörer wieder aufnehmen und Sam anrufen konnte. Und den Arzt. Und ja, als erstes habe ich gebetet.

Am nächsten Tag fuhren wir mit Elias zu Dr. Selson. Der stellte eine neue Medikamentation zusammen, aber die half nicht. Während der nächsten Tage erlitt der Junge mehrere Anfälle, so deutlich, daß sie uns nicht verborgen blieben. Der Arzt wies ihn ins Krankenhaus ein, verschrieb ihm neue Mittel, führte mehrere Tests an ihm durch und hielt ihn unter Beobachtung. Dr. Selson beriet sich mit einem Neuro-Chirurgen, einem Dr. Manheim, der als der Beste seines Fachs galt. Der Brite begegnete uns steif und förmlich, ohne daß wir uns von oben herab behandelt fühlten. Nachdem er sich Elias angesehen hatte, sagte er, daß eine Operation nicht in Frage käme. Bei dem Jungen lägen keine Verletzungen oder Schädigungen vor, die sich am Operationstisch beheben ließen. Es täte ihm sehr leid.

Sam und ich besprachen uns mit Dr. Selson in dessen Büro. Die Dinosaurierpuppe saß untätig auf dem Schreibtisch. Der Arzt fuhr sich durchs Haar. »Wir haben es hier mit einer Art metabolischer Störung zu tun. Sehr ungewöhnlich. Ihr Sohn hat mehrere verschiedene Arten von Anfällen erlitten. Wirklich sehr bedauerlich.«

»Und wenn wir einen anderen Chirurgen hinzuziehen?«`fragte mein Mann mit Tränen in den Augen.

Dr. Selson seufzte. »Natürlich können wir andere Experten dazubitten. Wenn Elias mein Kind wäre, würde ich das sicher tun.« Er verhakte die Finger ineinander. »Ich wünschte, ich könnte Ihnen versichern, daß es ihm bald wieder besser ginge. Daß es da eine Wundermedizin gäbe oder ich sonst etwas wüßte, um die Sache zu beheben. Aber das kann ich leider nicht. Wir kennen uns heute recht gut mit dem menschlichen Gehirn aus. Aber leider bleibt ein ziemlich großer Rest, bei dem wir noch im Dunkeln tappen. Natürlich werden wir alles veranlassen, was in unseren Kräften steht. Es gibt einige neue Antikonvulsiva, die in bestimmten Kombinationen wahre Wunder vollbringen können. Aber ich werde Ihnen nicht die Unwahrheit sagen oder Ihnen falsche Hoffnung vermitteln. Das wenigstens kann ich Ihnen versprechen.«

Ich dankte Dr. Selson für seine Ehrlichkeit, und am nächsten Tag durften wir Elias mit nach Hause nehmen. Seine Konvulsionen nahmen unentwegt an Häufigkeit und Intensität zu. Der Kleine entwickelte eine linksseitige Schwäche und fühlte sich von all den Tabletten ständig müde, hielt aber tapfer durch.

Gegen Ende dieses ereignisreichen Jahres kam Julie uns besuchen. Allem Anschein nach hatte meine Mutter ihr geschrieben. Und eines Tages stand sie bei uns vor der Haustür. Ich kann es nicht leiden, wenn Menschen Freunden, die sie seit Jahren nicht gesehen haben, erklären, sie hätten sich überhaupt nicht verändert. Aber in diesem Fall traf das absolut zu. Julie war immer noch dürr wie eine Bohnenstange, Sommersprossen bedeckten weiterhin jeden Quadratzentimeter ihrer Haut, und ihr Kopf schien immer noch in Flammen zu stehen; allerdings hatte sie die obere Hälfte ihrer Mähne unter einem Barett vergraben.

Julie strahlte mich an. »Charlotte als Friedensstifterin! Also so etwas hätte ich im ganzen Leben nie für möglich gehalten!«

»Wenn man lange genug auf dieser Erde weilt, erlebt man

die absonderlichsten Dinge!« Wir fielen uns in die Arme und blieben sehr lange so auf der Türschwelle stehen.

»Ich dachte, du könntest mich vielleicht brauchen«, flüsterte sie mir ins Ohr.

Elias' Anfälle kamen mittlerweile regelmäßig, und er verlor die Fähigkeit zu sprechen. Dennoch ging es ihm an diesem Nachmittag ziemlich gut, und Julie und ich begannen mit dem anfangs zähen und schwierigen Prozeß, all das aufzuarbeiten, was sich in den vergangenen Jahrzehnten in unserem Leben ereignet hatte. Als Sam nach Hause kam, gelang es ihm, den ersten Moment der Verkrampftheit zwischen ihm und Julie in einem Scherz aufzulösen. Dann setzten wir drei uns zusammen und quatschten stundenlang. Kate brachte Elias zu Bett und las ihm seine Lieblingsgeschichten vor, bis mein Mann und ich nach oben gingen und ihn zudeckten. Wir nahmen den Baby-Alarm mit nach unten. Als Sam sich dann auch ins Bett zurückzog, redeten Julie und ich noch eine Weile weiter. Gegen Mitternacht ging ich nach oben, um nach Elias zu sehen. Er lag wach im Bett, und so nahm ich ihn mit nach unten und behielt ihn auf dem Schoß. Ich streichelte ihn, beruhigte ihn, und Julie erwies mir das Geschenk, an unserem Leid teilzunehmen und sich nicht betreten abzuwenden.

Am nächsten Tag erschienen meine Eltern und bestanden darauf, daß ich mir ein paar Stunden frei nähme. Becky, Julie und ich trafen uns in einem neuen, mexikanisch eingerichteten Restaurant in der Main Street zum Mittagessen. Ein hübsches Lokal mit Panoramablick auf den Saugatuck River. Der Kellner lauerte nicht weit von uns und kam alle paar Minuten an den Tisch, um zu fragen, ob wir schon gewählt hätten. Dann mußten wir immer lachen, weil wir noch gar nicht dazu gekommen waren, einen Blick auf die Speisekarte zu werfen.

Für ein paar Stunden war es mir vergönnt, die Gesellschaft meiner Freundinnen zu genießen und sogar ihre Anteilnahme und ihr Mitgefühl zu ertragen. Zweimal rief ich in der Zeit zu Hause an, um von meinen Eltern zu erfahren, wie es meinem Sohn ginge.

»Versuch, dir eine schöne Zeit zu machen«, sagte mir meine Mutter. »Entspann dich ein wenig, mein Schatz. Elias geht es gut.«

Natürlich ging es ihm alles andere als gut, aber ich versuchte mitzuspielen, atmete nach den Telefonaten tief durch und kehrte an den Tisch zurück, wo Becky und Julie immer noch die grundsätzlichen Dinge des Lebens durchkauten: Kinder (Julie hatte drei, von denen der älteste im kommenden Jahr aufs College wollte), Ehemänner (Julies war »einfach der Beste«, Rektor einer Mittelschule, Computer-Experte und großer Freund klassischer Musik) und Arbeit (Julie war als Sozialarbeiterin in einer jüdischen Familienklinik tätig). Der Kellner machte wieder Anstalten, sich uns zu nähern, und schon aus bloßer Selbstverteidigung gaben wir endlich unsere Bestellung auf.

Vor dem Nachtisch, es war mittlerweile drei Uhr durch, ging ich nach draußen, um die Parkuhr nachzufüttern. Und lief wieder Ellen Shoenfeld über den Weg.

»Hallo, leben Sie hier in der Nähe?«

»Was?«

»LEBEN SIE HIER IN DER NÄHE?«

»Ja, gleich dort drüben.« Sie zeigte auf eine Seitenstraße der Main Street und hielt mir dann ihr rechtes Ohr hin, um mich besser verstehen zu können.

»Ellen«, sagte ich, »Sie sollten sich wirklich ein Hörgerät besorgen.«

»Das nützt auch nichts.«

»Aber es gibt heute neuartige Hörhilfen, die steckt man sich einfach ins Ohr.«

Sie schnaubte. »Ich sage Ihnen doch, daß ein Hörgerät nichts nützen wird. Der Schaden liegt nämlich im Mittelohr.« Ellen tippte sich ans linke Ohr. »Sie haben das getan.«

Natürlich.

»Mit einem Knüppel«, fuhr Mrs. Shoenfeld fort. »Mit einem Holzknüppel.« Sie zeigte mit den Händen die Länge an und zuckte die Achseln. »Sehen Sie, ich will gar nicht besser hören können, sondern es so belassen. Genau so wie mein Haar.« Jetzt tippte Ellen sich auf die Frisur. »Sie haben mir das Haar abrasiert, und als es nachwuchs, war es schneeweiß. Diese Dinge haben sie mir angetan, und so sollen sie auch bleiben.«

Ich legte ihr eine Hand auf den Arm. »Es tut mir so leid, Ellen, ich weiß nicht, was ich sagen soll.«

Achselzucken. »Selbst meine Kinder wollen nichts mehr von damals hören. Sie drängen mich, das endlich hinter mir zu lassen. Als wenn man jemals mit so etwas fertigwerden könnte, was mir zugestoßen ist. Können Sie sich das vorstellen? Dabei habe ich ihnen das Schlimmste gar nicht erzählt. Sie sagen nämlich immer: ›Es ist genug, Mutter.‹«

Gut möglich, daß Ellen den Schmerz so tief in sich vergraben hatte, daß sie nie über die Geschehnisse im KZ sprechen konnte. Aber wenn dem so war, mußte sie ihren Schmerz auf andere Weise geäußert haben. Auf so vielfältige und unterschiedliche Art, daß ihre Kinder gar nicht mehr alles hören mußten, um davon zu erfahren.

Aber es konnte auch sein, daß Ellen wieder und wieder von ihren Erlebnissen berichtet hatte – bis ihre Töchter es nicht mehr ertragen konnten. Doch müssen wir nicht genau so mit unseren Geschichten verfahren? Müssen wir sie nicht unser ganzes Leben lang in verschiedenen Formen und an verschiedenen Orten wiedergeben? Ändern wir nicht mit dem Alter die Perspektive, interpretieren wir die Geschichte nicht in dem Maße neu, in dem wir dazulernen und reifer werden? Wenn wir uns nicht gegenseitig unsere Geschichten erzählen, wie sollen wir dann zu einer geeinten Menschheit finden und weiterexistieren?

Ich würde mir nie herausnehmen, für Mrs. Shoenfeld zu sprechen; ich kann nur für mich selbst reden. Das Problem besteht nicht darin, mit einer Sache fertigzuwerden, sondern danach weiterzumachen und sie in sich zu bewahren.

»Niemand will meine Geschichte hören«, sagte Ellen.

»Doch, ich«, entgegnete ich.

Epilog

DAS HABEN DIE Anfälle nun aus ihm gemacht: Apparate halten ihn am Leben. Die Ärzte sagen, es besteht keine Hoffnung auf Besserung. Er wird nie wieder tanzen können. Nie wieder laufen. Nie wieder essen. Uns nicht mehr sehen, nicht mehr hören und nicht mehr wissen, daß wir bei ihm sind. Und nie mehr lächeln. Könnte er überhaupt noch lächeln? Mit solchen Hirnschäden?

Tut mir leid, Wunder fallen nicht in mein Ressort.

Seine Augen rotieren wieder, und ich höre immerzu die Geräusche der Zisch-Schwusch-Maschine. Die parallelen Linien arbeiten sich Zentimeter für Zentimeter auf dem Monitor voran.

Nachts erscheint er mir in einem Traum. Darin schwimmt er in klarem blauen Wasser, auf dem sich hell das Sonnenlicht widerspiegelt. Er bewegt sich im Ozean, als seien ihm Flossen und Kiemen gewachsen, und er atmet unter Wasser, als sei das Naß Luft. Oder Musik.

»Schau nur, Mommy, wie gut ich jetzt schwimmen kann!«

Er führte mir Brustschwimmen vor, elegant und geschmeidig schwimmt er über einer Meeresschildkröte und um eine Hirschgeweihkorallenstadt herum. Er bewegt sich ohne Anstrengung durchs Wasser, frei, ohne Angst und schwerelos.

»Nein, Elias, schwimm nicht fort! Bleib bei mir.«

Der Junge hält an und dreht sich zu mir um. Ganz still hält er sich aufrecht, während seine kräftigen Beine Wasser treten. Aber er kommt nicht näher.

»Sieh nur, Mommy, ich gehe nicht unter!«

Er dreht sich im Meer und führt einen kleinen Tanz auf. So beweglich im gleißenden Licht, daß mir fast schwindlig wird. Ich schaue ihm verwundert nach, als er davonschwimmt und im leuchtenden Horizont verschwindet. Elias dreht sich nicht noch einmal um.

Ich öffne die Augen im Krankenhauszimmer und sehe den Jungen so, wie er wirklich ist. Ich fange an zu weinen und bete einen Psalm:

Ich hebe meine Augen zu den Bergen
Von denen mir Hilfe kommen wird
Meine Hilfe kommt vom Herrn
Der Himmel und Erde geschaffen hat.

Ich weine, trauere und danke Gott für das Wunder, das Elias' Leben bedeutet. Ein kurzes Wunder, gewiß, und dennoch unzweifelhaft ein Wunder. Gott kommt in mich und erfüllt mich mit den Szenen und Geräuschen einer Zukunft, die ich bis zu diesem Augenblick nicht hätte wahrnehmen können. Er zeigt mir, wie wir jedes Jahr eine Kerze anzünden, in einem kleinen Ritual, das mir hilft weiterzumachen.

Ein Raum, angefüllt mit flackerndem Schein und der Helligkeit und Wärme von Kerzenlicht. Alex kommt aus seinem Zimmer, um an der Kerzenzeremonie teilzunehmen. Seine Musik dröhnt noch immer von oben, aber er kommt herunter.

»Möchtest du etwas sagen, Kate?« fragt mein Mann.

Meine Tochter senkt den Blick, und ihre Wimpern ruhen so sanft wie Mottenflügel auf ihren Wangen. »Wir lieben dich, Elias«, sagt sie leise, »und werden das immer tun.«

»Alex?«

Unser Sohn schaut Sam und mich an. Die Tränen in seinen Augen glänzen im Kerzenschein. Er zuckt schließlich die Achseln.

Sam streichelt ihm über die Wange und sagt: »Ja, wir lieben dich, Elias.«

Und ich denke: Das ist alles, was ich dir jetzt geben kann, Elias. Eine brennende Kerze. Nur ein Symbol. Das ist sicher nicht viel, und schon gar nicht mit Leben zu vergleichen. Aber diese Kerze ist alles, was ich zu geben vermag. Und das Beste, was ich für dich tun kann.

Dann trage ich die Worte eines uralten Gebets vor, in dem weise das Leben selbst im Anblick des Todes gefeiert wird.

Meine Familie steht danach schweigend da, bis Alex schließlich sagt: »Ich muß wieder hoch. Hab noch Hausaufgaben zu machen. Und muß morgen pünktlich raus.«

»Geh nur, Lieber«, sagt mein Mann.

Beide Kinder küssen und umarmen uns, ehe sie auf ihre Zimmer verschwinden.

»Schlaft gut, meine Kinder«, flüstere ich, »bis morgen.«

Wie gelingt es einem nur, dies zu denken, diese Worte in die Nacht zu flüstern, wenn man genau weiß, wie leicht es anders sein könnte? Es geht sehr wohl. Du triffst deine Wahl, den richtigen Weg zu finden.

Wir stehen wieder im Krankenhauszimmer, und ich glaube, der Tod wartet schon geduldig. Ich halte Sams Hand und beuge mich über Elias in seinem Bett. Als ich die Augen schließe, spüre ich eine ehrfurchtgebietende Gegenwart voller Licht, Liebe und Glaube.

Ich muß es nicht verstehen, um es akzeptieren zu können; genausowenig wie ich eines Beweises bedarf, um glauben zu können. Eine ganze Zeit ist vergangen, und der Dämon ist nicht mehr zurückgekehrt, um mich heimzusuchen. Manchmal frage ich mich, ob er überhaupt real gewesen ist. Habe ich selbst ihn ins Leben gerufen? Ein Wesen, geboren aus den dunkelsten Teilen meiner Seele? Und habe ich dann ebenso dafür gesorgt, daß es wieder verschwindet? Oder hat das Wesen immer existiert, als formloser Geist, der mich erwählte, mich benutzte, durch mich dachte und irgendwann beschloß, sich jemand anderen zu suchen? Auf all diese Fragen habe ich keine Antwort.

Ich sage mir, Elias hat den Dämon schließlich auch gesehen, also muß er real gewesen sein. Aber Sam hat einmal vermutet, daß der Junge es vielleicht von mir gehört habe und mir nur sage, was ich hören wolle. So sei es nicht, entgegnete ich meinem Mann, doch das wußte er längst. Wo immer der Geist auch hergekommen sein mag, diese Erfahrung hat Wunden in mir geschlossen, die dringend der Heilung bedurften. Und er hat mir zu der Erkenntnis verholfen, daß die Krankheit meines kleinen Sohnes nichts mit dem zu tun hat, was ich irgendwann einmal getan oder unterlassen habe.

Und auch dies weiß ich jetzt: Ich habe in meine eigene Seele geschaut und werde nun das tun, was ich für richtig halte. Natürlich kann ich mir nicht sicher sein, daß es sich bei der Erfahrung, die mir gegeben wurde, um das Geschenk eines liebenden, mitfühlenden Gottes handelt, oder daß meine Hand auch jetzt noch sicher gelenkt wird. Aber ich kann es hoffen. Und Hoffnung ist genug in mir.

Ich öffne die Augen, und gemeinsam strecken Sam und ich die Hand nach dem Schalter aus. Wir können unseren Sohn Elias jetzt gehen lassen.

Danksagung

Zutiefst dankbar bin ich Laura Mathews und Joni Evans für ihren Glauben, ihre Geduld und ihre Lenkung. Dank auch an Rabbi Wolfman, Rabbi Sharon Sobel und Dr. phil. Betsy Stone. Des weiteren an Renni Browne, Nathalie Dorf, Jaci Fricks, Judith Kelman und Sally Rothkopf für ihre unglaubliche Freundschaft. Anne Ziff dafür, die Rolle meiner nicht mehr anwesenden Mutter übernommen zu haben. Nancy Sinacori für ihr angeborenes Einfühlungsvermögen, das mit Worten nicht zu beschreiben ist. Und ich bin voller Bewunderung für Dr. med Christine Hart, die nicht nur die Kunst, sondern auch die Seele der Medizin kennt.

Und schließlich möchte ich meinem Mann und besten Freund, Bob Dorf, und meiner Tochter Rachel, dem Licht meines Lebens, danken.

Fran Dorf

Der lange Schlaf

Roman. Aus dem Amerikanischen von Leon Mengden. 479 Seiten. Serie Piper

Nach zwanzig Jahren erwacht Lana aus einer katatonischen Trance, einem totenähnlichen Zustand. Sie hat keine Erinnerung mehr an jenen tragischen Tag des Woodstock-Festivals, als sie von einem siebzig Meter hohen Felsvorsprung stürzte. Sie ahnt auch nichts von dem Sensationsprozeß, in dem ihr Jugendfreund Ethan wegen versuchten Mordes an ihr verurteilt wurde. Während die völlig überraschten Ärzte noch über das vermeintliche Wunder ihrer Genesung rätseln, gelingt dem Mann, der sie vielleicht umbringen wollte, die Flucht aus dem Gefängnis. Immer näher kommt er ihr, und wo er auftritt, sät er Gewalt. Aber will er wirklich vollenden, was er vor zwei Jahrzehnten begonnen hat? Fran Dorfs Roman handelt von der vernichtenden Kraft der Leidenschaft und zieht den Leser durch seinen raffinierten und dramatischen Aufbau bis zur letzten Seite in seinen Bann.

05/1361/01/L

Fran Dorf

Die Totdenkerin

Psychothriller. Aus dem Amerikanischen von Leon Mengden. 393 Seiten. Serie Piper

»Ich bin mit zusätzlichen Sinnen ausgestattet geboren worden. Ich kann hören, was die Leute denken.« Die schöne und reiche Laura stürzt die Vernehmungsbeamten in zunehmende Verwirrung. Sie besteht darauf, einen Mord begangen zu haben, obwohl die Zeugin einen Mann gesehen hat. Sie kennt die Zahl der Messerstiche, mit denen die Frau umgebracht wurde, und sie hat – vielleicht – ein Motiv. Aber sonst gibt es keine Hinweise, daß Laura tatsächlich die Täterin war. Ein Fall von Schizophrenie? Mysteriöse Geschehnisse und die parapsychologischen Fähigkeiten dieser geheimnisvollen Frau stellen die Ermittler vor ein Rätsel. Als der Psychiater David Lauras ungewöhnliche geistige Fähigkeiten untersucht, verliebt er sich rettungslos in seine Patientin … Ein raffinierter Psychothriller der Bestsellerautorin Fran Dorf.

05/1362/01/R